사막에

피는

꽃

여지훈 장편소설

사막에 피는 꽃

지식공감

'청춘'

그것은 참으로 멋지고도 뜨거운 말입니다.

떨어질 때를 염려하며 피는 꽃이 없듯, 청년의 때
부디 뜨거운 가슴으로 당신의 꽃을 사랑하고 피워내길 바랍니다.

목차

༺ 시작, 하나의 끝

　어느 좁은 단칸방.

　방에 딸린 공간이라고는 볼 일만 겨우 볼 수 있을 크기의 화장실과 냉장고가 간신히 비집고 서 있는 조그만 부엌이 전부. 그나마 한쪽 벽의 반을 차지한 창의 낡은 나무 테두리는 그것이 놓인 틀과 미묘하게 어긋나 있었는데, 어슴푸레하게 물든 너머로는 감옥을 연상시키는 쇠창살의 검은 그림자가 비치고 있었다. 밤손을 방지하자는 의도로 만들어졌을 그것이 오히려 거주하는 이의 심리를 짓눌러 방을 더욱 비좁고 갑갑하게 만들었다.

　짙게 그늘이 내린 방구석 책상 위에는 모니터 한 대가 유난히 부신 빛을 뿌렸고 그 앞에서는 한 남자가 화면을 뚫어져라 쏘아보는 중이었다. 이제 겨우 이십 중반을 넘었을까. 앳된 기운이 설핏 남았으면서도 옹골지고 다부진 인상의 얼굴이었다. 그러나 시간이 지날수록 그의 굳은 얼굴에는 열띤 듯 다급한 듯 초조함이 황급히 번져갔고, 눈의 초점은 흐릿해지다 못해 급기야 흐물흐물 녹아내렸다. 청년이 뚫어져라 바라보는 화면에는 마침 한 쌍의 남녀가 반라의 몸으로 서로 뜨겁게 뒤섞이는 중이었다. 정확히 말하면 남자 쪽은 웃통을, 여자 쪽은 하의를 벗은 채였다. 여자의 교성이 어린 신음 소리가 급박하고 잦아질수록 아랫도리를 흔드는 남자의 움직임도 점차 다급해졌다. 그러다 여자의 외마디 고음이 파르르 절정에 달함과 동시에 남자의 거칠었던 움직임이 거짓말처럼 멈췄고, 그때껏 뚫어져라 모니터에 시선을 박고 있던 청년의 얼굴에는 어느새 초조함이 사라지고 대신 수도자의 그것과 같은 평온함이 차오르기 시작했다.

아랫도리가 한 움큼도 안 될 정액을 쏟아내는 그 잠깐의 시간, 야릇하고도 짧은 행복을 만끽하며 뻣뻣이 굳어 있던 그의 몸이 스르르 무너져 내렸다.

"후우…."

경탄인지 탄식인지 모를 숨이 청년의 입을 비집고 나왔다. 시선을 내리자 손에 움켜쥔 휴지에 뿌연 정액이 괴어 있었다. 진득한 밀도 탓에 쉽사리 휴지에 스며들지 않는 멀건 누런빛의 그것을, 청년은 말없이 내려다보았다. 잠시 후 고개를 든 그가 마우스 커서를 움직여 방금 전까지 자신이 본 동영상 파일을 클릭했다. 이, 조그만 것 하나 때문에 그렇게나 열에 들떠 오르락내리락했단 말인가…. 무심코 치미는 쓴맛에 그의 입가에 자조적인 미소가 그어졌다. 그것은 흡사 패스트푸드 음식을 먹는 것과 같았다. 아니, 포만감이라도 주는 그것과 달리 찰나의 쾌감이 지나간 후로는 까닭 모를 짙은 공허감만을 남기는 행위였다. 앞으로 다시는 보지 않겠어. 짐짓 결연히 되뇌며 청년은 더러운 것을 치우듯 서둘러 파일을 삭제했다. 그러나 그것이 엄습하는 자괴감을 떨치기 위해 반복되는 맥없는 몸부림에 지나지 않음을, 누구보다 그 스스로가 잘 알고 있었다.

화장실에서 간단히 뒤처리를 하고 나온 청년은 다시 자리로 돌아와 모니터 옆에 놓인 담뱃갑을 집어 들었다. 그는 한 손으로 창문을 여느라 잠시 끙끙댔다. 매번 창을 열 때마다 창유리를 감싼 변색된 테두리가 창틀과 마찰하며 요란한 잡음을 토해내곤 했다. 담배에 불이 붙었다. 긴 들숨과 날숨이 입 구멍을 통해 몇 차례 오갔다.

애초에 창문은 그 크기와는 달리 제구실을 하지 못했다. 열려진 틈 너머 불과 몇 걸음 밖으로는 그의 방과 별반 다를 게 없을, 다만 위에 크게 나부끼는 현수막의 '최신 리모델링'이란 말마따나 청년의 방보다는 보다 깔끔하고 번듯할 방 여러 개를 임대해 주는 빌라가 한 채 버티고 서 있었다. 그 탓이었을까. 청년의 방은 햇빛은커녕 바람조차 창을 오가기 힘겨워했다. 그걸 입증이라도 하듯, 본래 방의 색이 그러지 않을까 싶은 희끄무레한 어둠을 타고 담배의 매캐한 향이 안개처럼 농도 짙게 똬리를 틀고 있었다.

그 무미건조한 건물의 벽에서 시선을 떼지 않은 채 청년은 금세 담배 한 대를 다 태웠다. 다시 습관처럼 담뱃갑으로 향하려는 손을 접으며 그는 잠시 가만히 앉아 있었다. 이제 무엇을 해야 하나…. 그러나 마땅히 떠오르는 것이 없었다. 청년은 모니터의 구석으로 눈길을 돌렸다. 오후 7:02. 앞의 숫자가 6에서 7로 바뀌고 잠깐이 지났을 뿐인데, 두 숫자가 주는 느낌은 확연히 달랐다. 그는 저녁을 먹어야겠다고 생각했다. 더 늦게 먹으면 살이 찌고 말 거야. 그러나 곧 집에 먹을 것이 아무것도 없다는 사실을 떠올린 청년은 뭔가를 사러 가야 한다는 사실에 벌써부터 귀찮아졌다. 하지만 지금 나갔다 오지 않으면 내일 정오까지 빈속으로 버텨야 했다.

그러다 그는 어차피 밖으로 나갈 거라면 또래들을 불러 술이나 마시는 편이 낫겠다고 생각했다. 지금쯤이면 수업도 끝난 지 오래일 테고, 다들 그다지 할 일도 없을 테니 부름에 선뜻 응하리라는 생각이 들었다. 청년은 곧바로 몇몇 아는 번호로 메시지를 보냈다. 그는 사흘이 멀다 하고 만남이 이어지는 요즈음에는, 함께 마시고 떠들며 세상의 온갖 것들에 푼념하는 것이 일상이 되어버린 이들로부터 한시라도 빨리 답장이 오기를 기다렸다. 그래, 그래도 걔네는 내 친구잖아. 비록 각자가 어떤 허기짐을 잊기 위해 썩은 고기라도 마다하지 않는 하이에나처럼 간신히 무리를 이루고 있을지라도.

첫 번째 답장이 오기까지 채 오 분도 되지 않는 동안 청년은 초조한 기색으로 담배 한 대를 더 태웠다. 다들 고만고만한 생각을 하던 참이었는지 한 사람을 제외하고는 모두 흔쾌히 만남에 응했다. 메시지 창에서 만날 장소와 시간이 바쁘게 오갔다. 곧 장소와 시간이 정해졌다. 30분 뒤, 황토가마 앞.

청년은 앉은 자리에서 일어났다. 자리를 박차는 그의 몸짓이 사뭇 열성적이었다. 좋아, 그럼 오늘 저녁도 즐겁게 해결되겠어. 그는 작게 콧노래를 흥얼거렸다. 그러나 그런 겉생각과 달리 그의 속마음 저 밑 언저리에는 무언가 답답하고 찝찝하며 다소 허망스럽기까지 한 감각이 줄곧 머물러 있었다. 아니, 그것은 가만히 있지 않고 조금씩 번져가고 있었다. 마치 물 위에 떨어뜨린 먹물처럼 그것은 가슴으로, 머리로, 온몸으로 은밀하고도 신속히 퍼져나갔다. 그러나 청년은 그 불편한 감각을 과감히 외면했다. 그는 콧노래 부르기를 멈추지 않고 거울에 비친 자신의 머리를 서너 차례 쓸어 빗었다. 약속 시간까지 넉넉한 시간이 남았음에도 불구하고 그는 나갈 준비에 벌써부터 바쁜 체를 하고 있었다. 좁은 어둠 속에 녹아들어 이제는 그 형체를 잃어버린 담배 연기만이 방 안의 공기를 묵직이 짓누르며 청년이 외면한 속마음을 대변할 뿐이었다.

"여어, 왔냐?"

"벌써부터 나와 이 형님을 기다리고 있었던 거냐? 니들도 어지간히 할 게 없나 보구나."

"야, 그런 섭한 소릴랑 말아. 오늘은 이 형이 술 고픈 일이 좀 있어서 그렇다. 안 그래도 한잔하려고 부를까 했는데 역시나 만년 백수인 네가 먼저 연락을 하더구나."

"누가 누구보고 백수라는 거야? 이 형이야말로 요즘 알바 뛰느라 몸이 남아나질 않는다. 그건 그렇고 또 무슨 일인데?"

한차례 툭 되받아친 청년은, 그러나 상대가 대답하기도 전에 옳거니 하는 표정으로 이죽거렸다.

"보나마나 또 여자한테 차였구만? 햐아, 너는 어째 공무원 되겠다는 놈이 시험 준비는 안하고 허구한 날 그러고 다니냐?"

만나자마자 서로 자신을 형이라 추켜세우며 상대를 향해 툭툭 쏘아붙이는 대화는 별 의미 없는 그들만의 시시한 인사 방식일 뿐이었다. 옆에 있던 다른 이는 이미 익숙한 듯 오가는 그들의 대화를 예사롭게 듣고만 있었다. 다른 한 사람까지 모두 모이자 그들은 고깃집의 문을 열고 안으로 들어갔다. 마침 카운터 앞에 서 있던 중년의 여자가 조금 과장스러운 몸짓으로 그들을 반겼다. 스스로가 단골에다 귀빈까지 자못 그 집의 무어라도 된 것처럼 뿌듯함을 느끼며 그들은 선심 쓰듯 삼겹살과 소주를 주문했다. 병을 들어 한차례 잔을 돌리기가 무섭게 모두들 허겁지겁 고기를 입 안으로 구겨 넣기 바빴다.

"이제 말해 봐라. 뭐가 그리 속상해서 술이 고팠던 건데?"

"별거 아냐. 얘, 지난번에 시험 봤잖아? 그게 오늘 발표가 났는데 떨어졌다더라고."

청년의 물음에 가장 마지막에 도착했던 이가 냉큼 말을 받았다. 그러자 시험에 떨어졌다던 이가 한차례 그를 노려보고는 그게 아니라는 듯 고개를 휘휘 저었다.

"아, 고놈. 남 일이라고 말 참 쉽게 하네. 그게 아냐. 그나마 것뿐이라면 그러려니 하고 말지. 어차피 그 시험이라는 게 어중이떠중이 다 모으면 수십 대 일에서 수백 대 일까지 경쟁이 붙어 버리니까. 더구나 난

가채점으로 이미 떨어질 걸 예상하고 있었거든. 근데 문제는… 글쎄, 나랑 형 동생하며 같이 공부하던 후배 놈이 하나 있는데 그놈이 이번에 덜컥 붙어버렸지 뭐냐? 겨우 일 년 만에 말야. 선배란 나는 여태 삼 년째 공부하고 있구만."

들고 보니 꽤나 배 아프고 속상할 일이기는 했다. 그러나 그 당사자가 평소 공부하는 걸 옆에서 지켜본 이들로서는 그럴 만도 하다는 생각이 들었다. 여자 꽁무니만 쫓아다니다가 줄줄이 연애에 실패한 그의 이야기는 늘 그 자신에게는 무용담이라는 이름으로 부풀려지며 흥미로운 안줏거리가 되곤 했지만, 결코 공부에 매진하는 사람의 자세는 아니었던 것이다. 그러나 그들은 입 밖으로까지 그 말을 꺼내지는 않았다.

"근데 넌 앞으로 어떻게 할 작정이냐? 휴학한 지도 꽤 오랜데, 다음 학기에는 슬슬 복학해야 하지 않겠냐?"

청년을 향해 그들 중 하나가 물었다. 청년은 곧바로 대답하는 대신 침묵을 유지했다. 그는 곧이곧대로 대답할 필요성을 느끼지 못했다. 말이 길어지는 것도 귀찮았지만 종일 골머리 썩인 문제를 지금 이 순간까지 들먹이고 싶지는 않았다.

"그거야 뭐… 또 한 학기 다니다 그만둘 생각은 없으니까 지금처럼 알바를 뛰면서 계속 돈이나 모아야지. 이왕 복학할 거라면 졸업까지 남은 등록금이랑 생활비는 걱정하지 않을 정도로 모아놔야 하지 않겠냐"

그러면서 청년은, 이놈의 대학 뭐하러 수능까지 다시 치르면서 오려고 그리도 애를 썼나 모르겠다. 덩치만 컸지 애새끼나 다름없는 연놈들이 별거 아닌 일로 시시덕거리며 시간을 쓰레기 버리듯 보내는 그런 우스꽝스러운 온실 아니더냐. 삶에 대한 어떤 치열함이나 절박함도 없이, 그저 어쩌다 흘러들어온 고만고만한 놈들의 집합소 말이다, 그렇게 토해내고 싶은 말을 꾹 눌러 참았다.

"장학금 받고 다니던 놈이 등록금은 무슨…. 얼른 생활비나 모아서 복학해라. 학교에서 니 얼굴 좀 보자."

공무원 준비를 한다던 친구가 퉁명스럽게, 그러나 그 나름의 친근함을 내비치며 말했다. 그런 감정을 대하는 게 자못 어색하고 부담스러워서 청년은 손을 저으며 그만하라는 시늉을 했다.

이어진 그들의 이야기는 그다지 새로울 것이 없었다. 누가 같은 학과 후배를 마음에 두고 있다느니, 누가 사귀던 여자 친구와 헤어졌다느니 하는 시시한 남의 연애사로부터 어느 교수가 수업 준비가 부실하다, 요즘 어떤 자격증을 공부한다, 최근에 출시된 어떤 게임이 유행이다 등, 한 주 전에도 한 달 전에도 다를 것 없이 되풀이되던 이야기들일 뿐이었다. 그러다 술자리가 파할 즈음 만취한 기분을 한껏 내며 요사이 취직이 힘들다는 둥 세상이 자신과 같은 인재를 못 알아본다는 둥 열없는 한탄을 가락지게 뽑아내는 것까지 항상 똑같은 수순이었다.

또래들과 헤어져 밤늦게 집으로 돌아온 청년은 자기 키만 한 매트 위로 허물어지듯 쓰러졌다. 그러자 가운데가 움푹 꺼진 매트의 부실한 스프링이 요란스럽게 삐걱거렸다. 눈을 감고 있는데도 세상은 저 홀로 빙글빙글 돌고 있었다. 울렁이는 어지럼 속에서도 청년은 불쑥 자신의 이런 생활이 대체 얼마나 이어질까 의문이 들었다. 그러나 그것은 곧 쏟아지는 수마에 의해 나타났던 만큼이나 빠르게 흩어졌다. 그리고 그 의문에 밴 허망함 역시, 늘 그랬듯 내일쯤이면 그의 기억에서 흠칫 모습을 감출 것은 자명해 보였다.

꿈의 씨

1

삼장에게 고비사막 도보여행을 계획하고 있다는 소식을 들은 것은 봄기운이 막 움트기 시작한 3월 중순이었다. 현진은 지난해 그를 따라 이미 한차례 사막을 다녀왔고, 귀국한 이후 향수라는 그리움의 심지가 박혔는지 반년이 넘는 시간 동안 타오르는 가슴만 동동 싸매고 있을 때였다. 올해는 홀로 사막을 걸어볼까 하는 생각마저 슬며시 들던 참이었다.

그런데 3월의 어느 날, 삼장으로부터 연락이 왔다. 오랜만에 들은 그의 목소리는 반갑기 그지없었고, 여전한 쾌활함이 있었다. 잠깐의 안부를 주고받은 후 그는 대뜸 올해도 도보여행 팀을 계획하고 있다는 말과 더불어 현진에게 다시 참가할 의사가 있는지 은근히 물어왔다. 내심 그 권유가 반가우면서도 이미 올해에는 홀로 떠나겠다는 마음을 굳히던 참이었던지라 즉답을 피했더니, 그는 곧 다시 연락하겠다며 우선은 준비하고 있으라는 일방적인 말만을 남기고 전화를 끊었다. 그 태도로 보아 이미 현진을 팀에 합류시키기로 작정한 것 같았다. 그런데 갈피를 못 잡는 며칠간의 고민 끝에 결국 팀에 참가해야겠다고 결정을 내린 후 두 달이 지나 여름이 코앞으로 성큼 다가와 있었건만, 정작 삼장으로부터는 아무 연락도 없었다. 심지어 몇 차례 이쪽에서 건 전화에서는 수신자의 요청으로 통화서비스가 중단되었다는 무미건조한 음성 녹음만 반복적으로 들려올 뿐이었다.

그사이 현진은 도보여행 지원자를 모으기 위해 모교의 학생들을 대상으로 전단을 배포하고 홈페이지에 공고 글을 올리는 등 홀로 동분서주했다. 아직 여행의 정확한 일시도 정해지지 않았건만 지난해의 경험을 토대로 나름 열심히 작성한 것들이었다. 그러한 노력이 헛되지 않았는지 이미 예닐곱의 이들로부터 연락도 받았다. 그러나 삼장이 이토록 오래 연락을 끊는다면 그러한 노력들이 모두 수포로 돌아가고 말리라는 생각이 그를 초조하게 만들었다.

6월부터 8월까지, 한 해 중 얼마 되지 않는 여름이 지나면 고비사막은 금세 겨울 한파를 맞이할 준비를 할 터였다. 더 늦기 전에 혼자라도 가야겠다는 생각에 현진은 그간 창고에 묵혀 놓은 배낭을 꺼내 차근차근 필요한 물품들을 모으기 시작했다. 이미 모집된 인원들에 대해서는 삼장에게 메일을 보내 그간의 사정을 말하고 그들의 연락처를 넘기는 것으로 마무리 짓기로 했다. 마침내 6월에 들어서자 더 이상 기다리지 못한 그는 항공권을 끊어야겠다고 결심했다. 여권과 비자는 일찌감치 받아 놓은 상태였다.

그리고 그런 상황을 모두 알고 있었다는 듯 때마침 삼장에게서 걸려 온 전화. 그는 지금껏 현지에서 보조할 여행팀을 꾸렸다는 말과 함께 현진에게 마지막 통화 이후 어떤 결정을 내렸는지 물어왔다. 한마디 말로 몇 개월을 가슴 졸이게 만든 그에게 화가 치밀었지만 현진은 애써 그런 기색을 감추고 팀에 합류하겠노라고 대답했다. 그 말을 들은 삼장이 그럴 줄 알았다는 듯 전화기 너머로 화통하게 웃어젖혔다. 그는 강원도 고성의 한 지역에서 오리엔테이션을 가질 예정이니 곧 보자는 말을 끝으로 전화를 끊었다.

이틀 후 삼장이 보내준 메일을 확인하자마자 현진은 모임 날짜가 일주일 정도 남았음에도 불구하고 텐트와 침낭을 배낭에 동여 메고는 냅다 강릉행 버스에 몸을 실었다. 강릉에서 한차례 환승해야 하는 고성까지의 길은 다섯 시간 남짓 걸리는 긴 여정이었으나 그 오랜 시간도 그를 지루하게 만들지는 못했다. 오히려 새로운 발걸음을 떼기 전이면 어김없이 찾아오는 그 미묘하고도 들뜬 설렘이 가슴을 살랑거리며 간질이고 있었다.

현진이 약속 장소에 도착했을 때 그는 껄껄 웃으며 그를 반기는 삼장을 마주할 수 있었다. 근 일 년 만에 만난 삼장은 변한 것이 없었다. 여전히 시커멓고 우람했으며, 덩치에 비해 조금은 작다 싶은 세모꼴의 눈은 그러나 타는 듯 빛나고 있었다. 그들은 인적이 드문 바닷가에 텐트를 치고 앉아 그간 있었던 이야기들을 안주 삼아 막걸리 잔을 나누었다. 그렇게 다섯 번의 낮과 밤이 쏜살같이 지나갔다.

약속한 오리엔테이션 날이 되자 현진은 삼장의 능글맞은 넉살에 떠밀려 이번 팀의 다른 지원자들이 도착하는 족족 마중하는 일을 맡아야 했다. 하지만 일 년 먼저 다녀온 선배로서의 의무라는 삼장의 말이 아니더라도 사실 그 말고는 달리 할 사람이 없었다. 어쨌든 그것이 차양 하나 없는 조그마한 정류장에서 따갑게 쏘아대는 햇볕을 반 시간 동안 여과 없이 맞으며 그가 서 있는 이유였다. 사실 정류장이라고 해봐야 그것을 알려주는 표시는 눈을 씻고 찾아봐도 없었고 몇 차례 오가다 보았던 기억으로 이쯤에서 버스가 서겠구나 짐작할 정도였다.

"보자. 6월 9일, 11시 30분 도착이라…"

자신이 모집했던 인원 외에 새로이 합류할 이가 있다는 말에 삼장에게 그게 누구냐고 물었더니 오면 다 알게 될 터인데 벌써부터 뭘 그리

궁금해하느냐는 타박만 받았다. 그러면서도 삼장은 '젊고 예쁜'이란 단어를 강조하며 또래의 여성이라고 귀띔해 주었는데, 의미심장한 그의 눈빛을 마주 본 현진은 도리어 콧방귀를 꼈다.

"에이, 누가 사랑 놀음하러 사막에 간답니까? 그런 데는 관심 없습니다, 형님."

그럼에도 불구하고 갑작스레 덩치를 불린 궁금증은 스스로도 어찌할 수 없었다.

마냥 상상 속을 부유하며 기다리고 있자니 시간이 흐를수록 아스팔트 위로 쌓이는 텁텁한 열기에 숨이 막혀 왔다. 바닷가는 해풍이 세다는 말을 어디선가 들은 듯싶은데도 그 말이 무색하게 한여름의 이곳은 온몸을 짓누르는 열기만이 자욱했다. 살갗을 때리는 뙤약볕이라도 피하고자 그늘을 찾아보았건만 정오 무렵의 그림자들은 죄다 겁에 질려 땅속 깊이 숨었는지, 혹은 아예 공기 중으로 녹아 증발해 버렸는지, 저마다 반 뼘도 되지 않는 꼬리만 슬쩍 드러내고 있을 뿐이었다. 현진은 금세 더위에 기진해졌다.

'이래서 사막은 어떻게 걷겠다는 건지, 원.'

그는 스스로의 투정에 실소를 머금었다.

그렇게 더위에 허덕이며 기다리기를 한참, 피서 철이라기엔 이른 시기였지만 그럼에도 불구하고 너무 한산하다 싶은 도로 위로 버스의 엔진음이 굵직하게 울려 퍼졌다. 이어 한적한 시골 마을에는 다소 이질적으로 느껴지는 버스 한 대가 우람한 덩치를 이끌고 도로 위로 모습을 드러냈다. 햇빛에 반사된 창이 멀리서부터 요란스레 번쩍이고 있었다. 휑한 도로 위를 빠르게 달려온 버스는 정류장을 얼마 남기지 않고 속력을 줄이더니 그 큰 덩치에 어울리지 않게 슬금슬금 멈추어 섰다. 곧이어 버스의 문이 열리고 일단의 사람들이 내리기 시작했다. 면면을 살펴보니 동네주민임 직한 나이 지긋한 촌로가 대부분이었다. 멀뚱히 서 있는 현진에게 흘끔 눈길을 던진 것도 잠시, 그들은 금세 관심을 거두고 저마다 제 갈 길로 흩어졌다. 간혹 중년의 여성들도 눈에 띄었지만, 한참을 기다려도 마중하기로 한 젊고, 예쁜 여성은 나타나지 않았다.

'분명히 이 시간 버스로 온다고 그랬는데.'

혹시나 다음 버스가 아닐까 하는 의혹이 그만큼 더 감내해야 할지도 모를 더위와의 사투에 대한 낭패감과 버무려질 즈음, 현진은 마지막으로 내려서는 한 사람을 보았다.

귀 밑으로 살짝 굽이친 단발머리와 위로 치켜 올라가 조금은 날카로운, 그러나 악의 없이 크고 맑은 눈을 지닌 여인은 등 뒤에 큼지막한 기타 케이스를 메었음에도 불구하고 어색하지 않을 만큼 키가 컸다. 화장기 없는 얼굴에 립스틱만 발랐는지 그녀는 입술만 도드라지게 빨갰다. 짐이라고는 기타가 들어 있을 거라고 예상되는 등 뒤의 케이스 하나뿐.

'……음유시인?'

그것이 그녀를 보자마자 그의 머릿속에 떠오른 유일한 생각이었다. 음유시인. 여행을 사랑하고 삶을 바람처럼 떠도는 악사. 목 부분이 들쭉날쭉할 정도로 늘어난 헐렁한 흰 티셔츠가 그런 생각을 떠올리는 데 일조를 한 것은 분명해 보였다. 새빨간 입술과 대조되는 어떤 상쾌함이 그녀를 두르고 있었다. 현진은 자신이 기다리던 사람이 그녀일 거라고 확신했다.

정류장에 내려 주위를 돌아보던 여인의 시선이 현진의 그것과 마주쳤다. 구태여 살피지 않더라도 정류장에 마중이랍시고 나온 이는 그 하나뿐이었다. 젊은 여인의 선명하고도 반듯한 눈빛이 와 닿자 현진의 눈은 주변 세계를 밀어내며 그것들을 흐릿하게 채색해 버렸다.

후줄근한 차림의 낯선 남자가 자신을 뚫어지게 보고 있었기 때문일까. 잠시 주춤한 여인이 아리송하다는 표정으로 고개를 갸웃하고는 그에게로 걸어왔다. 그제야 정신을 차린 현진은 그녀가 받았을지도 모를 위화감을 해소하고 첫인상을 좋게 남기고자 호기롭게 고개를 까딱해 보였다. 스스로 생각기에 멋스럽다고 여겨지는 미소를 한껏 입에 문 채로. 그러자 다가오던 그녀의 얼굴에 옅은 웃음이 피어났다. 그 싱그러운 웃음이 끈적끈적한 더위에 찌들어 있던 그의 가슴을 상쾌히 씻고 지나갔다. 현진은 문득 그녀의 웃음이 달을 닮았다고 생각했다. 그래, 달. 한낮의 하늘에 반쯤 몸을 담가 제 몸을 푸르게 물들인 달.

상대가 자기 때문에 넋을 잃은 줄은 생각지도 못한 채 금세 앞까지 다가온 그녀가 먼저 입을 열었다.

"어머, 어떡해! 내려서 화장하려고 했는데! 이렇게 마중 나와 계신 줄도 모르고…"

예상보다 높은 톤의 가느다란 목소리가 달궈진 공기 속으로 환히 퍼져 나갔다. 이미 핑크빛 환상에 빠진 현진에게는 그마저도 새의 지저귐처럼 곱게 들렸다.

그것이 그녀와의 첫 만남이었다. 사막이 맺어준 인연으로서, 또 장차 사막을 함께 걸을 동료로서 현진은 그녀를 만났다.

2

"다덜 반갑습니다. 차정범이라고 합니다."

"안녕하세요. 이진욱입니다."

크고 작은 두 청년이 조금은 서먹한 기색으로 짤막히 자기 이름을 밝혔다. 그러자 주위에 둘러앉은 다른 이들이 박수로 화답했다. 그런데 자신을 차정범이라고 소개한 키가 큰 청년의 어조는 억지로 서울말을 쓰는 듯 어색스러운 감이 있었다.

"제 이름은 김학성이고요. 현진 형에게 듣기로는 다들 저보다 나이가 많다고 하시던데 앞으로 편히 형, 누나라고 부를게요."

유난히 피부가 하얀 청년이 코에 걸친 안경을 올려 쓰며 붙임성 있게 인사를 이어갔다. 좌중을 훑던 그의 시선이 이진욱의 얼굴에 닿는 순간 의아한 빛을 띠는 것을 보며 현진은 비집고 나오려는 웃음을 눌러 참았다. 그도 그럴 것이 이들 중 가장 나이가 많은 이진욱의 생김은 도리어 무리 중 가장 앳돼 보였던 것이다. 상대로 하여금 초면부터 스스로를 낮추게끔 하기에는 확실히 무리가 있는 얼굴이었다.

"한 분 빼고는 이미 저와 구면이겠지만 정식으로 다시 인사드리겠습니다. 유현진입니다."

그의 말마따나 현진 자신은 앞의 세 사람과는 이미 안면이 있었다. 그들이 이번 도보여행에 지원할 수 있었던 것은 온오프라인을 가리지 않고 열심히 홍보했던 그의 역할이 컸다.

"아따, 거 젊은 사람덜이 참말로 재미없게 인사들 차리는구마이! 아직 술이 안 들어가서 그런가? 어쨌거나 다덜 처음 뵙겠소. 난 삼장이외다. 본명이 아닌 필명이고, 앞으로 사막에서 여러분을 이끌 사람이오."

감칠맛 난다는 표정으로 고개를 젓는 삼장의 말을 끝으로 좌중의 모든 소개가 끝이 났다. 그러나 이번에는 박수가 나오지 않았다. 다만 그의 말마따나 저마다 어색한 웃음을 머금은 청년들이 서로 띄엄띄엄 눈을 맞출 뿐이었다.

"됐고! 어색한 자리 풀어 제끼기에는 술만큼 좋은 게 없으니께, 다덜 잔부터 듭시대이. 날도 좋겠다 풍광도 좋겠다, 오늘 속 시원히 놀아 봅시대이!"

해가 중천에 떠 있는 어느 한여름의 오후, 강원도 고성의 이름 없는 해변에 삼장의 외침이 쩌렁하게 퍼져 나갔다. 반강제나 다름없는 그의 말에 컵이고 사발이고 제각기 잔이라고 부를 만한 것들을 엉거주춤히

든 청년들의 몸놀림은 다소 어설펐으나, 그로부터 채 한 시간도 지나지 않아 그들은 당당하고도 수다스럽게 주변 바닷가를 점령해 버렸다. 그들 외에 다른 관광객이 없는 것이 다행이라면 다행이었다. 만약 누구라도 있었다면 눈살을 찌푸렸을 만큼 그들은 시끌벅적했다.

"형. 형은 왜 사막에 가려는 거야?"

자글거리며 먹음직스럽게 끓어오르는 부대찌개를 한 숟갈 입에 떠넣으며 현진은 맞은편에 앉아 있던 정범을 향해 물었다. 그들 사이에 오가는 말들은 어느새 편하게 낮춰진 문장이었다.

"내? 음…. 고래 대뜸 물어보믄 잘 모르겠는디."

술에 취하고 흥에 취해 이미 불콰해질 대로 불콰해진 얼굴의 정범이 고개를 모로 누이며 갸우뚱했다. 그의 말투는 어느새 유려한 사투리로 변해 있었다.

"그래도 사막에 갈 정도면 뭔가 특별한 이유가 있지 않아? 사실 요즘이야 많이들 여행을 다닌다곤 하지만 굳이 시막을 가려고 하는 사람은 흔치 않잖아."

"글쎄, 고게 딱 머라 꼬집어 말하기 머한디."

그는 한동안 생각하는 눈치였다.

"그러는 넌 이미 한 번 갔다 왔다면서? 너는 왜 사막에 갔던 거야?"

정범의 고민이 길어질 듯 보이자 옆에서 찌개를 뒤적거리던 그녀가 현진에게로 질문의 방향을 틀었다. 그러자 한창 골몰하고 있는 정범을 제외한 나머지 무리의 시선이 그에게로 몰렸다. 현진은 잠시 그녀와 시선을 맞추었다. 그녀의 눈길을 맞대한 그의 눈에는 스스로도 의식하지 못한 다정함이 듬뿍 배어 있었다.

"난, 그냥 어릴 적부터 몽골에 가고 싶었어. 오래전 어떤 책에선가 TV에선가 몽골 초원을 찍은 장면을 봤는데, 그 후로는 이상하게도 몽골이란 말만 들어도 그 장면이 떠오르면서 가슴이 뛰더라고. 파란 하늘과 드넓은 초원이 펼쳐져 있고 그 사이로 바람만 존재하는 곳. 상상만 해도 멋지잖아? 그래서 언젠가는 꼭 가야겠다고 별렀었지."

"너야말로 그뿐이야? 어릴 적부터 가고 싶어서 간 거?"

재차 이어진 그녀의 물음에 현진은 멈칫했다. 술기운 탓이었을까. 불현듯 몰아친 상념과 감정의 격랑이 거칠게 가슴을 헤집고 지나갔다. 홀로 안간힘을 썼던 지난한 시간들. 도저히 어찌할 수 없는 마음으로 간신히 밟게 된 사막….

그러나 그는 내심 고개를 저었다. 외로움에 관한 이야기란 듣는 이에게 공감을 받을 때에만 비로소 말한 이로 하여금 부끄러움을 느끼지 않게 하는 법이다. 하지만 지금은 자신의 구구절절한 사연을 들려줄 자리가 아니었다. 그는 자신의 이야기를 꺼내놓고 싶은 충동을 억눌렀다. 대신 작년 이후 누군가 그에게 사막에 간 이유를 물을 때면 어김없이 꺼내 들었던 답변을, 이번에도 습관처럼 꺼낼 수밖에 없었다.

"아마도…. 그게 가장 큰 이유였던 것 같아. 그 이후로 사막이 계속해서 날 부른다고 느꼈어. 난 그 부름에 마땅히 응해야 한다고 생각했고."

현진은 지금 마주앉은 이들이 좋았다. 자신처럼 사막을 찾았다는 사실에 친밀감을 느꼈고, 배낭 하나만을 꾸린 채 거리낌 없이 모여든 그 활기차고 당당한 젊음이 마음에 들었다. 그러나 가장 내밀한 이야기를 털어놓기에는 분명 이른 자리였다. 그저 지금은 말할 수 있는 정도까지만 선을 그으면 되리라.

"물론 사막이고 뭐고 다 잊어버렸던 시간도 있었어. 그냥 술 마시고 놀러 다니는 게 최고인 줄 알았던 그런 시간. 지금 생각해 보면 참 철없고 부끄러운 생각이지만, 그때는 평생 그렇게 살아도 괜찮다는 생각마저 했었지. 그러다 이런저런 일들을 하다 보니 이대로는 안 되겠다 싶더라고. 일은 일대로 힘들고 애써 번 돈은 놀고 마시는 값으로 족족 빠져나가고. 그저 하루하루 무의미하게 연명하는 게 전부였거든. 당시에는 사막에 대해 생각할 여력도 없었어."

이제는 모두가 그의 말에 귀를 기울이고 있었다. 나름 진지한 과거사였지만 그의 어조가 워낙 담담했기에 공기는 무겁다기보다는 가볍고 유쾌했다.

"사실 작년 봄에 복학한 후로도 계속 정신을 차리지 못했어. 이런 말하면 좀 우습게 들리겠지만… 아직 어린 나이였는데도 불구하고 그때의 난 이미 삶에 지쳐있었던 거 같아. 모든 게 허무하게 느껴졌고, 그래서 하루하루를 시들시들하게 보냈어. 병든 닭처럼 말야. 그런데 어느 날 갑자기 몽골이 떠오른 거야. 정말 뜬금없게도. 마치 자기는 항상 내 안에 있었다고 주장하는 거 같았어. 한편으론 그런 자기를 외면했던 나를 탓하는 거 같기도 했고. 그 순간 몽골이 너무나 그리워지더라고. 그래서 그 길로 곧바로 몽골에 가야겠다고 결심했지."

현진은 한차례 마른 입술을 훔쳤다.

"근데 사람 마음이 참 간사한 것이, 시간이 지나니까 겁이 나기 시작하는 거야. 아무것도 모른 채 갔다가 괜히 개죽음만 당하는 건 아닐까 하고. 이왕이면 사막을 한 번쯤 제대로 겪어보고 싶기도 했고. 그래서 인터넷 검색 창에 '몽골 사막'이라고 쳐 봤어. 그런데 웬걸. 떡하니 고비 사막 도보여행 팀을 모집한다는 홍보 포스터가 뜨더라고. 그것도 불과 며칠 전 게시된 글로."

그때의 기억이 떠오르자 현진은 저도 모르게 웃음이 났다. 당시 포스터에는 선글라스를 낀 삼장이 사막 언덕에 앉아 손에 움켜쥔 모래를 바람에 흩날리는 장면이 멋들어지게 찍혀 있었다. 카메라가 바로 앞에 있었을 텐데…. 분명 삼장 자신도 조금은 낯 뜨거웠으리라.

"그걸 보자마자 이건 운명이라는 생각이 들었지. 그럴 수밖에 없는 것이 포스터가 게시된 타이밍이 참 공교롭잖아? 흔치 않은 여행지인데도 불구하고 어떻게 내가 찾은 시기와 일수까지 그렇게 딱 맞아떨어지는지 신기하기만 했지. 결국 나는 2주 뒤에 있다던 오리엔테이션에 참가하려고 수업도 빠지고 냅다 서울로 올라갔어. 그때 형님을 처음 뵈었고, 나는 형님께 무조건 몽골에 가겠노라고 못을 박았지."

가뜩이나 술을 마신 데다 많은 말을 한 탓인지 갈증이 났다. 현진은 막걸리 대신 옆에 놓인 맥주를 한 모금 들이켰다.

처음 만났던 삼장의 모습은 아직도 그의 기억에 생생했다. 남자치고는 장발의 머리칼을 뒤에서 하나로 묶고 큼직한 덩치에 피부는 구릿빛으로 그을려 있던 그는, 마치 서울 한복판에 나타난 한 마리 야생범과도 같았다. 심장의 감동은커녕 살갗 언저리에만 머무는 말초적인 감정과 관념들로 가득 찬 그곳에서 오직 그만이 참된 야성을 지닌 생명체처럼 보였다. 그 거대한 회색의 도시마저 감히 그 한 올의 털끝조차 손상시키지 못하는 것 같았다. 현진은 한눈에 알 수 있었다. 저 사람은 진짜라고. 겉으로만 요란한 여행 상품을 팔아먹는 장사꾼이 아니라고. 물론 자신을 반기며 터져 나온 구수한 사투리 덕분에 첫 대면의 긴장감은 볕에 눈 녹듯 사라졌지만.

자신의 과거사를 맺으며 짐짓 유쾌하게 웃는 현진의 옆모습을 그녀는 가만히 바라보았다. 비록 확신할 수는 없었지만 그녀는 그가 아직 꺼내지 않은 이야기가 있음을 짐작했다. 그건 그녀의 직감이었다. 아무리 아픔을 싸매고 싸매더라도 모든 아픔을 숨길 수는 없는 법이다. 숨긴 것이란 그 사람의 말에서 몸짓에서 눈빛에서 언제든지 비집고 나와 포착될 수 있는 그런 것이기에. 그녀는 어린 시절의 그가 왜 드넓은 초원을 선망할 수밖에 없었는지, 왜 일찌감치 삶에 지칠 수밖에 없었는지, 오랜 세월이 흘렀음에도 불구하고 어째서 열병을 앓듯 타는 그리움으로 그 땅을 찾을 수밖에 없었는지 아직 아무것도 말하지 않았음을 기억했다.

"내는…."

그녀의 상념은 현진의 이야기가 끝났다고 생각한 정범이 말문을 열면서 흩어졌다. 그녀는 자신의 의문이 언젠가는 해소될 거라 믿으며 정범의 말에 새로이 귀를 기울였다.

"내는 어떤 기대를 품고 있대이. 사막에 다녀오믄 지금보다 쬐까 더 성장해서 돌아오지 않을까 하는 고런 기대 말이여."

"깨달음이나 영적 성장 같은 걸 말하는 거예요?"

이번에도 그녀가 나서서 물었다. 그녀는 지금 이 순간의 대화를 무척이나 즐기고 있었다. 사막을 찾았다는 흔치 않은 공통점이 처음 만난 이들로부터 끈끈한 동질감을 느끼게 만든 덕분이었다.

"음, 고렇기도 허고 아니기도 허지. 아니… 고런 어려운 말은 쬐까 안 맞는 거 같으니 성장보단 행복이라 카는 게 더 낫겠대이. 다덜 마찬가지겠지만 내도 사막을 떠올리믄 괜스레 가슴팍이 울렁울렁하고 뜀박질하는 기라. 참말로 넓고도 넓은 땅. 거를 무작정 걷고 싶다는 생각, 다덜 한 번씩 해 보지 않았누?"

정범은 동의를 구하듯 좌중을 훑어보았다. 그와 눈이 마주친 이들마다 은근한 미소를 지으며 고개를 끄덕거렸다.

"헌데 고런 동경 때문에만 사막에 가려는 건 아니래이. 사실 난 여태껏 여행 한 번 지대루 못해 봤대이. 허구헌날 책상에 머리 디밀고 앉아서 공부만 해야 했던 기라. 그러다 요즘에야 숨통이 겨우 트였는디, 어째 책만 보고 있을 때와는 딴판으로 맘이 지 멋대로 오락가락하는 게 아니겠누? 그러다 퍼뜩 떠오른 게 사막이었대이. 고 넓은 땅을 찬찬히 걷다 보믄 오락가락허는 내 맘도 째깍 잡힐 거 같고, 또 뭔가 버젓한 깨달음도 얻을 거 같다는 생각이 들었대이. 아니, 아니지. 행복이라 카는 게 더 맞다 그랬제. 고래, 난 뭣보다 행복카려고 사막에 갈라는 기라. 내한테는 행복이야말로 최고의 성장과 같으니께."

이미 거하게 취한 탓에 다소 의미가 겹치는 말이 반복됐지만, 그저 행복하고 싶을 뿐이라는 그의 말은 모두의 가슴을 묘하게 울리고 지나갔다.

"옳지, 좋쿠나! 분위기가 이제야 달아오르는구마이! 모름지기 젊음이라 카믄 요래야 하지 않겄누!"

흡족한 기색으로 연거푸 술을 들이부은 삼장이 제풀에 흥이 돋았는지 갑자기 무릎을 탁 치며 외쳤다. 그리고는 빈 잔에 다시 술을 가득 채우고는 높이 들어 올렸다. 그를 따라 다른 이들이 각자의 앞에 놓인 잔과 캔을 덩달아 마주 들었다.

"잔은 다 함께 부딪치지만 마시는 건 각자 재량껏 원하는 만큼만 마시래이. 여러분덜이 생각하는 고런 회식 자리하곤 다르니께 억지로 목구멍으로 떠넘기지는 말고."

그 말에 모두의 얼굴에 띤 웃음이 더욱 짙어졌다. 그들로서도 이렇게 기분 좋은 술자리는 처음이었다. 술이 들어감에 따라 분위기는 더 무르익었다. 어느새 완연히 어두워진 밤하늘에는 누군가 한 움큼씩 뿌려낸 듯 별들이 뭉텅뭉텅 얼굴을 드러내고 있었다.

"형은 어때요? 형은 왜 고비사막에 갈라는 거예요?"

이번에는 정범이 고개를 돌려 자기 옆의 진욱을 향해 물었다. 서로 말을 편히 놓은 상황에서도 정범은 그에게 꼬박꼬박 공대를 하고 있었다. 낯선 이와도 쉽사리 친해지는 그의 평소 성격을 고려한다면 스스로도 이해하기 어려운 일이었지만, 그로서는 한 살이라도 윗사람에게는 공대를 하는 것이 심적으로 편했다.

그때껏 적극적으로 대화에 끼지 않은 채 가만히 듣고만 있던 진욱은 모두의 시선이 자신에게로 몰리자 당황했다. 그는 미처 수줍음을 갈무리하지 못한 얼굴로 어렵사리 입을 떼었다.

"난, 그냥 지평선이 보고 싶었어. TV나 사진을 통해서가 아니라 내 눈으로 직접 마주 보고 느끼고 싶었어. 사실 한국에서는 지평선을 보고 싶어도 보는 게 거의 불가능하잖아. 거기가 어디였더라? …그래, 만경평야! 누가 거기서는 지평선을 볼 수 있다고 그러더라. 하지만 아무리 그래도 사막처럼 온 사방이 지평선으로 둘러져 있지는 않을 거 아냐?"

모두는 잠자코 그의 다음 말을 기다렸다.

"또 그 땅에서 지평선을 보며 하루하루 살아가는 사람들의 모습도 보고 싶어. 음, 또 기억이 가물가물하네. 그 뭐라고 하더라?"

그는 다시 한 번 고개를 갸우뚱하더니 이내,

"맞다, 유목민들!"

짝, 손뼉을 마주치며 외쳤다. 그는 어울리지 않게 능청스레 웃고는 마지막으로 한마디 더 보탰다.

"그리고 사막에서 보물이라도 발견하게 되면 캐 가려고."

"보물? 사막에서? 설마 금은보화를 말하는 거야?"

"에이, 요즘 세상에 금은보화가 어딨어요? 마음의 보물 같은 걸 말하는 거겠죠. 그 있잖아요. 여행 내내 깨닫지 못하다가 막바지에야 진짜 보물은 가까이에 따로 있었다, 이런 식의 얘기."

다들 의견이 분분했지만 그런 그들을 보며 진욱은 빙그레 웃기만 했다. 그는 평소에도 그렇게 말이 많은 편이 아니었다.

"넌 어때? 네 얘기도 들려줘 봐."

이번에는 그녀를 향해 현진이 질문의 방향을 틀었다. 다른 이들의 이야기에 심취하면서도 정작 그녀는 아직까지 속마음을 털어놓지 않고 있었다. 취기 때문인지 그녀의 볼은 불그레하게 물들어 있었다. 평소의 그녀라면 쉽사리 자신의 이야기를 꺼내지 못했을 터였다. 그러나 약간의 술기운과 주위의 뜨겁게 달아오른 분위기가 평소 단단히 잠겨 있던 마음의 빗장을 느슨히 풀어 주었다. 그녀는 그녀의 말을 기다리는 좌중을 향해 천천히 입을 떼었다.

"전 지금 서울에 살고 있어요. 스무 살이 되기 전까진 고향인 남양주

에서 살다가 대학 때문에 집을 나온 후로는 서울을 벗어나 본 적이 없
어요. 그렇게 자취하면서 서울에서 학교를 다녔고, 졸업한 후로도 계속
그곳에 눌러앉아 일자리를 구했으니 벌써 칠 년이 다 되어 가네요."

말을 꺼내는 동안 그녀는 자신의 이십 대가 꺾이기 시작했다는 사실
을 새삼 느끼고 있었다.

"제가 지금 다니는 회사는 규모면에서는 그리 큰 회사가 아니에요.
하지만 위치는 상당히 큰 빌딩의 고층에 자리 잡고 있어요. 마침 창들
도 모두 유리로 되어 있어서 일을 하다가 무심코 밖을 내려다보면 아
래가 까마득히 보이곤 하죠. 그런데 어느 날, 문득 하늘을 보고 싶다
는 생각에 고개를 들었다가 깜짝 놀라고 말았어요. 그만한 높이에서
도 하늘이 제대로 보이지 않는 거예요! 회사가 있는 건물 주위를 그보
다 더 높은 빌딩들이 빼곡히 둘러싸고 있었거든요. 그전만 하더라도
미처 깨닫지 못했던 사실이었죠. 하지만 그걸 알게 된 순간부터 갑자
기 가슴이 갑갑해지면서 참기 힘들어지더라고요. 정말 숨이 막힐 것
같았어요. 심지어 그 높은 빌딩들을 다 밀어 버리고 싶다는 생각마저
들었죠. 한 뼘 크기의 하늘마저 가린 그 건물들이 정말이지 너무나 미
웠거든요."

말하는 동안 불길에 비친 그녀의 눈시울이 더욱 붉게 물들어 갔다.
어쩌면 다른 이들이 지니지 못한 여리고도 섬세한 감성이 그만큼 세상
을 향한 그녀의 눈길을 한층 슬프게 만드는지도 몰랐다.

"바로 그때였어요. 머릿속에 사막이 떠오른 게. 지구 상에서 유일하
게 텅 빈 땅이 사막이라죠? 그 텅 빈 땅을, 그리고 그 위로 펼쳐진 텅
빈 하늘을 너무나 보고 싶었어요. 그래서 인터넷을 검색해 보았고 현진
이가 일 년 전 그랬듯, 저도 삼장 선생님이 올리신 글을 보게 되었죠.
그리고 결국 이렇게 연이 닿아 여러분 같은 좋은 분들을 만나게 되었
네요."

말하는 내내 시선을 땅에 못박아두던 그녀가 고개를 들어 모두와 시선을 맞추어 갔다. 현진은 그녀를 향해 부드럽게 웃어 보였다. 화답하는 그녀의 얼굴에도 다소곳한 미소가 걸렸다.

"어? 그런데 누나! 누나는 지금 직장을 다니고 있잖아요. 그럼 사막에는 함께 못 가는 거 아니에요?"

갑자기 떠오른 듯 학성이 놀란 기색으로 묻자 그제야 거기에 생각이 미친 다른 이들의 시선이 다시금 황급히 그녀에게로 쏠렸다. 그 사이에는 실망감으로 처져 버린 현진의 눈길도 끼어 있었다. 그녀는 즉답하는 대신 쑥스러운 듯 머뭇거렸다.

"아니, 갈 거야. 그리고 직장은… 곧 그만둘 생각이야."

어렵사리 말을 뱉고 다소 홀가분해 하는 그녀의 태도와는 달리 그녀의 말에 담긴 무게는 결코 가볍지 않았다. 그러나 그 무게를 미처 가늠하기도 전에 좌중에서는 즉각적인 환호가 터져 나왔다. 그런 단순하고도 천진한 반응들이 그녀에게는 도리어 묘한 안도감을 주었다. 그녀는 자신의 결정이 틀리지 않았다고, 주문을 외우듯 속으로 거듭거듭 되뇌었다.

서로의 사연들을 주고받을수록 밤은 더욱 깊어 갔지만 어둠을 먹고 자라듯 이야기꽃은 점점 더 활발히 피어났다. 평소 말이 많다고 책잡히던 이도, 너무 적다고 타박받던 이도 원인 모를 열기 속에서 저마다의 속말을 끄집어내던 그 시간, 들이켠 수많은 잔에도 불구하고 홀로 또렷한 정신을 유지하고 있는 삼장의 얼굴에는 알 듯 말 듯 모호한 빛깔이 덧씌워져 있었다. 그러나 그런 표정과는 달리 자신보다 스물쯤 어린 청년들을 바라보는 그의 가슴은 흐뭇함을 동반한 어떤 온기로 가득 채워지고 있었다.

그렇게 한창 사막에 대한 이야기에 여념이 없던 그들은 뒤늦게야 서로의 구체적인 신상에 대해 주고받기 시작했다. 무리 중 가장 맏형 격인 진욱은 내년이면 서른일 나이였다. 하지만 그는 다니던 학교를 도중에 그만두고, 군 복무를 마친 후 몇 년간 일을 하다 다시 대학에 들어온 전적이 있는 탓에 졸업까지는 아직 한 학기를 더 다녀야 했다. 그는 현재 항공우주학과였다.

"와! 형네 학과는 이름이 무척이나 미래지향적이네?"

"항공우주학과라면 나중에 나사 같은 데 들어가는 건가요?"

"설마 그러겠나? 거 들어가는 게 그리 쉬운 일인 줄 아누?"

학성의 생각 없는 질문에 정범이 곧바로 면박을 주었다.

"맞아. 난 그냥 나중에 기계 설비나 정비 관련 일을 맡을 생각이야. 지금은 공항 정비 쪽도 노리고 있는데 아무래도 그건 준비할 게 만만찮다 보니 힘들 거 같아. 나이도 있으니 부담도 되고."

"그래도 오빠는 절대 동안이라는 무기가 있잖아요. 요즘에 나이가 뭐 그리 중요한가요? 그러니 자신감을 가져요."

그녀의 위로 아닌 위로에 진욱이 멋쩍게 웃었다. 정말이지 모르는 이가 본다면 무리 중에서 가장 나이가 적다고 여길 정도로 그는 생김이 앳됐다. 누구도 그를 스물아홉의 나이로 보지 않았다. 오죽했으면 친구 결혼식장에 갔다가 아동 식사권을 받았다는 그 자신의 쑥스러운 고백까지 있었을까.

그 다음으로 자신을 소개한 이는 정범이었다. 그는 작년에 경영학과를 졸업했고 지금은 세무사 시험에 합격해 잠시 쉬고 있는 중이라고 했다. 그제야 다른 이들은 그가 지금껏 책만 보고 살았다고 한 말이 무슨 뜻이었는지 이해할 수 있었다.

"와, 정말요? 오빠 보기보다 더 굉장한 사람이었네요! 저도 경영학과 나왔어요! 저도 CTA 준비를 잠깐이나마 해 봐서 알지만, 세무사 그거 합격하기 무척 어렵잖아요!"

"오? 니도 경영학과 출신이여? 요거 참말로 반갑구마이!"

아까까지의 우울한 기색은 눈을 씻고 찾아봐도 비치지 않은 채 그녀가 반갑게 외치자 정범이 반색했다. 그들은 이 땅에 무수한 경영학도들이 있다는 사실을 망각했는지 서로 이런 우연도 다 있느냐며 기쁨에 겨워했다. 그리고 잠시 그들만이 알아들을 수 있는 대화를 주고받았는데 다른 이들로서는 귀를 활짝 열고 있어도 이해할 수 없는 경제학적 용어들이 난무했다.

"헌데 날이 갈수록 고것이 정말 내가 가고 싶은 길인지 확신이 들지 않는 기라. 세무사가 되어 하고 싶은 일도 분명 있긴 헌데…"

정범의 아버지는 현재 중소기업을 운영하고 있었다. 그런데 경영학을 전공한 그가 옆에서 지켜본 바로는 회계나 세무 등의 업무에 있어서 아쉬운 점이 너무나 많았다. 약간의 지식만 갖추고 있더라도 감수하지 않아도 될 경제적 손해도 많이 보았다.

"우리 아부지와 비슷한 사정에 처한 사람덜이 굳이 안 봐도 될 손해를 피할 수 있게끔 도와주고 싶대이. 까놓고 말해 큼직한 회사에 들어가믄 돈이야 많이 벌어 좋겠지만… 내는 고래 크게 벌지 않더라도 좋으니께 할 수 있는 한 고런 사람덜을 도와주고 싶은 기라."

그러나 정범은 스스로를 방황하는 인간이라고 칭했다. 그의 방황은 사막을 찾을 정도로 깊었고, 그만큼 그는 자신의 삶을 사랑하고 있었다. 자기가 정말로 원하는 바가 아니라면 쉽사리 삶에 허락할 수 없다는 듯이.

"아까도 말씀드렸듯이 저는 3년쯤 전에 학교를 졸업했고, 이곳저곳을 전전하다가 1년 전부터는 광고 마케팅 회사에 다니고 있어요. 업무는 주로 다른 회사 의뢰를 받아 인터넷 광고를 대행하는 것이고요."

그녀는 짤막히 자신을 소개한 후 입을 다물었다. 그러자 그때까지 주고받는 이야기에 묵묵히 귀 기울이고 있던 삼장이 그녀 다음으로 입을 열려던 현진을 손짓으로 제지했다.

"요 친구가 아직 초장이라고 겸손을 떠는 것이제 알고 보믄 참 대단한 친구래이. 자네덜이 생각허는 거 이상으로 말이제."

아무래도 그는 간략했던 그녀의 소개가 성에 차지 않은 모양이었다. 삼장은 그녀에게 사적인 이야기를 얼마간 꺼내도 되는지 무언의 동의를 구했다. 잠시 망설이던 그녀가 미약하게 고개를 끄덕였다. 이 자리에 모인 이들은 오리엔테이션이 시작되기 전 모두가 한 번 이상씩 삼장과 메일을 주고받은 경험이 있었다. 당시 그들이 사막에 가려는 동기를 밝히는 과정에서 심원한 개인적 이야기도 다소 곁들였기 때문에 삼장은 각자의 속사정을 꽤나 속속들이 파악하고 있었다.

"요 친구가 일찌감치 집을 나와 혼자 힘으로 살아온 건 이미 다들 알고 있제? 근디 참말로 놀라운 건 그 속사정이래이. 글쎄, 고 어렸던 친구가 학교 등록금부터 집값까지 죄다 스스로 벌어 왔다는 거 아니겄나? 내 기억으론 아르바이트만 스물 몇 개 했다고 한 거 같은디, 맞제?"

"…집값이라고 해 봐야 보증금 안 내도 되는 고시원이었고, 몇 개월은 학교 창고에서 숨어 지낸 적도 있는 걸요. 아르바이트는 단기 알바까지 포함해서 그렇게 많은 거고요."

그녀가 기어들어가는 목소리로 조그맣게 응수했다.

"그러니께 더 대단타는 거야. 시방 여 사내넘들이라고 앉아 있는 야들을 함 보래이. 죄다 부모덜 뼈 빠지게 고생시킨 돈으로 편히 집세 내고, 등록금 내고, 거에 더해 용돈까지 받아가며 살지 않았겄누?"

그러나 소위 사내놈들은 그 말을 곧이곧대로 수긍할 수 없다는 눈치였다. 특히 현진은 자신의 지난 삶을 얕잡아 보는 듯한 그의 말에 울컥해 한마디 쏘아붙이려다 가까스로 말을 삼켰다. 지금 그 말이 틀리다고 항변해 봐야 여자를 상대로 알량한 우월감이나 느끼려는 속 좁은 놈이라는 질책만 받을 것 같았다.

"근디 고래 끈덕지게 살아온 친구가 갑자기 사막에 가겠다며 잘 다니던 직장까지 그만두고 나왔단 말이제. 고러기가 절대 쉬운 일이 아니잖누? 그래서 참말로 대단타는 거래이. 아, 그렇다고 오해하진 마래이. 내 시방 자네덜을 무시하는 건 아니니께."

그들은 고개를 두어 차례 주억이는 것으로 대답을 대신할 수밖에 없었다. 사실 그때껏 그녀를 또래의 가녀린 여성쯤으로 여겼던 이들은 새로이 알게 된 사실에 내심 놀라고 있었다.

그러나 정작 그녀의 속마음은 편치 않았다. 그토록 열심히 노력했음에도 불구하고 그녀는 수천만 원의 등록금을 충당하기 위해 막대한 대출금을 빚져야 했다. 불과 3, 4년 전까지만 해도 밥 한 끼 사 먹는 것조차 힘들었던 아르바이트 시급과 힘겹게 고학하며 받은 성적장학금만으로는 고시원비나 식비를 충당하기조차 벅찼다. 애초에 집으로부터의 지원은 기대도 하지 않았다. 집안 사정이 여의치도 않았거니와, 특히… 그 악마 같은 남자에게는 기대는커녕 털끝만큼의 도움도 받고 싶지 않았다.

괜히 공부를 하겠다고 나선 건 아닐까? 지금이라도, 더 늦기 전에라도 학교를 그만두고 취업하는 것이 더 현명한 길이 아닐까? 학교를 다니는 동안 수백 수천 번도 더 찾아왔던 고민과 후회의 순간들은 어찌나 그리 길고도 비참했었는지…. 하지만 답 없는 그런 물음들이 한(恨)처럼 가슴에 박혀들어 진저리나는 불안감에 시달리면서도 그녀는 끝내 학업을 마쳤고, 그렇게 손에 쥔 졸업장은 그녀에게 비길 데 없는 뿌듯함과 자부심을 안겨 주었다. 그러나 그 잠깐의 기쁨이 지나고 남은 것은, 졸업 후 삼 년이 되어 가는 지금까지도 벌어들이는 수입 중 절반 가까이가 학자금 대출을 상환하는데 쓰이고 있는 현실이었다.

지난날의 어려움과, 또 장차 마주하게 될 앞날의 막막함이 버무려지자 그녀는 가슴이 답답하다 못해 아려왔다. 지금 역시 그때와 똑같은 상황이었다. 앞날에 대한 답 없는 물음. 자신이 선택한 길에 대한 부족한 확신. 아무 지지할 곳 없는 세상에서 홀로 숙명처럼 떠안아야만 하는 고적한 불안감. 그러나 그녀는 얼마 전 인터넷에서 삼장의 글을 마주했을 때 느꼈던 두근거림을 기억하려 애쓰며 간신히 마음을 추슬러 갔다.

"… 철학과에 다니다 지금은 휴학한 상태입니다."

퍼뜩 들린 뒷말에 그녀는 찬찬히 목소리의 주인공을 살펴보았다. 철학과. 현진에게서 처음 그 말을 들었을 때 그녀는 참 특이하다는 생각을 하면서도 왠지 그와 잘 어울린다는 느낌을 받았다.

그와의 첫 대면은 그녀에게도 인상 깊게 남아 있었다. 그녀가 평소 지니고 있던 철학도의 이미지와는 거리가 먼 흡사 운동선수 같이 새까맣고 탄탄했던 몸. 며칠 동안 감지 않았는지 뻣뻣이 짓눌려 있던, 그럼에도 불구하고 일정한 방향을 향하고 있어 나름대로 신경 썼음을 알게 해주던 우스꽝스러운 모양의 머리.

그러나 무엇보다 기억에 남는 것은 두 눈이었다. 검게 그을린 얼굴과는 대조적으로 새하얗게 빛나던 눈. 그 극명한 명암의 대비가 주는 신비감 속에서 그녀는 가까스로 갈무리된 아픔을 얼핏 본 것도 같았다. 그러나 다시 바라본 그 눈은 슬프기보다는 외로워 보였고, 또 그보다는 투명한 허공을 닮아 있었다.

듣기로는 이 자리에 모인 이들 중 그녀 자신을 제외하고는 모두 그가 직접 모집했다고 했다. 삼장이 꾸린 올해 도보여행 팀은 총 세 팀으로 구성되는데 지금 모인 이들은 전부 2차 팀으로 떠날 예정인 멤버였다. 본래 2차 팀은 현진이 모은 이들로만 구성하려고 했지만, 지원자들을 연령별로 구분해 또래끼리 어울리는 것이 좋겠다는 삼장의 결정에 따라 그녀가 뒤늦게 추가된 것이라고 했다.

그의 짤막한 소개가 끝나고 마지막 소개는 학성의 몫이었다.

"저는 지금 전기과고요, 졸업하려면 아직 이 년이 남았네요. 아깐 미처 말씀드릴 틈이 없었는데 제가 사막을 가려는 이유는… 음, 사실 예전부터 한 번쯤 사막을 가 보고 싶다고 생각했었거든요. 제가 그래도 나름 신실한 크리스천인데, 아마도 성경에서 예수님이 사십 일 동안 광야를 헤매셨다는 부분을 읽고 저도 모르게 그런 생각을 갖게 된 거 같아요."

성자로까지 추앙받는 위인과 자신을 비교하는 것이 아무래도 낯 뜨거웠는지 그는 민망스레 웃었다.

"사실 처음에는 사하라사막 같은 모래사막을 가고 싶었어요. 하지만 처음부터 아무것도 모르는 상태에서 그런 곳을 가면 위험할 거 같아 무섭더라고요. 그런데 마침 학교 홈페이지에 고비사막 여행 팀을 모집한다는 글을 우연찮게 본 거예요. 그걸 보자마자 바로 이거다 싶었고, 그래서 곧바로 지원했어요."

"그 모집 공고를 올린 것이 바로 이 형이란다."

현진이 씩 웃으며 손가락으로 브이 자를 만들어 보이자 옆에서 삼장이 못마땅하다는 듯 고개를 설레설레 흔들었다.

"내가 점마를 만난 게 작년 이맘 때였는디, 무슨 업보인지 지금껏 저래 앵겨 붙으며 속을 쎅이고 있대이. 에이, 찰거머리 같은 눔!"

말은 그렇게 했지만 그의 얼굴은 결코 싫어하는 기색이 아니었다. 현진이 반쯤 추종하듯 그를 따르는 것은 사실이었으나, 사실 이번 팀에도 그가 먼저 현진을 부르지 않았던가.

삼장의 뜨거운 눈총에도 불구하고 현진이 끝내 손가락을 접지 않자 다시 한바탕 웃음이 일었다.

"그래도 점마 말대로 여러분이 여 모인 것엔 점마 공이 무척 크대이. 지난해 사막에 한 번 댕겨간 후로 다른 사람덜도 고비를 만나게 해주고 싶다믄서 지가 먼저 발 벗고 나선 거 아니갔나? 지 손으로 전단지도 수백 장 만들어 학교 돌아 댕기믄서 만나는 사람마다 나눠줬다 카드만. 여러분도 그렇겠지만 내도 그 덕에 여러분들과 인연이 닿게 되어 점마에게 고마운 맘을 많이 가지고 있대이."

툴툴거리는 어조나마 삼장이 막상 자신을 칭찬해대자 현진은 얼굴이 뜨거워지며 어쩔 줄 몰라 엉덩이를 들썩거렸다. 결코 칭찬을 바라고 한 일은 아니었지만 그래도 그로부터 직접 고맙다는 말을 들으니 기분이 야릇했다.

"제가 보기에 둘은 애증의 관계, 딱 그거 같은데요?"

짤막하고도 명료한 그녀의 결론에 또 한 번 웃음이 쏟아졌다.

그렇게 그들의 대화는 밤새도록 이어졌다. 모두가 지금의 만남을 진심으로 즐거워했고, 그것이 지치지 않는 열정과 활력으로 함께 이야기를 나누게끔 만들었다. 결국 열띤 밤이 지나고 먼 수평선이 희미하게 밝아올 즈음에야 그들은 기분 좋게 취한 몸을 이끌고 각자의 텐트로 돌아가 몸을 뉘였다.

갑작스레 한산해진 바닷가에는 잠자는 이들을 깨울세라 한껏 숨죽인 파도 소리만이 옅은 미명 속에 고즈넉이 울려 퍼지고 있었다.

3

"보고 싶어. 바람아."

전화기 너머로부터 전해진 아릿한 그리움이 현진의 가슴을 헤집었다.

바람. 어릴 적부터 바람 맞는 걸 좋아한다고 말했더니 한참이나 실컷 웃고 난 뒤에 그녀가 현진에게 붙여준 애칭이었다.

그런 그녀를 현진은 달, 이라고 불렀다. 새파란 도화지에 찍은 하얀 지장처럼, 흰 몸뚱이에 푸른 하늘을 담뿍 머금은 달. 그녀를 처음 만났을 때 받은 인상이 자연히 그녀를 부르는 애칭이 되었다. 차마 말로 내뱉기에는 민망한 감도 없지 않아 서너 차례 보낸 편지의 첫머리에 적은 게 전부였지만 그녀는 그 별칭을 무척이나 마음에 들어 했다. 공교롭게도 그녀가 어릴 적부터 달을 좋아했던 까닭에 대학 시절 함께 어울리던 몽골 친구가 지어준 이름도 달을 의미하는 사르, 라고 하였다.

지금 현진과 그녀 사이에 놓인 거리는 약 2,000km, 비행기로는 세 시간 반 남짓 걸리는 거리였다. 볼 수도 없는 마음은 전화기를 통해 전해진 목소리에 흠씬 묻어나와 만져질 듯 생생하건만 현실에서 그들의 몸은 천 단위로 나뉜 수치만큼 아득하기만 했다.

"어서 와. 기다리고 있으니까."

오랜만의 대화가 자못 낯설었던 것일까. 무심코 입 밖으로 뱉어낸 현진의 말은 무뚝뚝하기만 했다.

"응, 그럼 이따가 봐!"

그런 무뚝뚝함조차 감싸 안은 그녀의 목소리는 밝고 정겨웠다. 그녀가 그를 얼마나 만나고 싶어 하는지, 이제 곧 만난다는 기대에 얼마나 기뻐하고 있는지 현진은 그 어조만으로도 알 수 있었다. 그들은 짧은 대화를 나누며 서로의 부푼 가슴을 잠시 어루만졌고, 자신을 향한 상대의 가슴이 여전히 뜨겁게 타오르고 있음을 확인하고는 안도했다.

어쨌거나 바다를 건넌 통화료는 상상을 초월할 정도로 비쌌기 때문에 그들의 통화는 길게 이어지지 않았다. 통화를 마치고 머지않아 그녀를 만나리라는 기대감에 부푼 가슴을 다독이며 현진은 애타게 그녀를 기다리고 있었다.

그것이 불과 서너 시간 전의 일이었다. 잔뜩 어수선한 마음을 추스르며 기다리던 그에게, 몇 분 전 한 통의 문자가 도착했다. 그녀로부터 먼 거리를 날아온 메시지였다.

'나 어떡해. 비자를 안 받아서 출국할 수가 없대.'

반가운 마음으로 문자의 내용을 확인해가던 현진은 돌연 이해불가의 괴이한 장면이라도 목격한 것처럼 머릿속이 하얘졌다. 뇌가 그 본연의 기능을 잃었는지 눈앞의 글을 읽고 또 읽어도 내용이 제대로 파악되지 않았다. 사고기능이 아예 정지해 버린 것 같았다.

　그러나 잠시 후, 가까스로 그 의미를 파악한 그가 맞닥뜨린 것은 성난 해일처럼 밀려오는 실망과 허탈감이었다. 가슴 한복판에 밑도 끝도 가늠할 수 없는 구멍이 뚫려 마음을 지탱해온 견고한 바닥들을 통째로 빨아들이는 것만 같았다. 그만 정신이 아득해졌다. 이제나저제나 그녀가 오기만을 기다리며 타오르던 기대감이 갑작스런 통보에 재도 남기지 못한 채 꺼져버렸다.

　"잉? 고것이 대체 무슨 소리다냐?"

　한국에서 2차 팀의 두 번째 팀원이 출발하기를 기다리던 삼장도 어이없어하기는 매한가지였다. 좀처럼 놀라지 않는 그였건만 이번 일은 그에게도 전혀 뜻밖의 일이었다. 여권을 깜박한 것이라면 이해라도 하련만 여권은 고이 챙겼는데 비자를 받지 않았다니.

　한동안 말을 잃고 있던 그가 황당해 하며 헛웃음을 쳤다.

　"거 참 갸는 왜 고런다냐? 속 썩이는 건 니 혼자로도 충분한디."

　혀를 끌끌 차며 잠깐 골몰하던 그는 재차 입을 열었다.

　"참말로 사람 벙찌게 만드는 일이긴 허다만 이미 일어난 일이니께 어쩔 수 없지 않겄냐? 갸한테 낼 일어나는 대로 영사관 가서 급행비자 받으라고 문자 넣으래이. 고 담에 공항 가서 바로 대기 걸어놓으라 카고. 요번엔 정신 바짝 차려야 한다고 꼭 전하그라."

　그러나 정작 그의 말을 듣는 현진은 아직 공황에서 허덕이며 헤어나오지 못하고 있었다. 결국 보다 못한 삼장이 그의 어깨를 힘주어 치고 나서야 현진이 삐거덕 고개를 돌려 그를 쳐다보았다.

　"너무 걱정 마래이. 형이 어디 여행 한두 번 해 봤나? 여행하다 보믄 요런 일도 있고 저런 일도 있는 기라. 갸도 낼이믄 필히 올 수 있을 터이니 니부터 얼렁 정신 차리래이."

말은 그렇게 했지만 그도 조금은 속을 달래줄 필요가 있었다. 삼장은 옆에 놓아둔 담뱃갑에서 담배를 꺼내 물고는 불을 붙였다. 한차례 깊게 마시고 내뿜는 연기 속으로 그의 미약한 한숨이 섞여 들었다. 뱉어져 올라가는 연기를 지그시 눈으로 쫓던 그가 문득 현진에게 고개를 돌리며 장난스럽게 한마디 덧붙였다.

"거 참…. 요번 팀 이래 가꼬 잘 하겄나?"

씩 웃는 삼장의 구릿빛 웃음이 현진에게 묘한 안도감을 주었다. 그제야 현진도 간신히 따라 웃을 수 있었다.

터벅거리며 집으로 돌아온 그녀는 상태가 더 좋지 않았다. 직장에 사표를 내면서까지 그토록 가고자 했던 사막이건만 곧 이루어지겠다 싶던 소원이 하룻밤 꿈처럼 날아갈 판이었다. 매트 위에 쓰러지듯 누운 그녀는 멍하니 천장을 올려다보았다. 금세 그녀의 눈 양 끝으로 소리 없는 울음이 괴어갔다. 흐릿하게 일렁이는 눈길 너머 아무 무늬 없는 천장에는 탁 트인 지평의 모습이 보란 듯 그려졌다. 상상 속에서 하늘과 땅까지 파랗고 누렇게 채색되자 사막을 향한 그리움은 더욱 거세졌고, 또 애달파졌다. 한 번도 가 본 적 없는 땅이 이렇게나 그리워질 줄은 그녀 자신도 몰랐다.

그런데 그 광활한 공간에서 그녀는 혼자가 아니었다. 어느 순간부터 그녀의 곁에는 새카맣고도 다부진 생김의 청년이 함께 걷고 있었다. 사막에 대한 그녀의 절절한 그리움에는 짧은 사이 불같이 타오른 그에 대한 연정이 함께 버무려져 있는지도 모를 일이었다.

그때였다. 침대 위에 아무렇게나 던져둔 핸드폰이 작게 몸을 떨어댔다. 그녀는 힘없이 팔을 들어 주섬주섬 머리맡을 더듬었다. 손에 쥔 핸드폰 액정에는 '바람'이란 두 글자가 떠올라 있었다. 돌연 머릿속을 뒤죽박죽 헤집고 다니던 상념들이 구석으로 밀려나고 그녀는 저도 모르게 반가운 마음이 일었다.

"응, 나야."

"괜찮아? 집에는 잘 들어갔어?"

"응, 덕분에. 너무 걱정하지 마. 근데 아까 문자 보냈으면 됐지, 뭘 이리 전화까지 했어. 통화료도 많이 나갈 텐데…."

"무슨, 지금 그런 걸 따질 때야? 지금쯤이면 너 죽상인 채로 시름시름 앓고 있을 게 뻔히 보여 걱정도 되고, 내일 어떻게 할지도 다시 한번 확인시켜 주려고 전화했지."

"고마워. 하지만 그것도 걱정 마. 내일 아침 일찍 영사관 가서 당일비자 신청하고 비자 받자마자 공항 가서 대기 신청할 것. 맞지?"

현진의 다정한 목소리에 위안을 받았는지 처음 전화를 받을 때만 하더라도 습기가 한가득 맺혀있던 그녀의 음성에는 차츰 웃음기가 배고 있었다.

"그래. 그렇게만 하면 돼. 그러니 오늘은 아무 걱정 말고 일찍 자 둬. 형님도 너 오게 하려고 어떻게든 방법을 구하고 계시니까 너무 걱정하지 말고. 알았지? 약속이다?"

"응, 약속."

전화를 마친 후 현진은 깊은 한숨을 내쉬었다. 짐짓 모르는 체했지만 가늘게 이어지던 그녀의 울먹임을 듣자 어떻게 비자를 안 받을 수 있었느냐고 타박하려던 일말의 마음조차 사라져 버렸다. 하긴 다른 누구보다도 그녀 자신이 가장 실망스럽고 속상할 터였다.

"다 잘 될 거야. 어차피 다른 팀원들과 같은 날 오게 되는 것뿐이잖아."

쓸쓸히 홀로 중얼거린 그 말은 그가 스스로를 격려하기 위한 말이었다.

삼장의 집에서 나와 게스트하우스까지 돌아가는 길은 평소보다 훨씬 멀게 느껴졌다. 현재 그가 머물고 있는 게스트하우스는 시내 한복판에 위치했기 때문에 도시 외곽에 위치한 삼장의 집에서 걸어가기에는 한 시간 남짓 걸렸다. 그럼에도 불구하고 워낙 평소에 걷는 걸 좋아하던 그는 줄곧 걸어 다니길 마다치 않았는데, 지금만큼은 그럴 힘도 의지도 없었기에 지나가는 차를 잡아타기로 했다.

현진은 도로가에 서서 팔을 들어올렸다. 그러자 차 한 대가 금세 그의 앞에 멈추어 섰다. 차는 몸체의 군데군데가 뜯겨져 진갈색의 녹이 슬어 있었다. 현진이 허리를 굽히자 그에 맞춰 조수석 쪽 창문이 내려갔다. 따로 택시가 있지 않은 울란바토르였기에 현진은 운전석에 있는 남자에게 자신의 목적지를 말해 주었다. 몇 번을 되묻던 남자가 잠시 후, 손과 고개를 동시에 까딱거리며 타라는 신호를 주었다.

운전사는 현진보다 몇 살 아래로 보이는 앳된 남자였다. 탑승자가 외국인이라는 사실을 일찌감치 파악한 그는 시종일관 수다를 떨어댔다. 그래봐야 한마디도 알아들을 수 없었던 현진은 그저 말의 장단에 맞춰 고개를 끄덕일 도리밖에 없었다.

그렇게 붙임성 좋게 굴던 남자는 목적지에 도착하자 만면에 웃음을 머금은 낯 그대로 예상한 금액에서 세 배나 부풀린 액수를 불렀다. 현진으로서는 졸지에 사기를 당하는 상황이었다. 그러나 남자와 옥신각신할 의욕조차 없이 서둘러 숙소로 들어가 쉬고 싶었던 그는 남자가 부르는 액수의 돈을 뿌리듯 쥐어주고는 서둘러 차에서 내렸다. 씁쓸한 마음에 약간의 씁쓸함이 추가된다 하더라도 더 나빠질 건 없었다. 남자가 세상 물정 모르는 봉을 잡았다며 자신의 사기 행각을 친구들에게 영웅담처럼 떠벌리든, 거기에 더해 그날 술값을 자기가 전부 대겠다고 우쭐거리면서 큰소리를 치든, 그런 거야 어찌 되든 좋았다.

숙소에 들어섰을 때는 이미 날이 어둑해져 있었다. 터덜거리며 방 안으로 들어간 그는 배정받은 침대에 그대로 쓰러졌다. 털썩. 좁은 매트를 떠받치고 있던 스프링이 가라앉고 튕겨 오르기를 네댓 번 반복하는 게 등골을 타고 생생히 느껴졌다. 건너편에서는 프랑스에서 왔다던 커플이 이층 침대의 위 칸을 차지한 채 서로의 몸을 애무하며 시시덕거리고 있었다. 누가 방으로 들어오건 말건 상관하지 않는다는 태도였다. 눈을 감아도 들리는 그들의 몸부림이 미묘하게 신경을 거슬려 왔다.

'오늘 밤 잠자기는 글렀군.'

속으로 중얼거리며 그는 깊은 한숨을 뱉어냈다. 그러나 가슴을 짓누르는 갑갑함은 조금도 가벼워지질 않았다.

밤을 지새우다시피 한 현진은 여명이 방 안에 희미하게 번지기 시작한 늦은 새벽녘에야 겨우 눈을 붙일 수 있었다. 그마저도 얕은 선잠이었다. 잠결에서조차 강렬히 뇌리를 스치는 생각에 그는 얼마 자지 못하고 눈을 떠야만 했다. 잠에서 깨자마자 그는 핸드폰부터 확인했다. 그 사이 새로운 문자가 두 통 와 있었다. 모두 그녀에게서 온 것이었다.

조마조마한 심정으로 확인한 메시지의 내용인즉슨 하나는 그녀 역시 자는 둥 마는 둥 하다 새벽같이 일어나 영사관으로 간다는 것이었고, 다른 하나는 영사관이 열리자마자 급행비자를 받은 후 공항으로 출발한다는 것이었다. 시간을 보니 지금은 얼추 공항에 도착했을 즈음이었다. 그가 잘했다는 답장을 보낸 후 몇 초도 지나지 않아 그녀로부터 재차 메시지가 날아왔다.

'아침 일찍 움직였던 덕분인지 1순위로 대기를 걸어 놓을 수 있었어. 이제 기다리는 일만 남았네.'

그나마 다행스러운 일이었다. 그 당사자에게는 미안한 일이었지만, 이제는 기존 좌석을 구입한 누군가에게 사정이 생겨 부디 단 하나의 공석이라도 나오기를 바라는 수밖에 없었다. 현진도, 그녀도 지금 상황에서 할 수 있는 일이란 일은 다 한 셈이었다. 앞으로 열 시간 가까이 피 말리는 시간만 견뎌내면 될 터였다. 그 지난한 시간을 앞두고 있었지만 현진은 한시름 놓았다는 생각에 안도의 숨을 내쉬었다. 전화기 너머로 비친 그녀도 다시 웃음을 되찾았다. 장난스런 타박과 변명을 주고받을 정도로 마음을 추스른 것 같았다.

더욱 다행스럽게도 그녀가 공항에서 기다리는 동안 나머지 팀원들이 속속 공항에 도착했다. 가장 먼저 진욱이 도착했고, 잇따라 정범과 학성이 큰 시간 차 없이 도착했다. 첫 만남 이후 벌써 한 달이라는 시간이 지났고 그 시간은 없던 서먹함도 생기게 할 만큼 긴 시간이었음에도 불구하고, 그들은 눈이 퉁퉁 부은 그녀로부터 그간의 사정을 전해 듣고 그녀를 위로하며 곁에 있어 주었다.

본래 그녀는 2차 팀 공식 출발 날짜인 오늘보다 하루 일찍 몽골로 떠날 예정이었다. 하지만 그녀 자신의 황당한 비자 사건 때문에 하루 늦어져 결국 2차 팀은 오늘 전원 같은 비행기를 타고 가게 될 터였다. 물론 그것도 지금 상황에서 빈 좌석이 하나라도 날 경우에나 가능한 일이었지만.

사실 그녀가 다른 팀원들보다 하루 전에 출발하려 했던 것은 참으로 다행스러운 일이 아닐 수 없었다. 애초에 공식 팀 일정에 맞춰 당일 출발 예정이었다면 그녀는 비자를 빼먹었다는 사실을 오늘에서야 알았을 것이고, 결국 팀에 합류할 희망을 품기가 지금보다 더 어려워졌을 터였다. 언제 도착할지 모를 그녀를 기다리느라 팀원 모두가 발이 묶일 수는 없는 일이므로 여정은 예정대로 진행될 테고, 그렇다면 그녀가 뒤늦게 몽골에 도착하더라도 팀에 합류할 방법이 마땅치 않을 것이기 때문이다. 까닭에 하루 전에 문제가 터진 것이 수습할 여유가 있다는 점에서 다행이라면 다행이었다.

이제는 다소 여유를 되찾은 현진은 대로변을 따라 삼장의 집으로 걸어가며 어제저녁 그와 나눈 한 토막의 대화를 떠올렸다.

"마, 혹여라도 말이래이. 야가 낼도 못 올 경우가 생긴다믄 니는 우짤 셈이여?"

"……."

거기까진 생각해 보지 않았기에, 아니, 그런 최악의 경우는 선택지에서 아예 배제하고 싶었기에 현진은 잠자코 침묵을 지켰다.

"왜 말이 읍나? 잉? 마, 복잡하게 생각할 게 머 있누? 니 야 데리고 며칠 늦게라도 만달고비로 올 수 있겠나?"

그의 물음인즉슨 만약 그녀가 다음날, 즉 오늘에조차 못 오게 된다면 삼장 자신은 다른 팀원들을 이끌고 먼저 출발할 테니 현진에게 울란바토르에서 대기하고 있다가 차후에 도착할 그녀를 데리고 함께 만달고비로 올 수 있겠느냐는 것이었다.

만달고비. 이번 도보여행이 실질적으로 시작되는 지점. 그곳은 울란바토르에서 약 250km 떨어진 작은 소도시였다. 물론 울란바토르에는 수도의 명성에 걸맞게 몽골 전 지역으로 통행하는 버스가 있었고 만달고비 역시 예외는 아니었다. 그러나 몽골어 한마디 제대로 할 줄 모르며, 버스터미널이 어디였는지조차 가물가물한 현진으로서는 그곳까지 갈 생각만으로도 막막했다. 가뜩이나 가벼운 주머니 사정에 어제같이 바가지를 씌우는 현지인이라도 만난다면 그것도 문제였다. 그러나 현진은 잠깐의 고민 끝에 그러겠노라고 다부지게 대답했다. 그 잠깐의 틈은 망설임 때문이 아니었다. 그것은 그가 책임지게 될지도 모를, 그녀를 대동한 여정의 막중함이 가슴을 묵직이 짓눌러 왔기 때문이었다. 그러나 버스야 어떻게든 물어물어 타면 될 일이었다. 하물며 여기도 사람 사는 곳인데 뭔들 못할까 싶었다. 무엇보다 사막에 오고 싶어 하던 그녀의 간절함을 너무도 잘 알았기에 현진은 그녀가 사막에 올 수만 있다면 어떤 일이든 발 벗고 나설 생각이었다.

"예, 할 수 있습니다. 아니, 못하더라도 어떻게든 해야죠."

그러나 모든 문제에 앞서 우선은 그녀가 몽골에 와야 했다.

"그런데 끝내 좌석이 안 나서 내일은커녕 그 다음날에도 못 오면 어떻게 합니까?"

"비행기 자리가 안 나믄 중국서 차나 기차를 타고 국경 넘는 수밖에 더 있겠나?"

삼장은 그럴 일마저 생기지는 않기를 빌자며 현진의 등을 툭 치며 웃었다. 오리엔테이션 이후부터 시작된 그와 그녀의 관계를 어느 정도 눈치챈 낌새였다. 그제야 현진은 삼장이 그녀에 대한 자신의 각오를 확인해 본 게 아니었을까, 하는 생각이 들었다. 어쨌거나 공석이 하나라도 나서 그녀가 일정에 맞춰 오는 것이 지금으로서는 가장 이상적인 해결책인 것만은 틀림없었다.

그러나 울란바토르행 비행기 출발을 50분 앞둔 저녁 7시까지 그녀에게서는 별다른 소식이 없었다. 처음에는 다소 여유를 되찾은 것 같던 그녀도 차츰 메시지가 뜸해졌다. 현진은 속이 바짝바짝 타들어갔다. 내색하지는 않았지만, 그것은 삼장도 마찬가지였다. 그는 어느 순간부터 품에 지니고 있던 묵주를 꺼내 한 알 한 알 정성껏 돌리고 있었다. 자신들이 이럴진대 아침부터 무려 열 시간 가까이 공항에서 대기하고 있던 그녀의 심정은 오죽하겠는가 싶어 현진의 가슴은 더 메말라 갔다.

그 시각, 인천공항 대기석에 모여 앉은 이들 사이에서도 분위기는 무겁게 가라앉아 있었다. 진욱은 남몰래 시계를 확인했다. 탑승 시간이 얼마 남지 않았다. 그러나 그는 섣불리 말을 꺼내지 못하고 있었다. 그것은 그녀의 시름을 덜어주고자 줄곧 옆에서 같이 수다를 떨던 정범과 학성 역시 마찬가지였다.

"오빠들, 오랫동안 함께 있어 줘서 너무 고마웠어요. 학성이 너도. 이제 내 걱정은 말고 다들 먼저 가요. 선생님이랑 현진이가 어떻게든 방법을 찾고 있다니까, 다 잘 될 거예요."

결국 그녀가 먼저 고맙고 미안한 자신의 진심을 전했다. 몇 차례 서로를 배려한 말씨름이 오갔으나 다른 이들은 결국 자리에서 일어나야 했다. 그들도 이제는 떠나야 할 때라는 사실을 알고 있었다. 의자에 파묻힌 채로 망연히 자신들을 배웅하는 그녀를 힐끗 돌아본 진욱이 막막한 심정을 한숨으로 토해냈다. 그는 다른 팀원들과 먼저 탑승 수속을 밟겠다는 메시지를 현진에게 보내는 것을 끝으로 핸드폰의 전원을 껐다.

진욱의 메시지를 받은 현진에게서도 나오는 건 한숨뿐이었다. 모두가 떠난 자리에 홀로 덩그러니 남겨져 있을 그녀의 모습이 눈에 선했다. 비행기 출발 시간이 30분 남짓 남았을 때까지도 전화는 잠잠했다. 이제 곧 탑승 게이트마저 닫힐 것이다. 현진도 삼장도 전화가 울리기만을 애타게 기다리고 있었다.

"아까도 말했지만 갸 중국 통해서 올 수도 있으니께 너무 걱정 마래이. 아니믄 요번 팀 말고 나중에 3차 팀으로라도 참가허든지 하자."

핸드폰의 시계만을 뚫어지게 바라보는 현진을 향해 삼장이 가라앉은 어조로 입을 열었다. 짧게 고개를 주억거린 현진은 그러나 아직 포기하고 싶지 않았다. 어떤 믿음을 품고 그는 마지막 희망의 끈을 단단히 잡은 채 놓지 않고 있었다. 참으로 이상한 일이었다. 탑승 마감 시간이 임박해 올수록 오히려 이번에 그녀가 오리라는 확신은 점차 강해져 갔다. 이상하리만치 마음이 차분해졌지만 그렇다고 체념한 것은 결코 아니었다. 그 스스로도 이런 마음의 변화를 설명하기가 난해했다. 다만 그녀가 제때에 고비사막에 오리라는 것이 절대 변할 수 없는 사실처럼 여겨졌다. 사막이 이대로 그녀를 내버려 둘 것 같지는 않았다.

이제 시간은 7시 30분. 비행기 이륙 정확히 20분 전이었다. 그때였다.

마치 그것이 희망 자체이기라도 한 것처럼 손아귀에 으스러질 듯 쥐고 있던 핸드폰이 몸을 떨어댔다. 그녀였다! 크게 숨을 들이켠 후 현진은 통화 버튼을 눌렀다. 좋거나 싫거나 듣게 될 결과는 둘 중 하나였다. 그가 전화를 받자마자 수화기가 터질 듯 다급한 목소리가 들려왔다.

"나 지금 …야! 지금 … 가고 있어!"

무슨 말을 하는지 정확히 파악할 수는 없었지만 그녀의 목소리에 밴 가쁜 들썩임과 발소리로 추정되는 요란스런 울림으로 그녀가 어디론가 허겁지겁 뛰어가는 중이라는 사실을 알 수 있었다. 핸드폰을 쥐고 있던 현진의 오른손이 저도 모르게 떨리기 시작했다. 그는 애써 침착한 어조로 좀 더 천천히 말해 달라고 부탁했다. 그러자 저 너머의 그녀가 잠시 숨을 가다듬는가 싶더니 여지없이 빠른 속도로, 그러나 한결 명료한 발음으로 말을 뱉어냈다.

"나 지금 비행기 타러 가고 있어! 좌석이 딱 한 자리 났대! 내가 대기 1순위라 탈 수 있게 됐어! 야호오오!"

말의 끝에서 그녀는 환호하고 있었다.

"아…."

알고 있었다. 그녀의 전화를 받자마자 전해진 다급함 속에서 현진도 짐작할 수 있었다. 다만 그녀의 입을 통해 다시금 똑똑히 확인하고 싶었을 뿐이었다. 오른손에서 시작된 떨림이 가슴을 짜르르 뒤흔들고는 곧 온몸으로 퍼져나갔다. 벅차오르는 환희가 온몸 구석구석, 세포 하나하나에까지 뻗고 있었다. 주체 못 할 전율로 몸 전체가 덜덜 떨려댔다.

"올 수 있다고?! 정말이야? 정말 올 수 있어?"

"응! 이제 갈 수 있어!"

그들은 서로 목이 메어 더 이상 대화를 지속하는 것이 불가능했다. 그는 그녀에게 잘됐다고, 얼른 타고 오라고, 기다리겠노라고 빠르게 말을 건넨 후 전화를 마쳤다.

고개를 돌리니 삼장이 굵고도 흐뭇한 미소를 짓고 있었다. 시커먼 그의 웃음을 보며 현진도 마주 웃으려 했지만 얼굴이 제멋대로 구겨져 버렸다. 가슴팍부터 그득히 차오른 뜨거운 덩이가 목구멍까지 치밀어 올랐다. 곧 그녀를 만날 수 있다는 기대감과 마침내 그녀의 소원이 이루어졌다는 안도감이 뒤죽박죽으로 엉겨들었다. 삼장의 단단하고도 묵직한 손이 현진의 어깨를 두어 차례 다독였다. 눈앞이 금세 흐려졌다.

"마, 니들 영화 찍나? 머 요래 극적이고?"

삼장이 던진 농에 그제야 그에게서 흐느낌과 같은 웃음이 끄윽끄윽 비집고 새어 나왔다. 하지만 삼장이 틀렸다. 영화도 이보다 더 어이없고 극적이지는 않으리라.

창 너머로는 아침부터 시작된 비가 줄기차게 쏟아지고 있었다. 이렇게 비가 오는 날이면 울란바토르에는 물에 잠기는 도로가 수두룩해졌다. 배수시설이 제대로 갖추어지지 않은 데에다 아직 개발되고 있는 지역이 많은 탓에 이곳저곳 쌓다 말고 뜯어낸 도로 곳곳을 뿌연 흙탕물이 잠식하는 것이었다.

'하지만 우리가 가려는 곳은 이런 도시가 아니야. 우리는 고비사막을 걸을 거야. 그리고 사막에서 비는 축복을 의미해. 수도라는 말이 무색하게도 모든 축복을 거부하는 것처럼 보이는 이곳과 달리 사막에 내린 비는 메마른 땅에 스며들어 키 낮은 풀을 적시고 사람과 가축을 먹여 살릴 거야. 그런 사막을 만나려고 오는 이들을 반기기 위해 이렇게 비가 쏟아지는 거야.'

곧 도착할 이들을 마중하기 위해 몸을 일으키는 현진의 가슴에는 그 자신조차 의식하지 못한 어떤 믿음이 조금씩 그 싹을 틔워가고 있었다.

4

예상보다 오랜 시간이 흘렀다. 한국에서 비행기가 도착한 지 이미 한 시간 가까이 지났다. 크지 않은 울란바토르 공항에 그사이 착륙한 다른 비행기는 없었다. 그러나 게이트에서는 아직 아무런 기미도 없었다. 입국 절차를 밟고 짐을 찾는데 생각보다 오랜 시간이 소요되는 것 같았다. 기다림의 시간이 길어질수록 풍선에 바람을 넣듯 가슴속 설렘은 크기를 더해만 갔다.

'드디어 만나는구나.'

지난 2주간 사막을 걸으며 수십 수백 번을 떠올렸던 한 사람. 전파라도 잡히면 이따금 문자라도 보냈으련만 1차 팀의 여정 동안 그녀와는 단 한 차례의 연락도 주고받지 못했다. 그런 사정이다 보니 날이 갈수록 그리움이 사무치는 것도 당연했다.

첫 만남 때 현진은 이미 그녀에게 반해 있었다. 그냥 반한 게 아니라 푹 빠지고 말았다. 삼장에게 단언한 것과는 달리, 마치 또 하나의 자신을 대하는 것 같은 묘한 친근함 속에서 그는 자신도 의식하지 못하는 사이 그녀에게 끌렸다. 사람 관계는 으레 상대를 알아갈수록 정이니 마음이니 하는 것들도 나무 뿌리내리듯 깊어만 가는 거라고 여겼던 그에게 그것은 상당한 충격이었다.

1차 팀에 참가하기 위해 출국하기까지 한 달이 조금 안 되는 동안 그는 그녀와 세 차례의 만남을 더 가졌다. 곧 그만둘 직장이나마 서울에서 일을 하고 있던 그녀와 대전에 자리 잡은 그가 만날 수 있던 것은 주말뿐이었는데, 세 번 모두 그녀가 대전으로 내려왔다. 그것은 그들 모두가 서울을 답답해하고 싫어한 이유도 있었지만 그가 소개해 준 대전 곳곳을 그녀가 무척이나 마음에 들어 했기 때문이기도 했다. 그녀는 금요일 회사 업무를 마치고 밤늦게 도착해 일요일 오후에 돌아가거

54

나, 서로 애달픈 마음을 못 이긴 나머지 월요일까지 함께 붙어 있다가 그의 배웅을 받으며 새벽 기차로 올라가곤 했다.

그렇게 서로를 애타게 찾던 한 달여의 시간이 흐르고 현진이 1차 팀과 함께 먼저 몽골로 떠나면서 그들은 부득이하게 헤어질 수밖에 없었다. 당연한 수순처럼 그녀를 향한 현진의 그리움도 머나먼 지평에 닿을 듯 나날이 뻗어만 갔다. 일 년 만에 마주한 사막은 여전히 아름답고 광막했으나, 그의 마음은 그녀에게서 쉽사리 벗어나질 못했다. 걷거나 쉬거나 먹거나 자거나 그건 변함이 없었다.

때때로 모두가 잠든 밤이 오면 그는 사막에 홀로 나와 하늘 한편에 떠오른 달을 멍하니 올려다보곤 했다. 비록 한국과 한 시간의 시차가 나긴 했지만 그것은 시곗바늘로 제멋대로 정한 차이일 뿐, 그 순간 그녀도 저 달을 바라보고 있겠거니 생각하는 것이 그나마 애달픈 가슴을 조금은 잠재워 주었다. 달빛이 자신의 마음을 그녀에게, 또 그녀의 마음을 자신에게 전해줄지도 모른다는 어린아이 같은 믿음이 그를 버티게 해 주었다.

그렇게 날이 갈수록 커져만 가는 그리움을 먹고 차오른 달은 어느새 휘둥그레 밝아져 한 덩이 만월이 되었고, 조금씩 풀어내던 그리움은 가실 줄 모른 채 몸집을 불려 가슴에 달덩이 같은 멍울을 남겼다. 달빛이 선명해질수록 절절해지는 애틋함에 밤늦도록 잠 못 이루는 밤이면 그는 어김없이 밖으로 나와 한참을 우두커니 앉아 있었고, 그러다 곱게 퍼진 달무리가 포근히 마음을 적셔올 때면 그제야 가까스로 번뇌의 속박에서 벗어나 잠이 드는 것이었다. 그리고 바로 오늘이었다. 그토록 기다리고 기다리던 날이. 이제 곧 그녀가 저곳에서부터 걸어 나오리라.

게이트에서는 조금 전부터 약간의 간격을 둔 채로 사람들이 하나둘씩 나오고 있었다. 그들 대부분이 한국 관광객이었다. 그러나 아직 2

차 팀의 모습은 보이지 않았다.

마음 같아서는 당장이라도 안으로 뛰어들어 가고 싶었지만 현진은 초조와 설렘으로 범벅된 마음을 억지로 가라앉혔다. 오늘은 그녀만 오는 것이 아니었고, 지금 자신은 공식적으로 2차 팀을 기다리는 입장이었다. 팀을 이끄는 건 삼장이지만 그 역시 할 수 있는 만큼 팀에 도움을 줘야지 도리어 방해가 될 수는 없었다. 다른 팀원들 역시 저마다 어려운 사정을 딛고 큰 기대를 품은 채 사막에 오는 것이었으므로 개인적인 감정에 휘둘려 팀 분위기를 망쳐서는 곤란했다. 그들 역시 이제는 그의 소중한 벗이었기에 현진은 감정이 한쪽으로 치우치지 않도록 마음을 다잡았다.

문득 게이트가 떠들썩해지는가 싶더니 일단의 사람들이 걸어 나왔다. 게이트 앞에서 기다리던 몇몇의 사람들이 큰 목소리로 그들을 부르며 손을 흔들었다. 이내 서로를 발견한 그들은 환한 웃음을 지으며 포옹했다. 보기 좋은 장면이었다. 낯선 이국땅에서 반가운 얼굴을 보는 것만큼 기쁜 일도 드물리라.

연달아 다른 그룹으로 보이는 사람들이 줄줄이 나왔다. 제각기 큼지막한 캐리어와 상자들을 잔뜩 실은 카트를 밀고 들어오는 그들은 한결같이 똑같은 로고가 새겨진 셔츠를 입고 있었다. 셔츠 한가운데에는 빨간 하트와 더불어 'I love Mongolia'라는 글씨가 큼직하게 프린트되어 한 국가에 대한 사랑을 당당하고도 적나라하게 표현하고 있었다. 이따금 목사님 전도사님 하는 말들이 나오는 걸로 봐서 한국에서 온 선교팀인 듯했다. 그들을 보면서 현진은 문득 며칠 전 시내 대형마트에서 마주친 한 무리의 한국인들을 떠올렸다.

"경미야, 저런 사람들 몽골에 자주 오니? 지난번 마트 안에서도 선교 왔다던 한국 사람들을 만났었는데."

현진은 옆으로 고개를 돌리며 물었다. 그의 오른편에는 작달막한 체구의 통통한 여성이 나란히 서 있었다. 현진 또래로 보이는 그녀의 나이는 실제로는 그보다 세 살이나 어렸지만, 앳된 나이와는 달리 그녀의 눈에는 무시 못 할 연륜이 배어 있었다. 그녀의 한국 이름은 경미. 이미 지난 여정 내내 그녀가 보여주었던 일에 대한 책임감과 추진력은 흡사 대가족을 책임지는 안주인을 보는 것 같았다. 울란바토르 외곽에 홀로 방을 구해 지낸다던 그녀는 일을 하면서 대학에 다닌다고 했다. 현진과는 작년에 함께 여행하며 만났었는데 그때보다도 한국어 실력이 더욱 유창해져 있었다.

"응, 저런 사람들 많아요."

그가 가리키는 방향을 가만히 훑어본 그녀가 대답했다. 그리고는 잠깐의 공백을 끼고 말을 이었다.

"그런데 저 사람들 오면 조금 힘들어요. 몽골 사람들 전부 그렇진 않지만… 어떤 몽골 사람들, 저 사람들 별로 안 좋아해."

특유의 거센 억양으로 높임말과 낮춤말을 번갈아 말하는 그녀의 한국어가 이제는 다소 귀에 익었다. 현진이 의아한 시선으로 이유를 묻자 그녀는 마지못한 듯 "저 사람들 몽골 와서 너무 시끄럽게 하거든요." 하더니, 곧 "하지만 좋아하는 몽골 사람도 많아요."라고 조그맣게 덧붙였다. 혹시라도 같은 한국인을 비난하는 것에 대해 그가 언짢아할지도 모른다는 생각에 그녀의 어조는 사뭇 조심스러웠지만, 현진에게는 그 말에 담긴 의미가 마냥 편치만은 않았다.

어느새 게이트 부근의 인파를 뚫고 공항 출구까지 도달한 무리는 그 자리에 멈춰 밖으로 나가기 전 인원 점검을 하고 있었다. 스무 명 정도의 인원이 출입구 주위를 점령한 탓에 다른 사람들은 삥 둘러 돌아갈 수밖에 없었다.

현진은 출구에서 그리 떨어지지 않은 곳에 있었던지라 꽤나 자세히 그들을 살필 수 있었는데, 무리는 몇몇 인솔자를 제외하고는 많이 쳐

쥐야 이십대 초반으로 보였다. 남녀 비율은 얼추 비슷했다. 여자들은 하나같이 얼굴에 새하얀 분칠을 했고 입술에는 저마다 빨갛고 분홍색의 립스틱을 진하게 발랐다. 그녀들의 굽 높은 구두가 바닥에 부딪힐 때마다 흡사 예리하게 벼려진 칼날이 쏟아지듯 날카로운 음향이 귀를 할퀴고 지나갔다. 남자들은 마치 태양에 구속된 행성처럼 그녀들 주위를 끊임없이 맴돌며 재잘대고 있었는데, 그 소리가 어찌나 짜랑짜랑한지 보고 있는 그가 다 민망스러울 정도였다. 현진은 그들의 모습에서 낯선 세계를 접하는 이라면 으레 가질 법한 신중함과 조심스러움을 조금도 발견할 수 없었다.

'무엇이 저들을 저토록 방만하게 만든 걸까?'

한 번 삐딱한 시선으로 바라보았기 때문일까. 그들의 일거수일투족이 마음에 들지 않았다. 그저 요란스럽고 경박하다는 생각뿐이었다. 선교는 무슨, 한국인 욕만 먹이지 않으면 다행이지. 무심결에 중얼거리던 현진은 지나칠 정도로 냉소적인 스스로의 태도를 깨닫고 놀라고 말았다. 그는 더 이상의 관심을 피하기 위해 그들로부터 고개를 돌렸다. 지나친 관심은 중요한 여정을 앞둔 그에게 불필요할뿐더러 다른 누군가를 드러난 모습만으로 섣불리 판단하는 것이 얼마나 어리석고 위험한 일인지 그는 잘 알고 있었다. 한창 청춘들이 치장을 하거나 달콤한 말로 이성의 관심을 끌려는 것은 당연한 일이었건만 색안경을 끼고 참견하는 것도 꼴사나운 짓이라는 생각이 들었다. 더구나 저들 대부분은 그에게 동생뻘에 불과하지 않은가. 다행히 무리는 인원 점검 후 간단한 지시 사항을 전달하고는 곧 공항을 나섰다.

현진은 다시 게이트를 쳐다보았다. 이제는 여럿씩 짝을 이룬 사람들이 쉬지 않고 나오고 있었다. 그리고 그로부터 얼마 후 그의 눈에 낯익은 얼굴들이 속속 들어왔다. 그토록 기다리던 2차 팀이 마침내 나오고 있었다. 진욱, 정범, 학성, 그리고 그녀까지. 늦도록 게이트 앞에 진을 치고 있는 수많은 인파에 놀랐는지 그들 모두 당황한 기색이 역력했다. 특히나 그녀는 눈을 어디에 두어야 할지 몰라 사방을 두리번거리고 있었다. 다사다난했던 지난 이틀간의 피로와 마음고생의 흔적이 그녀의 퀭한 얼굴에 여실히 배어 있었다. 그 모습에 현진은 안쓰러움을 느끼기보다는 실소부터 터지고 말았다.

'우여곡절 끝에 결국 왔구나, 저 덜렁이.'

그때 삐뚤빼뚤한 글씨체로 '환영합니다'라고 쓰인 피켓을 든 두 명의 남자가 일행에게 다가서는 것이 보였다. 짐작으로는 택시 아니면 게스트하우스의 호객꾼이 아닐까 싶었다. 맨 앞에서 일행을 이끌던 정범이 어색한 미소로 절레절레 고개를 흔들었음에도 불구하고 그들은 아무도 알아들을 리 없는 몽골어를 빠르게 내뱉으며 열심히 쫓아왔다. 그러나 이내 앞쪽에서 손을 흔들며 다가서는 현진을 발견하고는 미련 없이 몸을 돌려 군중 속으로 사라졌다.

"다들 오느라 고생했어. 웰컴 투 몽골!"

"이야, 요게 누꼬? 더 새카맣게 타서 알아볼 수가 없네이! 이젠 유목민이라 케도 믿겠구마이."

가장 먼저 현진을 발견한 정범이 반가움을 가감 없이 드러내며 힘껏 악수를 건네 왔다.

"정말 오랜만이다. 사막에서는 살만하디?"

"잘 지냈나 봐요, 형. 어째 몸이 더 좋아진 거 같은데요?"

이어 다른 이들도 차례로 그와 인사를 나누었다. 서로가 느끼는 반가움에 비해 그들의 인사는 대체로 간소했다. 한차례의 단단한 악수와 포옹, 그게 전부였다. 그러나 그들은 진심으로 서로를 반가워했다. 비록 함께 어울린 시간은 많지 않았지만 같은 꿈을 꾸며 한자리에 모였다는 사실만으로도 그들은 오랜 지기에게서나 느낄 정을 서로에게 느끼고 있었다. 사막이라는 흔치 않은 매개체가 짧은 시간이 무색할 만큼 마음과 마음을 견고히 이어주었던 것이다. 사막을 향한 동경의 모양과 색깔은 제각기 달랐어도 그 간절함만큼은 모두 같았기에 가능한 일이었다.

정범과 진욱, 학성과 차례로 인사를 나눈 후 현진은 마지막으로 맨 뒤에서 쭈뼛대고 있는 그녀와 마주 섰다.

'드디어.'

그토록 그립고도 그리웠던 이가 눈앞에 있었다. 2주 전 헤어졌던 모습 그대로. 기억에 마지막으로 새겨졌던 모습 그대로.

그런데 어찌 된 영문인지 아교라도 바른 듯 입이 좀체 떨어지질 않았다. 그토록 보고 싶던 그녀였건만 정작 마주 서니 말문이 막히는 것이었다. 만나자마자 꼭 안아주기로 약속도 했었는데, 그 모든 게 물 건너간 것 같았다.

'아냐, 이게 당연한 거야. 어쨌든 지금은 공적인 자리니까….'

그렇게 스스로를 다독인 현진은 스멀스멀 피어나는 어색함이나마 떨치고자 짐짓 매운 얼굴로 그녀에게 꿀밤 놓는 시늉을 했다. 그런 그의 행동에 그녀가 잔뜩 목을 움츠리며 눈을 질끈 감았다. 그러나 한참이 지나도 아무런 일이 없자 슬그머니 한쪽 눈을 뜨고는 조심스레 그의 눈치를 살피기 시작했다. 그 미워할 수 없는 모습에 현진은 그간 자신을 짓눌러 온 긴장감이 일시에 허물어지는 것을 느꼈다. 비로소 그녀가 눈앞에 있다는 사실이 온몸으로 실감되고 있었다. 저도 모르게 벅차오르는 몸의 떨림을 감추려 그가 부러 크게 웃음을 터뜨리자, 그의 표정을 살피고 있던 그녀가 남은 한 눈을 마저 뜨며 배시시 따라 웃었다.

"바보야. 어떻게 비자 받는 걸 잃어버릴 수가 있어?"

"미안해. 난 비자라는 게 있는지도 몰랐어. 난 정말 바보야."

너무나 쉽게 자책하는 그녀를 현진의 부드러운 눈길이 쓰다듬었다. 그래, 과정이야 어찌 됐든 지금 이 자리에 그녀가 서 있다는 사실만이 중요할 뿐이다.

"잘 왔어. 정말 오래 기다렸어."

그 말과 함께 현진은 그녀를 부드럽게 끌어안았다. 그녀의 몸이 순간적으로 뻣뻣해졌다가 이내 천천히 풀어졌다. 현진의 어깨에 살며시 머리를 기대며 그녀가 속삭였다.

"나도. 나도 너무 보고 싶었어."

모두와 인사를 마친 후 현진은 다른 팀원들에게 경미를 소개시켜 주었다. 그러나 새로운 얼굴이 서먹한 탓에 서로들 나누는 인사가 아직은 멋쩍기만 했다. 웃고는 있지만 다들 표정은 어딘가 모르게 딱딱하고 자연스럽지 못했다. 그들의 모습에서 현진은 작년 자신의 모습을 볼 수 있었다. 당시 그는 가뜩이나 숫기가 없었을뿐더러 외국인이라는 고정관념도 지녔던 탓에 처음에는 경미에게 말 한마디 건네는 일조차 부담스러워했다. 혹여 경미 쪽에서 먼저 말을 걸어올라치면 황급히 대화를 끝마치기에 바빴다. 그러나 함께 길을 걸으면서, 또 밤마다 모닥불을 사이에 두고 서로 이야기를 주고받으면서 그들 사이에도 우정이라고 부를 만한 것이 싹트기 시작했다. 국적이나 성별 따위는 날이 갈수록 그 중요성을 잃어갔다. 자신이 그러했듯, 그들 역시 금세 친해지리라고 그는 믿었다. 아닌 게 아니라 붙임성 좋은 정범은 이미 일말의 어색함조차 떨쳐 버렸는지 벌써부터 경미에게 달라붙어 이것저것 말을 걸고 있었다. 그 막무가내식 친화력이야말로 정범의 가장 큰 장점 중 하나였다. 현진 역시 첫 대면에서 본 그의 거리낌 없고 솔직한 모습에 흔쾌히 마음을 열 수 있었으니까.

서로 간의 인사가 어느 정도 마무리되자 현진은 일행을 공항 밖으로 이끌었다. 아침부터 요란히 내리던 비는 그 기세가 조금 꺾였을 뿐 여전히 불그레한 구름 사이로 줄기차게 쏟아지고 있었다. 밖으로 나오자마자 살갗에 부딪히는 차디찬 빗방울에 한국에서 온 일행들이 화들짝 놀랐다. 건조한 대륙성 기후에 속하는 울란바토르는 일교차가 매우 큰 편이었고, 바람의 세기도 무척이나 강했다. 도착한 시간이 한밤중인 데에다 비에 바람까지 겹치니 여름 날씨라고 기대하고 반팔 차림으로 입국한 이들은 우들우들 떨 수밖에 없었다. 사막에서는 비가 축복이라고 하지만 그것도 사람 나름이었다. 그들은 아직 한국의 끈적끈적한 장마철 무더위를 떨치지 못한 사막이 낯설기만 한 이방인에 불과했다.

다행히 발걸음을 재촉한 덕분에 2차 팀을 태우고 갈 SUV차량의 그림자는 금세 나타났다. 마침 차 범퍼 앞으로 검은 인형이 하나 기대어 있었다. 희미한 공항 조명을 받아 흐릿하게 드러난 굵은 실루엣으로부터 그 정체가 삼장임을 현진은 한눈에 알아차렸다. 1차 팀을 마치자마자 곧바로 2차 팀에 필요한 물품과 차량을 준비한답시고 며칠간 잠마저 제대로 자지 못했던 그는, 차에서 눈 좀 붙이겠다면서 현진에게 팀원들의 마중을 부탁했었다. 그러나 그 또한 설렘과 초조함 탓에 잠 못 이룬 것일까. 차 밖으로 나와 있는 그를 보며 현진은 삼장의 단단한 외모 이면에 가려진 다정스러움을 얼핏 목격한 듯도 싶었다.

그들이 다가가는 내내 그림자의 머리 부근에서는 영롱한 적광이 짧은 생명을 태우고 연기로 화해 빗속을 거슬러 올라가기를 반복하고 있었다. 비 오는 밤의 정취를 묘하게 자극시키는 불빛이었다. 이제 곧 시작될 여정에 대한 흥분과 떨림, 걱정을 애써 잠재우며 여행자가 누리는 막간의 휴식처럼. 팀원들 모두는 곧 그의 앞에까지 도착했다.

"여어, 이제들 왔나? 다덜 오느라 고생 많았대이."

어둠 속에서 두 눈만 하얗게 반짝이는 그림자로부터 여지없이 구수한 사투리가 터지며 이국의 밤공기를 힘차게 뚫고 나갔다. 팀원들은 차례로 삼장에게 인사를 건넸다. 비록 오리엔테이션 이후 첫 만남이었지만 그들의 몸짓에는 삼장을 향한 변함없는 반가움과 존경심이 깃들어 있었다. 그만큼 삼장에게는 그들로서는 쉽게 접해보지 못한 어떤 종류의 카리스마가 있었다. 팀원들의 살가운 인사 속에는 온실 속 화초가 야생초 아니, 어쩌면 자유로이 들판을 떠도는 짐승에게나 지닐 법한 선망의 감정이 배어 있었다.

날씨는 차고 갈 길은 멀었기에 그들의 인사는 짤막히 끝났다. 그사이 차에서 대기하고 있던 또 다른 몽골 팀원인 선미가 나와 한국 팀원들이 짐 싣는 것을 도와주었다. 팀원들은 간단한 바람막이 정도만 챙겼다. 배낭이 젖을세라 서둘러 짐을 적재시킨 그들은 곧바로 차에 몸을 실었다. 늦은 밤 네 시간의 하늘 길 여정을 마치고 낯선 이국땅의 급변한 날씨를 맞아 정신없을 텐데도 모두가 날래게 움직인 덕분에 일행은 큰 소요 없이 출발할 수 있었다.

"앞으로 한나절은 더 가야 하니께 준비덜 단단히 하래이."

몽골은 한국의 10분의 1에도 못 미치는 인구수에도 불구하고 그 크기는 한반도의 여덟 배에 이르는 거대한 나라였다. 그 면적의 절반 정도를 사막이 차지하고 있었다. 그러니 자연히 도시와 도시 간의 이동 거리가 무척이나 길어질 수밖에 없었고, 한나절이라는 삼장의 말도 결코 과장된 게 아니었다. 그러나 그 까마득한 시간을 들었음에도 불구하고 도착한 이들 중 어느 누구도 그 의미를 제대로 실감하지 못했다. 그저 이 순간 자신이 먼 이국땅에 있다는 사실만 도드라진 채 호기심 가득한 눈길로 창밖을 훑어보기에 여념이 없었다.

하지만 딱히 보이는 게 있을 리 만무했다. 창밖으로는 먹물을 통째로 쏟아 부은 듯 온 세계가 어둠 속에서 경계를 잃은 채 뒤엉켜 있었다. 공항을 출발한 지 얼마 흐르지도 않았건만 보이는 것이라곤 전조등에 비친 몇 미터의 시커먼 도로가 전부였고, 그 옆으로는 그보다 더 짙은 어둠이 내려있었다. 어쩌다 다른 차량이 한두 대 지나칠 뿐, 한국에서는 흔하디흔하던 가로등은 아예 보이지도 않았다. 이런 폭우를 무릅쓰고 한밤중에 시외로 이동하고자 하는 이는 몽골 내에서도 거의 없는 것 같았다.

다른 이들과 마찬가지로 사방을 둘러싼 먹의 바다를 두리번대던 그녀의 가슴에, 문득 두려움 비슷한 감정이 피어올랐다. 흡사 어둠 자체가 먹잇감을 노리는 한 마리 거대한 맹수처럼 그녀를 노려보고 있는 것 같았다. 그것은 비참했던 자신의 과거 같기도 했고, 한 치 앞도 보이지 않는 자신의 앞날 같기도 했다. 그러나 그녀는 내심 고개를 저으며 마음을 다잡았다. 애송이일망정 아니, 오히려 애송이로 치부될 만큼 젊었기에 그녀는 호기심을 벗 삼고 무지를 용기 삼아 열띤 가슴으로 이곳에 온 것이었다. 그녀는 고개를 돌려 다른 일행들의 모습을 넌지시 살펴보았다. 그녀의 시선이 모두를 차례로 훑고, 짙은 음영이 드리워진 현진의 옆얼굴에 마지막으로 가 닿았다.

'어쩌면…'

무심코 중얼거리던 그녀가 황급히 말을 삼켰다. 잠시 후 그녀는 반드시, 라고 새로운 단어를 조심스레 뱉어 보았다. 지금 눈앞의 이들과 동행할 수 있다면… 그래, 반드시.

차근하고도 굳건히, 그녀의 가슴에는 어떤 두려움에도 굴하지 않고 이 모험을, 그리고 앞으로 펼쳐질 모든 길을 걸어갈 수 있으리라는 확신이 아름드리나무의 그것처럼 뿌리내리고 있었다. 그것은 방금 전까지 그녀를 엄습해오던 두려움을 한껏 몰아내기 시작했다. 이번 여행이 마냥 편치만은 않더라도, 또 예상보다 훨씬 힘들지라도, 결국 기억에 두고두고 남을 멋진 여행이 되리라고 그녀는 믿었다.

비가 쏟아지는 가운데 꺼지지 않는 꿈들을 품은 차는 어둠 속을 빠르게 질주해 갔다. 최면술사의 추처럼 앞 유리창의 와이퍼가 일정한 운동을 반복하며 쌓인 빗물을 긁어내고 있었다.

폭풍

1

본래 사막의 길이란 도시와 도시, 또는 유목민이 게르와 도시를 오 갈 때 남긴 수많은 바퀴 궤적들의 집합과 다르지 않다. 그 황량함만큼 이나 인간이 겸허해질 수밖에 없는 사막에서는 길마저 인공이 아닌 자 연을 닮아있다. 아직 개발의 마수가 닿지 않았기에 지형이 쉽게 변할 일은 없고, 덕분에 앞서 지나간 이들의 흔적이 여실히 남아 있을 수 있 는 것이다. 사람들은 앞선 이의 흔적을 뒤쫓아 가는 것이 그만큼 안전 하고 효율적이라는 사실을 경험을 통해 잘 알고 있었으며 그래서 궤적 위에 궤적이, 그 위에 또 다른 궤적이 겹쳐져 오랜 세월에 걸쳐 사막길 이 만들어졌다. 그 길에 비하면 직선적이고 획일적으로 도배된 도시의 길은 얼마나 무정하고 비인간적인지. 또, 그것은 얼마나 비자연적인지.

그럼에도 불구하고 사막에 정도(定道)란 없었다. 모든 길은 길 위의 여행자에게 참고는 될망정 그 자체로 법도가 될 수는 없었다. 바퀴 자 국들은 서로 흩어지다 모이고 다시 엇갈리고 만나기를 반복하며 수많 은 부채꼴의 형태를 그리곤 했는데, 그것은 졸음에 겨운 어떤 이가 잠

65

이 들었다가 황급히 놀라 방향을 튼 것일 수도 있었고, 타인이 지나간 대로를 무작정 따르기 거부한 어느 진취적인 이가 도통 방향을 잡을 수 없는 광대한 대지의 위용에 눌려 겸허히 궤적의 대열에 재합류한 것일 수도 있었다. 같은 목적지라도 얼마든지 다른 방향에서, 다른 방식으로 갈 수 있다는 사실을 현진은 사막에 올 때마다 매번 깨닫곤 했다. 그리고 그 길들 모두가 저마다 다른 의미를 품게 된다는 것도.

일견 사막은 워낙 넓게 트여 있어 그 황량한 풍광에서조차 바라보는 이로 하여금 청량감마저 느끼게 한다. 그러나 좀 더 가까이 다가선다면 광활히 펼쳐진 그 땅에 무수한 굴곡이 물결치고 있다는 사실을 발견할 수 있으리라. 굴곡의 정체란 바로 수많은 구릉의 집합이다. 그 크기는 저마다 제각각이어서 과속방지턱만큼 작은 것에서부터 큰 언덕만 한 것까지 다양했다.

뒤 창가에서 기대자던 정범의 머리가 아까부터 끊임없이 창에 부딪히는 혹사를 당하는 것도 바로 그 때문이었다. 이미 그의 왼쪽 이마에는 눈에 보일 만큼 큼직한 혹이 솟아 있었다. 그러나 그는 시원스런 성격만큼이나 호기롭게 웃어넘길 뿐이었다.

"요래 내 혹 난 거 쫌 보래이. 고놈 큼지막하게도 났네이!"

그 너스레에 다들 졸음에 겨운 중에도 잔웃음이 파문처럼 일었다. 반쯤 몸을 접은 채로 일행들은 차 이곳저곳에 짐짝처럼 널브러져 꾸벅이고 있었다. 자정 무렵에야 공항에서 출발한 그들은 도중에 네 시간가량의 야영을 제외하고는 한 차례도 쉬지 않고 달려왔다. 때는 어느덧 정오가 지나고 있었다. 모두가 피곤에 지쳐 있는 것도 무리가 아니었다.

지난 팀에서도 그랬지만 이번에도 오프로드를 달리는 차량에 오랜 시간 웅크리고 있던 탓에 현진은 엉덩이고 허리고 할 것 없이 온몸이 결려 줄곧 몸을 뒤척였다. 할 수만 있다면 고무줄 당기듯 몸을 양쪽으로 쭉쭉 잡아서 늘리고 싶었다. 하지만 긴 시간 앞좌석에서 운전만 하고 있는 젊은 기사는 몸을 뒤척이는 낌새도 보이지 않았다. 꿈쩍도 않고 운전에 열중하는 그를 보며 어느 누구도 힘들다고 불평을 내뱉지 못했다. 2차 팀에서 새로이 합류한 그는 크진 않지만 단단한 몸을 지닌 그들 또래의 몽골인이었다. 자신의 이름을 라캉이라고 소개한 그는 틈틈이 농을 던지며 홀로 웃는 경우가 많았는데, 비록 그 뜻을 이해할 수는 없었지만 그의 호쾌한 웃음소리를 듣고 있노라면 뭐가 저리 즐거운가 싶으면서 찌푸려진 마음도 빨래 털 듯 쫙쫙 펴지는 것이었다.

그러나 다른 때라면 현진에게 고달프고 지루하기 짝이 없었을 이동이 지금만큼은 그렇지 않은 이유는 따로 있었다. 그는 슬쩍 눈길만 돌려 자신의 왼 어깨를 바라보았다. 거기에는 그녀가 머리를 기댄 채로 잠들어 있었다. 바로 그녀의 존재가 그에게 지치지 않는 힘을 주고 있었다. 차량이 한차례 크게 들썩일 때마다 그녀 역시 창문에 머리를 부딪치곤 했는데, 그것이 정범의 그것과 더불어 앞뒤로 리듬을 탈 때면 현진은 살며시 그녀를 끌어당겨 자신의 어깨에 기대게 했다. 그러면 졸고 있는 중에도 그녀가 고마움의 표시로 손을 살며시 감싸 쥐는 것이었다.

손을 통해 전해지는 그녀의 체온을 느끼며 현진은 지난 새벽의 일들을 다시금 떠올려 보았다. 그러자 검은 장막처럼 드리워졌던 기억들이 베일을 벗고 하나둘 움트기 시작했다. 그건 정말이지 길고도 컴컴한 밤이었다. 결코 잊을 수 없는 추위와 거기에 덧입혀진 고통과 분노, 폭풍에 흩날리던 외로움과 그리움의 파편들, 그리고 그 모든 것이 뒤죽박죽 섞여 토해지던 암흑 같던 순간들….

2

공항에서 벗어나 삼십여 분을 더 가자 마치 칼로 잘라내기라도 한 듯 아스팔트 도로가 끝이 났다. 그 후부터는 끊임없이 덜컹거리는 사막길이 본격적으로 시작되었다.

울란바토르에서 만달고비까지 가는 길은 생각보다 훨씬 긴 여정이었다. 거리상으로만 따진다면 250km 남짓에 불과하지만 그 길을 한국에서 늘 접하던 매끄럽고 평탄한 도로와 똑같이 여겨서는 안 되었다. 도시 외곽까지만 뻗은 아스팔트 도로는 이내 온데간데없어지고 대신 원형 그대로를 품은 암석의 땅이 펼쳐지는 것이다. 그 땅을, 사막과 함께 무수한 세월을 버텨온 자갈 위를, 그들은 앞서 지나간 다른 이들의 흔적을 더듬으며 나아갈 도리밖에 없었다. 길 위에 몸을 누인 자갈의 수만큼이나 거듭되는 요동은 한국의 여느 도로에 비할 바가 아니었다. 간혹 물웅덩이를 지나는지 물살을 가르는 격한 파열음이 날카롭게 창틈을 비집고 들어왔다.

그렇게 다시 세 시간가량 갔을까. 종일 내리던 빗살이 약해지는가 싶더니 결국 그칠 기미를 보였다. 쉬지 않고 유리창을 닦아내던 와이퍼의 움직임도 점차 느려지고 있었다. 그러나 창 너머로 들려오는 바람의 곡성은 여전히 높고도 날카로웠다. 이미 라캉과 삼장, 현진을 제외한 나머지 일행들은 차의 빈자리마다 몸이 처박힌 채 쓰러져 있었다. 처음 반 시간 동안은 마냥 신기해하며 떠들썩하게 주위를 두리번대던 이들은, 그러나 아무것도 보이지 않는 풍경에 지치고 피곤에 내몰린 나머지 사막 길의 무수한 요동침에도 아랑곳 않고 잠에 빠져들었다. 뒷좌석에서 유일하게 깨어 있던 현진은 차의 흔들림에 몸을 맡긴 채 헤드라이트에 비친 그 좁고도 한정된 세계를 멍하니 바라보고 있었다.

그러던 어느 순간이었다. 오랫동안 말없이 조수석에 앉아 있던 삼장이 고개를 돌려 사방을 훑는가 싶더니 유리창 너머 한 방향을 가리키며 라캉과 몽골어로 몇 마디 주고받았다. 뒤에서 가만히 그 모습을 주시하던 현진의 등 뒤로 이유 모를 불길함이 스멀스멀 타고 올라왔다.

아니나 다를까. 잠시 후 차가 멈춰 섰다.

"다덜 그만 일어나래이! 시방 여서 야영을 할 기다!"

잠결에 취해 있는 팀원들을 돌아보며 삼장이 쩌렁 외쳤다.

모두가 그랬지만 현진은 누구보다도 당혹스러움을 느꼈다. 꼭두새벽부터 야영을 하는 것은 기존 팀에서는 전혀 없던 일이었다. 더구나 밖에는 태풍 때나 불법한 강풍이 미친 듯 몰아치고 있었다. 아닌 게 아니라 열 명 가까운 사람과 또 그만한 짐을 싣고 있는 차의 몸체가 바람의 기세에 떠밀려 기우뚱거리길 반복하고 있었다. 문을 열고 나서기가 실로 겁나는 상황이었다. 그러나 결국 변변찮은 항의마저 하지 못한 채 그들 모두는 차에서 내려야 했고, 내심 각오는 했지만 밖으로 나오기가 무섭게 몸에 부닥치는 강풍에 질겁할 수밖에 없었다.

"으악! 이게 뭔 난리야? 잠이 확 깨네!"

잠이 깨는 건 둘째 치고 금세라도 얼어 죽을 것 같았다. 말 그대로 온 세계가 미쳐 날뛰고 있었다. 이 순간만큼은 불평마저 사치라고 느껴졌다. 당장 필요한 건 무자비하게 할퀴어대는 바람으로부터 몸을 보호해 줄 텐트였다. 서둘러 텐트를 쳐야 한다는 생각이 모두의 머릿속을 지배했다. 각자는 부랴부랴 자신의 배낭을 내리고 그 위에 동여맨 텐트를 풀러 설치하기 시작했다. 그러나 사방팔방 펄럭이는 텐트만큼이나 그들의 정신은 혼미해져 어찌할 바를 몰랐고, 순식간에 얼어버린 손가락은 자신이 한 생명체의 일부라는 사실마저 포기한 듯 제대로 움직여지지도 않아 지주 핀을 박는 일조차 무척이나 버거웠다.

일행 모두가 정신을 차리지 못했지만 그중에서도 반바지 차림이었던 현진과 진욱은 특히나 몸을 떨어대고 있었다. 그들의 신세는 이른 봄

멋모르고 잎사귀를 피워냈다가 꽃샘추위를 정면으로 맞닥뜨린 새싹과
도 같았다. 공항에서 출발하기 진 긴 바지로 갈아입겠다는 것을 차에
타면 괜찮을 거라며 구태여 말린 삼장 때문이었다. 그래놓고 이런 폭
풍 속에 자신들을 던져 놓은 그에게 현진은 울화통이 터졌다. 손아귀
에 힘이 들어가질 않아 그는 텐트 와이어의 매듭을 조이는 간단한 일
조차 번번이 실패하고 있었다. 바람은 급기야 그들 모두를 통째로 날
려 버리겠다는 듯 갈수록 심하게 몰아쳤고, 다인용인지라 유난히도 손
볼 곳이 많았던 현진의 텐트는 완성까지 요원해 보였다. 텐트를 치는
내내 수십 번도 더 치밀어 오르는 짜증과 분노에 그는 점차 이성을 잃
어갔다.

"씨발! 대체 왜 이딴 날씨에 야영을 하겠다는 거야?"

도무지 이해할 수 없는 삼장의 지시에 그가 연신 이를 갈아대면서도
어찌어찌 텐트를 세워놓을 즈음 태평한 어조로 삼장이 팀원들을 불러
모았다. 폭풍 속에서도 그는 홀로 고요한 섬처럼 앉아 있었고, 그 앞에
는 보드카 한 병이 떡하니 놓여 있었다. 현진은 완성된 텐트 안에 침낭
과 배낭을 집어넣은 후 머리끝까지 치미는 화를 겨우 억누르며 그에게
로 다가갔다. 이미 텐트 설치를 마친 다른 팀원들이 둥그렇게 둘러앉
아 현진을 기다리고 있었다.

"명색이 선배라는 놈이 왜 요래 늦었누? 질루 꼴찌구마이."

자리에 앉는 그를 보며 삼장이 빈정대는 어투로 자존심을 긁었다.
왜 굳이 하지 않아도 될 저런 소리를 일부러 해대는지 현진으로서는
그의 속마음을 읽을 수가 없었다. 다만 그의 얼굴을 보는 순간 당장이
라도 냅다 후려갈기고 싶다는, 그 자신도 놀랄 만한 충동을 억누르기
위해 현진은 시선을 땅바닥에 고정시킨 채 건성으로 웃어 보였다. 바
닥에서는 누군가의 머리에 달려 있을 헤드랜턴의 미광이 정처 없이 배
회하고 있었다.

팀 전원이 모인 것을 확인한 삼장은 모두의 시선 속에서 자기 앞에 놓인 보드카를 들어 잔에 따랐다. 그리고는 잔 안의 술을 손가락으로 찍어 하늘을 향해 튕겨 보였다. 그렇게 세 번에 걸쳐 반복한 그는 그대로 잔을 들이켰다. 현진으로서는 이미 몇 차례 본 적 있는 하늘과 땅, 사람에게 여행의 안전을 기원하는 유목민 식 고수레였다. 그것을 시작으로 삼장은 가장 먼저 라캉에게 잔을 건넨 다음 그 후로는 나이순에 따라 진욱, 정범, 현진에게 차례로 잔을 돌렸다. 그들 역시 삼장을 따라 고수레를 한 후 잔을 들이켰다. 현진 다음으로는 그의 옆에 오므려 앉아 있던 그녀가 잔을 받았다. 희미한 랜턴 불빛에 비친 그녀는 파리하게 질려 달달 떨고 있었다. 그 모습이 무척이나 안쓰러웠지만 현진으로서는 당장 어떻게 해 줄 도리가 없었다. 그녀 다음으로 학성이 잔을 받을 차례가 되자 신실한 크리스천이라던 그는 고수레가 마음에 걸렸는지, 아니면 술을 마셔야 한다는 사실이 마땅찮았는지 잔 받기를 한사코 거절했다.

"요건 술이 아니라 마음이래이. 고래 믿고 마시믄 아무 탈도 없을 거래이. 몸을 뜨뜻하게 해 줄 기다."

결국 학성은 잔을 두 번에 나누어 들이켰다. 그의 얼굴이 뱃속을 태우는 알코올에 금세 일그러졌다.

이후 경미와 선미까지 한 잔씩 돌려 마시자 보드카 한 병이 금세 동났다. 도수 사십의 독한 술이 들어오자 아랫배 언저리에서 시작된 후끈한 열기가 이내 온몸으로 퍼지기 시작했다. 그 열기가 추위를 조금이나마 가시게 해 주기를 바랄 뿐이었다.

그러던 중 정범은 자신이 한국에서부터 가져온 팩소주가 여럿 있음을 떠올렸다. 그는 그것들을 가져와도 되는지 삼장에게 허락을 구했고, 주는 술은 결코 마다하는 법이 없는 삼장이 흔쾌히 고개를 끄덕이자 냉큼 텐트로 달려가서 금세 한 아름 가득히 술을 들고 왔다.

"하나, 둘, 서이, 너이… 일곱. 참말로 많이도 가져왔구마이?"

살을 도려내다 못해 뼛속까지 파고드는 추위를 잊고 싶었던 그들은 주거니 받거니 하며 순식간에 소주 일곱 팩을 마셔 버렸다. 그런데 비어버린 소주 팩들이 늘어날수록 정작 그것을 바라보는 정범의 눈은 착잡한 빛을 띠어갔다. 사실 그것들은 그가 사막에서 유목민을 만날 경우 선물로 주기 위해 챙겨온 것이었다. 유목민들이 보드카를 즐겨 마신다는 사실을 어디선가 귀동냥으로 듣고는 한국을 대표하는 술을 그들에게 선물하는 것도 좋겠다는 생각에서였다. 비록 너무 추웠던 나머지 곧바로 떠오른 것이 자신이 가져온 그 술들이었지만, 뒤늦게나마 밀려오는 안타까움을 금할 길은 없었다.

의지와 상관없이 일행들의 몸은 여전히 덜덜 떨리고 있었지만 독한 알코올로 적셔진 그들의 정신은 잠시나마 추위를 잊고 고양되었다. 취기가 오른 그들은 갑작스레 일어나 한 곡 걸쭉히 뽑은 삼장을 필두로 해서 차례로 노래를 부르기 시작했다. 그러나 그것은 사실 노래라기보다는 바락바락 악을 쓴 것에 가까웠다. 급작스레 맞게 된 이 정신 나간 짓의 무모함을 맹렬히 힐책이라도 하듯, 아무도 없는 허공을 향해 그들은 고래고래 고함을 질러댔다. 현진 역시 끓어오르는 짜증과 분노를 노래 속에 일제히 쏟아 내었다. 무지막지하게 몰아치는 바람의 두터운 함성마저도 그의 외침을 덮기에는 역부족이었다. 그렇게 노래를 가장해 내지른 고함은 이내 바람을 타고 멀리멀리 사라져 갔다. 신명나게 고통을 승화시킨다는 말. 도저히 흥이 날 것 같지 않은 상황에서 악을 쓰며 노래를 부른 현진은 그 말의 의미를 여실히 체감할 수 있었다.

한밤중 맹렬한 폭풍 한복판에서의 야영을 결정한 삼장이 일행들의 그런 심경을 몰랐던 것은 아니었다. 사실 그는 누구보다도 그들의 마음을 공감하고 이해했다. 저마다 말 못 할 사정을 끌어안고 머나먼 타국을 찾아와 널뛰는 차량의 요동침에도 불구하고 피곤을 못 이겨 잠에 겨워하던 청년들의 모습은, 오랜 시간 홀로 방랑해 온 그 자신의 모습과 겹쳐졌고 그는 그런 청년들에게 애정과 연민을 진하게 느끼고 있었다. 그러나 그런 애정이 있었기에 그는 이번 여행이 청년들에게 귀한 경험으로 새겨지기를 다른 누구보다도 절실히 바랐다. 물론 그는 청년들이 사막에 대해 저만의 환상을 품고 있다는 사실과, 본격적인 여정이 시작되기 전 그러한 환상에 일침을 가하는 작업이 반드시 필요하다는 점도 의식하고 있었다. 그리고 그것이 그가 지금과 같은 엄한 신고식 자리를 마련한 이유였다.

청년들이 지녔을 법한 사막에 대한 환상은 이미 오래전 그가 경험한 것들이었다. 그 대부분이 사막의 장관에 대해서였음은 두말할 것도 없었다. 끝 모르고 뻗은 대지, 그 위로 펼쳐진 짙파란 하늘, 쏟아질 듯 박힌 수백 수천의 별, 천지를 아울러 물들인 장엄한 노을…. 그 모든 환상은 상상의 빛깔을 입고 더욱 휘황히 채색되었고 사막을 향한 그의 관심사 전부가 되고 말았다. 사막은 한없이 평화롭고 낭만적인 땅으로 인식될 뿐이었다.

그러나 실제로 사막에 진입하고 며칠도 되지 않아 그는 사막이 말을 잃을 만큼 아름다운 풍광을 지닌 것은 사실이지만, 그것은 단지 사막의 일면에 불과하다는 사실을 뼈저리게 체감했다. 메마르고 건조한 바람은 입에서 잘근잘근 모래가 씹히는 주된 원인이었을 뿐 아니라 수시로 콧속을 막히게 했다. 거기에 더해 고원의 희박한 기압은 그로 하여금 얼마나 자주 코피를 쏟아내게 했던가! 한여름임에도 불구하고 한밤의 추위는 무시로 한국의 초겨울 날씨를 연상케 했으며, 달조차 뜨지 않는 밤이면 한 치 앞을 헤아릴 수 없는 컴컴한 어둠이 사위를 잠식하곤 했다. 그 어둠 너머로 어떤 짐승이 울부짖는 소리라도 들릴라치면 밤새 잠 못 이룬 채 신경을 곤두세워야 했다. 아프도록 피부를 때리는 한낮의 볕에 그는 일상처럼 허덕거렸고, 텐트를 치기는커녕 밥 짓기 위한 불조차 피울 수 없을 만큼 강렬한 바람은 예사로 작렬하곤 했다. 잠깐이라도 방심하면 방향 감각을 잃게 만드는 지평의 땅은 부족한 물에 대한 근심을 더하며 망망한 대해처럼 아득히 펼쳐져 있었다. 그리고 그 모든 것이 그가 미처 알지 못했던 사막의 또 다른 모습이었다.

환상으로만 잔뜩 범벅된 채 사막에 진입할 경우 설사 자신과 같은 경험 많은 가이드의 인도가 있다 할지라도 미흡한 준비는 금세 큰 사고로 이어지기 십상이다. 또 그것은 불완전한 반쪽짜리 여행으로 치달을 가능성이 크다. 그저 가이드북에 수록된 명소들을 차례로 방문해 사진을 찍고 서둘러 다른 명소로 떠나는 관광과 다를 바가 없는 것이다. 그럴 바에야 굳이 몸을 고생시키지 말고 편한 패키지여행을 하는 편이 낫다는 게 그의 평소 지론이었다.

"자, 이제 노을 명소를 보셨으니 다음으로는 은하수 명소를 보시겠습니다. 다들 잘 구경하셨습니까? 그렇다면 마지막으로 지평선에서 떠오르는 일출 명소를 구경하러 가 보실까요?"

대관절 그것들에 무슨 의미가 있는가? 보고 싶은 것만 보고 듣고 싶은 것만 들으려 한다면 무슨 이유로 새로운 장소를 찾아 떠나는가? 아름다운 장관으로부터 새로이 느끼고 깨닫는 바가 있을 거라 믿어서? 그러나 이미 스스로 짐작한 답을 다시금 확인하는 이상은 아닐 것이다. 거기에 약간의 경탄 정도는 더해질 수 있겠지만, 그뿐이다. 황홀한 장면에 대한 기억은 단편적인 경우가 많으며, 그래서 삶의 큰 굽이를 만들어 낼 강력한 힘이 없다. 그저 몇 개의 포인트를 찍는 것이 전부인 일정이란 입맛 당길 때마다 사 먹는 인스턴트 음식과 과연 무엇이 다른가?

삼장 자신이 생각하기에 낯선 장소, 예상치 못한 만남을 거부하는 이에게 여행은, 또 삶은 그 숨결을 잃고 석화된 화석으로만 남을 뿐이었다. 지금 그의 앞에 모여 앉은 청년들은 모두 저 도시 속 굳어진 화석이 되고 싶지 않아 힘써 이 땅을 찾아 왔다. 노정에 닥치는 어떤 예상치 못한 마주침이라도 기꺼이 맞이하겠다는 각오로. 이왕 그렇게 다부지게 배낭을 메고 떠나왔다면 그들 스스로 다소의 시련을 감수하고라도 사막의 이모저모를 겪어 보는 것이 좋으리라고 그는 믿었다. 그는 청년들에게 오붓하고 낭만적이며 색다른 경험으로 채색되는 여정, 그이상을 선사하고 싶었다. 그러려면 우선 그들의 정신부터 깨부술 필요가 있었다. 그렇지 않다면 그들의 여행은 스스로 예상했던 딱 그만큼만 보는 수준에 그칠 것이고, 그들은 매일 마주하는 풍광들에 금세 질려 버리고 말 것이기에. 결국 그들은 사막도 별 볼 일 없다고 여기게 되리라. 피상적인 감정이란 결코 그 수명이 길지 않은 법이니까.

3

등 뒤 멀리서 그를 부르는 소리가 아스라이 메아리쳤지만 현진은 돌아보지 않았다. 분명 한여름임이 틀림없었으나 사막의 새벽바람은 날카롭게 벼린 칼날처럼 냉혹했다. 얄팍한 바람막이 하나만을 걸친 그의 몸은 매서운 바람에 무참히 난자당한 지 오래였다. 독한 보드카와 연거푸 들이킨 소주조차도 오만한 인간을 향해 몰아치는 사막의 노성을 잠시나마 잊게 해 줄 뿐이었다. 사막은 자신의 장엄함을 드러내기 전 섣부른 마음으로 자기 영역에 발을 디딘 이들을 사정없이 꾸짖고 있었다. 안정된 도시에서의 생활이 제공한 관념만을 먹고 정신을 불려 온 인간의 욕망과 기대를 남김없이 무너뜨리겠다는 기세로.

끊임없이 가해지는 바람의 폭력에 이미 몸의 다른 감각은 마비된 지오래였고, 따닥따닥 쉴 새 없이 맞부딪치는 턱과 휘청거리면서도 느릿느릿 움직이는 다리만이 아직 자신이 살아있는 생명체임을 일깨우고 있었다. 종종 보았던 청명한 하늘은 온데간데없고 세계 전체가 광폭하게 날뛰고 있었다. 한걸음을 떼는 것이 이토록 힘들 수도 있음을 현진은 난생처음 알았다. 천근만근이라도 된 듯 수렁에라도 빠진 듯 발을 내딛기가 너무나 힘들었다. 그러나 잠깐이라도 멈춘다면 휘몰아치는 바람에 한순간도 버티지 못하고 쓰러질 것만 같아 걸음을 멈출 수가 없었다.

바람에 눈조차 뜨기 힘들었지만 현진은 애써 고개를 들어 컴컴한 땅 저편을 노려보았다. 동틀 기미가 보이면서 먼 지평의 윤곽이 희미하게나마 시야에 들어왔다. 저 어딘가에 그녀가 있을 터였다. 그녀 생각에 현진은 다시금 이를 악물고 걸음을 옮겨 갔다.

그녀는 술자리가 한창일 때 갑작스레 일어나더니 금방 돌아오겠다는 말만을 남기고 어디론가 사라졌다. 한참을 기다려도 그녀가 오지 않자 이상스레 여긴 현진이 야영지 구석구석을 돌아다니며 찾아보았지만, 그녀의 모습은 끝내 보이지 않았다. 그 돌발 상황은 일행 모두에게서 술기운을 제법 앗아갔고, 특히나 현진에게는 큰 근심을 안겨 주었다. 안절부절못하는 그에게 삼장은 우선 침착히 기다리라고 했지만, 끝내 초조함을 견디지 못한 그는 얼마 못 가 자리를 박차고 일어났다. 뒤에서 그를 잡아끄는 외침이 들렸으나 그는 무시한 채 그녀가 마지막으로 향했던 방향으로 무작정 걸어가기 시작했다. 그러나 당장이라도 그를 베어 넘길 것 같은 바람을 뚫고 오랜 시간 걸어왔건만, 보이는 것이라고는 문자 그대로 칠흑처럼 내린 어둠뿐이었다. 이 시커먼 장벽 너머 어딘가에서 두려움과 추위에 떨며 헤매고 있을 그녀를 떠올리자 현진은 마음이 급해졌다. 그녀는 지금 누군가의 구원을 절실히 필요로 하고 있을 게 틀림없었다.

사방에 깔린 어둠 너머로부터 다시 한 번 거대한 함성을 지르며 폭풍이 불어 닥쳤다. 한 번씩 묵직하게 휘두르는 바람의 폭력이 급기야 군단(群團)급에 이르자 몸이 거인의 손아귀에라도 잡힌 것처럼 이리저리 휘청대기만 할 뿐 좀처럼 통제가 되지를 않았다. 비록 개인적으로 바람 쐬는 것을 무척 좋아하는 그였지만, 이건 이미 바람의 수준을 넘어선 재앙에 가까웠다. 현진은 아득바득 이를 갈면서도 기어코 한 걸음 걸어갔다. 온 세계가 그녀에게 다가가는 그의 발목을 붙잡는 것 같았다. 간신히 몇 걸음 더 나아가자 추위에 질린 몸이 아예 간질 환자처럼 요동치기 시작했다. 잠깐 멈춰 이대로 땅에 드러눕고 싶다는 생각이 간절해졌다. 그러면 지금 겪는 모든 고통이 사라지고 안식을 얻을 수 있을 텐데….

문득 현진은 덜덜 떨고 있는 자신에게 텐트로 돌아가 쉬고 있으라고 붙잡았을지언정 어느 누구도 그녀를 찾아오라고 강요하지 않았다는 사실을 기억했다. 그러니 지금 그가 발길을 돌린다고 해서 탓할 이는 아무도 없었다. 그저 두 눈 딱 감고 발길만 돌리면 된다! 그는 이어 자신의 안락한 텐트와 따스운 오리털 침낭을 떠올렸다. 급기야 그 안으로 기어들어간 자신의 모습에까지 상상이 닿자 그것들로부터 전해진 온기가, 이 광폭한 바람으로부터 자신을 감싸줄 그 단단하고도 포근한 보호가 사무치도록 간절해졌다. 그래, 금방 돌아가 쉴 수 있어. 거기서 침낭을 덮고 한숨 자고 일어나면 모든 문제가 말끔히 해결돼 있을 거야. 더구나 이곳엔 나 말고도 팔팔한 청년들이 넘쳐나잖아. 그녀를 찾는 건 다른 일행에게 맡기면 돼. 우선은 나부터 살고 봐야지. 그래야 나중에라도 그녀를 다시 만날 수 있지 않겠어? 그녀도 자기 때문에 내가 쓰러지는 걸 원하진 않을 거야. 그러니 지금이라도 그만 돌아가자. 그는 아까부터 머릿속을 휘젓던 생각에 점차 마음이 쏠리는 것을 느꼈다.

"하하… 이런 미친 새끼."

현진은 쓰게 웃었다. 간사하고 연약한 스스로의 마음이 경멸스러운 한편 가엽게 느껴졌다.

'항상 그랬어, 나란 놈은. 어느 정도 노력하는 시늉만 하다가 조금만 힘들어져도 그걸 못 견디고 달아나기 바빴지. 그걸 이제 와서 또 반복하려 드는구나.'

고등학교 중퇴, 한 번의 대학 자퇴, 두 번의 휴학. 어디 표창처럼 줄지은 학력에 관한 기록뿐이랴. 부모의 이혼 앞에서도 그는 그저 무기력했고, 홀로 일을 한답시고 여기저기 기웃거렸지만 그 어느 것도 오래 가지를 못했다. 딴에는 유흥거리에 소모되는 삶을 청산하겠다고 수없이 결심했으면서도 결코 한 달을 넘겨 본 적이 없었다.

'그러면서도 난 온갖 이유를 갖다 붙이기 바빴어. 늘 변명하고 다음을 기약했지. 이번 일은 내 능력 밖이었다고, 내게 맞는 일이 아니었다고, 내가 그만둔 건 그 일이 정말로 하고 싶던 일이랑은 거리가 멀었기 때문이라고, 하지만 다음번엔 꼭 잘할 수 있을 거라고. 난 그렇게 늘 다음, 다음을 외쳐댔을 뿐이야. 마치 내 자신은 일말의 흠도 없다는 듯이. 언젠가 적당한 때가 오면 모든 일이 순조롭게 풀리고 내 스스로 뭔가 대단한 일을 성취할 거라고 믿으면서.'

그러나 결코 다음은 없었다. 오직 끝없이 반복되는 포기와 회피만 있었다. 그러한 도망 뒤에는 늘 구저분한 변명들이 넝마쪽처럼 따라붙었다. 그 변명들을 얼기설기 누벼서라도 아무런 활력도 의미도 없는 자신의 비루한 삶을 덮고 싶었기에.

그리고 지금 이 순간까지 자신은 그런 태도를 이어가려 했다. 그토록 그리워했다는 그녀를 찾으러 가는 일에조차. 해야 할 만큼 했으니 이쯤에서 그만 돌아가도 좋다. 지금은 몸 상태도 처한 상황도 모두 최악이다, 그러니 작전상 후퇴하자…. 이런 식의 번드르한 핑곗거리만 잔뜩 만들어대면서.

'아니, 구하거나 구하지 못하거나 둘 중 하나야. 만약 구하지 못한다면 다신 그녀를 보지 못할 거야. 그래 놓고도 또 다음이라고 지껄일 셈이야?'

현진은 마음을 다잡았다. 이제 그 악순환의 고리를 끊고 싶었다. 무엇보다도 그녀만큼은 절대 포기하지 않고 스스로의 힘으로 끝까지 지켜내고 싶었다. 그녀의 문제에 있어서만큼은 도망치지 않고 죽을힘을 다해 맞부딪치고 싶었다. 설사 이 머나먼 타지에서 제대로 된 여정을 시작하기도 전에 어이없이 얼어 죽는다 하더라도, 그녀에 관해서라면 일말의 부끄러움조차 남기고 싶지 않았다.

'이번엔 다음 따위는 없어.'

주문을 읊조리듯 혼잣말을 되뇌며 그는 한걸음씩 나아갔다. 걸음을 내딛을 때마다 몸을 휩쓸어 오는 바람보다 더욱 단단한 무언가가 그의 안에서 자라나고 있었다.

그러던 어느 순간, 가슴에 휘몰아치던 감정과 상념의 폭풍이 일시에 잠잠해졌다. 그의 몸은 여전히 위태롭게 흔들렸지만 깊게 뿌리내린 나무처럼 마음은 한없이 평온해졌다. 유일하게 남은 것이라고는 오직 그녀에게 가리라는 일념뿐. 대체 어디서 이런 힘이 나온 것일까. 약간의 활기가 샘솟아 삐걱거리던 몸을 채우기 시작했다. 걸음도 조금 빨라졌다. 현진은 이 기회를 놓쳐서는 안 된다는 사실을 본능적으로 직감했다.

그렇게 다시 얼마를 나아갔을까. 좀 더 환해진 시계 속 멀지 않은 곳에 삐죽이 솟아있는 형상 하나가 눈에 들어왔다. 한참을 노려본 후에야 현진은 그것이 사람의 형상임을 알아차렸다. 그의 걸음이 좀 더 빨라졌다. 그러나 다가가는 내내 인형은 아무런 움직임도 보이지 않았다. 어쩌면 자신이 땅 위로 솟은 바위를 잘못 본 것일지도 모르겠다는 낭패감에 허탈해지려 할 즈음 그것이 조금, 정말 아주 조금 움직였다. 착각이 아니었다. 그의 맥박이 다시 힘차게 뛰기 시작했다. 발걸음을 재촉해 다가갈수록 그것은 완연한 사람의 꼴을 갖추어 갔다. 그녀였다! 겁에 질려 방황하고 있을 거라던 그의 생각과 달리 그녀는 느릿하지만 꾸준히 앞으로 걸어가고 있었다.

"아⋯."

자신도 모르게 안도의 숨이 새어나왔다. 다행히 늦지 않았구나. 드디어 그녀를 찾았구나!

현진은 걸음을 멈추었다. 끓어오르는 벅참을 애써 진정시키며 그는 크고 깊게 숨을 들이켰다. 가슴이 한껏 부풀어 올랐다. 폐를 가득히 채우고 남은 공기가 아랫배까지 뭉클 채웠다. 그의 입이 조금 벌어졌다. 돌연 그에게서 그녀의 이름이, 북받치는 그리움이, 깊은 안도가, 지향 없는 분노가, 지금껏 감내한 모든 고통들을 일순에 태워 없애겠다는 각오가, 그 무수한 연쇄의 폭발이, 그러나 결국에는 하나의 강력하고 거대한 폭발이 마침내 절규처럼 터져 나왔다. 배가 찢어지고 가슴이 터져도 좋다는 심정으로, 자신의 외침이 폭풍을 뚫고 오롯이 그녀에게 닿기만을 바라는 간절함으로 그는 부르짖고 또 부르짖었다.

마침내 그녀가 멈춰 섰다. 그리고 천천히 몸을 돌렸다. 그녀가 등진 지평 언저리에서 희미한 여명이 마술처럼 피어오르고 있었다. 그 배경 한가운데 외로이 선 그녀의 가녀린 몸이 무너질 듯 흔들거렸다.

가까이서 본 그녀는 몸을 달달 떨어대고 있었다. 그녀의 앞까지 다가간 현진이 두 팔로 그녀를 꽉 끌어안았다.

"가자. 너무 멀리 왔어."

"⋯⋯."

품속에서 그녀는 어린 새처럼 웅크린 채 그를 올려다보았다. 새파랗게 질린 입술을 떨어대며 힘겹게 무슨 말인가 꺼내려던 그녀는 이내 포기한 듯 고개를 위아래로 끄덕여 대답을 대신했다. 애써 웃으려고 노력하는 모습이 처연하기만 했다. 그 희미한 웃음 뒤에 괴어있는 눈물이 안쓰러워 현진은 그녀를 안은 두 팔에 더욱 힘을 주었다.

시나브로 하늘 전체가 이동하고 있었다. 먼 지평에서부터 진홍빛 세계가 비상하며 구름들로부터 시퍼런 어둠을 밀어내기 시작했다. 마침내 그 길고도 암담했던 새벽이 끝이 나고 있었다. 현진은 자신이 걸어온 길을 돌아보았다. 아직 탁한 어둠이 버티고 있는 하늘 아래 텐트 너덧이 옹기종기 모여 있었다. 지난밤 내린 비 때문인지 그 주위를 짙은 안개가 두툼한 띠처럼 감싸고 있었다. 텐트까지의 위치를 가늠해 보니 생각만큼 먼 거리는 아니었다. 체감상으로는 족히 몇 시간은 걸어온 것 같은데, 빠르게 걷는다면 이십 분 남짓이면 도착할 거리였다.

현진은 그녀를 내려다보았다. 다시금 깊은 안도감이 가슴을 채워 왔다. 결국 그녀를 찾아냈다. 약하기만 하던 자신이 끝내 포기하지 않고 그녀를 현실에서, 그리고 스스로의 가슴에서 지켜냈다. 조금은 여유를 되찾은 것일까. 그의 입가에 미소가 지어졌다.

"돌아가자."

끄덕.

현재 몸 상태를 생각한다면 돌아갈 길이 쉽지만은 않았다. 여전히 의지와 상관없이 몸은 요동치고 있었고 그것은 그녀도 마찬가지였다. 그럼에도 불구하고 언제부턴가 샘솟기 시작한 가슴의 온기가 마음을 넉넉히 먹게끔 도와주었다. 그들은 텐트를 향해 나란히 걸음을 떼었다. 그녀와 서로 의지하며 힘겹게 야영지에 도착할 즈음 다른 이들이 외투며 침낭이며 하는 것들을 손에 쥔 채로 뛰어 왔다. 갑자기 그의 시야가 흐릿해졌다. 가까스로 붙잡고 있던 긴장의 끈이 풀린 탓일까. 그동안 어렵사리 버티고 있던 다리에서 힘이 빠지며 돌에 발까지 헛디뎠다. 현진은 땅을 원수라도 되는 듯 노려보며 남은 힘을 쥐어짜 냈다. 외투를 덮어주려는 다른 이들의 손길을 한사코 물리치며 어찌어찌 그녀를 텐트까지 바래다준 그는 굼뜬 걸음으로 자신의 텐트로 돌아오자마자 허물어지듯 쓰러져 그대로 정신을 잃어버렸다.

현진은 잠결에 자신의 얼굴을 쓰다듬는 부드러운 손길을 느꼈다. 지난 새벽 모든 성마른 감정들을 쏟아 내었던 탓일까. 허공같이 비어버린 차분함 속에서 그는 천천히 눈을 떴다.

이제는 완연히 환해진 텐트 한가운데에는 반가운 얼굴이 자리하고 있었다. 그녀였다. 힐끗 눈길만 돌려 보니 침낭에 둘둘 감긴 그의 몸이 새우처럼 굽어 있었다. 어떻게 잠이 들었는지 기억은 나지 않지만 그래도 정신을 잃기 전 몸이 알아서 침낭을 꺼내 덮은 모양이었다. 현진은 다시 눈을 들어 그녀의 얼굴을 찬찬히 뜯어보았다. 피곤해 보이는 것 말고는 큰 문제가 없어 보였다.

"다행이다, 너 아무 일도 없어서. 정말 다행이야."

그가 그녀의 눈에 던진 첫마디였다.

지난 새벽의 일들은 꿈결처럼만 남아 있었다. 정말이지 그저 한바탕 요란한 꿈을 꾼 것 같았다. 뾰족한 창처럼 온몸을 찔러 오던 바람, 가녀린 몸뚱이를 당장이라도 삼켜 버릴 것만 같던 어둠, 아무리 걷고 걸어도 결코 닿을 수 없던 아득한 지평선, 그리고 엿가락처럼 늘어진 외로움과 슬픔의 기나긴 시간들…. 그 모든 순간을 헤쳐 온 그녀의 얼굴에는 짙은 피로감이 정처 없이 흩어져 있었다.

"나 얼마나 잔 거야?"

"두 시간 정도."

"너는 좀 잤어?"

"응, 조금."

그래도 그녀는 새벽녘보다 한결 밝아 보였다. 연신 다행이라고 중얼거리는 현진에게 그녀가 흐릿한 미소를 지었다.

"그래, 그 웃음!"

갑작스런 그의 외침에 그녀가 가뜩이나 큰 눈을 더욱 크게 뜨며 무언의 의문을 표했다.

'그래, 달을 닮은 그 웃음. 쉽게 부서져 흩어질 것 같아 서글픈, 어쩌면 그래서 더 아름다운 웃음.'

그 슬픈 웃음을 볼 때마다 현진의 가슴속에는 기묘하게도 그녀를 지켜주고 싶다는 다짐이 싹트곤 하는 것이었다.

대꾸 없는 현진을 가만히 응시하던 그녀가 다시금 그의 볼을 어루만졌다. 현진은 둘둘 말린 침낭 속에서 팔을 꺼내 그녀의 손을 붙잡았다. 침낭을 덮고 있던 건 그였건만 어찌 된 영문인지 그녀의 손이 더 따뜻했다.

"미안. 내 손이 너무 차네."

"괜찮아. 그리고 나야말로 정말 미안해. 지난밤에 나 때문에 고생 많았지?"

"고생은 무슨. 하지만…. 다신 그렇게 혼자 가지 마."

현진은 조금 화난 듯 말하고는 조그맣게 덧붙였다.

"…걱정했잖아, 바보야."

"미안해. 정말로 미안해."

"괜찮대도. 그리고 고마워. 별 탈 없이 돌아와 줘서."

복잡하게 헝클어져 있던 마음들이 실타래 풀리듯 하나씩 풀어지고 있었다. 굳이 말하지 않아도 그는 그녀의 눈에서 짙은 고마움을 읽을 수 있었다.

지난밤 그녀는 왜 그토록 외로워했고, 무엇을 그리 슬퍼했던 것일까? 왜 그렇게 설움과 아픔들을 줄기줄기 쏟아내지 않으면 안 되었던 것일까? 다 같이 흥겹게 어울리던 중에 돌연 그녀로 하여금 텅 빈 지평을 향해 걸어가도록 만든 것은 무엇이었을까? 가도 가도 결코 가까워지지 않을 그곳을 향해서.

'아마도, 그것이 네가 사막을 찾은 이유일 테지.'

끊임없이 떠오르는 의문 속에서 현진은 그녀의 손을 잡은 손에 조금 더 힘을 주었다.

사막

1

새벽녘 칼바람에 무참히 시달렸던 몸이 뜨뜻하게 데워지는 가운데 뒷좌석에서 정범이 쿵쿵 쳐대는 박자에 맞춰 일행을 태운 차는 빠른 속도로 사막 위를 질주해 갔다.

"만달고비다! 드디어 다 왔구나."

큼직한 구릉 하나를 넘자마자 홀연히 눈앞에 나타난 아스팔트 도로가 검은 뱀과 같이 지평까지 뻗어 있었다. 울란바토르까지 잇는 도로 공사가 아직 한창이었기에 길의 꼬리 부분은 뚝 잘려있었다. 한국에서는 차들이 내지르는 소음과 그것들이 뿜어낸 매연으로 자욱하던 새카맣고 반질거리는 도로가 그토록 싫었건만, 지금은 그렇게 반가울 수가 없었다. 이제 저 도로를 타고 한 시간가량만 더 가면 사막의 도시 만달고비에 도착할 것이다. 사실 말이 도시였지, 만달고비는 한국의 작은 읍 정도 되는 마을에 불과했다. 그들 일행은 그곳에서 필요한 물과 식량을 마저 보급하고 본격적으로 사막에 진입할 예정이었다.

여태껏 혹사당한 몸이 곧 쉴 수 있으리라는 기대에 차 이곳저곳에 구겨져 있던 이들이 하나둘 일어나기 시작했다. 모두들 지치고 피곤한 기색이 얼굴에 덕지덕지 붙어 있는 데에다 머리며 눈썹 할 것 없이 뿌연 먼지까지 뒤집어쓰고 있어 꼴이 말이 아니었다. 크흥. 정범이 메마른 코를 쥐어짜자 짙고도 누런 모래 알갱이가 휴지 위로 뱉어져 나왔다. 현진에게 기대자던 그녀도 한차례 몸을 뒤척인 후 깨어났다. 현진은 검지를 들어 남몰래 그녀의 손바닥에 글씨를 써 나갔다.

'잘 잤니'

어릴 적 했을 법한 장난 같은 대화에 그녀가 살며시 웃었다. 그리고는 또박또박 마주 글씨를 그려갔다.

'응 너는'

'나도'

'도착했어?'

'응 곧'

무언의 대화다 보니 오가는 내용이 짤막할 수밖에 없었다. 현진이 슬쩍 곁눈질한 옆에서는 학성이 그새 다시 뻗어 있었다.

문득 창으로 시선을 돌린 그녀는 그 너머로 펼쳐진 풍경에서 쉽사리 눈을 떼지 못했다. 현진 역시 그녀를 따라 창밖으로 시선을 던졌다. 거기에는 암석과 초원이 뒤섞인 땅이 까마득히 뻗어 있었다. 그 위로는 모양과 크기가 제각각인 수십의 구름이 항해하는 배들처럼 느릿하게 떠가는 중이었다. 짙푸른 하늘과 암갈색 대지뿐 아니라 그 사이사이를 빼곡히 메운 자갈과 풀들마저 선명한 음영을 갖추고 있었다. 거무튀튀한 콘크리트와 매연으로 빛바랜 도시에서는 좀처럼 찾기 힘든 강렬한 명도였다. 불쑥 저 머나먼 땅끝까지 바람이 되어 날아가고 싶다는 생각이 간절해졌다. 그러나 그것은 이뤄질 수 없는 소망이었다. 그 작은 좌절 속에서 아쉬워하던 현진은 손바닥을 간질여오는 감촉에 곧 저만의 상념에서 깨어났다.

'…해'

그녀가 손 글씨로 무슨 말인가를 전했지만 그는 미처 알아듣지 못했다. 현진이 의문 담긴 얼굴로 고개를 가로젓자 그녀가 그를 물끄러미 바라보았다. 그러기를 잠깐, 그녀는 조금은 결연함마저 깃든 표정으로 입술을 오므리고 피기를 반복하며 또박또박 입모양을 만들어 갔다.

'사— 랑— 한— 다— 고—'

말을 끝내자마자 홱 고개를 돌린 그녀가 다시 창밖으로 시선을 고정시켰다.

바보 같게도, 현진은 잠시 동안 아무런 반응도 취하지 못했다. 그녀의 말은 그에게 솜사탕처럼 달콤하면서도 이해할 수 없는 외계어처럼 들렸다. 별안간 받은 고백에 그는 가슴이 쿵쾅이다 못해 터질 것만 같았다. 신나게 방망이질해대는 심장의 펄떡거림이 벌겋게 물든 양 귓바퀴 속으로 메아리쳤다. 갑자기 밀려드는 행복감과 당혹스러움 사이에서 그는 쉽사리 헤어 나오지 못했다.

'아니. 그래도 정신을 차려야 한다, 현진아! 열정적이며 배려 깊은 남자라면 이대로 사랑하는 여자를 홀로 놔두는 무례한 짓 따윈 하지 않아!'

그리고 이젠 아예 창문에 코를 박고 있는 그녀의 손을, 현진은 부드러우면서도 박력 있게 끌어당겼다. 고개를 돌린 그녀의 눈이 놀라움으로 휘둥그레졌다. 그런 그녀에게 씩 웃어 보인 현진은 멋들어지게 키스를 했…으면 좋으련만, 그 대신 품 안을 뒤적여 그녀의 손에 작은 물건을 쥐여 주었다. 손안에서 느껴지는 이질적인 감촉에 그녀는 살며시 손바닥을 폈다. 거기에는 작은 타원형의, 누런 빛깔을 띤 돌멩이가 놓여 있었다. 두 눈 가득 의아함을 품고 그와 돌을 번갈아 보는 그녀의 귀에 현진이 작게 속삭였다.

'네가 사막에 오면 선물 주기로 했잖아. 힘들게 찾아낸 거야. 널 닮

은 돌.'

그녀는 가만히 돌을 내려다보았다.

2주 후에나 사막에 올 그녀에게 첫 방문 기념으로 선물을 주겠다던 약속. 그러나 이 황량한 땅에서 그가 준비할 수 있는 것이라고는 그리 많지 않았다. 결국 현진은 오랜 고민 끝에 사막에 지천으로 널려 있는 돌 중 마음에 드는 하나를 골라 선물하기로 했다. 비록 세련된 선물은 아니지만 그런 투박함이 그들 사이에 마음을 전하기에는 오히려 잘 어울릴 것 같았다. 그 이후로 그는 땅 위를 열심히 훑고 다녔고 그 시간 만큼은 자연이 빚어낸 장관들도 눈에 들어오지 않았다.

하지만 아무리 샅샅이 훑어도 마음에 쏙 드는 돌을 발견하기란 쉬운 일이 아니었다. 그는 정말로 많은 돌을 살펴보았다. 그중에는 티끌 하나 없는 순백의 돌도 있었고, 검고 붉은 빛깔이 절묘하게 섞여 소용돌이무늬를 그리는 돌도 있었다. 또 흠잡을 데 없이 원형인 돌도 있었고, 감촉이 바닷가의 그것처럼 곱디고운 돌도 있었다. 하지만 그 모든 돌은 어딘가 하나씩 부족하다고 느껴졌다. 그러다 1차 팀 여정이 끝나기 하루 전, 그날도 어김없이 바닥을 살피며 길을 걷고 있던 그의 눈에 수많은 돌 사이에 놓인 작은 돌 하나가 확대되어 들어왔다. 그 순간 그는 확신했다. 저 돌이야말로 그녀에게 줄 완벽한 선물이다!

그것이 방금 전 그녀의 손에 쥐여 준 돌이었다. 돌은 길쭉한 타원모양으로 도리어 완전히 둥근 것보다 정이 갔고, 투박한 감촉은 지나치게 거칠거나 부드럽지 않고 딱 좋았다. 무엇보다 손에 쥐면 착하니 감기는 맛이 일품이었다. 옅은 누런 빛깔과 표면 전체에 숨구멍처럼 뚫린 구멍들은 자연스레 달을 연상시켜 그녀와도 잘 어울렸다. 돌을 주운 이후 혹여 잃어버릴세라 품 안 깊숙이 넣고는 지금껏 보물 다루듯 간직해 온 것이었다.

그녀는 오랫동안 말없이 돌을 쳐다보고 있었다.

'혹시 마음에 안 드나? 아니면 너무 감동을 받은 건지도?'

짧은 순간 많은 추측이 그의 머릿속을 돌아다녔다. 마침내 오랜 침묵의 끝에서 그녀는 소중한 것을 다루듯 조심스레 손을 오므렸다. 그리고 그의 어깨에 머리를 기대왔다.

'고마워. 그리고 애 이름을 정했어.'

'이름?'

'응. 이제부터 애를 주먹달이라고 부를 거야. 주먹을 쥐면 꼬옥 감싸지는 달이니까 주먹달.'

'예쁜 이름이다. 정겹기도 하고.'

자신의 선물을 그녀가 소중히 여긴다는 사실에 현진은 뿌듯함을 느꼈다. 그 오랜 고생이 일순간 아무렇지 않게 여겨졌다.

'주먹달아. 그녀가 어려울 때마다 곁에서 늘 힘이 되어주거라. 또 그녀가 나와 멀리 떨어져 있을 때라도 네가 나 대신 격려하고 위로해 주거라. 오랜 시간 사막의 하늘과 땅을 품어 온 너라면 분명 큰 의지가될 테니까.'

마침내 차의 흔들림이 끝나고 매끄러운 아스팔트 도로의 편안함이 엉덩이를 타고 기분 좋게 전해져 왔다. 두 발로 사막을 디딜 시간이 점차 다가오고 있었다.

만달고비는 도시라고 하기에는 작고 허름했다. 그저 오래된 낡은 건물과 새로 지은 말끔한 건물이 뒤섞인 조금 큰 마을에 지나지 않았다. 그런 만달고비에 올 때마다 현진은 영문 모를 위화감을 느끼곤 했다. 도시라는 단어만 들으면 반사적으로 발동되는 고질적이고 삐딱한 시선 때문일까. 사람들의 눈빛은 어딘지 모르게 비뚤어지고 음험하며 영악해 보였다. 그에게는 시골에서 도시로 진행되는 과도기 상태의 마을은 둘의 장점을 동시에 가지고 있기보다는 단점만을 골라 지니고 있으리라는 일종의 편견이 있었다. 낯선 이를 향한 시골 사람의 과도한 호기심, 그리고 타인을 자익 증대를 위한 수단으로 저울질하는 도시인의 뿌리 깊은 장사치적 근성. 이전에 한국을 돌아다니며 느끼던 것들이 사막에 와서까지도 많은 영향을 미치고 있었다.

긴혹 말이나 오토바이를 타고 초원을 가로지르다 마주친 유목민들의 눈빛은 강건하면서도 맑았다. 그들의 눈은 사막의 지평을 닮은 차분함과 어디로 튈지 모를 바람 같은 장난기 다분한 호기심으로 빛나곤 했다. 그러나 눈앞의 이 사람들은 대체 무어란 말인가. 유목민들과 달리 그들은 삶을 통째로 상실한 것처럼 보였다. 보급할 식량과 물을 구입하기 위해 찾은 가게 입구에는 한량처럼 보이는 사람들이 담배를 뻐끔거리며 늘어져 있었는데, 옹기종기 모여 있는 그들의 눈빛은 작열하는 뙤약볕에 바짝 비틀어진 생선의 그것처럼 생기를 잃고 있었다. 끈적끈적하게 뒤를 쫓아오는 그들의 적나라한 시선에 현진은 불쾌감마저 들었다. 한시라도 빨리 이곳을 벗어나고 싶었다.

그러나 그는 곧 자신의 생각을 고쳐먹었다. 자신의 눈에 비친 모습이 어떻든 간에 그들은 그들 나름의 방식으로 열심히 살아가고 있는 중일 터였다. 일행을 향한 그들의 집요한 시선은 특이한 옷차림의 이방인에 대한 단순한 호기심일 가능성이 컸다. 가게 옆으로 늘어선 그들의 모습은 그저 정오 무렵의 따가운 볕을 피해 마을의 가장 번화한 빈터에 모여 쉬는 것에 불과한지도 몰랐다. 타인을 향한 지나친 불신을 절제할 필요가 있음을, 현진은 다행히 자각하고 있었다. 부정적인 지레짐작은 낯선 이에 대한 경계 정도로만 유지한 채 그저 이곳에서의 볼일을 마치는데 집중하자고 그는 내심 다짐했다. 만달고비가 사막에 진입하기 전 마지막으로 물자를 보급할 장소라는 것은 변함없는 사실이었기 때문에.

마을에 몇 안 되는 매점을 돌아다니며 물품을 구입하는 동안 새로운 몽골 팀원들이 합류했다. 그녀들의 이름은 애경과 주희였다. 차량 탑승 공간의 여유가 없었던 탓에 그녀들은 만달고비에 따로 먼저 와 일행들을 기다리고 있었다. 간단히 인사를 나눈 후 그들은 곧바로 사막으로 출발했다. 갑자기 늘어난 인원 탓에 그렇지 않아도 비좁던 차량이 더 좁게 느껴졌지만 다행히 차가 멈추기까지는 오랜 시간이 걸리지 않았다.

2

"우와아아!"

차는 만달고비를 벗어나 삼십여 분을 더 달린 후 멈춰 섰고, 맨 먼저 차 밖으로 나온 학성은 땅에 발을 내딛는 것과 동시에 탄성을 질렀다. 그러한 반응은 뒤따라 내린 이들 역시 크게 다르지 않았다.

시야를 가득 채운 무한의 선과 공간이 그들의 눈앞에 펼쳐져 있었다. 새파란 하늘 아래 장쾌히 뻗은 대지의 위용은 그 광경을 처음 접한 이들의 말문을 막히게 했다. 아무런 여과 없이 사막을 마주하는 것은 한국 팀원들로서는 지금 이 순간이 처음이었다. 지난밤에는 장막 같은 어둠으로, 새벽녘에는 짙은 안개로 자신을 감추며 모습을 드러내지 않던 사막은, 한낮의 태양 아래 비로소 자신을 드러내 보였지만 피곤에 지친 이들로서는 졸음에 꾸벅이며 몽롱한 정신으로 언뜻언뜻 본 것이 전부였다. 더구나 창밖으로 빠르게 스쳐 간 장면과 두 발을 딛고 생생히 마주하는 현실은 달라도 너무 달랐다.

"세상에…. 어떻게 이렇게 넓을 수가 있지? 말 그대로 끝이 없네!"

"그러게 말이다. 야야, 얼른 걷고 싶대이. 생각만으로도 심장이 다 벌렁벌렁거리네이."

학성의 감탄에 넋 놓고 있던 정범이 맞장구를 쳤다. 그의 들뜬 목소리에는 숨길 수 없는 흥분이 배어 있었다.

등 뒤로는 멀찌감치 만달고비가 보였다. 강렬한 햇볕 아래 도시는 땅이 내뿜는 열기로 일렁이고 있었다. 허름한 건물과 갓 세운 빤질빤질한 건물이 뒤섞여 있는 곳. 헤진 담벼락 사이로 무기력해 보이던 거주민들을 품은 도시의 모습이 머릿속에 한 장의 사진처럼 인화되었다. 이 드넓은 땅에 자신들은 자유를 좇아 왔지만, 그들에게 사막이란 벗어날 수 없는 무한한 감옥 같을지도 모른다는 생각이 불현듯 머리를 스치고 지나갔다.

팀원들이 감탄에 여념이 없는 동안 주위 지형을 신중하고도 세세히 훑어본 삼장이 오늘은 이 자리에서 야영을 하겠다며 모두에게 알려왔다. 그는 텐트 설치를 마친 후 다시 모이라는 말을 덧붙였다. 내일부터는 본격적인 여정이 시작되므로 그에 앞서 앞으로의 계획과 몇몇 규정들을 점검할 필요가 있다는 것이었다.

누가 시킨 것도 아니었건만 팀원들은 삼장이 자리 잡은 곳을 중심으로 크게 반원을 그리며 텐트를 쳐 가기 시작했다. 그동안 사위는 잠잠했다. 폭풍에 혼비백산하며 얼음장 같던 대못을 두드려야 했던 어젯밤과는 상황이 전혀 달랐다. 그 험한 신고식을 거치고 난 덕분인지 대부분이 수월히 텐트 설치를 끝마쳤다. 다만 그녀가 텐트의 안팎을 구분하지 못해 거꾸로 치는 웃지 못할 해프닝이 벌어진 것만 빼고는. 현진은 새빨개진 얼굴의 그녀에게 다가가 텐트를 다시 치는 것을 도와주었다. 몽골 팀원들은 넷이서 한 텐트를 쳤는데, 밑면이 정사각형인 그것은 워낙 커서 그녀들 모두가 자기에도 넉넉할 것 같았다.

"다 쳤으면 얼렁 모이지 머 요래 굼뜨노!"

일찌감치 자신의 텐트를 완성한 삼장은 어느새 그 앞에 매트를 깔고 상체만 비스듬히 세운 자세로 누워 있었다. 그의 재촉에 모두가 하던 일을 서둘러 마무리 지었다. 팀원들이 모두 모이자 삼장은 메모지 한 장을 진욱에게 건넸고, 그가 종이에 적힌 내용을 모두에게 읽어 주었다. 그것들은 앞으로의 여정에 필요한 최소한의 규칙이었다.

"첫째, 물은 날마다 3리터씩 보급해 준다. 그날그날 배분해 준 정량 안에서 팀원 각자는 재량껏 물을 사용해도 좋다.

둘째, 앞으로 한국과 몽골 팀원들은 번갈아가며 끼니를 준비한다. 그러나 대장의 판단에 따라 예외의 경우가 있을 수 있다.

셋째, 각자 한국에서부터 지고 온 배낭의 무게를 스스로 온전히 감당하되 절대 호승심을 발휘하거나 무리하지는 않는다.

넷째, 이동 중에는 인원 간의 간격을 최소한 백 미터 이상 떨어뜨려 걷는다.

다섯째, 이동 및 휴식 시 서로 간의 의사소통은 호각이나 미리 정한 수신호로 한다."

사막에서는 식량도 중요했지만, 더 중요한 것이 물이었다. 물은 곧 생명과 직결되기 때문이었다. 따라서 그 배분을 다른 이에게 맡긴다는 것은 그 사람의 뜻에 순종한다는 것과 같았으며 동시에 그 사람의 경험과 지혜를 신뢰한다는 의미이기도 했다. 물론 그런 이면의 뜻까지 제대로 파악한 것은 아니었지만 팀원 모두는 전해 들은 내용을 머릿속에 새기고자 거듭 되뇌었다. 불평을 터뜨리는 사람은 없었다. 다들 다소간의 제약과 부자유를 감내해야 한다는 사실을 어느 정도 예상하고 있었다.

"죄다 이해들 했제? 중헌 내용들이께 몇 번이고 외워서 잘 기억해 두래이. 그라믄… 이제 맥주에 관해 말해야 쓰겄는디."

그 말에 정범과 현진의 귀가 솔깃해졌다. 그런 그들을 바라보는 삼장의 얼굴에는 얄궂은 웃음이 띄워져 있었다.

"내가 곰곰이 생각해 봤는디 말이제…. 여정 내내 맥주를 마시는 게 자네덜에게 꼭 유익한 일만은 아닌 기라. 그래가꼬 내가 두 가지 선택안을 줄라 간대이. 듣고 나서 멀 텍할지는 자네덜이 결정하래이. 우선 오늘만큼은 맘껏 마신다 치고… 그라믄 낼부터는 꾹 참고 나중에 마시는 것이 좋겠나, 아니믄 낼부터 마시기 시작해서 초반에 싹 다 해치우는 것이 좋겠나?"

'아, 맥주를 담보로 저런 선택을 강요하다니….'

가뜩이나 부족한 주머니 사정에 팀원들 각자가 푼돈을 모아 산 눈물겨운 노력이 무색하게도 삼장은 비정한 선택지를 내밀고 있었다. 이건 조삼모사가 따로 없었다. 해도 해도 너무 하다는 원망스러움이 모두의 가슴을 휘저었다. 자신들이 왜 그렇게나 맥주 사는 데 열심이었던가? 이제 겨우 한나절을 보낸 것에 불과했지만 사막에서 하루라도 맥주의 낙이 없다는 것은 상상만으로도 기운 빠지는 일이었다. 모래와 먼지로 텁텁해진 목구멍을 그것 말고 다른 무엇으로 씻어낼 수 있단 말인가? 알싸한 액체를 넘기는 그 느낌이야말로 사막에서 누리는 가장 호화로운 즐거움 중 하나일 것이 분명하건만! 그러나 달리 방법이 없었다. 그들은 둘 중 하나를 선택해야만 했고, 결국 원숭이보다는 현명하게 행동하기로 결정을 내렸다.

"나중을 위해… 낼부터 참겠습니더."

모두를 대표해 나선 정범의 목소리에는 땅이 꺼지도록 침울한 한숨이 스미어 있었다. 그럴 줄 알았다는 듯 삼장이 고개를 한차례 끄덕였다. 그리고 그로부터 채 이틀이 지나기도 전에, 그들은 자신들이 원숭이보다 어리석었음을 깨닫게 되었다.

후에 '맥주사태'로 불리게 된 잠깐의 소요 이후로도 팀원들은 여정에 관해 저마다 지니고 있던 궁금증을 차례로 질문해 갔다. 그 질문들에 대해 삼장은 그가 답변해도 좋을 만한 것과 각자가 스스로 알아가야 할 것을 구분해 적절한 선에서 대답해 주었다. 아무리 말로 설명해 보앉자 결국 직접 몸으로 부딪치고 깨달아야 할 것들에 대해서 그는 대답을 미루었다.

"그라믄 이제부터 직위 임명을 하겄대이."

대화의 막바지에 튀어나온 그 뜬금없는 말을 아무도 이해하지 못하는 가운데 삼장은 홀로 뭐가 그리 신나는지 껄껄 웃게댔다. 그는 가타부타 다른 설명 없이 정범을 '통신장교'로 임명했다. 통신장교란 말을 처음 들은 그때만 하더라도 모두들 끽해야 그것이 야영이나 휴식 때 몇 안 되는 인원에게 간단한 지시 사항을 전달하면 그만인 역할로 여겼다. 그리고 그것이 완전히 착각이었음을 본격적인 여정이 시작된 바로 그 다음날 깨닫게 되었다.

"자네가 가장 나이가 많제?"

"예? 예에…."

자신을 향한 물음에 진욱이 엉겁결에 대답했다. 나이 많은 것이 자랑은 아니라는 듯 그의 동그란 얼굴이 벌게졌다. 그런 그에게 삼장은 '작전참모'라는 번지르르한 직위를 내렸다. 이어서 현진에게는 '정훈장교', 그녀에게는 '간호장교', 마지막으로 학성에게는 '행정보급관'이라는 직위가 차례로 떨어졌다. 다들 어리둥절해 하는 분위기 속에서 정범이 현진을 향해 이게 웬 뜬금없는 군대놀이냐고 눈으로 물어왔다. 하지만 그라고 달리 알 턱이 없었다. 이전 팀에서는 한 번도 없었던 일이기에 그저 한차례 어깨를 으쓱하는 것으로 대답을 대신할 도리밖에 없었다.

지금껏 사막을 '자유'라는 단어와 연관 지어 생각해 오던 현진에게도 이번 삼장의 행동은 쓸데없는 제재로밖에 느껴지지 않았다. 그는 한 마리 말을 타고 초원을 거침없이 가로지르는 모습을 꿈꿨을망정 사막에 와서까지 틀에 박힌 직위나 업무에 매여서는 안 된다고 생각했다. 그런데 삼장은 유독 이번 팀에서만 여러 새로운 시도들을 꾀하고 있었다.

'설마 저 신중하고 노련한 사람이 아무 생각 없이 그러겠어?'

삼장이 단순히 재미를 위해 그러지는 않으리란 믿음이 있었기에 그는 입 밖으로까지 불만을 표하진 않았다. 마음 한 편에 자리 잡은 의혹을 끝내 해소하지 못한 채 팀원들은 각자의 텐트로 흩어졌다.

'시간이 지나면 자연히 알게 되겠지.'

텐트로 돌아온 현진은 물품 정리하는 일을 마저 끝내고 휴식을 취했다.

3

전날 날씨와는 극히 대조적으로 온 땅에 무지막지하게 햇빛이 쏟아지고 있었다. 가릴 차양 하나 없는 대지는 뜨겁게 달궈진 지 오래였고, 하늘 정중앙에 박힌 태양과 그 아래 지평까지의 거리만큼 낮은 지루하고도 길게 이어질 터였다. 그나마 다행인 것은 사막의 대기가 워낙 건조한 데에다 바람까지 자주 불어 땀은 거의 나지 않는다는 점이었다. 그렇다고 불타는 더위까지 없어지는 건 아니었지만 끈적끈적한 불쾌감까지 느끼지는 않아도 되었다.

현진은 사막에 나와 있었다. 텐트는 그의 한 몸 가리기에는 꽤나 훌륭한 차양 역할을 수행했지만, 동시에 바람의 장애물로서도 작용했다. 그는 둘 중 하나를 골라야 했다. 햇빛을 가리는 대신 바람도 함께 가리느냐, 아니면 뜨거운 볕을 감수하고라도 사방팔방 불어오는 바람을 원 없이 쐬느냐.

그는 큰 고민 없이 후자를 택했다. 그러한 선택의 근간에는 마침내 사막 한가운데에 두 발을 딛고 섰다는 생생한 현실이 자리하고 있었다. 몸을 제대로 필 수조차 없던 차 안에서 한나절을 수감된 끝에 맞이한 해방일진데, 겨우 볕을 피하겠답시고 텐트 안에서 꿈지럭거리고 싶지는 않았다. 눈앞의 광활한 대지를 제집처럼 휘젓고 다닐 수 있다는 사실은 상상만으로도 흥분되는 멋진 일이었다. 이런 근사한 순간에 텐트에만 처박혀 있는 것은 스스로 용납할 수 없었다. 그리고 그런 생각을 한 건 비단 그뿐이 아니었는지, 이미 사막 구석구석을 다른 이들이 시끌벅적하게 채우고 있었다. 특히 정범과 학성은 사막 위를 어린아이처럼 방방 뛰어다니고 있었다.

"형, 저 사진 좀 찍어주세요!"

마침 그들의 뛰노는 모습을 흐뭇이 바라보고 있던 현진에게 학성이 다가오더니 대뜸 카메라부터 건넸다. 그리고는 두어 걸음 물러선 다음 갑자기 요상한 자세를 취하는 게 아닌가?

"…뭐하냐? 너."

"형도 참! 센스 좀 기르세요. 몸을 좀 더 낮춰서 봐야죠."

"이 자식이…!"

학성의 말에 발끈했지만 그 말마따나 몸을 낮춰 구도를 잡아보니 곧 이어 재미난 장면이 잡혔다. 새파란 하늘을 배경 삼아 그의 엉덩이에서 하얗고 거대한 방귀구름이 뭉게뭉게 피어나고 있었던 것이다.

"그래. 네 상상력 하나는 인정해 주마."

현진은 카메라 셔터를 연달아 눌렀고 그때마다 학성은 제각기 개성 있는 포즈를 취해 보였다. 심지어 그가 평소엔 피우지도 않는 담배를 시건방진 표정으로 후우, 내뿜어 보이자 그의 얇은 입술 위에서 방귀구름은 어느새 구름담배로 변해 있었다.

현진이 학성의 사진작가로서의 임무를 충실히 수행하는 동안 옆에서는 정범 역시 진욱을 끌어들여 열심히 사진을 찍고 있었다. 나름대로 작품의 주제도 있는 것 같았다. 사막을 걸어가는 고독한 나그네, 오랜 여정에 지쳐 배낭에 기대 쉬는 여행자, 자유를 부르짖듯 창공을 향해 양팔을 뻗고 선 남자, 태양을 삼키는지 뱉어내는지 모르겠는 한 마리의 용, 눈부신 빛의 구(球)를 손으로부터 뿜어내는 전설의 용사 등등. 점점 유치해지는 주제에도 불구하고 워낙 배경이 멋지다 보니 하나하나가 감탄할만한 작품들이 탄생했다.

그러나 다른 이들이 난리법석을 떨며 흥겨워하고 있는 그때, 그녀는 홀로 등을 돌린 채 잠자코 먼 지평을 응시하고만 있었다. 문득 그녀를 돌아본 현진으로서는 그녀가 무슨 생각을 하는지 알 수 없었다. 사막에 왔다는 사실이 아직 제대로 실감 나지 않는 것일까? 아니면 우여곡절 끝에 사막에 도착했다는 사실에 안도하는 것일까? 그 뒷모습이 쓸쓸하다 못해 서글프기까지 했지만, 그는 그녀가 혼자만의 시간을 갖도록 내버려 두었다. 왠지 지금은 그래야만 할 것 같았다.

사막 여기저기를 한참이나 신나게 뛰어다니던 이들은 점차 제풀에 지쳐 하나둘 텐트 근처로 되돌아왔다. 그들은 그대로 흙바닥에 널브러졌다. 놀고 싶은 대로 놀고 맨몸째로 뒹굴 듯 드러눕는 그들의 몸짓에서는 생동하는 자유의 체취가 물씬 풍겨 나왔다. 한바탕의 흥분을 대자연 속에 뿜어낸 그들의 얼굴에도 윤기 나는 생명력이 넘쳐흐르고 있었다. 때마침 하늘의 절반을 가릴 것 같은, 단순히 거대하다고 표현하기에는 어마어마한 크기의 구름이 그들 위로 느릿느릿 지나갔다. 구름은 어느 옛이야기에서 천방지축 원숭이를 눌러 잡았다는 부처의 손바닥을 닮았다. 뛰어노느라 열기로 한껏 달아올랐던 이들의 몸은 지표를 가득 메운 거대한 그림자에 덮여 급격히 식어 갔고, 그들의 눈은 그 느릿한 자취를 멍하니 쫓고 있었다. 모두를 넓은 품에 안은 사막은 참으로 고요했다. 소란스러웠던 것은 방금 전 그들뿐이었던 듯 주위로 오가는 바람은 조용히 허공을 흐르고 있었다. 떠들썩하게 고조된 감정들은 사막의 적막을 닮아 차근히 누그러졌고, 그 순간 어느 것도 가감할 필요 없이 말이나 행위는 그저 잉여에 불과한 것 같았다. 그렇게 세계가 거대한 침묵 속에 완전히 녹아들고 있었다.

오후 아홉 시가 넘어서야 비로소 해가 지평 아래로 떨어지는 사막의 낮은 무척이나 길었다. 시간이 흐르면서 몇몇은 텐트로 들어갔고 몇몇은 남아 두런두런 이야기를 나누었다. 달리 할 일이 없었던 현진은 텐트로 돌아가 쉬기로 마음먹었다. 마지막으로 돌아본 그녀는 첫 모습 그대로 우두커니 앉아 있었다.

질펀히 낮잠을 자고 있던 현진은 귓가를 울리는 익숙한 소리에 문득 잠에서 깨어났다. 밖에서는 둔탁하면서도 정겨운 쇳소리가 뜨문뜨문 들리고 있었다. 부스스한 머리를 거울 없이 손으로 대충 빗고 문을 나선 그는 차를 바람막이 삼아 식사 준비에 한창인 경미들을 볼 수 있었다. 소리는 그녀들이 들고 있는 식기에서 나는 것이었다. 그녀들은 땅바닥에 앉아 손을 바삐 움직이면서도 여유롭게 대화를 나누고 있었는데, 중간마다 주희의 걸걸한 웃음이 터져 나오곤 했다. 그때마다 애경과 선미가 따라 웃는 것을 보면 자기들끼리 무슨 재미난 이야기라도 하는 모양이었다. 현진으로서는 지난 1차 팀에서 처음 만난 주희는 참으로 여상부다운 면이 있었다. 경미가 자식들을 주렁주렁 먹여 살리는 한 가정의 안주인을 연상시킨다면, 주희는 그런 모친을 도와 동생들을 돌보는 당찬 맏언니 같은 느낌이었다. 비록 경미보다는 한 살 어리지만 이미 결혼까지 했다던 그녀는 겨우 스물셋이었다. 화통한 그녀에 비해 애경과 선미는 여성스러운 측면이 더 강했다.

'세계 어디를 가나 아줌마란 존재는 강한 건가.'

문득 든 실없는 생각에 그는 픽 웃고 말았다.

마침 현진을 발견한 그녀들이 먼저 인사를 건네 왔다. 그녀들과 몇마디 이야기를 나누던 중 현진은 어젯밤 낯선 이국땅에 내리자마자 제대로 된 설명 하나 듣지 못한 채 한나절 넘도록 차에 실려 온 한국 팀원들을 위해 그녀들이 자진해 식사를 준비키로 했다는 사실을 알 수 있었다.

"오빠, 그럼 아르갈 좀 모아다 주세요."

그 마음 씀씀이가 고마웠던 나머지 달리 도와줄 게 있는지 문자 돌아온 경미의 대답이었다. 마침 잘됐다 싶었던 현진은 목청을 돋우어 팀원들을 불러 모았다. 그러자 마치 기다렸다는 듯 다른 이들이 텐트 밖으로 즉각 튀어나왔다. 그 모양새를 보아하니 다들 텐트에서 뒹굴며 심심함을 삭이던 중이었던 것 같았다.

"아르갈? 그게 뭐야?"

"가축 똥을 말하는 거야. 말똥, 염소똥, 양똥을 모두 통틀어서. 아! 낙타똥도 있었지."

진욱의 물음에 현진이 차근히 일러주자 잠자코 듣고 있던 학성이 인상을 찌푸렸다.

"갑자기 똥은 왜요?"

다들 궁금해하는 눈치였지만 현진은 대답을 미루고 씩 웃기만 했다.

"근디 우째 생긴 똥을 주워야 되누?"

"똥이 생긴 모양이 어디 따로 있겠어요?"

"그냥 손으로 집으면 되는 건가?"

여기저기서 똥똥, 거리자 그걸 듣는 현진의 기분이 묘해졌다.

"다들 딱 보면 알 거야. 바로 이거구나 싶을 테니 걱정하지 마. 그리고 맨손으로 집어도 돼. 대부분이 바짝 말라 있을 테니까. 하지만 정 찝찝한 사람은 장갑을 끼든지 하고."

그 말을 끝으로 그는 팀원들을 재촉했다. 결국 진욱과 정범, 현진과 학성이 각각 짝을 이루어 흩어지기로 했다. 그녀는 남아서 경미들 옆에서 재료 준비를 돕기로 했다.

아직 만달고비가 가깝기 때문인지 야영지 주변에는 아르갈이 뭉텅이로 널려 있었다. 양이나 염소의 똥이 작고 길쭉하다면, 낙타똥은 크고

펑퍼짐했고, 말똥은 큼직한 구슬들이 십수 개씩 붙어 있는 모양새였다. 현진은 자신의 주먹보다 서너 배는 더 큼직한 아르갈을 집어 들었다. 생김새를 보아하니 낙타똥이었다. 어젯밤까지 내린 비가 미처 마르지 않아 아르갈에는 축축한 습기가 아직 배어 있었다. 젖은 걸 가져가 보았자 당장은 쓰지 못하기에 그는 학성에게 최대한 젖지 않은 것들만 가려서 모아 줄 것을 부탁했다. 그런데 그로부터 들려오는 대답이 없었다. 이상하다는 생각에 돌아보니 그는 움직일 생각은 않고 오만상을 찌푸린 채 서 있었다. 표정을 보아하니 왜 그러는지 쉽게 짐작이 갔다.

"그 축축한 게 방금 나온 뜨끈한 놈이어서가 아니라 어젯밤 비를 머금은 게 여태 안 말라서 그런 거야. 무공해 풀만 먹고 자란 가축의 똥인 데다가 또 이 뙤약볕에 얼마나 잘 살균됐겠냐? 그러니 걱정 말고 얼른 주워."

차근히 설명을 해 줘도 그가 여전히 움직일 기미가 없자 현진은 조금 짜증이 났다.

"마! 벌써부터 그러면 어쩌자는 거야? 하기 싫어도 앞으로 매일, 매 끼니마다 해야 할 일인데. 사막에 왔으면 사막에서의 생활에 얼른 적응해야 하지 않겠냐?"

"네에……"

그제야 학성이 기어들어가는 목소리로 대답하고는 느릿느릿 움직이기 시작했다. 얼굴은 여전히 한가득 울상인 채로. 그 모습을 잠시 지켜보던 현진은 눈을 돌려 주위를 살폈다. 그들로부터 꽤 떨어진 곳에서 진욱과 정범이 검은 봉지를 들고 아르갈을 주워담고 있었다. 봉지가 묵직하게 부푼 것이 이미 상당량을 모은 듯싶었다. 현진과 학성은 스무 개 가까운 아르갈을 더 주운 후 야영지로 복귀했다.

그들이 반 시간 가까이 주변을 돌며 주운 아르갈을 한데 모으자 제법 많은 양이 쌓였다. 현진은 큼지막한 돌 네 개를 주워 각 방향으로 세운 뒤, 그 사이의 빈 공간에 마른 아르갈들을 골라 놓았다. 돌들은 바람이 너무 막히지도, 너무 통하시도 않게 하면서 받침돌로 사용하기에 적합하도록 배치했다. 그가 아르갈 중 하나를 손에 쥐고 비벼 문지르자 그것이 소리 없이 쉽게 부스러져 내렸다. 분명 가축의 배설물이었지만 겉보기에는 잡초와 흙덩이가 한데 뭉쳐 있는 것에 가까웠다. 다들 그를 따라 아르갈을 부수는 중에 학성만 유난히 깔끔을 떨고 있었다. 현진은 그 모습에 다시 불끈 열이 뻗쳤지만 이번에는 별다른 말을 하지 않았다.

"와! 많이 모았네요? 오빠들 수고했어요."

조금 떨어진 곳에서 저녁 재료를 준비하던 경미가 다가와 그동안 모아 둔 폐휴지들을 아르갈 더미 사이사이에 끼워 넣은 다음 휴대용 토치로 불을 지폈다. 흠잡을 데 없이 능숙한 솜씨였다. 고른다고 골랐는데도 몇몇 아르갈이 축축해서 불이 전체에 번지기까지는 꽤나 오랜 시간이 소요됐다. 옆에서는 몽골 팀원들이 떠들썩하니 요리를 준비했고, 한국 팀원들은 모닥불 주위에 앉아 불 지피는 과정을 신기한 듯 쳐다보았다.

"불을 잘 붙게 하려고 아르갈을 잘게 부순 거야. 그렇다고 너무 잘게 부수면 금세 타버리니까 적당한 크기로 만드는 게 좋아. 일단 불이 붙으면 바람도 계속 유지시켜 줘야 하고."

현진이 설명하자 학성이 어디선가 박스 쪼가리를 주워 와서는 열심히 부채질을 해대기 시작했다. 비위가 약한 게 흠이었지만 그런 열성적인 모습은 보기 좋았다.

"아마 밥이 다 되려면… 넉넉잡아 두 시간 정도 걸릴 거야."

이어진 현진의 말에 모두가 입을 떡 벌리고 아연실색했다. 그의 말대로라면 아르갈을 줍고 불을 지피는 시간까지 포함해 장장 세 시간이 지나야 겨우 밥 한 끼를 먹는다는 것 아닌가!

"여기선 원래 그래. 보다시피 한국에 비하면 환경도 도구도 열악하잖아. 물 끓이는 데만 하더라도 한 시간 가까이 걸린다고. 그러니 앞으로는 다들 마음 편히 먹어. 매끼 지을 때마다 그 정도 시간이 걸릴 테니까."

현재 그들에게 있는 가공식품이라고는 울란바토르에서부터 사 온 카레와 짜장, 몇 묶음의 라면과 밀가루, 그리고 만달고비에서 구입한 서너 통의 우유가 전부였다. 나머지는 천연 재료들로서 주식인 쌀과 감자, 양파, 당근 등의 채소, 막바지에 구입한 양고기, 고기 비린내를 잠재울 때 쓰일 약간의 향신료, 요리를 하거나 수태차를 끓일 때 함께 넣을 찻잎이었다. 그것들을 재료 삼아 처음부터 끝까지 모든 음식을 손수 장만하는 것이 앞으로 그들의 임무였다. 문명의 이기에 익숙해져 있는 이들에게 그건 결코 쉬운 일이 아니었다. 가스만 공급되면 쉽게 화력을 피워 올리는 버너가 아니라 아르갈이라는 천연연료를 이용해 불을 지펴야 했기 때문에 불이 꺼지지 않도록 지속적인 주의도 기울여야 했다. 틈틈이 아르갈을 넣어 주고 재를 들쑤셔 공기가 통할 길을 만드는 등 한 끼 식사를 만드는 데에도 상상 이상의 시간과 노력이 들었다. 아직 그러한 어려움을 체감하지 못한 이들로서는 세 시간이라는 까마득한 수치만 도드라져 보일 수밖에 없었다.

잠시 후 애경이 준비해 두었던 큼지막한 솥을 들어다 받침돌 위에 올려놓았다. 솥에 눌려 잠시 주춤했던 불길이 금세 기세를 살려 솥 몸뚱이를 넘실넘실 타고 올랐다.

"히야, 징하게 오래 걸리는구마이! 이러다 배고파 죽겠대이."

"그러게. 뭘 하든 두 그릇쯤은 단숨에 먹을 수 있을 거 같다."

정범과 진욱이 모닥불 주위를 어슬렁거리며 한마디씩 뱉었다. 한나절 넘도록 먹은 게 없는 탓에 모두 심한 공복감을 느끼고 있었다. 그런 그들의 모습에 애경이 작게 웃으며 돌아갔다.

"여유들 갖고 기다리시게. 그리고 먹을 양은 걱정 안 해도 될 거야. 모자라게 주지는 않을 테니까. 난, 절대 남기지는 마."

말은 그렇게 했지만 현진 역시 허기진 것은 매한가지였다. 그때 줄곧 경미들과 함께 있던 그녀가 다가와 그의 곁에 앉았다. 재료 준비도 거의 끝난 모양이었다. 현진이 그녀에게 반갑게 눈인사를 건네자 그녀가 부드러운 웃음으로 화답했다.

"차차 적응해야 한대이. 밥까지 만들어 준다 카는디 조용히 기댕기면 되지 멀 그리 안절부절 못하고 있누?"

힘들지도 않은지 예의 자세 그대로 조금 떨어진 곳에서 그들을 주시하던 삼장이 특유의 우렁찬 목소리로 면박을 주었다. 그러자 솥 주위를 배회하던 진욱과 정범이 군말 없이 불가로 다가와 앉았다. 그러나 삼장은 이제 막 그의 강연을 시작한 참이었다. 그는 웃차, 몸을 일으키고는 현진과 그녀 사이의 공간에 비집고 들어와 앉았다. 현진은 몸을 옆으로 움직여 그의 큰 몸집이 들어오기에 충분한 공간을 마련해 주었는데, 왠지 그가 일부러 그녀와 자기 사이에 앉았다는 생각을 떨칠 수가 없었다.

삼장은 품에서 주섬주섬 담뱃갑을 찾았다. 이내 담배를 한 개비 꺼내 입에 문 그는, 그러나 아무리 찾아도 라이터를 찾지 못하자 솥 표면을 긁고 있는 불길에 얼굴을 들이밀어 불을 붙였다. 한차례 연기를 깊게 음미한 그가 잠시 후 느릿느릿 숨을 뱉어냈다. 그 일련의 흡기와 호기에 따라 담배 끝에 맺힌 불빛이 강렬해졌다가 곧 희미해졌다. 맞은편에 앉아 있던 학성은 담배 연기가 자신에게로 뿜어지자 얼굴을 찡그리며 손을 휘휘 저어댔다. 크기가 제각각인 연기구름이 그의 손짓에 따라 기묘한 문양을 그리며 흩어졌다.

"한국에 있을 땐 요래 긴 시간 요리한 적이 없었제? 다덜 먼가에 쫓기듯 살아서 말이여. 그렇제?"

그 물음에 둘러앉은 이들이 미약하게 고개를 끄덕였다. 그의 말대로 그들은 요리할 여유가 많지 않았다. 그러나 다른 한편으로는 굳이 요리할 필요성을 느끼지 못한 것도 있었다. 마트에는 별다른 조리 없이 포장만 뜯으면 쉽게 먹을 수 있는 가공식품이 수두룩이 진열되어 있었고, 골목마다 어김없이 자리 잡은 식당들에서는 돈만 지불하면 금세 음식을 내왔다. 그러니 손수 요리할 필요가 사라진 것도 당연한 일이었다.

"내가 몽골을 몇 년 여행타 보니 느낀 것이 있대이. 아니, 몽골이라 혀도 도시는 이미 한국과 별반 다르지 아능께 고비를 여행허다 느낀 거라는 게 더 정확하겠제. 고비에 있다가 울란바토르에 돌아가믄 요즘은 밥 먹는 게 억수로 편해졌다는 걸 새삼 실감한단 말이여. 기냥 가스 불에 올려놓으면 음식이 쉬이 만들어지지 않누?"

"머, 당연하지 않습니꺼. 세상이 그만큼 발달혔으니께."

정범이 뚜벅 사투리로 맞대답했다. 그의 표정은 이미 다 알고 있는 사실을 새삼 왜 꺼내느냐는 의아함을 담고 있었다.

"암, 자네 말대로 요즘은 먹는 거뿐 아니라 모든 게 편해지고 있제. 입고 자고 놀고 움직이는 거까증 죄다 말이여. 근디 말이제. 딱 하나만 고렇지 않은 게 있대이. 고게 먼지 알겠누?"

잠시 골몰하던 정범이 이내 고개를 가로저었다.

"바로 돈 버는 일이래이. 다른 건 죄다 편해지고 있는디 고거 하나만은 날이 갈수록 힘들어지는 기라. 다른 걸 두루두루 누릴라믄 돈이 필요헌디 정작 돈 버는 건 힘들어 진다라. 먼가 쬐까, 고 머시다냐… 고래, 아이러니하지 않누?"

삼장은 스스로 뱉은 단어가 영 어색했는지 머쓱한 웃음을 지었다. 처음에는 가볍게 끝날 것 같던 그의 이야기는 어느새 주제가 전환되면서 오래도록 이어질 기미를 보였다.

"근디, 다시 생각해보자이. 고게 증말루 그런감? 증말 자네덜은 돈 버는 게 갈수록 어려워진다고 생각허나?"

자신의 말에 별다른 이의 없이 고개를 끄덕이는 청년들을 삼장은 돌연 매서운 눈빛으로 훑었다.

"자네덜 중 몇몇은 이미 오래전부터 제 손으로 돈을 벌어 와야 했을 기다. 그러니 함 말해 보그라. 자네덜이 생각키에 날이 갈수록 돈 벌기가 어려워진다는 게 사실인가?"

그는 현진과 그녀를 번갈아 주시하며 질문을 던졌다.

삼장의 날카로운 시선을 받은 현진은 뭐라고 대답해야 할지 몰랐다. 돈을 모아야겠다는 생각보다는 그저 한 주, 한 달을 살아내기 위해 가리지 않고 일을 해 온 그로서는 모든 일이 어느 정도는 고되게 느껴졌다. 그러나 그것은 몸 쓰는 일을 주로 택할 수밖에 없었던 그가 느낀 일 자체의 고됨이며 피로였지, 돈 버는 어려움은 아니었다. 지금 삼장이 묻고 있는 것은 일정 수준 이상으로 돈을 모으는 어려움, 혹은 같은 액수를 모았어도 예전만큼 누리며 살지 못하는 어려움 따위를 말하는 것 같았다. 그러나 좋은 직장에 들어가 더 많은 연봉을 받는 것을 자신과는 영 거리가 먼 이야기로만 치부했던 현진은, 늘 아르바이트를 전전하기 바빴고 그래서 결국 그의 소득은 당시 임금 수준에 따라 절대량에서만 다소 차이가 있을 뿐 최저임금에서 벗어난 적이 거의 없었다. 더구나 한때는 그렇게 모은 돈조차 흥청망청 썼기에 돈 모으는 일에 대해 그가 제대로 알 리는 만무했다.

"사실…"

모두의 시선이 그녀에게로 쏠렸다.

"일을 한다면 돈은 벌리게 되어 있죠. 어떤 일을 하든지요. 어쨌거나 지금은 노동을 포함한 많은 것들이 돈으로 매겨지고 거래되는 자본주의 사회니까요. 다만 대부분의 사람에게는 그 돈이란 게 들어온 것보다 쉽게 빠져나가 좀처럼 모으기 어렵다는 것이 문제예요. 많은 사회초년생의 임금 자체가 워낙 적어 생활비를 충당하기조차 빠듯하다는 문제도 있지만, 시간이 지날수록 화폐 가치에 비해 물가가 오르는 인플레이션 문제도 있으니까요."

인플레이션…. 고등학교 시절 얼핏 들어본 것 같으면서도 경제 서적은 제목만 읽어도 거짓말처럼 머리가 아파와 통 관심을 갖지 못했던 현진으로서는 좀체 귀에 익지 않은 용어였다.

"서로 경쟁할 수밖에 없는 시스템에서는 당연한 일일 테지만, 오늘날 대부분의 사람은 많은 노동량에도 불구하고 적은 임금을 받을 수밖에 없어요. '이윤의 극대화'가 지상 명령처럼 되어 버린 현대 사회에서 고용주는 어떻게든 손해를 줄이고자 눈에 불을 켜고 있고, 그 결과 노동 업무는 점차 늘어나는 반면에 임금은 늘 낮은 수준에 머물러 있죠. 하지만 노동자로서는 자신을 대체할 수 있는 경쟁자들이 얼마든지 있다 보니 적게 책정된 급여에도 만족할 수밖에요. 원래 있던 일자리마저 보전하려면 그게 최선일 테니까요. 그렇지만 경쟁하는 건 그들만이 아니에요. 우리가 먹고 마시고 소비하는 상품들, 또 건물이나 그 부지 따위의 것들은 자본가들의 자산에 해당하죠. 그것들 역시 엄청난 자본의 힘을 바탕으로 광고되고, 홍보되고, 판매되면서 치열한 경쟁을 벌이고 있어요. 그러다 경쟁에 실패한 상품들은 도태되고, 심지어는 자본가들마저 파산하기도 하죠. 영세 사업자들은 더 말할 것도 없고요. 그리고 그 과정에서 누군가는 일자리를 얻고, 누군가는 이득을 보며, 또 다른 누군가는 손해를 봐요. 그건 당연한 일이에요. 하지만 사회 전반적으로 돈을 버는 것이 점점 어렵게 느껴진다는 건, 아마도 그 과정에서 대량의 이익을 얻는 이들은 소수인 반면, 도태되거나 손해를 보는 이들은 점차 늘어나는 현실을 의미하는 말일 거예요. 그런데 제가 하는 이런 얘기가 선생님이 원하던 대답인지는 잘 모르겠네요."

그녀의 길고도 명쾌한 대답을 들으면서 현진은 십 년 가까운 세월을 일해 오는 동안 자신은 대체 무슨 생각을 하며 살아왔는가, 하는 부끄러움이 머리끝까지 치미는 것을 느꼈다.

"맞고 말고! 자네 말 한 번 참 똑 부러지게 잘해 줬대이. 역시나 여 모인 사내눔덜보다 훨 낫구마이! 봐라, 내 눈이 틀리지 않있제? 어쨌거나 자네 말대로 요 자본주의 사회라는 것이 참말루 요상해서 돈을 벌지 않고는 살아갈 수가 없게 되어 있대이. 먹고 마시고 싸고 잠자고 놀러가는 모든 것이 값으로 매겨지고 비용으로 처리되니 말이제."

삼장의 세모꼴 눈이 그녀를 향해 둥글게 휘어졌다.

"고런 사회에서 살아남을라믄 당연히 돈을 벌어야겠고, 돈을 벌라믄 당연히 일을 해야 그쩨. 근디 몸을 쓰든 머리를 굴리든 돈 모으기가 참말루 쉽지 않은 세상인 건 맞제. 자네 말마따나 숱헌 사람덜이 경쟁하고 있지만 걔 중 돈 많이 버는 눔은 몇 눔 안 될 테니께. 그라믄 여서 자네덜에겐 두 가지 선택 안이 있대이. 더 벌고자 더 많이, 더 수고스레 일할 것인지, 아니믄 덜 벌더라도 숨 좀 트여가메 살 것인지. 이 중 하나를 택해야만 하는 것이제. 그리고 내 보기에 자네덜은 숨 좀 돌리메 살기로 맘 먹은 거 같구마이."

그러나 삼장의 말과 달리 그녀에게는 그것이 자의로 선택한 삶이 아니었다. 한 숨 돌리지 않고서는 도저히 못 견딜 것 같은 마음에 쫓기듯 그렇게 했을 뿐.

"헌데 여서 자네덜이 쉬이 착각하는 것이 있대이. 야들 중 뭐시 더 옳고 뭐시 더 그르다 요래 따져선 안 된 다는 것이제. 앞 식대로 사는 사람덜은 기냥 고렇게 살기로 선택한 기고, 뒷 식대로 살려는 자네덜 또한 기냥 고래 살기로 선택한 거 뿐이니께. 고건 선택의 문제고, 자네덜이 어떤 삶을 택하든 어느 정도의 미련과 후회는 따라올 수밖에 없대이. 근디 요늠이 저늠한테 대뜸 니 고래 살믄 안 된대이, 내가 사는

방식만 옳대이 요래 뿌믄 우째 되긋나? 뻔하제! 고때부턴 서로 말이
안 통하는 기라. 고 뒤론 상대가 먼 말을 해싸도 귀에 안 들어온단 말
이제. 글니께 혹여나 말이여, 자네덜. 자네덜이 가지 않는 길을 남이 간
다고 혀서 함부로 왈가왈부하는 짓은 마래이. 알겄나? 고건 남을 상
처 주는 일인 데다가 지 스스로를 고립시키는 일에 다름이 없으니께.
물론 남덜이 자네덜을 우째 판단한다 혀서 거에 크게 맘 상할 필요도
읍고 말이제."

"하지만…!"

무심결에 튀어나온 스스로의 격앙된 어조에 놀라 그녀는 금세 입을
다물었다.

"하지만, 우선 돈부터 벌어야 여유도 부리고 숨도 쉴 수 있는 거 아
닌가요? 잠깐이라도 일을 그만두게 되면, 그래서 당장 아무런 소득도
없다면…. 선생님이라면 그때의 기분이 얼마나 참담한지 아시리라 믿어
요. 스스로 무능력하다는 비참함, 남들보다 뒤처진다는 암담함을요.
요즘은 돈이 없으면 하고 싶은 것도 제대로 못 하는 세상이잖아요. 더
구나 사회 전체가 돈을 마치 신앙의 대상처럼 여기고 있는데 남들 다
버는 만큼도 못 벌어 봐요. 바로 무능력하다거나 노력이 부족하단 소
리부터 듣게 된다고요!"

사막에 온 후로 대부분 침묵을 고수하던 그녀가 어쩐 일인지 이 순
간만큼은 적극적으로, 심지어 공격적이라고 여겨질 정도로 열을 올리
며 대화에 참여하고 있었다.

"잉, 자네는 먼가 착각하구 있구마이. 내는 시방 다른 사람덜이 아
니라 지금 여 사막에 와 있는 바로 자네덜에게 말하고 있는 기라. 그러
니 자네도 남덜 얘기가 아니라 자네 얘기를 해야제. 남덜이 뭐라카건,
또 자네럴 우째 보건 고게 고래 중하누? 그런 것덜 일일이 따지고 있었
다믄 애초에 자네가 여서 내를 볼 일도 없었겄제. 근디 자네넌 이미 여

와 있잖누? 그리고 말이제. 뭣보다 시방 나와 말을 주고받는 자네란 사람은,"

삼장은 잠시 말을 끊고 숨을 돌렸다. 그리고 그녀를 똑바로 응시하며 입을 열었다.

"여느 누구와 비슷한 사람도 아니고, 다른 누구로 대체될 수 있는 사람도 아니래이. 일만을 위해, 혹은 누군가의 이윤만을 위해 존재하다 필요 없으믄 대체되고 마는 고런 노동력 따위가 아니란 말이래이. 자네넌 지금껏 자네 식대로 삶을 거쳐 왔고, 지금도 자네 식대로 살아가고 있고, 또 앞으로도 자네 식대로 삶을 만들어 갈 유일한 존재로서의 자네야. 고런 자네가 시방 요 자리에 있는 건 돈, 것보다 더 중헌 게 있다는 자네의 믿음 때문이기도 허고, 또 자네가 남덜이 뭐라 카건 지 뚝심대로 밀어붙이는 청춘이어서기도 허지."

그녀의 새파랗게 독 오른 눈에서, 삼장은 홀로 안간힘을 쓰며 버텨온 그녀의 지난날을 마주할 수 있었다. 날카롭게 자신을 쏘아보는 그녀의 눈빛을 삼장은 피하지 않고 부드럽게 받아내었다. 그의 어조는 나지막했으나 또한 강렬했다. 그리고 거기에는 동시에 어떤 다정함이 깃들어 있었다.

"내 하나 물어보고 싶대이. 과연 자넨 노력을 안 해서 여 온 겐가? 남덜 죄다 열심히 일하는 중에 돈도 많겄다, 시간도 남아 돌겄다, 고래 심심허니께 여 온 것이여? 아니제, 절대 아니제! 내 알기로 자네넌 돈 벌라는 노력을 누구보다 열심히 했을 뿐 아니라 다른 노력은 고 이상으로 했대이. 남덜 다 가는 길을 냅두고 다른 길을 간다는 게 얼마나 큰 용기를 필요로 하는 일인지, 또 얼마나 힘든 일인지 내는 잘 안대이. 고래서 자네 같은 사람을 청춘이라 카는 기라. 나이는 자네 또래에다 자네처럼 먹고 살기 위해 발버둥 쳐야 했던 것도 아닌디 벌써부터 눈에 쌍심지 켜고 돈에 환장해따 혀 봐라. 고게 어디 청춘이가? 그저

110

껍데기만 청춘처럼 보일 뿐이제."

어느새 그 눈빛만큼이나 부드럽게 변한 삼장의 어조는 곤두선 그녀의 마음을 어르고 달래며 다독이고 있었다. 자신도 모르는 사이, 문득 그녀의 눈 끝에서 무언가 작게 일렁거렸다.

"증말 우짤 도리가 없는 경우가 아니라믄,"

삼장은 이제 모두에게로 시선을 돌렸다. 그는 한차례 혀를 움직여 입술을 훑었다.

"자네덜 시절엔 돈을 쫓기보다는 증말루 하고픈 것을 찾아 나서는 것이 중허대이. 고걸 멋뜨러진 말로 하믄 꿈이라고도 부를 수 있겠제. 돈은 자네덜의 고 꿈을 이루기 위해 필요한 정도로만 벌믄 족하단 말이래이."

꽁초만 남은 담배를 불 속으로 던져 넣고 그는 금세 새 담배를 꺼내 들었다. 그걸 보는 학성이 다시 한 번 울상을 지었다.

"돈, 돈, 돈. 고 끈덕진 집착을 이겨내기란 증말루 힘든 일이제. 특히 멀 하더라도 돈이 필요한 요즘 시상에서는. 그러나 내는 시방 고 집착을 돌이켜 보라는 것이제, 돈 없이 살라는 말을 하는 게 절대 아니래이. 함 생각해 보래이. 고 숱허고 숱헌 자네덜 또래의 젊은이덜이 머가 그리 급해 돈 버는데 쫓기듯 안달허는지. 이유야 쎄고 쎘제. 장차 결혼도 해야 그따, 집도 장만해야 그따, 가정도 꾸려야 그따, 나중에 먼 일이 터질지 모르니 미리미리 준비도 해야 그따, 다 늙어 쪽박 차기 전에 일찌감치 노후 대비도 해야 그따⋯. 찾을라고만 하믄 이유야 참말루 많제. 헌데 고것들은 다 누구의 얘긴가? 증말 지 스스로 고런 것얼 절실히 원해서 허는 얘긴가? 아니제. 사람은 비슷한 거 같으면서도 결코 똑같은 법이 없대이. 헌데도 숱헌 사람덜이 지 얘기는 하질 않고 남덜이 하는 얘기만 허고 있제. 남덜이 결혼하고 집 장만하니께 내도 그래야 겠고, 남덜이 저런 옷 입고 저래 여행다니니께 내도 저쯤은 누리며 살아야거따 요러는 것이제. 실은 남 얘긴데 고걸 지 얘기처럼 믿는 거 래이. 정작 지가 원하는 게 먼지는 고민 한 번 지대루 안 해보고 말이 제. 그러니 날이 갈수록 쌓이는 거라곤 돈에 대한 막연한 집착뿐이지 않겄나? 돈이야말루 남덜이 한다는 고것덜을 내도 할 수 있게 보장해 준다고 믿으니께. 본디 무럭무럭 지 멋대로 자랐어야 할 나무가 어느 새 돌땡이처럼 굳어버려 성장을 멈추고 만 것이제. 그저 지금껏 남덜로 부터 들어온 말들을 앵무새처럼 고대로 읊어대믄서. 요 길만 옳은 길 이래이, 고래 안하믄 나중에 후회할 거래이, 그렇게 또 다른 사람덜을 겁주는 것이제. 허나 실은 지가 가장 겁에 떨고 있는 기라."

이제는 좌중 전부가 그의 말에 빠져 있었다. 그가 긴 이야기를 하는 동안 그들 모두는 숨소리마저 죽이고 있었다.

"앞으로 사막을 걷다 보믄 느끼겄지만…."

삼장은 꺼내려던 말을 잠시 입 안에 머금고 이번에는 좀 더 오래 입 술을 축였다. 그는 지금 자신이 하는 말을 눈앞의 청년들이 전부 이해 할 거라고 생각하진 않았다. 그렇다면 저들이 직접 경험하고 깨닫도록 기다리는 편이 더 나을지도 모른다.

'하지만….'

그는 곧 청년들에게 큰 방향쯤은 제시해 줄 필요가 있다고 느꼈다.

"사막에서는 자네도, 또 자네도 모두 어딘가를 향해 걸어가고 있을 거래이. 거가 동쪽이 됐든 서쪽이 됐든 고건 크게 중요치 않대이. 자네 덜이 어디로 향하든 보이는 거라곤 지평선뿐일 테니께. 자, 고럼 자네 덜은 결국 죄다 지평선을 향해 걷고 있다 할 수 있겄제. 금세 닿을 듯 하믄서도 닿지 않는 고 길쭉한 선 말이여. 그리고 고래 계속 걷다 보믄 지쳐 쉬는 사람도 있을 기고 힘써 달음박질치는 사람도 있을 기라. 또 비틀거리는 사람도 있을 기고, 우짜믄… 쓰러져 죽는 사람도 나올지 모르제."

그 갑작스런 말에 청년들의 얼굴이 한순간 경직되었다. 곧바로 이어진 삼장의 장난스런 웃음을 마주하고 나서야 그들은 얼굴에 깃든 긴장감을 떨쳐냈다.

"길을 걷는 방향이나 방식이야 죄다 다르더라도 크게 보믄 모두의 삶이 다 고만고만한 기라. 특별히 잘난 것도 못난 것도 없이, 닿을 수 없는 제깟 욕망에 눈길을 둔 채 요 방향으로든 저 방향으로든 치닫고 있는 거래이. 글니께 작정하고 남에게 못된 짓을 하는 게 아니라믄 어느 길이 옳다 그르다 하며 따질 필요도 없는 것이제. 고럴 바에야 차라리 제 길 걷는데 전념하래이. 종국엔 자네나 나나 모두가 길을 걷다 죽을 것이고, 그 죽는 날도 결국엔 한 걸음 걷고 있을 어느 오늘이 되지 않겠나? 고 사실을 깨닫고 나믄 서로 누가 옳네 그르네 하믄서 시간 낭비 힘 낭비 허는 게 참말루 어리석은 일이란 걸 알게 될 기라."

그는 자신도 모르게 말이 길어지고 있음을 느꼈다.

"시방 여 모인 자네덜은 돈보다 자네덜의 꿈이 더 중허다 믿고 여 온 것이궀제? 남덜이 뭐라카건 지 꿈이 우선이라고 믿고 말이제. 특히 자넨 잘 다니던 직장까지 때려 치고 왔잖누? 아까도 말했지만 고건 자네가 참말로 물불 안 가리는 청춘이라서 가능한 기라. 허나 내 부탁컨디, 부디 자네덜 꿈의 노예도 되지 말그라. 꿈꾸기를 멈추란 말이 아니래이. 다만 조급해 말고 사막을 걷듯 인생을 긴 호흡으로 살아가란 말이제. 여유. 다른 뭣보다 고게 질루 중헌 거래이. 헌데 시방 내가 말하는 여유란 짬마다 테레비 보고, 컴퓨타 하고, 밀린 잠자느라 바쁜 거, 고런 거라고 생각하믄 안 된대이. 여유는 고런 게 아니래이. 고럼 머시냐? 지가 스스로 하고 싶은 바를 진득허게 해 나가는 힘, 고게 바로 진짜 여유래이. 일과 일 사이에 겨우 마련한 고 쬐까난 틈이 아니라, 지가 참말로 믿고 좋아하는 바를 위해 남덜이 말하는 길이 아닌 제 길을 걸어가는 힘, 바로 고걸 말하는 기라."

삼장은 지긋한 시선으로 청년들을 바라보았다. 어느 순간부터 그를 노려보듯 열중하는 눈동자들에는 어떤 답답함과 열망, 갈급함 따위가 어지럽게 섞여 있었다.

'고놈들, 여유 좀 가지라니께 참말루 말도 안 듣네.'

그러나 그런 중얼거림과는 달리 삼장은 청년들의 마음을 십분 이해하고 있었다. 스스로의 꿈을 결코 외면하지 못하는 삶을 향한 그들의 애착과 열망을 여실히 느끼면서도, 그는 이들을 북돋고 격려해 주었어야 할 앞세대들의 부족한 관심과 배려가 안타깝기만 했다.

한편 현진은 그 나름대로 깊은 생각에 빠져 있었다. 방금 전 대화에서처럼 오늘날에는 많은 사람이 돈 버는 일에 몰두하고 있었고, 그것은 아예 시대적인 추세가 되어 버렸다. 그 결과 그 외의 다른 일에 시간을 투자하는 사람은 인생을 낭비하거나 삶에 불성실한 사람으로 여겨지곤 했다. 현진 자신의 부모부터가 그랬다. 그의 부모는 오랜 마찰 끝에 결국 그가 고등학교 2학년 때 이혼을 했다. 그들이 이혼하자마자 현진은 기다렸다는 듯 학교를 자퇴함과 동시에 집으로부터도 나왔다. 그 후 그의 부모는 하루가 멀다고 다투던 지난날의 모습이 우습게 여겨질 정도로 현진을 바라보는 시선에 있어서만큼은 일치된 모습을 보여 주었다. 그들은 아들이 겪는 방황을 단 한 번도 진심으로 이해하려 한 적이 없었다.

"자식이라곤 너 하나 있건만… 얼른 버젓한 직장 얻어 이 애비 모실 생각은 않고 대체 뭐 하며 쏘다니는 게냐."

이혼 후 부쩍 나약해진 아버지의 말이었고,

"기껏 다시 들어간 곳이 철학과라고? 도대체 넌 언제 철들려고 그러니? 그런 대학이라면 일찌감치 그만두고 좋은 직장 얻을 생각부터 하거라. 그러다 보면 하나님께서 반드시 귀히 쓰실 때가 있을 테니까."

현진이 어릴 적만 해도 절이며 무당이며 전전하다가 어느 순간부터 열성적으로 교회를 나가기 시작한 어머니의 말이었다. 그녀는 늘 사랑을 입에 달고 살았지만, 일 년에 두어 번 현진을 만날 때마다 그의 고민을 먼 산 바라보듯 했다. 아니, 그에게 고민이 있는지조차 모르는 것 같았다. 그녀는 글로 익히고 말로 뱉으면 그게 사랑의 전부라고 믿는 것 같았다.

서로 간의 차이야 있었지만 결국 현진의 부모에게 삶의 성공이란 넉넉하고도 안정적인 수입을 보장하는 직장과 다르지 않았고, 정작 자신의 고민은 전혀 헤아리지 않는 그들의 획일적이면서도 허망한 잣대를 받아들이고 싶지 않았던 현진은 그 부모에게조차 패배자, 아웃사이더로 여겨지곤 했다. 급기야 그들의 일방적이고도 반복적인 정죄로 그 스스로마저 자기 정죄에 빠질 때면 간신히 지탱하고 있던 삶의 의욕마저 무참히 꺾이고 마는 것이었다. 하지만 그들의 정죄는 현진의 방황을 더욱 길고 고되게 했을망정 그 해결에는 아무런 도움도 주지 않았다.

'누군들 자기 삶을 불행하게 살고 싶을까?'

방황하고 있다는 것은 끊임없이 나아갈 길을 찾으려 애쓴다는 것을 의미함에도 불구하고 그런 고군분투하는 자신을 이해하지 못하는 그들이 현진은 야속하기만 했다.

다행히, 그는 지난해 난생처음으로 스스로 하고 싶은 바에 뜻을 두고 그것을 이루기 위한 첫발을 내딛었다. 바로 고비사막으로의 여행. 하지만 당시에는 그것을 꿈이라고 생각할 겨를조차 없었다. 그건 그저 방황의 연장인 것만 같았고, 사실 그때의 그는 하루하루를 간신히 연명하며 때때로 죽음을 생각하고 있었다.

보름 남짓의 사막 여정은 그 자체로는 결코 거창한 것이 아니었다. 그 누구도 알아주지 않았고, 고생했다는 말 한마디 건네는 이 없었다. 그의 부모는 여전히 혀를 끌끌 찰 뿐이었다. 그 적요한 대지에서보다 그는 돌아와서 더 고독해졌다. 그러나 그는 더 이상 쉽게 무너지지 않았다. 그것은 이후 삶에 대한 그의 신념과 태도를 완전히 뒤바꿔 놓은 획기적인 사건이었다. 감히 다른 이들에게도 선뜻 소개시켜 주고 싶었을 만큼.

"참말로 돈을 벌고 싶으면 분수에 맞게 벌믄 되는 기라. 돈은 필히 필요한 거고, 돈을 열망하는 고 자체가 나쁜 건 아니니께. 허나 자네딜이 다른 하고 싶은 게 있고 거기에 많은 돈이 필요한 것도 아닌디, 다른 누가 헛생각 말고 얼렁 돈이나 벌라고 말한다믄 고 사람은 자네딜에게 독이 될망정 절대로 약이 되진 않을 거래이. 모름지기 청년이라믄 맘껏 방황도 해 보고, 고러다 진득허니 지 신념대로 밀고나가도 보고, 고렇게 좌충우돌허다 때가 오믄 체념도 절망도 해 봐야 청년다운 법인디…. 꽃은커녕 싹트기도 전에 열매부터 맺으라 카믄 우짜누? 더구나 야는 장차 늠름한 감나무가 될 눔이고, 쟈는 풍성한 사과나무가 될 눔인디 이눔이고 저눔이고 모두 똑같이 돈나무가 되어 돈이나 맺어라, 요래뿌믄 고런 사회가 지대루 돌아가겄나? 아니제, 그럴 수 없제. 결국 시들시들 앓다가 쫑 날 수밖에 없는 기라."

"근데 왜 요리 얘기를 하다가 갑자기 여기까지 왔대요?"

나름 무거워진 분위기를 전환하기 위해서였는지 학성이 농을 쳤지만 웃는 사람은 아무도 없었다. 삼장은 어느새 막바지까지 피워 올린 담배를 땅에 비벼 끈 후 또 한 번 불 속으로 꽁초를 집어넣었다. 그는 이만 말을 맺어야 할 필요를 느꼈다.

"벌써부터 과히 필요치도 않을 돈 버는데 급급하지 말그라. 대신 자네딜이 하고픈 바를 치열허게 찾고 고걸 할 수 있도록 능력을 키우래이. 돈이 부족하믄 돈을 벌고, 실력이 딸리믄 실력을 키우고, 시간이 없으면 시간을 확보허고. 그라믄 족하대이. 요즘 시대가 요러니께 내도 요래야 한대이, 이러다 보믄 죽도 밥도 안 되고 나중 가서 속병만 얻을 게 뻔한 기라. 남딜 쫓는답시고 자네딜의 귀한 욕망을 외면한다믄 고 미련이 두고두고 몸집을 불려따 결국 곪고 말 기라. 근디 자네덜, 거아나? 자네덜이 생각허는 것보다 훨씬 많은 젊은이덜이 이미 변화를 시작하고 있대이. 벌써 내 앞에도 고런 눔들 다섯이 앉아 있잖누? 끼리끼리 모인다고. 자네덜은 함께 길을 걷다가 서로 잘 돌보고 힘이 되어 주어야 칸대이."

그 말을 끝으로 삼장은 청년들을 향한 길고도 진심 어린 당부를 마쳤다.

"그런데 그간 몽골에 계셨으면서 어떻게 그런 사회상을 저희보다 더잘 알고 계세요?"

다른 이들이 모두 잠잠한 가운데 학성이 감탄을 담아 물었다. 그러자 삼장이 씩 웃어 보였다.

"원래 지 있는 자리에선 지대루 보기 어려운 법이라. 설령 지대로 보더라두 쉬이 말로 꺼내긴 어려운 법이고. 내 같이 몇 보 떨어져 있는 눔이 보기도 잘 보구 나불거리기도 더 잘 하는 것이제. 그리고 니도 여행이고 일이고 하믄서 경험도 쌓고 요 사람 저 사람 많이 만나 보래이. 그러다 보믄 스스로 깨치고 얻는 것이 참말루 많을 기다."

어느덧 솥에서는 물 끓는 소리가 들려왔다.

"고래서 결론이 뭐냐 하믄, 경미가 해 주는 요리를 맛나게 잘 묵자, 고거여! 이만 강의 끝!"

삼장은 그답게 이야기를 마무리 지었다. 그러나 좌중에는 여전히 무거운 침묵만 감돌았다. 다들 저마다의 깊은 사색에 빠져 있는 것 같았다.

"에이, 재미없는 눔들! 내는 이만 갈란대이!"

혀를 끌끌 차며 몸을 일으키는 삼장의 얼굴에는 그 입놀림과는 달리 부드러운 미소가 띄워져 있었다. 한참이나 어린 동생들을 바라보는 다정함을 담아, 그는 청년들이 저만의 길을 걷다가 너무 지치지 않기를 바랐다. 그러나 끝내 지쳐 쓰러진다 하더라도 부디 스스로에 대한 신뢰와 애정을 잃지 않기를 더욱 간절한 마음으로 바랐다. 그는 큰 걱정은 하지 않았다. 눈앞의 청년들은 분명 서로가 서로에게 큰 힘이 되어 줄 수 있으리라.

오랜 기다림 끝에 완성된 메뉴는 초이왕이었다. 초이왕은 몽골의 대표적인 음식 중 하나로 밀가루 반죽을 두꺼운 면 모양으로 썰어 고기나 감자 등과 함께 기름에 볶아낸 것이었다. 몽골 음식은 대체로 기름지고 향이 강했기 때문에 사람에 따라 호불호가 심하게 갈리곤 했는데, 현진은 아무리 먹어도 질리거나 역하다는 느낌을 받아 본 적이 없었다. 작년에도, 또 올해 1차 팀에서도 그는 매끼마다 두 그릇 가득 심지어는 세 그릇까지 먹어 치웠고, 주는 족족 그 이상으로 잘 먹어대자 가장 기뻐한 것은 누구보다도 음식을 만든 경미였다.

이번 초이왕은 모두에게 엄청난 인기를 누렸다. 너 나 할 것 없이 밥그릇을 받자마자 걸신들린 듯 먹기 시작했다. 좌중에는 한동안 식기 부딪치는 소리와 음식 씹는 소리 말고는 아무 소리도 들리지 않았다. 시장이 반찬인 덕도 있었지만 요리 자체가 워낙 맛있기도 했다. 거듭 빈 그릇을 내미는 요청 속에서도 모두가 배부르게 먹을 만큼 밥은 충분했다. 넘치는 성원 덕분에 음식을 만든 경미들도 무척이나 기뻐했다. 만든 이도 먹는 이도 모두가 즐거운 시간이 유쾌한 침묵 속에서 이어졌다.

배가 부르니 금세 눕고 싶어졌고 잠시 낮잠이라도 청할 생각으로 현진은 다른 팀원들을 도와 서둘러 설거지를 마치고는 텐트로 돌아왔다. 밖에서 들리는 기분 좋은 어수선함이 귓가를 울리는 가운데 그는 침낭을 베개 삼아 곧 잠에 빠져들었다.

4

현진이 눈을 떴을 때는 텐트 안에 약간 쌀쌀한 감마저 느껴졌다. 그는 배낭을 뒤져 긴 옷으로 갈아입고 그 위에 다시 바람막이를 걸쳤다. 그 본연의 기능을 잃어버린 채 지금은 카메라와 시계로만 쓰이고 있는 그의 핸드폰은 막 저녁 8시가 지나고 있음을 알려왔다. 아닌 게 아니라 주위에는 짙은 어스름이 내려 있었다.

"와아! 형 누나들! 모두 나와 봐요, 얼른요! 모두 저것 봐요!"

현진이 2차 팀이 시작된 이후 첫 일기가 될 글을 쓰려던 참에 갑자기 밖에서 학성의 달뜬 외침이 들려왔다.

"무슨 일인디 점마는 저래 호들갑이누?"

현진이 텐트 밖으로 나가자 마침 때를 같이해 나오던 정범이 물어왔다. 하지만 그에 대답할 새도 없이 정범의 시선이 한 곳에 못 박히듯 고정되었다. 그와 동시에 그의 입에서도 신음과 같은 탄성이 흘러나왔다. 차례로 밖으로 나온 나머지 인원들의 반응도 그와 크게 다르지 않았다.

그들의 정면으로 온 하늘에서 석양이 지고 있었다. 하늘이라는 거대한 도화지 위에 적청(赤靑)의 그러데이션이 화려하면서도 장엄히 펼쳐진 가운데 그 사이사이를 다양한 색들이 조금씩 경계를 달리하며 메우고 있었다. 태양이란 이름의 짙은 감귤 색 구체로부터 뿜어진 빛줄기들은 가닥가닥 셀 수 있을 만큼 곧고 선명했으며, 그것들이 닿는 구름의 표면 굴곡을 따라 빨갛고, 노랗고, 파란 꽃들이 흐드러지게 피어 있었다. 오묘한 색의 향연은 하늘 전체에서 진행되는 중이었다. 일행 모두는 일제히 넋을 잃은 채 흡사 맹금류를 발견한 미어캣 무리처럼 오똑한 대열을 이루며 서 있었다. 시간이 흐르면서 빛줄기들을 서서히 제 안으로 갈무리한 태양은 스스로를 투명하고도 영롱히 적화시켜 갔다. 그것은 자연이 빚어내는 한 편의 장엄한 교향곡이었다. 하늘과 지평의 경계에 시나브로 몸을 박아가는 태양은 오색찬란한 구름 단원들 앞에 우뚝 선 지휘자였고, 귀로는 들을 수 없는 웅장한 오케스트라의 연주가 적막한 땅 위 몇 안 되는 관객들의 가슴에 환상처럼 퍼져 나갔다. 다들 한참을 그렇게 서 있었다.

"작전참모!"

돌연 삼장의 굵직한 외침이 날카롭게 허공을 가르며 날아왔다. 퍼뜩 정신을 차린 팀원들이 아직은 익숙지 않은 호칭에 서로 마주 보며 멈칫거리는 와중에 진욱이 부리나케 몸을 돌려 뛰어갔다. 현진은 그 뒷모습을 보며 이런 장관도 제대로 누리지 못하는 그가 안쓰럽다는 생각이 들었다.

다행히 진욱은 해가 완전히 떨어지기 전에 돌아왔다. 그러나 그는 구경꾼의 대열에 재합류하기보다는 서둘러 일행들을 불러 모은 후 오늘 하루만큼은 마음껏 먹고 마셔도 좋다는 삼장의 말부터 전했다. 곧 그들 사이에서 큰 환호가 터졌다. 진욱은 덧붙여 학성에게 오늘 소비할 음식과 맥주의 양을 파악해 삼장에게 보고하도록 지시했다. 그러자 자신의 임무를 기필코 차질 없이 수행하겠다는 듯 학성이 결연히 고개를 끄덕였다.

야영지는 금세 흥겨움으로 가득 찼다. 모두들 정말 신나게 놀기로 작정한 듯 불을 피우네, 맥주를 가져오네 하며 호들갑을 떨었다. 놀랍게도 안주로는 이미 먹음직스럽게 삶아진 양고기가 마련되어 있었다. 그들이 텐트에서 제각기 쉬는 동안 경미들이 또 한 번 준비한 것이었다. 사막에서 양고기를 처음 마주하는 이들의 눈이 금세 휘둥그레졌다. 물론 점심에 먹은 초이왕에도 고기가 들어 있었으나 점점이 썰린 고기와 한 솥 가득 통째로 삶아진 고기를 비교하는 것은 애초에 무리였다. 고기 표면을 따라 좌르르 흐르는 윤기에 벌써부터 군침을 흘리면서도 그들은 점심에 이어 저녁까지 준비한 경미들의 수고에 감사의 말을 잊지 않았다.

삼장이 미리 밝혔듯이 술과 안주는 풍족히 준비되어 있었다. 차에서 늘어지게 자고 있던 라캉까지 모두 모이자 그들은 둥그렇게 둘러앉아 본격적인 축제를 벌였다. 한국에서 온 팀원들은 경미를 제외하고는 다른 몽골 팀원들과 간단히 통성명만 했을 뿐 그때껏 제대로 인사도 나누지 못한 상황이었다. 그러나 조금은 어색한 분위기에서나마 서로의 소개를 마치자 그들은 급격히 친해져 활발히 대화를 주고받기 시작했다. 젊은이들 특유의 활달함과 연대감은 원활하지 못한 언어의 벽을 금세 메웠고, 이내 오빠 언니 하며 서로들 웃고 떠들며 즐거워했다.

그들은 틈틈이 대접에 얼굴을 파묻고 양고기 뜯는 것도 잊지 않았다. 그러다 뱃속이 느글거릴만하면 맥주를 들이켜고 입 주위가 기름 범벅된 서로의 모습에 한바탕 깔깔댔다가 다시 신나게 대화를 이어갔다. 모닥불은 그런 열기의 한가운데서 지칠 줄 모르고 활활 타올랐다. 보드카와 맥주 덕분에 분위기가 뜨겁게 달궈지던 어느 즈음 갑자기 삼장이 자리에서 일어났다.

"요만한 분위기에 노래가 빠질 순 없제. 내가 원래 요래 먼저 나서진 않는디, 오늘은 기분이 좋으께 먼저 한 곡 뽑겠소!"

그러나 이제는 모두가 그가 가장 먼저 나선다는 사실을 알고 있었다. 자진해서 노래를 부르겠다고 나선 그에게 다른 이들의 환호와 박수가 뒤따랐다.

이윽고 그의 입에서 흘러나온 노랫가락이 야영지 주위로 쩌렁하게 퍼지기 시작했다. 그는 한창 달아오른 분위기와는 어울리지 않는 구슬픈 곡조를 한 맺힌 사람처럼 악을 쓰며 불러댔다. 몸 가장 저변에서부터 끓어올라 전체를 관통하는 그것은 노래라기보다는 차라리 울부짖음에 가까웠으나, 그는 노래는 항상 이렇게 온몸으로 불러야 한다는 것을 그 자신의 삶만큼이나 굳세게 우기곤 했다. 현진은 그런 그의 노래가 좋았다. 과연 영혼이 있다면 그 영혼의 밑바닥부터 긁어모아 토해내는 것 같은 그의 노래는, 어떤 분위기에서건 듣는 이의 가슴을 뒤흔들고 울렁이다 못해 저릿저릿하게 만드는 강렬한 마력을 지녔다. 듣는 것만으로도 삶에 대한 그의 한탄과 달관, 수용의 감정이 절절히 느껴지는 것이었다.

"그라믄 지도 한 번 불러보겠습니데!"

한 번 물꼬가 터지자 나서기 좋아하는 정범이 바통을 받아 다음 곡을 이어갔다. 그 후로 일행들은 누가 시킨 것도 아닌데 저마다 돌아가며 차례로 노래를 부르기 시작했다. 진지하게 서로의 이야기를 들려주고 또 들어주다가도 유쾌한 충동에 이끌려 노래를 부르고 다시 어울리고, 그렇게 밤이 깊어갈수록 그들은 술에 취하고 노래에 취해 갔다. 삼장의 창법에 깊은 인상을 받은 것인지 아니면 본디 노래를 그렇게 부르는 것인지 정범이 정체불명의 가사로 고함을 질러대자 다들 손사래를 치며 귀를 막다가도, 학성이 특유의 미성으로 한국의 유명 가요를 부르노라면 가사의 뜻을 제대로 알 리 없는 몽골 팀원들에게서까지 힘찬 박수가 터져 나왔다. 뒤늦게야 자신이 크리스천이라고 밝힌 그녀는 작지만 고운 목소리로 찬송가를 불렀고, 현진은 제대로 아는 가요가 없던 탓에 어릴 적 일일이 가사를 외우며 즐겨 보았던 만화 영화의 주제곡을 불렀다. 어려 보이는 생김만큼이나 유난히 수줍음을 심하게 타는 진욱만이 주위의 온갖 부추김에도 굴하지 않고 꿋꿋이 다음을 기약했다.

마지막은 몽골 팀원들의 차례였다. 그녀들은 다 함께 어머니에 관한 그들 나라의 노래를 불렀다. 곡의 제목은 '미니 에츠,' 한국어로는 '나의 어머니'라고 했다. 어머니에 관해 썩 좋지 못한 기억을 지니고 있는 현진이었지만 그는 내심 그녀들의 노래를 기대했다.

목을 가다듬는 준비도 없이 경미가 낮고 굵직한 음조로 운을 떼자 주희, 애경, 선미가 차례로 뒤따랐다. 처음부터 애잔히 이어지던 선율이 곧 넷의 절묘한 합창으로 어우러져 나직이 울려 퍼지자 좌중의 왁자지 껄했던 분위기가 돌연 숙연해졌다. 다들 숨을 죽인 채 그녀들의 노래에 귀를 기울이고 있었다. 현진이 듣기에 그녀들의 노래는 사막과 무척이나 잘 어울렸다. 텅 빈 듯 공허하면서도 그 공허함을 노래로써 다독거리는 느낌이랄까. 노래는 마치 사막에 흐르는 바람을 닮아 있었다.

그녀들의 노래가 끝나고도 좌중에는 한동안 침묵이 이어졌다. 그리고 갑자기 터져 나온 우레와 같은 박수는 예의 것과 비교할 수 없을 정도로 우렁찼다. 결국 앙코르까지 요청되자 부끄러운 웃음을 지은 그녀들이 작게 소곤거리고는(설사 그녀들이 큰 소리로 떠들었다 하더라도 모인 이들 중 대부분이 알아듣지 못했겠지만) 곧 애경과 선미의 재창으로 마무리 짓기로 결정을 내렸다. 그녀들이 이어 부른 것은 방금 전과는 달리 발랄한 동요풍의 노래였다.

그렇게 웃고 떠들며 서너 시간쯤 보냈을까. 끝나지 않을 것처럼 고취되던 열기도 약해지는 불씨와 함께 조금씩 잦아들어 갔다. 밤이 더 깊어지자 뒤늦게 몰려오는 여독을 이기지 못한 그들은 그만 잠자리로 돌아가기로 했다. 간단한 주변 정리 후 텐트로 흩어진 몇몇이 금세 곯아떨어졌는지 혼곤한 코골이 소리가 야영지 주변을 메웠다. 결국 미약하게나마 지펴지고 있던 불씨 곁에는 현진과 그녀만이 남아 있었다. 현진도 피곤하기는 매한가지였으나 가슴속 정체 모를 미련 때문에 차마 자리를 뜨지 못하는 중이었다. 이대로 돌아가기에는 뭔가 너무 아쉽다는 생각이 그를 붙잡았다. 그의 등 뒤로 멀리 만달고비의 불빛들이 흐릿한 별무리처럼 반짝이고 있었다.

"춥지 않아?"

"응, 춥네. 조금…"

짤막한 대화 후 다시 감도는 침묵. 서로를 향해 키워 온 연정은 말 못할 정도로 절절했지만 오히려 그러한 애정의 깊이가 그들을 지나치게 신중하게 만들고 있었다. 그들은 혹여 말이라도 잘못 꺼내면 상대가 다치기라도 할 것처럼 과도하게 말을 아끼고 있었다. 그녀의 눈은 사그라지는 불씨에 박혀 떠날 줄 몰랐고 현진은 그런 그녀를 흘끗흘끗 훔쳐보고 있었다.

"춥다면서, 안 들어갈 거야?"

"응. 조금만 더, 이렇게 있고 싶어."

그녀의 대답에 현진은 기분이 좋아졌다. 그는 그녀의 말을, "지금 너와 함께 있는 이 시간이 더할 나위 없이 좋아."라고 멋대로 해석해 버렸다. 연애에 성공하기 위해서는 가끔 뻔뻔해져야 할 필요가 있음을 그는 본능적으로 깨닫고 있는지도 몰랐다.

갑자기 경미 쪽 텐트에서 쑥덕임이 일더니 곧이어 숨을 죽인 키득거림이 새어 나왔다. 순간 자신의 속마음을 들키기라도 한 것처럼 현진은 바짝 긴장했다. 그러나 잠시 후에는 그마저도 잠잠해졌다. 이윽고 마지막까지 아우성치던 불씨마저 꺼지자 주위로는 차디찬 어둠만 맴돌았다. 안 되겠다 싶었던 현진이 침낭을 가지러 텐트로 갔다. 등 뒤로 그녀의 시선이 쫓아오는 것이 느껴졌다. 그가 침낭을 들고 올 때까지 가만히 보고만 있던 그녀는 현진이 침낭을 덮어 주려고 하자 돌연 손사래까지 치며 완강히 거절했다. 그러더니 벌떡 일어나 자신의 텐트로 쏙 들어가는 게 아닌가?

'이게 대체 무슨 일이람.'

이번엔 현진이 황당함 가득한 눈으로 텐트 안으로 사라지는 그녀의 뒤를 멍히 쫓았다. 다행히 그의 우려와는 달리 그녀는 자신의 침낭을 꺼내 원래 자리로 돌아왔다.

"나는 내 거 덮으면 돼. 그러니까 너는 네 거 덮어."

"아서라. 침낭도 얇은 거 가져왔다면서 무슨. 네가 이걸 덮어. 내가 그걸 덮을 테니까."

한사코 주지 않으려는 손길을 부드럽게 밀치고 그녀의 침낭을 빼앗듯 받아 두른 현진은 대신 그녀에게 자신의 침낭을 덮어 주었다. 비자를 잃어버릴 정도로 덜렁거리는 그녀의 성격은 어김없이 야영 물품에 관해서도 발휘되어 그녀가 가져온 침낭은 얇은 봄가을용 침낭이었다. 처음 그 사실을 알게 되었을 때 현진이 느낀 것은 큰 허탈감이었다. 이미 한 해 전 그 자신이 사막의 추위에 크게 시달린 기억이 있었는지라 현진은 팀원 모두에게 반드시 동계침낭을 가져오라고 재차 삼차 거듭해서 강조했었다. 그런데 그런 자신의 노력이 일순에 무색해진 것이다. 현진은 문득 논리정연하고도 또박또박 삼장에게 맞대꾸하던 그녀의 모습을 떠올렸다. 덜렁대는 그녀 위에 겹쳐진 그 모습은 이전에는 상상도 못 했던 뜻밖의 면모였다. 그 노려보던 눈빛이며 쏘아붙이던 말투며….

'정말 알다가도 모를 애라니까.'

그는 속으로 중얼거리며 작게 웃었다. 최대 영하 23도까지 견딜 수 있는 제품인 만큼 그의 침낭은 두텁고 따뜻했다. 희미한 달빛에 비친 그녀의 얼굴에는 미안함과 고마움이 동시에 드러나 있었다. 그녀를 안심시키기 위해 그는 한차례 선 굵은 미소를 지어 보였다.

날씨는 추웠지만 일단의 소요로 인해 분위기는 한결 풀어졌다. 속삭이듯 대화를 나누기 시작한 그들은 어느새 함께 머리를 맞대고 누워 밤하늘을 올려다보았다. 그녀의 침낭이 차가운 밤기운을 막는 데는 거의 아무런 효과가 없다는 사실을 여실히 체감하면서도, 현진은 그것으로나마 몸을 꽁꽁 둘러 싸맨 채 얼굴만 빼꼼히 내놓고 있었다. 그의 정면으로는 가루처럼 뿌려진 하얀 별들이 새카만 하늘 속에서 밝게 빛나고 있었다.

"괜찮다면 내 옆에 누울래?"

잠깐의 침묵을 깨며 현진이 불쑥 물었다. 그 어조는 다소 무덤덤했으나, 사실 듣기에만 그랬을 뿐 말을 뱉어낸 즉시 그의 가슴은 꽹과리처럼 들썩이기 시작했다. 그는 떨어져 나가려는 의식을 겨우 부여잡고 숨을 죽인 채 대답을 기다렸다. 십 초가 십 분처럼 느껴지는 시간이 느릿느릿 굼뜨게 흘러갔다. 그러나 한참을 기다려도 그녀에게서는 대답이 없었다. 괜한 말을 꺼냈다는 후회로 그는 바짝 애가 탔다. 그러나 돌이키기에는 이미 엎질러진 물이었다. 늘어지다 못해 시간은 끝내 멈춰 버린 것 같았고 멍하니 올려다본 별들은 예의 선명함을 잃은 채 까마득히 멀어지고 있었다.

그때였다. 머리맡에서 한차례 부산한 움직임이 일더니 이내 시야 오른편에 그녀의 얼굴이 나타났다. 흘끗 마주친 그녀의 눈은 부드럽게 웃고 있었다. 그녀는 현진의 침낭 위에 그녀의 침낭, 정확히 말하면 그가 그녀에게 준 침낭을 포개어 덮고는 그 안으로 기어 들어왔다. 그렇게 그의 옆에 나란히 누운 그녀는 아무런 예고도 없이 그를 꼭 안았다.

'흡!'

예상치 못한 그녀의 행동에 현진은 자기도 모르게 비명을 지를 뻔했다. 다행히 두고두고 체면 구겼을 그런 일은 가까스로 막았지만 외마디 신음까지 억누르지는 못했다. 하지만 그로부터 얼마 후, 현진은 먼저 자신의 오른팔을 움직여 그녀의 머리 밑으로 천천히 밀어 넣었다. 그녀는 별다른 반응이 없었다. 금세라도 터질 것 같은 흥분 속에서도 그는 기어코 그녀의 오른 어깨를 감싸 쥐었다. 그로서는 자기 안의 과감함이란 과감함은 모조리 끌어모아 이룩한 위대한 성과였다. 그러자 기다렸다는 듯 그녀가 그에게로 더 파고들었다. 결국 그들은 서로 마주 안은 꼴이 되었다. 현진과 그녀는 서로 안은 자세 그대로 말없이 누워 있었다. 그러나 속으로 얼마나 많은 생각과 감정들이 치열히 오갔는지는 아무도 모를 일이었다. 그녀가 내쉬는 숨결이 귀 언저리를 뜨겁게 맴돌 때마다, 또 들숨에 따라 그녀의 가슴이 몸에 더욱 밀착될 때마다 현진은 안간힘을 써 벌렁거리는 심장을 달래고 또 달래야 했다. 그의 나이 어언 스물일곱. 한창 불타오를 청춘의 시기였음에도 불구하고 또래 이성과 이토록 가까이 붙어 있어 본 적이 없던 그였기에, 그의 행동은 다소 어쭙잖은 면이 있었다. 그러나 그런 성글은 순수함이 도리어 그녀의 가슴에 어떤 흐뭇한 온기를 부여한 것도 사실이었다.

그렇게 얼마의 시간이 흘렀을까. 새카만 하늘에 거짓말처럼 한 줄기 획이 그어졌다.

"어!"

"아?"

그들은 동시에 탄성을 내질렀다.

"봤어?! 방금?"

"응! 너도 봤구나?"

서둘러 그 자취를 쫓았으나 검은 바다를 가른 찰나의 균열은 나타난 것만큼이나 빠른 속도로 메워져 있었다. 스쳐 간 별 조각이 남긴 여운만이 파문처럼 그들의 가슴을 수놓았다.

"오래전부터 바라 온 소원 중 하나가 사랑하는 사람과 나란히 별똥별 보는 거였는데… 마침내 그 소원을 이뤘네."

현진의 소박하면서도 쑥스런 고백에 그녀가 그 큰 눈을 들어 그를 빤히 쳐다보았다. 그녀의 입술은 차마 숨기지 못한 미소로 기분 좋게 곡선을 그리고 있었다.

"정말? 그럼 나머지 소원들은 뭔데?"

"그렇게 물어본다고 그 많은 걸 한 번에 모두 떠올릴 수는 없지. 아! 작년에 고비사막을 다녀간 후로 한 가지 더 생겼었는데, 사랑하는 사람과 이곳을 함께 여행하는 거였어. 그런데… 그것도 벌써 이뤄졌네.

그러고 보면 한 자리서 두 가지 소원이 동시에 성취된 셈이구나. 이보다 더 완벽할 수는 없겠다."

천진할 정도로 꾸밈없는 그의 대답에 그녀가 부드러운 포말 같은 웃음을 터뜨렸다. 그런 그녀를 현진은 눈에 꼭꼭 새기듯이 담았다.

'그런데 나, 이렇게 행복해도 되는 건가?'

불신. 방금 전까지의 행복했던 순간과는 전혀 어울리지 않을 것 같은 감정이 돌연 예리한 송곳처럼 그를 파고들었다. 동시에 그는 어떤 막연한 두려움이 가슴을 옥죄어오는 것을 느꼈다.

'…단 한 번도. 그래, 정말 단 한 번도 이렇게 행복했던 적이 없었어.'

그랬기에 그는 지금 자신이 누리는 행복을 온전히 감당해 낼 자신이 없었다. 이 순간들이 왠지 자신의 조그마한 실수에도 쉽사리 깨져 금방이라도 허망이 흩어져 버릴 것만 같았다. 그는 두려웠다. 마치 지금의 행복이 자신을 더 큰 절망으로 빠뜨리기 위해 운명이 쳐놓은 위장된 덫으로 여겨질 만큼.

"갑자기 무슨 생각을 그렇게 해?"

자신을 향하고 있는 눈길의 초점을 잡으려 애쓰며 그녀가 생긋 웃었다. 문득 정신을 차린 현진은 다시 시선을 모아 그녀를 바라보았다. 밤하늘의 조명 아래서 그녀의 명암 짙은 웃음은 더없이 아름다웠다.

"…그냥, 네가 무척이나 예쁘다는 생각."

가감 없이 뱉어낸 그 말에 그녀가 오히려 뚱하니 그를 쳐다보았다. 그러나 곧 현진의 투명한 눈빛과 마주친 그녀의 눈이 수줍게 다른 곳을 찾아 갈팡질팡했다. 그 순간 현진은 마음을 굳게 먹었다.

'그래, 난 더 이상 혼자가 아니야.'

이제 그의 곁에는 그녀가 있었다. 그 하나의 사실만으로도 현진은 앞으로 닥칠 많은 두려움에 맞설 힘이 넉넉히 자신을 채우고 있음을 느낄 수 있었다. 지난 새벽, 폭풍을 뚫고 끝내 그녀에게 닿도록 만들었던 그 힘이.

현진은 그녀를 힘주어 끌어안았다. 다시 한 번 그녀가 그의 품으로 밀착해 왔다. 사막을 베게 삼아 누운 그들 위로는 금세라도 쏟아져 내릴 듯 치렁치렁 별의 장막이 드리워져 있었고, 그 옆으로는 볼록한 배를 자랑하며 환한 반달이 떠 있었다. 그렇게 사막은 별과 달을 품었고, 별들은 사막을 안았으며, 현진과 그녀는 본래 하나였던 것처럼 서로를 향해 스며들었다. 그들이 뿜어내는 하얀 입김조차 없었더라면 시간도 공간도 완전히 멈춰 버렸을 것 같은 그 순간, 세계는 따스하면서도 황홀한 무언가로 충만해 있었다. 어쩌면 이제야 술기운이 퍼지면서 감각이 몽롱해지는지도 몰랐다. 점차 경계가 불분명해지는 세계를 기분 좋게 만끽하며 현진은 사막이 선물해 준 순간 속으로 빠져들었다.

5

다음날 현진이 잠에서 깨났을 때는 텐트 안에 아직 파란 어스름이 남아 있는 이른 아침이었다. 몸은 가볍고 정신은 또렷했다. 그에게 사막에서의 아침은 대부분 그렇게 시작했다. 전날 아무리 퍼붓고 마셔도 다음날이면 아무 일 없다는 듯 개운히 일어나는 것이었다. 독한 보드카를 몇 잔이나 들이부어도 숙취 때문에 고생해 본 적은 없었다. 그는 문득 사막에서의 야영이 익숙지 않을 다른 이들이 첫날밤을 잘 보냈을지 궁금해졌다.

텐트를 나선 현진의 눈에 가장 먼저 잡힌 것은 쪽빛의 하늘과 그 아래 묵직이 놓인 대지였다. 그리고 그 대지 위로는 옅은 상아빛으로 물들어가는 지평 부근의 하늘을 배경 삼아 검은 실루엣이 우뚝 솟아있었다. 현진이 다가갈 때까지 꿈쩍 않던 그림자는 그가 옆에 나란히 앉을 즈음에야 느릿느릿 고개를 돌렸다. 그림자의 정체는 정범이었다. 헝클어진 머리와 흐릿한 눈의 초점으로 판단컨대 상태가 그리 좋아 보이지는 않았다.

아직 이른 시간이었음에도 불구하고 조금 떨어진 곳에서는 학성이 부지런히 돌아다니며 뭔가를 노트에 적고 있었다. 그는 어제부터 맡게 된 행정보급관으로서의 임무를 충실히 수행하는 중인 것 같았다. 모든 일정 중에 음식과 물의 양을 수시로 점검하고 매 끼니 전후로 그것들을 보고할 것. 그것이 그가 맡은 역할이었다. 워낙 술이 약한 진욱은 아직 텐트에서 나오지 않은 것 같았다. 현진은 마지막으로 그녀의 텐트를 살폈지만 역시나 별다른 기척을 느끼지는 못했다.

'아직 일어나지 않은 건가?'

그는 속으로만 궁금증을 가졌다. 그의 곁에서는 이제는 아예 땅바닥에 드러누운 정범이 큼지막한 하품을 하며 한껏 몸을 늘리고 있었다. 차디찬 흙바닥의 감촉이 등덜미를 적셔 오자 그의 몸이 화들짝 놀라며 잠의 미몽에서 깨어났다.

"마, 아까 저짝으로 가더만."

정범은 누운 자세 그대로 턱만 들어 한쪽 방향을 가리켰다. 그 뜻 모를 소리에 현진이 그가 가리킨 방향으로 고개를 돌렸지만 봉긋이 솟은 두어 개의 구릉만 눈에 들어올 뿐이었다.

"그게 무슨 소리야? 가긴 누가 어딜 가?"

"마, 퍼뜩 못 알아묵네? 니 사랑하는 임 말이래이."

정범이 얄궂은 웃음을 띄웠다. 뒤늦게야 그의 말을 파악한 현진이 머쓱하니 웃었다.

"오래 되진 않았으니께 짐 가믄 금방 만날 수 있을 기다."

"그렇게 티 났어?"

"아예 대놓고 광고를 하드만. 고걸 모르믄 심봉사 저리 가라게?"

정범의 웃음이 한층 짙어졌다. 잠시 서로를 마주 보던 그들은 동시에 웃음을 터뜨렸다. 정범은 몽골에 오기 전부터 이미 현진과 많은 대화를 나눈 사이였다. 서로 사는 곳이 가까웠던 덕분에 그들은 한 주에도 몇 차례씩 술자리를 가졌었다. 당연하게도 그는 술벗의 속사랑에 대해서도 꽤나 상세히 알고 있었다.

"알려줘서 고마워. 하지만 지금은 안 가는 게 좋을 거 같아."

"으잉? 우짠 일루?"

"좋아한다고 늘 붙어 있을 순 없잖아. 아무리 서로 좋아한다지만 자기 나름대로 사색하고 누릴 시간도 있어야지."

'특히 고비사막에서는 말이지.'

그 스스로 너무 낯간지럽다 여겨져 뒷말은 속으로 삼켰지만, 앞선 말만으로도 참기 힘들었는지 정범이 팔에 돋은 소름을 쓸어내리는 시늉을 했다. 그러나 그것은 현진의 진심이었다. 애초에 그가 그녀에게 이번 여행을 권했던 이유도, 사심이 아예 없었다고 할 순 없지만, 무엇보다 그녀가 고비사막을 직접 만나길 바라는 마음에서였다. 그는 좋은 것은 서로 나누라는 격언을 믿었고, 그녀가 고비사막에 닿도록 도와주는 것만이 그가 그녀에게 줄 수 있는 최선의 선물이라고 확신했다.

고비사막에 대한 그의 태도는 일종의 맹신과도 같았는데 그것은 그 자신의 생생한 경험을 기반으로 한 것인지라 나름의 근거를 갖추고 있었다. 현진은 일 년 전 자신이 그랬던 것처럼 이곳을 찾은 모두가 스스로의 가슴에 사막을 품을 수 있기를 바랐다. 그럴 수만 있다면 그것은 두고두고 그들 삶을 이끄는 강력한 원동력이 되리라고 그는 믿었다. 자신은 그저 연이 닿아 그들에게 사막을 소개해 주는 역할을 맡았을 뿐 나머지는 각자가 사막과 직접 만들어가야 할 몫이었다. 그리고 새로운 것을 품기 위해서는 먼저 마음을 비워야 하며, 그 비우는 일이란 필연적으로 고독한 사색을 필요로 한다고 그는 굳게 믿고 있었다.

"그 얘기는 이제 그만 하고, 어때, 형은 잘만 했어? 상태를 보니 영 아닌 거 같은데?"

정범의 짓눌린 머리와 새빨갛게 충혈된 눈을 보자 현진은 익숙지 않은 환경 탓에 그가 잠을 뒤척인 것은 아닌가 싶어 걱정이 되었다. 오늘부터는 상당한 무게의 배낭을 짊어지고 몇 시간씩 길을 예정이었으므로 먹고 마시고 잠자는 기초적이면서도 필수적인 생활을 제대로 유지하는 것은 기본 중의 기본이었던 것이다.

"야야, 고런 걱정일랑 붙들어 매라이. 내는 원래 아무데서나 잘 자니께. 꼬라지는 요래 뵈도 정말 죽은 듯이 푹 잤대이. 일어나니 무쟈게 개운하드만."

그러면서 그는 다시 한 번 힘껏 기지개를 켰다. 그런 그를 보며 현진은 어젯밤 야영지를 들썩여 놓던 그 우렁찬 코골이 소리를 떠올렸다.

"잘 잤다니 정말 다행이네. 듣고 보니 엄청 부러운 체질일세? 난 형과 완전 반대야. 눕기만 하면 뭔 놈의 생각들이 그렇게 떠오르는지 잠자는 데도 한참 걸리거든. 뒤척이다 중간중간 깨는 경우도 많고. 근데, 참 신기한 게 사막에만 오면 곧바로 잠이 드는 거야. 정말 한국에서와는 영 딴판인 거 있지?"

"사막이 딱 니랑 맞는 갑네. 니는 평생 여서 살아야 거다."

"하하. 삼장 형님이랑 똑같은 말을 하네."

그들이 쿡쿡대며 대화를 나누는 와중에도 학성은 스스로의 임무에 푹 빠진 듯 열심이었다. 그런 그의 모습을 보며 현진은 자기 역시 정훈장교로서의 임무에 충실해야겠다는 생각을 했다. 처음에는 대수롭지 않게 여겼던 정훈장교의 임무. 그것은 이번 여정 동안 틈틈이 팀원들의 모습을 사진이나 동영상으로 찍어 기록으로 남기는 것이었다. 그가 알고 있는 정훈장교와는 그 역할에서 꽤 차이가 났지만 호칭이야 뭐라 불리든 좋았다.

어느 틈엔가 지평 위로 모습을 드러낸 태양은 맑은 다홍빛 손길로 잠들어 있던 세계 구석구석을 깨우기 시작했다. 대기를 적신 불그레한 햇살 속 어느 먼 곳으로부터 지저귀듯 바람이 불어왔고, 발아래 풀잎에 맺힌 이슬들은 곧 닥칠 미래를 예고하듯 마지막 반짝임을 발하고 있었다. 온 사막이 아침을 맞이할 준비를 하는 것 같았다. 그러나 아직은 분명 이르다고 할 만한 시간이었다.

"웃차!"

한차례 용을 쓰며 일어난 현진에게 정범이 작별의 손짓을 흔들어 보였다. 현진은 그녀가 향했다는 쪽을 힐끗 바라봤지만 이내 그보다 한참이나 왼쪽으로 틀어진 방향으로 걷기 시작했다. 근처에서 볼일을 보고 산책이나 다녀올 심산이었다. 걸어가는 동안에도 문득문득 그녀의 얼굴이 떠올랐지만 그는 애써 고개를 저어 떨쳐냈다. 몸뿐만 아니라 마음으로도 그녀를 놓아줄 때였다. 현진은 야영지에서 조금 떨어진, 그러나 눈만 돌리면 야영지가 바로 보이는 땅 위에서 시원스레 아침 의식을 치렀다. 떠도는 상념들을 잡아다 놓고, 다시 잡기를 반복하며 그는 천천히 주변을 배회했다. 귓가를 살랑거리는 서늘한 바람 속에서 간혹 발끝에 자갈이 차일 때면 달그락거리는 소리가 고즈넉이 퍼졌다. 걷기에는 참으로 좋은 시간이었다.

다시 그가 정신을 차렸을 때는 야영지가 이미 상당히 멀어져 있었다. 뿌려진 색종이 가루처럼 색색의 텐트가 올망졸망 모여 있는 모습이 꽤나 앙증맞게 보였다. 곧 아침 식사를 할 시간이었으므로 더 멀리까지 가기에는 망설여지는 순간이었다. 결국 야영지로 복귀하기로 결심한 그가 발걸음을 떼려던 찰나, 그는 멀리서부터 걸어오는 작은 인형을 하나 발견했다. 확인할 길은 없었지만 방향을 가늠컨대 산책을 나갔다던 그녀인 것 같았다. 그는 생각을 돌이켜 그쪽으로 걸음을 옮겼다. 지금쯤이면 그녀도 충분히 저만의 시간을 가졌으리라는 판단에서였다.

점차 가까워지는 모습은 역시나 그녀였다. 그가 손을 흔들어 인사를 건네자 그녀가 반갑게 마주 손을 흔들어 왔다.

"산책 나갔다 오는 길인가 봐?"

"응. 너도 산책 중이었니? 잠은 잘 잤어?"

"나야 사막에서는 늘 잘 자지. 그건 그렇고, 얼마나 돌아다닌 거야? 정범 형 말로는 일찍 나갔다던데. 아침부터 그렇게 돌아다니면 배고프지 않아?"

그 말에 그녀가 미처 몰랐던 사실을 새로이 깨우친 것처럼 아, 하고 탄성을 내질렀다. 그러더니 이내 울 것 같은 표정으로 자신의 배를 위아래로 쓰다듬었다.

"으, 갑자기 배가 너무 고파졌어."

"하하, 얼른 야영지로 가자. 금방 아침을 먹을 수 있을 거야."

그렇게 그들은 나란히 걸었다. 걷는 동안 발 주위로 이따금 뿌연 먼지가 일었다. 작년에 사막을 여행할 때부터 신었던 현진의 운동화는 이미 몇 차례나 수선했음에도 불구하고 여기저기 찢겨져 너덜거리고 있었다. 그 찢겨진 구멍 사이로 종종 돌멩이가 들어와 발바닥을 찔러 대곤 했지만, 밑창이 반질반질해질 정도로 때 묻은 운동화는 걸어온 시간만큼이나 그의 발의 최적의 동반자였다.

"참, 사막을 걸어 보니 어때? 본격적으로 걷기 전에 준비운동한 셈이려나?"

"정말 좋아! 아무리 걷고 걸어도 도저히 끝날 것 같지 않고, 그래서인지 더 걷고 싶어지는 그런 땅이야."

그녀는 정말로 마음에 든다는 투로 말했다. 그녀의 대답에 현진 역시 덩달아 기분이 좋아졌다. 그는 자신의 생각이 옳았음을 확인하고 내심 뿌듯함을 느꼈다. 어느새 성큼 다가온 야영지의 움직임은 전보다 더 부산해져 있었다.

"그랬다니 참 다행이네. 그게 바로 이 땅의 매력인 것 같아. 작년에도 그랬고, 또 이번 1차 팀에서도 마찬가지였는데, 나도 걸을 때마다 그런 기분을 느껴. 그냥 막연히 계속 가고 싶다, 계속 걷고 싶다 이런 느낌. 갈수록 지평선은 멀어지는 것만 같고, 나란 존재는 점점 더 작아지는 것 같고… 뭐, 그런 느낌도 종종 들곤 하지만."

"그럼 무섭지 않아?"

"무섭지. 하지만 오히려 그래서 더 걷고 싶은 마음이 생기는지도 몰라. 내가 아무것도 아니라는 기분이 생각만큼 나쁘지만은 않거든. 걷다 보면 그런 기분도 조금씩 편안해지고 좋아져. 내가 사막을 다시 찾은 이유야 이것저것 늘어놓으면 많겠지만, 결국엔 여기를 걷는 게 좋아서인 거 같아."

그녀와 함께 사막을 걸으며 사막에 대해 이야기를 나누는 것은 그에게는 평화로운 아침에 덧씌워진 하나의 큰 즐거움이었다.

고비사막. 일 년 전 성마른 웃음과 눈물을 마음껏 쏟아냈음에도 불구하고 변함없이 자신을 보듬어 준 땅. 그리고 올해, 이제는 소중한 벗이 된 이들과의 귀한 인연을 맺도록 도와준 땅.

사막은 이미 자신에게 크나큰 선물을 주었고, 겸허한 마음으로 사막을 찾은 다른 이들을 위해서도 많은 것을 준비해 놓았으리라는 확신이 들었다. 그들이 모두 사막의 선물을 온전히 받고 간직할 수 있기를, 현진은 짧게 기도했다.

그날 아침 팀원들은 빵과 수태차로 요기를 했다. 전날 만달고비에서 사온 빵은 퍽퍽하기만 할 뿐 맛이 썩 좋지 않았지만, 경미가 오랜 시간 정성 들여 끓인 차는 맛과 향이 단연 으뜸이었다. 끓는 물에 우유와 소금, 그리고 약간의 찻잎을 넣어 만든 수태차는 몸의 긴장과 피로를 풀어주는 효과가 있었다. 모락모락 김이 나는 찻물을 조심스레 삼키자 따스한 열기가 밤사이 몸 구석구석에 쌓인 피로와 한기를 몰아내며 곧 온몸에 활기가 돌기 시작했다.

간소한 식사를 마치고 팀원들은 부지런히 텐트를 걷고 떠날 채비를 했다. 배낭에 텐트를 동여매는 그들의 얼굴에는 사뭇 비장감마저 감돌았다. 바로 이때다 싶어 현진은 서둘러 핸드폰을 꺼내 그들의 모습을 사진으로 담았다. 그리고 그들 각자에게 다가가 출발 전의 심정을 인터뷰하는 장면도 간략하게나마 동영상으로 찍어 두었다. 다들 여행을 마치고 돌아갔을 때 이번 여행의 숨은 공신으로서 정훈장교의 역할을 톡톡히 깨닫게 되리라는 생각에 그는 벌써부터 마음이 즐거워졌다.

삼장은 팀을 일렬로 정렬시켰다. 팀의 배치는 그가 선두, 현진이 후미에 서는 것으로 결정되었다. 삼장 자신이 가장 앞쪽에서 팀을 이끌고, 현진이 맨 뒤에서 따르며 뒤처지는 팀원이나 환자가 생기는 등의 문제가 발생하면 호각을 불어 바로 알리기로 했다. 나머지 팀원들의 순서는 각자의 체력과 짐의 무게, 걷는 속도 등을 감안해 정해졌다. 서로 간의 거리는 전날 말했던 것처럼 출발 이후부터 차츰 벌려서 최소 백 미터를 유지하기로 했다. 이번 여행에 있어 호각은 그 작은 크기에 비해 매우 중요한 물품이었다. 사방이 환히 트인 탓에 소리가 제대로 모이지 않는 사막에서 백 미터가 넘도록 떨어져 있기까지 하다면 서로 아무리 외쳐본들 그 내용이 제대로 전달될 리 없었다. 그렇다고 대부분 앞만 보고 걷게 될 이들끼리 수신호만 사용해 의사 전달을 하는 것도 어려운 일이었으므로 무전기 따위를 갖고 다닐 여력이 되지 않는 그들로서는 미리 정한 호각 소리를 이용하는 것이야말로 가장 효율적인 연락 수단이었던 것이다.

마지막으로 삼장은 팀원들에게 재차 짐을 꼼꼼히 점검할 것을 당부했다. 앞으로 자기의 짐은 오직 자기 스스로 책임져야 한다는 사실을 다시 한 번 주지시키는 것을 끝으로 그는 완고히 입을 다문 채 모두의 채비가 끝날 때까지 기다렸다. 팀원들은 자신의 복장과 비품들을 다시금 낱낱이 확인해 갔다. 어깨끈은 편안한지, 짐이 한쪽으로 쏠리지는 않았는지, 텐트는 덜렁거리지 않도록 배낭에 단단히 매였는지, 신발은 적당히 조여졌는지, 물은 언제든지 손을 뻗어 쉽게 마실 수 있는 곳에 위치하는지…. 물론 그 모든 것들을 단박에 해낸다면 더욱 좋겠지만, 아직 이런 여행이 서툴기만 한 그들로서는 귀찮다고 넘어가기보다는 한 번이라도 더 차근히 점검하는 편이 나았다. 그것은 언제든 미숙한 여행자를 집어삼킬 수 있는 사막에 대한 최소한의 준비였다.

출발 직전 통신장교라는 직위에 딸린 역할을 수행코자 삼장 바로 뒤에 서 있던 정범이 뚜벅 질문을 던졌다.

"그럼 이제 어디로 가는 겁니꺼?"

같은 의문을 담은 팀원들의 눈길이 일제히 삼장에게 쏠렸다. 삼장은 즉답하는 대신 한차례 몸을 돌려 주위를 크게 둘러보았다. 보이는 것이라곤 세계를 양단한 땅과 하늘뿐, 거침없이 펼쳐진 사막은 대해와 같아 마주한 이로 하여금 압도된다는 기분을 넘어 경외심마저 느끼게 했다. 사방 어디를 둘러보아도 한낮의 태양에 몸살을 앓는 마른 풀과 자갈의 바다만이 존재했다.

"어디든! 가고 싶은 곳이라믄 어디든!"

다시 일행들에게 시선을 주며 던진 삼장의 명쾌한 대답이었다. 하지만 그 대답은 그들의 궁금증을 조금도 해소시켜 주지 못했다. 모두의 얼굴에 깃든 물음표는 여전히 사라지지 않고 있었다. 그런 팀원들의 모습에서 현진은 작년의 자신을 떠올리며 작게 웃었다. 그 또한 정범과 똑같은 질문을 했었고, 돌아온 것 역시 토씨 하나 다르지 않은 동일한 대답이었던 것이다.

'아니, 동쪽이든 서쪽이든 어디로 갈지 정도는 알려 줄 수 있잖아? 무슨 뜬구름 잡는 선문답도 아니고, 거기가 다 거기 같아 보이는데 밑

도 끝도 없이 아무 데나 가겠다니?'

어쩌면 지금 저들은 이와 비슷한 생각을 하고 있으리라. 현진 역시 당시에는 기껏 사막 가운데로 이끌어 놓고 무슨 저런 무책임한 대답을 하나 싶었다. 그러나 상당한 시간이 흐른 후에, 그래서 많은 기억을 돌이키고 그것들의 의미를 차근히 되새길 즈음이 되어서야 그는 그것이 정말 아무 곳으로나 가겠다는 말이 아니라, 오랫동안 지시와 복종에 물들어 있던 자신의 사고를 일깨우기 위해 삼장이 고른 대답이었음을 알 수 있었다. 상황에 따라 사막이 얼마나 위험한 장소로 변하는지 누구보다 잘 아는 그가 결코 아무 생각 없이 그런 무성의한 말을 했을 리는 없었기 때문이다.

어느 곳으로 걸어가도 그 자체가 길이 되는 곳이 사막이다. 그런데 어쩌면 인간에게 있어 최고의 자유를 상징하는 이곳에서조차 현진은 그가 가야 할 길을 누군가 정해주고 지도해 주길 바랐다. 그는 자신보다 노련하고 경험 많은 이에게 당연한 듯 길을 물었고, 서둘러 나아갈 방향을 제시해 주기를 기대했다. 그러나 당시의 그는, 자유가 그것을 얻기 위해 투쟁하는 이들에게만 자유가 될 수 있다는 사실을 미처 알지 못했다. 설사 다른 모든 것이 갖추어졌다 하더라도 스스로 자유를 위해 힘쓰지 않는다면, 또 스스로 자유를 감당할 능력을 갖추지 못한다면 자유는 더 이상 자유일 수 없다는 사실을 그는 몰랐던 것이다.

작년에도 사막에 오기 전 한차례의 오리엔테이션을 가졌었다. 그때는 이십여 명의 사람들이 한자리에 모였었다. 걔 중에는 나이 지긋하면서 그 세월만큼이나 많은 여행 경력을 쌓은 이도 있었고, 막연히 사막을 동경하던 그와 같은 생짜 초보도 있었다. 전자의 사람들은 은연중 혹은 아예 드러내 놓고 자신의 지난 여행담을 뽐냈고, 후자의 사람들은 한껏 부러움과 감탄이 섞인 눈으로 그런 그들을 쳐다보았던 것으로 현진은 기억했다.

"가 보믄 압니더. 고건 내가 말해 줄 수 있는 게 아닙니대이."

오직 모임 주최자였던 삼장만이 가타부타 떠드는 대신 말을 아끼며 사막에 대한 설명을 사막 스스로 하게끔 양보하였다.

'저 사람은 진짜다!'

현진은 그를 보며 그렇게 확신했다. 오직 그에게서만 참된 '꾼'으로서의 내공을 엿볼 수 있었다. 많은 이들 중 오직 그만이 사막을 진정으로 사랑하고 있다는 느낌을 받았다. 그래서였을까. 도보여행 참가 의사를 밝히는 시점에서 많은 이들이 결정을 미루고 있던 와중에도 현진은 삼장의 눈을 똑바로 쳐다보며 호언장담했다.

"가겠습니다! 전 무조건 갑니다!"

후일담으로 삼장은 당시의 그에 대한 기억은 흐릿하지만 도발적이었던 눈빛만큼은 기억에 선명하다며 웃으면서 이야기한 적이 있었다.

어쨌거나 그렇게 신나게 떠들던 이들 중 정작 그해 사막에 간 사람은 그를 포함해 다섯뿐이었다. 모든 사람이 제 나름의 이유를 가지고 있었겠지만, 결국 개인적인 사정을 헤치고 사막을 밟은 사람은 몇 안 되었던 셈이다. 남은 이들에게 사막은 여전히 동경과 낭만, 혹은 무관심과 망각의 대상으로 남게 되었으리라. 그러나 현진에게 사막은 더 이상 꿈이 아닌 현실이 되었고 벗이, 또 연인이 되었다. 자신의 걸음을 잇고 이어 원하던 곳에 닿도록 길을 만드는 것. 그것은 옳고 그름의 문제가 아니라 자유의 문제라는 것을 현진은 한참 후에야 깨달았다.

자유는 한편으로는 능력과도 무관하지 않았다. 방금 전 일행들이 나아갈 길을 삼장에게 물은 것은 그들 스스로 능력이 없어서였다. 사막에서 방향을 찾을 능력이, 또 홀로 걸어갈 능력이 없기 때문이었다. 어디로 가도 좋다는 자유는 주어졌건만, 그 자유가 단 하루 만에 부득이한 종말을 고할 수도 있었다. 다행히 얼치기 여행자에게 사막이 되돌리지 못할 정도로 가혹할 수도 있다는 사실을 그들은 지난 새벽의 경험을 통해 크게 실감하고 있었다.

어디든 가고 싶은 데로 가겠다는 삼장의 말은 그들이 아니라 삼장 자신에게만 해당되는 말이었다. 현진의 귓가에는 삼장이 "자, 시방 내는 이쪽으로 갈 기다. 살고 싶다믄 잘덜 따라오래이. 허나 기냥 따라오진 말고 뒤에서 하나하나 잘 보고 익히며 오래이."라고 속삭이는 것 같았다. 자유에 닿기 위한 일시적 순종. 그 배움의 길을 삼장은 자진해서 그들에게 제시해 주고 있는지도 몰랐다.

"무능력카믄 자유로울 수도 없대이."

현진으로서는 삼장으로부터 귀가 닳도록 들어온 말이었다. 자유롭기 위해서는 그만한 능력을 갖춰야 한다는 그 말은 냉정하지만 틀림없는 사실이었다.

모두의 시선을 한몸에 받은 삼장은 도리어 깜짝 놀라는 시늉을 하며 능청을 떨었다. 그는 팀원들 하나하나와 시선을 마주쳐 갔다. 마지막으로 맨 끝에 있던 현진과 시선이 맞닿은 그가 씩 웃어 보였다.

"스스로 원치 않는 걸음이 즐거울 리 없제. 남이 가라는 대로만 가믄 재미도 없을 기고, 또 고만큼 길을 만들어 가는 즐거움도 모를 기다. 그라믄 당연히 걸을 맛도 안 나겠제."

그는 다시 역순으로 팀원들을 훑었다. 마지막으로 정범에게 눈길을 준 그가 입을 열었다.

"자넨 시방 내한테 길을 물었지만 내는 자네에게 묻고 싶대이. 그래, 자넨 어디로 가고 싶나?"

그가 되물으리라고는 미처 생각지 못한 정범이 눈에 띄게 당황하는 기색을 보였다. 그는 우물쭈물하며 바로 답하지 못했다. 그런 그를 가만히 바라보던 삼장이 이번에는 뒤로 늘어서 있던 다른 이들을 향해 큰소리로 물었다.

"자! 요 친구가 대답을 못허니 자네덜 중 누가 대신 말해 보래이. 여서 어디 가고 싶은 곳이 있나? 어디든 좋으니 허심탄회하게 말해 보그라."

그러나 그와 눈이 마주칠 때마다 약속이라도 한 듯 모두들 시선을 떨구었다. 그들은 자신의 대답이 팀 전체의 여정을 결정하리라는 사실에 부담감을 느꼈고, 특히나 이곳이 황량한 사막이라는 사실에 더더욱 그랬다. 혹여 자신의 그릇된 선택 때문에 팀을 날씨 우악스러운 곳으로 향하게 하는 건 아닌지, 또 더 깊은 오지로 들어가게 만드는 건 아닌지, 그런 고민들이 그들을 짓눌렀던 것이다. 그런데 그때였다.

"저쪽이요! 저쪽으로 가요, 선생님!"

모두가 입을 꾹 다문 채 떼굴떼굴 눈만 굴리는 중에 갑자기 그녀가 불쑥 나서며 손가락을 들어 한 방향을 가리켰다. 그러자 일렬로 늘어서 있던 모두의 시선이 그녀의 손끝을 따라 허공으로, 이어 그 너머의 먼 지평으로 향했다. 그러나 거기에는 아무것도 없었다. 여느 곳과 다름없이 오직 단조롭고 메마른 땅만 있을 뿐이었다.

"쪼아! 그라믄 오늘은 모두 절루 출발한대이!"

삼장은 기다렸다는 듯 외치고 곧바로 그녀가 가리켰던 방향으로 성큼성큼 걸어가기 시작했다. 일순간 팀원들은 서로를 돌아보며 어찌할 바를 몰라 했다. 이걸 대체 어떡해야 하지? 그냥 따라가야 하나? 이렇게 대충 출발해도 되는 거야? 혹시 지금 장난치고 있는 게 아닐까? 아냐, 그보단 우릴 시험하고 있는 거 같은데? 그들의 온갖 의문들이 소리 없이 빠르게 오갔다. 그러는 와중에도 삼장은 점점 더 멀어지고 있었다.

"오빠, 뭘 그리 고민하고 있어요? 얼른 따라가야죠."

뒤 한 번 돌아보지 않고 삼장이 서른 걸음쯤 걸어갔을까. 여전히 머뭇거리는 정범을 향해 그녀가 재촉했다. 결국 그가 어쩔 수 없다는 표정으로 걸음을 떼었고, 이어 다른 팀원들이 차례로 그 뒤를 따르기 시작했다.

그러는 동안 현진은 미묘한 감정의 폭발 속에서 그녀의 뒷모습을 유심히 바라보았다. 그의 머릿속에는 마냥 자신이 지켜줘야만 할 거라고 여겼던 그녀가, 사막에 오기 위해 직장까지 그만두었다는 사실이 새삼 떠오르고 있었다.

6

삑— 삐익—

한 시간 걷고 십수 분 쉬고, 다시 그만큼 걷고 쉬기를 반복한 지 이번이 네 번째였다. 앞서 가던 진욱이 휴식을 뜻하는 호각을 불자 현진은 알아들었다는 의미로 팔을 들어 큰 원을 두 차례 그리고는 조심스레 배낭을 풀었다. 왼쪽 어깨가 쑤시듯 아파왔다. 지난 1차 팀 막바지부터 시작된 통증이 한동안 잠잠하나 싶더니 그사이 다시 도진 모양이었다. 조금이라도 어깨를 쉬게 해서 오늘의 나머지 여정 동안 견디는 수밖에 없었다. 짧은 휴식이나마 아쉬웠던 그는 서둘러 어깨와 허리 스트레칭을 해준 다음 배낭 윗부분에 고정시킨 끈을 풀어 물통을 꺼냈다. 햇볕에 뜨듯하게 데워진 물은 일말의 청량감도 없이 목구멍을 타고 넘어갔다. 흡사 미끄덩한 정체불명의 생물체를 삼킨 것처럼 약간의 구역질마저 일었다. 그 미묘한 불쾌감을 떨쳐내고자 현진은 양말을 벗고는 그대로 땅바닥에 드러누웠다. 올려다본 하늘은 티 한 점 없이 파랬다. 그러고 있자니 정신이 그만 아득해져 와 그는 눈을 감았다.

한국에서는 땅바닥에 누울 일이 거의 없었다. 땅은 그저 더럽고 냄새나는 장소일 뿐이었다. 매끈하고 단단한 도로는 사람과 차가 다니기에는 더없이 좋을지 모르지만 그들이 뱉고 버린 온갖 것들마저 넉넉하게 받아주지는 못했다. 결국 오물들은 지나는 발에 눌리고 바퀴에 압착되어 도로 위에 말라붙거나 겹겹이 쌓여만 갔다. 그러나 지금 그가 딛고 있는 땅은 전혀 달랐다. 땅은 오랜 세월 수백 수천 번 바람에 씻기고 햇볕에 말려지기를 반복하며 자신을 청결히 다듬어 왔다. 수시로 이는 모래 먼지는 더럽기보다는 그저 한 번 훌훌 털고 나면 그만이었다. 암석사막인 탓에 사방이 울퉁불퉁한 자갈투성이였지만 몸을 누이면 투박하면서도 단단히 등을 지탱해 주는 감촉이 묘한 안락감마저 주었다.

'어떤 땅인지에 따라 사람 마음이 이렇게 달라질 수가 있나.'

사람의 근간은 땅이니 사람은 땅과 친해야 한다는, 언젠가 어느 책에서 얼핏 본 구절이 지금의 경우 딱 들어맞는 것 같았다. 눕고 싶을 때 언제든 거리낌 없이 누울 수 있다는 사실은 실로 기분 좋은 일이었다. 맨바닥에 눕는 단순한 행위만으로도 몸과 마음이 휴식을 취할 수 있다니…. 한국에 돌아가면 어느 흙밭에라도 반드시 누워보리라고 현진은 다짐했다.

오른쪽으로 고개를 돌리니 역시나 저 멀리 드러누워 있는 진욱의 모습이 보였다. 그 앞으로는 주희, 학성, 애경, 선미, 경미가 차례로 비슷한 간격을 두고 떨어져 있었고, 지금은 그저 작은 점으로만 보일 뿐인 그녀가 그보다 더 앞에 있을 터였다. 상대적으로 체력이 약한 여자의 몸인 데다 경미들과는 달리 큼직한 배낭을 짊어지고 가야 하는 그녀의 걸음은 자연히 느릴 수밖에 없었다. 삼장은 그런 그녀를 배려해 정범 바로 뒷자리인 앞에서 세 번째에 위치시켰다. 분명 무척이나 힘들 텐데도 그녀는 이런 방식의 여정을 스스로 자원했고, 아직까지는 아무런 탈 없이 걷고 있었다.

정범이 통신장교로서 최적의 인물이라는 사실은 걷기 시작하고 얼마 안 되어 입증되었다. 다른 이들로서는 나중에야 알게 된 사실이지만, 키도 크고 다리도 빨랐던 그는 중학교 시절 몇몇 대회에서 우승까지 거머쥔 육상 선수 출신이었다. 그는 팀이 걷기 시작한 후로 휴식 때마다 삼장의 지시를 받고 그것을 다시 뒤에 있는 그녀에게 전달하는 연락책으로서의 역할을 도맡고 있었다. 심지어 그는 걷는 도중에도 간간이 삼장에게 불려가곤 했는데, 그때마다 삼사백 미터에 달하는 거리를 뻔질나게 오가야만 했다.

출발, 정지, 휴식과 같이 단순명료한 지시들이야 호각을 통해 이루어졌지만 구체적인 지시들, 가령 각자에게 나누어 준 소금을 다음 휴식 때 물과 함께 한 모금 섭취하라는 식의 지시는 호각만으로는 불가능했다. 그때는 여지없이 정범이 열심히 달려 삼장에게 받은 지시를 그녀에게 전하고, 그것을 다시 그녀가 경미에게, 그 후로 일행들을 차례로 거쳐 마지막에는 맨 후미의 현진에게까지 도달되는 것이었다. 휴식 때마다 멀리서 빠르게 움직이는 점이 보인다면 그것은 정범이 분명했다. 가끔 그 점을 향해 마주 달려가는 또 다른 점이 보인다면 그건 안쓰러운 그를 보다 못해 그의 수고를 덜어주고자 뛰어가는 그녀일 터였다. 얼마 안 되는 짧은 휴식마저 제대로 누리지 못하는 그들의 고생을 알면서도 현진은 멀리서 마음으로만 격려해 줄 수밖에 없었다.

팀원들 간의 간격을 그토록 멀리 유지하는 것은 개인적인 공간을 주기 위한 삼장의 배려였다. 그건 또한 개인적인 시간이기도 했다. 서로 가까이 붙어 걷다 보면 야유회라도 나온 듯 희희낙락 떠들게 될 공산이 컸고, 그럴 거라면 굳이 사막에 와서까지 고생하며 걸을 이유가 없다는 것이 그의 생각이었다. 그건 팀원들 모두가 하나같이 공감한 말이었고, 그랬기에 그들은 군말 없이 그의 방식을 따르고 있었다.

삐익— 삑— 삐익—

멀리서부터 조금씩 커져 오는 소리에 현진은 마지막 호각 소리가 닿기 전 미리 양말과 신발을 신고 자리에서 일어났다. 앞에서 진욱이 손을 흔들고 있었다. 다시 출발한다는 신호였다. 현진은 그를 향해 마주 손을 흔든 후 바닥에 벗어 놓은 배낭을 들어 올렸다. 묵직한 짐의 무게가 어깨를 거쳐 허리와 골반, 양다리에까지 전해졌다. 마치 몸 전체를 관통하는 거대한 말뚝이라도 박은 것 같은 기분이었다. 실제로 20kg이 훌쩍 넘는 배낭은 단단히 내린 닻과도 같아 사막의 강풍에도 그가 휘청거리지 않도록 튼튼한 지지대로서 역할 했다. 더욱이 한 걸음 내딛을 때마다 몸을 뒤로 잡아끄는 짐의 무게에 저항하노라면 아랫배에 힘이 빳빳이 들어가면서 온몸의 무게 중심이 한 점에 맞춰지는 것이었다. 그로서는 고통스러울망정 짊어진 배낭의 무게에 익숙해지는 것 말고는 달리 방법이 없었다.

"어라, 이게 뭔 일이래?"

힘겹게 구릉에 오른 현진의 앞으로 한동안 시야에서 사라졌던 팀원들의 모습이 나타났다. 이번 구릉은 유난히 컸기 때문에 오르는데 다소 애를 먹었고, 그는 방향을 잃지 않기 위해 진욱이 마지막으로 자취를 남긴 허공을 노려보며 올라와야만 했다.

그런데 정상에 다다른 후 보이는 팀원들의 모습이 뭔가 이상했다. 지금 그들은 일렬종대가 아닌 뱀처럼 구불구불한 대열을 이루며 이동하고 있었다. 그 굽이의 정도가 어지간하면 이해를 했을 텐데, 선두와 후미를 잇는 가상의 직선을 기준으로 중간의 몇몇 점들이 한참이나 오른쪽으로 치우쳐 있었다. 이탈은 세 번째 점인 그녀에게서부터 시작되었다. 무슨 일인가 싶어 지형을 훑어보아도 딱히 둘러가야 할 수렁이나 가시덤불 지대는 없었다.

'무슨 문제라도 생긴 건가?'

내심 걱정이 되었으나 점들이 느릿하면서도 꾸준히 움직이고 있었으므로 그는 굳이 호각을 불어 이상을 알리지는 않았다. 다만 그녀에게 별일이 없기를, 그녀가 잠시 정범을 놓친 것이기를 바랄 뿐이었다. 사실 팀원 사이의 거리는 말이 백 미터였지, 개개인의 속도에 따라 그 배의 거리만큼 벌어지는 일이 다반사였다. 설상가상으로 구릉을 사이에 두고 이미 넘어간 사람과 그렇지 못한 사람과의 각도가 조금만 틀어지더라도 몇 분 사이에 수백 미터가 벌어지는 웃지 못할 상황이 발생하기도 했다. 사막에서는 뚜렷하게 정해진 길이 없는 만큼 한 팀으로 이동할 때는 앞사람과 방향을 일치시키는 것이 매우 중요했다. 한 사람의 방향이 틀어지다 보면 그 뒤를 쫓는 모두가 줄줄이 엉뚱한 곳을 향하게 되기 때문이었다. 각자에게 주어진 백 미터라는 최소한의 간격을 유지하면서도 나아가는 방향에 대해 경계를 게을리하지 않는 것은 많은 집중력과 노력을 요했다. 하지만 이 여정을 계속 이어가기 위해선 꼭 적응해야 하는 일이기도 했다.

상당한 시간이 걸리긴 했지만 결국 그녀는 다시 직선의 행렬에 합류했다. 그녀 뒤의 인원들 역시 차츰 제자리를 잡아갔고 대열은 다시 반듯한 형태를 띠게 되었다.

그로부터 한 시간쯤 더 걸었을 때 또다시 두 번의 호각 소리가 울려퍼졌다. 이번에도 휴식인가 싶었지만 앞선 일행들로부터 앉는 기색이 보이지 않았다. 그러던 중 돌연 학성이 몸을 돌리더니 뒤쪽을 향해 크게 손짓하기 시작했다. 그리고는 재차 몸을 돌린 후 앞으로 걸어가기 시작했다. 짐작건대 멈추지 말고 선두 쪽으로 모이라는 신호 같았다. 시간을 확인하니 아침을 먹고 출발한 지 어느덧 반나절이 흘러 있었다.

팀의 맨 끝에서부터 선두에 있는 삼장에게까지 가는 길은 참으로 멀었다. 현진은 족히 이십 분을 걸어갔다. 먼저 도착한 일행들이 제각기 쉬고 있는 가운데 마지막으로 그가 도착하자 기다리고 있던 삼장이 입을 열었다.

"오늘은 여서 야영할 기다. 다덜 짐 벗어 놓고 텐트 칠 준비하래이. 그리고 한국 팀덜은 요번 저녁 당번인 거 잊지 말고."

여기저기서 환호하는 건지 않는 건지 모를 정체불명의 소리가 시름시름 터져 나왔다. 어찌됐건 다들 때 이른 휴식을 반기고 있었다. 어깨 통증이 점차 심해지고 있던 현진도 내심 한숨 돌렸다. 팀원들은 곧 뿔뿔이 흩어져 텐트를 치기 시작했다. 정범과 학성의 텐트 중간쯤에 자신의 텐트를 세운 현진은 이내 허물어지듯 매트 위로 쓰러졌다. 다음 식사는 자신들이 준비해야 했으므로 그 전에 조금이라도 쉬고 싶은 마음이 간절했다.

"아깐 무슨 일 있었어? 혹시 도중에 정범 형을 놓쳤던 거야?"
"응? 아, 으응…. 너도 봤구나."
"못 볼 수가 없지. 너부터 시작해서 애경이까지는 오른쪽으로 가고, 학성이 뒤로는 다시 반듯하게 가고. 들쭉날쭉한 모양이 꼭 뱀 같더라. 큰일이라도 났나 싶어서 걱정했어. 아마 다른 사람들도 이상하다고 생각했을 거야."

식사 준비를 위해 현진은 그녀와 함께 아르갈을 줍고 있었다. 그의 말을 들은 그녀가 잠시 머뭇거리더니 조금은 지친 기색으로 입을 열었다.
"사실 세 번짼가 네 번째 휴식부터 꽤 힘들었거든. 어깨랑 허리도 아프고, 머리도 어지럽고. 그러다 마지막 휴식 때부터는 그냥 발끝만 쳐다보며 가고 있었는데… 어느 틈엔가 정범 오빠를 놓쳐 버리고 만 거야. 혹시 그것도 봤는지 모르겠지만 오빠가 날 찾으러 와 준 덕분에 그나마 다시 제대로 갈 수 있었어."

그러면서 빨개진 얼굴로 그녀가 조그맣게 덧붙였다.
"얼마나 무서웠다고. 앞뒤로 아무리 살펴봐도 정말 아무도 안 보였단 말야."
"하하하."
위로해 주리라는 기대와는 달리 도리어 큰 소리로 박장대소하는 그를 그녀가 샐쭉해진 표정으로 흘겨보았다. 현진은 겨우 웃음을 멈추고 그녀를 향해 손사래를 쳤다.

"미안, 미안해. 하지만 나도 처음엔 얼마나 걱정한 줄 알아? 얘가 어디 발목이라도 삔 건 아닌가, 너무 힘들어서 정신을 잃은 건 아닌가, 정말 오만 생각이 다 들었다고. 그래도 잠깐 방향을 잃은 거였다니 다행이네."

"고마워."

"응?"

"걱정해 줘서 고맙다고."

"아니 뭘…."

잠시 어색한 침묵이 흘렀다.

"그건 그렇고, 지금은 어때? 몸은 좀 괜찮아진 거야?"

"응, 아까보단 많이 나아졌어. 아무래도 이런 여행이 처음이라서 그런가 봐."

"그래도 다음부터는 땅만 보지 말고 앞도 잘 보면서 다녀. 여긴 워낙 구릉이 많아서 조금만 신경을 쓰지 못해도 금세 앞사람을 놓치기 일쑤니까. 세 번째 규칙 기억하지? 절대 호승심을 부리지 말 것. 그러니 짐이 너무 무겁다고 생각된다면 형님께 말씀드려서 짐을 좀 줄이든가 해. 또 길을 잃지는 말아야지."

"응. 하지만 우선은 좀 더 버텨볼게."

그녀가 한결 밝아진 표정으로 대답했다.

어느새 봉지에는 아르갈이 묵직하게 차 있었다. 이만하면 한 끼 식사를 하기에는 충분한 양이었다. 야영지로 돌아오니 정범이 불 피울 자리를 만들기 위해 큼직한 돌들을 세우고 있었다. 어제저녁 유심히 봐 둔 모양인지 그 모양과 배치가 그럴싸했다. 현진은 주워 온 아르갈의 일부를 돌들 가운데에 쏟아 부었다.

"참, 식사 메뉴는 뭐로 하기로 결정했어?"

"김치볶음밥이요!"

그의 물음에 옆에서 재료를 확인하던 학성이 냉큼 대답했다.

"응? 김치가 있었어?"

"야가 한국서부터 가져온 게 있다 카더라. 철두철미한 이눔 덕분에 사막 한복판에서 한국 음식을 다 먹어 보네이."

정범이 흐뭇하게 웃으며 학성의 머리를 쓰다듬자 그가 헤헤거리며 실없이 따라 웃었다.

"몽골 야덜에게 선보이는 첫 요리니 그래두 울나라 음식을 대접하는 게 질루 나을 거 같아 고래 정했대이."

"응, 정말 잘 결정한 거 같아. 더구나 김치볶음밥은 만들기도 쉽잖아. 보자, 그럼 일단 밥부터 지어야 하나? 그다음에 고기를 볶고 마지막으로 김치를 넣으면 되겠지?"

솥이 하나뿐인지라 쌀과 고기를 동시에 조리할 수는 없었기 때문에 가장 시간이 많이 걸리는 쌀부터 익혀야 했다. 그런데 고개를 끄덕이던 정범이 돌연 짝 소리 나게 무릎을 쳤다.

"참, 깜박할 뻔 했네! 오늘의 메인 셰프는 바로 진욱 형이래이. 두구두구두두구— 자, 소개합니대이! 자취 경력 육 녀언, 주방 경력 이 년의 베테랑 이— 지인— 우욱—!"

입을 놀려 북소리마저 걸쭉하게 치는 그의 소개에 조금 떨어진 곳에서 당근을 썰던 진욱이 수줍게 손을 흔들어 보였다. 과연 이어지는 그의 칼놀림은 얼핏 보기에도 예사롭지 않았다.

팀원들은 힘겨운 하루를 겪었음에도 불구하고 여전히 쾌활했다. 사막에 온 뒤로 몸은 더 고달파졌는지 몰라도 그들은 물 만난 고기처럼 점차 생기를 되찾아가고 있었다. 다만 그녀가 다 함께 어울리는 분위기에 서먹해 하거나 홀로 침울해 하는 순간이 가끔 있었지만 그마저도 점점 나아지리라고 현진은 믿었다.

한국 팀원들이 처음으로 선보인 점심, 아니 저녁 식사는 매우 성공적이었다. 야영지를 정할 때만 하더라도 늦은 점심 무렵이었는데, 밥을 다 먹고 나니 어느덧 서쪽 지평을 향해 해가 서서히 몸을 떨구고 있었다. 시간상으로는 벌써 여섯 시가 넘은 때였다. 모두가 부른 배를 도닥이며 만족스러워하자 진욱의 얼굴에 함박꽃이 피었다. 한 가지 아쉬웠던 것은 밥과 함께 마실 맥주가 없다는 점이었다. 다들 맥주를 그리워하는 기색이 역력했지만, 그중에서도 특히나 술을 좋아하는 정범과 현진의 아쉬움은 유독 컸다.

"으잉? 근디 저게 와 저 있노?"

갑자기 정범의 의문 섞인 눈길이 한 곳에 박혀 들었다. 현진이 그를 따라 고개를 돌리자 얼마 떨어지지 않은 곳에 찌그러져 홀쭉해진 맥주 캔이 몸을 옆으로 누이고 있었다. 삼장의 텐트 바로 옆이었다. 파란 바탕에 황금색으로 쓰인 로고가 보란 듯이 햇빛에 반짝거렸다.

"설마….'

"설마는 머 설마고? 아까 전에 자네덜 대장이 목말라 하나 마셨대이. 고게 고래 잘못헌 일이라고 생각허진 않겄제?"

바로 옆에서 밥을 먹고 있던 삼장이 수저를 놓고 툴툴거렸다. 순간 모두의 시선이 일제히 그에게로 쏠렸다.

"그런 건 아니지만…. 아니, 아무리 그래도 저희가 한 푼 두 푼 모아서 겨우 산 맥준데 정작 저희는 먹지 못하고…."

"허! 사내넘들이 참말루 쩨쩨하게 구는구마이! 내 언제 자네덜에게 먹지 말라 했었누? 자네덜 스스로 안 먹겄다 그랬제. 글고 내 자네덜 데리고 다니메 요래저래 신경 쓴다고 오늘 얼마나 힘들었는지 아누? 에이! 겨우 맥주 한 캔 마신 걸루 요래 야박허게 구니 참말로 서럽구마이!"

삼장이 과하게 섭섭하다는 시늉을 하며 입맛이 떨어졌다는 듯 밥그릇을 앞으로 밀어 놓았다. 그러나 그의 그릇은 이미 깨끗이 비어 있었다. 나머지 팀원들은 서로 어이없다는 눈빛을 교환했다. 그들은 맥주를 아껴 마시기 위해 마시는 것을 며칠 미루었을 뿐 결코 먹지 않겠다고 한 적이 없었고, 무엇보다 이번에야 한 캔이지 그것이 두 캔이 되고 세 캔이 되다 언제 두 자리 숫자의 맥주가 사라질지는 여기 앉아 있는 모두가 쉽게 짐작할 수 있었다. 뻔뻔하기 그지없는 그의 주장에 현진은 속이 부글부글 끓어올랐지만 열 뻗는 속마음과 달리 말은 목구멍에 걸리기라도 한 듯 좀체 나오질 않았다. 삼장이 술을 좋아한다는 사실이야 익히 알고 있었지만 모두가 꾹 참는 와중에 보란 듯 혼자만 마실 줄은 상상도 못했다. 심지어 그가 자신들을 시험하고 있는 건 아닐까, 하는 생각마저 들었다. 이럴 거라면 그냥 다 함께 일찌감치 마셔 버리는 편이 낫지…. 아니, 지금이라도 그러자고 하면 안 되나?

"남아일언중천금이라 했대이. 사내넘이 말 번복허지 마래이."

마치 그의 생각을 들여다보기라도 한 듯 삼장이 현진을 똑바로 보며 말했다. 그 말에 모두가 망연자실한 표정을 지었다.

"얄미워, 선생님."

오직 그녀의 한마디만이 꿀 먹은 듯 입을 다문 사내놈들의 심정을 생생히 대변해 주고 있었다.

술이 없었던 탓에 그날 저녁은 전날보다는 조용히, 그러나 다른 종류의 활달함에 이끌려 지나갔다. 달뜬 흥겨움은 없었지만 팀원들은 첫날 여정에 대한 소감이나 힘들었던 점, 그리고 서로가 알지 못하는 지난날들을 주고받으며 도란도란 이야기꽃을 피워갔다.

"근디 경미야. 내 궁금한 게 하나 있는디, 니들 전공이 한국어라 켔지? 그라믄 거 배워서 나중에 뭐 할라 카는 기여? 장차 한국어 선생님 되려는 긴가, 아니믄 한국에 올라 그러는 긴가?"

한창 대화 중에 튀어나온 정범의 물음이었고,

"뭘 할지는 아직 잘 모르겠어요. 그런데 나 언젠가 꼭 한국 가고 싶어. 그래서 열심히 준비하고 있어요."

용케 그의 사투리를 알아듣고 높임과 낮춤을 반반씩 섞은 경미의 대답이었다. 그녀의 말에 다른 봉골 팀원들도 비슷한 생각이었는지 고개를 끄덕였다.

"와! 그런데 들을 때마다 느끼는 거지만 누난 한국어 정말 잘하네요. 얼핏 들으면 우리나라 사람이라고 해도 믿겠어요."

"내도 매번 놀란디. 야들 말하는 거 듣고 있으믄 그간 얼마나 열심히 공부했는지가 눈에 선하다니께."

엄지를 치켜세우는 학성의 감탄을 정범이 이어받았다.

"그런데 우리나라에 오고 싶어 하는 사람들을 이렇게 실제로 만나 보니 뭔가 기분이 묘하지 않아? 우리나라 와서 잔뜩 실망만 하고 가면 안 될 텐데…."

"그러게 말이다."

우려 섞인 그녀의 말에 이번에는 한국 팀원들이 일제히 공감을 표했다.

"우리, 한국 친구들도 많습니다. 선생님이 한국 학생들 자주 우리 학교에 초대하는데 그때 만난 사람들입니다."

일행들의 그런 모습을 보며 몽골 팀원 중 가장 막내인 선미가 걱정 마라는 투로 웃어 보였다. 그녀는 선이 굵은 경미, 주희와 달리 생김도 가느스름했고 목소리도 얇았다. 이제 스물하나라던 그녀는 내년에 결혼할 예정이었다. 스물 무렵에 결혼하는 것이 일반적인 몽골에서는 그리 유별난 일이 아니었다.

"그래? 그럼 그 친구들 오면 몽골 다른 곳에도 자주 데려가고 소개시켜 주고 그러겠네?"

"아닙니다. 저는 다른 몽골 땅 많이 가 보지 못했습니다. 만달고비도 이번이 처음 오는 것입니다."

선미의 말은 한국 팀원들에게는 다소 의외였다. 비록 아직은 비포장 도로가 많았지만 울란바토르에서 만달고비까지의 길은 그리 먼 거리가 아니었다. 한나절이면 충분히 올 만한 거리였음에도 불구하고 지금껏 한 번도 와 보지 않았다는 사실이 놀랍기만 했다. 그러다 문득, 한국에 오고 싶다던 방금 전 그녀들의 말이 모두의 머릿속에 떠올랐다. 어쩌면 한국에서부터 이 단조로운 땅을 찾아온 자신들과는 반대로, 그녀들은 일상처럼 마주한 지평보다는 빼곡히 솟은 마천루로 대변되는 저 현대식 문명 생활을 더 선망하고 있는 게 아닐까? 울란바토르에서 나고 자라지 않은, 유목 출신의 그녀들이라면 충분히 그럴 수 있는 일이었다. 거기까지 생각이 미치자 자신들과 그녀들이 세상을 바라보는 시선이 무척이나 다를 수도 있음을 그들은 새삼 깨달았다.

"언제라도 한국에 오면 맛있는 음식 만들어 줄게. 먹고 싶은 거 있으면 말만 해."

성공적인 저녁 식사에 자신감을 얻었는지 진욱이 선뜻 나섰다. 그의 말에 여기저기서 김밥, 떡볶이 같은 말들이 튀어나오다가 이내 누군가의 '김치볶음밥!'이라는 외침에 모두들 와아, 하고 웃음을 터뜨렸다. 모두들 사소한 것에조차 배를 부여잡고 깔깔댈 정도로 즐거워하고 있었다. 화기애애한 분위기는 이후로도 얼마간 계속되었다. 그러는 중에도 어둠은 쏜살같이 내렸고, 밤이 더욱 깊어지자 그들은 다음날을 기약하며 각자의 텐트로 흩어졌다. 그리고 그날도 어김없이 누군가의 힘찬 코골이 소리가 야영지 주변으로 지칠 줄 모르고 울려 퍼졌다.

7

만달고비 근처에서 숙박한 이튿날부터 팀원들은 낯선 환경에 적응하고 사막과 친해지자는 취지로 며칠간 강행군을 했다. 그것은 사막 풍광의 아름다움에 넋을 잃기만 해서는 곤란하다는 삼장의 꾸준한 주장과 같은 맥락의 이유에서였다. 모든 팀원이 그에 동의했고, 기꺼이 배낭을 짊어진 채 한나절 가까운 시간을 날마다 걸어왔다. 사막에서의 낮의 길이는 한국의 그것보다 훨씬 길었음에도 불구하고 군말 없이 따라오는 그들을 보며 삼장은 그들이 기특하면서도 고마웠다. 그러나 그는 동시에 청년들이 임전무퇴의 군인처럼 극기 훈련을 받으러 사막에 온 것이 아님을 누구보다 잘 이해하고 있었다.

그렇게 닷새라는 시간이 빠르게 지났다. 그리고 다른 방식의 여정으로 전환할 때가 조금씩 다가오고 있었다.

그날 팀원들은 다소 늦은 아침을 먹고 출발했고 그 후로 네 시간이라는 짧지 않은 시간이 흘렀다. 현진은 다시 시작된 어깨 통증에 잠시 쉴 겸도 해서 걸음을 멈추고 배낭을 벗었다. 그는 앞서 가는 이들의 뒷모습을 가만히 바라보았다.

팀원들의 걷는 순서는 첫날과 크게 달라지지 않았다. 다만 중간의 인원들끼리만 서로의 몸 상태에 따라 이따금 위치를 바꿔갔을 뿐이었다. 현재 그의 위치에서는 진욱과 주희, 애경까지만 식별이 가능했고, 나머지 인원들은 모두 작은 점으로만 보이고 있었다. 맨 앞에서 움직이는, 아마도 삼장이라 여겨지는 희미한 점은 노려보듯 한참을 눈에 힘을 주고 있어야 겨우 보일 듯 말 듯했다. 그들 앞으로는 광막한 평야가 펼쳐져 있었는데, 그 위의 티끌만 한 점에 불과한 그들의 걸음으로는 아무리 걸어도 그 안에서 벗어나기란 불가능해 보였다.

'카펫에 떨어진 과자 부스러기쯤 되려나? 아니, 먼지 정도?'

문득 떠오른 생각에 현진은 저도 모르게 픽 웃었다.

지금 그의 앞에서 묵묵히 걸어가는 이들은 저마다의 이유로 사막을 찾아 왔다. 그저 오고 싶어서, 행복을 찾아서, 일탈과 도피를 꿈꾸며, 또 더 큰 세계를 만나고 경험하고자.

그렇게 만난 사막을 걸으며 그들은 지금쯤 무얼 느끼고 어떤 생각을 하고 있을까? 그로서는 알 수 없었다. 다만 그들 모두가 이 여정 동안 스스로의 면면을 마주치고, 궁극적으로는 그런 자신을 더 깊이 이해해 가기를 바랄 뿐이었다. 물론 현진 자신이라고 해서 그들과 다르지는 않았다. 심적으로야 어떻든 사막은 현실적으로는 여전히 낯설고 어려운 장소였다. 마치 짝사랑하는 이와 마주했을 때나 느낄 법한 긴장감과 서먹함이 아직도 많이 남아 있었다. 언제든 사막으로부터 매정히 내쳐질 수 있다는 두려움도 만만치 않았다.

'하지만 내가 앞으로 걸어갈 길은 고비사막 말고도 많겠지.'

현진은 풀어놓았던 배낭을 고쳐 메었다. 돌연 호승심이 솟구쳐 올랐다. 이까짓 어깨 통증 따위에 엄살을 피우고 싶지는 않았다. 실수에 일일이 등덜미를 잡히지 않고 새로운 걸음을 내딛을 용기가 아직 남아 있을 때, 필요한 고통을 기꺼이 감내하려는 호기로운 피가 뜨겁게 끓고 있을 때, 그는 스스로 힘써 길을 떠나고 싶었다. 사막이 제아무리 넓어도 지레 겁을 먹고 멈춰 서지는 말자고 그는 굳게 다짐했다.

그렇게 나는 능숙하고 노련한 나그네가 되리
길 위에서 피부는 거칠어지고 손은 투박해지더라도
담금질한 쇠처럼 몸은 고단함에 익숙해지고
다리는 기둥처럼 땅 위를 견고히 밟게 되리
심장은 보다 질기고 담대해지며

눈은 딛고 선 바닥부터 먼 지평까지 세세히 훑게 되리
그러나 내 이상의 존재에 대해서는 무모함을 접고
겸허히 물러서는 지혜도 배우게 되리
스스로 걸음을 멈추지 않는 이상
혹은 길 위에서 완전히 잠들지 않는 이상
나는 계속 걷고 배울 것이며
나의 정신은 뱀이 허물을 벗듯 조금씩 더 자유롭게 되리

그 순간 현진은 자신이 오랜 시간 떠도는 삶을 살 운명임을 깨달았다. 자신은 많은 다른 이들처럼 쉽게 세상에 안주할 능력을 갖추고 있지 못했다. 계속 걸어야만, 길 위에서 계속 허덕여야만 간신히 살아남을 수 있었다.

'그러다 보면 언젠가는 나도 능숙하게 길을 걷게 되겠지.'

그러나 그는 그 모든 것이 길에 대한 또 다른 안주로 이어지지 않기를, 길에서 터득한 노련함이 편안한 여정의 담보물처럼 여겨지지 않기를 바랐다. 익숙해진 나머지 지루하고 무감한 시선으로 길 위에서 만나는 많은 살아 있는 것들을 마주하고 싶진 않았다. 그는 세월이 부여하는 허울 좋은 꼬리표에 스스로 짓눌려 잠식되는 일이 없기를 진심으로 바랐다.

현진은 다시 걸음을 떼었다. 쉬었다 내딛는 걸음이라서 그런지 다리에 실리는 무게가 더욱 묵직이 느껴졌다. 그러나 그는 걸음을 재촉했다. 그가 홀로 생각에 빠져 있는 사이 어느새 진욱의 모습마저 막 점이 되려는 참이었던 것이다.

그날도 하루 여정을 마치고 어울리던 팀원들은 밤이 더 깊어지자 쏟

아지는 노곤함을 이기지 못하고 각자의 자리로 돌아갔다. 그런데 텐트로 들어가기가 무섭게 정범 쪽에서 코 고는 소리가 터져 나왔다. 그러자 마치 그에 화답하듯 진욱의 텐트에서도 코골이가 시작되었다. 그들의 코골이는 서로 번갈아 리듬을 타다가 이따금씩 중첩되며 기묘한 합주를 이루어 냈다. 일순간 다른 이들의 텐트로부터 작은 킬킬거림이 새어 나왔다. 여느 때처럼 마지막까지 자리를 뜨지 않고 있던 현진과 그녀도 소리 죽여 웃음을 터뜨렸다.

"다들 많이 피곤했나 봐."

"그러게. 너도 이제 슬슬 가 봐야지. 오늘도 고생 많았어."

"응, 그럴게. 너도 잘 자."

그녀는 작별 인사를 건네고는 몸을 일으켜 자신의 텐트로 돌아갔다. 그 뒷모습을 보며 현진은 큰 아쉬움을 느꼈다. 지난 네 번의 밤마다 은밀히 진행된 둘만의 오붓한 만남이 오늘도 어김없이 이어지리라 내심 기대하던 그는, 오히려 그녀가 "아니, 좀 더 너와 함께 있을래. 난 이 시간이 가장 행복하거든."이라고 대답해 주기를 은연중 바라고 있었다. 그런데 그런 바람이 단숨에 꺾여 버린 것이다. 기대가 컸던 만큼 실망도 컸다.

'아니, 대체 무슨 배짱으로 먼저 작별 인사를 한 거야?'

그는 스스로가 한심하고 원망스럽기 그지없었다. 그러나 그녀를 붙잡기에는 이미 늦어 버렸다. 그녀가 사라진 어둠 너머로부터 입구 지퍼를 여닫는 소리가 들려왔다. 이어 한차례 부스럭거리는 소리를 끝으로 사위는 잠잠해졌다.

현진은 미련을 떨치지 못하는 마음을 애써 추스르며 모닥불 앞에 홀로 앉아 있었다. 휑해진 공간만큼이나 시린 공기가 그의 몸을 에워 쌌다. 불씨는 거의 꺼져 가고 있었다. 타고 남은 재 사이에 머물던 미약한 온기가 차가워진 손끝을 조금 녹여 주었다. 그러나 그마저도 곧 완전히 꺼졌다. 그런데도 그는 여전히 일어날 생각을 하지 않았다. 주위로 단순한 적막 그 이상의 무엇이 무겁게 괴어가고 있었다. 급기야 스멀스멀 몰려온 두터운 구름에 희미한 달빛마저 가려지자 한 치 앞의 손조차 보이지 않을 만큼 깜깜한 어둠이 내렸다. 그 어둠 속을 그보다 짙은 그리움이 도드라지게 휘젓고 있었다.

얼마나 흘렀을까. 오랜 정적을 깨고 돌연 미세한 소리가 일었다. 가만히 귀 기울여야 간신히 들릴 만한 작은 소리였지만, 현진은 이내 그것이 노랫소리임을 알 수 있었다. 그것은 분명 가녀린 여성의 음성이었고, 방향으로 보아 목소리의 주인공은… 다름 아닌 그녀였다! 한껏 억누른 노랫소리는 이리저리 떠돌다 우연히 들른 바람처럼, 그렇게 문득 들려왔다.

엄마가 섬 그늘에 굴 따러 가면
아이는 혼자 남아 집을 보다가
바다가 들려주는 자장노래에
팔베고 스르르르 잠이 듭니다

그녀가 부르는 노래는 그도 익히 아는 곡이었지만, 본래 이렇게 슬픈 곡이었나 싶을 정도로 쓸쓸함을 담고 있었다. 그녀는 한 번에 그치지 않고 몇 번이고 노래를 되풀이했고 현진은 그녀의 노래에, 그리고 그 마음에 가만히 귀를 기울였다. 그렇게 다시 십여 분이 흘렀고, 노래는 멈출 듯하면서도 끊이지 않고 이어졌다. 결국 현진은 자리에서 일어나 소리의 발원지를 향해 조심스레 걸음을 떼었다. 그 짙은 어둠 속을 그는 오직 그녀의 노랫소리에만 의지해 더듬더듬 나아갔다.

그가 겨우 그녀의 텐트에 도착할 즈음, 그때껏 구름에 가려져 있던 달이 살며시 얼굴을 내비쳤다. 현진은 침낭을 뒤집어쓴 채로 텐트 밖에 앉아 있는 그녀의 희미한 그림자를 발견할 수 있었다. 아까 전 부스럭거리던 소리는 침낭을 텐트 밖으로 꺼내는 소리였던 모양이었다. 현진은 일부러 소리를 내며 한 걸음 더 다가섰다. 자신의 노래 사이를 비집고 들려온 갑작스런 인기척에 그녀가 화들짝 놀라 고개를 돌렸다. 그들 사이를 메운 어둠 때문에 그들은 서로의 표정을 볼 수 없었다.

"피곤할 텐데 아직까지 안 자고 뭐 해? 아니, 그보다 공기도 찬데 왜 밖에 나와 있어?"

"아, 너였구나! 깜짝 놀랐잖아! 너야말로 왜 거기서 와? 이미 들어가 자는 줄 알았는데."

현진이 곁에 앉자 그녀가 침낭을 젖혀 그의 몸 위로 둘러주었다. 그러나 그들은 곧 자고 있을 다른 이들을 생각해 야영지에서 좀 더 떨어진 곳으로 자리를 옮기기로 했다. 구름 뒤로 달이 나타나고 사라지기를 반복한 탓에 이동하는데 평소보다 더 많은 시간이 소요되었다. 이윽고 야영지로부터 오십 걸음쯤 떨어진 곳에 이르자 그들은 매트를 깔고 나란히 앉았다. 저 멀리 텐트에 매단 경광등이 조용히 깜박이고 있었다.

"혹시… 내가 노래 부르는 것도 계속 듣고 있었니?"

"그래, 참 애절히도 부르더라. 그걸 듣고 있자니 도저히 너 혼자 내버려둔 채 맘 편히 잘 수가 없더라고."

그녀는 미안함으로 어쩔 줄 몰라 했다.

"농담이야, 농담."

웃음 섞인 그의 말에 그제야 그녀가 흐릿하게 웃었다.

"사실 아까 그 노래… 예전에 동생을 재울 때마다 내가 불러 주던 노래야."

"동생? 동생이 있었어?"

현진으로서는 처음 듣는 이야기였다.

"응, 남동생. 하지만 어머니만 같고 아버지는 달라. 나보다 여덟 살이나 어린 아이야."

대답하는 그녀의 목소리는 다소 메말라 있었다. 동생을 떠올릴 때면 항상 그 남자에 대한 기억도 따라붙곤 했다. 그것은 마치 앨범을 넘길 때마다 같은 면에 철해진 사진들을 동시에 보는 것과 같았다. 하지만 어쩔 수 없었다. 그 남자는 바로 그 애의 아버지였으니까.

왜 갑자기 동생 생각이 났느냐고 묻고 싶었지만 현진은 그 물음을 속으로만 삼켰다. 자신은 아직 그녀에 대해 모르는 것이 많았다. 그녀는 그가 상상했던 것보다 훨씬 더 많은 삶의 굴곡을 헤쳐 왔고, 어쩌면 그 이상의 아픔을 겪어내야 했는지도 몰랐다. 그녀의 웃음을 마주할 때마다 느꼈던 아릿함은 아직 자신이 알지 못하는 그녀의 과거에서 비롯된 것이리라.

문득 구름 사이로 숨었던 달이 다시 그 낯을 드러냈다. 현진은 노란 것 같기도 하얀 것 같기도 한 그 얼굴이 무척이나 슬퍼 보였다. 한 겹의 옅은 무늬 뒤에 달은 많은 아픔을 숨긴 것 같았고 금세라도 산산이 흩어질 듯 처연했지만, 그래서 더 아름다웠다. 현진은 오른팔을 둘러 그녀의 어깨를 감싸 안았다. 그러자 그녀가 그의 어깨 위로 천천히 머리를 기대왔다. 그녀의 머리카락에서는 거칠고 억센 모래 냄새가 났다. 조금씩 사막을 닮아가는 그녀의 머리칼 위로 이따금 달빛이 내릴 때면 그 빛을 담은 그녀의 눈이 은은히 반짝였다. 그들은 한동안 그렇게 말 없이 붙어 있었다.

얼마쯤 흘렀을까. 계속해서 맞닿는 찬바람에 그들을 감싼 침낭이 조금씩 온기를 잃어가고 있었다.

"이제 그만 가야겠다. 날씨가 점점 추워지고 있어."

"그러자. 고마웠어, 안아줘서."

그녀가 일어서길 기다려 현진은 그녀의 몸에 침낭을 둘러준 뒤 밑에 깔았던 매트리스를 둘둘 말아 손에 쥐었다.

그런데 그가 앞장서 걸음을 떼려던 찰나, 갑자기 등 뒤에서 터진 그녀의 급박한 목소리가 그의 발목을 잡았다. 그 빠르고도 다급한 어조에 놀란 현진이 황급히 몸을 돌렸지만, 달을 등지고 선 그녀의 얼굴에는 짙은 음영이 드리워져 있어 그로서는 그 표정을 볼 수가 없었다.

"무슨 일이야?"

저도 모르게 숨을 죽이며 현진이 나지막이 물었다. 그러나 그녀에게서는 아무런 대답이 없었다. 대신 그녀는 그를 향해 다소 굼뜬 속도로 다가왔다.

'일어서다 발목이라도 삐었나? 그렇다면 큰일인데…'

그러나 가까이서 본 그녀의 두 눈은 별빛처럼 반짝이고 있었다. 현진은 직감적으로 상황이 심상치 않음을 깨달았다. 그리고 머릿속을 스친 그 흐릿한 예감이 구체적이고 선명한 이미지로 바뀌기 직전, 그의 오른눈 위로 부드러운 감촉을 지닌 무언가가 와 닿았다.

"……!"

일순 그의 숨이 멎었다. 돌연 머릿속이 창백해지며 몸을 옴짝달싹할 수 없었다. 무슨 일이 벌어지고 있는지 미처 파악하기도 전에 그것은 왔던 만큼이나 빠르게 떠나 버렸고, 눈 위에 남겨진 감촉의 여운만이 방금 전 일이 꿈이 아님을 일깨워 주었다. 뒤늦게야 충격에서 헤어 나온 이성이 수선을 피워대며 그것이 눈과 입술의 접촉이었음을 현진에게 알려왔지만, 그는 굳어진 자세 그대로 미동도 않고 서 있었다.

여전히 보이는 것이라곤 그녀의 희미한 윤곽뿐이었다. 그녀는 재빨리 현진을 지나쳐 앞서 걸어갔고, 잠시 우두커니 서 있던 그는 말없이 그녀의 뒤를 따랐다.

야영지까지 걸어가는 내내 그들 사이에는 아무런 대화도 오가지 않았다. 두 사람 모두 섣불리 말을 꺼내지 못하고 있었다. 한없이 길게만 느껴지는 침묵 속에서 마침내 자신의 텐트에 도착하고 나서야 비로소 그녀가 현진을 돌아보았다.

"잘 자."

작게 속삭이는 소리가 유난히 더 조그마하게 들렸다. 현진은 말없이 그녀가 있는 쪽을 바라보았다. 잠시 기다리던 그녀가 그에게서 아무런 대답이 없자 천천히 몸을 돌렸다. 둘 사이에 내린 어둠을 건너 그녀로부터 전해진 섭섭함이 현진의 가슴을 예리하게 도려냈다. 그로서는 뭔가 하긴 해야 하는데 뭘 해야 할지 도무지 판단이 서질 않는 상황이었다. 그러나 뭐든 결정을 내려야 했다. 그녀는 곧 텐트 안으로 들어갈 터였다. 아까처럼 머뭇거리기만 하다가 후회하고 싶지는 않았다.

'더 이상 지체해선 안 돼.'

그녀가 등을 돌리는 잠깐 사이 치열하게 갈등한 현진은 주먹을 불끈 쥐고 숨을 크게 들이켰다. 그녀는 이제 몸을 숙여 막 텐트로 들어가려는 참이었다. 그 순간 현진은 그토록 떨어지지 않는 한 걸음을 떼었다. 첫걸음을 떼니 이후부터는 훨씬 수월했다. 몸이 알아서 움직이는 것 같았다. 그는 재빨리 다가가 텐트 안으로 막 몸을 들여놓는 그녀의 손을 잡아끌어 일으켜 세우고는, 놀란 채 몸이 돌려진 그녀의 입술에 거칠게 자신의 입술을 포개어 갔다. 또다시 시간이 멈췄다. 세상이 백지장처럼 하얘졌다. 정신을 차렸을 때는 그녀의 놀란 얼굴이 바로 코앞에 있었다. 감전이라도 된 것처럼 그의 심장이 펄떡펄떡 뛰고 있었다.

"너도 잘 자."

현진은 스스로 낼 수 있는 최고로 의연한 목소리로 그녀에게 작별을 고한 후 시뻘겋게 달아오른 얼굴을 들킬세라 도망치듯 텐트로 돌아왔다. 이 순간만큼은 어둠이 좋은 방패가 되어 주길 바라면서.

자리에 누운 뒤로도 온몸을 울리는 심장 박동은 멈출 기미를 보이지 않았다. 그 소리가 너무나 컸던 나머지 그는 도저히 잠을 청할 수가 없었다.

'나쁘지 않았어. 그렇지?'

'아냐. 캄캄해서 입술 약간 위쪽에 입을 맞췄던 것 같아. 그리고 자세도 많이 엉거주춤했고. 세상에! 키스할 때 정면으로 하는 사람이 어디 있냐? 코랑 코가 부딪쳤잖아!'

'그런 걸 처음부터 아는 사람이야말로 없지! 그래도 처음치고는 잘한 거라고!'

'그걸 지금 변명이라고 하는 거야? 글쎄, 그 애는 그렇게 생각하지 않을걸?'

남자답게 거사를 치렀다는 뿌듯함과 입맞춤 하나 제대로 못 했다는 자괴감이 뒤섞여 저들 맘대로 시끄럽게 떠들고 있었다. 서툴렀던 첫 입맞춤에 아쉬움이 남는 건 어쩔 수 없었다.

현진은 온 신경을 곤두세워 그녀의 텐트 쪽으로 귀를 기울였다. 그러나 한차례의 부스럭거림만 잠깐 들렸을 뿐 다른 소리는 이어지지 않았다.

'그 앤 지금쯤 무슨 생각을 하고 있을까? 혹시 어설펐던 입맞춤에 실망하고 있지는 않을까? 아니면 나처럼 떨리는 가슴을 부여잡고 잠 못 이루고 있을까?'

벌렁거리는 심장을 다독이며 홀로 상상의 나래를 펼치던 현진이 잠에 빠져든 것은 그로부터 한참이 지난 후였다.

8

잠에서 깬 지는 오래였지만 지난밤의 기억을 떠올린 현진은 혼자 좋아라 하며 침낭 안에서 뭉그적거리고 있었다. 이상하게도 그때 맞닿았던 입술의 감촉은 아직껏 생생한데도 그 사건 자체는 꿈결에 벌어진 일처럼 현실성이 없었다. 어쩌면 정말로 꿈이 아니었을까, 하는 불길한 생각마저 들었다.

문득 텐트 안으로 도마 두드리는 소리와 더불어 걸걸한 목소리가 들려왔다. 목소리의 주인공이 주희라는 사실은 쉽게 짐작할 수 있었다. 중간중간 경미와 애경의 말소리도 들렸고, 그 사이로 선미의 나긋한 웃음소리도 섞여들었다.

현진은 좀 더 누워 있고 싶은 욕구를 어렵사리 떨치고 침낭 속에서 몸을 빼냈다. 그가 밖으로 나오자 부지런한 그녀들이 반갑게 인사를 해 왔다. 조금 떨어진 곳에서는 새까만 솥이 한창 불세례를 받고 있는 중이었다. 슬쩍 뚜껑을 열어 보았으나 몇 점의 고기가 물 위에 둥둥 떠다니고 있을 뿐이었다. 이래서야 아침 메뉴가 무엇인지 도무지 알 수 없었다.

"오늘 아침은 뭐야?"

"고릴테슐입니다."

마침 선미가 굵직굵직한 두께로 잘린 밀가루 반죽을 가져와 솥 안에 부어 넣었다. 이어 잘게 썬 감자와 당근을, 마지막으로 종류를 알 수 없는 찻잎을 넣었다. 지난해 익히 그 솜씨를 경험한 바 있는 경미는 물론이고 현진으로서는 올해 처음 만난 나머지 몽골 팀원들도 요리 솜씨가 매우 뛰어났다. 그녀가 말한 고릴테슐은 양고기를 넣은 칼국수라 할 수 있었는데, 초이왕과 함께 몽골의 대표적인 음식 중 하나로서 고깃기름이 배어 있는 걸쭉한 국물이 밥을 말아 먹기에도 좋았다. 그 맛을 떠올리며 현진이 한창 입맛을 다시고 있는데 갑자기 텐트 밖으로 정범이 불쑥 튀어나오더니 어디론가 잽싸게 뛰어가기 시작했다. 영문을 모른 채 현진이 그의 등을 향해 반가운 인사를 날렸다.

"혀엉! 좋은 아치이임!"

"고래에! 근디 시방 내가 무쟈게 급하대이!"

그제야 현진은 쏜살같이 멀어지는 그의 오른손에서 나풀나풀 휘날리고 있는 하얀 두루마리를 발견할 수 있었다.

정범에게는 아침부터 느껴진 아랫배의 신호가 급박한 동시에 무척이나 반가운 소식이었다. 이미 며칠째 들여보내기만 했을 뿐 비워내지 못한 그의 배는 불룩하니 튀어나와 있었다. 사막에서의 세 가지 복이라고 할 수 있는 것 중 먹고 자는 것은 문제가 없었지만, 이 배출해 내는 것이 그에게는 늘 골칫거리였다. 섬유질이 부족한 식단 탓인가도 싶었지만 하루가 멀다 하고 휴지를 들고 사라지는 삼장이나 현진을 보고 있노라면 아무래도 낯선 환경으로부터 받는 긴장감이 가장 큰 원인인 것 같았다. 그런데 그동안 잠잠 무소식이던 아랫배로부터 마침내 신호가 온 것이다. 이제야 몸이 사막에 적응한 것이라고 그는 내심 뿌듯함마저 느꼈다.

배출 욕구를 느끼는 몸만큼이나 마음도 급해진 정범은 야영지로부터 가장 가까운 구릉을 향해 잰걸음으로 뛰다시피 걸어갔다. 아무리 멀리 가 봐야 망원경 저리 가라 할 경미들의 시력 앞에서는 부처님 손바닥 안이나 다름없었기 때문에 아예 구릉 너머에서 일을 볼 생각이었다. 서둘러 구릉을 넘자마자 광활한 평원이 그의 앞에 모습을 드러냈다. 가슴이 절로 호쾌해지는 멋진 전망이었지만 그는 신경 쓸 겨를이 없었다. 그는 좀 더 걸음을 옮겨 구릉 중턱까지 내려간 다음 뒤를 흘끗 돌아보았다. 다행히 야영지의 모습은 보이지 않았다.

정범은 근처의 큼지막한 돌을 주워 어느 정도 땅을 판 후 그 위에 바지를 내리고 쭈그려 앉았다. 그리고는 명상하는 수행자라도 된 것처럼 눈앞의 대지를 지그시 바라보기 시작했다. 마침 엉덩이 밑으로 바람이 솔솔 불어오자 깔끔한 타일 벽지로 사방이 막힌 수세식 화장실에서는 결코 경험할 수 없던 야릇한 기분이 느껴졌다. 앞쪽으로는 자연이 빚어낸 장관이 펼쳐져 있지, 엉덩이골 사이로는 살랑거리는 바람의 감촉이 생생하지, 그리고 앉아 있자니 조여져 있던 괄약근이 이완되는 것도 당연했다.

"허…!"

이윽고 단발의 탄성과 함께 배아래 묵직이 차 있던 숙변이 일시에 뿜어져 나왔다. 그 시원스럽고도 생생한 배출의 감각에 그는 자기도 모르게 부르르 몸을 떨었다. 얼마나 나왔는지 배가 거짓말처럼 홀쭉해져 있었다. 흘끗 아래를 보니 빤짝빤짝 윤기 나는 황금색 구렁이 한 마리가 굵게 똬리를 튼 채 다소곳이 앉아 있었다.

'저것이 죄다 그간 먹은 질 좋은 양고기 때문이겠구마이.'

사막에서는 똥마저 참으로 건강해 보였다. 일을 마치고 난 뒤 정범은 성냥을 꺼내 사용한 휴지를 태우고는 주위의 흙을 밀어 넣어 똥을 덮었다. 아무리 건강해 보이더라도 사람의 똥은 깨끗한 풀만 먹은 동물의 그것만큼 깨끗하지 않기 때문에 잘 묻어 줘야 한다고 삼장으로부터 누누이 들어온 탓이었다. 이제 이따금 내리는 비에 씻기고 바람과 햇볕에 건조되기를 반복하면서 그가 쏟아 낸 똥도 언젠가는 자연으로 돌아갈 날이 있으리라. 똥 싸는 일마저 멋지고 운치 있을 수 있다는 사실을 그는 사막에 와서야 알았다.

정범이 볼일을 마치고 가벼워진 몸과 마음으로 야영지로 돌아올 즈음 나머지 팀원들도 하나둘 일어나기 시작했다. 그로부터 한 시간이 더 지난 후에야 그들은 눈앞에 밥을 마주할 수 있었다. 사막에서 지내다 보면 레버 하나로 강력한 화력을 피워 올려 순식간에 음식을 익히는 가스버너가 그리울 때가 종종 있는데 지금의 경우가 딱 그랬다. 정범은 자기 안에 묵은 도시의 때가 겨우 며칠의 사막 생활로는 씻어내기 힘들 만큼 두터움을 새삼 느꼈다.

몽골 팀원들이 준비한 고릴테슐은 역시나 맛있었다. 마침 몸도 비워 냈겠다, 일어난 지도 오래여서 심한 허기를 느끼던 정범은 아예 들이붓듯 허겁지겁 밥을 삼켰다. 따끈한 국물이 들어가자 뱃속에서부터 시작된 열기가 밤사이 냉기에 시달린 그의 몸 구석구석을 데워갔다. 평소에도 먹는 양이 많았던 현진과 진욱은 금세 한 그릇을 더 먹어 치웠고 정범 역시 기꺼운 마음으로 뱃속 가득 밥을 채워 넣었다.

두 그릇이라는 많은 양을 먹고도 현진은 일행 중 가장 먼저 식사를 끝마쳤다. 그는 밥을 다 먹자마자 자신의 텐트로 다가가 플라이를 해체한 후 땅바닥에 활짝 펼쳐 놓았다. 건조한 사막 기후임에도 불구하고 심한 일교차로 인해 이따금 맺히곤 하는 이슬을 말려주기 위해서였다. 다행히 지평 위로 이미 한참이나 솟아오른 태양이 따가운 햇살을 고르게 내리고 있어 텐트는 금세 마를 것 같았다. 현진은 남은 짐들을 모두 정리해 배낭에 넣은 다음 흙바닥에 앉아 다리를 좌우로 벌렸다. 맨살에 닿는 크고 작은 자갈의 감촉이 기분 좋게 종아리를 눌러 왔다.

"뭐 하고 있어?"

막 아침 식사를 마친 그녀가 다가와 그의 옆에 쭈그려 앉았다. 그녀는 약간 부루퉁해 있었다. 현진으로서는 어젯밤 일이 떠올라 괜한 서먹함에 식사 내내 눈도 마주치지 못했건만, 그녀는 그런 그의 반응이 오히려 섭섭하게만 느껴졌던 것이다.

"몸이 찌뿌둥해서 텐트 말리는 동안만이라도 스트레칭 좀 하려고. 요 며칠간 소홀했거든. 그나저나 아침은 잘 먹었어?"

다행히 현진의 다정한 물음에 그녀의 토라짐은 금세 풀렸다. 고개를 끄덕여 대답을 대신한 그녀가 곧바로 바닥에 엉덩이를 대고 앉아 잘 펴지지 않는 다리를 피기 위해 버둥거렸다. 현진은 작게 웃었다. 그녀는 사막에 처음 왔을 때에 비해 많이 밝아져 있었다. 그는 정성껏, 그리고 그녀가 충분히 따라 할 수 있도록 천천히 스트레칭을 해 나갔다.

얼마 후 출발을 준비하라는 진욱을 통한 삼장의 지시가 있었다. 축축했던 텐트는 대부분 말라 있었지만 접혀 굴곡진 부분에는 이슬이 아직 남아 있었다. 조금이라도 짐 무게를 줄이기 위해 좀 더 시간을 들여 말리고 싶었으나 어쩔 수 없었다. 다음부터는 식사 전에 미리 펼쳐 놓아야겠다고 다짐하면서 현진은 서둘러 텐트를 접은 다음 배낭 위에 끈으로 단단히 고정시켰다. 짐 정리를 마친 다른 팀원들도 하나둘 모여들었다. 며칠간 이어왔던 방식 그대로 삼장이 맨 앞, 현진이 맨 뒤, 그리고 다른 인원들이 그 사이로 차례로 나열해 섰다. 이제 다들 익숙해진 덕분에 첫날과 같이 우왕좌왕하는 일은 벌어지지 않았다. 몇 덩이 구름이 멀리서 아른거릴 뿐 날씨는 쾌청했다. 바람도 적당했고 걷기에는 참으로 좋은 날씨였다. 또다시 새로운 날의 새로운 여정이 막 시작되려는 참이었다.

9

사막을 걷기 시작한 지 어느덧 이레째였다. 그동안 팀원들에게는 적지 않은 변화가 있었다. 처음에는 배낭 무게조차 낯설어하던 그들은 이제 웬만한 강풍쯤은 아랑곳 않고 능숙히 텐트를 칠 정도로 사막에 익숙해져 있었고, 매일 아침마다 반복되는 짐 정리도 날이 갈수록 빠르고 간소해졌다.

낮 동안에 그들은 마치 순례자들처럼 묵묵히 길을 걷거나 휴식하면서 저마다 사색에 잠기는 시간이 많았다. 그중 몇몇은 틈틈이 글을 끼적거렸고, 이따금 멍한 표정으로 지평선을 바라보기도 했다. 그들의 마음은 어느 한 곳에 머물지 못하는 바람처럼 현실과 꿈 사이를 방랑하는 듯 보였다. 그러나 밤이 되면 그들은 전혀 다른 사람이라도 된 듯 매우 떠들썩해졌다. 저녁마다 피우는 모닥불은 우주 속 홀로 빛나는 별처럼 어둠이 내린 대지 위에서 밝게 타올랐으며, 그 주위로 그들의 노래와 웃음, 이야기가 유쾌하게 떠다녔다.

한 번은 사위가 깜깜해졌을 무렵, 어디서 왔는지 모를 커다란 떠돌이 개가 나타난 적이 있었다. 개는 불 근처까지 다가오지는 않았지만 쿵쿵거리며 야영지 주변을 계속 어슬렁거렸다. 처음에는 늑대인 줄로만 알아 잔뜩 긴장했던 이들은 곧 누군가의 개라는 말에 큰 안도의 숨을 내쉬었다. 개는 한참 후에야 어둠 속으로 사라졌는데 그제야 떠돌이 개가 늑대만큼 위험할지도 모른다는 생각이 불현듯 모두의 머릿속을 치고 지나갔다. 그들은 사막 한복판에서 어떻게 개 홀로 떠돌고 있는지 궁금해했다.

또 한 번은 멀리서 굵직한 배기음이 들리는가 싶더니 오토바이를 탄 유목민이 방문한 적도 있었다. 그 늙수그레한 남자는 불쑥 먼저 찾아와서는 오히려 모두의 앞에서 심하게 수줍음을 탔다. 그는 몇 차례 경미들과 말을 주고받고는 금세 떠났다. 경미는 그가 만달고비에서 자신의 게르로 돌아가는 길에 불빛을 보고 잠시 들른 것이라고 설명해 주었다. 덧붙여 배낭을 메고 사막을 걷는 이 기묘한 무리에 대한 소문이 이미 근방의 유목민이란 유목민에게는 모두 퍼져 있다고도 귀띔해 주었다. 그러나 그토록 오랜 시간 걷는 동안 게르라고는 두어 채, 그것도 멀리 떨어져 있는 것만을 보았던 한국 팀원들로서는 어리둥절할 뿐이었다. 그런 그들에게 경미는 말없이 웃으며 가만히 자신의 두 눈을 가리켜 보였다.

그 모든 나날의 여정을 그들은 진심으로 즐거워했다. 이따금 전달되는 삼장의 지시가 이해하기 힘들만큼 부당하게 여겨진 적도 있었고, 몸의 고됨이 급기야는 짜증과 분노로 이어진 적도 많았지만, 결국 시간이 흘러 돌아보면 그 모든 것이 여행을 더욱 풍요롭게 만들고 있음을 그들은 조금씩 깨우쳐 갔다.

이레째인 그날은 평소보다 일찍 출발한 만큼 하루의 여정도 일찍 끝마쳤다. 야영지가 정해지자 다들 여유롭게 텐트를 친 후 바닥에 누워쉬거나 일기를 쓰는 등 저마다 자유롭게 시간을 보내고 있었다. 현진역시 텐트 안에서 몇 줄의 글을 끼적이고 있있는데 그러다 어느 순간엎드린 채로 잠이 들고 말았다. 몸 위를 덮는 서늘한 기운에 그가 눈을 떴을 때는 이미 텐트 안으로 파르스름한 그림자가 드리워진 후였다. 어스름이 깔린 그 정취가 좋아 그는 돌아누운 채로 텐트 구석구석을살펴보았다.

흙먼지에 이곳저곳 얼룩지고 할퀴어진 텐트는 이미 그의 소중한 여행 동반자였다. 비록 얇은 천 조각과 금속 폴대로 이루어진 두 평 남짓의 자그마한 공간일 뿐이지만, 텐트는 그가 이 황량한 땅에서 유일하게 의지할 수 있는 아늑한 보금자리였다. 군 제대 후 이제는 일 년에한 번이나 겨우 입을까 한 군복의 그것처럼 시퍼렇고 알록달록한 외피에, 완성된 모양이 흡사 웅대한 코끼리의 옆모습과 같다는 이유로 현진은 텐트에 '상록(象綠)'이라는 이름을 붙여 주었다. 녀석은 마치 휴식이라도 취하는 듯 조용히 그를 품고 있었는데, 때마침 어디선가 들려온 기타의 멜로디가 그러한 고즈넉함 위에 덧대어 씌워지고 있었다.

'응? 기타라고?!'

순간 현진은 정신이 번쩍 들었다. 부리나케 텐트 밖으로 뛰쳐나간 그는 곧바로 그녀의 텐트가 있을 법한 방향으로 고개를 돌렸다.

"아…"

울긋불긋한 구름들이 떼 지어 늘어져 있는 저녁 하늘 아래 길게 드리워진 그림자들 사이로 그녀가 앉아 있었다. 다소곳한 그녀의 등 윤곽을 따라 바람에 나부끼듯 석양빛이 이리저리 일렁이고 있었다. 그 선명한 주홍색 가닥들에 실려, 마치 저 머나먼 곳으로부터 태양이 연주하는 것은 아닐까, 싶은 선율이 잔잔히 그에게 부딪쳐 왔다.

'사막에 기타라…. 정말 들고 올 줄은 몰랐지.'

첫날 그녀가 기타 케이스를 차에 실으려고 꺼냈을 때 다들 놀라워하던 모습이 떠올라 현진은 웃음이 났다. 그녀는 공항에서부터 싣고 온 큼지막한 박스를 짐이랍시고 내려놓았는데, 모두의 궁금증 속에서 박스를 뜯은 그녀가 내보인 것은 포장지에 칭칭 둘러싸인 그녀의 갈색 기타였다. 한국 팀원들로서는 이미 오리엔테이션 때 한 번 본 적 있는, 바로 그것이었다.

사막에 오기 전 그녀가 기타를 가져가는 게 어떻겠느냐고 물어왔을 때 현진은 단순한 장난으로 흘려듣고 설마 그럴까 싶어, "어, 가져오면 좋겠네."라며 건성으로 응수했었다. 그런데 그녀는 보란 듯이 정말로 기타를 가져왔다. 옷가지와 물, 침낭과 텐트 같은 필수품만 챙겨도 기하급수적으로 짐이 무거워지는 판에 먹지도 입지도 못하는 기타라니! 다들 놀라워 한 것도 무리가 아니었다.

"들고 오느라 무거워 죽는 줄 알았어요. 하지만 정 차에 실을 여유가 안 된다면 나중에 불 피울 때 땔감으로나 쓰죠, 뭐."

힘들었다며 앓는 소리를 하면서도 결연히 내뱉는 그녀의 말에 삼장조차 혀를 내둘렀고, 현진은 그런 그녀의 당찬 매력에 더욱 빠져들고 말았다. 그 후로 그녀의 기타는 당당히 차 한구석을 차지한 채 사막 한복판까지 실려 오게 되었다.

그러나 삼장은 그녀에게 첫 며칠 동안은 기타 연주를 삼갈 것을 부탁했다. 한국에서부터 알게 모르게 짊어지고 온 마음의 습관과 찌꺼기가 남아 있는 상태에서 그것들을 씻어내기는커녕 오히려 감성적인 연주를 통해 부풀리게 된다면 사막에서의 새로운 날들을 맞이하는데 방해가 되리라는 이유에서였다. 그녀는 아쉬워하면서도 그의 말에 따르기로 했다. 그렇게 시작된 그녀의 기타 금제가 일주일이 지난 오늘에서야 마침내 풀린 것이다.

현진은 그녀의 연주에 가만히 귀를 기울였다. 잔잔히 흐르는 선율 사이로 띄엄띄엄 희미한 노랫소리가 섞여 들렸다. 그녀는 평소 즐겨 부르던 찬송가를 부르고 있었는데 그것은 신을 받들며 찬양하기보다는 차라리 누군가에게 속삭이듯 말을 건네는 것에 가까웠다. 그것은 저녁 무렵 사막의 정취와 더불어 그의 안에 어떤 경건함마저 불러일으키고 있었다. 노을 진 사막 위에 퍼지는 신을 향한 노래라⋯. 참 멋진 궁합이란 생각이 들었다. 좀 더 시간이 흐르자 하늘에서는 붉게 넘실대던 파도가 사그라지고 새싹 같은 별들이 총총히 모습을 드러내기 시작했다. 야영지에 흐르는 기타의 선율 때문이었을까. 마음을 적셔오는 별빛들이 평소보다 더 아련하게 느껴졌다.

그날 저녁 자리에서 삼장은 팀원들을 향해 그동안 긴장을 늦추지 않고 잘 따라와 준 것에 대해 고맙다는 말을 전했다. 그는 앞으로는 좀 더 여유롭게 일정을 조정하겠으며, 내일 하루 동안은 별다른 이동 없이 지금 자리에 머물겠다고 알렸다. 조용한 환호와 함께 모두의 얼굴에 웃음꽃이 걸렸다.

"경미야. 아까 선생님이 말했던 것들 가져오래이."

"네, 선생님!"

삼장의 말에 경미가 씩씩하게 대답하더니 다른 몽골 팀원들을 이끌고 어디론가 뛰어갔다.

삼장은 현재 몽골의 한 대학에서 관광학을 가르치는 교수직에 있었다. 경미를 비롯한 몽골 팀원들은 모두 그의 학생이었고, 더 많은 한국 친구를 사귀게 해주려는 그의 배려로 이번에 스텝으로서 따라온 것이었다. 어쩌면 그들이 정범의 사투리를 무리 없이 알아듣는 것도 평소 그에게 단련된 덕분일지도 몰랐다. 하지만 삼장의 겉모습이나 분위기는 현진이 캠퍼스에서 흔히 마주쳤던 교수들과는 확연히 달랐기에 현진 자신도 그가 교수직에 있다는 사실을 종종 깜박하곤 했다.

'누가 피부는 새카맣게 탄 데에다 곰 같은 덩치에 얼굴은 범 같은 저 사람을 교수로 보겠어?'

물론 그 거친 외모 이면에 세심한 감성과 번뜩이는 지성이 있으리라고는 더욱 상상하기 힘들 터였다. 그러나 그는 강인하고 생명력이 넘쳤으며, 현진이 아는 그 누구보다도 지혜로운 사내였다.

"내가 배운 것은 죄다 길 위에서 배운 거래이."

언젠가 삼장이 지나가듯 던진 말이었다. 세계 곳곳을 다니며 보낸 십 년이 넘는 세월. 그 사이 그가 여행길에서 마주쳤던 각양각색의 상황들, 또 그보다 더 많았을 사색의 순간들. 그 모든 과정에서 삼장은 자신이 야성과 지성, 감성을 골고루 키워 왔다고 자신 있게 말하곤 했다. 현진이 보기에도 그는 오랜 세월 스스로를 숙성시켜 온 진국의 인간이었다. 마치 그 자신이 한국에만 오면 꼭 찾는 막걸리처럼. 현진도 그를 진심으로 존경했으며 알게 모르게 그로부터 많은 것들을 배우고 있었다. 물론 그것과는 별개로 불평불만도 많아 자주 툴툴거리기는 했지만.

"와아! 고기다! 고기!"

"시방 고기가 문제여? 요게 대체 얼마만의 맥주고!"

경미들이 가져온 것은 한 솥 가득 담긴 양고기와 이십여 개의 캔맥주였다. 고기는 모두가 먹기에 넘치도록 충분했다. 매번 이토록 먹음직스럽고 근사한 요리를 해 주는 그녀들에게 무척이나 고마울 따름이었다. 하지만 저녁 식사의 백미는 고기가 아니었다. 진짜 주인공은 바로 며칠 만에 맛보게 된 맥주였다. 맥주는 모두로부터 그야말로 우레와 같은 환대를 받았다. 첫날을 제외하면 닷새 동안 마신 음료라고는 뜨뜻미지근한 물이 전부였고, 그마저도 조금씩 아껴 마셔야 했던 팀원들에게 맥주는 정말 가뭄에 내린 단비와 같았다. 일제히 쏟아지는 성원을 한몸에 받은 그것은 심지어 술이란 술은 모두 거부하던 학성에게마저 냉큼 한 캔 집어 들려지는 영광을 누렸다.

"으잉? 학성아. 니 술은 안 마신다 카지 않았나?"

"아유, 형! 지금 이건 술이 아니라 음료에요, 음료! 전 지금 음료를 마시는 거라고요."

짓궂은 정범의 놀림에 학성이 능글맞게 응수했다. 사막을 거닐며 자신을 옭매던 구속에서 조금쯤은 자유로워진 모습이었다.

"캬아! 내 살믄서 맥주가 요래 맛난 건 처음이구마이!"

"휴우, 나도 동감! 이제야 살 것 같네요."

너도나도 맥주 찬양에 여념이 없었다. 각자에게 돌아간 두 캔의 양이 아쉬워서 차마 벌컥벌컥 들이켜지는 못했지만, 그것만으로도 메마르고 갈라진 입술을 적시고 텁텁해진 목구멍을 씻어 내기에는 충분했다. 비록 뜨듯했을지언정 맥주는 감로와 같이 달았고, 풍족했으며, 또 모자랐다. 마른 땅에 빗물이 스미듯 마시는 족족 뱃속으로 스며든 액체는 혈관을 타고 온몸을 알싸한 전율에 떨리게 만들었고, 그동안 고된 여로에 지친 몸이 겨우 몇 모금의 맥주에도 금세 취기를 느끼자 다들 맛스럽게 삶아진 양고기를 안주 삼아 피곤한 심신을 달래 갔다.

사색할 때는 서로 방해하지 않되 놀 때는 정말 열심히 놀 것. 팀원들 모두는 이런 방식의 여행에 차차 적응해 가고 있었다. 그들은 인생을 심각하게 고민하는 청춘이기도 했지만, 굴러다니는 돌멩이에도 얼마든지 깔깔대며 웃을 수 있는 청춘이기도 했다. 사색과 침묵 속에서 어떤 고매한 것을 깨우치든 머리만 굴려서는 한쪽으로 치우친 불구가 되고 만다는 사실을 그들은 조금씩 깨닫고 있었다.

시간이 흐를수록 자리의 열기가 거세지자 여지없이 국적을 달리하는 노래들이 모닥불 주위로 메아리쳤다. 노래를 부르다 가사가 기억나지 않으면 멋대로 개사하면 그만이었고, 음마저 잊어버리면 제 맘대로 흥얼거리다 눈치껏 다른 노래를 불러도 좋았다. 가사나 음을 잊어버렸다고 주눅이 들 필요는 없었다. 거기에 아무도 토를 달지 않았으며 그저 꿋꿋이 노래를 이어나가 마무리 지으면 어김없이 큰 환호와 박수갈채가 뒤따랐다.

그리고 마침내 팀원들은 그토록 고대하던 진욱의 노래를 들을 기회를 갖게 되었다. 이번에는 물러서지 않겠다는 결의에 찬 일행들의 눈빛에 결국 진욱이 노래를 부르겠다고 선언한 것이었다. 그 말에 모두가 약속이라도 한 듯 환호를 질렀고, 이내 일제히 숨을 죽였다. 좌중에는 순식간에 타닥거리는 모닥불 소리만 퍼졌다. 모두가 한마음 한뜻으로 일궈낸 침묵이었다. 일순간 찾아온 정적에 긴장했던 것일까. 한차례 머리를 긁적인 진욱이 그로부터 한참 동안 목을 가다듬었다. 그리고 모두의 기대 속에서 마침내 그가 입을 열었다.

"떴다, 떴다 비행기. 날아라. 날아라. 멀리멀리 날아라…"

적막하지만 아늑한 밤공기 속으로 조금은 얇다 싶은 그의 목소리가 낭랑히 퍼져 나갔다. 그의 입에서 흘러나온 것은 한국 팀원들에게는 친숙하다 못해 이미 귀에 박혀 버린 가락이었다.

"……."

노래는 오랜 세월의 간격을 좁히며 먼 동심의 시절로 그들을 이끌었지만, 그들은 향수를 느끼기는커녕 도리어 약간의 분노마저 느꼈다. 다들 할 말을 잃고 말았다. 심지어 노래를 알 리 없는 몽골 팀원들까지 아울러 좌중에는 찬물을 끼얹은 것 같은 싸한 정적이 흘렀다. 그것은 분명 조금 전의 침묵과는 다른 의미의 침묵이었다. 그러나 그런 낌새를 눈치챘는지 2절을 부르는(2절을 불렀다는 것이 놀랍기만 한데) 진욱의 목소리가 차츰 사그라질 기미가 보이자, 이마저도 어디냐는 생각에 정범이 황급히 그를 따라 노래를 부르기 시작했다. 우선은 그의 자신감을 고취시키는 것이 필요하다는 생각에서였다. 그러자 곧 정신을 차린 다른 이들도 하나둘 노래를 따라 불러 갔다. 오직 삼장만이 그 대열에 끼지 않고 눈을 감은 채 묵묵히 앉아 있었다. 그나마 노래가 짧았기에 다행이었다. 결국 홀로 시작했다가 합창으로 마무리된 진욱의 노래는 팀원 모두로부터 자화자찬 격인 박수를 받았지만, 그는 스스로의 잘못을 아는지 고개를 푹 수그린 채 들지 못했다. 때를 같이 해 오랜 잠에서 깨나듯 삼장이 천천히 눈을 떴다.

'그러게 몇 곡 정도는 미리 연습해 오라고 그렇게 말했더니.'

잠깐의 위기를 무사히 넘기고 자리의 열기는 다시 이어졌다. 모두가 요란스럽게 떠드는 와중에 문득 현진의 곁에 앉아 있던 그녀가 슬그머니 몸을 일으켰다.

"응? 어디 가?"

현진의 물음에 그녀는 대꾸 없이 빙그레 웃었다. 돌연 그의 머릿속에는 만달고비로 오던 첫날 새벽의 일이 떠올랐다.

그러나 그는 내심 고개를 저었다. 걱정은 되지 않았다. 그녀는 그때보다 훨씬 밝아져 있었고 또 강해져 있었다. 그는 그녀를 믿기로 했다.

그런 믿음에 부합하겠다는 듯, 그녀는 멀리 가지 않고 자신의 텐트 앞에 멈추어 섰다. 입구에 쭈그려 앉아 부산히 무언가를 뒤적이던 그녀가 이내 큼지막한 물체를 꺼내 들었다. 짙은 어둠에 가려져 있다가 그녀가 다가올수록 모습을 드러낸 그것은 다름 아닌 그녀의 기타였다. 두 손에 기타를 들고 나타난 그녀의 모습에 나머지 일행들이 열성적으로 환호했다. 아무래도 그날의 자리는 평소보다 늦게까지 이어질 듯싶었다.

"좋은 술에 좋은 음악까지 있으니 금상첨화로구나!"

팔을 흔들며 정범이 얼쑤 춤을 추었다.

그녀와 기타는 참으로 잘 어울리는 한 쌍이었다. 현진이 그녀를 처음 만났을 때도 그녀는 기타를 멘 채였다. 바닷가에 다 같이 둘러앉아 기타를 연주하고 그것을 가만히 듣고 있던 순간들이 마치 방금 전 일처럼 생생히 더듬어졌다. 하늘 가운데 떠 있던 해가 산 너머로 잠기며 구름 사이로 자줏빛 노을이 번지고, 수줍게 모습을 드러낸 별들이 하늘을 가득 메우는가 싶더니 그 별들마저 다시 여명에 쫓겨 사라질 때까지, 그녀의 손에서 시작된 기타의 선율은 해변에 메아리치던 너울 소리만큼이나 오래도록 이어졌었다. 그리고 그 자리에 함께했던 이들은 서로 마음을 나누고 서로를 사랑했다. 지금 그들은 바닷가 대신 사막 한가운데 앉아 있었다. 하지만 그때와 마찬가지로 하늘에는 별들이 선명히 빛나고 있고, 지상에는 마음과 마음을 터놓은 벗들이 함께하고 있었다.

마침내 그녀의 노래가 시작되었다. 달궈진 공기 속으로 차분한 미성이 흐르고 낮은 기타 음이 틈과 틈 사이를 부드럽게 채워갔다. 그녀의 손가락을 떠난 선율은 격렬히 타오르는 불꽃을 달래듯 맴돌다가 듣는 이들의 마음을 살포시 어르고는 이내 바람에 실려 하늘에 올라가 반짝이는 별이 되었다. 연주가 계속될수록 사물의 명백한 경계와 틀이 와해되면서 세계의 다양함이 단일한 소리에 공명하고 있었다. 노래가 시작된 후로 모두가 그녀 한 사람에게 매료된 것 같았다. 숨죽인 채 노래를 듣는 이들의 얼굴 위로 모닥불의 춤사위에 따라 짙은 그림자가 드리웠다 사라지기를 반복했지만, 그들은 미동도 없이 그녀만을 보고 있었다. 이야기 속에나 존재하는 여행자의 시대, 그 꿈과 낭만의 시대가 지금 이 순간 한 명의 음유시인과 함께 이루어지는지도 몰랐다. 어쩌면 여긴 모인 이들이 바로 그 이야기 속 떠돌이 음유시인이며, 또 나그네인지도. 잔잔한 악기의 선율은 모두의 가슴을 촉촉이 적셨고, 마침내 노래가 끝난 후에도 여운은 별빛처럼 선명히 머물러 있었다. 어떤 이는 눈을 감았고 어떤 이는 묵묵히 불꽃을 응시하고 있었지만, 그들 모두는 어릴 적 품었던 동경의 어느 즈음을 더듬고 있는 것처럼 보였다.

짝짝짝—

한참 만에 누군가로부터 시작된 박수 소리에 각자의 꿈에서 깨어나 현실로 돌아온 이들이 이내 힘차면서도 요란하지 않은 박수갈채를 쏟아 내었다. 그러자 그녀가 쑥스럽게 고개를 숙여 보였다.

"내도 한 곡 쳐 봐도 되겠나?"

정범의 부탁에 그녀가 그에게 기타를 넘겨주었다. 그는 손가락으로 몇 차례 줄을 퉁겨보더니 입가에 만족스러운 웃음을 머금었다. 그리고는 조금 전 그녀가 연주한 곡과는 전혀 다른 분위기의 빠르고 경쾌한 곡을 능숙한 솜씨로 연주하기 시작했다.

"아니, 세무사 시험 준비하느라 바빴다던 사람이 뭐 이리 음주 가무에 능란해?"

"아무리 그래도 말은 똑바로 해야지. 그중 세 번째건 솔직히 좀 아니다."

"역시 정범 형답네요!"

정범의 연주로 방금 전까지 손에 만져질 듯 떠다니던 꿈들은 기분 좋게 흩어지고 모두는 다시 열띤 흥겨움 속으로 빠져들었다. 그들 사이로 술을 주고받는 손길들이 바삐 오갔다. 한껏 달아오른 분위기를 더욱 뜨겁게 달구는 기타 연주는 그 후로도 몇 곡 더 이어졌다.

사막에 온 지 정확히 이레째 되는 날, 야영지 주위로 울려 퍼진 기타 소리는 마침내 그들의 고된 행군이 끝나고 이제는 조금 다른 방식의 여정이 시작됨을 알리는 전주곡이었다.

바람의 춤

1

이튿날 중대한 발표가 있다면서 삼장은 아침을 먹자마자 자기 텐트로 팀 전원을 불러 모았다. 모두의 궁금증을 한몸에 받으며 그는 새로운 여정의 방향을 제안했다. 계획대로라면 팀은 그날 하루 동안만 현재 위치에 머물 예정이었으나 그것을 하루 더 연장해 다음날까지 머무는 것이 어떻겠느냐는 것이었다. 제안을 받은 팀원들로서는 반대할 이유가 전혀 없었다. 오히려 고된 일정을 하루 더 이어가지 않아도 된다는 생각에 다들 그 제안을 반겼다.

그런데 그는 몇 가지 조건을 달았다. 현 위치를 베이스캠프로 잡고 이를 중심으로 반원형의 범위 안이라면 어디든지 자리 잡아도 좋되, 모든 텐트는 그의 시야가 닿는 곳에 위치해야 하며 텐트 간의 거리는 최소 1km씩 떨어뜨려야 한다는 것이었다. 그는 팀원 간의 왕래에 대해 특별히 제재는 하지 않겠지만 되도록이면 자기만의 시간을 가질 것을 당부했다.

"1km요?! 그럼 대체 얼마나 멀리 떨어져야 하는 거죠?"

179

"생각보다 별로 안 멀대이. 자네 걸음으론 끽해야 이십 분밖에 안 걸릴 기라."

삼장의 대답에 학성이 경악스럽다는 듯 입을 다물지 못했다. 다들 비슷한 심정이었다. 특히 정범의 얼굴은 사색이 되어가고 있었다. 그런 그를 슬쩍 본 삼장이 웃으며 입을 열었다.

"언제 지시 사항을 하달할지 모르니께 통신장교 자넨 그나마 질루 가까운 데에 텐트를 치도록 하래이. 허나 웬만한 일 아니고는 부르지 않을 테니 너무 걱정일랑 하덜 말고."

그제야 정범의 입에서 안도의 숨이 새어 나왔다. 통신장교로서의 임무가 주는 굴레에서 잠시라도 벗어날 수 있다면 그 역시 혼자만의 시간을 마다할 이유가 없었다.

"그럼 밥은 어떻게 합니까?"

이번에는 현진이 나서서 물었다.

"고래. 잘 물었대이. 밥은 참말로 중헌 문제지. 내도 고민을 많이 해봤는디 요래 하는 게 질루 좋겠대이. 우선 자네덜이 떠날 때 각 사람에게 이틀간 먹을 물과 식량을 줄 기다. 물은 2리터 물통 하나, 식량은 쌀과 감자를 줄 거래이. 고것들을 나눠 줄 테니 언제 먹고 어떻게 먹을지는 각자가 알아서 판단하래이. 단, 앞으론 한국서 준비해 온 자기 물품만을 사용하래이."

즉 식수로 사용하건 밥 짓는데 사용하건 한 통의 물로 재량껏 이틀을 보내라는 것이었다.

"엑? 이틀에 2리터면 너무 적은 거 아니에요? 지금까지 하루에 보급된 양만 3리터였는데요? 그보다 더 적은 양을 이틀 동안 마시라고요?!"

학성의 말은 그 자리에 모인 모두의 마음을 대변하고 있었다. 더구나 그냥 마시기에도 충분치 못한 물로 밥까지 짓는다면 가뜩이나 모자란 물이 더 적어질 터였다.

"아껴 마시믄 충분히 할 수 있대이. 내도 참말로 많이 해 봤으니께 하는 말이래이. 내가 언제 해 보지도 않은 걸 자네덜에게 시키는 거 봤누? 글고 오늘이랑 낼은 계속 걸어댕기는 게 아니잖누? 그러니 너무 걱정 말그라. 설마 이 대장이 암시런 생각도 없이 고런 결정을 내렸을라구?"

결국 학성의 반박은 씨알도 먹히지 않았다. 나도 이미 많이 해 보았으니 너희도 충분히 할 수 있다, 이러는데 여기에 무슨 말을 더 할 수 있을까.

하지만 문제는 물뿐이 아니었다. 겨우 한 명분의 밥을 짓고자 그 오랜 시간 홀로 불을 피워야 한다는 사실에 모두가 막막함을 느끼고 있었다. 불을 피우기 위해서는 성냥이나 라이터에 의지할 수밖에 없을 텐데 잔바람에도 쉽게 꺼지는 그것들로 밥이 익을 만큼의 화력을 만들고 유지시킨다는 것은 결코 쉬운 일이 아니었다.

그러나 그러한 점들을 모르는 것이 아님에도 불구하고 더 이상의 불평은 나오지 않았다. 오히려 좌중에는 차츰 반기는 기색이 감돌기 시작했다. 현진 역시 이번 제안이 솔깃했으며 또 충분히 할 만하다는 생각이 들었다. 아무리 허물없이 마음을 터놓은 벗들이라 하더라도 그들과 잠시 떨어져 사막에서 혼자만의 시간을 갖는 것은 그에게도 매우 의미 있는 일이었다. 언젠가는 홀로 사막에 오리라 마음먹은 그였기에 더욱 이 기회를 놓치고 싶지 않았다.

"마지막으로."

말을 멈추고 삼장이 팀원들을 쓰윽 훑어보았다. 그의 얼굴에 짓궂은 웃음이 떠오르자 모두들 이유 모를 불안감을 느꼈다.

"자네덜이 한국서부터 가꼬 온 먹을거리는 죄다 걷도록 하겠대이. 추후에 다시 나눠 줄 터니 출발하기 전에 한 명도 빠짐없이 놓고 가래이."

또 어떤 말이 나올까 내심 긴장하던 이들은 그쯤이야 대수로울 것도 없다는 듯 금세 표정을 풀었다. 진욱과 학성이 몇 봉지의 사탕과 초콜릿을 가져왔다고 자진해서 거수했다. 삼장은 경미들을 돌아보며 그것들을 받아 따로 챙겨 놓으라고 지시했다. 그녀들은 삼장과 함께 베이스캠프에 머물 예정이었다. 이후로도 몇 가지 질문과 답변이 오갔지만 크게 신경 쓸 만한 특이 사항은 없었다. 한국 팀원들은 설렘과 걱정이 반반씩 섞인 가슴으로 각자의 텐트로 흩어졌다.

　김이 모락모락 나는 수태차를 후식으로 마시고 현진은 곧바로 텐트를 걷기 시작했다.
　'보자, 어디에 자리 잡는 것이 좋으려나?'
　훤히 트인 곳을 원한다면 구릉 위가 좋을 것이고 조금이나마 바람을 피하고자 한다면 구릉 밑이 좋을 것이다. 천성적으로 바람을 좋아하긴 했으나, 홀로 떨어져 있을 때 무슨 일이 생길지도 모른다는 생각이 자연히 그를 조심스럽게 만들고 있었다.
　그는 텐트를 접어 배낭에 동여 멜 때까지도 어디로 갈지 정하지 못했다. 반면 팀원 중 가장 먼저 텐트를 정리한 그녀는 이미 마음을 굳힌 듯 일행들에게 작별을 고하고는 정면에 보이는 구릉을 향해 성큼성큼 걸어가고 있었다. 사막에서 지내는 시간이 길어질수록 텐트를 피고 접는 그녀의 솜씨가 나날이 능숙해지고 있었다. 현진의 마음 한편에서는 그녀와 가까운 곳에 자리 잡고 싶다는 욕망이 무럭무럭 샘솟았지만 그는 애써 그 유혹을 떨쳐냈다. 그것은 그녀에게나 자신에게나 좋지 않은 영향으로 작용할 게 틀림없었다. 비록 한밤중 그녀와 남모를 밀회를 몇 차례 가지긴 했지만 그건 고된 하루 여정의 끝에서 그가 스스로에게 허락한 잠깐의 휴식이었을 뿐, 애초에 그들은 사막이라는 멋진 배경을 무대로 연애를 하러 온 것이 아니었다. 많은 사람이 평생 동안 발붙이지 못하는, 심지어 올 생각조차 하지 않는 사막을 구태여 찾아온 만큼 그 시간을 귀히 여겨 단 이틀만이라도 사막과 홀로 대면할 필요가 있었다. 그러니 그리움은 잠시 접어두는 편이 좋았다.

　현진은 베이스캠프로부터 왼쪽으로 가기로 마음을 굳혔다. 그는 나머지 인원들과 짧게 작별 인사를 나눈 후 힘차게 걸음을 옮겼다. 그가 향하는 쪽으로도 크고 완만한 구릉이 하나 솟아 있었는데, 그는 오늘 하루는 구릉 아래서 지내고 상황을 봐서 내일 거주할 곳을 다시 정하기로 했다. 우선은 바람부터 피하고 보자는 심산이었다. 그렇게 이십여 분을 내리 걸으니 처음 목표로 한 부근에 도착했다. 그러나 야영지에서 멀어져 갈수록 이쯤에서 그만 멈추고 텐트를 치자는 생각이 들다가도 왠지 모두로부터 철저히 격리되고 싶다는 기묘한 충동에 이끌려 조금만 더, 조금만 더를 되뇌다 보니 결국 그가 멈춰선 곳은 첫 목표지에서 한참이나 떨어진 구릉 중턱이었다. 야영지는 어느새 까마득한 점이 되어 있었다.

　일단 머물 곳을 정하고 나자 더 이상 망설일 게 없었다. 그는 배낭을 풀고 빠르게 텐트를 치기 시작했다. 구릉 자체는 무척이나 컸지만 경사가 완만한 덕분에 텐트 설치에 어려움은 없었다. 텐트를 완성한 후 올려다본 하늘에는 해가 중앙으로부터 비스듬히 걸려 있었다. 아침을 먹자마자 바로 출발했기 때문에 때는 여전히 이른 오전이었다. 오늘 하루의 남은 시간이 전부 자기 것이라는 생각이 들자 가슴 한편에 미묘한 희열감이 번졌다. 주어진 이틀간의 고독한 체험을 통해 스스로 뭔가 그럴듯한 깨달음을 얻을 것도 같았고, 이를 계기로 자신이 한 단계 더 성숙해지진 않을까 하는 기대감도 부풀어 올랐다. 그리고 그 순간 현진은 자기 내면에 자리 잡은 또 하나의 강력한 욕망을 확인할 수 있었다. 지금보다 더 나은 존재가 되고 싶다는, 현재의 자신에 결코 안주하지 못하는 욕망. 바로 성장에의 욕망.

　현진은 하루 일정을 느긋이 생각해 볼 심산으로 텐트로 들어가 누웠다. 사위는 적막했고 따갑게 내리쬐는 햇볕 아래서 텐트 안의 공기는 금세 후끈 달아올랐다. 앞뒤 문을 훤히 틔워 놓았음에도 불구하고 잔바람조차 일지 않아 달궈진 열기가 텐트 안에 그대로 머물러 있었다. 결국 그는 반 시간을 버티지 못하고 일어나야 했다. 도저히 텐트 안에 머물 만한 상황이 아니었다. 쫓기듯 밖으로 나왔지만 그렇다고 마땅히 쉴 만한 곳이 있을 턱이 없었다. 온 사막이 뙤약볕에 일렁이며 몸살을 앓을 뿐 어디에도 그늘 따위는 보이지 않았다. 한 점의 구름마저 아쉬울 때였다.

고민 끝에 현진은 무작정 걷기로 했다. 가만히 있다가는 불판에 얹어진 고기처럼 노릇노릇 익어버릴 것 같아 몸을 움직여서 없는 바람이라도 만들어 내자는 생각에서였다. 삼장이 망원경을 통해 팀원들을 틈틈이 살피겠다고 엄포를 놓은 데다 시야에서 벗어나지 말라고 누누이 당부했기에 현진은 구릉 너머로는 가지 않았다. 다만 구릉의 정상에서 다른 구릉의 정상으로 이동하며 야영지를 중심으로 크게 반원을 도는 형태로 움직였다. 처음에는 터벅터벅 걷다가 내리막이 나오면 빠르게 뛰어갔고 오르막이 나오면 다시 느긋이 올라갔다. 시간은 필요 이상으로 충분했다. 중천에 뜬 태양이 지평 아래로 사라지기까지 아직 열 시간도 넘게 남아 있지 않은가. 무려 열 시간이!

반원의 가장 바깥 둘레를 따라 걷는 중에 그는 다른 이들의 텐트를 차례로 발견할 수 있었다. 그의 텐트에서 가장 가까이에 진욱의 텐트가 있었고, 그 옆으로 정범의 텐트와 그녀의 텐트가 비슷한 거리만큼 차례로 떨어져 있었다. 학성은 베이스캠프를 기준으로 가장 오른쪽, 즉 그의 정 반대편에 위치해 있었다. 그의 텐트와의 거리는 족히 3km는 될 것 같았다. 그러나 그것도 장담할 수 없었다. 그는 사막에서의 원근감에 아직 제대로 적응하지 못하고 있었다. 눈대중할 만한 마땅한 척도가 없는 사막에서는 거리 감각이 상당히 무뎌져 정확한 거리를 확신하기가 어려웠다. 일행들의 텐트는 누런 대해 위에 외따로 떨어져 있는 고립된 섬들처럼 보였다.

계속 걷다 보니 현진은 어느덧 삼장이 머무는 베이스캠프 정면으로 솟은 큼지막한 구릉에 도착했다. 처음에 그녀가 향하던 쪽에 놓여 있던 구릉이었는데 도중에 마음을 바꾼 것인지 그녀의 텐트는 베이스캠프까지의 직선 상에서 꽤나 좌측으로 벗어나 있었다. 구릉 정상에서 쉬어 가기로 결정한 현진은 신발을 벗고 웃옷과 아랫도리마저 훌훌 벗어 던졌다. 마음 같아서는 땅바닥에 그대로 드러눕고 싶었지만 뜨겁게 달아오른 땅 위에서 그랬다가는 화상을 입을 게 뻔해 옷을 먼저 깔고 그 위에 눕기로 했다. 하지만 언제 어디서 독수리 같은 시력을 지닌 경미들에게 발각될지 모를 일이었으므로 낯 두꺼운 그라도 차마 속옷까지 벗을 수는 없었다.

'자, 이제 맨몸으로 사막의 정취를 만끽해 볼까?'

시야에 가득 들어온 하늘은 온통 파랬다. 구릉에 올라서야 겨우 보인 몇 점의 구름들은 아스라이 지평 부근에서만 얼쩡거릴 뿐 다가올 기미가 전혀 없었다. 그는 좀 더 오랫동안 하늘을 마주 보고 싶었지만 따갑도록 눈을 찔러 오는 햇볕을 못 이기고 끝내 쓰고 있던 모자로 얼굴을 덮어 버렸다. 오늘따라 유난히 구름도 바람도 없었다.

'바람이라도 불면 더 바랄 게 없을 텐데.'

그러나 아쉬움을 넘어 갈망의 대상이 되기까지 한 바람은 감감무소식이었다. 사막이 모든 것을 그에게 맞춰 주도록 기대할 수는 없었지만 더워도 너무 더웠다. 가만히 누워 있어도 입이 버석버석 마르며 갈증이 나기 시작했다. 물을 따로 챙겨 오지 않았던 그는 고개를 들고 잽싸게 주위를 살폈다. 다행히도 가늘고 작은 풀들의 군락이 지척에 있었다. 팔을 뻗어 그것들을 한 뭉텅이 잡아 뜯은 그는 풀들을 입에 넣고 잘근잘근 씹기 시작했다. 맵고 쌈싸래한 향이 감돌자 입안에 금세 침이 고였다.

풀은 모양도 맛도 부추와 비슷했다. 작년 사막 여행 때 무심코 씹어 본 뒤로 갈증 해소에 상당히 효과가 좋다는 사실을 깨닫고는 이번에도 부족한 물을 아껴가며 틈틈이 애용하고 있는 것들이었다. 사막을 지나면서 그가 자주 보았던 식물인 그 야생 부추는 볼품없는 모양새만큼이나 맛도 없었다. 그러나 언젠가 경미는 그것이 가축들의 훌륭한 먹잇감인 동시에 유목민들의 요리에도 종종 이용된다고 말해 주었다. 채식 위주의 식단을 꾸리기 어려운 유목민들에게는 매우 유용한 풀이었던 것이다.

다시 얼마나 지났을까. 생업으로 하루 대부분을 보내는 유목민들과 달리 그저 사막을 지나는 객에 불과한 이가 그 걸음마저 멈춘다면 할 수 있는 일이란 그리 많지 않다는 사실을 현진은 새삼스레 깨닫고 있었다. 특히 이런 뙤약볕 아래에서라면 더더욱. 누워 여유를 부린 것도 잠시 그는 맨살에 쏟아지는 열기를 더 참지 못하고 급하게 몸을 일으켰다. 그 잠깐 사이 햇볕에 시달린 온몸이 아플 정도로 따끔거렸다. 사막의 정취는 고사하고 이럴 바에야 차라리 계속 몸을 움직이는 편이 낫겠다는 생각이 들었다. 그러고 보니 자리를 잡은 지 꽤 시간이 흐른 뒤였는데 다른 이들은 지금쯤 뭘 하고 있을지 궁금하기도 했다.

'다들 이 더위를 어떻게 버티고 있으려나? 코빼기도 보이지 않는 걸 보니 모두 자고 있는 건가? 설마 이 열기 속에서?'

현진은 점차 커져가는 궁금증을 이기지 못하고 그들을 찾아가 보기로 했다. 혼자만의 시간을 보장해 줘야 하지 않겠느냐는 생각이 발목을 잡아끈 것도 잠시,

"오늘 하루만 하더라도 아직 한참 남았는데, 잠깐 보는 것쯤 뭐 어떻겠어?"

끝내 무료함을 견디지 못한 그의 이기심이 이겨 버렸다.

현재 베이스캠프를 마주 보고 있는 현진에게는 점점이 흩어진 다른

팀원들의 텐트가 한눈에 들어오고 있었다. 다만 오는 중간 얼핏 본 학성의 텐트만이 다른 구릉에 가려 보이지 않았다. 그가 서 있는 위치에서 가장 가까운 곳에 정범의 텐트가 있었으므로 그는 옷을 입고 그쪽을 향해 걸어가기 시작했다.

정범의 텐트는 생각보다 멀리 떨어져 있었다. 또다시 거리 감각이 혼란을 빚은 탓이었다. 현진은 상당한 시간을 걸어서야 겨우 그의 텐트에 도착할 수 있었다. 이글거리는 땅 한가운데서 정범의 조그마한 텐트가 힘겹게 버티고 서 있었다. 그러나 바로 앞까지 다가갔음에도 불구하고 달리 인기척은 느껴지지 않았다. 텐트 입구는 열려 있었지만, 안에는 아무도 없었다.

'그새 통신장교로서 호출을 받은 건가?'

문득 거기에 생각이 미쳤지만 그럴 것 같지는 않았다. 삼장이 작정하고 팀원들을 괴롭히려는 것이 아닌 이상 어떤 일을 핑계로 벌써부터 그를 불러들였을 것 같지는 않았다. 그렇다면 그도 현진 자신처럼 사막 어딘가를 배회하고 있는 중일지도 몰랐다. 결국 아쉬움을 느끼며 그가 발길을 돌리려던 순간, 텐트 뒤쪽으로 정범의 신발로 추정되는 한 켤레의 운동화가 스치듯 눈에 들어왔다. 운동화는 다소곳이 놓여 있었다. 설마 하는 심정으로 현진은 텐트 뒤편을 향해 걸음을 옮겼다.

"허어! 여기 있었네, 형. 여기서 뭐하고 있어?"

"…응? 니 왔나?"

정범을 보자마자 현진은 예상 밖의 그의 몰골에 자신도 모르게 탄식을 터뜨리고 말았다. 정범은 밖에 매트를 피고 그 위에 엎드려 있었는데, 한 뼘도 안 될 것 같은 텐트 그늘 속으로 들어가고자 몸을 모로 세운 채 텐트에 찰싹 달라붙어 있었다. 어떻게든 음지를 찾고자 아등바등했을 그의 노고가 절절이 느껴지는, 심지어 찬사마저 보내고 싶은 광경이었지만 초점을 잃은 그의 두 눈과 힘겹게 손을 들어 자신을 마중하는 모습에서 현진은 곧 짙은 안쓰러움을 느낄 수밖에 없었다. 정범의 모습은 참으로 초췌했다. 통신장교(사실 직위야 장교였지만 지휘할 병사라곤 단 한 명도 없었기에 스스로 병사의 역할까지 도맡아 했던)로서 사막 위를 열심히 뛰어다녔던 그간의 누적된 피로 때문만은 아닐 터였다. 너무나 화창한 날씨가 그를 지치게 만들고 있었다.

"형, 잠깐 일어나서 이것 좀 먹어 봐."

현진은 걸어오는 중간중간 틈틈이 뽑은 부추를 정범에게 건넸다.

"야생 부추야. 조금 맵긴 하지만 씹으면 금방 침이 나오니까 갈증을 해소하는 데 조금이라도 도움이 될 거야. 건더기는 삼키지 말고 나중에 뱉어내면 돼."

"그려. 고맙대이."

정범은 일어날 생각도 못하고 힘겹게 팔만 뻗어 그가 건넨 부추를 입 안에 넣고 오물거렸다. 현진의 말대로 얼마 후 입에 침이 고이자 그가 부추를 뱉어냈다. 그는 몇 차례 혀를 움직여 입술을 핥은 다음 서서히 상체를 일으켜 세웠다. 평소 그가 지니고 있던 활달함에 비해서는 너무나 초라한 움직임이었다.

"아이고, 일어나기도 힘들구마이."

끄응. 긴 용씀 끝에 간신히 허리를 세운 그가 두 팔로 버티고 앉아 큰 숨을 뱉어냈다.

"참, 내 오늘 태어나 첨으로 오줌을 먹어 봤대이."

"웅? 그게 무슨 소리야? 오줌을 왜 먹어?!"

느닷없는 말에 현진이 놀라워하자 그가 힘없이 웃었다.

"고게… 암만 생각혀도 낼 저녁까지 저 물로는 못 버틸 거 같은 기라. 그렇다고 목이 말라 오는디 안 마실 수도 없고. 근디 찔끔찔끔 아껴 마시다 보니 갈증이 더 심해지는 게 죽겠드마이. 그래서 것도 액체라고, 눈 딱 감고 오줌 눈 거 받어서 한 모금 마셔봤제. 근디, 증말루 다신 못 먹겄대이."

그는 떠올리는 것만으로도 진저리가 쳐진다는 듯 고개를 설레설레 저어댔다.

"아니, 아무리 그래도 그렇지! 겨우 이틀만 보내면 되는데 좀만 더 참지 왜 그렇게 극단적으로 행동했어? 차라리 입에다 물을 머금고 아주 조금씩 삼키면 됐잖아."

정범이 돌연 울상을 지으며 자신의 머리를 툭툭 쳐댔다.

"머리가 둔하믄 몸뚱이가 고생한다는 옛말이 딱 맞네이. 시방 니가 줬던 저 풀떼기도 미리 알았으면 참말루 좋았을 턴디 말이여. 왜 내는 진즉 고 생각을 못했을까?"

"하! 세무사 시험까지 합격했다는 사람이 머리가 나쁘다니. 누가 들으면 큰일 날 소릴 하네?"

"야가 멀 몰라도 한참 모르는 구마이? 고 머리랑 요 머리랑 어찌 같누? 요건 뭐시냐. 고래, 융통성! 고 융통성으로 돌아가는 머리고 니가 시방 말한 머리는 기냥 책만 보고 달달 외우는 머리제."

실제로 그의 입에서 그런 말이 나올 줄은 몰라 현진은 내심 놀랐다. 더구나 자신이야말로 융통성이 부족하다는 말을 삼장으로부터 귀에 닳도록 들어오지 않았던가.

어쨌거나 이번 일은 정범에게 두고두고 떠올릴 추억거리가 될 것 같았다. 현진은 그와 십여 분쯤 더 대화를 나눈 후 이틀 동안의 무사생존을 기원하며 그에게 작별을 고했다. 그리고는 그녀의 텐트가 있을 법한 방향으로 곧장 발길을 돌렸다.

중간에 작은 구릉들이 솟아 있는 탓에 정범의 텐트에서는 그녀의 텐트가 보이질 않았다. 현진은 아까 전 내려오며 봐 두었던 기억에 의지해야 했다. 그는 차근차근 길을 더듬으며 신중히 걸어갔다. 다행히 오래지 않아 거무스름한 빛깔을 가진 그녀의 텐트가 모습을 드러냈다.

텐트 주변에는 억세고 메마른 가지를 지닌 덤불들이 잔뜩 돋아나 있었다. 왜 굳이 이런 땅에 텐트를 친 걸까. 현진은 자연스레 떠오른 의문에 고개를 갸웃했다.

그녀의 텐트도 조용하기는 마찬가지였다. 정범처럼 그녀도 바깥에 누워 있는 것은 아닌지 미리 유심히 살펴보았지만 텐트 주위로는 아무도 보이지 않았다. 입구가 밀봉돼 있는 텐트를 보며 설마 이 더위 속에서 저렇게 갑갑하게 있겠느냐는 의문이 든 것도 잠시, 그녀라면 왠지 그럴 수도 있겠다는 생각에 현진은 목청을 돋우어 그녀를 불러 보았다.

'소리 한 번 지른다고 목이 닳는 것도 아닌데 뭐.'

그러나 텐트에서는 여전히 아무런 기척도 없었다. 한 번 더 불러 보고 대답이 없으면 그냥 돌아가자는 생각으로 그가 다시 입을 떼려던 찰나, 돌연 텐트 안이 어수선해지더니 곧이어 뒷문이 열리고 얼굴 하나가 빼꼼히 빠져나왔다. 눌리고 흐트러진 머리에 게슴츠레한 눈빛의 그녀였다. 한눈에 봐도 방금까지 자다 일어난 모습이었다.

"설마 했는데 안에 있었네? 혹시 자고 있었던 거야? 그렇다면 이거 미안해지는데."

"응? 아냐, 아냐. 그냥 누워서 쉬고 있었어."

그녀가 손사래를 치며 부정했지만 현진은 내심 자신의 짐작을 사실이라 확신하고 있었다.

"자는 줄 알았으면 부르지 말고 그냥 지나갈 걸 그랬네. 미안해, 많이 힘들지?"

"조금. 그리고 나 정말 안 잤어! 잠깐 졸았던 거 뿐이야!"

그녀가 헝클어진 머리칼을 뒤로 넘기며 해맑게 웃었다.

"그런데 우리, 과연 이대로 내일까지 버틸 수 있을까? 이러다 내일 다들 말라 죽은 채로 발견되는 건 아닐까?"

그녀는 입가에 웃음을 머금고 섬뜩한 말을 해댔다. 현진은 그런 그녀에게도 정신 차리라는 의미로 부추를 한 움큼 건네주었다. 부추를 받아든 그녀가 흡사 먹이를 탐색하는 강아지처럼 킁킁대며 냄새를 맡아 보았다. 무슨 이유에서인지 선뜻 입에 넣기 꺼려하는 그녀에게 현진이 먼저 시범을 보이자 그녀가 일생일대의 결정을 앞두기라도 한 눈으로 잠시 부추를 바라보고는 이내 입 안에 털어 넣고 꾹꾹 씹기 시작했다. 잠시 후 앙다문 그녀의 얼굴이 온갖 굴곡을 그리며 찌푸려졌다. 그 모습에 현진은 저도 모르게 폭소를 터뜨리고 말았다.

"무슨 맛이 이래?! 꼭 파 같아! 나, 파는 못 먹는단 말야!"

"글쎄, 파라기보다는 부추에 더 가까운 거 같은데."

뭐든지 잘 먹을 것만 같던 그녀가 파를 못 먹는다니 의외였다. 처음 만날 때만 하더라도 자기는 가리는 게 없다며 호언장담을 하던 그녀였는데… 어쩌면 그녀 스스로 의도적으로 숨긴 모습이 있을 수도 있음을 현진은 어렴풋이 눈치챘다. 그래도 이 정도는 애교로 봐 줄 수 있었다.

"…형이 혼자 여행하다가 조난 당해 언제 구출될지 알 수 없는 상황이라면 몰라. 근데 겨우 몇 시간 지났다고 그렇게까지 한 건 좀 과한 게 아닌가 싶어."

그녀와 대화를 나누던 중 현진이 못마땅하다는 표정으로 정범의 이야기를 꺼냈더니 그녀는 놀라워하면서도 한편으로는 이해한다는 듯 고개를 끄덕였다.

"하지만 상황을 어떻게 받아들일지, 또 어떻게 행동할지 결정하는 것은 사람마다 다를 수 있잖아. 오빠도 오빠 나름대로 신중히 생각하고 행동한 걸 테니까 너무 안 좋게 생각하지는 마."

"응? 아, 난 지금 형을 탓하려는 게 아냐. 그냥, 형이 소변을 마셨다니 무슨 탈이라도 나진 않을까 걱정돼서 그래."

현진은 그녀의 텐트에도 오래 머물지 않았다. 그녀와 오랫동안 함께하고픈 마음이야 굴뚝 같았지만, 혹여 그들의 모습을 관찰하고 있을

지도 모를 삼장에게 나중에 한소리 듣고 싶진 않았던 것이다. 그녀는 아쉬워하면서도 그를 붙잡지 않았다. 그녀 역시 여정 내내 이어진 삼장의 잦은 지적을 통해 자신이 현진과 붙어 있는 모습을 그가 유난히 거슬려 한다는 사실을 느끼고 있었다. 더구나 대부분 삼장의 질타는 자신이 아닌 현진을 향해 있었기에 그녀는 자기 때문에 그를 괴롭게 만들고 싶지는 않았다. 그저 잠깐이나마 그를 본 것에 만족하기로 했다. 현진은 자신이 알려 준 작은 지식이 그녀의 갈증에 조금이라도 도움이 되었기를 바라며 몸을 일으켰다. 벌써부터 이별로 인한 아쉬움이 가슴 언저리를 살살 긁어대고 있었다.

"저기 근데…."

몸을 돌리려는 현진을 그녀가 갑자기 불러 세웠다. 뒷말을 흐리며 그의 눈치를 살피는 모양새가 심상치 않았다.

"내가 정말 열심히 찾아봤거든. 하지만… 결국 못 찾았어. 아무래도 내가 잃어버린 거 같아…."

"응? 잃어버려? 뭘를?"

두서없이 꺼낸 그녀의 말을 이해할 수가 없어 현진이 물었지만 한 번 닫힌 그녀의 입은 쉽게 열리지 않았다. 망설이는 그녀를 바라보며 그가 무언의 재촉을 했다.

"그… 주먹달. 다 내 잘못이야! 정말로 미안해!"

그녀는 기어들어가는 목소리로 쏜살같이 말을 뱉고는 죄인처럼 고개를 푹 떨구었다. 순간 현진은 거대한 쇠망치로 머리를 얻어맞은 것 같은 아찔함을 느꼈다. 동시에 그의 가슴이 철렁 내려앉았다.

'뭐? 주먹달을 잃어버렸다고? 그게 무슨 소리야? 준 지 얼마나 됐다고 벌써 잃어버렸다는 거야? 그걸 찾겠다고 내가 얼마나 오랜 시간 정성을 쏟았는데!'

그녀를 향한 자신의 애정의 증표라고도 할 수 있는 물건을 며칠도 안 되는 사이 이렇게 쉽사리 잃어버렸다는 사실에 현진은 일종의 불길함마저 느꼈다. 이내 그의 가슴은 실망과 분노, 섭섭함의 감정들로 뒤죽박죽 헝클어졌다. 그런 속마음이 그도 모르는 사이 얼굴에 드러났던 것일까. 힐끗 그를 바라본 그녀의 눈빛이 더욱 어찌할 바를 모른 채 갈팡질팡했다. 그런 그녀의 모습에서 현진은 돌을 잃어버리고 가뜩이나 속상해하며 울상 지었을 그녀의 모습을 떠올렸다. 일부러 그런 것도 아닐 텐데 그녀를 더 속상하게 만드는 것은 남자답지 못한 행동이라는 생각이 들었다. 속마음이야 어떻든 그는 겉으로는 태연함을 유지해야겠다고 마음먹었다.

"괜찮아. 걱정하지 마. 그런 돌멩이야 나중에 다시 하나 찾으면 그만이니까 너무 걱정 마."

바짝 타들어 가는 가슴과 달리 그는 아무렇지 않은 척 말했다.

"…미안해. 그리고 고마워."

"난 정말 괜찮으니까 너무 신경 쓰지 마. 대신 다음에도 이렇게 잃어버리면 그땐 정말 화낼 거다?"

장난기 섞인 그의 말에 그녀가 힘없이 웃으며 고개를 끄덕였다.

"응. 절대 안 잃어버릴게."

"그래. 그럼 난 이만 갈 테니 푹 쉬어."

그녀를 다독인 후 몸을 돌린 현진은 한차례 크게 심호흡을 했다. 동요되었던 마음이 조금은 진정되었다.

'그래, 그까짓 돌멩이가 뭐가 중요하겠어. 사랑하는 사람이 이렇게 곁에 있으면 그걸로 충분한 거지.'

그러나 가슴에 묵직한 바위처럼 얹힌 씁쓸함이 완전히 해소되기 위해서는 좀 더 시간이 필요할 것 같았다.

현진은 그녀의 텐트에서 무심코 걸어가다가 뒤늦게야 정신을 차리고 발길을 멈춰 세웠다. 주위는 가시덤불투성이었다. 길을 잃었다는 생각에 얼마간 왔던 방향으로 되돌아가자 다행히 시야가 트이면서 그녀의 텐트와 그걸 기준으로 양쪽에 위치한 진욱과 학성의 텐트가 보였다. 학성의 텐트는 현진 자신의 텐트와 정반대에 위치해 있었으므로 일부러 찾아가기에는 다소 부담이 되었다. 반면 진욱의 텐트는 돌아가는 중간 지점에 있었으므로 현진은 별 고민 없이 그를 거쳤다가 바로 자신의 텐트로 복귀하기로 결정했다.

그 시각, 진욱은 그의 텐트 밖으로 나와 있었다. 흙바닥에 앉은 그의 양손에는 하얗게 반짝이는 물체가 들려 있었다. 유려한 몸체를 지닌 그것은 자그마한 크기의 오카리나였다. 아직 그 연주가 능숙하지 않은 듯 중간중간 귀에 거슬리는 소리가 터져 나왔지만 그는 멈추지 않고 꿋꿋이 손가락을 움직여 갔다. 눈앞의 악보에만 몰두하고 있던 그의 두 눈은 멀리서 다가오는 현진을 미처 발견하지 못했다.

"아니, 이게 대체 무슨 일이래!"

하나의 연주가 끝날 때까지 일정 거리를 벌린 채 그 이상 다가오지 않고 있던 현진은 연주가 끝나자마자 기다렸다는 듯 거리를 좁혀오며 큰소리로 외쳤다. 그 갑작스런 등장에 진욱이 흠칫 몸을 떨었다. 그는 오카리나를 다리 사이로 황급히 숨겼지만 이내 딱 걸렸다는 표정의 현진을 보고는 체념의 숨을 푸욱 내쉬었다.

현진은 우선 그에게 부추부터 건네주었다. 그러나 부추를 받아든 진욱은 고맙다는 인사만 했을 뿐 한 번 맛이라도 보라는 거듭되는 현진의 종용에도 불구하고 나중에 먹겠다며 끝까지 버텼다. 동글동글한 생김대로 평소 성품이 온화하고 남의 말을 잘 들어주는 그는 가끔 이상한 부분에서 답답하다 싶을 정도로 고집을 부리는 경향이 있었다. 오죽했으면 다른 팀원들 모두가 그의 노래 한 곡을 듣기 위해 그토록 많은 나날을 기다려야 했을까. 결국 현진이 건넨 부추도 그의 텐트 어딘가에 내던져진 신세로 전락하고 말았다.

"형, 저 오카리나는 뭐야? 얼핏 들으니 잘 부는 것 같던데, 어젯밤 다들 모여 있을 때 한 곡 들려주지 그랬어?"

현진은 자신의 호의를 받아들이지 않은 진욱에게 소심한 복수라도 하듯 음흉한 웃음을 던졌다. 그러나 그는 내심 놀라고 있었다. 다른 사람도 아닌 진욱이 사막에까지 악기를 가져 왔으리라고는 정말 상상도 못 했다. 문제는 그가 어젯밤의 그 흥겨운 분위기에서조차 끝내 자신의 악기를 꺼내 들지 않았다는 데 있었다. 그동안은 꽉 다물어진 그의 입에서 한 소절의 노래라도 나오도록 하는 게 목표였는데, 이제 새로운 목표가 생긴 셈이었다. 바로 그의 오카리나 연주를 듣는 것.

"역시 우리는 멋과 운치를 아는 사람들이 틀림없어. 그치? 기타에다 오카리나까지 사막에 가져오다니!"

"…그러게 말이다."

현진이 살살 치켜세우며 꾀었지만 맞장구를 치는 진욱의 태도는 사뭇 건성이었다. 그가 생각만큼의 호응을 보이지 않자 김이 샌 현진이 진욱을 빤히 쳐다보았다. 그의 얼굴에는 불안한 빛이 떠올라 있었다.

"…그런데 현진아. 다른 사람들에게는 내가 오카리나 가져왔다는 말은 하지 말아 주라. 아직 연습이 부족해서 남들에게 들려주긴 뭣하네."

'오호라, 그게 문제였군!'

묻지도 않았는데 변명처럼 둘러대는 그를 보며 현진은 회심의 미소를 지었다. 수줍음이 많은 그로서는 대중 앞에서 연주하게 될 것이 벌써부터 걱정스러운 모양이었다.

"그럼 지금은 나 혼자뿐이니 아무 곡이나 한 곡만 들려줘. 아깐 거리가 멀어서 제대로 듣지 못했거든. 다른 사람들에게는 절대로 말하지 않는다고 약속할게."

"연습을 못해서 아직 남에게 들려줄 실력은 안 된 대두."

그러나 이미 오카리나를 본 순간부터 현진은 그의 연주를 듣고 말리라 내심 벼르던 중이었다. 이런 의례적인 거절에 물러서려 했다면 애초에 말을 꺼내지도 않았으리라.

'고집이라면 이쪽도 만만치 않다고, 형.'

"정말 이러기야? 형이 가장 자신 있는 곡으로 들려주면 되잖아? 응? 제발 부탁할게."

거듭되는 부탁에도 진욱이 고집을 부리자 결국 현진이 포기했다는 듯 한숨을 푹 내쉬었다. 그는 과장되게 어깨를 으쓱해 보이고는 몸을 돌려세웠다.

"알았어, 형. 정 그렇다면 어쩔 수 없지. 대신 내일 다들 모일 때 형이 오카리나 가져왔다고 말할 테니까 그때까지 연습 많이 해 둬. 하루 늦게 듣는다고 나야 손해 볼 건 없지 뭐."

치사한 감이 없진 않았지만 약점의 빌미를 먼저 제공한 것은 진욱의 잘못이었다.

"아니야! 그러지 마!"

아니나 다를까. 격하게 소리를 내지른 진욱이 이내 스스로도 계면쩍었는지 머리를 긁적였다. 평소의 그답지 않은 과격한 면모에 현진도 꽤나 놀랐다.

"그럼 지금은 우리 둘만 있으니까 한 곡 들려줄 수 있지?"

"아니, 그게…. 허, 거참."

다시 돌아서며 은근히 물어오는 현진의 말에 그는 대답을 못 하고 어물거렸다. 그러나 그가 어떤 궁색한 변명을 하건 현진은 끈질기게 요청할 심산이었다. 결국 진욱도 그의 막무가내식 요청에 두 손 두 발을 다 들고 말았다. 그는 다리 사이에 놓아두었던 오카리나를 힘없이 들어 올렸다. 미묘한 승리감 속에서 현진은 한껏 기대를 품은 눈으로 그런 그의 모습을 지켜보았다.

진욱은 조심스러운 태도로 오카리나를 감싸 쥐었다. 돌연 그의 눈에서 망설임이 사라지고 대신 차분하고도 진지한 빛이 흘러나왔다. 자기 앞에 펼쳐져 있는 악보로부터 시선을 접은 그가 천천히 눈을 감았다. 그리고 한동안 아무런 미동도 없이 앉아 있었다. 그런 그에게는 연주에 앞서 무대에 오른 피아니스트의 그것과 같은 경건함마저 어려 있었다. 마침내 깊은 기도에서 깨나듯 그가 서서히 눈을 뜨고 악기의 몸체에 난 구멍에 손가락을 하나씩 걸쳐갔다. 마지막으로 그의 입술이 오카리나의 취구에 가 닿았다. 은밀하고도 정성스레 진행되는 그 모든 과정을 현진은 아무런 지루함도 느끼지 못한 채 정신을 집중해 지켜보고 있었다. 또 한 번의 짧은 기다림이 끝나고, 드디어 진욱이 악기에 숨을 불어넣었다. 그와 동시에 그의 손가락들이 마술처럼 악기 위를 이리저리 걸어 다니기 시작했다. 오카리나 특유의 고운 소리로 연주된 곡은 현진의 귀에 매우 익숙한 노래였다. 까마득히 어린 시절부터 불렀기에 음만 들어도 저절로 흥얼거리게 되는 곡. 그리고 어젯밤에도 진욱의 입을 통해서 나왔던 바로 그 곡.

'떴다, 떴다 비행기. 날아라. 날아라. 멀리멀리 날아라…'

가락을 따라 저도 모르게 흥얼거리는 속마음과 달리, 현진은 결코 길지 않은 노래가 연주되는 동안 할 말을 잃고 말았다.

"…이제야 형의 동안 비법을 알 거 같네."

뜻 모를 말을 중얼거리는 그에게 짧은 연주를 마친 진욱이 소탈하게 웃어 보였다. 아이 같이 해맑은 웃음이었다. 그런 그를 말없이 바라보며 현진은 이제 곧 서른이라는 나이가 무색할 정도로 그가 어려 보이는 이유는 단순히 신체적인 특징에서 비롯된 것만은 아닐 거라는 생각이 들었다. 동심을 잃지 않고 아이처럼 순수한 마음으로 살아가는 것. 어쩌면 그거야말로 어떤 인위적인 방법으로도 해낼 수 없는 동안의 비결일지도 몰랐다.

'뭐, 믿거나 말거나지만.'

2

현진이 팀원들을 차례로 만나고 텐트로 복귀한 때는 어느덧 두어 시간이 훌쩍 지난 뒤였다. 쉬지 않고 몸을 움직인 탓에 그는 심한 허기를 느꼈다. 밥 짓는데 걸릴 그 오랜 시간을 고려한다면 더 이상 식사 준비를 미룰 수가 없었다.

현진은 우선 아르갈부터 주워 오기로 했다. 다행히 필요한 양 만큼의 아르갈을 모으는 것은 어렵지 않았다. 그는 돌들을 서로 마주 보게 배치한 후 배낭에서 필요한 도구들을 차례로 꺼냈다. 도구라고 해봐야 컵과 수저, 그리고 베이스캠프를 떠날 때 보급받은 성냥 정도였다. 애초에 짐을 준비할 때 부피를 조금이라도 줄이고자 코펠 대신 쇠로 된 휴대용 컵만을 챙겨 왔던 그는 그 조그만 컵 안에 한 끼 먹을 쌀을 부어야만 했다. 물도 넣어야 했으므로 쌀은 컵의 절반만큼만 채웠는데, 그 양이라는 것이 네댓 숟갈이면 없어질 만큼 적은 양이었다.

'고작 이걸 먹으려고 힘들게 불 피우고 한 시간 넘도록 그 고생을 해야 한다고?'

불현듯 드는 회의감에 밥이고 뭐고 먹지 말까 하는 생각도 들었지만 그는 애써 마음을 다잡았다. 앞으로 하루하고도 한나절이 넘는 시간을 이 불모지에서 아무것도 먹지 않고 버티기란 힘들 것 같았다. 생존의 문제뿐 아니라 앞으로 남은 여정도 생각해야 했다. 그리고 어차피 먹어야 한다면 때를 거르지 않고 챙겨 먹는 것이 차라리 나았다.

현진은 보급받은 감자를 수저로 쪼개다시피 해서 반으로 가른 다음 쌀 위에 올리고는 컵의 뚜껑을 덮었다. 하지만 시작부터 문제가 발생했다. 여태껏 잠잠하던 바람이 마치 놀리기라도 하듯 갑자기 불어 닥친 것이다. 그 탓에 성냥불은 켜지는 족족 꺼져버렸다. 여러 개를 한꺼번에 뭉쳐 켜 보아도 잠깐 힘 있게 타올랐을 뿐 결과는 마찬가지였다. 순식간에 열 개가 넘는 성냥이 버려졌다.

이대로는 도저히 안 되겠다 싶었던 현진은 배낭에서 노트 몇 장을 뜯어낸 후 텐트 플라이 안쪽에 자리를 잡고 앉았다. 겨우 얇은 천 하나가 가린 것뿐인데도 바람의 세기가 확연히 줄어들었다. 그는 쪼그려 앉은 채로 성냥에 불을 붙였고 불이 켜지자마자 뜯어놓은 종이를 갖다 대었다. 불은 종이에 한 번에 옮겨붙었다. 불붙은 종이를 다시 텐트 밖 부숴놓은 아르갈 사이로 재빨리 밀어 넣자 아르갈에 불이 번지기는 커녕 불길이 종이조차 미처 태우지 못하고 꺼져버렸다. 타다 남은 종이에서는 짙은 회색 연기가 피어올랐다.

"하아…"

그저 옆에서 지켜보거나 다른 사람과 분담해서 할 때는 쉽게만 여겨졌던 일이 모든 과정을 홀로 도맡아 하려니 무엇 하나 제대로 하기 힘들 만큼 어렵게 느껴졌다. 내심 밤늦도록 모닥불을 피워 놓고 그 앞에서 온기를 쐬리라는 낭만적인 상상까지 했건만 그것은 아무래도 상상만으로 끝날 듯싶었다. 이제는 저녁에 불 피우는 건 고사하고 제때에 밥 먹는 것조차 장담할 수 없게 되어 버렸다.

현진은 다섯 번의 시도 끝에야 겨우 아르갈에 불을 옮겨 피울 수 있었다. 마지막 시도에서 이마저도 꺼지면 포기하리라 내심 작정하고 있었는데 다행히 아르갈이 타들어가면서 미약한 불꽃이 일어난 것이다. 된바람에 그마저 꺼질까 애간장을 졸이던 그는 배낭이며 물통이며 가릴 것 없이 모두 꺼내 불가 주위에 늘어놓았다.

그러나 문제는 앞으로도 여럿 남아 있었다. 무엇보다 불길이 주위의 다른 아르갈로 번지도록 하는 것이 급선무였다. 현진은 쪼그려 앉아 입으로 틈틈이 공기를 불어넣으면서도 너무 강한 바람에 불길이 꺼질라치면 이리저리 바람막이들을 옮기는 등 눈물겨운 노력을 쏟아 부었다. 그 와중에 매캐한 연기에 혹사당한 눈에 실제로 눈물까지 맺히자 스스로의 꼴이 처량하게만 여겨져 그만 포기하고 싶다는 생각이 간절해지기도 했다.

그렇게 반 시간 넘도록 온갖 노력을 다했을까. 갑자기 들이닥친 강풍에 불길이 더 이상 번지지 못하고 사그라질 기미가 보였다. 서둘러 바람이 불어오는 쪽으로 이동해 조금이라도 더 바람을 막으려던 현진은 움직이다 그만 컵을 발로 건드리게 되었고, 그때까지 네 개의 돌 끄트머리에 아슬아슬하게 걸쳐져 있던 컵은 급기야 옆으로 쏟아지고 말았다.

"악! 이런 씨발!"

그의 입에서 외마디 비명과 함께 욕설이 터져 나왔다. 뜨겁게 데워졌다는 사실조차 깜박하고 쏟아진 쌀을 반사적으로 퍼 올리려던 그는 그만 손까지 데고 말았다. 소스라치며 놀라는 그에게서 다시 한 번 거친 욕이 터졌다. 떨어진 쌀들은 이미 모래 범벅이었다. 현진은 망연한 표정으로 그대로 주저앉아 버렸다. 그러나 그것도 잠시, 곧 눈물이 날 정도로 분한 감정이 그동안 참아온 갖가지 설움과 짜증과 더불어 그의 안에서 폭발하기 시작했다. 이런 걸 시킨 삼장에게도 화가 났지만, 한 움큼의 밥조차 제대로 짓지 못하는 스스로를 향한 극심한 분노에는 결코 비할 바가 아니었다.

'겨우 이거 하나 못하면서 혼자 사막에 오려고 했다고? 작년에 한 번 와 본 게 전부면서 뭘 믿고 그렇게 설쳐댄 거야? 그런 시답잖은 생각을 대체 왜 한 거냐고? 이런 식이라면 며칠도 안 돼 굶어 죽을 게 뻔하잖아. 죽으려고 작정을 했어? 아니, 뒈지려면 그냥 조용히 뒈지지 사막에 간다며 법석을 떨어댈 건 또 뭔데? 죽으러 가는 거 남들한테 자랑질이라도 할 셈이었어?'

그의 자존심을 형성해 오던 많은 것들이 볼품없이 무너지고 있었다. 가장 기초적인 것조차 제대로 못하는 스스로의 무능함에 짙은 혐오가

비소를 타고 흘러나왔다. 밥이고 여행이고, 모두 다 때려치우고 싶었다.

전기밥솥으로 밥 짓기에도 부족한 시간에 바람에 쉴 새 없이 휘청거리던 불길로 밥이 되었을 리 없었다. 그나마 네댓 숟갈 될 법했던 쌀은 이미 절반가량으로 줄어 있었다. 현진은 혹시나 하는 심정으로 모래가 잔뜩 묻은 감자를 조심스레 물로 헹구어 냈다. 그 물조차 아까웠지만 어쩔 수 없었다. 그러나 그런 끝에 베어 문 감자는 날것과 다를 게 없었다.

"내 참 더러워서 정말!"

현진은 애써 삭인 분통을 다시 터뜨렸다. 홧김에 감자를 던져 버리려던 그는 곧 생각을 고쳐먹고 날것째로라도 먹기로 했다. 아삭거리며 씹히는 감자에서는 옅은 비린내가 났다. 쌀 역시 생쌀과 다름없을 정도로 딱딱했다. 그나마 조금이라도 물에 불어 생쌀보다는 먹기 좋다고 스스로를 위로하며 두세 숟갈 빠득빠득 씹어 먹으니 끝이었다. 허무했다. 그는 더 이상 화낼 힘조차 없었다. 무슨 생각에서였을까. 현진은 마지막 숟갈을 입에 넣는 순간의 자신의 모습을 카메라로 찍었다. 새카만 그을음으로 여기저기 할퀴어진 컵의 밑면은 그가 고군분투한 흔적을 여실히 보여주고 있었다.

고프다고 아우성치는 배를 두어 모금의 물을 더 들이부어 달랜 다음 현진은 텐트에 들어가 누웠다. 배고픈 마당에 화까지 낸 탓인지 살짝 어지러움마저 느껴졌다. 이렇게 밥을 먹지 못할 줄 알았다면 쓸데없이 돌아다니지나 말 걸, 후회가 들었다. 다른 이들에게 조금이라도 도움을 주기 위해서였다고 스스로 위안 삼아 보았지만 설령 자신이 가지 않았더라도 그들은 잘 견뎌냈을 거라는 생각을 떨칠 수가 없었다.

'그놈의 잘난 체를 하고 싶어서였겠지. 겨우 두 번 더 왔다 갔을 뿐인데 그 알량한 경험을 뽐내지 않고선 못 배겼던 거야.'

어리석었다는 책망과 함께 자기 비난의 칼날이 날카롭게 폐부를 찔

러왔다. 자신의 자존심은 누군가 배 두둑이 먹여 주고 보살펴 줄 때에
만 비로소 지탱되는 것이란 말인가. 주변에 도와줄 이 하나 없고, 또
있다 하더라도 도움을 요청할 면목마저 없는 상황에서 배까지 곯자 남
아 있던 자존감이 점점 더 곤두박질쳤다.

'평소에 좀 더 겸손했어야 했어.'

그 생각을 끝으로 그는 곧 잠에 떨어졌다.

3

한국에서는 시간 낭비라고 여겨 낮잠을 전혀 자지 않던 현진이 사막
에 오고 난 후로는 낮잠을 청하는 횟수가 점점 늘고 있었다. 그러나 그
렇게 자는 시간이 불필요한 잉여의 시간이라고 여겨지지는 않았다. 예
전에는 중요하다고 여겼던 일들이 사막에서는 고려할 가치조차 없게
된 반면, 대수롭게 여기지 않던 일들, 가령 먹고 자고 걷는 따위의 일
들은 가장 우선적인 가치를 지닌 것들로 탈바꿈하고 있었다. 물론 지
금 그가 한동안 죽은 듯 자고 일어난 것은 낮잠을 즐겨서가 아니었고
그저 아무것도 먹지 못한 탓이었다. 몸을 일으키니 한순간 시야가 깜
깜해지면서 현기증이 일었다. 시야는 곧 회복됐지만 덜컥 겁이 났다.
겨우 한 끼 먹지 않은 것치고는 과하다 싶은 증상이라고 생각하면서
그는 물 한 모금을 삼킨 후 비척거리며 텐트를 나섰다. 해는 여전히 공
중에 떠 있었으나 아까보다는 눈에 띄게 지표면에 가까워져 있었다.

"아, 정말…! 또 그 짓을 해야 돼?"

허공에 내뱉은 말이 가슴속 의욕만큼이나 무력하게 흩어졌다. 그는
또다시 밥을 짓고 싶지 않았다. 간에 기별도 안 갈 만큼의 밥을 짓는
답시고 그 고생을 다시 하기에는 소모되는 심력과 체력의 정도가 너무

컸다. 더구나 성공하리라는 보장도 없었다.

'차라리 굶자. 수행하는 수도승처럼 식욕을 억제하고 금식하는 거야. 사막에 와서 금식이라니, 그럴싸하잖아? 이른바 성인이란 사람들도 모두 그 과정을 거쳤고 말이지. 그러다 정말 깨달음 같은 걸 얻게 될지도 몰라.'

현진은 스스로를 북돋우며 자신감에 불을 지폈다. 딴에는 바로 수도승 흉내를 냈답시고 그는 땅바닥에 앉아 허리를 곧추세우고는 두 손을 겹쳐 가부좌 자세를 취했다. 꾸르륵. 방금 마셨던 물이 텅 빈 위를 지나는 소리가 유난히 크게 들렸다.

그러고 있기를 얼마쯤. 사막에 와서까지 자신이 왜 이런 쓸데없는 짓이나 하고 있는지 모르겠다는 회의에 빠진 현진은 꼬았던 다리를 풀고 그대로 바닥에 드러누웠다. 하지만 곧바로 머릿속이 팽팽 돌면서 속이 울렁거린 탓에 그는 다시 상체를 들어 구부정히 앉았다. 도무지 마음 먹은 대로 되는 일이 하나도 없었다. 십분 정도 가만히 있자 속은 조금씩 진정됐지만 그는 더 이상 몸을 움직이기가 겁이 났다. 한동안 그는 썩은 고목처럼 밀거니 앉아 있었다. 그의 흐릿해진 정신 속으로 낱말과 문장으로 이루어진 생각들은 점차 사라지고 본능적이고 단순한 감각들과 그 반향으로서의 신경질적인 감정만 날카롭게 벼려지고 있었다.

그러던 어느 순간 현진의 시야 한편에서 작은 변화가 일어났다. 변화를 인지한 그의 머리로 미약한 활력이 공급되었다. 그는 느릿하게 눈길을 돌려 변화의 시작점을 주시했다. 멀리서 연녹색의 인형이 하나 아른거리고 있었다.

'…연녹색 옷? 누구지? 누가 저런 색 옷을 입었더라? 그녀가 똑같은 색의 옷을 입은 걸 본 거 같은데… 그게 오늘 입었던 옷이었나? 하긴 선미도 비슷한 색의 옷이 있었던 것 같고. 그러면 나를 괴롭히려고 삼장이 선미를 보낸 건가?'

두서없이 돌아가는 머리는 도무지 집중이 되지를 않았다. 그는 좀 더 또렷이 보고자 양 눈에 힘을 주었다. 그런데 그때였다. 인형이 잘 보이기는커녕 갑자기 둘로 나뉘는 게 아닌가!

예상치 못한 상황에 현진은 기겁을 했다. 무슨 이런 황당한 경우가 다 있나 싶었다. 버젓이 눈을 뜨고 있는 와중에 사물이 두 개로 나뉘는 경험은 그에게 극심한 위화감을 주었다. 그로서는 난생처음 겪는 일이었다. 눈을 감고 뜨기를 몇 번이고 반복해 보아도 둘로 나뉜 인형은 합쳐질 기미를 보이지 않았다. 인형뿐이 아니었다. 허기진 것 말고는 몸에 특별한 이상이 있는 것도 아니었건만 흐릿해진 초점 사이로 사물이 온통 두 개로 겹쳐 보이고 있었다. 한동안 혼란스러워하던 현진은 몸 상태가 저하될 때 가장 먼저 시력에 이상이 생긴다는 내용의 글을 어디선가 읽었던 기억을 떠올렸다. 하지만 말로만 듣던 그 상황을 지금 눈앞에서, 아니 자신의 두 눈으로 직접 경험하고 있자니 침착해지기는커녕 두려움만 더 커졌다.

'설마 겨우 한 끼 굶었다고 이러는 건가?'

대답해 줄 사람은 없었지만 그는 내심 확신했다. 사막에서의 한 끼를 한국에서의 그것과 똑같이 본 것이 애초에 잘못이었다.

사막에 오기 전 삼장은 팀원들에게 10kg 가까이 살을 찌워놓으라고 당부한 바 있었다. 매일같이 배낭을 메고 수 시간씩 사막을 걷는 일은 많은 에너지가 소모되는 일이며, 그 에너지를 그때그때 섭취하는 음식만으로 충당하기에는 한계가 있으므로 나중에는 몸에 축적한 지방들을 태울 때 발생하는 에너지를 통해 나아갈 원동력을 얻는다는 이유에서였다. 하지만 당시 한국에서 다이어트 붐과 함께 일었던 몸짱 열풍에서 자유롭지 못했던 현진은 배와 옆구리의 살에 대해 꽤나 강박증을 가지고 있었고, 비록 사막에 오기 전 체력을 향상시키겠다는 이유로 매일같이 집 근처 운동장을 뛰곤 했지만 그것은 체력 향상을 위한 것이라기보다는 스스로의 외양을 보기 좋게 만들려는 목적이 컸었다. 까닭에 지금 그의 몸에 군살이라고는 조금도 없었다. 그러나 사막을 걷는 이에게 그것은 결코 적합한 몸이 아니었다.

그런 상황이고 보니 코펠을 챙겨오지 않은 것은 불에 기름을 부은 격이었다. 짐 부피를 줄인답시고 휴대용 컵을 가져오기보다는 좀 더 부피를 차지하더라도 코펠을 가져왔어야 했다. 그러나 그는 그릇이 작으면 남의 것을 빌려 쓰면 그만이라고 쉽게 생각했고, 그것은 결국 밥조차 제대로 먹지 못하는 문제를 빚고 말았다. 만약 그가 코펠을 가져왔더라면 한 번에 지을 수 있는 밥의 양도 많아졌을 뿐 아니라 아까처럼 그가 살짝 건드렸다고 해서 안의 내용물이 무참히 쏟아지는 일도 없었을 것이다.

그리고 그제야 현진은 사막에 홀로 오겠다던 자신의 생각이 어설픈 객기에 지나지 않았음을 깨달을 수 있었다. 자신은 사막에 대해 무지했던 만큼 오만했고, 그것은 당연한 수순처럼 미흡한 준비로 이어졌다. 준비라고 해봐야 알맹이보다는 껍데기에 치중한 운동과, 실용성을 따지기보다는 주먹구구식으로 여행 물품을 챙긴 것뿐이었다. 심지어 그가 동네 문방구에서 단돈 천 원을 주고 산 나침반은 술이라도 먹은 듯 뱅글뱅글 도는 일밖에 할 줄 몰랐다. 스스로 그런 구색 맞추기 정도로 만족한 채 미비한 부분은 남의 것으로 대신하겠다는 심보는 또 얼마나 뻔뻔했던가! 그런 자신이 홀로 사막에 가겠다고 했을 때 삼장이 얼마나 기가 찼을지 그는 이제야 조금 알 것 같았다.

천만 다행히도, 사람의 형상이 커갈수록 둘로 나뉘었던 모습은 점차 하나로 합쳐졌다. 미심쩍은 마음에 몇 차례 눈을 깜박여 봤지만 세계는 다시 하나가 되어 있었다. 현진은 깊은 안도의 숨을 내쉬었다. 몸을 일으켜 다가오는 이를 향해 마주 걸어가니 이내 그 정체가 정범임을 알 수 있었다. 그는 흰색 반팔티를 걸치고 있었다. 그렇다면 연녹색의 옷이라는 것은 단순히 자신의 착각이었던 것일까? 그저 혼미해진 정신이 헛것을 보았던 것일까?

"여어! 잘 살아 있누?"

"아니, 배고파 죽을 것 같아. 형이야말로 아까와는 딴판인데? 마치 부활이라도 한 거 같잖아? 근데 어쩐 일이야, 전달 사항?"

그러자 통신장교가 쓰게 웃었다.

"딱 맞췄대이. 이따 여덟 시까지 야영지로 모이라 카더라. 텐트는 냅두고 몸만 오라 카네."

"뭐? 거기까지 언제 가! 왜 또 모이라는 거야? 오늘은 각자 혼자 지내는 거 아니었어?"

평소라면 아무렇지도 않았을 거리가 이 순간만큼은 너무도 멀게만 느껴져 현진은 비명을 질렀다. 그러자 정범이 자신도 모르겠다는 듯 어깨를 으쓱해 보였다.

"그럼 난 간대이. 이따 보재이. 참, 오기 전에 빤짝이 설치하는 거 있지 말고."

정범이 경광등을 달고 오라는 점을 환기시키며 걸음을 떼려는데 현진이 그를 붙잡았다.

"형, 잠깐만!"

"으잉? 와 그러노?"

"여기 오기 전에 다른 누구한테 들렀었어?"

"잉, 진욱 형한티 갔다 왔제."

그가 당연하다는 투로 짤막히 대답했다.

"그렇구나. 알았어, 그럼 이따가 봐."

원 싱겁긴. 정범이 픽 웃으며 몸을 돌렸다.

현진은 다시 땅바닥에 주저앉아 그가 점이 되어 사라질 때까지 멍하니 지켜보았다. 생각의 파편들이 이리저리 떠다니다 서로 엉키고 떨어지기를 수십 차례, 급기야 그의 머릿속에는 아무런 생각도 떠오르지 않았다.

"가만히 앉아 있어 뭐하나. 그냥 일찌감치 출발하자."

시간은 막 일곱 시를 넘기고 있었다. 아직까지는 사위를 분간하는데 어려움이 없었으나 돌아올 때는 분명 캄캄해져 있을 터였다. 현진은 경광등을 꺼내 점멸시킨 뒤 베이스캠프 쪽을 향하도록 텐트 꼭대기에 매달아 놓았다. 거리가 만만치 않다보니 이게 과연 소용이 있을까 의문도 들었지만 그렇다고 안 하고 갈 수는 없었다. 그는 바람막이를 걸치고 랜턴을 챙긴 후 텐트를 나섰다. 우선은 진욱의 텐트로 갈 참이었다. 몸에 힘이 없어 느릿느릿 걷다 보니 진욱의 텐트에 도착할 즈음에는 이미 날이 어둑해져 있었다. 큰 소리로 그를 불렀지만 텐트에서 되돌아오는 대답은 없었다.

'벌써 올라간 건가?'

그럴 수도 있겠다 싶어 발길을 돌리려는데 저 멀리 덤불 사이로 누군가의 모습이 아른거렸다. 인형은 대지에 내린 어스름 속에서도 유난히 눈에 띄는 밝은 연두색 옷을 입고 있었다. 현진은 어떤 예감을 느끼며 서둘러 그쪽을 향해 걸어갔다. 그런데 점차 다가갈수록 그, 아니, 이제는 그의 감각 대부분이 그녀라고 추정하는 인물이 길을 헤매고 있다는 생각이 확신처럼 굳어갔다. 그녀는 걷다 멈추고 다시 걷기를 반복하고 있었지만 실제로는 일정한 범위 안에서 뺑뺑 돌고 있을 뿐이었다. 길 잃은 사람이 보이는 전형적인 모습에 현진은 문득 장난기가 동했다. 그는 더 다가가지 않고 잠시 지켜보기로 했다. 그녀 쪽에서는 아직 그를 발견하지 못하고 있었다.

'내가 저 기분은 잘 알지.'

현진은 그보다 더한 상황을 불과 얼마 전 1차 팀에서 겪은 적이 있었다. 그때는 아예 아무것도 보이지 않는 칠흑 같은 밤중이었고, 어느 방향으로 향하든 길에 대한 의심만 잔뜩 생겨날 뿐이었다. 반복되는 미로 속을 헤매는 것 같다는 느낌은 나중에는 발만 땅에 딛고 섰을 뿐 아득한 우주 공간을 표류한다는 느낌으로 변하고 말았다. 사막에서 자신이 미아가 되었다는 사실을 깨달았을 때의 기분이란 막연히 상상하던 것보다 훨씬 더 끔찍했다. 직접 경험하지 않는다면 결코 알 수 없는 종류의 것이었다.

그녀는 지금쯤 크게 당황하고 있을 게 분명했다. 시간이 흐를수록 그녀의 손에 들린 랜턴 빛이 한 방향을 유지하지 못한 채 오락가락하는 빈도가 잦아지고 있었다. 문제는 그녀가 본래 가야 할 방향에서 점차 멀어지고 있다는 사실이었다. 더 이상은 안 되겠다고 판단한 현진이 그녀 쪽으로 빠르게 다가갔다. 덤불을 헤치며 근처까지 갔음에도 불구하고 그녀는 그의 기척을 알아채지 못할 정도로 당황한 상태였다.

"뭐해? 여기서."

"꺄아!"

갑자기 지척에서 들려온 목소리에 그녀가 새된 비명을 질렀다. 동시에 그녀는 황급히 랜턴을 돌려 상대의 얼굴을 비췄다. 따갑게 찔러오는 강한 빛에 현진이 눈살을 찌푸리며 짐짓 화난 투로 말했다.

"눈부셔. 랜턴 좀 내려줄래?"

"아! 미안, 미안해!"

현진을 알아본 그녀가 서둘러 랜턴을 내렸다.

"괜찮아. 그건 그렇고…"

무표정을 유지하며 그가 그녀를 쳐다보았다.

"초저녁부터 어찌 그리 길을 못 찾고 방황하고 있소, 아리따운 낭자?"

"……."

능청스런 그의 물음에 그녀는 입을 꽉 다문 채 두 눈만 데굴데굴 굴려댔다. 무슨 대답을 해야 할까 열심히 궁리하는 모양새가 빤히 보여 현진은 웃음이 나왔다.

"길 잃은 거 맞지? 실은 아까부터 보고 있었으니까 시치미 떼지 않아도 돼. 그런데 선배로서 한 가지 팁을 주자면 그렇게 길을 잃었을 때는 제자리에 멈춰서 다른 누가 올 때까지 기다리는 편이 나아. 랜턴을 흔들거나 소리 지르는 것도 도움이 되고. 안 그러면 계속 헤매다가 점점 엉뚱한 데로 가 버리게 되거든. 바로 지금처럼."

특히 마지막 말에 힘을 실으며 현진은 본래 그녀가 가야 할 방향을 손가락으로 가리켰다. 손가락은 그녀가 걸어가던 방향과는 정확히 반대 방향을 향하고 있었다. 시무룩해진 그녀가 애꿎은 땅만 발로 헤집었다.

"지금 야영지 가는 길 맞지?"

"…응."

"그럼 같이 가자. 제시간 안에는 도착해야지."

"응!"

현진은 앞장서 걸어갔다. 이제 해는 구름 속으로 완전히 모습을 감추었고, 지평 부근의 하늘만 부옇게 빛나고 있었다.

랜턴 불빛에 의지해 그들이 나란히 걸어가는 중에 갑자기 먼 앞쪽에서 밝은 빛기둥이 뿜어져 나왔다. 차량용 헤드라이터의 강도 높은 빛이었다. 근처의 어둠을 쫓아낸 빛기둥은 수차례 깜박이다가 사라졌다. 아마도 그들이 헤매고 있다고 여겨 위에서 위치를 알려주기 위해 보낸 신호 같았는데, 실제로 현진 자신도 방향을 헷갈리던 중이었는지라 시기적절한 도움이라 할 수 있었다. 자칫하면 그녀 앞에서 체면을 구길 뻔했다. 눈짐작한 빛의 근원지를 향해 걷고 나서 얼마 지나지 않아 점점이 모여 있는 불빛들이 시야에 들어왔다. 예상대로 이미 다른 팀원들은 모두 도착해 있었다.

"와 이리 늦었누? 둘이 머하다가 온 거여?"

"두 사람 보기 좋은데요? 딱 그림이 나오네요."

"그러냐? 고맙다. 하긴 모델들이 워낙 출중하니 무슨 그림인들 안 좋겠냐."

함께 걸어오는 그들을 향해 모닥불 주위에 둘러앉은 이들이 얄궂게 놀려오자 현진이 천연덕스레 응수했다. 그에 반해 그녀는 꽤나 당황하는 눈치였다. 결국 다른 이들의 시선을 의식한 그녀가 모닥불을 사이에 두고 정반대에 떨어져 앉자 현진이 입을 열던 이들을 원망스런 눈길로 쏘아보았다. 그러자 다들 시선을 피하며 딴청을 부렸다.

모든 인원이 모이자 그때껏 무리의 가운데서 잠자코 기다리던 삼장이 팀원들을 쓰윽 훑어보았다.

"그래, 혼자만의 시간을 보내 본 소감덜이 어떻누? 다덜 할만하던가?"

그의 질문에 팀원들은 서로의 눈치를 살필 뿐 대답을 미루었다. 그 모습에 삼장의 얼굴에 야릇한 웃음이 피어났다.

"얼마나 떨어져 있었다고 벌써 말하는 법도 까묵은 것이여? 어디 말 좀 해 보래이. 내 보기엔 저마다 할 말덜이 참말로 많을 거 같은디."

그러나 여전히 아무도 입을 열지 않았다. 삼장의 얼굴에 핀 웃음이 더욱 짙어졌다.

"내 자네덜 하는 꼴을 살펴보니 가관도 고런 가관이 없드만. 고렇게 해서 낼 하룬 또 우째 버틸라고 그러는감?"

그의 말을 통해 현진은 다른 이들 역시 제대로 밥을 먹지 못했음을 짐작할 수 있었다. 그 후로 삼장의 장황한 연설이 지루하게 이어졌다. 대부분 그가 오늘 낮 동안 팀원들을 지켜본 결과 흡사 물가에 아이를 홀로 놔둔 부모의 심정이라도 된 것 같다는 내용이었다.

"…그래서! 자네덜을 불쌍타 여기다 못한 내가 고심 고심한 끝에 어렵사리 결정을 내렸대이. 자네덜을 요래 부른 것도 다 고 때문이래이."

일장연설의 말미에서야 비로소 본론이 나왔다. 대체 얼마나 중요한 결정이기에 이 먼 길을 오라고 했는지, 또 저렇게나 뜸을 들이는지 모두가 궁금해 했다. 말하기를 미루며 팀원들과 차례로 눈길을 맞추는 그의 얼굴에는 의기양양한 기색까지 띄워져 있었다.

"내가 내린 결정이 뭐시냐 하믄…"

그가 말을 멈추고 또다시 시간을 끌었다. 배고파 지치고 먼 거리를 오는데 지친 이들은 삼장의 그런 행동에 일일이 반응을 해 줄 힘이 남아 있지 않았다. 그들은 그저 그의 입을 뚫어져라 쳐다보았다. 사실 어떤 말이 나와도 놀라울 것 같지 않았다.

"…바로 오늘 저녁은 내가 제공해 주기로 한 것이래이! 요대로 가다간 낼이믄 다덜 반쯤 죽어 있을 거 같아 내린 대장의 결정이래이. 혹시 이의 있는 사람은 지금 퍼뜩 말하그라."

모두를 배려해 내린 결정이라는 그의 말은 내용상으로는 분명 반가운 말이었음에도 불구하고 좌중에 감도는 침묵은 좀체 가시질 않았다. 모두들 선심 쓰듯 내뱉는 그의 어투가 얄밉다고 느끼고 있었다. 그들은 아직 마지막 남은 자존심을 굽힐 정도로 배를 곯지는 않았던 것이다.

"아니, 대장이 자네덜 걱정으로 한참을 고민타 내린 결정인디 호응이 요래 없을 수가 있나? 요거 참말루 섭섭하구마이!"

그러나 그의 얼굴은 전혀 섭섭한 사람의 표정이 아니었다. 호응을 요구하는 반강요에 가까운 재촉에 어찌어찌 환호라 불릴 만한 것이 무리 중에서 나오긴 했으나 다들 억지로 짜낸 기색이 역력했다. 쓰게 웃는 모습들이 허탈해하면서도 자조하는 면이 있었다. 맥 빠진 환호성을 잠시 듣고 있던 삼장은 그 정도면 충분하다는 듯 손을 들어 그들을 제지했다. 그리고 경미를 향해 저녁 식사를 가져오라는 지시를 내렸다. 경

미가 눈짓을 하자 곧바로 주희와 애경이 한 솥 가득 무언가를 낑낑대
며 들고 왔다.

뚜껑을 열기 무섭게 솥에서는 뜨겁고도 뿌연 김이 솟아올랐다. 김
사이로 보인 시뻘건 국물에는 맛깔난 기름기가 둥둥 떠다니고 있었다.
열기를 품은 수증기가 얼굴을 간질여오자 현진은 저도 모르게 콧구멍
을 벌름거리며 입맛을 다셨다. 팀원들은 곧 무럭무럭 김을 내뿜는 국
밥을 마주할 수 있었다. 푸짐하게 담긴 밥을 본 순간 모두들 감격에 겨
워 황홀감마저 느꼈다. 곧 그들은 누구 할 것 없이 오로지 먹는 것에
만 열중했다. 좌중에는 숟가락질 소리와 국물 들이켜는 소리 외에는
정적만 흘렀다. 급하게 들이킨 뜨거운 국물에 덴 혀를 식히고자 입을
열 때마다 하얀 김들이 여기저기서 뿜어져 나왔다.

두 손으로 밥그릇을 들이붓다시피 해서 가장 먼저 그릇을 비운 현
진은 한껏 느껴지는 포만감에 깊은 숨을 몰아 내쉬었다.

"후아! 이제야 살 거 같네!"

평소와는 달리 한 대접만으로도 배가 채워지는 걸 보니 그새 위가
쪼그라든 모양이었다. 본능적인 쾌락에 겨워 땡땡 부푼 배를 두들기며
그는 한 끼 식사의 중요성을 여실히 체감했다.

"고건 고렇고…"

문득 생각난 듯 함께 밥을 먹고 있던 삼장이 뚜벅 입을 열었다. 그러
자 밥 먹기 급급하던 이들이 일제히 그를 쳐다보았다.

"우째 여서 지 텐트가 보이도록 친 눔이 단 한 명도 없누? 죄다 문이
정반대에 있거나 옆으로 났거나, 요 둘 중 하나란 말이제. 혹시 다덜
짜고 치기라도 한 긴가? 아니면 요 대장 몰래 먼가 꿍쳐 놓은 거라도
있누?"

매서운 표정으로 그가 좌중을 훑자 그와 눈길이 마주친 이들마다
어색한 웃음을 흘리며 고개를 수그렸다. 그리고는 다시 뜨문뜨문 수저

질을 이어갔다. 결국 밥을 다 먹고 멀뚱히 앉아 있던 현진 홀로 삼장의 시퍼런 눈길을 받아내야만 했다.

"하하, 대장님. 그거야 뭐 당연한 거 아니겠습니까? 어느 누가 딴 사람이 스토커처럼 자길 살피는 걸 좋아라 하겠습니까?"

"고건 고렇제."

고개를 끄덕이며 동의하던 삼장이 갑자기 눈을 부릅뜨며 으르렁거렸다.

"근디 니, 시방 내 보고 스토커라고 말하는 것이제?"

"에이, 설마요? 형님."

"형뉘임?"

삼장은 이번 여정 동안만은 자신을 형이 아닌 대장으로 부르도록 그에게 각별히 주지시킨 바 있었다. 그것은 모두가 또래인 그들 사이에서 공정한 지휘 체계를 잡기 위함이었는데, 현진으로서는 오랫동안 익숙해 있던 호칭을 겨우 바꾼 셈인지라 방금 전처럼 저도 모르게 옛 호칭이 튀어나오는 경우가 종종 발생하곤 했다.

"아이고, 죄송합니다. 대장님."

능청스러운 그의 웃음에 삼장은 한 차례 더 눈을 부라렸지만 더 이상의 말은 하지 않았다.

얼마 후 다른 이들도 하나둘 식사를 마쳐 갔다. 부른 배를 토닥이며 한숨 돌린 그들은 비로소 도란도란 대화를 나누기 시작했다. 대부분의 주제는 역시나 밥 짓는 어려움에 관한 것이었다. 현진의 짐작대로 모두가 덜 익은 생쌀을 먹거나 밥 짓는 것을 아예 포기해 버렸다. 그녀 역시 끝내 불씨를 살리지 못해 생감자 두 개를 먹은 것이 전부라고 했다. 한나절 내내 토로할 기회만 찾고 있었는지 한번 물꼬가 트이자 수많은 설움이 폭포수 같이 쏟아져 나왔다. 그중에서도 단연 압권은 정범이 자신의 소변을 마신 이야기였다. 그러자 옆에서 함께 듣고 있던 경미들이 자지러지며 야유 비슷한 비명을 질러댔다.

"잉, 귀한 체험 해 봤네! 근디 고것도 싸고 마시길 너댓 번 하다 보믄 나중엔 샛노란 눔만 나와서 도저히 못 먹게 된대이. 냄새도 무쟈게 고약허고. 내도 나중에야 알게 된 사실이지만 고거 걸러 먹는 방법이 따로 있대이."

마침 지나던 중 끼어든 삼장의 한마디였다.

"……."

아, 그는 정말이지 별의별 경험을 다 해 본 사람이었다. 소변을 많이 마신 것이 과연 자랑거리가 될 수 있는지는 모르겠지만, 현진은 그의 앞에 서면 압도적인 경험의 차이로 인해 작아지는 자신을 발견하곤 했다. 그에 비하면 자신의 경험이란 어찌나 빈약하고 초라해 보이는지!

그 한마디를 내뱉은 것을 끝으로 삼장은 자기 텐트로 휘적휘적 걸어갔고 나머지 팀원들은 더 이상 눈치 볼 것 없이 마음껏 속이야기들을 끄집어냈다. 삼장에 대해 알게 모르게 갖게 된 불만부터 시작해서 홀로 야영할 때 겪은 여러 어려움, 또 새로이 느낀 점 등 하루 사이에 무슨 할 말들이 그렇게 쌓였는지 그들의 수다는 끊이지 않고 이어졌다. 그러나 누구 하나 더 이상 못하겠다는 말은 꺼내지 않았다. 오히려 다들 내일은 제대로 한번 해 봐야지 결심하는 눈치였다. 그러던 중 작전참모와 행정보급관을 찾는 삼장의 부름에 진욱과 학성이 냉큼 뛰어갔다. 우왕좌왕했던 첫날에 비하면 비교할 수 없이 기민한 움직임이었다.

잠시 후 돌아온 진욱은 일행들에게 두 가지 공지 사항을 전달했다. 첫째, 이후의 여정은 원래 계획과 다를 것 없이 진행하겠으니 이만 각자의 텐트로 돌아가라는 것이었고, 둘째, 특별한 전달 사항이 없는 한 모레 아침까지는 텐트를 걷지 말고 그 위치에서 대기하라는 내용의 메시지였다. 이어 학성이 품에 한 아름 들고 온 사탕과 초콜릿을 팀원들에게 나누어 주기 시작했다. 이게 웬 것들이냐고 물으니 그가 오늘 아침 압수한 것들 중 일부라고 대답했다. 간만에 보는 달달한 음식이 반가웠지만 현진은 곧바로 입에 넣지 않고 혹시 모를 비상용으로 챙겨 두었다. 그런데 곁에서 잠자코 사탕을 받던 그녀가 돌연 주머니를 뒤적이더니 뭔가 한 움큼씩 일행들에게 나누어 주는 게 아닌가? 손을 펴 보니 학성이 준 것과는 또 다른 종류의 초콜릿이었다.

"어? 이건 또 웬 초콜릿이야?"

물품 담당인 학성마저 영문을 몰라 하는 가운데 삼장의 예리한 귀를 피해 현진이 소리 낮춰 묻자 그녀가 배시시 웃었다.

"사실 아까 아침에 사탕이랑 초콜릿 걷을 때 난 안 냈었거든. 그러니 다들 선생님께 들키지 않도록 몰래 먹어야 해. 그리고 학성아."

마침 자기 소관 영역에서 발생한 불미스러운 일에 대해 한마디 하고자 입을 떼려던 행정보급관이 그녀의 부름에 멈칫했다.

"입 간수 잘하렴. 다른 말 안 해도 알지?"

그녀는 학성에게 다른 이들보다 네댓 개의 초콜릿을 더 얹어 주었다. 뇌물 때문인지 아니면 살벌한 그녀의 눈빛 때문인지는 몰라도 그는 조용히 입을 다물었다. 물론 끝까지 비밀을 엄수하는 것도 잊지 않았다.

모두 잊지 않고 텐트에 경광등을 매달고 왔다지만 컴컴한 밤중에 까마득한 거리에서 깜박이는 불빛을 찾아낸다는 것은 그들로서는 요원한 일이었다. 1km가 넘는 거리 밖 어딘가에서 희미하게 발하고 있을 불빛에 도달하리라 기대하며 어둠 속을 헤쳐 가는 것은, 대략적인 방향만 가늠한 채 대양 위의 섬 하나를 찾으러 가는 만큼이나 무모한 일이었다. 특히 현진은 장막처럼 내린 어둠을 앞두고 지난 1차 팀에서 겪었던 끔찍한 기억을 되살리고 있었다.

당시에도 베이스캠프에서 저녁 식사를 마치고 각자의 텐트로 돌아가야 하는 상황이었는데, 마침 소지하고 있던 GPS에 텐트 위치를 기록

해 놓았다며 자신만만해 하던 그는 그때까지만 해도 GPS의 오차 범위가 크게는 수백 미터까지 날 수 있다는 사실을 미처 알지 못했었다.

"괜찮습니다. 형님! 이미 만반의 준비를 하고 왔으니 걱정일랑 붙들어 매십시오!"

현진은 차로 친히 데려다준다던 삼장에게 괜찮다고 호언장담을 하며 길을 나섰고, 오히려 자신이 길을 잃게 되어 GPS를 활용할 기회가 생기기를 은연중 기대하기까지 했다. 그렇게 무모했기에 당연한 수순처럼 그는 길을 잃고 말았다. 그 사실을 깨달았을 때는 이미 짙디짙은 어둠이 그를 에워싸고 있었다.

그것은 정말이지 문자 그대로 칠흑이었다. 심지어 코앞에서 흔드는 손마저 보이지 않았다. 그런 암흑 속에서 현진은 공포의 감정이 스멀스멀 피어오르는 것을 느꼈다. 처음에는 왔던 길로 되돌아가면 다시 베이스캠프를 발견할 수 있으리라는 생각에 몇 걸음 걸어도 보았지만 그게 정말 뒤쪽인지조차 확신할 수 없게 되자 그는 결국 포기해 버렸다.

"괜찮아, 괜찮아. 내겐 GPS가 있어."

점점 커져가는 공포심에 완전히 질려버리기 직전 현진은 마지막 수단으로 GPS를 꺼내 들었다.

그런데 이게 웬걸. 기기가 켜지는가 싶더니 메인 화면만 뜨고는 금세 꺼져버리는 게 아닌가! 그는 순간적으로 가슴이 덜컥 내려앉았다. 혹시나 하는 마음으로 다시 전원 버튼을 눌렀지만 결과는 마찬가지였다. 흔들어도 보고 쳐 보기도 하며 별짓을 다 해 봤지만 아무 소용이 없었다. 건전지가 수명을 다한 것이 틀림없었다. 밀려오는 허탈감이 너무나 컸던 나머지 현진은 그 막막한 순간에조차 웃음이 터지고 말았다. 그저 구색만 갖추면 충분하다는 생각으로 자신은 아무짝에도 쓸모없는 GPS를 생명줄인 것처럼 의지하고 있었던 셈이다.

그렇게 마지막 기대까지 무참히 짓밟히고 나자 만용을 부리던 마음은 순식간에 공포로 얼어붙고 말았다. 그때 그가 느낀 감정이란 흡사 거대한 군중의 바다에서 엄마 손을 놓쳐 버린 아이의 그것과 같지 않았을까? 그는 정말이지 울고 싶었다. 눈을 감으나 뜨나 다를 게 없는 어둠 속에서 현진은 어느 방향으로 가야 할지 짐작조차 할 수 없었다.

완전히 공황에 빠져 수십 차례나 방향을 틀어가며 뱅글뱅글 헤매던 그는 그로부터 얼마 뒤 차를 타고 나타난 삼장에 의해 가까스로 구조되었다. 삼장을 알게 된 이래 그가 그토록 반가웠던 적은 없었다. 차에 타고 나서야 현진은 자신이 목적지와는 전혀 다른 방향으로 향하고 있었음을 알 수 있었다. 만약 주위에 아무도 없이 자기 홀로 있었다면 어떻게 되었을지, 그는 상상만으로도 몸서리가 쳐졌다.

과거의 기억을 떠올리자 현진은 다시금 등골이 오싹해졌다. 동시에 지난날의 뼈저린 경험으로 얻은 교훈에도 불구하고 이번 팀에서도 물품을 준비함에 있어 크게 달라진 것 없는 스스로의 모습이 한심스럽게 느껴졌다. 그때의 경험으로부터 그저 GPS의 건전지 양만 늘려 챙긴 것은 하나만 보고 둘은 보지 못한 처사였다. 자신은 2차 팀이 시작되기 전 물품들을 전반적으로 점검해 코펠과 나침반 따위를 교체했어야 했다. 그러나 그는 그러지 않았고, 그것은 결국 아까 낮 동안의 갖은 고생으로 이어졌다. 그나마 그 정도로 끝난 게 다행이라는 생각이 들었다.

삼장도 현진만큼이나 1차 팀에서 일어났던 사고를 기억에 담아 두고 있었다. 당시 석연치 않은 마음에 그가 직접 현진을 찾으러 갔었으니 망정이지 그러지 않았다면 그로서도 무슨 일이 벌어졌을지 장담할 수가 없었다. 팀원들의 안전은 결국 자신의 책임이었다. 현진의 사건 이후 그는 팀원들의 행동거지에 배나 관심을 쏟았고 그들의 안전에 신중을 기하고 있었다.

'늘 점마가 말썽거리긴 헌다…'

현진의 뒷모습을 바라보며 삼장은 속으로 혀를 끌끌 찼다. 그러나 그는 이내 피식 웃고 말았다. 골칫거리 자식 놈에게 더 정이 간다고, 현진은 그에게도 묘한 존재였다.

'생각이 없는 늠은 결코 아닌디 고놈의 성깔이며, 눈빛이며 딱 옛적의 내를 보는 거 같단 말이제. 언제 어디로 튈지 방향을 종잡을 수가 없는 늠이니.'

현진은 평소 자신을 깍듯이 대하다가도 욱하는 기질이 유난히 심해 이따금씩 도발적인 언행을 서슴지 않았다. 그것은 비단 자신에게뿐 아니라 그를 둘러싼 세계 전체에 대한 그의 태도였다. 삼장이 보기에 그런 그의 모습은 제 맘에 안 드는 건 무작정 배척하고 보는 아이의 그것과 비슷했음에도 불구하고 한편으로는 끊임없이 제 길을 찾으려 애쓰고, 스스로를 다듬고 연마하려 노력하며, 심지어 또래의 다른 이들에게까지 손을 내미는 모습은 종종 대견함을 넘어 눈부시기까지 한 것이었다. 비록 그와의 인연이 언제까지 이어질지 삼장 자신도 알 수 없었지만, 삶이란 길을 먼저 걸어온 선배로서, 또 청춘을 뜨겁게 불태우고 있는 동생을 아끼는 형으로서 그 손을 잡아주고 싶다는 마음은 줄곧 가슴에 머물러 있었다.

문득 그와 현진의 눈길이 마주쳤다. 의미심장하게 자신을 주시하는 삼장의 눈빛에 현진이 쑥스럽고도 민망스런 웃음을 지었다. 그 역시 1차 팀에서의 일이 두고두고 미안했던 탓이리라. 어쨌거나 예전과 같은 사고를 미연에 방지하는 것이 중요했기 때문에 삼장은 경미들에게 2차 팀 전원을 텐트까지 바래다주고 오라는 지시를 내렸다. 놀랍게도 그녀들은 이미 모든 경광등의 위치를 파악하고 있었다. 하지만 여기 있네, 저기 있네 하며 그녀들이 가리키는 방향을 아무리 뚫어져라 쳐다봐도 한국 팀원들의 눈에 들어오는 것이라고는 그저 새카만 어둠뿐이었다. 그들로서는 그녀들의 시력이 상상 이상이라는 사실만 다시금 확인했을 뿐 사막은 여전히 검고 거대한 장벽처럼 느껴졌다.

결국 같은 방향인 현진과 진욱은 경미가, 그녀와 정범은 각각 선미와 애경이, 학성은 주희가 데려다주기로 했다. 이 밤중에 먼 거리를 갔다가 돌아와야 하는 그녀들에게 팀원들은 떠나기에 앞서 고마운 마음을 전했다.

"미안하대이, 애경아. 요것이 다 우리가 무능해서 그렇대이."

"아니에요, 오빠. 그런 걱정 안 해도 돼요."

정범의 말에 도리어 쑥스레 웃으며 앞장선 애경의 대꾸였다.

"그럼 다들 모레 아침에 보자고!"

"누나! 이번에는 불 잘 지펴서 꼭 밥 잘 챙겨 먹어요!"

각자의 길로 떠나기 전 팀원들은 힘찬 작별 인사를 나누었다. 실수는 한 번으로 족했다.

'모두 건강히 잘 지내길.'

현진은 그들 모두를 위해 짧게 기도했다.

현진과 진욱, 경미는 중간중간 솟아난 마른 덤불을 헤치며 구릉을 내려왔다. 경미가 앞장섰고 현진과 진욱이 그 뒤를 따랐다. 그녀의 발걸음은 어둠 속에서도 거침이 없었다. 그 거리가 이렇게 짧았나 싶을 정도로 그들은 금세 첫 목표지인 진욱의 텐트에 도착했다.

"걱정 마. 여기서부턴 이미 눈 감고도 다닐 수 있을 정도야."

진욱에게 작별을 고한 후 현진은 경미에게 혼자서도 갈 수 있으니 그만 돌아가라고 말했다. 그로서는 조금이라도 그녀의 수고를 덜어주고 싶은 마음에서였다. 그래도 바래다주겠노라고 고집하는 그녀를 현진은 한사코 만류했다. 결국 완고한 그의 태도에 그녀가 체념하고 작별 인사를 건넸다.

"그럼 오빠, 조심히 가세요. 잘 지내고 모레 봐."

그녀는 금세 어둠 속으로 파묻혔다. 그녀를 배웅한 후 현진은 조심스레 걸음을 떼었다. 비록 낮 동안 근방을 돌아다니며 자연스레 지형을 익히기 했지만 사막의 밤길은 늘 조심스러울 수밖에 없었다. 다행히 차근히 걸어간 그는 시간이 걸리긴 했어도 어렵지 않게 전방에서 깜박이는 붉은 빛을 발견할 수 있었다. 오랫동안 주시하고 있지 않으면 쉽게 지나칠 만한 강도의 빛이었다. 그는 안도의 숨을 쉬었다. 희미한 불빛을 따라 걸어갈수록 달빛에 반사된 크고 둥근 텐트의 윤곽이 서서히 드러났다. 본연의 얼룩덜룩한 군용무늬를 숨긴 채 짙은 그림자를 두르고 있는 텐트의 모습은 그 이름처럼 정말로 거대한 코끼리 한 마리가 무릎을 꿇고 앉아 있는 것만 같았다. 머리 부근에서는 붉은 경광등이 야수의 눈처럼 번쩍이고 있었다. 현진은 내심 거금을 들여 새로 장만하길 잘했다는 생각이 들었다. 상록은 이 황량한 땅에서 그가 의지할 수 있는 든든하고 안락한 거처였다.

텐트 안으로 들어와 몇 줄의 글이라도 쓸 생각이었던 현진은 엎드리자마자 밀려오는 피곤함에 그대로 등을 돌리고 누워 버렸다.

"후우…."

기나긴 하루를 마쳤다는 생각에 절로 한숨이 새어 나왔다. 그는 침낭을 꺼내 덮은 후 가만히 잠을 청했다. 그런데 눈을 감은 그의 정신이 서서히 흐릿해져 가는 순간, 자칫하면 들을 수 없을 정도로 조그마한 소리가 바람처럼 텐트 안을 휘젓고 지나갔다. 몽롱한 의식 속에서도 현진은 귀를 기울였다. 처음에는 휘파람 소리 같던 그것은 차츰 명확해졌는데, 다름 아닌 기타의 선율과 누군가의 노랫소리였다.

그는 순간적으로 정신이 번쩍 들었다. 그녀였다! 차갑게 내려앉은 밤공기가 소리를 모으는 역할을 한 것일까? 그녀와의 거리가 무척이나 멀었음에도 그 거리를 가로질러 들려오는 소리가 신기하게만 여겨졌다. 꿈같이 아득한 노랫소리는 막 잠에 빠지려던 그를 깨우고 자신에게 오라고 귓가에 속삭이는 것 같았다. 잠깐 동안 현진은 치열히 갈등했다. 그러나 결정을 내리기까지는 오래 걸리지 않았다. 그는 부름에 응하기로 했다. 좀 더 가까이서 그녀의 목소리를 듣고 그녀를 느끼고 싶었다.

바닥에 누워 있기를 간절히 바라는 몸을 완고한 의지로 일으켜 세운 현진은 텐트를 나서기 전 랜턴을 챙겨 들었다. 그러나 구태여 랜턴을 켜서 다른 누군가에게 이 은밀한 이동을 들키고 싶지는 않았기에 그는 오로지 옅은 달빛에만 의지한 채 걸어가기로 했다. 몇 차례 억센 가지에 걸리고 돌부리에 발을 헛디디면서도 그는 굼뜨나마 꾸준히 앞으로 나아갔다. 그렇게 꽤 오랜 시간을 걸어가자 진욱의 텐트가 눈앞에 나타났다.

'이제 반 온 셈이군.'

현진은 그의 텐트를 빙 둘러갔다. 어느새 하늘에는 별들이 강바닥의 자갈처럼 빼곡히 박혀 그를 굽어보고 있었다. 일 년에 한 번 어느 연인의 재회를 위해 다리를 놓는다는 그들에 관한 전설이 부디 자신에게도 함께하기를 바라며 현진은 그녀에게 닿고자 꿋꿋이 걸어갔다. 점차 커져가는 노랫소리가 그가 가야 할 방향을 이끌어 주고 있었다. 그러기를 다시 얼마간, 작은 구릉을 넘자마자 앞쪽으로 옅은 불빛이 새어 나오는 텐트가 보였다. 그녀의 텐트였다. 현진은 좀 더 걸어간 뒤 그녀의 텐트가 잘 보이는 자리에 멈춰 앉았다. 그의 맞은편 위로는 몸집을 부풀린 손톱 모양의 달이 수줍게 떠 있었다.

노래는 이제 크고도 선명해져 있었다. 사막 위를 잔잔하고도 몽롱하게 흐르는 노랫소리가 그의 가슴을 아련히 적셔 왔다. 그는 홀로 노래 부르고 있는 그녀의 하나뿐인 외로운 관객이었다. 누군가 자신의 노래를 이렇게나 가까이서 듣고 있으리라고 그녀는 상상도 못 할 터였다. 한동안 그러고 있자니 괜스레 마음이 싱숭생숭해진 현진은 아예 땅바닥에 드러누웠다. 올려다본 밤하늘에는 은은한 별의 강물이 그림처럼 흐르고 있었다. 그로서는 아무리 봐도 질리지 않는 광경이었다. 하나뿐인 연주자도, 하나뿐인 관객도 그저 자신의 마음에 충실한 시간, 그렇게 사막의 밤이 달콤한 꿈처럼 피어나고 있었다.

4

어디선가 들려온 희미한 고음에 현진은 잠에서 깼다. 사막의 고즈넉한 아침 공기 속으로 곱게 울려 퍼지는 소리가 기분 좋게 그의 귀를 간질여댔다. 무슨 소린가 싶어 가만히 들어보니 그것은 누군가 경쾌한 리듬으로 휘파람을 부는 것도 같았고, 진욱이 남몰래 오카리나를 불고 있는 것도 같았다. 하지만 현진은 곧 그것이 새가 지저귀는 소리임을 깨달았다. 규칙적으로 반복되는 리듬은 점차 또렷해지고 있었다. 신기한 일이었다.

'설마 이 사막에 새가 있을 줄이야.'

그로서는 새들이 무엇을 먹고 살지 상상이 되질 않았다.

새의 지저귐으로 시작된 아침은 조용하고 여유로웠다. 현진은 팔을 뻗어 옆에 놓인 물통을 집어 들고 한 모금 들이켰다. 밤사이 차게 식은 물이 입 안을 적시고 텁텁해진 목구멍을 지나 위까지 도달하자 화들짝 놀란 위가 잠에서 깨나며 잊고 있던 공복감이 느껴졌다. 그러나 그는 그로부터 한참을 더 침낭 속에서 미적거렸다.

따뜻한 온기를 품은 침낭과의 열렬하고도 기나긴 작별 끝에 현진이 입구를 열고 밖으로 나왔을 때는 이미 해가 지평 위로 솟은 뒤였다. 차근히 데워지고 있는 아침 공기가 그의 살갗에 부딪쳐 왔다. 어제 전해 들은 대로라면 오늘은 온종일을 홀로 보내야 했다. 오늘만큼은 다른 이들의 시간을 방해하지 않으면서 그 역시 온전히 자기만의 시간을 가질 참이었다.

'보자, 그럼 뭐부터 할까? 주변이나 좀 걷다 올까? 아냐, 배고프니 밥부터 짓자. 아냐, 그것도 귀찮아. 그리고 보니 딱히 할 게 없네. 그냥 다시 텐트로 들어가 글이나 좀 쓸까?'

할 만한 것을 생각하려 해도 막상 떠오르는 것은 별로 없었고 몇몇 떠올린 것들마저 지금 당장 해야 할 만큼 급박하진 않았다. 이러다가는 다시 텐트로 돌아가 잠이나 자자는 식으로 결론난다 하더라도 이상할 것이 없었다.

앞으로 하루를 이대로 무료하게 보내야 할지도 모른다는 낭패감과 더불어 뭔가 한심하다는 기분을 떨칠 수가 없어 현진은 우선 몸부터 움직이기로 했다. 아무리 허기가 지더라도 일어나자마자 밥 짓겠다고 열심이거나 벌써부터 주저앉아 글을 쓰고 싶지는 않았다. 차라리 주변을 걸으며 하루 일정을 차근히 계획해 보는 것도 좋겠다는 생각이 들었다.

서늘한 햇볕 아래 이십여 분을 걷자 자는 사이 굳어진 근육들이 차츰 부드럽게 이완되어 갔다. 시선을 들어 앞을 바라보니 멀리 야트막한 구릉이 하나 솟아 있었다. 구릉까지의 거리는 약 1km. 구릉 뒤로는 파란 하늘이 창창히 펼쳐져 있었다. 그 시원스레 뻗은 하늘과 땅을 보고 있자니 괜히 가슴이 설레면서 호연지기가 솟구쳐 올랐다. 현진은 그 자리에서 무릎과 허벅지 근육을 차근차근 풀어주기 시작했다. 이어 등과 허리를 차례로 비틀자 흡사 차바퀴로 자갈밭을 지날 때나 날 법한 소리가 터져 나왔다. 그는 마지막으로 발목을 풀어준 후 숨을 크게 들이마셨다. 그리고 숨을 내뱉는 동시에 구릉을 향해 힘차게 발을 굴렀다. 처음에는 천천히, 그리고 점차 빠르게 속력을 내자 아직 예열되지 않은 폐가 급격히 확장과 수축을 반복하며 금세 호흡이 가빠져 왔다. 그의 가슴팍에 부딪친 공기가 몸이 나아가는 기세에 밀려 뒤쪽으로 산산이 흩어지고 있었다.

구릉까지의 거리는 생각보다 멀었다. 현진은 한참을 달려서야 겨우 구릉 밑에 도착할 수 있었다. 그는 멈추지 않고 마지막 박차를 가해 오르막을 오르기 시작했다. 한 줌의 공기로 간신히 연명하던 폐는 끝내 동작을 멈추었고, 그와 동시에 숨이 턱 막혀 왔다. 현진의 얼굴이 제멋대로 구겨졌다. 다른 소리는 들리지 않고 오직 펄떡이는 맥동만이 북소리처럼 몸 안을 울려대는 가운데 하늘이 눈에 들어올 듯 가까워졌다. 그는 남은 힘을 짜내 마침내 정상에 다다랐다.

"후아아아아!"

막혔던 숨이 일시에 터져 나왔다. 텅 비어 있던 폐는 급격히 밀려드는 공기로 순식간에 팽창되었지만 곧 더 많은 산소를 갈급해하며 새로운 공기를 들이켜기 위해 다시 격하게 수축되었다. 그러기를 한참이나 반복한 후에야 거칠어졌던 호흡이 조금씩 누그러졌다.

현진은 바닥에 벌러덩 드러누웠다. 눈꺼풀에 온통 하늘을 덮어씌웠는지 여기를 보나 저기를 보나 시야를 메운 것이라고는 짙푸름 일색이었다. 부실 정도로 선명한 그 창연함 속으로 정신이 몽땅 빨려들 것 같았다. 하늘을 올려다보는 것은 늘 기분 좋은 일이었으나 이렇게 몸 곳곳이 아우성을 치며 비명을 지르는 동안에는 더욱 그랬다. 마치 온몸의 세포 하나하나가 제각기 들뜬 축제를 벌이는 기분이랄까.

천천히 뛰기 시작해서 결국에는 있는 힘껏 달려 지칠 대로 지친 몸을 바닥에 누이는 것. 그것은 이따금 하나의 의식처럼 이어져 온 사막에서의 아침 일과 중 하나였다. 그간 모래 먼지에 시달렸을 폐를 뛰는 박자에 맞춰 탈탈 털어낸다는 기분도 들었고, 계속 걷기만 하느라 수축되고 옹졸해졌을 근육을 한도 범위까지 기운차게 늘려 준다는 개운함도 있었다.

위아래로 오르내리는 가슴을 달래며 한참을 누워 있던 현진은 심장의 고동이 잦아들 즈음 몸을 일으켰다. 그러자 이번에는 구릉 아래로 펼쳐진 땅이 시야를 한가득 채워 왔다. 위에서 내려다본 탓인지 지평선은 평소보다 훨씬 멀리 떨어져 있는 것 같았다. 드문드문 녹지를 품은 대지는 하늘과 맞닿는 경계에까지 시원스레 뻗어 있었고, 그 광대한 면적만큼이나 적적한 땅 위로 무수한 자갈이 저마다 그림자와 뒤섞여 희고 검은빛을 발하고 있었다. 황량하고 삭막하지만 동시에 평화롭다고까지 느껴지는 광경을 그는 넋을 잃고 바라보았다.

그러기를 얼마쯤, 먼 지평으로부터 물밀 듯이 밀려온 아득함이 그의 안에서 술기운처럼 퍼져가는 가운데 현진은 일 년 전 사막을 처음 마주했을 때의 기억에 차츰 취해 들었다.

처음 사막 위에 선 순간 나는 기쁘지도 슬프지도 않았다. 그런 감정들은 오히려 첫 대면이 있고 조금 지나서야 닥친 자질구레한 것들에 불과했다. 그 단조로운 선과 망망한 공간의 펼쳐짐을 앞두고 자기 존재라는 것을 티끌만큼도 느끼지 못한 이가, 어찌 저 흔한 도심 속 공해처럼 매캐하게 떠다니는 감정들로 그 순간을 망쳐버린단 말인가. 그럴수 있다고 한다면 난 거짓말을 한 셈이 되리라. 나는 말을 처음 배우던 시절로 돌아간 듯 아, 아, 거리며 그 무엇을 어린 짐승의 울음처럼 어눌하고도 바보스럽게 떠듬떠듬 뱉어냈을 뿐이다. 난 잠시나마 어떤 생각이나 감정 따위에서 벗어나 있었다. 굳이 표현하자면 무(無), 했다고 해야 할까. 섣불리 멍했다고 표현하기에는 하늘과 땅, 그 사이로 흐르는 바람을 생생히 감각할 만큼 내 정신은 지나치게 또렷했다.

지금 내 주위로는 아무도 없었다. 다른 일행들은 서로 수십 분씩 걸어야 닿을 수 있는 거리에 한참이나 떨어져 있었다. 난 어떤 자유로움을 느끼며 먼 지평을 향해 무심코 걸음을 떼었다.

저벅저벅—

자갈에 맞닿는 발소리가 유난히 주위로 크게 퍼졌다. 꽤 오랜 시간을 아무 생각 없이 난 그렇게 걸어갔다.

'지금 난, 어딜 향해 걷고 있는 거지?'

그러다 갑작스레 떠오른 의문. 지금껏 사막을 그저 걷고 싶을 뿐이라는 목적 없는 동기면 충분했기에 내 스스로도 그런 질문을 던져 본 적은 없었다.

저 지평 너머에는 아무것도 없을 것이다. 그저 밑그림처럼 그어진 단조로운 선과 그 안에 채색된 황량한 땅만 반복될 뿐. 더구나 지금이야 선으로 보이지만 다가서려고 하면 늘 뒤로 물러나기 일쑤, 발을 딛고 설 선이란 그 어디에도 존재하지 않는다. 지평선이란 세계의 끝이 아니라 도리어 끝없는 출발점인 가상의 영역과 같다. 그렇다면 지금 난 그런 허상에 닿고자 이렇게 애를 쓰고 있는 것일까?

아니, 아니다. 난 지금 지평을 향해 걷는 것이 아니다. 눈에 보이지 않는 무언가, 저 밖의 세계가 아닌 내 안의 무언가에 닿고자 안간힘을 쓰고 있다. 걸음은 밖을 향하고 있지만 눈은 안을 향해 있다는 걸 내 스스로 알 수 있다. 지금껏 제대로 바라본 적 없는 내 안의 욕망, 그 욕망을 따라 나는 걷고 있는 것이다. 하지만 이 광막한 공간 속에서 도대체 어떤 욕망이 자라날 수 있단 말인가? 한 그루 묘목조차 발견하기 어려운 이 황량함 속에 감히 뿌리 내린 그것의 정체란 무엇이란 말인가? 나도 모른다. 다만 한 가지. 원하는 곳에 어떻게든 닿고야 말리라는 명료한 갈망이 아닌, 닿을 수 없음을 알면서도 다가가고자 하는 복잡하게 헝클어진 충동, 그 얼키설키 뒤엉킨 욕망을 걷는 행위를 통해 조금쯤 풀어내려 한다는 사실을 겨우 짐작할 뿐이다.

걷는 동안 사막은 조용했다. 주위에 부는 바람은 시끄럽지 않았고 이따금 자갈에 부딪히는 발소리만이 낮게 울려 퍼졌다. 땅 위로 솟아난 작은 풀들은 삐죽이 내민 머리를 조금씩 흔들어 댔고 먼발치에 자리 잡은 몇 덩이 구름은 누군가 박아 놓은 그림처럼 정지해 있었다. 단조로움의 극치. 나로서는 차마 헤아릴 수 없을 오랜 세월 그래 왔던 그대로 사막은 거대한 고요 속에 머물러 있었다. 그리고 앞으로도 계속 그렇게 존재할 것이다….

그 순간, 저 높은 허공으로부터 곤두박질치기 직전에나 느낄 법한 끔찍하리만치 아연한 감각이 머리끝부터 발끝까지 온몸을 휩쓸었다. 동시에 잘 벼린 날붙이와 같은 무언가가 가슴 한복판을 난도질하듯 섬뜩섬뜩 도려내기 시작했다. 그 무심하고도 냉혹한 칼부림의 감각에 나는 그만 숨이 턱 막혔다. 파고드는 구멍은 갈수록 깊고 커져만 갔고, 그 속으로 잠식되는 스스로의 모습을 나는 무기력하고도 생생히 지켜보고만 있었다. 내 안을 채우던 온갖 상념과 감정들이 모조리 그 안으로 빨려 들어가 흔적조차 찾을 수 없었다. 정말 모든 것이 순식간에 사라졌다. 남은 것이라고는 오로지 그 감각, 잠깐 사이에 아찔할 정도로 덩치를 불린 시리도록 공허한 감각뿐이었다. 바로 그것이 뻥 뚫린 가슴 한가운데서 똬리를 틀고 독사같이 혓바닥을 날름거리고 있었다. 그런데 어느 순간, 나는 그것이 내게 결코 새롭거나 낯선 감각이 아님을 알아차렸다. 아니, 낯설지 않은 정도가 아니었다. 그것은 언제부턴가 그림자처럼 나를 따라다니던 감각이었다. 그럼에도 불구하고 아직껏 친숙해질 수 없는 감각. 세상 모두와 단절되어 외따로 존재한다는 감각. 바로…

'고독감.'

그러나 그 정체를 알았다고 해서 그에 맞대응할 수 있는 것이 내겐 아무것도 없었다. 정지된 장면처럼 침묵해 있는 사막에는 내 사고와 감정을 채울 만한 잡다한 어느 것도 없었다. 난 어디로도 피하지 못했고 무엇으로도 나를 가리지 못했다. 그저 두 눈 버젓이 뜨고 그것을 맞대야 했다. 심지어 바람마저 나를 비켜가고 있었다. 침을 삼키며 울렁이는 속을 달래 보았지만 아무 소용이 없었다. 돌연 원인을 알 수 없는 먹먹함이 그득히 차오르더니 가슴이 쇳덩이를 얹은 듯 갑갑해졌다. 이대로라면 질식할 것만 같았다. 더 이상 참아내기가 불가능했을 때, 내 입으로부터 한 줄기 괴성이 터져나갔다. 쥐어짜듯 몸을 비틀어대며 짐승의 울음처럼 토해 낸 일갈. 잠시나마 몸이 팽팽히 긴장되면서 속을 뒤집어 놓던 울렁임이 가라앉고 숨이 조금 트였다. 나는 기회를 놓치지 않고 내 안의 그것을 완전히 몰아내고자 안간힘을 썼다. 난 다시 목이 터져라 부르짖었다. 한 번, 두 번, 세 번 … 여섯 번, 일곱 번….

그러나 비명과 같이 터진 고함은 즉흥적이고 단발적인 외침으로 끝났을 뿐, 한순간도 공기 중에 머물지 못하고 사막의 적막 속에 묻히듯 사라져 갔다. 허공에 던진 돌멩이가 궤적조차 남기지 못하고 땅에 떨어지듯 마지막에 남겨진 것은 둔탁한 가슴속 멍울뿐이었다. 그나마 역겨우리만치 속을 뒤집어대던 감각은 다소 가셨지만 지나치게 소리를 지른 탓에 무거운 추라도 단 것처럼 머리가 어질어질했다. 나는 패잔병처럼 고개를 푹 수그린 채 땅 위로 늘어지려는 몸을 겨우겨우 붙잡아 일으키려 애썼다. 누군가 날카로운 끌로 긁어내기라도 한 것처럼 목구멍이 뜨겁도록 아팠다. 그러나 가슴은 활활 타오르는 불길에 할퀴어지고 물어뜯기고 갈기갈기 찢기다 못해 마침내 버석 연소되어 버린 잿더미로만 남아 있는 것 같았다.

난 무엇이 이토록 답답한 것일까? 무엇이 날 이렇게 못 견디게 만드는 것일까? 내 안에 나도 모르는 한(恨) 비슷한 거라도 응어리져 있는 것일까? 글쎄— 과연 내 안에 그런 게 있을까? 내 인생이라고 한다면, 고작 삼십 년도 안 되는 시간을 비틀비틀 보내온 것이 전부다. 그 짧은 세월을 곰곰이 되짚어 봐도 특별한 건 없다. 기껏해야 이혼으로 마무리된 부모의 골 깊은 다툼이 상상 외로 길고 치열했다는 정도? 아니면 어떤 종류의 외로움은 암만 고함을 지르고 몸을 뒤틀고 아등바등하며 무슨 수를 쓰더라도 결코 해소되지 않는다는 사실을 어릴 적부터 깨닫게 되었다는 정도? 그래, 그 외로움은 그동안 나를 두 번 죽일 뻔했다. 하지만 대체 그게 어떻다는 말인가? 남편이 아내에게 몽둥이를 휘두르든 아내가 남편에게 칼을 겨누든, 어쨌거나 이혼은 오늘날 흔한 일이며, 그런 가정의 자식이라면 숙명처럼 자신에게까지 미치는 파장으로부터 생존의 의무가 있는 건 당연한 것 아닌가? 그런 것쯤은 나 아닌 누구라도 충분히 겪는 일들일 뿐이다. 부부가 상대에 대한 증오 때문에 서로를 살해하고, 한때는 그들 애정의 결실로서 그 탄생을 축하했을지도 모를 어린 자식을 고층 밖으로 내던졌다는 식의 사회면을 장식한 신문기사들만 보더라도 내가 겪은 일들은 지나치게 사치스럽지 않은가?

나는 고개를 들어 주위를 둘러보았다. 역시나 눈에 들어오는 것이라곤 횅한 대지와 텅 빈 하늘뿐이다. 돌연 내가 사막 한복판에 서 있다는 사실이 새삼스레 큰 놀라움으로 다가온다. 분명 생생한 현실이건만 동시에 꿈같기도 하다. 아…. 나는 그간 겪어온 세계와는 전혀 딴판의 세계에 와 있구나!

지금 서 있는 이곳이 다름 아닌 사막이라는 사실. 그것은 마치 하나의 깨달음처럼 홀연히 닥쳐왔다. 이곳에는 새까맣고 반질반질한 도로도, 그 옆으로 나열된 높고 낮은 건물도 없다. 한 블록 걷는 사이에도 십수 번 바뀌는 짜증나는 상가의 음악도, 눈을 어지럽히는 휘황한 도심의 불빛도 없다. 그 많은 언어와 수식과 빛나는 화면들이 이곳에는 없다. 쉴 틈을 주지 않고 나를 가장하던 또 다른 '나'들이 없다. 사막에 온 뒤로 내가 맞닥뜨린 풍경과 소리와 생활은 참으로 단조롭기만 하다. 그래서 그것들은 어쩌면, '무(無)'를 닮아있었다.

'무'

나는 껄끄러운 모래알을 굴리듯 그 글자를 입 안에서 몇 번이고 되뇌어 보았다. 아무런 느낌도 없었다. 아니, 딱 한 가지. 그것이 나타내려는 의미만큼이나 무미 무취의 공허감이 독처럼 배어 있었다. 우후죽순처럼 떠오르는 생각과 감정들, 나날이 열띠게 혹은 나태하게 행해지는 행동들, 세상에서 살아가는 수많은 사람과 그보다 더 무수히 발생하는 사건들, 그리고 그것들의 역사까지— 움직이고 약동하는 그 모든 존재가 사라진 이 땅에서, 어쩌면 나는 존재의 실상은 무상(無常)이라는 결론에 다다랐던 것은 아니었을까. 그것이 자못 세상 짐은 홀로 다 진 것 같은 내 사춘기적 마음에 잠시나마 원통함의 불을 지폈던 것은 아니었을까.

그러나 사실 그건 내게 그리 새롭지도 비약적이지도 않은 결론이었다. 모든 것이 끝내는 먼지처럼 스러지고 말리라는, 모든 삶이 필연적으로 하나의 숙명으로 귀결되리라는 명제는 어릴 적부터 내가 염불처럼 되뇌며 위안을 받아 온 신앙과도 같은 견고한 진실이었다. 도저히 해소할 길 없는 외로움에 치여 허우적거릴 때마다 그것은 머지않았다고, 모든 이가 맞게 될 그 숙명의 칼날이 곧 내게도 영원한 안식을 줄 터이니 그리 걱정하지 말라며 쓰러지려는 나를 도리어 일으켜 세우곤 했던 것이다. 그것이 다른 모든 관념을 밀어내고 사막 한복판에 나타났다고 해서 놀라울 것은 없었다.

정작 놀라운 건 그것이 일으킨 감정의 방향과 농도였다. 그것은 어느 경전에 나올 법한 철학적 잠언에 머물지 않고 가슴을 후벼 파는 현실감을 담은 채 내게로 쏘아져 왔다. 그렇게 박힌 화살은 지금껏 나를 위로해주던 것과는 달리 내가 바라보는 세상의 모든 가치를 빛바래게 만들었다. 인간이 만들어낸 모든 것의 상실. 모든 인간적 가치와 의미의 상실. 그리고 완전한 무…. 사막만큼이나 아연한 그것은 금세 나를 잠식했고, 대관절 존재에 무슨 의미가 있느냐는 질문에 물음표뿐인 대답은 텅 빈 가슴에 메울 수 없는 허망함만을 불러왔다. 진실은 더 이상 위안이 되지 못했고, 그저 너무 깊어서 헤어 나올 가망조차 바랄 수 없는 거대한 암흑 구덩이 같았다.

돌연 어떤 큰 슬픔이 내게로 밀려왔다. 갑자기 닥친 무의미의 도래. 그 진실의 격랑 앞에선 그토록 눈부시던 자유도, 꿈도, 아름다운 풍광도 그저 한순간의 유희며 장난질에 불과해 보였다. 세상의 모든 것이 결국에는 사막에 날리는 모래알처럼 스러져 갈 것이 분명하건만!

그 슬픔의 끝에서, 나는 또다시 화가 났다. 스스로 바라지도 않았건만 덥석 주어져 기껏 고통만 주다 무의미로 종결되는 삶이라니! 원통했다. 내가 겪은 고통들이 — 설사 그것들이 아무리 보잘것없는 고통일지라도! — 일말의 의미조차 없으리라는 사실을 도저히 받아들일 수가 없었다. 그럴 거라면 모든 게 애초에 시작되지 않았어야 했다. 그러나 이왕 시작되었다면 당장이라도 그 모든 게 끝나버려야 한다. 그래 완전히, 영원히 사라져야 한다!

어느 순간부터 나는 또다시 고래고래 악을 지르고 있었다. 그것은 차라리 절규에 가까웠다. 이내 목마저 잠겨 쉭쉭 껄끄러운 쉰 소리만 나왔지만, 나는 멈추지 않았다. 결코 이렇게 해서 풀릴 문제가 아니라는 걸 알면서도 뭐라도 내뱉지 않고서는 견딜 수가 없었다. — 아, 어찌하여 나는 그토록 서럽고 애통했는지! — 입에서 메마른 울음이 띄엄띄엄 비어져 나왔다. 그러나 끝내 눈물은 흐르지 않았다.

한참 후 다시 정신을 차렸을 때, 완전히 기진해진 채로 무릎을 꿇고 엎드린 내 자신을 발견했을 때, 그때에도 사막은 여전한 고요함에 머물러 있었다. 내가 온갖 감정들을 절절히 토해내는 동안 사막은 일말의 동요도 없이 처음 모습 그대로였다. 원하는 만큼 뱉어내라는 듯, 자기와 아무런 상관이 없다는 듯, 무슨 짓을 하든 그 단단한 고요를 무너뜨릴 수는 없다는 듯, 매정할 정도로 무심한 모습으로 침묵하고 있었다. 그 순간 나는 내가 쏟아낸 그 모든 것들이 보잘것없는 쓰레기처럼 여겨졌다. 나의 완패였다. 사막의 그 유구한 냉담함 앞에서 나는 결코 이길 수 없는 싸움을 벌인 셈이었다.

나는 땅바닥에 털썩 드러누웠다. 격하게 들끓던 가슴이 폭우를 만난 불씨처럼 비참히 식어 있었다. 바뀐 건 아무것도 없었다. 두 눈 가득 들어온 하늘은 여전히 깊고도 청명한 멋을 뽐내고 있었다. 어이가 없어 웃음이 나왔다. 그래, 원래부터 그랬어. 앞으로도 계속 그럴 거고. 결국 넌 그렇게 늘 높고 푸르겠지. 변하는 건 아무것도 없는 채로. 어쩌면 유한한 자기 존재에 수긍하며 살아가면 그만인 내가 애초에 나 이상의 것을 헤아리고 품으려 했던 것부터가 잘못이었는지도 몰라.

그 순간 나는 내 안의 욕망, 나로 하여금 사막을 찾게 하고 또 걷도록 만든 욕망의 윤곽을 어렴풋이 확인할 수 있었다.

아아— 어쩌면 그것은 나약한 인간이 마지막으로 불사른 광포한 의지였는지도! 혹은 거대한 무 앞에 선 유한한 존재로서 죽음만은 제 의지로 택하겠다는 눈물겨운 발악이었는지도!

'그래. 덧없고도 뜨거운 자유, 바로 그것이었는지도!'

그리고 난 새삼스레 기억해 냈다. 맞아, 난 이곳에 죽으러 왔었지. 가장 진실을 닮은 이 땅에서 그 진실을 맞대하며, 내 세 번째 죽음을 감행하기 위해서.

문득, 사막바람이 덧없이 스쳤다.

이제 조금은 더워진 햇살 속에서 현진은 천천히 눈을 떴다. 지평 너머로부터 불어왔을 바람이 그의 몸에 부딪쳐 잠시 멈칫하고는 금세 어디론가 떠나갔다. 그 자리를 또 다른 바람이 부딪치고 다시 떠나갔다. 한낮의 열기를 예고하는 공기가 살랑거리며 살갗에 와 닿는 감촉이 그의 가슴에 어떤 온기를 불어넣어 주었다.

'바람을 맞는다는 게 이렇게 기분 좋은 일이었나.'

바뀐 건 자신이었다. 사막은 더 이상 덧없지도 허무하지도 않았다. 다만 예나 지금이나 변함없이 고요할 뿐이었다. 그런 사막이 그는 좋았다.

그리고 다시, 바람이 부드럽게 그를 휘감았다.

5

날이 밝아질수록 현진이 느끼는 공복감도 점차 심해졌다. 전날과 마찬가지로 아침부터 발발대며 열심히 돌아다닌 탓이었다. 하지만 달라진 점도 있었다. 어제는 밥 한 끼 먹을 수나 있을까 걱정부터 앞섰다면 지금은 밥이 되든지 죽이 되든지 제대로 밥 한번 지어 보자는 의욕이 무럭무럭 샘솟고 있었다. 사실 어제는 밥을 짓기 전부터 자신감을 잃은 상태였다. 온 정성을 쏟아도 모자랄 판에 홀로 해야 한다는 압박이, 또 혼자서도 잘할 수 있을까 하는 좀스러운 의혹이 그를 갉아먹었던 것이다. 거기에는 까짓것 끽하면 한 끼 굶으면 그만이라는 안일한 생각도 한몫했었다. 그러나 한 번의 실패를 경험하면서 그의 마음은 오히려 담담해졌다. 이번에는 서두르지 않고 차근히 해 볼 셈이었다.

현진은 텐트 주위를 오가며 아르갈부터 모으기 시작했다. 그렇게 모은 아르갈은 혹시라도 배어 있을 습기를 말리기 위해 넓게 펼쳐 놓았다. 그사이 어제 받침으로 사용했던 돌들을 치우고 보다 평평하고 높낮이가 고른 돌들을 찾아내 각 방향으로 배치했다. 아르갈이 말랐다고 생각되자 그는 돌들 사이의 빈 공간에 그것들을 조각조각 부수어 쌓아 올렸다. 그리고 불쏘시개로 쓸 노트를 몇 장 뜯어 돌돌 만 후 아르갈 사이로 난 틈 곳곳에 찔러 넣었다. 비록 한 컵 분량의 식사에 불과했지만 그는 그 모든 과정을 정성껏 수행해 나갔다.

그러나 모든 과정에 마냥 신중하기만 해서는 안 되었다. 때로는 민

첩할 필요도 있었다. 가령 지금과 같은 경우가 그랬다. 그는 종이를 한 장 새로 찢어 불을 붙이고는 미리 찔러 놓은 종이들에 잽싸게 옮겨 붙였다. 모든 종이에 불을 붙인 후에는 손에 들고 있던 종이까지 더미 사이에 꽂아 넣었다. 아르갈 더미를 향해 둥글게 말아놓은 종이들이 일제히 타들어 가는 장면은 여러 개의 도화선이 이어진 폭탄을 연상시켰다. 현진은 혹시 몰라 몇 장의 노트를 더 뜯어 불 속에 집어넣었다. 불만 제대로 피울 수 있다면 노트 한 권을 통째로 쓴대도 아깝지 않았다. 글이야 나중에 한국에 가서도 얼마든지 쓸 수 있는 것이니까.

그런 그의 노력이 결실을 맺은 것일까. 층층이 쌓인 아르갈 사이로 불씨가 번지는가 싶더니 마침내 작은 불꽃들이 여기저기서 피어오르기 시작했다. 현진은 저도 모르게 환호성을 질렀다. 한 번에 성공했다는 사실에 감격한 나머지 그는 덩실덩실 춤이라도 추고 싶은 심정이었다. 불꽃은 조금씩이나마 꾸준히 그 세를 확장하고 있었다. 이제 그 불들이 꺼지지 않도록 유지시켜 줘야 했다. 그러면 불꽃들은 자연히 한데 어우러져 하나의 큰 불길을 이루게 될 터였다. 현진은 돌들이 한데 모이는 빈 지점에 예의 쇠 컵을 올려놓았다. 컵에는 쌀과 물만 들어 있었다.

"자, 그럼 회심의 밥을 지어볼까?"

낮아질 대로 낮아졌던 그의 자존감은 첫 번째 관문을 무사히 통과했다는 성취감에 조금씩 회복되고 있었다. 그러나 그는 자만하지 않았다. 전날의 경험을 통해 깨달은 것이 하나 있다면 그것은 자신이 언제든 무력해질 수 있다는 사실이었다. 그는 실제로 나약하고 미숙했으며, 그 점을 떠올리는 것은 그에게 큰 경각심을 주었다.

다행히 불길을 키우기 위한 그의 노력이 빛을 발했는지 불길은 차츰 커져 컵 밑에서 요란히 춤을 추기 시작했고, 그로부터 삼십여 분이 지나자 뚜껑의 틈새로 수증기가 새어 나오기 시작했다. 물이 곧 끓는다는 신호였다. 그리고 다시 그만큼의 시간이 더 흐른 후 마침내 현진은 밥다운 밥을 마주할 수 있었다. 장장 한 시간 반에 달하는 오랜 노력과 인내가 맺은 결실이었다. 비록 대여섯 숟갈이면 사라질 적은 양이었지만 그 사실이 이번 성과를 바래게 하지는 못했다. 가장 기초적이지만 필수적인 것을 처음부터 끝까지 손수 해냈다는 기쁨이 다른 무엇보다도 컸던 것이다. 현진은 천천히 꼭꼭 밥을 씹어 먹었다. 갓 지은 밥은 정말로 맛있었다.

그 몇 숟갈의 밥이 뭐라고 얼마 지나지도 않았는데 그는 몸에 기운이 솟아나는 걸 느꼈다. 어쩌면 자신은 단순히 밥이 아닌 스스로에 대한 믿음을 먹은 것인지도 모른다는 생각이 들었다. 하루란 시간은 정성껏 보내려고만 한다면 충분히 긴 시간이었다. 무엇을 할까 고민하던 현진이 시도한 일은 다시 무작정 걷는 일이었다. 그는 보이지도 않는 길을 따라 이리저리 떠돌아다녔다. 걷는 동안 사막은 여전히 잠잠했다. 그러나 그는 사막이 마냥 침묵하지만은 않는다는 사실을 이젠 알 수 있었다. 그는 이 땅에도 햇살과 바람뿐 아니라 여러 종류의 새와 도마뱀, 벌레와 풀 등 생각보다 많은 생명체가 제 나름의 방식으로 존재하고 있음을 발견할 수 있었다. 어쩌면 자신은 지금껏 지나친 주관 속에서만 살아왔는지도 몰랐다. 거기에서 벗어나 조금쯤 자기 밖의 세계로 눈을 돌릴 심적 여유가 생긴 것은 스스로 좋은 변화라고 여겨졌다.

"헛! 깜짝이야!"

마침 땅에 디딘 오른발 옆으로 배가 불룩이 튀어나온 곤충 한 마리가 펄쩍 뛰어올랐다. 메뚜기처럼 다리가 길고 가늘지만 덩치는 훨씬 큰 놈이었다. 그 꽁지에는 침 비슷한 것이 삐죽이 튀어나와 있었다. 녀석은 재차 높이 뛰어오르더니 곧 멀리멀리 사라졌다. 지금 그가 걷고 있는 땅 주위로 보이는 것이라고는 온통 흙과 자갈뿐이었는데 대체 이런 데서 무얼 먹고 사는 걸까, 궁금증이 일었다.

주변을 크게 한 바퀴 돌고 오니 한 시간 남짓이 흘러 있었다. 돌아와 텐트 앞에서 잠시 쉬던 현진은 문득 덥수룩하게 자란 머리카락에 신경이 쓰였다. 한 모금의 물조차 소중한 사막에서 그동안 그는 양치할 때 입을 헹군 물마저 그대로 땅에 뱉어내지 않고 손으로 받아 세수하는 데 쓰곤 했다. 물이 땅에 떨어지기 전까지는 최대한 이용할 수 있는 만큼 이용하자는 이유에서였다. 처음에는 더럽다는 생각도 들었지만 이젠 그것도 꽤나 익숙해져 당연한 일상처럼 되어 있었다. 그만큼 사막에서 물은 귀했다. 따라서 사막에 있는 동안에는 머리를 감거나 수염을 깎는다는 일은 생각조차 하지 못했다. 결과적으로 지금 그의 얼굴은 수염으로 덥수룩이 덮여 있었고, 무성히 자라난 머리칼은 이리저리 짓눌리고 엉킨 데다 기름지기까지 해서 흡사 철사라도 심어 놓은 것처럼 뻣뻣하고 억세기 그지없었다.

그런데 가만히 생각해 보니 헹구지만 않는다면 머리를 깎는데 굳이 물을 사용할 필요는 없을 것 같았다. 마침 그에게는 삼장으로부터 받은 숱 가위가 있었다. 사막 바람에 시달려 산발이 된 그의 머리칼을 본 삼장이 머리 좀 다듬으라는 뜻에서 1차 팀이 끝난 직후 그에게 선물한 것이었다. 말 한마디 통하지 않는 울란바토르에서 이발소를 가는 것보다는 직접 깎는 것이 속편하리라는 생각에 당시 기쁜 마음으로 받은 기억이 있는데, 그 후 바로 2차 팀을 준비한답시고 정신없던 현진은 그만 가위를 꺼낼 틈을 놓치고 말았다.

쇠뿔도 단김에 빼랬다고 이왕 생각난 김에 그는 배낭을 뒤져 가위를 찾아낸 후 망설임 없이 머리칼을 잘라가기 시작했다. 떡 지고 뭉쳐진 머리칼 사이를 가위가 지날 때마다 뭉텅이로 썩둑썩둑 잘리는 느낌이 그렇게 개운할 수가 없었다. 머리칼이 베어진 빈 공간을 바람이 산뜻이 헤집고 지나가자 상쾌함마저 느껴졌다. 처음에는 나름대로 둥그스름한 모양을 고집했던 현진은 점차 바람 맛을 느끼며 손을 움직여 갔다. 무성한 머리칼의 숲에 바람이 막힐 때면 그 숲을 여지없이 가위가 벌목하고 지나갔다. 결국 가위질을 마친 후 핸드폰 액정에 비친 그의 머리칼은 흡사 말미잘의 촉수처럼 사방팔방으로 뻗쳐 있었다. 그 사이로는 얼마든지 바람이 지나갈 수 있을 것 같았다.

"아, 후련타! 이제야 인물이 좀 나아 보이네."

한차례 머리를 털어낸 후 현진은 떨어진 머리칼을 모아 불을 붙였다. 불을 만난 머리칼은 흔적도 남기지 않고 녹아 없어졌다. 별 뜻 없이 시작한 이발이었는데도 막상 머리칼이 타들어 가는 모습을 바라보고 있자니 괜스레 마음이 숙연해졌다. 지난날을 청산하는 출가자의 심정이 어떤지 조금은 알 것도 같았다.

그렇게 하루 사이에 꽤 많은 것이 변했다. 비록 오랜 시간이 걸렸지만 그는 손수 밥을 지을 수 있게 되었고, 머리칼에는 바람이 지나도록 넓게 길까지 터 주었다. 어제와 달리 몸도 마음도 한결 가벼워진 하루였다.

그 시각, 역시 아침밥을 성공리에 지어 먹은 정범은 든든한 뱃심에서 나오는 기운으로 사막의 허공에 대고 열렬히 노래를 부르고 있었다. 늘 그렇듯, 다소 악을 지르는 것처럼 들리는 그의 노랫소리는 해가 떠오르는 쪽을 향해 멀리멀리 퍼져갔다. 그런 다음 그는 문뜩문뜩 떠오르는 영감에 글을 휘갈기기도 했고, 사막 들판에 앉아 별생각 없이 흙을 되작거리며 시간을 보내기도 했다. 그조차 지겨워지면 텐트에 들어가 낮잠을 청했다. 그 후 다시 일어나 멍하니 지평선을 보고 있노라면 괜한 웅심이 솟아올라 다시 대찬 기백으로 노래를 불렀는데, 그 스스로 생각해도 노래를 참으로 못 불렀다. 다행히 홀로 가수 겸 관객 역할을 도맡고 있었으므로 끔찍한 노래 실력에도 불구하고 남부끄러울 일은 없었다. 그렇게 우렁차게 소리를 질러 트인 지평만큼이나 가슴이 훤해지면 다시 사막 위를 한껏 쏘다니다 왔다. 하루 만에 그는 빈둥거리는 한량처럼 변해 있었다.

시간은 엿가락처럼 늘어져 무료하기까지 했다. 그러나 그런 무료함이 결코 싫지 않았다. 오히려 그동안 무차별적인 전자기파나 필요 이상으로 번잡했던 대인관계에 시달렸던 정신이 비로소 안식을 얻은 것만 같았다. 그에게는 일종의 정화였던 셈이다. 텔레비전이나 컴퓨터도 없고 그 많은 유흥거리마저 사라진다면 사람이 할 일이란 그리 많지 않다는 사실을 그는 몸소 체감하고 있었다.

한국에서 자신이 왜 그토록 바빴는지, 또 하루 스물네 시간조차 부족하다고 여기게 만들던 그 많은 일들은 얼마나 가치 있었던 것인지, 그는 스스로에게 물어보았다. 하지만 쉽사리 대답할 수가 없었다. 그것들은 그 사회 안에서는 분명 의미 있고 필요한 일들이었다. 더구나 자신은 그 결실 중 하나로서 세무사라는 자격까지 따내지 않았던가. 그러나 지금 여기에 있는 자신은 대체 무어란 말인가. 그 숱한 의미와 가치에서 벗어나, 그저 몸뚱이 하나만을 간신히 건사하고 있는 한 생명체로서 존재할 뿐이지 않은가.

예전의 자신은 영문도 모른 채 불타다 끝내 장렬히 전사하고 마는 그런 생활을 해 왔음을 정범은 사막에 와서야 깨달았다. 그는 어릴 적부터 원치도 않는 공부를 억지로 떠맡다시피 해야만 했다. 부모를 비롯한 많은 사람, 또 그를 둘러싼 온갖 상황들이 그에게 그렇게 하지 않으면 안된다는 규칙을 강요해 왔다. 이미 또래의 많은 이들이 같은 길을 가고 있었기 때문에 그것은 옳은 길이었으며, 제시된 유일한 길처럼 보였다.

그러나 그게 아니었다. 세상은 참으로 넓었건만, 자신은 너무나 좁게 세상을 살고 있었다. 그런 방식의 삶이 불나방의 아름다움은 있을지언정 뒤에 남는 것은 잃어버린 자신에 대한 눈물의 화환뿐임을 그는 이제는 알 수 있었다. 삶은 그 이상의 무엇이었다. 사막에 진입한 후로 그는 지금껏 자신을 옭아매던 많은 것으로부터 벗어나게 되었다. 기존의 공부나 번잡한 관계들은 그에게 더 이상 영향을 끼치지 못했고, 그가 열심히 몰두하고 고민하던 것들 역시 사라져 버렸다. 대신 낯설고 텅 빈 세계가 그를 기다리고 있었다.

　사막은 그동안 그가 알던 세계와는 전혀 다른 세계였다. 그것은 시야를 가로막는 건물이 있고 없고의 풍광적 차이라는 측면에서뿐 아니라 인위와 무위의 양극단의 세계라는 점에서 더욱 그랬다. 인공적인 흐름으로 가득 찬 도시가, 생각하고 느끼는 것에서부터 보고, 듣고, 경험하고, 지켜야 하는 것까지 수많은 것들을 강요한 반면, 사막은 그에게 아무런 요구도 하지 않았다. 사막에서 그는 방향 없는 자유를 누렸다. 비록 몸은 고되었으나 심적인 자유는 그에 비할 바가 아니었다. 사막을 걷고 있노라면 그동안 쌓아올린 추상과 관념의 탑이 그 허위를 여실히 드러내 보였고, 그의 마음은 점차 단순명료해져 사막을 닮아가는 것이었다.

　그리고 삶은 아무것도 없을 것 같은 이 땅에서도 계속되었다. 비록 그것이 잠시 거치는 여행자의 삶에 불과했을지언정. 하지 않으면 안될 것 같던 일도, 붙잡지 않으면 도태되리라 여겼던 관계도 모두 사라졌지만, 그는 여전히 살아 있었다. 아니, 오히려 이전보다 훨씬 즐겁고 행복하게 살고 있었다. 의미와 가치를 추구하기 위한 그 어떤 노력도 하지 않았건만 삶은 마치 선물처럼 주어져 있었다.

　과거의 굴레를 끊고 사막이 새로운 길을 드러내 보였을 때조차도 정범은 예전 방식을 답습한 채 이곳에서의 삶을 뭔가를 성취하기 위해 활용해야 할 수단으로만 생각했다. 장차 더 큰 성장을 이루기 위한 여정, 미래의 자기완성을 위해 거쳐야 할 인고의 시간… 그런 식의 숭고한 목적이라도 갖다 붙이지 않으면 쓸모없는 잉여의 존재로 뒤처지리라는 중압감이 그를 짓눌러 왔다. 쉴 새 없이 주어지는 온갖 목표를 이루기 위해 노력하는 것이야말로 삶을 의미 있고 가치 있게 만드는 유일한 길이라고 그는 여전히 믿었던 것이다.

그러나 사막을 걸으면서 그는 그런 강압적인 의미 부여보다는 차츰 삶을 그 자체로 누리는 법을 배우기 시작했다. 또 그러한 과정 속에서 자연스러운 가치와 의미가 깃든다는 사실도 배웠다. 가령 한 끼의 식사는 더 이상 공부나 일을 계속하기 위해 음미할 틈도 없이 뱃속에 욱여넣어야 하는 그런 정체 모를 덩어리 따위가 아니었다. 오히려 그것은 오랜 시간 많은 이들의 땀과 정성이 스며든 음식이자, 유쾌한 어울림 속에 나누는 화목의 장이었으며, 또한 먹는 이들의 피로를 풀어 주고 기운을 북돋는 푸근한 힘이었다. 그 어디에도 다음날의 도보 여정을 위해 거르지 말아야 할 끼니에 불과하다는 식의 강압적인 의미 축소는 없었다. 식사는 식사대로, 여정은 여정대로 그 모두가 저마다 고유하면서도 자연스러운 의미를 갖추고 있었다.

이러한 점들을 새로이 깨달아 가면서 목표를 위해 열렬히 투쟁했던 그는 차차 유유자적한 한량으로 변해 갔다. 멈출 줄 모르고 굴러가는 바퀴에서 느긋이 물 위를 떠가는 나룻배가, 같은 하루를 보내더라도 불 속에 몸을 내던지는 불나방이 아닌 하루를 충분히 즐길 줄 아는 하루살이가 되었다. 유흥거리로 넘쳐나던 한국에서의 그 마취적이고 맹목적인 쾌락과는 비교할 수 없을 정도로 그는 주체적으로 삶을 즐거워할 수 있었다. 그는 조금씩 삶과 친해졌고, 삶은 자유를 닮아갔다.

정범이 사막에서의 삶을 즐거워할 수 있었던 것은 무엇보다 그가 자유로웠기 때문이었다. 하지만 사막에서의 자유란 모든 걸 할 수 있다는 선택의 자유라기보다는, 모든 것으로부터 방치된 현실에서 오는 일종의 공백 상태에 가까웠다. 행위적 측면에서만 본다면 그다지 할 수 있는 게 없는 사막은 오히려 제재투성이였다. 그럼에도 불구하고 사막이 그에게 완전히 무심했고 또 아무것도 강요하지 않았기에 그는 자유로울 수 있었다. 사막도, 사막을 찾은 이도 모두 텅 빈 백지와 같았다. 그 빈 백지를 무엇으로 채워 넣을지는 오로지 걷는 이, 그 자신의 몫이었다.

잠시 쉬자는 마음으로 앉은 자리가 생각보다 오래 이어졌다. 가뿐히 몸을 일으킨 정범은 그를 에워싸고 있는 사막을 느긋이 둘러보았다. 그토록 뜨겁던 한낮의 햇살은 누그러져 있었고, 발밑 언저리에서 좀처럼 떠나지 않던 그림자는 어느새 길게 자라 땅 위로 늘어져 있었다. 조금씩 어둠을 품어가는 세계 안에서 장쾌히 뻗은 대지는 늘 자신을 부르고 있는 것 같았다.

그는 걷고 싶었다. 그래서 걸었다.

6

적절히 무료하면서도 충만했던 하루가 지나가고 있었다. 매 순간이 이리저리 설렁이는 바람처럼 흘러갔고 어느새 저녁이 되었다. 날이 어둑해지기 전 능숙한 솜씨로 또 한 차례 밥을 지어 먹은 현진은 텐트 안에 드러누워 꼼짝도 하지 않았다. 워낙 먹은 양이 적었던 탓에 배고픔을 늦추기 위해서라도 움직임을 최소화하자는 이유에서였다.

그렇게 가만히 누운 채로 떠오르고 부유하기를 반복하는 상념들 속을 한창 헤엄치고 있는데 갑자기 밖에서 두런거리는 소리가 들려왔다. 소리는 점차 커지고 있었다.

'이 밤중에 누구지?'

그는 순식간에 잠이 달아났다. 벌떡 일어나 밖으로 나간 현진은 곧 멀리서부터 흔들리는 랜턴 불빛을 발견했다.

"거기 누구야?!"

약간은 위협적인 어조로, 그러나 차분함을 잃지 않은 목소리로 그가 외쳤다. 크게 걱정은 되지 않았다. 근처에 사람이라고는 그들 일행밖에 없었다. 이렇게 둘 이상 뭉쳐 오고 있다면 아마도 몽골 팀원들일 가능성이 컸다.

'또 무슨 일이야? 어제저녁이야 밥을 주기 위해서였다지만, 오늘은 대체 왜? 설마 이 야밤에 야영지로 불러 모은다거나 하지는 않겠지?'

홀로 있는 것은 분명 적적한 일이었지만, 혼자만의 시간을 준다고 했으면서도 채 하루도 약속을 지키지 않는 삼장이 며느리의 일거수일투족을 감시하는 시어머니 같다는 생각이 들었다. 자신의 고요한 시간을 방해했을뿐더러 사사건건 참견하기 좋아하는 삼장이 이번에도 뭔가 일을 꾸미고 있으리라는 생각에 그는 슬며시 짜증이 치밀어 올랐다.

모습을 드러낸 이들은 예상내로 경미와 애경이었다. 환히 인사를 건네 오는 그녀들에게 차마 인상을 쓸 수는 없어 현진도 그녀들을 웃으며 맞았다. 바로 앞까지 다가온 그녀들은 뭔가를 들고 있었는데 그중 경미가 먼저 그에게 큼직한 봉투를 건넸다. 받은 봉투의 무게는 꽤나 묵직했다. 현진이 그것을 열어 보기도 전에 애경이 뭔가 담을 만한 용기가 있으면 가져와 달라고 부탁을 했다. 그가 별생각 없이 밥을 지을 때 사용했던 컵을 건네자 그녀가 거기에 우유 빛깔의 액체를 부어 주었다.

"마유주?!"

놀란 기색을 숨기지 못하는 그를 보고 애경이 고개를 끄덕였다.

"네, 마유주. 오늘 낮에 근처에 사는 유목민에게 샀어요."

"정말? 근처에 유목민이 있었어?"

"음… 그렇게 근처는 아니고, 차 타고 우리가 갔다 왔어요."

술이 고프다 못해 술 생각만 해도 입 안에 침이 고이는 상황이었는지라 현진은 내심 환호성을 질렀다.

"근데 설마 이거, 각자 가지고 있는 그릇만큼만 주는 거야?"

"네, 선생님이 그러라고 했어요."

"에이 뭘 그리 야박하게…. 잠깐만 애경아."

현진은 숨 한번 쉬지 않고 컵 안의 마유주를 쭉 들이켰다. 씁쓸하면서도 달짝지근한 흡사 막걸리와 비슷한 액체가 목구멍을 타고 넘어갔다. 뒤늦게야 시큼한 향이 입 안을 맴돌았다.

"캬아! 바로 이 맛이지! 그러지 말고 딱 한 잔만 더 주라, 응?"

그의 애원에 애경이 작게 웃으며 마유주를 한 컵 더 부어 주었다. 한 방울이라도 흘리지 않으려고 현진은 온 신경을 집중했다. 컵이 가득 찬 후에야 그는 술에 정신이 팔린 나머지 뒷전으로 미뤄 두었던 봉투를 열어 보았다. 어두운 탓에 내용물이 제대로 보이질 않아 랜턴으로 안을 비추자 큼지막하게 쓰인 글씨가 나타났다.

'위문사탕'

글씨가 쓰인 종이는 테이프로 작은 막대사탕에 붙어 있었다.

"위문사탕이라고? 형님이 군대놀이에 아주 맛이 들리셨구나?"

현진이 어이없다는 듯 비아냥거렸지만 그녀들은 조용히 웃기만 했다. 경미가 더 살펴보라는 시늉을 했다. 아무렴, 이게 전부는 아닐 테지. 사탕을 꺼내 들고 다시 봉투 안을 들여다보던 그의 눈이 금세 휘둥그레졌다. 봉투 안에는 양고기가 한 대접 가득 채워져 있었고 그 위로 서너 개의 감자까지 곁들여져 있었던 것이다.

"아이고! 죄송합니다, 형님!"

보이지도 않는 삼장을 향해 그가 뒤늦게 사과의 말을 외치자 그제야 그녀들이 깔깔거리며 웃어젖혔다. 현진은 밤이 늦었음에도 불구하고 그것들을 전해 주러 먼 거리를 온 그녀들이 고마웠다. 그녀들은 내일 아침 별도의 연락이 있을 때까지 텐트에서 대기하고 있으라는 말을 끝으로 그에게 작별을 고했다. 그리고 올 때와 마찬가지로 서로 도란거리면서 어둠 속으로 사라졌다.

그녀들을 배웅하자마자 현진은 텐트 안으로 들어가 허겁지겁 양고기를 뜯기 시작했다. 양고기 특유의 부드러운 질감과 강렬한 향이 금세 입과 코를 자극시켰다. 씹을 때마다 배어 나오는 육즙은 이보다 더 맛있을 수 있을까 싶을 정도로 일품이었다. 손과 입이 기름기로 범벅되어 번들거렸지만 그는 개의치 않고 그 많은 양고기와 감자를 순식간에 먹어 치웠다. 사막에 머무는 기간이 늘어날수록 자신이 점차 더 단순하고 본능적으로 변해간다는 기분이 들었으나 그리 나쁜 기분은 아니었다. 오히려 사막에서 사람이 원초적이고 야생적으로 변하는 건 자연스런 일이라고 생각되었다. 필요 이상의 생각이나 관념이 살아남기에 이곳은 너무 척박했으니까.

쪼그라들었던 위가 그득히 차오르자 그는 그제야 잊고 있던 한 가지 사실에 생각이 미쳤다. 결국 단 하루조차 온전히 홀로 지내지 못했다는 것, 바로 그것이었다. 비록 배는 두둑이 채울 수 있었지만 떠나간 기회가 애석하게 느껴지는 것은 어쩔 수 없었다. 고독 속에서 불현듯 얻어지는 깨달음 따위가 있으리라는 믿음. 무언가 고매한 것이 있으며 그것을 반드시 쟁취해야 한다는 생각. 또 그것을 며칠이라는 극히 짧은 시간 내에 얻고야 말겠다는 태도. 현진 스스로도 그것들이 '절대고독'이라는 단어의 탈을 쓴 자기 허영의 반영에 불과할지도 모른다는 생각을 가지고 있긴 했다. 그럼에도 불구하고 직접 겪어 보지 못한 것에 대해 미련이 남는 건 어쩔 수 없었다. 그토록 오랜 시간 외로움에 시달려 왔으면서도 여전히 고독에 집착하는 스스로를 그는 좀처럼 이해할 수가 없었다. 그러다 문득, 성장을 바라는 자기 욕망의 끝에는 어쩌면 완전히 홀로 되어 영원히 사라지고픈 그 무화(無化)에의 열망이 도사리고 있는 것이 아닐까, 하는 생각이 머릿속을 치고 지나갔다. 만약 그렇다면 자신은 무(無)로의 회귀를 성장의 종착점으로 믿고 있는 것인지도.

그리고 그날 밤 현진은 자던 중 밖으로 나와 먹은 음식물들을 모조리 게워내고 말았다.

7

팀의 여정도 어느덧 후반에 들어서고 있었다. 해가 뜨기 전에 잠에서 깬 현진은 약간의 몽롱함에도 불구하고 텐트 밖으로 나와 아직 찬 기운의 땅 위에 주저앉았다. 한밤중 토악질을 심하게 한 탓에 몸에 좀체 힘이 들어가지를 않았다. 아무리 배가 고팠어도 기름 범벅의 고기는 꼭꼭 씹어 먹었어야 했다는 때늦은 후회가 밀려 왔지만 이미 돌이킬 수 없는 일이었다. 그저 남은 물로 빈속을 달랠 수밖에 없었다. 다행히 서늘한 아침 공기를 맞으니 조금쯤 정신이 드는 것 같았다.

얼마 후 지평 한가운데로 야트막한 붉은 색 언덕이 봉긋이 모습을 드러냈다. 언덕은 차츰 그 높이를 더해가며 밑바닥을 오므리나 싶더니 이내 땅으로부터 분리되어 완연한 원형의 몸으로 둥실 솟아올랐다. 며칠간 늦잠을 자느라 지나쳐 버린 일출의 순간이었다. 아직은 부시다고 할 수 없는 몇 가닥 진홍빛 광선이 대기를 뚫고 쏜살같이 그에게로 날아들었다. 그것은 곧 세상을 잠식할 저 무시무시한 군주, 태양의 사자(使者)들이었다. 그들이 지나간 대지 위 무수히 많은 자갈의 뒤로 검은 그림자의 군단이 마술처럼 길쭉이 솟아났다. 큼지막한 돌에서부터 손톱만 한 자갈에 이르기까지 그것은 온 대지가 저 빛의 군주로부터 오는 세례를 받으며 잠의 미몽에서 깨어나려는 몸부림 같았다.

태양이 은은한 적의를 벗고 부시고도 하얀빛을 온 천지에 쏘아낼 때까지 현진은 반쯤 넋을 잃은 채 그 모든 광경을 지켜보았다. 그러다 사막 한가운데에 있는 본연의 존재로 돌아와 현실을 인식했을 때에는 이미 한차례의 성스러운 의식을 치른 것처럼 정신이 맑아져 있었다. 그제야 그는 두 팔을 내뻗으며 크게 기지개를 켰다. 등덜미 부근에서 경쾌한 파열음이 터져 나왔다. 처음 자리에서 벗어나지 않은 채 그가 한동안 맨땅에 눕고 구르며 하릴없이 쉬고 있는데 멀리서 누군가 다가오는 것이 보였다. 삼장의 전령이라는 생각에 그는 먼 거리를 걸어오는 그의 수고를 덜어주고자 자리에서 일어나 마주 걸어갔다. 정범일 거라는 예상과는 달리 모습을 드러낸 이는 진욱이었다.

"안녕, 형! 잘 잤어? 근데 정범 형은 어딜 가고 왜 형이 와?"

"정범인 나한테 들렀다 바로 학성이한테 갔어. 조금이라도 빨리 전해야 한다면서. 걔 말로는 너랑 학성이 텐트가 완전히 극과 극이라더라."

"그랬구나. 그건 그렇고… 소집 명령?"

"옹. 바로 텐트 걷고 모이래. 근데, 너 어째 상태가 이상해 보인다. 어디 아픈 거 아냐? 얼굴이 영 아닌데?"

"아, 별일 아냐. 걱정하지 마. 그냥 속이 좀 안 좋아서 그래."

그 말에 진욱이 안쓰러운 표정을 짓고는 힘내라며 격려해 주었다. 그는 곧 자신의 텐트로 돌아갔다.

현진 역시 서둘러 돌아가 텐트를 접기 시작했다. 상록은 설치와 철거에 손이 많이 가는 다인용 텐트였고, 그의 위치상 야영지에서 가장 멀리 떨어져 있었으므로 늦지 않기 위해서는 바삐 움직여야 했다. 다행히 철거는 설치보다 손쉽게 끝나 그는 곧 떠날 채비를 마칠 수 있었다. 떠나기 전 현진은 묵었던 자리를 다시 한 번 훑어보았다. 이틀간 머물면서 남긴 쓰레기나 미처 수거하지 못한 대못이 있으면 챙겨야 했던 것이다. 쓰레기를 치우는 거야 당연한 일이었지만 대못은 앞으로의 안락한 주거 문제 때문에라도 찾아야 했다. 텐트를 고정하는 대못으로 말할 것 같으면 그것은 잠깐의 방심 속에서 하나둘 흔적도 없이 사라져

버리곤 했다. 그렇게 주의를 기울였건만 1차 팀에서 그가 잃어버린 대 못의 수만 하더라도 이미 열 개 가까이 됐다.

아니나 다를까. 발로 꼼꼼히 헤치며 살핀 덕분에 이번에도 흙에 덮여 가려져 있던 대못 두 개를 더 찾아냈다. 대가리 부분만 슬쩍 드러나 있어 자칫하면 지나칠 뻔한 것들이었다. 그것들을 마저 챙긴 후 현진은 베이스캠프를 향해 출발했다. 걸어가는 중에 점점이 흩어져 앞서가는 다른 팀원들의 모습이 보였다. 괜히 자신만 늦은 것 같아 한껏 속도를 내보려 했지만 다리에 좀체 힘이 들어가질 않았다. 겨우 2km도 안 되는 거리였건만 그 거리가 무척이나 멀게 느껴졌다. 그가 힘겹게 야영지에 도착하자 먼저 도착한 일행들이 박수를 치며 반겨주었다. 서두른다고 서둘렀지만 역시나 그가 꼴찌였다.

여정 중반까지는 서로 번갈아 식사를 준비했지만 요 이틀 서로 떨어져 있는 기간에는 몽골 팀원들로부터 풍성한 식사를 대접받았기에 한국 팀원들은 그들에게 보답하고자 자진해서 아침밥을 준비키로 했다. 그런데 본격적으로 식사를 준비하는 팀원들의 손놀림이 이틀 전보다 능숙해졌다고 느끼는 것은 현진 그만의 착각이 아니었다. 그들이 만들기로 한 메뉴는 비교적 요리하기 쉬운 수제비였는데 밀가루 반죽을 하는 그녀, 불을 담당하는 정범, 그리고 기타 식자재를 준비하는 진욱과 학성까지 모두가 맡은 업무를 신속하고도 흠잡을 데 없이 소화해내고 있었다. 현진은 정범과 함께 불을 피우고 유지하는 일을 맡았는데 생각보다 불이 쉽게 붙어 스스로도 놀랐다. 그들은 여유롭게 이야기를 나누며 즐거운 분위기 속에서 요리를 준비해 갔다.

그렇게 모두의 노력 속에 전날 남은 양고기까지 곁들여져 탄생한 수제비는 무척이나 먹음직스러웠고, 그 이상의 맛으로 몽골 팀원들로부터 큰 찬사를 받았다.

"야야, 우리 한국 돌아가믄 음식점 하나 차려도 되겠대이."

정범의 우스갯소리가 아니더라도 모두가 뿌듯하고 흡족한 아침 식사였다. 현진은 배가 고팠음에도 불구하고 어젯밤의 일을 교훈 삼아 천천히 꼭꼭, 두 그릇을 먹어 치웠다.

이틀 동안 푹 쉰 후 아침밥까지 배불리 먹고 재개된 여정은 출발부터 힘이 넘쳤다. 그간의 휴식 덕분인지 여정 초반부터 느껴졌던 어깨 통증도 다소 가셔 있었다. 아직 며칠의 여정이 남아 있었으므로 내심 걱정하던 그에게는 다행스럽고도 순탄한 출발이었다.

비구름

1

"조만간 비가 오겠구마이. 바짝 땡겨 걸어야 하그따."

점심 무렵이 되어 다들 모였을 때 하늘을 한차례 훑어본 삼장의 말이었다. 그 말에 다들 고개를 갸웃해 보였다. 비록 하늘 먼 구석에 한 떼의 구름이 보이긴 했지만 그게 과연 비구름인지, 또 설사 그렇다 하더라도 희박한 확률로 자신들 위를 지나갈 것인지 그들로서는 알 수가 없었던 것이다.

'무슨 근거로 저렇게 확신하는 거지? 저러다 비라도 안 오면 망신살만 뻗칠 텐데.'

그러나 현진은 그런 의문을 입 밖으로까지 표하지는 않았다. 비록 이해는 안 되더라도 그를 믿을 필요가 있었다. 그들은 점심을 빵과 육포, 차로 간단히 때우고는 다시 걸음을 재촉해 갔다. 놀랍게도 정오가 지나면서부터 바람이 점차 거세지더니 두 시간 정도 지나자 하늘에는 어느새 거뭇한 구름들이 잔뜩 퍼져 있었다. 흡사 화선지 위에 묽게 희석시킨 먹물을 쏟아 부은 모양새였다. 구름 사이로 떠다니던 푸른 조각의 수도 눈에 띄게 줄어 있었다.

　그리고 그로부터 얼마 후, 그들이 향하던 앞쪽 지평에서부터 많은 비를 쏟아 부으며 일군의 구름들이 다가왔다. 팀원들은 이동을 멈추고 삼장의 지시에 따라 곧바로 야영지를 건설하기 시작했다. 그들이 텐트 설치를 시작한 지 얼마 지나지 않아 금세 몇 방울의 비가 떨어져 내렸다.

　"아서라! 도와주지 마래이."

　서둘러 텐트를 완성한 후 그녀의 텐트로 발길을 옮기려는 현진을 삼장의 단호한 어조가 붙잡았다. 현진은 걸음을 멈추고 뒤를 돌아보았다. 삼장이 그를 향해 고개를 젓고 있었다. 현진은 다시 그녀에게로 시선을 돌렸다. 평소와는 다르게 그녀의 텐트 설치가 늦어지고 있었다.

　비는 어느새 성큼 다가와 있었다. 하늘과 땅 사이를 지나는 거센 바람을 맞은 빗줄기는 굽이굽이 큰 물결을 이루며 떨어지고 있었다. 어떻게 보면 땅으로부터 하늘로 거대한 아지랑이가 피어오르는 것 같기도 했다. 비가 멀리서부터 다가오는 과정을 처음부터 끝까지 지켜보는 것은 분명 진기한 경험이었지만, 사막에서 뭔가를 맞이하기 위해선 그만큼의 준비와 역량을 갖출 필요가 있었다. 척박한 만큼 많은 것이 생존과 직결되는 이곳에서는 아무리 사소한 것이라도 준비 없이 맞이하기에는 위험했다. 하물며 저렇게 거대한 폭우라면⋯. 축복이라 불리는 그것이 지금은 두려움마저 심어 주고 있었다.

　자신을 제지하는 삼장의 만류에 무턱대고 이의를 제기하지는 않았지만 현진은 의혹 섞인 표정으로 그를 쳐다보았다. 그러자 삼장이 조금은 화가 난 투로 말을 꺼냈다.

　"와 니는 여러 번 말해도 못 알아 묵나? 계속 갸한테 신경 쓰고 도와줄라는 이유가 뭐시여? 시방 니 어디 애 하나 돌보고 있나? 신경 끄고 니 앞가림이나 지대루 하라지 않았누?"

250

"아니, 뭐 크게 도와주려는 것도 아니고 비 오기 전에 텐트나 좀 빨리 치도록 도와주려는데 그게 뭐가 어때서 그러십니까?"

그녀에 관해서라면 유독 자신을 가로막는 그에게 화가 나서 이번에는 현진도 마냥 참고 있지만은 않았다. 그러나 그의 예상과는 달리 삼장은 마주 화내기보다는 한결 누그러진 음성으로 차근히 그를 타일렀다.

"마, 형이 누누이 말했제. 사랑이란 건 지켜 볼 줄도 알아야 한다고. 옆에서 알랑거리며 도와주는 것만이 능사가 아니라 가만히 기댕길 줄도 알아야 한단 말이제. 비 쫘까 맞는다고 죽는 사람은 없대이. 갸도 충분히 혼자 할 수 있으니 함 믿어보래이. 그리고 요건 누구 한 명의 여행이 아니라는 사실도 명심허고."

그의 말을 무조건 옳다고 수긍하기는 힘들었지만 그렇다고 틀린 말도 아니었기에 현진은 일단 한발 물러서기로 했다. 그녀의 모습이 계속 눈에 걸렸지만 어쩌면 삼장의 말대로 자신이 너무 사소한 것까지 그녀에게 신경 쓰는지도 몰랐다.

빗줄기는 점차 거세졌다. 그러나 현진은 텐트 안으로 들어가지 않고 내내 그녀에게 시선을 고정시키고 있었다. 다행히 그로부터 얼마 후 그녀가 텐트 설치를 끝마쳤다. 텐트에 들어가기 전 밖에 서 있는 현진을 발견한 그녀가 활짝 웃으며 손을 흔들었다. 그도 마주 손을 흔들어 주었다. 그녀가 텐트 안으로 들어가는 걸 보고 나서야 그도 안으로 몸을 피했다. 그로부터 얼마 후 세찬 빗줄기가 텐트 외피를 두들겨댔다. 그러자 누군가 싸리비로 흙바닥을 거칠게 쓸어내는 듯한 소리가 났다. 시원스런 빗소리를 들으며 침낭 속에 가만히 누워 있자니 쏟아지는 건 졸음뿐이었다. 금방 그칠 비도 아닌 것 같아 현진은 한숨 자고 일어나자는 생각으로 낮잠을 청했다.

한국에 한창 내리고 있을 장마가 이 멀고 황량한 고원까지 북상이라도 했는지 저녁이 되도록 비는 그칠 기미가 보이지 않았다. 밖에서 요리하는 것이 불가능했으므로 팀원들은 점심에 이어 저녁 역시 각자의 텐트에서 육포와 빵을 먹는 것으로 대신했다.

오늘은 더 이상 텐트 밖으로 움직이기 힘들 것 같았다. 컴컴하게 어두워진 텐트 안에 누워 가만히 빗소리를 듣는 것 말고는 달리 할 일도 없었다. 하지만 현진은 텐트 안에 갇혀 있다는 갑갑함보다는 혼자만의 시간을 누리고 있다는 미묘한 해방감에 약간의 외로움은 동반했을망정 일종의 아늑함마저 느끼고 있었다. 비가 언제 그칠지는 몰랐으나 텐트 안으로 물이 고이지 않는 이상 내심 이 날씨가 더 이어지기를 바랄 정도였다.

그때였다. 갑자기 한차례 섬광이 번쩍이더니 어둠으로 물들어 있던 텐트 안을 일순간 환히 밝혔다. 그리고 그로부터 미처 다섯을 세기도 전에 수백의 구슬을 일시에 쏟아 붓는 듯한 굉음이 온 천지를 뒤흔들었다. 어찌나 쩌렁쩌렁한지 사막의 대기가 찢어질 듯 파르르 떨렸다. 그것이 자정 무렵까지 천지를 뒤흔든 천둥 번개의 시작이었다. 폭우라고는 해도 텐트 안에서 유유자적하며 기분 좋게 쉬고 있던 현진은 화들짝 놀라 텐트 문을 열고 밖을 내다보았다. 그리고 이내 하얗고 거대한 빛줄기들이 사막 곳곳에 동시다발적으로 내리꽂히는 모습을 목격할 수 있었다. 그와 마주 보는 구도로 텐트를 쳤던 정범 역시 마침 고개를 내밀다가 그 장면을 보았다.

"허어!"

그의 입에서 감탄인지 신음인지 모를 소리가 터져 나왔다.

"헐! 저게 뭐야?!"

조금 전까지만 해도 야영지를 에워쌌던 조용한 분위기가 금세 어수선해지며 빗소리를 뚫고 경악에 찬 비명들이 터져 나왔다. 다들 텐트 밖으로 뛰쳐나와 지상을 밝히는 낙뢰의 모습을 넋을 잃고 쳐다보았다.

옷이 비에 젖어들었지만 신경 쓰는 사람은 아무도 없었다.

"다덜 고렇게 서 있지만 말고 얼릉 차 안으로 들어가래이! 지금은 텐트 안도 위험하니 벼락 맞지 않을라믄 서두르래이!"

그때까지만 해도 강 건너 불구경하듯 서 있던 일행들은 삼장의 말에 질겁해 차를 향해 혼비백산하여 뛰어가기 시작했다. 다들 황급한 마음에 신발이 젖고 다리에 진흙이 튀는 등 난리도 아니었지만 우왕좌왕하면서도 쏜살같이 달려 차례로 차에 몸을 실었다. 씩씩대는 가쁜 숨소리와 함께 그제야 여기저기서 안도의 숨이 새어 나왔다. 그러나 그들의 두 눈은 창밖의 작은 변화조차 놓치지 않기 위해 신경을 바짝 곤두세우고 있었다.

하얀 빛줄기들이 허공으로 뻗어 가는 모습은 흡사 하늘로부터 거꾸로 솟은 거대한 나무를 보는 것 같았다. 백색의 나무가 가지를 떨어댈 때마다 컴컴했던 대지가 섬찟 밝혀지며 허공에 선명한 잔상을 남겼다. 천지가 점멸하는 그 모습은 두려우면서도 황홀하기 그지없었다. 잠깐의 공백이 지나고 여지없이 터지는 굉음은 정말 신들 사이에 전쟁이 벌어진다면 저렇지 않을까 싶을 만큼 온 천지를 뒤흔들어댔다. 눈앞의 광경도, 소리도 모두 그들의 상상을 가볍게 뛰어넘고 있었다. 자연의 포효 속에서 그들이 할 수 있는 일이란 오로지 그 순간이 무사히 지나기를 기도하는 것뿐이었다. 창문을 닫은 차 안의 공기는 그들의 숨에서 배어 나온 습기로 금세 축축해졌고, 창밖 너머로 흐릿하게 드러난 텐트의 그림자는 금세라도 쓰러질 듯 위태롭게 흔들리고 있었다.

폭풍은 그렇게 세 시간가량 더 이어졌다. 다행히 자정이 넘어가며 잦아들기 시작한 비는 결국 완전히 그쳤고 천지에 퍼지던 뇌성도 더 이상 들리지 않았다. 여전히 하늘은 섬뜩한 붉은빛 구름들로 뒤덮여 있었지만 천둥 번개가 쳤다고는 상상할 수 없을 정도로 사위는 고요했다. 그제야 일행들은 차에서 나와 각자의 텐트로 돌아갔다. 다행히 누구의 텐트도 쓰러지지 않았고, 그 많은 강수량에도 불구하고 밑바닥에 물이 새거나 고이지 않았다. 모두가 안도의 숨을 내쉬었다. 정말로 정신없는 밤이었다.

2

한 번 거하게 쏟아졌던 비는 잠시 그쳤을 뿐 다음날도 또 그 다음날도 이어졌다. 다행히 뇌우를 동반하며 장대같이 쏟아지던 예의 그 빗줄기까진 아니었고 대체로 안개처럼 내리는 부슬비에 가까웠다. 물론 비가 온다고 해서 여정이 끝나는 건 아니었다. 비가 오면 오는 대로 그건 여행의 일부가 되었다. 가랑비 정도라면 움직일 만했고 더 심하게 내리면 멈추면 그만이었다. 반드시 한 상소에서 다른 장소로 이동하는 것만이 여행이라고 할 수는 없었다.

그럼에도 불구하고 정범에게 비는 꽤나 번거롭고 귀찮은 존재였다. 며칠간 이어진 비는 뜨겁게 달구어진 대지를 식히고, 뿌연 먼지 구름을 가라앉히며, 메마르고 갈라진 피부를 촉촉이 적셔 주었다. 숨을 한껏 들이쉬면 습기를 가득 머금은 공기가 헐어버린 콧속을 상쾌히 채워 주기도 했다. 하지만 사막이라는 특수한 환경 속에서 비가 주는 그 많은 유익에도 불구하고 여전히 비를 성가신 존재로 여기는 걸 보면 자신은 사막을 품기에 아직 많이 부족한 듯도 싶었다. 깔끔하게 정리된 것을 선호하던 수험생 시절의 습관이 아직도 종종 튀어나와 그가 이곳에서 낯선 이방인에 불과하다는 사실을 일깨우고 있었다.

'통신장교만 아니었어도 요래 힘들진 않았을 긴다…'

비가 오더라도 먼 거리를 뛰어다녀야 하는 전령으로서의 역할은 어김없이 이어졌기에 그런 그의 한탄이 근거 없는 변명이라고 할 수만은 없었다.

　현재 팀원들은 저마다 준비한 우의를 뒤집어쓰고 배낭에는 방수포를 덮은 채 이동하고 있었다. 그중 진욱은 특이하게도 크고 투명한 비닐을 망토처럼 두르고 있었다. 그는 배낭에 방수포가 없었던 탓에 아예 배낭과 몸을 동시에 가리고자 우의 대신 비닐을 준비한 것이었다. 그렇게 저마다 색색의 우의를 입고 역시 다양한 색깔의 방수포를 배낭에 덮어씌우자 그들은 마치 소풍 나온 꼬마들처럼 보였다. 빨강, 노랑, 초록, 보라, 그리고 투명 비닐까지. 어쩌면 그렇게 제각각 다를 수 있을까 신기할 정도였다. 그러나 그들의 속마음은 결코 소풍날의 아이들처럼 유쾌하지만은 않았다. 그렇지 않아도 며칠간 이어진 비로 인해 습도가 높아진 데에다 바람을 차단시킨 우의가 몸에서 방출되는 열마저 가두자 금세 모두의 등덜미는 축축해졌고, 그런 후덥지근한 상태로 배낭을 메고 걷기까지 하니 불쾌감이 치솟는 것도 당연했다. 하지만 비를 맞으며 장시간 이동할 경우 체온이 저하되어 감기에 걸릴지도 모른다는 염려 때문에 함부로 우의를 벗을 수도 없었다. 그러나 그런 열악한 상황에도 불구하고 팀원들은 자신들보다 배나 고생하는 정범의 모습에 감히 입 밖으로 불만을 토로하지는 못했다.

　대략적인 방향만을 정하고 이동했던 이전 날들과는 달리 그날은 도달해야 할 분명한 목표 지점이 있었다. 그 장소란 바로 1차 팀 끝 무렵에 들렀던 우물이었다. 처음 준비했던 수통들이 점차 바닥을 보이고 있었으므로 우물에서 물을 보급할 필요가 있었던 것이다. 여정의 막바지에 이르렀지만 언제 무슨 일이 터질지 몰랐기 때문에 늘 만반의 준비를 하는 것이 좋았다. 까닭에 전에 들렀을 당시 우물 위치를 GPS에 저장해 놓은 현진이 이번에는 선두에서 팀을 이끌고, 그 대신 삼장이 팀의 후미를 맡고 있었다.

　그렇게 빗속을 걷기를 한참, 휴식을 알리는 호각 소리가 평소와는 다르게 후미에서부터 선두로 차례로 전해졌다. 현진은 걸음을 멈추고 뒤를 돌아보았다. 팀원들은 다른 휴식 때와는 달리 그 자리에 멈추지 않고 그가 있는 쪽으로 계속 걸어오고 있었다. 일행들이 차례로 도착한 후 마지막으로 삼장이 성큼성큼 도착했다.

"거 참 이상하구마이. 우째 요번 팀은 이래 비가 온 다냐?"

오자마자 하늘을 올려다보며 꺼낸 삼장의 말이었다. 하지만 그의 얼굴은 심각하기보다는 유쾌한 듯 보였다.

"비는 축복을 의미한다면서요. 사막이 우리를 반기나 보죠."

그녀가 빙그레 웃으며 대꾸했다. 그녀 역시 일말의 불쾌감을 떨쳐 내고 비가 오는 것을 진심으로 반기고 있었다.

"우물까지는 얼마나 남았제?"

"앞으로 12km 정도 남았습니다."

삼장의 물음에 현진이 빠르게 GPS를 확인했다. 삼장은 잠시 시간과 거리를 가늠해 본 다음 현 위치에서 간단하게 요기를 한 뒤에 떠나겠다고 알렸다. 그의 말에 팀원들이 배낭 속에서 빵과 물을 꺼내 들었다. 모두들 경미가 끓여 주는 뜨뜻한 수태차를 그리워하는 눈치였지만, 추적추적 내리는 비 때문에 그것은 나중으로 미뤄야 할 것 같았다.

한창 쉬고 있는 중에 삼장은 현진을 따로 불러냈다. 의아한 기색으로 그가 다가가자 삼장이 은근한 웃음과 함께 물어왔다.

"어떻누? 남덜 앞에서 간다는 게 생각만큼 쉬운 일이 아니제?"

"아이고, 말도 마십시오. 진땀 빼겠습니다."

현진이 엄살을 떨며 대답했지만 그건 결코 과장이 아니었다. 다른 사람들 앞에서 간다는 것은 그가 생각했던 것보다 훨씬 어려운 일이었다. 육체적으로 어렵다기보다는 정신적인 압박감이 굉장했다. 그것은 길의 방향, 휴식할 시점, 목표지까지 걸리는 시간 등 그 모든 것이 현진 자신의 결정에 달려 있다는 의미였다. 그럴 일이야 없겠지만 만약 그가 의도적으로 방향을 틀어버리기라도 한다면 일행들은 오늘 끝내 우물을 찾지 못할 수도 있었다.

"이번 경험을 계기로 그동안의 대장님의 능력과 노고를 절실히 깨닫게 되었습니다. 정말 대단하십니다."

그의 아부 아닌 아부에 삼장이 피식 웃었다. 그러나 현진으로서는 진심을 말한 것이었다. 지금의 자신이야 틈틈이 GPS를 확인하며 방향을 잡아가는 것이 전부였지만 삼장은 날씨와 지형, 게르의 위치 등 여러 요소들을 복합적으로 고려해 길을 찾아가고는 했기 때문이다. 무엇보다도 그는 GPS를 비상시에만 사용했을 뿐 평소에는 전혀 사용하지 않았다.

팀원들 간의 걷는 속도도 문제였다. 현재 현진은 상록을 짊어진 데에다 삼장이 그를 훈련시킨다는 명목으로 2리터들이 물통 다섯 개를 배낭 안에 추가한 탓에 짐 무게가 일행 중 가장 무거웠다. 그럼에도 불구하고 그의 걸음은 꽤나 빠른 편이어서 상대적으로 체력이 약한 학성과 그녀는 속도를 맞추기 힘들어했다. 까닭에 현진은 뒤에서 팀원들이 잘 따라오고 있는지도 수시로 확인해야만 했다. 뒤처지는 팀원이 생긴다면 속도를 조절해야 했던 것이다.

결국 그 모든 것을 고려하면서부터 그가 자신만의 여행을 즐긴다는 것은 요원한 일이 되고 말았다. 팀을 이끈 이후로 그는 느긋이 경치를 구경하거나 여유롭게 사색하는 것이 거의 불가능했다.

"암, 니 혼자 걷는 경우랑은 참말로 다를 기다. 신경 쓸 것도 한둘이 아닐 기고. 근디 고것들을 가슴 속에 차곡차곡 잘 새겨 두래이. 고게 장차 니한테 피가 되고 살이 될 것들이니께."

"예, 알겠습니다. 나중에 저 혼자 사막에 올 때 도움이 될 거란 말씀이죠?"

"고건 당연한 기고! 물론 것들도 중요허긴 허다만, 시방 내는 고런 기술적인 걸 말한 게 아니래이. 것보다는 니를 따라 걷는 사람덜이 있는 처지에 니 스스로 갖춰야 할 마음씨를 말하는 기라. 함께 길을 가는 사람덜이 있다믄 고 사람덜을 아끼고 돌볼 줄 알아야 한다는 말이제. 생각해 보그라. 니가 딛는 걸음이 점마덜에게 암시런 영향도 안 끼칠 거 같누? 아니제. 니가 삐딱허니 걷거나 우왕좌왕 해쁘믄 점마덜도 고래 되는 기고, 니가 자신감을 가꼬 당당히 걸어가믄 점마덜도 닐 믿고 당당허게 가는 기라. 이젠 다 니 친구고 동료덜이지 않누? 그러니 이제는 니 앞길만 뵈지 말고 함께 걷는 친구덜도 돌아볼 줄 알아야 하그쩨. 내는 바로 고 맘씨를 기억하라는 말이래이."

"아… 무슨 말씀인지 알겠습니다. 명심하겠습니다."

함께 길을 걷는 동료, 그리고 벗. 삼장의 말이 아니더라도 그들은 현진에게는 이미 둘도 없이 소중한 이들이었다. 그러나 자신의 걸음이 그들에게까지 영향을 미치리라고는 미처 생각하지 못했다. 그지 그들이 각자의 길을 잘 갈 수 있도록 마음속으로 응원해 주는 것만이 자신이 할 수 있는 전부라고 여겼다. 하지만 삼장은 그 이상을 말하고 있었다. 길을 함께 걷는 동료로서의 책임을, 또 친구로서의 돌봄을. 홀로 독불장군처럼 걷는 길이 아닌 서로 아끼고 보살피며 상생하는 길을.

현진에게 그것은 무척 낯설게만 느껴지는 길이었다. 오랜 시간 홀로 지낸 시간이 많았던 그로서는 스스로의 욕망에 허덕이며 겨우겨우 그것을 채워야만 하는, 외로운 이 특유의 주관적이고 이기적인 태도에서 벗어나기란 꽤나 어려운 일이었다. 까닭에 다른 이들까지 신경 쓰라는 삼장의 말은 다소 뜬구름 같은 소리며 허울 좋은 이야기처럼 들렸다.

그러나 현진은 얼핏 알 것도 같았다. 모두의 앞에 선 그 잠깐의 경험은 그에게 그것이 결코 멀기만 한 길이 아님을 일깨워 주었다. 그는 벗들이 뒤처지지 않는지 틈틈이 확인하는 동안 자기 안에 싹 터 있는 그들을 향한 애정을 발견할 수 있었고, 출발 때마다 멀리서 손을 흔들며 격려해 주는 벗들로부터 그들 역시 자신을 사랑하고 있다는 믿음을 확인할 수 있었다. 그러한 애정과 믿음이 있었기에 그들과 함께 길을 걷는 것도 결코 어려운 일만은 아니라는 생각이 그의 가슴속에 확신처럼 굳어지고 있었다.

"다시 출발할까요?"

약 반 시간의 휴식 후 모두가 충분히 쉬었다고 판단한 현진이 자리에서 일어나며 삼장에게 물었다.

"고래, 출발허자! 점마들도 고비샤워 함 하게 해 줘야제!"

갑자기 튀어나온 고비샤워라는 단어에 움찔하는 현진을 보며 삼장이 음험하게 웃었다.

'이 날씨에 고비샤워를 하자고? 가서 물만 뜨고 오는 게 아니었어?'

"예… 그래야죠."

속마음을 숨긴 현진이 마지못해 대답했다. 샤워라는 말에 무슨 상상을 했는지는 몰라도 환호성을 지르며 좋아하는 한국 팀원들을 보자 그는 절로 한숨이 나왔다. 몸을 돌려 내딛는 그의 발걸음이 무거웠다. 분명 비에 젖어 무거워진 배낭 때문만은 아닐 터였다.

3

한참을 걷다가 시간을 확인한 현진은 뒤쪽을 향해 팔을 뱅글뱅글 돌리며 호각을 불었다. 휴식하겠다는 신호였다. 소리는 뒤쪽으로 차례로 전달되었고 이내 일행들이 배낭을 풀고 자리에 앉기 시작했다. 현진은 그들 전부가 앉는 걸 확인하고 나서야 자신의 배낭을 내려놓았다. 약간의 간격을 두고 그는 물을 두 번에 걸쳐 나눠 마셨다. 조금씩이나마 비가 내리고 있었기에 갈증이 심하진 않지만 오랜 걸음으로 지치지 않기 위해서라도 틈틈이 물을 마셔 주는 것이 좋았다.

그의 옆으로는 저 멀리 정범이 비를 맞으며 대자로 누워 있었다. 삼장이 팀의 후미로 가면서부터 그는 잠시나마 전령 역할에서 해방되었는데 그 후로는 세상을 다 가진 듯 저렇게 여유를 만끽하며 쉬고 있는 것이었다. 내리는 비에도 아랑곳없이 하늘을 마주 보고 누운 그 모습이 너무나 행복해 보여 현진은 예정했던 것보다 조금 더 쉬기로 마음먹었다.

목표로 한 우물까지의 남은 거리는 약 4km. 트인 곳이라면 이미 보였을 법도 하지만 가는 방향으로 구릉이라도 솟은 건지 우물은 아직 시야에 들어오지 않았다. 4km라면 먼 거리가 아니었다. 팀원 모두가 궂은 날씨와 오랜 여독으로 피로가 쌓여 쉽게 지칠 시기였지만 조금 더 힘내길 바라는 수밖에 없었다.

팀원들이 충분히 쉬었다고 판단될 무렵 현진은 다시 호각을 불어 출발 신호를 알렸다.

"혀엉! 거의 다 왔어! 조금만 더 가면 돼에!"

제대로 들릴 리 없었건만 현진은 뒤를 향해 큰소리로 외쳤다. 그런데도 어기적거리며 일어난 정범은 마치 알아들었다는 듯 두 팔로 원을 그리고는 머리 위에서 휘휘 저어댔다. 나머지 팀원들도 곧 줄줄이 일어났다. 다시 출발할 시간이었다.

'이젠 보일 만도 한데, 왜 아직까지 안 보이는 거지?'

상당한 시간을 걸어왔음에도 불구하고 여전히 우물을 발견할 수가 없자 현진은 초조해지기 시작했다. 그런 그의 앞에 난데없이 야트막한 구릉 하나가 나타났다. 워낙 그 높이가 낮아 멀리서는 평지와 제대로 구분이 되지 않았던 것이다. 그는 큰 힘을 들이지 않고 구릉을 올라갔다. 정상에 도달하자 여태껏 가려져 있던 시야가 훤히 트였다. 지평 언저리에 한두 개의 산이 솟아 있는 걸 제외한다면 시야의 대부분은 회갈색의 널찍한 평야가 채우고 있었다. 그러나 우물은 여전히 보이지 않았다. 다리가 달린 것도 아니었건만 GPS가 가리키는 방향을 몇 차례나 훑었음에도 불구하고 우물은 발견되지 않았다.

'야단났네. 이 일을 어쩌면 좋지?'

아무래도 거리 오차가 생각보다 크게 난 것 같았다. 팀을 잘못된 길로 이끌었다는 생각에 그는 마음이 급해졌다.

그때였다. 느릿하게나마 일군의 흰색 점들이 움직이는 모습이 그의 눈에 포착되었다. 잠시 그쪽을 가만히 노려보던 현진은 곧 그 점들이 양떼라는 사실을 알 수 있었다. 그가 알기로 고비사막에서 양떼의 이동은 유목민에 의해 크게 두 가지 경우에 일어났다. 하나는 풀을 뜯게 하기 위해 초원 지대로 양들을 몰고 갈 때였고, 다른 하나는 물을 먹이기 위해 우물가로 이끌 때였다.

아니나 다를까. 양떼가 이동하는 방향으로 가상의 연장선을 긋고 살펴보자 별 어려움 없이 사막 한가운데 외따로 솟은 작은 흰색의 점을 발견할 수 있었다. 망원경으로 확인한 그것은 우물이 분명했다. 드넓은 평면 위에서 점 하나를 찾기란 어려운 일이었지만 직선 위라면 비교적 수월히 찾을 수 있었던 것이다. 현진은 그제야 안도의 숨을 내쉬었다. 부담감을 덜은 마음이 비로소 가벼워졌다. 시간을 어림해 계산해 보니 그가 우물에 도착할 즈음에는 양떼가 충분한 물을 마시고 난 뒤일 것 같았다.

"다행히 오래 기다릴 일은 없겠구나."

유목민만큼은 아니겠으나 사막을 여행하는 자신들도 가축들을 배려해야만 했다. 가축들은 유목민과 공생하는 관계였고 그들이 없으면 유목민 역시 살아갈 수 없기에 가축을 배려하는 것은 곧 유목민을 존중하는 일과도 같았다.

그러나 물만 마시고 떠나리라는 예상과 달리 현진이 우물가에 도착할 때까지 양들은 움직이지 않고 근처에서 한가로이 풀을 뜯고 있었다. 그리고 그 옆에서는 한 유목민 청년이 오토바이에 기댄 채로 그가 오는 내내 뚫어져라 쳐다보고 있었다. 청년은 스물 중반쯤으로 보였지만 실제 나이는 그보다 적을 가능성이 컸다. 고지대의 강렬한 자외선을 매일같이 쐬는 탓에 몽골인들, 특히 유목민들은 본래 나이보다 더 들어 보이는 것이 예사였던 것이다.

"생 베노."

"생 벤, 타 생 베노?"

현진이 먼저 인사를 건네자 청년의 무표정했던 얼굴에 금세 쑥스런 미소가 번지더니 그가 마주 인사를 해 왔다. 낯선 이방인을 바라보는 청년의 눈빛은 많은 것을 담고 있었다. 호기심과 경계, 그리고 반가움과 신기함. 간혹 마주치는 유목민의 그런 눈빛이 그로서도 많이 익숙해져 이제는 당연한 것처럼 여겨졌다.

배낭을 메고 한국을 돌아다닐 당시 현진은 감탄과 격려, 불(不)이해, 무관심과 같은 여러 종류의 눈빛을 마주했었다. 물론 개 중 대부분은 몇 번의 깜박임만큼이나 무심히 떠올랐다가 스러지고 말 가벼운 호기심들이었다. 그러다가 간혹 젊은 사람이 쓸데없는 짓을 하고 다닌다며 대놓고 혀를 차는 이들을 마주치곤 했는데, 그들 대부분이 나이 지긋한 노인들이었기에 그때마다 그는 구태여 반박하는 대신 젊어서 고생은 사서 하라는 말도 있지 않느냐며 능청스레 응수하곤 했었다. 그렇다 해도 자신이 시도하지 않았기에 이해할 수도 없는 일에 대해 격려는 커녕 한 참견 하지 않고는 배기지 못하는 이들을 상대하는 것은 분명 피곤한 일이었다. 자신이 좋아서 시작했으며, 그동안 열심히 준비해 왔고, 또 즐겁게 해 나가고 있는 일에 대해 무작정 비난을 던지는 사람들을 보고 있노라면 그 속이 얼마나 꼬였으면 저럴까도 싶었다. 반면 지나는 길에 떡 한 덩이, 커피 한 잔을 건네며 응원해 주는 이들도 많았는데, 그들의 도움에 현진은 이루 말할 수 없는 고마움을 느꼈다. 그들에게는 비록 작은 베풂이었을지언정 그에게는 결코 작은 것이 아니었기 때문이다.

'그럼 저 젊은 유목민의 눈에 몸뚱이만 한 배낭을 짊어지고 사막을 돌아다니는 내 모습은 어떻게 비칠까?'

그 속마음을 정확하게 알 수야 없었지만 그리 부정적이지는 않으리라고 그는 짐작했다.

유목민들은 양들을 먹일 새로운 초지를 찾아 주로 여름과 겨울, 한 해에 두 번 거주지를 옮기곤 한다. 이동을 위해선 우선 그들의 집이라 할 수 있는 게르를 철거해야 하고, 철거된 게르는 차 따위에 실려 새로이 거주할 지역으로 옮겨진다. 대부분의 게르는 예닐곱 명이 함께 지내도 될 만큼 크기 때문에 다시 세우는 데만 수 시간이 걸린다. 하지만 그렇게 세워진 후로는 다시 한동안 자리를 지키면서 한 가족이 의지하며 지내는 든든한 안식처가 되는 것이다.

비록 게르에 비하면 규모 면에서 훨씬 작았지만 현진 역시 제 한 몸 누일 수 있는 그의 집, 상록을 가지고 있었다. 황량한 이 땅에서 텐트가 있다는 것은 약간의 수고만 더하면 언제든 안락한 쉼터를 마련할 수 있다는 것을 의미했다. 유목민이라면 평생을 사막을 돌아다녀야 할 운명이니 집을 지고 다니는 수고스러움과 그 의미를 십분 이해할 수 있으리라 믿었다. 물론 생업도 없이 황량한 사막 위를 배회하는 그 심정까지야 공감하지는 못하겠지만.

첫인사를 끝으로 그들은 서로 아무런 말도 나누지 않았다. 그렇다고 어색했는가 하면 그건 또 아니었다. 현진은 현진대로 신발을 벗고 땅바닥에 앉아 편히 쉬고 있었고, 청년은 청년대로 그의 행동 하나하나를 신기한 듯 바라보면서도 양떼를 살피는 일을 게을리하지 않았다. 간혹 그의 입에서 높고 가벼운 휘파람 소리가 나와 양들을 향해 날아가곤 했는데, 현진으로서는 끝내 그것이 무슨 특별한 의미가 있는지 알 수 없었다.

시간이 흐르면서 뒤따라오던 팀원들이 속속 도착했다. 그러자 그들은 서로 입장이 뒤바뀌어 오히려 청년이 팀원들의 호기심 어린 눈길을 일제히 받아내는 판국이 되었다. 결국 서로 간에 어떤 교류가 시작되기도 전에 청년은 양들을 이끌고 황급히 떠나갔다. 오토바이를 타고 양떼의 좌우를 오가며 그 큰 무리를 홀로 몰아가는 청년의 뒷모습은 늠름하기 짝이 없었지만, 현진은 그가 수줍음을 견디지 못해 떠난다는 생각을 떨칠 수가 없었다.

"잉? 내가 생각했던 우물이랑은 쬐까 다른디?"

"이게 정말 우물이에요? 사막에도 우물이 있다니 신기하네."

"우물이 없었다면 이미 사람도 가축도 살 수 없었겠지?"

한국 팀원들로서는 실제 우물을 보는 것이 처음이었던지라 모두들 신기해했다. 우물은 먼저 땅을 파낸 후 그 구멍 위에 나무 덮개를 얹고 다시 그 주변을 정사각형의 하얀 시멘트벽으로 둘러싸는 방식으로 만들어져 있었다. 우물 근처에서 휴식을 취하는 동안 비는 서서히 잦아들었다.

일행 중 마지막으로 삼장이 도착하자 팀원들은 그의 지시에 따라 빈 물통들을 모은 후 우물 덮개를 들어 올렸다. 그런데 덮개를 걷어내자마자 모두가 경악을 금치 못했다. 1차 팀 당시만 하더라도 몇몇 양털이 떠 있었을 뿐 비교적 맑은 축에 속했던 우물물은 깜짝 놀랄 정도로 짙은 암갈색의 흙탕물로 변해 있었던 것이다.

"으악! 이걸 어떻게 마셔요?"

우물 안을 들여다본 학성이 새된 비명을 질렀다. 그러나 이번에는 단순히 그의 엄살로 치부할 수가 없었다. 물은 마시고 도리어 탈이 나지 않을까 싶을 정도로 탁했다. 먹고 나면 갈증이 해소되기는커녕 없던 병까지 생길 것 같았다. 아마도 며칠간 계속해서 내린 비 때문에 땅속의 흙들이 유입되어 부옇게 변해 버린 것 같았다.

"이걸 마시느니 차라리 하늘을 향해 입 벌리고 서 있는 게 더 나을 거 같은데…"

"마! 고거 쫌 먹는다고 안 죽는대이. 그리고 고 정도면 일급수다, 일급수! 고비가 주는 거니 걱정덜 말고 묵어라."

학성의 불만에 마침 우물로 들어서던 삼장이 뚜벅 대꾸했다.

"하지만 딱 봐도 너무 더러운데요?"

그가 지지 않고 볼멘소리로 따지고 들었다.

"고 깨끗함을 말하는 게 아니래이. 무공해란 의미고 또 인간이 만든 것들에 오염되지 않았다는 의미제. 먹을라 카믄 다 먹을 수 있는 기다. 그저 감사한 맘으로 묵으믄 아무 탈도 안 날 기다."

하지만 평소라면 그의 말을 수긍하고 넘어갔을 현진조차도 이번만큼은 흔쾌히 동의할 수가 없었다. 그러고 보니 며칠 전에는 바람에 잔뜩 날려 모래가 한가득 쌓인 밥을 먹기도 했었다. 정말이지 그릇에 밥이 반 모래가 반이었는데, 그때도 한 숟갈 먼저 떠 넣으며 괜찮다고 말하는 삼장의 말에 모두들 꾸역꾸역 억지로 입속으로 밥을 밀어 넣었다. 그렇게 모두가 인상을 찌푸리면서도 겨우겨우 먹어냈으나 학성은 끝내 굶는 걸 택했다. 삼장의 고비사막에 대한 그러한 믿음은 단순히 맹신에 불과한 것일까? 아니면, 오랜 경험을 통해 우러나온 지혜일까? 아직 그만한 경험을 갖추지 못한 현진으로서는 알 수 없는 일이었다.

결국 흙탕물이라도 없는 것보다는 낫겠다고 스스로를 납득시키며 팀원들은 20리터 말통과 개인용 물통에 물을 채워 갔다. 그런데 네댓 번 먼저 물을 긷던 현진은 돌연 허리가 끊어질 것 같은 통증에 신음했다. 생각해 보니 고무로 된 함지에 물을 한가득 퍼 올리면 2리터 물통을 다섯 개 하고도 반을 채울 수 있었으니 한 함지에 담긴 물의 무게만 해도 10kg이 넘었다. 거기다 함지와 그에 딸린 팔뚝만 한 굵기의 동아줄 무게까지 합치면 그 이상의 무게가 나갈 터였다. 5m 정도의 깊이에서 그만한 무게를 연달아 퍼 올렸으니 허리가 배겨 낼 도리가 없는 것도 당연했다. 결국 그는 진욱과 교대를 했고 얼마 안 되어 정범이 바통을 이어받았다. 마지막으로 학성에 이르러서야 그들은 빈 물통을 모두 채울 수 있었다.

비는 점차 뜸해지는가 싶더니 완전히 그쳤다. 그렇다고 날이 갠 것은 아니었다. 하늘은 여전히 흐린 구름들로 가득 메워져 있었고 비 온 직후 살갗에 와 닿는 공기는 차디찼다. 지금 우물가에는 팀원들이 일렬로 늘어선 가운데 현진 홀로 그들 모두의 시선을 한몸에 받고 있었다. 걱정 반 호기심 반으로 반짝이는 일행들의 눈길을 마주한 그가 애써 웃어 보이려 했으나 얼굴은 어색하게 일그러지기만 했다. 곧 겪게 될 일을 떠올리는 것만으로도 심장이 옥죄어지는 기분이었다. 결코 과장이 아니었다.

"자, 시범 조교 앞으로!"

마침내 올 것이 왔다. 삼장의 부름에 현진이 쭈뼛거리며 앞으로 나섰다. 우물 옆 큼직한 돌 위에 서 있는 삼장의 손에는 조금 전 팀원들이 사용했던 고무 함지가 들려 있었는데, 그 안에는 우물에서 갓 퍼 올린 물이 그득히 차 있었다.

"조교! 심호흡 크게 하고…"

고무 함지가 현진의 머리 바로 위에까지 들어 올려졌다.

"고비샤워 실시!"

그 외침과 동시에 물이 폭포수처럼 현진의 머리 위로 쏟아졌다. 곧 그의 입에서 길고도 째질 듯한 비명이 터져 나왔다. 물과 맞닿는 순간 몸으로부터 이탈하려는 혼을 간신히 부여잡은 그는 머리와 팔, 겨드랑이와 사타구니를 가리지 않고 온몸 구석구석을 문질러댔다. 지켜보던 이들에게서 비명인지 탄성인지 모를 소리가 새어 나왔다. 방금 전 우물물이 얼마나 차가운지 경험한 바 있는 그들은 지금 그가 보이는 몸부림이 결코 엄살이 아님을 알 수 있었다. 그리고 그들도 이제는 깨닫고 있었다. 고비샤워라는 단어가 어떤 의미를 지니는지를.

한 함지만큼의 물이 금세 동났다. 차가운 뱀처럼 몸에 철썩 들러붙은 옷을 타고 물이 뚝뚝 떨어져 내렸다. 추워도 너무 추웠다. 하지만 아직 끝난 것이 아니었다.

"조교, 머리에 샴푸 실시!"

얼마 전 깎은 머리 위로 미끈한 샴푸 액이 뿌려졌다. 손으로 머리 구석구석을 문지르자 그동안 철사처럼 빳빳해 있던 머리칼 사이로 부드러운 거품이 일었다.

"이야! 사막에서 샴푸질도 다 허고, 지대루 호강하는 구마이!"

머리 위에서 감탄인지 놀림인지 모를 삼장의 말이 들려왔다.

'그렇게 부러우면 직접 하시든가!'

"자, 물 한 번 더 간대이."

그사이 쓸데없이 열심인 누군가 떠온 물이 다시 머리 위에서 찰랑였고, 현진의 가슴은 철렁했다.

"잠깐만요, 형님! 아니, 대…!"

숨을 가다듬을 여유라도 주길 바랐건만 그 절박한 외침을 무시하고 삼장은 무자비하게 물을 들이부어 버렸다. 구석구석 꼼꼼히 머리를 감으라는 배려로 조금 전과 달리 천천히 부어대는 물이 더욱 고통스러웠다. 이번에는 비명조차 지르지 못했다. 꽉 악문 이 사이로 신음이 비집고 나왔다. 하지만 또 한 번의 물을 맞지 않기 위해서라도 그는 필사적으로 머리를 헹구어 냈다. 마침내 두 번째 함지의 물이 다 쏟아진 후에야 막혔던 숨이 일시에 터졌다.

"모두 고생한 조교에게 박수!"

우레와 같이 쏟아지는 박수를 받으며 현진은 천천히 뒤로 물러났다. 때마침 불어온 바람에 맞닿은 살갗에는 왕방울만 한 소름들이 우수수 돋아났다. 불과 며칠 전만 해도 따갑도록 내리쬐던 햇볕이 이토록 그리워질 줄이야. 서둘러 수건으로 몸에 묻은 물기를 닦아내긴 했지만 이미 흠뻑 젖어 버린 옷이 흐린 날씨 속에 마르기란 요원해 보였다.

그때였다. 돌연 그의 등 뒤에서 처참하다 싶을 정도로 절박한 비명 소리가 터져 나왔다. 현진은 굳이 고개를 돌리지 않아도 무슨 일이 일어났는지 알 것 같았다. 과연 거기에는 웃통을 벗은 학성이 팔딱거리며 방정맞게 뛰어다니고 있었다. 요란법석을 떠는 그의 허연 몸뚱이 위로 고비샤워의 흔적이 구슬처럼 맺혀 있었다. 그걸 보는 현진의 머릿속에는 엉뚱하게도 갓 건져 올려 힘차게 퍼덕거리는 은갈치 한 마리의 모습이 떠올랐다. 한 마리 활어가 싱싱한 바다 기운을 사방으로 뿌려 대는 생기 넘치는 장면이 그의 몸 위로 겹쳐지고 있었다. 그렇게 그가 날뛸수록 뒤에서 차례를 기다리고 있는 진욱과 정범의 얼굴은 점차 사색이 되어 갔고, 그걸 보는 현진의 입에서는 절로 음침한 웃음이 흘러나왔다. 참기 힘든 오한에 그의 몸은 한껏 당겼다 놓아 버린 기타 줄처럼 떨려대고 있었지만, 이미 정신을 유지하던 줄을 놓아 버린 그는 낄낄거리며 웃어댔다.

"마! 어여 일루 오래이! 아직 반도 붓지 않았대이!"

학성이 멈출 기미를 보이지 않자 그가 잠잠해지기만을 기다리던 삼장이 끝내 참지 못하고 소리를 질렀다. 퍼렇게 질린 채로 그에게로 다가가는 학성의 얼굴은 울상으로 일그러져 있었다. 그러나 삼장은 가차없이 물을 쏟아 부었고 곧이어 그의 두 번째 비명이 우물가에 짜랑짜랑 울려 퍼졌다.

'고놈 참, 사내자식이 호들갑은. 개운해서 좋기만 하구만.'

우물가로 다가서는 현진의 얼굴에는 저도 의식 못 한 미소가 그윽이 머금어져 있었다. 그는 아직 여럿 남은 대기자들 모두가 빠짐없이 고비 샤워를 맛볼 수 있도록 우물물을 뜨는 수고를 자진해 맡기로 했다. 그까짓 물 무게가 대수랴. 모두를 위해서라면 이 한 몸 기꺼이 바쳐야지. 이미 매를 맞은 자의 여유랄까. 삼장으로부터 함지를 받아드는 그의 모습에 늘어서 있던 다른 이들이 부르르 몸서리를 쳤다.

충격과 경악. 그것이 고비샤워에 대한 그들 모두의 솔직한 총평이었다.

미아

1

현진은 재차 시간을 확인했다. 그로서는 벌써 몇 번째 되풀이하고 있는 행동인지 기억도 나지 않았다. 야영지를 떠난 후 어느덧 여덟 시간이 지나 있었다. 오늘 안으로 야영지를 찾겠다는 목표는 이미 체념한 지 오래였고, 부디 근처에 유목민의 게르가 단 하나만이라도 있기를 전심으로 기도하는 수밖에 없었다. 그러나 아무리 걷고 걸어도 그를 기다리는 건 막막하고도 검은 대지뿐이었다. 그 속에서 그는 지난 몇 시간의 일을 덧없이 곱씹어 보았다.

우물 근처에서 하룻밤을 지내고 일어나니 하늘은 청명한 날씨를 되찾아 티 한 점 없이 맑았다. 대체 이 넓은 하늘 어디에 숨을 데가 있다고 그 많던 구름이 죄다 사라진 것인지 신기한 일이었다. 팀원들은 아침 늦게 출발해 두 번의 휴식을 가졌는데, 놀랍게도 삼장은 정오가 되기 전에 멈춰 야영지를 꾸리라는 때 이른 지시를 내렸다. 그리고 점심을 먹자마자 이어지는 그의 한마디.

"각자 가고 싶은 곳을 향해 어디로든 가도 좋되 다섯 시간 이내엔 필히 돌아오래이."

삼장은 신신당부했다. 모두들 갑작스레 주어진 자유 시간에 기뻐하면서도 어디로 가야 할지 몰라 고민하기 시작했다. 다섯 시간이라면 그리 긴 시간이 아니었기에 서둘러 주변을 살펴본 현진은 이왕이면 지표로 삼을 대상이 있는 게 좋겠다는 생각에 지평 한쪽으로 조그맣게 솟아 있는 산 하나를 목표로 잡았다. 산은 그의 새끼손톱보다도 작았다. 그를 비롯해 팀원 중 몇몇은 떠나기로, 다른 몇몇은 야영지에 남아 쉬기로 결정을 내렸다.

현진은 출발하기 전 부피와 무게를 많이 차지하는 짐들을 모두 텐트 안에 넣어 두었다. 그는 물과 옷가지만 배낭에 넣은 채 씩씩한 걸음으로 야영지를 출발했다. 화창한 날씨는 그의 마음을 붕 뜨게 만들었고, 실제로 텐트와 침낭을 뺀 무게만큼 몸도 마음도 가벼워져 있었다.

그렇게 신나게 걷고 뛰기를 반복하며 나아가던 현진은 두 시간 반이 지난 시점에서 걸음을 돌려야 했다. 그러나 그는 그러지 않았다. 줄곧 두 시간이 넘도록 걸어간 후 그가 깨달은 것은, 처음 목표로 했던 것이 산이 아니라 하나의 작은 산맥이라는 사실과 그 산맥은 자신의 위용을 조금 더 드러냈을 뿐 여전히 닿을 수 없는 거리에 떨어져 있다는 점이었다. 현진은 갈등했다. 여기서 그만 멈추고 돌아갈 것인가, 아니면 계속 나아갈 것인가.

비록 멀리 떨어져 있다고는 해도 광활한 대지 한가운데 우뚝 솟아 있는 산맥은 그 자체로 장엄했다. 그 정상에 오를 수만 있다면 온 땅을 한눈에 굽어볼 수도 있겠구나, 하는 기대감에 공연히 가슴마저 설레었다. 그것은 자연을 발아래 두고야 말겠다는 오만한 정복욕이라기보다는 그저 그 멋진 광경을 만끽하고 싶다는 순수한 욕망에 가까웠다. 그리고 그것이 그가 차마 걸음을 돌리지 못하고 산을 향해 계속 걸어간 이유였다.

'…어떻게든 되겠지.'

현진은 오로지 그 생각 하나로 많은 걱정과 우려를 덮어둔 채 걸음을 이어갔다. 삼장과의 약속과 그가 제시간에 돌아가지 않을 경우 걱정할 다른 팀원들이 떠올라 발길을 잡았지만, 다음날 아침까지 이동하지 않겠다던 삼장의 말을 핑계 삼아 그는 걸음을 재촉했다. 조금 늦더라도 설마 오늘 안으로 돌아가지 못하겠느냐고 안일하게 생각한 탓도 있었다.

그렇게 다시 걷기를 한 시간 남짓. 산맥과 그 사이에는 십여 개가 넘는 구릉이 있었고 구릉을 넘을 때마다 나타나고 사라지기를 거듭하며 애를 태우던 산맥은 점차 그 모습을 선명히 드러내 보였다. 현진은 그 중에서도 오른쪽 끝에 위치하고 있는 산을 목표로 걸어갔는데, 큼직한 바위 사이사이로 흘러내린 모래와 자갈들이 산의 표면을 빼곡히 채우고 있었다. 군데군데에는 검고 앙상한 가지들도 삐죽이 솟아 있었다. 그 모든 것이 산의 몸체 곳곳을 흐르는 하얗고 검은 긴 혈관처럼 보였다.

현진은 야영지에서 출발하고부터 다섯 시간이 흘러서야 마침내 산 밑동에 도달할 수 있었다. 산을 오르는 것은 생각보다 어려웠다. 경사진 바윗면에 발을 디딜 때마다 그는 미끄러지지 않기 위해 몸을 납작이 수그려야 했고, 푹푹 파이는 모래는 계속해서 그의 발목을 잡아끌었다. 그 와중에 종아리에는 마르고 삐죽한 가지들이 할퀴어댄 생채기가 여럿 늘어 있었다.

"아니, 이게 뭐야?!"

고군분투하며 산 정상에 오른 그가 가장 먼저 느낀 감정은 성취감이나 장엄한 풍경에 대한 감탄이 아닌 황당함이었다. 산 정상인 줄로만 알고 오른 그곳에는 아래로 장대히 뻗은 평야가 아니라 그만한 높이의 땅이 다시금 한참이나 이어져 있었다. 그것은 산이라기보다는 차라리 고원에 가까웠다.

현진은 맥이 빠졌다. 기대했던 온 천지를 굽어보는 땅이 아니라는 사실이 그에게 큰 실망을 안겨 주었다. 마침 불어온 바람이 재촉하듯 등을 떠밀었지만 그는 그쯤에서 멈추기로 했다. 더 가고자 한다면 못 갈 것도 없었으나 고원이 어디에서 끝나는지 알 수 없었을뿐더러 이미 야영지로부터 지나치게 멀리 와 있었다. 더 늦기 전에 돌아가야 했다.

그렇게 미련과 아쉬움을 뒤로 하고 몸을 돌린 그는 그만 숨이 멎을 만큼 놀라고 말았다. 그토록 보고 싶었던 광경이 바로 눈앞에 펼쳐져 있는 게 아닌가! 그의 발아래로는 드문드문 녹색의 초지를 품은 갈색 대지가 까마득히 뻗어 있었고, 그 안에 수많은 굴곡을 품은 것이 분명함에도 불구하고 위에서 내려다본 대지는 하나같이 고르게 눌려 광막한 들판처럼 보였다. 광야의 끝은 새파란 하늘과 맞닿아 선명한 경계를 그렸으며, 그 경계에서 쏘아 올렸는지 지평에 닿을락 말락 붙어 있는 일군의 구름들은 긴 띠처럼 늘어져 정지해 있는 것 같았다.

그러나 무엇보다도 그를 놀라게 한 것은 하늘 정중앙을 차지한 어마어마한 크기의 뭉게구름이었다. 지평의 한끝에서부터 다른 끝까지 펼쳐진 그 널따란 하늘이 비좁아 보일 정도로 구름은 실로 거대했다. 그 모습은 감히 하늘의 높이를 측정이라도 해보겠다는 듯 층층이 쌓아 올린 웅대한 성(城)과도 같아 보는 이로 하여금 완전히 압도되는 기분을 느끼게 했다.

마침 거센 바람이 부딪쳐 오자 그의 몸이 몇 차례 휘청거렸다. 산 정상의 바람은 유난히도 사납고 거칠었다. 몸을 가누기 힘들 정도로 사방에서 불어 닥친 바람이 빨래 두들기듯 그를 쳐대기 시작하자 현진은 오히려 가슴 구석구석에 찌들어 있던 몇 움큼의 때마저 남김없이 털려 날아가는 상쾌함을 느꼈다. 급기야 맨몸으로 바람을 느끼고 싶다는 생각에 그는 웃통을 벗어젖혔다. 한껏 바람을 머금은 가슴이 크게 부풀어 올랐다. 바람으로 온몸을 훑어낸다는 느낌, 바람으로 폐를 씻어낸다는 그 개운함이 그는 무척이나 좋았다.

그렇게 하계의 어느 구석에서 티끌보다 작은 인간이 저 홀로 좋아하며 맞닥뜨린 거대한 세계에 감격해 몸부림하는 동안 세계는 오직 하늘과 땅, 바람으로 가득 채워져 있었다. 참으로 넓고 높으며, 단조롭고도 무한한 그 세계에 인간이 설 자리란 티끌 그 이상도 이하도 아닌 것 같았다.

하늘에 반하고 바람에 취한 지 얼마나 흘렀을까. 삼장과 약속한 복귀 시간을 이미 한참이나 초과했다는 사실이 아까부터 현진의 마음 한구석을 불편하게 만들고 있었다. 그러나 조금만 더, 조금만 더를 되뇌다 보니 반 시간가량이 또 훌쩍 지나 버렸다. 그런데도 그는 아직 출발조차 안 하고 있었다.

야영지에서부터 현 위치까지 오는 데만 하더라도 다섯 시간 가까이 걸렸다. 지금 시간은 오후 다섯 시. 몇 시간 후면 날마저 어둑어둑해질 터였다. 더 지체하다가는 오늘 내로 야영지에 도착할 수 있을지조차 불분명했다. 애초에 가벼운 마음으로 떠나온 길이지만 상황이 이러고 보니 현진은 텐트와 침낭을 챙기지 않은 것을 후회했다. 그래 봐야 때늦은 후회였다. 아무런 야영 장비도 갖추지 않고 맨몸으로 사막의 밤을 맞이한다는 것은 상상만으로도 끔찍했다. 이제 그는 절박한 생존의 문제와 맞닥뜨리게 된 것이다. 그는 다급한 마음에 미끄러지듯 산을 내려왔다. 그나마 다행인 점은 이맘때의 고비사막은 아홉 시가 넘어야 해가 진다는 사실이었다. 서둘러 간다면 아슬아슬하게 열 시 안으로 도착할 수 있을 것 같았다. 그것만이 그가 위안으로 삼을 수 있는 유일한 희망이었다.

하지만 그로부터 두 시간 뒤, 현진은 크게 난감함을 느낄 수밖에 없었다. 왔던 길을 되돌아가면 무난히 야영지에 도착할 수 있으리라는 기대가 완전히 그만의 착각이었음이 드러난 것이다. 아니, 왔던 길을 되돌아가기만 한다면 분명 그럴 수 있을 테지만, 문제는 그 왔던 길이라는 게 대체 어디 있는지 종잡을 수 없다는 데 있었다. 처음에는 별반 문제가 없었다. 그러나 점차 산으로부터 거리가 멀어지자 틈틈이 뒤쪽을 확인하며 방향을 잡았음에도 불구하고 그는 금세 혼란에 빠지고 말았다. 이쪽에서 보나 저쪽에서 보나 산은 별 차이 없이 똑같게만 보였고 그는 자신이 올바른 방향으로 가고 있는지 확신할 수 없었다.

'북서쪽. 북서쪽으로 가야 해.'

현진은 우선 대략적인 방향만이라도 맞추자는 생각이었다. 그렇게 걷다 보면 어느 순간 야영지의 모습이 눈에 들어오리라고 믿고 싶었다. 그나마 아까 산으로 걸어올 때 해가 머리 왼편에 위치했음을 기억해낸 그는 자신이 남동쪽으로 왔었다는 사실을 추측할 수 있었다. 이미 일찌감치 서쪽으로 기울기 시작한 해는 지금 또다시 그의 왼편에 위치해 있었고, 그것을 기준으로 약간 오른쪽, 즉 북서쪽으로 여겨지는 방향으로 걸어가는 것만이 그가 할 수 있는 최선이었다.

지금 그에게 있는 것이라고는 1리터 남짓의 물과 배낭에 든 두어 벌의 옷, 그리고 몇몇 잡다한 물품이 전부였다. 그는 덜컥 겁이 났다. 밤사이 영하에 가깝게 떨어질 날씨를 떠올리니 눈앞이 암담해졌다. 이대로 밤을 맞게 되고, 추위에 떨다 지쳐 잠이 들어 결국 다음날 동사 상태로 발견되리라는 상상이 조금씩 현실감을 갖추기 시작했다. 시간이 지날수록 두려움은 커져 갔다.

"경솔해도 너무 경솔했어."

먼 거리를 오면서 야영 물품을 챙기지 않은 것도 잘못이었지만, 그러한 미비한 준비를 했음에도 불구하고 감정에 취해 내키는 대로 행동했던 것이야말로 뼈아픈 실책이었다. 그러나 스스로 책임지지 못할 결정을 내린 이가 사막에서 맞게 될 운명이 생사가 오갈 정도로 가혹하다는 사실을 뒤늦게 깨달아봐야 소용없었다.

현진은 여차하면 반팔과 긴팔, 속옷과 겉옷 가릴 것 없이 있는 옷이란 옷은 모조리 껴입을 심산이었다. 과연 그걸로 충분할까 의구심이 들었지만 밤사이 계속 움직인다면 체온이 유지되어 살 수 있을지도 모른다는 막연한 희망이라도 품는 편이 차라리 나았다. 그만큼 그는 필사적이었다.

다시 두 시간이 흘렀다. 태양은 지평에 닿기도 전에 이미 그 어림을 장악한 구름 속으로 잠겨 버렸고 이제는 희미한 빛의 끝자락만이 하늘 구석에 간신히 걸쳐져 있었다. 대기의 온도는 태양이 사라진 것과 때를 같이해 급격히 떨어져 갔다. 한 무리씩 모습을 드러낸 별들은 여전히 찬란히 빛났지만, 현진은 그 아름다움에 감흥을 느낄 여유가 없었다. 해가 완전히 떨어지기 전에 미리 긴 옷을 꺼내 입고 그 위에 다시 반팔과 반바지를 겹쳐 입었음에도 불구하고 차게 식은 공기가 벌써부터 몸 안을 으슬으슬 헤집고 다녔던 것이다. 그는 날이 어둑해진 후부터는 랜턴을 점멸등으로 바꾸고 머리 위로 들어 올린 채 이동했다. 부디 누구라도 좋으니 그 빛을 발견하고 자신을 구조해주러 오기를 간절히 바라면서. 심지어 근처에 용변을 보러 나온 유목민이라도 하나 있었으면 좋겠다는 생각마저 들었다.

'하지만 그랬다면 이미 게르 불빛이 보였겠지.'

비록 자신이 유목민만큼의 시력은 안 되더라도 사위가 깜깜한 중에 반짝이는 빛조차 발견 못 할 리는 없었다. 결국 막연한 기대는 나타난 것만큼이나 빠르게 사라져 버렸다. 대신 또 다른 생각이 불쑥 떠올랐다.

'이럴 줄 알았으면 진작 불이라도 피울 걸 그랬나?'

불을 피웠다면 지금보다 좀 더 상황이 나아졌을지도 몰랐다. 마침 그에게는 종이와 성냥이 있었고 아르갈이야 조금만 찾아보면 금방 모을 수 있었을 것이다. 모닥불은 캄캄한 밤중이라도 멀리서 쉽게 발견할 수 있을 테니 그를 찾으러 나섰을 (것이라 믿고 싶은) 구조대에게 그의 위치를 명확히 알려주었을 것이다.

그러나 불을 피운답시고 아르갈을 주워오랴, 돌을 구해오랴, 불을 피우랴 하며 한곳에 오래 머물러 있기에는 그 스스로 너무 여유를 잃은 상태였다. 마음을 진정시키고 조급하게 움직이지 않으면서 구조대를 기다리기에 그는 믿음이 부족했고, 그저 조금이라도 더 걸어야 한다는 압박감에 짓눌려 있었다. 상황이 급박해지자 그는 다시 자신감을 잃고 스스로 무력하다는 기분에 휩싸이고 말았다. 멈추는 것은 어리석게만 느껴졌고, 야영지에 한 발자국이라도 더 가까워져야 한다는 생각이 머릿속을 온통 지배했던 것이다.

밤이 깊어질수록 기온은 점점 떨어져 내렸다. 다행히 바람은 심하지 않았으나 사막 날씨란 것이 워낙 종잡기가 어려워 섣불리 마음을 놓을 수도 없었다. 옷을 껴입었다고는 해도 기껏해야 긴 옷 위에 얇은 반팔을 걸친 것뿐이었으므로 차가운 밤공기가 등덜미를 적셔오는 데는 속수무책이었다. 체온을 유지하기 위해서라도 그는 계속 움직여야 했다.

밤중에 홀로, 밤을 지새울 아무런 대책도 없이, 동류의 인간이라고는 단 하나도 보이지 않는 망망한 대지 위를 기약 없이 헤매야 한다는 것. 그것은 정말이지 오금이 저리다 못해 수십 번도 더 몸이 오그라들고 그러다 아예 접혀 사라져도 이상하지 않을 것 같은 기분을 느끼게 했다. 지금에 비하면 이전에 GPS의 전원이 꺼져 헤매던 때는 차라리 양호한 편이었다. 그래도 그때는 근처에 도움을 줄 만한 사람이라도 있지 않았는가?

'지금 앞에서 뭔가 움직인 거 같아! …혹시 날 노리고 있는 늑대가 아닐까? 아니면 떠돌이 개? 어쩌면 내가 지치기만을 기다리고 있는지도 몰라. 그럼 위치를 알 수 없게 랜턴을 끄는 게 낫지 않으려나? 아냐. 놈은 후각과 청각이 뛰어날 테니 그따윈 아무 소용도 없을 거야. 그럼 어떡하지? 놈이 돌진해 오면 어떻게 대응해야 하지? …그만! 우선 진정부터 하자. 놈에게 내가 겁에 질리지도, 지치지도 않았다는 걸 보여 주는 게 중요해.'

어둠이 짙어질수록 겁은 늘어만 갔고 현진의 머릿속을 헤집고 다니는 망상의 수도 급격히 불어났다. 어둠은 더 이상 포근함을 제공하는 안식처가 아니었다. 오히려 기분 나쁠 정도로 끈적하게 들러붙어 그의 심장을 천천히 옥죄어 오고 있었다. 현진은 숨이 막히다 못해 질식할 것 같았다. 이대로는 안 되겠다 싶어 세차게 머리를 흔들어도 보고 심호흡도 해 봤지만 두려움은 좀체 가시질 않았다.

사실 그를 정말로 괴롭게 한 것은 상상 속의 늑대에 대한 두려움이 아니라 보다 현실적인 두려움이었다. 그것은 끝내 아무도 자신을 발견하지 못하리라는 두려움이었고, 이대로 추위에 떨다 고통스럽게 죽어 가리라는 두려움이었다. 또 그렇게 맞이한 자신의 죽음을 아무도 애도하지 않으리라는 두려움이었으며, 결국 적나라하게 까발려진 자기 생의 무의미함에 대한 두려움이었다. 그렇게 뒤죽박죽 섞인 감정들이 두려움이라는 이름표를 달고 그를 짓눌러 오고 있었다.

'그래도 한 사람은 나를 기억해 줄 거야. 적어도 그녀만은 날 애도해 주겠지. 그것만으로도 충분해. …잠깐, 애도라니?! 지금 뭔 바보 같은 생각을 하는 거야? 혼자서 무슨 신파극이라도 찍어? 살아 돌아갈 생각은 못 할망정 애도는 뭔 놈의 애도?'

스스로의 나약함을 한탄함과 동시에 현진은 그녀가 무척이나 보고 싶었다. 당장이라도 돌아가 그녀의 품에 안기고 싶었다.

"반드시 돌아가고 말겠어."

한 자씩 씹어 뱉듯 말하며 현진은 꺼져가는 의욕에 다시 불을 지폈다. 처진 걸음에도 힘을 실어 속도를 냈다. 할 수 있는 한 최선을 다하 겠다는 결의가 가슴을 반짝 물들였다. 그러나 그것은 문자 그대로 반 짝이었다. 몸도 마음도 오래 버티질 못했다. 그는 금세 추위에 지치고 걷는 것에 지쳤다. 의지는 쇠약해지고 이만 멈추고 싶다는 생각이 간 절해졌다.

"이 빌어먹을 곳에 내가 대체 왜 온 거지? 뭐 볼 게 있다고 그 편한 생활을 걷어차고 이곳에 온 거야? 어릴 적 꿈? 삶의 깨달음? 마음의 평화? 내가 미쳤지. 그따위 것들 개나 주라지!"

급기야 사막에 대한 불평불만이 입에서 폭포수같이 쏟아져 나왔다. 왜 자신이 그토록 열렬히 사막에 오려 했는지 이해할 수가 없었다. 아 니, 생각해 보니 알 것도 같았다.

"꼴같잖은 허영심 때문이지, 뭐. 남들이 쉽게 하지 못하는 모험을 한 답시고 온 거야. 그럼 그 쥐뿔도 없던 인생에서 그나마 쥐뿔만큼의 우 월감은 느끼지 않겠어? 그렇지 않고서야 이딴 여행을 뭐가 좋다고 자 원해? 밥 한 끼 먹는 것도 한참이지, 종일 더럽게 무거운 배낭을 짊어 져야 하지, 또 바람은 좀 불어? 밥을 먹는 건지 모래를 씹는 건지… 아, 씨발! 그놈의 개 같은 바람 때문에 고생만 했지 뭘 제대로 먹기나 했어? 응? 그놈의 잘난 허영심만 아니었으면 이런 고생 따윈 집어치우 고 지금쯤 집에서 발 뻗고 편히 쉬고 있을 텐데!"

현진은 크고 거친 숨을 토해냈다.

"이게 다 삼장 때문이야! 삼장이 살살 자극해서 꾀지만 않았어도 내 가 지금 이런 고생을 할 이유가 없잖아! 이 지랄 맞은 곳에 오지 않아 도 되었다고!"

이제는 홀로 사막에 오겠다던 스스로의 결심마저 모두 삼장의 악의 적인 계략으로 여겨졌다. 자신이 겪는 이 모든 고통의 원인이 전부 그 때문이라는 생각이 들자 현진의 가슴에 열불이 치솟아 올랐다.

'그러고 보니 삼장은 대체 뭘 하고 있는 거지?'

자신의 복귀가 늦어지면서 야영지는 지금 난리도 아닐 터였다. 물론 자신이 아는 삼장이라면 상황이 급박하다고 유난을 떨 사람은 아니었다. 그라면 이럴 때일수록 문제를 해결하기 위해 가장 효과적인 방법을 찾으려 할 테니까.

"그래서 더 재수가 없어. 사람이 조금은 걱정도 하면서 유난을 떨어야 사람다운 법이지, 그렇게 이성적이기만 하면 그게 목석이지 어디 사람이야? 그놈은 늘 그랬어. 마치 지가 뭐라도 된 거 마냥, 자기는 뭐든 다 알고 있다는 듯이. 그럼 지금 이 상황은 대체 뭔데? 망할 구조대는 어디를 싸돌아다니고 있는 거냐고? 어서 그 잘난 능력으로 날 찾아내지는 않고!"

이상하리만치 계속 화가 나고 있었다. 사막에게도, 삼장에게도, 그리고 자기 자신에게도.

그러기를 한참, 빠득빠득 이를 갈며 한바탕 화를 쏟아내자 현진은 조금이나마 속이 후련해지는 걸 느꼈다. 그렇다고 무섭고 막막한 마음이 가신 건 아니었다. 여전히 그는 어두운 사막 한복판에 있었고, 그 냉혹한 현실은 그의 감정 변화가 어떻든 시시각각 그를 두려움에 떨게 만들었다. 그래도 어느 정도 가슴이 진정되면서 머리도 조금씩 이성을 찾아갔다. 그는 곧 어처구니가 없어 웃고 말았다.

'언제는 사막이 좋다고 그렇게나 떠들어대던 놈이 그따위 망발이나 하다니. 나란 놈은 정말 간사한 놈이구나.'

그는 사막과 삼장에게 미안해졌다. 어쩌면 자신은 너무 겁에 질린 나머지 이 상황을 잊기 위해 분노라는 돌파구를 찾은 것인지도 몰랐다. 만약 그렇다면 사막이나 삼장은 애먼 화풀이 대상이 된 셈이었다.

문득 그는 오랫동안 이어 오던 발걸음을 멈춰 세웠다. 주위로 몰아치는 바람의 으스스한 곡성 말고는 아무 소리도 들리지 않았다. 보이는 것도 없었다. 사막은 여전히 어둡고 적막했다. 금세 가슴 한편이 공포로 물들었다. 하지만 그는 이럴 때일수록 여유를 잃지 말아야 한다고 마음을 다잡았다. 그러기 위해서는 우선 겁에 질린 가슴부터 달랠 필요가 있었다. 눈을 감으나 뜨나 그다지 다를 것 없는 어둠이 그를 에워싸고 있었지만 그는 한껏 용기를 내어 숨을 편히 쉬려고 노력했다.

'지금 내가 길을 잃은 건 분명히 사실이야. 그렇다고 우왕좌왕하다가는 상황만 더 악화될 거야. 그러니 우선은 마음부터 가라앉히자.'

그러나 어렵사리 마음을 가라앉히고 난 뒤에도 상황을 타개할 만한 해결책은 떠오르지 않았다. 그저 살을 에는 추위를 견디다 못해 한시라도 쉬지 않고 몸을 움직여야 한다는 다급함만이 경종처럼 머릿속을 울려댈 뿐이었다.

결국 별도리 없이 다시 걸음을 옮기려던 현진은 순간 당혹스러움을 느꼈다. 마음을 추스르기 위해 멈춘 그 짧은 사이, 자신이 나아가던 방향을 그만 잊어버리고 만 것이다. 사방 어느 곳을 둘러보아도 모두가 하나같이 짙은 그림자에 덮여 있었다. 심각한 낭패감이 그를 삼식해 왔다. 그와 동시에 그는 한동안 잊고 있었던 사실, 아니 어쩌면 스스로 외면했던 것인지도 모를, 그러나 다른 무엇보다도 중요한 한 가지 사실을 떠올릴 수 있었다.

"사막에서 길을 잃으면 우짜냐고? 우짜긴 뭘 우째? 기냥 고 자리에 멈춰서 숨 한 번 크게 들이켜고 속부터 차려야제. 뭐 별 수 있겠누? 어차피 움직여 봐야 아무 소용 없대이."

지난 1차 팀에서 길을 잃었던 현진을 바래다주며 삼장이 한 말이었다. 사막에서 길을 잃을 경우에 이리 가면 어떻게든 되겠지, 저리 가면 뭔가 보이겠지 하며 앞뒤 생각 없이 막연히 걸어가는 것은 극히 희박한 확률에 기대 체력만 지속적으로 고갈시키는 어리석은 행동이라고 그는 덧붙였다.

'길을 잃은 상황에서는 움직이는 행위 자체가 무의미하다…. 아, 이미 한 번 호되게 경험한 적이 있으면서도 어찌 이리 배움이 늦단 말이냐!'

현진은 스스로의 어리석음에 깊이 탄식했다. 이런 상태로는 더 걸어 봐야 아무 소용이 없었다. 아니, 오히려 상황만 더 악화시킬 수도 있었다. 어쩌면 자신은 야영지와 가까워지기는커녕 더 멀어지는 중인지도 몰랐다. 살기 위해서라도 이유를 불문하고 멈춰야 했다. 무엇보다 올바른 방향부터 찾아야 했다. 현진은 두 눈에 힘을 주고 재차 주위를 살폈다. 캄캄한 하늘과 그보다 더 검은 땅, 그리고 하늘에 박혀 있는 별들. 그것이 눈에 보이는 전부였다.

'잠깐만! 별이라고?!'

별이라니. 지금껏 초조함에 쫓겼던 나머지 미처 생각지 못한 것이었다. 그는 서둘러 하늘을 살폈다. 별들이 너무 많아 애를 먹긴 했지만 곧 눈에 익은 국자 모양의 별자리를 발견할 수 있었다. 북두칠성. 현진은 곧 그것이 그리는 국자의 연장선상에서 북극성으로 여겨지는 별을 찾아냈다.

'북극성은 늘 정북 쪽에 위치한다고 그랬지.'

어릴 적 학교에서 배운 후로 이제는 상식이 되어 버린 사실을 상기하며 그는 북극성이 떠 있는 방향을 기준으로 북서쪽을 가늠했다. 다시 붙잡은 희망은 전보다 좀 더 명확한 것이었다. 그 순간 의지할 것이라고는 그것뿐, 다른 대안은 없었다. 맞건 틀리건 지푸라기라도 잡는 심정으로 현진은 다시 출발했다. 부디 자신이 선택한 방향이 야영지와 조금이라도 가까워지는 길이기를 기도하면서.

2

거대한 벽의 도열처럼 느껴지는 어둠, 그 너머로부터 기계의 구동소리가 아스라이 퍼지는가 싶더니 점차 요란해지는 배기음을 뚫고 SUV 차량 한 대가 그 커다란 덩치를 드러냈다. 그러자 이미 한참 전부터 소리가 들려오는 쪽을 향해 발만 동동 구르고 있던 그녀가 차가 완전히 멈추기도 전에 부리나케 뛰어갔다. 곧 운전석 밖으로 삼장이 내렸고, 차 옆문이 열리며 경미와 주희가 차례로 나왔다. 빠르게 살핀 그녀들의 얼굴은 어두웠다. 그녀는 혹시나 하는 심정으로 고개를 내밀어 안을 확인했지만 그들 뒤를 따라 나오는 다른 이는 없었다.

"…결국 못 찾았군요?"

낙심한 그녀의 물음에 삼장이 고개를 끄덕이는 것으로 대답을 대신했다. 그 외의 다른 말 없이 그녀를 지나쳐 텐트 쪽으로 걸어가던 그가 무슨 생각에서였는지 걸음을 멈추고 몸을 돌려세웠다.

"너무 걱정 말그라. 금마도 생각이 없는 놈은 아니니께 시방 어디선가 지 한 몸 잘 보신하고 있을 기다. 날이 밝는 대로 다시 수색할 테니께 니는 이제 그만 들어가 쉬래이."

여태껏 돌아오지 않은 현진을 찾고자 방향을 달리하며 반나절 넘도록 돌아다니다 온 그를 차마 닦달할 수는 없어 그녀는 아무런 말도 하지 않았다. 하지만 마음 같아서는 당장 혼자서라도 현진을 찾아 나서고 싶었다. 그러나 이미 몇 차례 그녀를 만류하며 삼장이 했던 말마따나 그것은 또 한 명의 사막 미아를 만드는 일과 다르지 않았기에, 그녀로서는 그저 애타는 가슴만 부둥켜안은 채 어둠 내린 사막 이곳저곳을 정처 없는 눈길로 바라볼 도리밖에 없었다.

'대체 어디 있는 거야? 나한테는 절대 길을 안 잃을 것처럼 자신만만하게 굴더니….'

불과 오늘 아침까지만 해도 곁에서 함께 웃고 떠들던 그였다. 다녀올게, 라는 말을 끝으로 힘 있게 떠나던 그의 뒷모습이 아직도 눈에 선했다. 그런데 그랬던 그가 저 사막 한복판에서 홀연히 사라지고 만 것이다. 그녀는 지금의 상황이 도저히 믿기지를 않았다.

'이 추운 날씨 속에서 어딜 돌아다니고 있니? …혹시?!'

갑자기 떠오른 스스로의 생각에 소스라치며, 그녀는 짐짓 과장된 동작으로 고개를 저었다. 그리고 쓸데없는 가정은 아예 하지 말자고 속으로 되뇌었다. 시간이 흐를수록 저도 모르게 부정적으로 치닫는 생각을 애써 돌이키면서, 또 해소할 길 없는 수심의 바닷속을 허우적대면서 그녀는 망부석처럼 어둠 속을 지키고 서 있었다. 그리고 자신이 아는 신에게, 정성껏 기도했다.

'제발, 그 애가 무사히 돌아오게 해 주세요.'

문득 그녀의 머릿속에 첫날 새벽의 일이 떠올랐다. 그리고 그녀는, 뼛골이 저릴 정도로 시리던 그 폭풍과 어둠을 헤치고 현진이 자신을 찾으러 온 것이 얼마나 무모한 행동이었는지, 또 그러기까지 그가 얼마나 많은 용기와 노력을 발휘해야만 했었는지 새삼 깨달을 수 있었다. 그녀는 그에게 너무나 미안했고, 또 고마웠다.

'이젠 내가 너를 찾으러 갈게.'

새카맣게 탄 그의 얼굴과 하얗게 빛나던 눈을 떠올리며, 다음번 수색팀이 출발할 때에는 반드시 따라가야겠다고 그녀는 단단히 결심했다.

주위를 둘러싼 검은 장벽은 여전히 크고도 아득했다. 심지어 그것은 야영지의 불빛이 힘겹게 만들어낸 흐릿한 경계마저 침식해오며 날름날름 시커먼 마수를 뻗치고 있었다. 그러나 그 괴수와 같은 손놀림을 마주 보고 선 그녀의 두 눈은, 단단해진 그 마음만큼이나 더 이상 한 치의 흔들림도 보이질 않았다.

한편 자신의 텐트로 돌아온 삼장은 가장 먼저 랜턴부터 켠 후 손잡이 부분에 달린 끈을 이용해 천장에 고정시켰다. 그는 오늘 밤 내내 랜턴을 켜놓을 작정이었다. 혹여 그것이 저 사막의 짙은 어둠 속에서 등대 역할을 할지도 모른다는 일말의 기대를 품고서. 그 불빛 아래 앉아 삼장은 야영지 근방의 지리를 머릿속에 차근히 그려가기 시작했다. 그것은 오늘 저녁에만 벌써 그가 수십 번도 더 되풀이한 행동이었다. 모르는 이들이 보기엔 다 거기가 거기 같아 보일 사막일 테지만, 그에게는 아니었다. 그는 낮 동안 좀 더 큰 구릉과 작은 구릉들의 위치를 기억해 놓았고, 목초지와 자갈밭의 차이는 물론, 목초지임에도 불구하고 유목민이 기르는 가축들에 의해 이미 상당 부분 풀이 뜯겨진 지역까지 파악하고 있었다. 더하여 그러한 이해 속에서 가축 떼가 남긴 아르갈의 흔적을 따라간 결과 몇 군데 유목민의 게르를 발견해 방문하기도 했다. 그는 현진의 인상착의를 그들에게 설명한 후 혹시라도 그를 보았는지 물었지만, 돌아오는 대답은 한결같이 '모른다' 뿐이었다.

'이제 지 앞가림 정도는 할 줄 알았건만.'

삼장은 스스로의 방만함에서 비롯된 실수를 자책했다. 그것은 여정 막바지에 팀원들을 위한 선물로서 그들에게 자유시간을 허락한 것에 대한 후회가 아니었다. 다만 팀을 이끄는 리더로서 팀원 하나하나에게 끝까지 주의를 기울여야 했음에도 그러지 못한 것에 대한 후회였다. 물론 그는 사방으로 흩어져 가던 팀원들을, 그중에서도 특히 현진을 오랫동안 눈여겨보았다. 그는 여전히 어디로 튈지 모르는 공 같은 기질이 있었고, 그래서 다른 이들에 비해 더욱 신경이 쓰일 수밖에 없었다. 그러나 현진이 이미 사막에서 길을 잃어 호되게 당한 경험이 있었던 데에다, 다섯 시간이라는 제한선을 미리 고지했던 탓에 은연중 마음을 놓고 있었던 게 문제였다. 무엇보다 도보로 두 시간 남짓 걸리는 거리 내에서라면 제시간에 돌아오지 못하는 이가 있다 하더라도 얼마든지 찾아낼 자신이 그에게는 있었다.

떠났던 팀원 중 약속 시간에 맞춰 돌아온 이는 진욱과 정범뿐이었다. 설마 하는 심정으로 한 시간을 더 기다려 보았지만 현진은 끝내 돌아오지 않았다. 사막에서 지낸 시간이 가장 많았고, 그랬기에 그만큼 믿었던 그가 도리어 사고를 치고 만 것이다. 그러나 그때까지만 하더라도 그게 지금처럼 대형 사고로 이어지리라고는 삼장 자신으로서도 미처 예상치 못했다.

'이눔이 두 시간 반 걸어간 자리서 돌아올라 맘만 묵었어도 반경 10km 안에서는 뵀어야 하는디, 고렇지가 않단 말이제. 그렇담 고 이상을 걸어갔거나 중간에 방향을 꺾어 뿌렸다는 말인디…'

고민이 깊어질수록 밤 역시 깊어갔지만 삼장은 시간의 흐름조차 잊은 채 궁리에 궁리를 거듭했다. 자기 책임 하에 있는 팀원, 더구나 그에게는 동생 같기만 한 현진이 돌아오지 않은 상황에서 잠자리에 들 생각은 추호도 없었다. 그는 낮부터 이어진 장시간의 수색으로 지금은 한창 곯아떨어져 있을 팀원들을 두 시간쯤 후에 깨워 한 번 더 나갔다 오기로 마음먹었다. 그리고는 지친 기색도 없이 새로이 탐색할 지역의 방향과 지형도를 머릿속으로 다시금 검토해가기 시작했다.

틈틈이 별의 위치를 확인하며 걸어가는 동안 시간은 무척이나 더디게 흘렀다. 현진은 차츰 무의식 상태에서 다리를 움직여 갔다. 느릿느릿 어둠 속을 헤쳐 갈수록 의식이 점차 몽롱해지고 있었다.

그렇게 얼마쯤 걸었을까. 돌연 머리를 스친 위화감에 그는 우뚝 멈추어 섰다. 그러니까 이 상황은….

'무언가 잘못됐어.'

현재 그가 처한 상황은 오래전 그가 기대했던 그림과는 많은 차이가 있었다. 그 사실을 깨닫자마자 어떤 통렬한 감각이 그의 가슴을 섬뜩 베고 지나갔다.

무슨 생각에서였을까. 현진은 랜턴을 들고 있던 손을 내렸다. 그리고 불빛도 껐다. 세계는 금세 어둠 속으로 잠겨 들었다. 두 개의 검은 공간이 희미한 경계를 사이로 좀 더 밝은 쪽과 좀 더 어두운 쪽으로 나뉘어 있었다. 별빛을 제외한다면 빛도 소리도 세계도 완전히 사라져 있었다. 바람 소리마저 고요했다.

대지에 퍼진 그 숨 막힐 듯한 정적은, 그리고 차츰 묘한 편안함으로 바뀌어 갔다. 줄곧 심각하다고 여겼던 현재의 상황이 갑자기 아무것도 아닌 듯 여겨졌고, 조금 전까지 별것도 아닌 일을 가지고 그렇게 수선을 피우며 호들갑을 떨었다는 생각이 들었다. 그리고 현진은 자신이 사막에 오겠노라 처음으로 결심하던 때를 떠올렸다.

당시의 그는 최악의 상황을 가정했었다. 사람이라고는 단 한 명도 없는, 한걸음 내딛기도 어려운 모래벌판을 헤매다가 가지고 있던 물마저 모두 동나고 결국 뙤약볕에 쓰러져 옴짝달싹할 수도 없는 상황. 원망할 이도 그리워할 이도 없이 세상으로부터 완전히 떨어져 그렇게 홀로 덩그러니 놓인 상황.

그러나 그런 상황에서조차 자신은 하늘을 마주 보며 당당히 웃겠노라 다짐했었다. 그렇게 죽는다 하더라도 크게 아쉬움은 없었다. 오히려 하고 싶은 일을 하다가 죽는다면 그것은 더할 나위 없이 떳떳한 일이라고, 비록 보잘것없는 자신의 삶이나마 반짝 빛내는 일이라고 그는 믿었다. 지나는 바람을 붙잡아 유일한 조문객으로 삼으면 충분하겠노라는 조금은 허황되면서도 낭만적이기까지 한 생각을 하면서. 그렇게 그는 삶을 도외시할 만큼 오만했고 또한 당당했다.

'내가 그동안 초심을 잃었구나.'

문득, 그의 안에 차돌처럼 단단한 무언가가 맺히기 시작했다. 그는 더 이상 스스로를 비참하게 만들고 싶지 않았다. 불안을 숙명처럼 떠안고 새로운 걸음을 주저하지 않는 모험가의 심정을, 스스로의 삶을 담보로 길을 택하고 그에 따른 책임을 기꺼이 감수하겠다는 단호한 의지를, 도저히 어찌할 수 없는 상황에 처한 경우라도 죽으면 죽으리라는 결연함을 그는 되찾고 싶었다. 가끔 오만으로 치달을 때도 있을지언정 어떤 미래가 기다리고 있든 겁먹지 않고 나아갈 수 있는 담대함을 늘 가슴에 품고 싶었다.

눈에 띄게 바뀐 것은 없었다. 살갗은 여전히 차가운 공기에 떨어대고 정신은 망망한 어둠 속을 헤매며 가까스로 의식을 유지하고 있었다. 그러나 단 하나, 마음은 조금 가벼워졌다. 약간은 허허로워졌다고 해야 할까. 아등바등 옹졸하게 붙잡고 있던 미련을 떨쳐내자 마음이 한결 편해져 있었다.

다시 지루한 시간이 이어졌다. 일 분이 십 분 같고, 십 분이 한 시간 같은 순간들이 반복되고 있었다. 만약 이대로 생을 마친다면(그는 오늘 밤 자신의 삶이 끝날 수도 있겠다는 생각을 이제는 다소 덤덤해진 마음으로 하고 있었다) 죽기 직전 꽤나 압축되고 밀도 높은 시간을 보낸 셈이라는 생각이 들었다. 어쨌든 이제는 될 대로 되라는 심정이었다. 할 수 있는 한 최선을 다해 걸어갈 테니 나머지는 운에 맡기겠다는 식의.

그런데 정말 기적 같은 일이 벌어졌다! 갑자기 그가 나아가던 길의 우측으로부터 하나의 섬광이 번쩍인 것이다. 빛은 순식간에 사라졌지만 반사적으로 고개를 돌린 현진은 그 번쩍임을 놓치지 않았다. 그 강도로 짐작건대 차량용 헤드라이터가 틀림없었다. 자신이 잘못 보았을 리 없었다. 방금 전 빛기둥이 하나뿐이었다는 사실을 떠올린 그는 그것이 오토바이일 거라고 확신했다. 그와 동시에 그의 다리는 이미 어둠 속을 빠르게 질주해 가고 있었다. 랜턴을 미친 듯이 휘두르면서 현진은 짜낼 수 있는 온 힘을 다해 고함을 지르기 시작했다. 잠시나마 초연해졌던 삶을 향한 불씨가 그 어느 때보다 거세게 지펴지고 있었다.

'제발 좀 봐라! 제발 좀 들어! 제발 좀 멈추라고!'

사막은 한나절을 내리 걷는다 하더라도 한 사람의 유목민조차 만날 수 있을지 확신할 수 없는 땅이었다. 워낙 유목민들이 정해진 거주지 없이 계속 이동한 탓도 있었지만 무엇보다도 면적에 비해 인구수가 적은 것이 가장 큰 이유였다. 오지라는 말이 괜히 붙은 것이 아니었다. 조금만 가도 사람 사는 곳이 보이고, 후미진 시골이라도 내비게이션에 잡히지 않는 곳이 드물며, 최악의 상황이라 하더라도 쉽게 구조 요청을 할 수 있는 한국과는 전혀 다른 곳이 바로 사막이었다. 종종 자신이 고비사막을 홀로 여행하던 시절을 회상할 때면 삼장은 지평 위로 하얗게 솟아 있는 점, 게르를 발견할 때만큼 반갑고도 안심이 된 적은 없었노라고 고백하곤 했다. 그날 하루만큼은 게르에 들러 안전을 보장받을 수 있었기 때문이다. 대부분의 유목민은 낯선 나그네에게라도 우유와 치즈를 대접하는데 인색하지 않았으니까.

그리고 그것이 현진이 지금 그토록 열심히 뛰어가는 이유였다. 저 사람이 누구건 자신의 유일한 구원자라는 것은 틀림없는 사실이었다. 반드시 저 사람을 붙잡아야만 했다.

3

현진이 눈을 떴을 때는 이미 날이 환히 밝아 있었다. 눈을 뜨자마자 번뜩 뇌리를 스친 생각에 그는 황급히 몸을 일으켜 세웠다. 골반 부근에서 무언가 부러진 게 아닐까 싶은 둔탁한 소리가 터졌으나 그는 아랑곳없이 재빨리 주위부터 훑어보았다.

그의 눈에 가장 먼저 들어온 것은 둥글게 둘러쳐진 하얀 벽이었다. 벽은 오랜 세월을 거쳐 왔음을 입증하듯 군데군데 검게 때가 타 있었고 천장으로 이어지는 이음새 부근에는 정체 모를 날고기들이 줄지어 널어져 있었다. 벽으로 둘러싸인 공간 한가운데에는 난로가 하나 놓여 있었는데 천장의 구멍을 통해 밖으로 이어진 굴뚝에서는 부드러운 회색 연기가 뿜어져 나왔다. 난로 근처의 큼지막한 솥에서는 모락모락 김이 피어났고, 입구 양쪽으로 놓인 두 개의 침상 위에는 이불들이 어지러이 널브러져 있었다. 그 모든 사물의 얼개로부터 현진은 물씬 풍겨오는 사람의 자취를 맡을 수 있었다.

게르! 그곳은 그가 그토록 고대하던 게르였다. 게르는 무척이나 튼튼하고 안락해 보였다. 어젯밤 겪어야 했던 끔찍함만큼이나 깊게 밀려오는 안도감에 현진은 가슴을 쓸어내렸다. 결국 자신은 이 따뜻하고도 안락한 게르에서 무사히 하룻밤을 보낸 것이다. 그 길고 지난했던 밤을 헤치고 끝내 살아남고야 만 것이다!

한차례의 안도감이 지나고 나자 그의 머릿속에는 어젯밤의 일이 마치 오래된 추억처럼, 혹은 꿈결에서 벌어진 일처럼 아득하게 떠올랐다. 남아 있는 그 희미한 앙금을 마저 떨쳐버리고 그는 자리에서 일어났다. 밖으로 나가기 위해서였다. 그가 눈을 떴을 때부터 밖에서는 수십의 양 울음소리가 끊이지 않고 들려오고 있었다. 이따금 누군가의 고함 소리가 거기에 섞여들었고 쾌활하고도 앳된 아이의 목소리도 겹쳐졌다.

게르 밖으로 나오자마자 현진은 멀지 않은 곳에서 양떼를 몰고 있는 두 명의 남자아이를 발견했다. 한쪽은 어림잡아 일고여덟 살쯤 되어 보였고, 다른 한쪽은 그보다 네댓 살은 많아 보였다. 좀 더 나이 든 아이는 말 위에서 굵직한 고함을 지르며 채찍을 휘두르고 있었는데, 채찍이 땅에 부딪히며 경쾌한 소리를 낼 때마다 양들의 걸음이 빨라지곤 했다. 그보다 어린 아이는 양들 옆에서 보조를 맞추며 틈틈이 단발성의 외침을 내지르면서 무리에서 이탈한 양들을 다시 대열에 합류시키는 역할을 맡고 있었다. 그런데 아이는 품에 갓난아이를 안고 있었다.

아이가 아이를 안은 그 모습은 자못 낯설면서도 어떤 뭉클한 정겨움을 주었다. 양들을 모는 아이들의 솜씨는 노련하고도 여유로웠다. 그들 주위로 수백의 발굽들이 일으킨 먼지들이 자욱이 피어나고 있었다.

"저기요!"

한국어를 알아들을 리 없었을뿐더러 상대가 한참이나 어린 아이들이었음에도 불구하고 현진의 입에서는 자연스레 존칭이 터져 나왔다. 어쨌거나 그들은 자신의 생명의 은인이 아닌가?

하지만 그의 말이 들리지 않았는지 아이들은 제 할 일 하기에 여념이 없었다. 어쩔 수 없이 현진은 그들에게로 다가갔다. 거리가 꽤 가까워졌다고 생각되자 그가 재차 그들을 불렀다. 그러자 그때껏 누가 다가오건 말건 신경조차 안 쓰던 아이들이 비로소 고개를 돌려 그를 바라보았다. 아이들의 얼굴에 놀란 기색이라곤 없었다. 그 반응으로 짐작건대 그가 다가오고 있음을 이미 알고 있던 것 같았다.

"새노."

양들 옆에서 보조를 맞추던 아이가 더 가까이 있어 현진이 그를 보며 인사를 건네자 아이가 금세 당황하는 기색을 띠더니 말을 탄 형뻘되는 아이를 돌아보며 빠르게 뭐라고 지껄였다. 그러더니 둘 사이에 그로서는 도통 알아들을 수 없는 대화가 오가기 시작했다. 그들은 곧 현진이 자신들의 말을 알아듣지 못한다는 사실을 깨닫고 그 상황을 은근히 즐기는 눈치였다. 대화 중간마다 흘끗흘끗 그를 쳐다보는 눈빛들이 영락없이 진기한 동물을 구경하는 그것과 닮아 있었다. 물론 구경당하는 동물의 심정이야 전혀 헤아리는 것 같지 않았지만.

결국 무작정 대화가 끝나기만을 기다릴 수가 없어 현진이 다시 입을 떼려던 찰나, 돌연 등 뒤에서 누군가를 부르는 듯한 고음의 외침이 들려왔다. 소리 난 쪽을 돌아보니 두 사람이 그를 향해 달려오고 있었다. 한 명은 큰 사내아이 또래의 계집아이였고, 또 다른 한 명은 적어도 스물은 되어 보임직한 여성이었다. 그녀는 결코 날씬하다고 할 수 없는 통통한 몸집에 지금껏 그가 마주쳤던 다른 유목민들과는 달리 얼굴이 새하얬다. 뭐가 그리 신나는지 만면에 웃음을 머금고 뛰어오던 그녀는 점차 힘에 겨워 얼굴이 구겨지는가 싶더니 급기야 도착하자마자 양손으로 무릎을 짚고는 듣는 사람이 걱정스러울 정도로 크고 거친 숨을 토해냈다. 먼저 인사를 건네려던 그를 제지하며 잠시 기다려 달라는 몸짓을 하는 그녀를 보며 현진은 엉거주춤 선 채로 어색한 웃음을 흘릴 수밖에 없었다.

그녀의 호흡이 고르게 되기까지는 꽤 오랜 시간이 걸렸다. 그리고 마침내 몸을 일으켜 세운 그녀가 예의 그 환한 웃음을 띠우고는 말문을 열었다. 물론 그녀의 입에서 나온 것은 흠 잡을 데 없이 완벽한 몽골어였고, 그 말을 현진이 알아들을 리는 만무했다.

"전 몽골어를 못합니다."

그가 난처해 하면서도 최대한 공손하게 말을 꺼내자 그녀가 잠시 입을 다물고는 고개를 갸웃갸웃했다. 그러다 문득 잊고 있던 사실이 기억나기라도 한 듯 아, 하는 탄성과 함께 고개를 두어 차례 주억거렸다. 그리고 놀랍게도 그녀의 입에서는 곧 현진에게도 매우 친숙한 언어가 튀어나왔다.

"캔 유 스피크 잉글리시?"

자신을 세연이라고 부르라던 그녀는 현재 울란바토르에 거주하며 학교를 다니는 스무 살의 대학생으로서 마침 방학을 맞이해 유목 생활을 하는 부모님 댁을 방문한 것이라고 스스로를 소개했다. 현진은 그녀에게 자신은 한국인이며 여행 중에 길을 잃어버려 일행들과 떨어지게 되었다고 말해 주었다. 그로서는 평소 그토록 공부하기 싫었던 영어가 이런 의외의 도움을 주리라고는 생각도 못했다. 그는 또 자신의 이름을 알려 주었다. 그러자 그녀가 어색한 발음으로 몇 번을 따라해 보다가 마음대로 안 되는지 민망스레 웃었다. 현진은 그거면 충분하다는 의미로 고개를 끄덕이며 마주 웃어 주었다.

양들의 울음소리 가운데 이루어진 서로 간의 간단한 소개를 마치고 그녀는 현진에게 따라오라는 손짓을 보낸 후 몸을 돌려 곧장 뛰어가기 시작했다. 그러자 그때껏 잠자코 서 있던 계집아이가 방글방글 웃으며 앞서 가는 그녀를 뒤쫓아 달려갔다. 그러면서도 흘끔흘끔 돌아보는 폼이 조금 전 사내아이들과 크게 다르지 않았다. 영문도 모른 채 현진은 그녀들을 따라 뛰어야만 했다. 앞서가는 세연의 안위가 염려되긴 했지만 그녀는 헉헉거리면서도 열심히 다리를 놀리고 있었다.

세연이 멈춰선 곳은 방금 전 그가 나왔던 게르의 뒤편이었다. 거기에는 하나의 게르가 더 있었는데, 게르와 게르 사이에는 또 다른 이십여 마리의 양들이 있었고 세 명의 여성이 그 사이사이에 앉아 양젖을 짜고 있었다. 둘은 중년의 여성이었고 다른 하나는 현진 또래로 보임직한 젊은 여성이었다. 젊은 여인은 유목민 특유의 검게 그을린 피부를 지니고 있었다. 스치듯 마주친 그녀의 눈동자는 밤하늘처럼 새카맸다. 묘한 호기심에 끌린 현진이 그 후로도 몇 차례 그녀를 곁눈질했으나 그녀는 묵묵히 자신의 일에만 몰두할 뿐이었다. 세연과는 달리 가느다란 몸집의 그녀가 소매를 걷어붙인 채 양젖을 짜는 모습은 무언가 이질적이면서도 사막과 무척 잘 어울린다는 느낌을 주었다.

세연은 그들 중 한 명의 중년 여성과 열띤 대화를 나누고 있었다. 그 대화라는 것이 겉보기엔 서로 격하게 다투는 듯 보였지만 그것이 몽골어 특유의 거센 억양 때문이라는 것을 현진은 경미들을 통해 이미 알고 있었다. 중년 여성 역시 낯선 외지인을 만나는 것은 흔치 않은 경험이었는지 호기심 어린 눈빛으로 틈틈이 그를 흘끗거렸다. 그 시선이 자못 날카로워 현진은 조금은 처량한, 그러면서도 의연함을 완전히 잃지는 않은 표정을 지으며 그녀의 동정심을 자극하고자 나름의 애를 썼다. 그의 시도가 통한 것인지 그녀의 시선이 한결 부드러워진 것도 같았다. 그렇게 한참 수다를 떨던 그녀들이 어느 순간 약속이라도 한 듯 동시에 입을 다물고는 그를 빤히 쳐다보기 시작했다. 그녀들뿐 아니라 함께 있던 다른 여인들도 하던 일을 멈추고 일제히 그에게 시선을 던지고 있었다.

"……."

마음의 준비도 못하고 뭇 여인들의 뜨거운 시선을 한몸에 받은 현진이 할 수 있는 일이라고는 멀뚱히 선 채 그녀들을 향해 최대한 상냥히 웃어 주는 것 말고는 없었다. 그저 자신의 미소가 다시 한 번 그녀들의 모성애를 자극하기를 바라면서.

그 넓었던 게르가 지금은 가득 차 비좁게만 느껴졌다. 일전에 보았던 어린 사내아이와 계집아이, 그리고 어디선가 갑작스레 나타난 처음 보는 서너 명의 꼬마 아이들이 눈을 초롱초롱 빛내며 게르 안을 메우고 있었기 때문이다. 조금 전 세연과 대화를 주고받았던 여성은 세연의 어머니였다. 세연과 그녀의 어머니, 그리고 현진까지 모두 열 명 가까운 인원이 모인 탓에 게르 안은 북적거렸다.

세연과 대화를 마친 그녀의 어머니는 현진을 게르 안으로 데려오더니 그간의 긴장감을 일시에 녹일 푸근한 웃음을 지어 보이고는 그에게 앉을 자리를 권했다. 그녀의 검게 탄 얼굴에는 사람을 안심시키는 둥근 주름들이 무수히 가지를 치며 그려져 있었다. 그녀는 빵과 수태차, 양젖을 말린 아롤이란 이름의 치즈를 서너 그릇 푸짐히 담아 그의 앞에 내어놓았다. 현진은 여러 사건이 잇달아 몰아친 탓에 잊고 있었던 허기가 물밀 듯이 밀려드는 것을 느꼈다. 하지만 아이들이 왁자지껄 떠들며 쉴 새 없이 게르를 들락거리는 통에 도저히 속 편히 음식을 먹을 분위기가 아니었다. 더구나 호기심 가득한 두 눈을 반짝이며 몇 걸음 앞에서 그를 빤히 주시하고 있는 아이들의 시선이 너무나 적나라해서 그는 입 안으로 뭐가 들어가는지도 몰랐다. 비록 겉으로는 웃고 있었지만 흡사 우리에 갇힌 원숭이라도 된 것 같아 속은 바짝 메말라 갔다. 아직 그는 이러한 만남과 환대를 능숙히 받아낼 노련함을 갖추고 있지 못했다. 그나마 옆에 있던 세연이 이따금 말을 걸어 올 때마다 그에 답하며 참았던 숨을 몰래몰래 토해내는 것이 고작이었다. 그리고 그녀와 대화를 나누면서 그는 꿈만 같았던 지난밤의 일을 조금씩 떠올릴 수 있었다.

현진은 구원과 같이 나타난 불빛을 향해 온 힘을 다해 질주했고 그렇게 열심히 뛴 것이 무색해질 정도로 그를 향해 똑바로 다가오고 있는 오토바이 한 대와 마주쳤다. 눈부신 헤드라이트를 피해 옆으로 다가가니 그 위에는 단단한 체구의 중년 남자가 앉아 있었다. 일순간 가슴이 벅차오른 나머지 현진은 아무런 말도 꺼내질 못했다. 드디어 사람을 마주쳤다는 기쁨에 겨워 온몸이 전율하고 있었다. 사람이 그토록 반가웠던 적은 난생처음이었다.

그는 곧 할 수 있는 몸짓이란 몸짓은 모두 동원해서 자신이 처한 상황을 남자에게 설명하고자 갖은 애를 썼다. 그런 노력에도 불구하고 남자는 별다른 반응을 보이지 않고 가만히 그를 주시하기만 했다. 결국 그가 제풀에 지쳐 수그러들 즈음 그제야 남자가 알아들을 수 없는 몇 마디 말을 던지며 그에게 손짓을 했다. 뒷좌석을 두드리는 모양새가 자신의 뒤에 타라는 신호 같았다. 그것으로도 충분했다. 현진은 환호라도 지르고 싶은 심정이었다. 깊은 안도와 더불어 짜릿한 환희가 가슴을 메워 왔다. 생각지도 못한 구원에 희열하는 가슴을 겨우 진정시키며 그는 남자의 뒤에 앉았다. 그가 자리 잡기를 기다려 남자가 오토바이를 출발시켰다. 들은 것이라고는 몇몇 물품밖에 없는 배낭이었지만 그 무게에 계속 몸이 뒤로 쏠린 탓에 현진은 남자의 허리춤을 단단히 붙잡아야만 했다.

컴컴한 사막 위에서 남자는 전조등 하나에 의지한 채 능숙한 솜씨로 구릉들을 타고 넘었다. 그때마다 현진의 엉덩이가 들썩이며 허공을 유영했다. 처음에는 그가 걸어가던 방향에서 오른쪽으로 향하는 것 같았던 오토바이는 나중에는 어디로 가는지 감조차 잡을 수 없었다. 한 점 머뭇거림 없이 길을 찾아가는 남자의 능력이 현진으로서는 신비하게만 느껴졌다. 유목민들은 모두 이런 능력을 지니고 있는 것일까? 이 캄캄하고 드넓은 대지에서 대체 어떻게 길을 찾아가는 것일까? 도무지 알 수 없는 일이었다.

그렇게 십수 분쯤 달렸을까. 현진의 눈에도 남자의 어깨너머로 반짝이는 빛이 보이기 시작했다. 하늘과 땅의 경계조차 불분명할 정도로 어둠이 짙게 내린 사막에서 오직 그 하나의 점만이 밝게 빛나고 있었다. 다시 달려온 만큼의 시간이 더 지나서야 마침내 그들은 게르에 도착할 수 있었다.

"흡!"

현진은 오토바이에서 내리자마자 소리 없이 다가온 큼직한 개 때문에 기겁했다. 다행히 함께 내린 남자의 나지막한 외침에 개는 슬며시 물러나 조용히 그들 뒤를 따라오기만 했다. 흘끗 곁눈질로 본 녀석의 털은 대체로 검은 빛깔을 띠고 있었는데 유독 코와 다리 부근만 밝은 누런색의 털로 덮여 있었다. 그 큰 덩치에도 불구하고 움직임이 무척이나 가벼워 바로 뒤에서 따라오는데도 아무런 소리가 나지 않았다.

이윽고 남자를 따라 게르 안에 들어서자 밖의 공기와는 확연히 다른 포근한 온기가 몸을 휘감아 왔다. 그제야 현진은 자신이 구조되었다는 사실을 여실히 체감할 수 있었다. 해가 뜨고 지는 것에 따라 이루어지는 생활 방식 때문인지 다른 가족원들은 이미 잠들어 있었다. 그리고 보면 이 밤중에 자신이 남자에게 발견된 것은 정말 행운이라고밖에 여겨지지 않았다.

남자는 주섬주섬 뭔가를 들추는가 싶더니 이내 현진에게 이불을 하나 건네고는 다른 손으로 바닥의 빈자리를 가리켰다. 그곳에 누워 자라는 말인 듯싶었다. 현진은 고개를 꾸벅이는 것으로 감사의 인사를 대신한 후 배낭을 베개 삼아 조심스레 누웠다. 이불을 둘러쓰자마자 언 몸을 녹이는 따스함에 왈칵 눈물이 쏟아질 것 같았다. 잠에 빠지기 직전 문득 소변이 마려웠으나 문을 나서기가 무섭게 마주칠 것 같은 큰 개를 떠올리고는 그냥 참기로 했다. 말도 통하지 않는 낯선 이들 사이에 자신이 누워 있다는 사실을 새삼스레 떠올리는 것을 끝으로 그는 곧 죽은 듯 잠에 빠져들었다.

4

세연은 남자들은 일이 있어 근처 도시인 만달고비로 아침 일찍 떠났으며 어제 현진을 구해준 이는 바로 자신의 아버지였다고 알려 주었다. 현진은 그녀에게 대신 감사의 인사를 표했다. 서로 능숙하지 않은 영어였지만 여러 손짓 몸짓을 곁들이니 그래도 그들은 일정 수준 이상의 대화를 나눌 수 있었다. 첫 대면에서 현진이 자신을 한국인이라고 소개할 때만 하더라도 무심코 지나쳤던 세연은 코리아란 단어를 입에서 몇 차례 되뇌어 보고는 이내 깜짝 놀란 듯 두 눈을 휘둥그레 떴다. 그리고 그 직후 현진이 느끼게 된 놀라움 역시 그녀의 것만큼이나 컸다. 느닷없이 그녀의 입에서 한국 유명 연예인들의 이름이 줄줄이 쏟아져 나오는 게 아닌가! 사막 한복판에서 그 이름들을 들으리라고는 정말 상상도 못 했던 그는 뒤늦게야 그녀가 울란바토르에서 대학을 다닌다는 사실을 기억해 냈지만, 그래도 여전히 뜻밖의 일인 것만은 분명했다.

"아하, 솔롱고스!"

세연으로부터 그가 한국인이라는 말을 진해 들은 그녀의 어머니 역시 놀라워하기는 마찬가지였다. 솔롱고스. '무지개가 뜨는 나라'란 의미로서 예부터 한국을 가리키는 몽골어였다.

'나라 이름에 무지개란 단어를 쓸 생각을 하다니.'

들을 때마다 느끼는 것이지만 그는 참으로 아름다운 이름이라고 생각했다. 동시에 자국도 아닌 타국에까지 그런 작명 센스를 발휘하는 몽골인들의 성품을 조금은 알 것도 같았다.

잠시 후 세연의 어머니가 의외로 자연스레 입 밖으로 끄집어낸 말은 그에게도 매우 친숙한 단어인 '김치'였다. 황량한 사막 위에서 들은 그 단어는 갓 담가 아삭거리는 그것처럼 상큼함을 물씬 풍기고 있었다. 그 시큼짭짤한 맛을 상상하는 것만으로도 모래로 텁텁해진 목구멍이 싸하게 씻겨 내려가는 기분이었다. 그러면서도 그것은 연예인들의 이름을 들을 때보다 더욱 정겹고 따습고도 반가운 무언가를 가슴 한편에 샘솟게 했다. 울란바토르에서 지내던 세연이야 이해가 갔지만 사막 밖으로는 거의 나가본 적 없을 것 같던 그녀의 어머니가 김치까지 알리라고는 상상도 못 했기에 그는 또 한 번 놀라고 말았다. 그러나 곧 세연에게 몽골에도 김치가 있다는 설명을 듣고 자신이 알던 것보다 두 나라가 훨씬 가까운 관계일지도 모른다는 생각이 들었다.

그렇게 대화의 대부분은 서로에 대한 놀라움들로 채워졌다. 낯선 이들과 함께 공감하고 나눌 만한 공통분모가 있다는 사실이 이렇게나 반갑고 즐거운 일인 줄은 몰랐다. 특히 그것이 이런 오지까지 퍼진 자국의 문화와 관련된 것이었기에 현진은 흐뭇한 감정을 숨길 수가 없었다.

'나라 밖으로 나가면 모두가 애국자가 된다더니. 정말 그 말이 딱 맞네.'

대화를 나누면서도 그의 손은 쉬지 않고 앞에 놓인 그릇들을 비워 갔고 배는 서서히 포만감에 젖어들었다. 한 그릇 비우면 다시금 담아 주는 넉넉한 인심을 사양치 않고 기꺼이 받아드는 그의 모습이 보기 좋았던지 세연의 어머니는 내내 흡족한 표정을 짓고 있었다.

한창 식사하던 중에 아까 전 그와 눈이 마주쳤던 젊은 여성이 게르 안으로 들어왔다. 문턱을 넘어들어온 그녀의 시선이 다시 한 번 현진과 마주쳤다. 이번에는 둘의 눈길이 좀 더 오랫동안 상대의 눈동자에 머물러 있었다. 현진은 내심 감탄했다. 정말이지 새카만 눈동자였다. 그 안으로 빨려들 것 같다는 상투적인 표현이 지금 이 순간만큼 어울릴 것 같지는 않았다. 현진이 살짝 고개를 숙여 그녀에게 아는 체를 하자 그녀는 마주 인사하는 대신 그저 작게 웃었다.

세연의 말에 따르면 그녀는 세연의 친구로서 이웃의 집안일을 도와 주러 온 것이라고 했다. 그 이웃이라는 것이 바로 옆의 게르에 사는 이웃을 말하는지, 아니면 눈으로는 볼 수도 없는 먼 거리로부터 온 이웃을 말하는지 현진으로서는 알 수 없었다. 어쨌거나 그녀는 도시적이고 세련된 분위기의 세연과는 달리 구릿빛의 강인함을 두르고 있었다. 처음 보았을 때 세연보다 나이가 많을 거라고 예상했던 이유도 그 때문이었다. 갑작스런 자기소개에 수줍게 웃어 보인 그녀는 오래지 않아 다시 밖으로 나갔다. 게르 안으로 들어와 달리 한 일도 없었기에 혹시 자신을 보고 싶어 들어온 것은 아닌가, 하는 생각이 현진의 머릿속에 불쑥 들었지만 그는 그것을 혼자만의 기분 좋은 망상으로 남겨 두기로 했다.

이런저런 대화를 나누면서 처음 가졌던 부담감도 많이 줄어들어 다소 여유로워진 그는 괜한 장난기가 발동해 그의 앞쪽을 차지하고 있는 꼬마 아이들 중 한 명에게 인사를 건넸다. 그러자 깜짝 놀란 아이가 갈 팡질팡 제 또래들을 두리번거리더니 이내 그와 다시 시선이 마주치자 쑥스레 웃고 말았다. 오히려 주위에 있던 다른 아이들이 더 신나 하며 깔깔거렸다. 아이들의 웃음은 참으로 밝고 투명했다. 무심코 그 웃음 을 바라보고 있던 현진은 문득 미친 생각에 배낭을 뒤적이기 시작했 다. 곧 몇 자루의 색연필과 볼펜이 손에 잡혀 나왔다. 그렇지 않아도 유목민에게 대접을 받게 될 경우 약소하게나마 감사의 마음을 전하고 자 가져온 것들이었다.

"선물이야. 많지는 않으니까 하나씩만 나눠 줄게. 자, 넌 이거. 그리 고 넌 이거."

그가 손을 내밀어 펜을 건네주려 하자 방금 전 그 아이는 퍼뜩 놀라 양손을 뒤로 숨겼고, 그 옆의 아이는 두 손을 모으고 공손스레 받았 다. 또 다른 아이는 기쁜 빛을 숨기지 못한 채 현진이 손을 완전히 내 밀기도 전에 냉큼 펜을 받아들고는 주위의 제 친구들에게 보란 듯 흔 들어대며 자랑했다. 선물을 받은 아이들의 얼굴에 연신 함박꽃이 피어 나자 몇 안 되는 물건에도 기뻐하는 그 모습에 오히려 그가 더 고마울 지경이었다. 그나마 자신이 이들의 호의에 조금이라도 보답할 수 있게 되어 다행이라는 생각이 들었다.

그때였다. 아까 전 양몰이를 하던 사내아이들 중 말을 타고 있던 아 이가 슬그머니 게르 안으로 들어오더니 구석으로 가 조용히 앉는 모습 이 보였다. 아이들 중에는 그래도 맏형쯤 됨직한 아이였다. 본래 과묵 한 건지 낯을 가리는 건지는 모르겠지만 아이는 잠자코 앉아 현진을 뚫어져라 주시했다. 그와 아이의 시선이 마주쳤다.

"안녕."

저도 모르게 이는 반가움에 그가 아는 체를 하자 얼굴에 두르고 있 던 과묵함이 순식간에 무너지며 당황하는 꼴이 영락없는 아이였다.

말을 타고 채찍을 휘두르던 아까의 늠름함과는 너무나 대조되는 모습에 현진이 웃음을 터뜨리자 아이가 영문도 모른 채 따라 웃었다. 그러자 주위에 있던 꼬마아이들이 다시 한 번 일제히 웃어 제쳤다. 참으로 쾌활하고 때 묻지 않은 아이들이었다. 현진은 아이의 반응이 재밌기도 하고 또 친해지고 싶기도 해서 조금 더 대화를 나눠보기로 했다.

"현. 진. 내 이름이야. 현. 진."

그는 손가락으로 자신의 몸을 가리키며 한 글자씩 또박또박 발음해 주었다. 처음에 아이는 이해가 안 된다는 듯 그를 멀뚱히 쳐다보기만 했다. 그러다가 그가 반복해서 이름을 말하자 이내 작은 탄성을 내지르며 고개를 끄덕였다.

"아리옹바타르."

그것이 금세 늠름함을 되찾은 아이가 말해 준 자신의 이름이었다.

"바타르? 그건 영웅이라는 뜻이잖아?"

현진은 몽골의 수도 울란바토르의 뜻이 '붉은 영웅'이라는 말을 일전에 들은 적이 있었다. '아리옹'이 무슨 의미인지는 모르겠지만 영웅이라…. 눈앞의 아이와 잘 어울리는 이름이었다. 그가 엄지손가락을 세우며 굿, 굿 외쳐대자 아이가 수줍게 웃었다. 현진은 그런 아이의 눈을 유심히 바라보았다. 그 눈은 깊고도 맑았다. 그러나 순진하냐고 묻는다면 마냥 그렇지만은 않았다. 아이는 영악하지는 않지만 야무져 보였고, 일찌감치 사막에서의 생존을 위한 본능적인 야성을 갖추고 있는 것 같았다. 낯선 이가 말이라도 걸라치면 수줍어하는 순수함의 이면에는 짐승의 송곳니 같은 날 선 기백이 은은히 흐르고 있었다. 그런 아이의 눈을 가만히 마주 보고 있자니 과연 이 털북숭이 이방인이 어떤 모습으로 비칠지, 또 장차 어떤 기억으로 새겨질지 궁금했다. 혹여 이 아이가 자기 때문에 여행자에 대해 좋지 않은 편견이라도 갖게 되어, 언젠가 절실한 도움이 필요할 또 다른 나그네가 환영받지 못할 수도 있다는 데까지 생각이 미치면, 현진 자신의 행동도 자연스레 조심스러워지는 것이었다. 다행히 아직도 많은 유목민이 낯선 여행자를 환대해 주고 있었다. 그들은 여정에 지친 나그네를 내치지 않고 기꺼이 받아 주었다. 게르 안으로 들어가기 위해서 나그네는 약간의 용기와 그들이 베푸는 호의에 감사하는 마음만을 지니면 충분했다. 지금 자신이 이렇게 살아있는 것도 순전히 이들의 호의 때문이 아닌가.

다시금 빈 그릇에 수태차를 퍼주려고 솥으로 가는 세연의 어머니를 만류하며 현진은 세연에게 이만 가 봐야겠다는 뜻을 전했다. 배를 채우고 나니 실종된 자신 때문에 난리가 났을 지도 모를 일행들이 떠올라 더 이상 여유를 부리며 앉아 있을 수가 없었던 것이다. 무소식이 희소식이라는 말은 최소한 사막에서는 통용되지 않는 말이었다. 같이 여행 온 친구들을 찾으러 가야 한다는 말에 세연이 고개를 끄덕이고는 자신의 어머니에게도 사정을 설명해 주었다. 그러자 그녀도 이해했다는 듯 고개를 두어 번 주억거렸다.

시간은 오전 아홉 시가 조금 넘어있었다. 서둘러 야영지로 돌아가야 한다는 생각이 현진을 조급하게 만들었지만 다시 길을 잃지 않기 위해서라도 떠나기 전 치밀하게 방향을 확인할 필요가 있었다.

'좋아, 생각해 보자. 어젯밤 산에서 내려온 후로 난 계속 북서쪽을 향해서 걸어왔었지.'

엄밀히 따지면 해가 사라지기 전까지, 그리고 북극성을 찾은 이후부터만 그랬다고 할 수 있었다. 그 사이의 시간 동안에는 그저 북서쪽으로 여겨지는 방향으로 걸어왔을 뿐이다. 하지만 그 공백의 시간은 어쩔 수 없는 오차로 남겨 놓기로 했다.

현진은 태양의 위치를 살피기 위해 게르 밖으로 나왔다. 그의 뒤로 꼬마들이 와자하게 따라 나왔지만 지금은 그들을 신경 쓸 겨를이 없었다. 마침 태양은 그의 왼편에 떠 있었다. 그 아래가 동쪽 부근일 터였다. 그런데 방향을 가늠해가던 현진은 또다시 심각한 문제에 직면했다. 어제 그가 오토바이를 타고 왔던 방향이 어디였는지 도무지 짐작할 수가 없었던 것이다. 사막에서 1도의 방향 차이가 불러일으키는 엄청난 오차를 감수하고라도 대략적인 방향만을 가늠하여 출발하려고 했던 그는 좌절하고 말았다. 그는 지금 위치가 어디쯤인지 알지 못했다. 따라서 팀원들이 머물고 있는 야영지가 어느 방향에 있을지도 전혀 예측할 수가 없었다. 현 위치를 모른 채 무작정 길을 떠나는 것, 방향 없이 움직이는 것이 얼마나 위험한 일인지 현진은 어젯밤의 일로 이미 뼈저리게 체험했다.

'이렇게 사방이 환히 트여 있는데도 어디로도 갈 수 없는 신세라니…. 아이러니도 이런 아이러니가 없구나.'

하지만 포기할 수는 없었다. 그는 머리를 싸맨 채 한참을 고민했다. 마침내 그는 가까스로 하나의 실마리를 찾아냈다. 어젯밤 게르에 도착할 즈음 오토바이가 게르 입구를 향해 직진해 왔던 것을 기억해 낸 그는 입구를 등진 채 오토바이를 타고 왔던 거리만큼 걸어간다면 원점 부근으로 돌아갈 수 있지 않을까 생각했다. 어제 그를 태우고 왔던 세연의 아버지가 게르까지 일부러 빙 둘러 오지는 않았을 터였다. 비록 구릉들을 피하기 위해 이리저리 잠깐씩 방향을 틀었다 하더라도 다른 경유지가 없는 이상 게르까지 가장 짧은 동선을 이루는 직선 형태로 왔을 가능성이 컸다. 어제 오토바이로 삼십 분이 조금 안 되게 왔으니 앞으로 한 시간 반 정도를 걸은 후 본래 걸어가던 방향인 북서쪽으로 꺾으면 되리라.

현진이 겨우 그런 결론에 도달할 즈음 세연과 그녀의 어머니가 그에게 가면서 먹으라고 빵과 아롤, 그리고 양젖을 발효시켜 만든 요구르트를 한 병 가득 내밀었다. 심지어 요구르트는 흐르지 말라고 봉지 두 장을 병의 위아래로 번갈아 묶는 세심함까지 발휘했다. 다시는 못 볼 나그네에게 그녀들은 끝까지 정성을 다했고, 그 크나큰 배려에 현진은 고개 숙여 깊은 감사의 마음을 전했다. 그는 그것들을 배낭 안에 차곡차곡 챙겨 넣었다. 어깨에 느껴지는 묵직함 이상으로 마음이 든든해졌다.

그녀들 옆으로는 아리옹바타르와 꼬마 아이들이 줄줄이 서 있었다. 맏형은 담담한 표정이었으나 동생들은 여전히 시끌벅적 요란스러웠다. 현진은 어린 영웅과 눈을 맞춰 인사를 했다. 아이가 이번에는 그를 똑바로 마주 보며 꽤나 어른스러운 웃음을 지었다. 그들은 현진이 사막에서 사귄 최초의 유목민 벗이었다. 예고 없이 만났듯 기약 없이 떠나는 인연이었지만 그들 모두 미련은 없었다. 살아가면서 서로에 대한 기억이 스치듯 떠오를 때가 있을 것이고 그것으로도 충분했다. 지금까지 그래왔듯 앞으로도 이들은 고비사막 어디에선가 나름의 삶을 꾸려갈 것이며 자신은 그런 그들을 떠올릴 때마다 그들이 있을 법한 땅을 향해 고마움을 전하리라. 그렇게 그들은 서로 작별을 했다. 바람처럼 만나 바람처럼 헤어지는 것이 참으로 사막에서의 인연답다는 생각이 들었다.

"바이르테!"

"바이르테! 바이르테에에!"

비록 단편적인 말 몇 마디에 불과했지만 경미에게 틈틈이 배워 두었던 기초 어휘가 지금 상황에서 마음을 전하기에는 충분했다. 그의 작별 인사에 꼬마들이 깔깔대며 손을 흔들었다. 그 모습이 어찌나 신나고 유쾌하던지 잠시라도 아쉬운 이별의 여운을 만끽하려 했던 현진이 다 멋쩍을 정도였다.

5

현진은 꾸준히 걸었다. 든든해진 뱃속과 따뜻한 환대 덕분에 기운이 솟긴 했지만 잠시 덮어 두었던 근심거리들이 다시 떠올랐다.

'다른 팀원들은 지금 어떤 심정일까? 계획된 여정을 나 때문에 망쳐 버려 화가 나 있진 않을까? 나 때문에 소중한 여행 일부가 물거품이 된 셈이니까…'

그러나 현진은 그렇지는 않을 거라고 짐작했다. 이 모든 일이 무사히 종결된 뒤라면 모를까, 그가 아는 그들은 갑작스런 실종 사건에 잔뜩 걱정하고 있을지언정 그렇게 모진 이들이 아니었다. 특히 그녀는 지금쯤 망연자실하고 있을지도 몰랐다.

'그러고 보면 나란 놈은 이곳저곳 폐를 많이도 끼치는구나.'

걸으면 걸을수록 여러 생각과 감정들이 뒤엉켜 실 뭉치처럼 덩치를 불려가고 있었다. 그러나 불쑥불쑥 튀어나오는 마음의 조급함을 억누르며 그는 일정한 속도를 유지하고자 노력했다. 지금 중요한 것은 빠른 속도가 아니라 오히려 조금이라도 더 오래 걸을 수 있도록 체력을 분배하고, 지평 위로 나타나는 것들을 빠트리지 않고 세세히 살피는 일이었다.

처음에는 등 뒤로 게르의 위치를 확인하며 방향을 잡아가던 현진은 얼마 후 맞닥뜨린 구릉들을 오르내리는 사이 그만 게르의 모습을 시야에서 놓쳐 버리고 말았다. 이따금 참조하던 오토바이의 바퀴 자국 역시 갈수록 얽히고설켜 사방으로 뻗어 나가는 바람에 큰 도움이 되지를 않았다. 별 수 없이 이제는 지평 끝자락에 띠처럼 길게 늘어져 있는 구름이나 태양의 위치를 방향 삼아 걸어갈 도리밖에 없었다.

그렇게 다시 얼마를 걸었을까. 막 구릉 하나를 넘은 그의 시야 한 편에 삐죽이 솟은 조그만 삼각형 하나가 불쑥 나타났다. 현진은 그대로 우뚝 멈추어 섰다. 가슴이 떨려 왔다. 그러나 그것이 자신이 찾고 있던 산인지는 아직 확신할 수 없었다. 그는 현재의 시간과 해의 위치를, 어제 그가 걷던 시간과 해의 위치와 서로 비교해 보았다. 산은 남동쪽 부근에 있었다.

"찾았어! 그 산이 맞아!"

여러 번의 신중한 검토 끝에 현진은 그것이 어제 그가 올랐던 산이라고 확신했다. 얼추 그의 계산이 들어맞은 것 같았다. 이대로라면 머지않아 야영지도 찾을 수 있으리라는 희망이 솟아났다. 그는 방향을 유지하며 반 시간 정도를 더 걸은 후 북서쪽으로 걸음을 틀었다.

그가 방향을 꺾어 길을 걷기 시작한 뒤 오래지 않아 먼 앞으로 한 무리의 흰 점들이 나타났다. 양떼였다! 무리는 느릿느릿 움직이고 있었다. 현진은 눈에 힘을 주고 양떼를 살펴보았다. 예상대로 후미에는 양들의 속도에 맞춰 오토바이 한 대가 따라붙고 있었다. 그로서는 이틀에 걸쳐 마주친 오토바이가 이토록 반가울 줄은 몰랐다. 오토바이를 발견한 순간 저도 모르게 환호한 그는 곧장 달리기 시작했다. 양팔을 부산히 흔들며 목청이 떨어져라 소리를 지르는 자신의 모습을 보고 미친 사람이라고 여겨도 할 말은 없었다. 그러나 그런 거야 어찌되든 좋았다. 부디 시력이 비범한 유목민이 이 가엾은 나그네를 외면하지 않기를 바랄 뿐이었다.

대낮부터 유목민을 발견했다는 기쁨에 마음에 여유가 생긴 것일까. 달려가면서 스스로의 꼴을 돌아본 현진은 웃음이 났다. 얼마 전까지만 해도 온 사막을 두 다리로 걸어내기라도 할 것처럼 결의로 충만했던 자신은 요 이틀 사이 한없이 작아져 누군가의 작은 도움조차 목말라하고 있었다. 그는 그동안 스스로 품어 왔던 생각이 참으로 철없는 오만에 지나지 않았음을 여실히 깨달았다. 연이어 나타난 이러한 도움들조차 없었더라면 과연 자신이 여태껏 살 수나 있었을는지.

현진이 달리기 시작하고 나서 얼마 지나지 않아 오토바이가 머리를 돌려 그를 향해 마주 굴러왔다. 점차 가까워지며 그의 눈에 들어온 것은 이미 흰 머리카락이 희끗희끗 보이기 시작한 초로의 유목민이었다.

306

하지만 그 풍채가 당당한 것이 예사롭지 않았다. 노인의 부리부리한 눈에서 번뜩이는 안광을 마주하자 현진은 잘못한 것도 없었건만 내심 찔끔했다. 그제야 그는 마냥 반가웠던 처음의 기분에서 벗어나 어쩌면 노인이 미친 사람처럼 뛰어오는 자신을 일찌감치 발견하고 양들로부터 멀리 내쫓으려 한 것일 수도 있겠다는 생각이 들었다. 하지만 그렇다고 주눅이 들기에는 지금 그가 처한 상황이 너무도 급박했다. 오토바이를 빌려 타서 조금이라도 빨리 일행을 찾는 것이 급선무였다. 현진은 경계의 빛을 띤 노인의 눈을 피하지 않고 마주 본 채로 입으로는 연신 저쪽, 저쪽을 외쳐대며 자신의 몸과 오토바이, 그가 나아가던 방향을 손가락으로 번갈아 가리켜 보였다. 그런데 그 와중에 가까이서 본 노인의 눈은 핏발이 뻗쳐 불그레하게 물들어 있었다.

'허! 이쪽이야말로 정말 미친 사람 아냐? 아니면 어디서 낮술이라도 마신 건가? 에이, 그래도 설마 술을 마시고 오토바이를 몰지는 않겠지. 아냐, 그래도 유목민이라면 충분히 그럴 수 있잖아. 그럼 지금 이걸 얻어 타더라도 문제가 생기는 거 아닐까? 아니, 그보다 저 할아버지, 지금 내가 하는 말을 듣고는 있는 거야?'

속으로 오만 생각이 다 들었으나 이미 내친걸음이었다. 그런데 한참이나 홀로 떠들어대는 현진을 무심히 바라보던, 심지어 그가 열을 올리며 이야기하는 동안에도 느긋이 먼 지평을 두리번거리던 노인이 갑자기 그만하라는 듯 손을 들어 그를 제지했다. 그리고는 그를 향해 뒷좌석에 타라는 고갯짓을 까딱 해 보였다. 마침 스스로의 전달 능력에 조금씩 회의를 느끼고 있던 현진은 그제야 안도의 숨을 내쉬었다.

"감사합니다! 정말 감사합니다!"

노인이 알아든건 말건 그가 연신 고개를 꾸벅이며 가까이 다가가자 아니나 다를까, 노인의 몸 주위로 독한 술 냄새가 풀풀 진동하고 있었다. 음주운전이라는 그의 예상이 맞았다. 슬쩍 겁이 난 현진은 노인의 옷을 꽉 붙들고 앉았다. 그런 그를 돌아보며 노인이 처음으로 입을 열었다. 과연 그 풍채에 걸맞은 굵직하고도 박력 넘치는 목소리였다. 그가 방향을 묻는 것이라고 짐작한 현진은 북서쪽을 가리켜 보였다.

"이쪽으로 가주세요!"

구르릉. 그의 예상이 맞았는지 현진이 손을 들어 올리자마자 요란한 울음소리를 우렁차게 내지른 오토바이는, 그러나 그 첫 기세와는 달리 조금은 비실하게 털털거리며 굴러갔다.

'그래도 이게 어디야? 감지덕지해도 모자랄 판에.'

노인이 몰고 가던 양떼는 노인이 사라졌음에도 불구하고 앞쪽에서 천천히 움직이고 있었다. 현진은 그런 양떼를 지나치며 이대로 가도 되나 싶어 걱정이 되었지만 노인은 전혀 문제 될 게 없다고 여겼는지 눈길 한 번 돌리지 않았다. 그렇게 오 분 정도 갔을까. 노인이 고개를 반쯤 뒤로 돌리고는 다시 입을 열었다.

"차이니즈?"

그 어투가 자못 매서웠다. 초로의 몽골인으로부터 갑작스레 웬 영어인가 싶었는데, 기억을 더듬어 보니 한때 몽골이 중국에 식민지화된 경험이 있어 두 나라 국민들의 관계가 매우 안 좋다는 말을 들은 적이 있었다. 중국인들은 몽골을 어리석다는 의미의 '몽고(蒙古)'라는 이름으로 비하해 부르곤 한다던데 당연히 몽골인들은 그 말을 매우 싫어한다고 했다. 거기까지 생각이 미치자 현진은 자신이 중국인이 아니어서 다행이라는 생각보다는 자신이 중국인일지 모름에도 불구하고 흔쾌히 태워준 노인의 마음 씀씀이가 고마울 따름이었다.

"노우. 코리아, 솔롱고스."

"아아, 솔롱고스!"

한국에 대해 좋은 이미지를 가지고 있었던 것인지 아니면 단지 그가 중국인이 아니라는 사실에 기분이 좋아진 것인지 노인은 크게 너털웃음을 터뜨렸다. 현진도 따라 웃었다. 그러면서도 그의 두 눈은 쉴 새 없이 사방을 두리번거리고 있었다. 그 후로도 노인은 혼잣말인지 그에게 하는 말인지 모를 말들을 계속 떠들어댔는데 현진으로서는 그가 무슨 말을 하는지 전혀 알 수가 없었다.

"할아버지가 무슨 말을 하는지 정말 모르겠어요. 네? 아, 전 고비사막에 여행 왔는데 그만 길을 잃어버렸어요. 야영지로 돌아가야 하는데…. 텐트 아세요? 텐트. 게르랑 비슷한 거요. 하지만 좀 더 작은 거요. 아, 스몰, 스몰 게르! 네, 제가 지금 거기로 가야 하거든요."

결국 그는 그 나름대로 노인의 장단에 맞추어 열심히 대꾸하기 시작했다. 무려 세 국가의 언어가 뒤섞인 문장을 그가 알아듣겠느냐 싶었지만 그러면서도 혹시 그가 할아버지라는 말만 용케 알아들어 화를 내지는 않을까 내심 뜨끔했다. 어쩌면 그도 겉보기보다는 훨씬 젊은 나이일지도 모른다는 생각이 들었던 것이다.

그렇게 의미도 통하지 않는 말들을 서로 주고받으며 이십 분 정도 갔을까. 노인이 점차 속력을 줄이더니 오토바이를 멈춰 세웠다. 그리고는 그때까지보다 확연히 큰 목소리로 무슨 말인가를 외쳤다. 현진이 모르겠다는 시늉을 해 보이자 노인은 손을 들어 그들이 왔던 방향을 한차례 가리킨 다음 다시 앞쪽을 가리키고는 고개를 절레절레 흔들었다. 아마도 이만 돌아가야 하니 여기서 내리라는 의미인 것 같았다.

사방 어느 곳을 살펴더라도 아직 텐트 비슷한 것은 보이지 않았다. 어쩌면 이 방향이 아닐 수도 있다는 불안감이 현진을 덮쳐 왔지만 더 이상의 도움을 기대할 수는 없을 것 같았다. 이 황량한 땅에 그는 다시 덩그러니 홀로 남겨지는 신세가 될 참이었다. 그나마 아직 해가 지기까지 많은 시간이 남아 있다는 사실이 그에게 약간의 위로가 되어 주었다.

현진은 그가 오토바이에서 내리자마자 떠나려는 노인을 소리쳐 붙잡고는 배낭을 뒤져 울란바토르에서 구입했던 담배 한 갑을 꺼내 들었다. 일전에 유목민 남성들이 코담배를 즐긴다는 얘기를 들은 적이 있어 여행 중 신세라도 지는 상황이 오면 그에 대한 보답으로 주려고 준비해 둔 것이었다. 세연의 게르에서는 경황도 없었거니와 성인 남성을 만나지 못해 꺼내지 않은 것이기도 했다. 혹시라도 여성에게 담배를 건네면 예의에 어긋날지도 모른다는 생각이 들었기 때문이었다. 다행히 노인은 선뜻 담배를 받아들었고 한차례 고개를 끄덕이고는 미련 없이 왔던 방향으로 떠나갔다. 현진은 그가 점이 되어 사라질 때까지 멍하니 그 뒷모습을 바라보았다.

'이제 대체 어디로 가야 한담?'

6

금세 한 시간이 지났다. 정수리에 쏟아지는 볕이 갈수록 그 열기를 더해갔다. 조금만 더 가면 된다며 스스로를 격려하던 일도 어느새 그만두었다. 현진은 반복되는 풍광에 지쳐 언제부턴가 발끝만 바라보며 걷고 있었다. 이제는 제대로 가고 있는지조차 크게 신경 쓰이지 않았다. 그는 육체적으로보다는 정신적으로 너무 지쳐 있었다. 믿음을 잃어버린 길은 그 끝을 모르기에 더욱 가기 어려운 법이었다. 시간이 흐를수록 짧아지는 그림자의 길이가 햇볕에 녹아내린 인내심의 한계를 드러내는 것 같았다. 아니, 어쩌면 그것은 그에게 주어진 생의 남은 심지일지도 몰랐다.

빽— 빽— 빼액—

정신적인 피로감이 차츰 절망으로 바뀌어 가던 그때, 돌연 귀에 익숙한 경적 소리가 아득한 곳으로부터 들려왔다. 그 순간 딱딱하고 뿌옇게 고체화되어가던 정신에 날카로운 정을 내리꽂는 듯한 전율이 찌릿하게 그를 꿰뚫고 지나갔다.

'지금, 내가 헛것을 들었나?'

도무지 믿기지 않는 상황을 의심하며 고개를 쳐든 현진의 앞으로 눈에 익은 SUV차량이 달려오고 있었다. 옅은 회색의 몸뚱이를 은백색으로 반짝이며 구릉 사이를 지그재그로 질주해 오는 그 모습은, 차가 일으키는 먼지구름과 더불어 흡사 광고에 나오는 그것처럼 비현실적으로 느껴졌다. 그러나 그를 발견해서 신난 것인지 혹은 잔뜩 화가 나 질책하는 것인지, 계속해서 귓가를 파고드는 경적 소리는 지금의 상황이 분명한 현실임을 그에게 일깨워 주었다.

"하하…."

아— 복잡하게 소용돌이치는 이 감정들을 대체 어떻게 표현해야 할까. 이틀 사이에 겪었던 그 모든 일들이 오직 이 한순간을 위해 일어난 것 같았다. 해피엔딩으로 끝나는 영화 속 이야기처럼 짧고도 길었던 나의 여정 역시 결국엔 이렇게 마무리되는구나…. 그러한 생각의 끝에서 그가 느낀 것은 달뜬 환희가 아닌 깊디깊은 안도감이었다.

현진은 차를 향해 마주 뛰어가기 시작했다. 없던 힘이 갑자기 생기기라도 한 듯 발걸음이 날듯이 가벼웠다. 조금이라도 더 빨리 가까워지고픈 그 마음을 알았는지 차는 빠른 속도로 달려왔다. 그리고는 그의 앞에 도착할 즈음 돌연 방향을 트는가 싶더니 멋들어진 드리프트를 선보이며 미끄러지듯 멈춰 섰다. 마침 맞바람이 불고 있었던 탓에 현진은 몸에 모래 먼지를 몽땅 뒤집어쓰고 말았다. 그래도 그는 마냥 좋았다. 너무나 좋아서 그런 것 따윈 아무 상관이 없었다. 이윽고 멈춰진 차의 조수석 쪽 창문이 열리더니 그가 익히 알고 있는 얼굴이 나타났다.

"마! 아직 살아있었구만?"

"형님!"

"금마 목청 하난 아직도 팔팔하네이. 어여 타기나 하래이!"

놀라움과 기쁨 사이에서 갈피를 잡지 못한 채 어안이 벙벙해 있는 그를 차 안에 타고 있던 경미와 주희가 반겨 주었다. 그리고 금세라도 터져 나올 것만 같은 울음을 두 눈에 그렁그렁 매단 채 그를 바라보던 또 한 사람, 바로 그녀가. 그녀들과 뜨거운 인사를 나누는 현진을 돌아보며 삼장이 입을 열었다.

"주희가 니 발견했으니 갸한테 고맙다 카래이. 갸가 니 찾았다고 호들갑 떨지 않았으면 기냥 지나칠 뻔 했대이."

'아, 몽골인들의 경이로운 시력은 진정 찬양받아야 마땅하리!'

현진은 경미와 주희에게 번갈아가며 거듭 고맙다는 인사를 표했다. 그러다 눈물 그득한 그녀의 눈과 다시 한 번 마주친 그는 밀려오는 감격에 겨워 저도 모르게 왈칵 눈물을 쏟을 뻔했다. 그런 그를 향해 그녀들이 저마다 크고 작은 개성 있는 웃음을 지었다.

현진이 좌석에 앉기를 기다려 차는 곧 출발했다. 뒤에서 본 라캉의 시커멓고 굵직한 팔이 오늘만큼 든든해 보인 적이 없었다. 그는 숨을 크게 들이켰다. 그토록 그리웠던 시트의 떨림이 뒷목을 간질여 왔다. 방금 전까지 자신이 사막을 헤매고 있었다는 사실이 마치 머나먼 과거의 일처럼 느껴졌다. 하지만 지금 자신이 차 안에 앉아 있다는 사실도 실감나지 않기는 매한가지였다. 그저 계속 이어지는 한바탕 꿈을 꾸고 있는 것 같았다.

"니 찾느라 무쟈게 고생했대이. 근처의 게르란 게르는 죄다 들러가지고 요래 생겨 묵은 시커멓고 못난 늠 봤느냐 물어도 우째 죄다 모른다 카니."

"죄송합니다."

현진은 입이 열 개라도 할 말이 없었다.

"고건 고렇고, 어제 출발한 늠이 어쩌다 이제야 텨 나왔누?"

현진은 어제 걷던 중에 자신도 모르게 길을 잃었다고 잡아뗄까 하다가 그냥 솔직하게 말하기로 했다. 그는 지평에 보이는 산을 향해 걸어간 일, 뒤늦게야 그것이 작은 산맥이었음을 알아차린 일, 잠시 갈등하다 계속 앞으로 나아간 일, 산에서 내려와 어둑해질 때까지 걸었음에도 불구하고 야영지를 찾지 못한 일, 유목민의 도움을 받아 구사일생으로 살아난 일 등을 간략히 털어놓았다.

그가 말하는 내내 눈을 빛내며 듣던 경미와 주희가 와와 거리며 감탄을 쏟아 내었지만 뒷모습만 보인 삼장은 이따금 고개만 끄덕일 뿐 별말이 없었다. 평소라면 유목민 게르에서 잤네, 오토바이를 얻어 탔네 하며 신나게 모험담을 떠벌렸을 현진 역시 지금 상황에서까지 그럴 정도로 사리분별에 어둡지는 않았다. 그의 이야기가 끝날 때까지 침묵을 지키던 삼장은 마지막으로 고생했다는 한마디를 냉담하다 싶을 정도로 무심히 던지고는 그 모습 그대로 차 전방만을 주시했다.

무책임했던 자신의 행동에 화가 난 것일까? 차라리 한차례 심한 꾸지람을 받는 편이 속 편하겠다는 생각을 하면서도 더 이어지는 말이 없자 현진도 뒷좌석 깊숙이 몸을 파묻었다.

"후우…"

이제 정말로 끝난 것인가. 그동안 온몸을 억누르던 긴장감이 일제히 풀어지며 그 자리를 극심한 피로가 대신 채워 왔다. 겨우 하루가 지났을 뿐이지만 참으로 길고도 다사다난했던 시간이었다. 그는 창밖으로 시선을 돌렸다. 지평선은 늘 그렇듯 흔들림 없이 그대로였고 창 바로 옆의 풍경만이 빠르게 변하고 있었다. 그러나 그마저도 황갈색으로 다 비슷비슷하게 보였다.

차는 이리저리 잽싸게 움직이며 자갈투성이의 구릉을 넘고 또 넘었다. 방향을 달리하며 왔다 갔다 하는 통에 일정한 방향을 가늠할 수는 없었지만 현진은 그가 아침나절부터 이동했던 거리 그 이상을 걸어와야 했다는 사실을 어렴풋이 짐작할 수 있었다. 생각보다 야영지는 훨씬 멀리 떨어져 있었다. 어쩌면 그는 전혀 엉뚱한 방향으로 가고 있었는지도 몰랐다. 그렇다면 죽음은 생각보다 더 가까이 있었던 셈이다. 그는 삶과 죽음의 경계에 아슬아슬하게 두 발을 걸치고 있었고, 하루 만에 이름 없는 주검으로 전락해 황야 위에 너부러져 있어도 이상할 게 없었다. 그런 그를 살린 것은 그의 튼튼한 두 다리가 아니라 낯선 객을 기꺼이 환대한 유목민들의 도움과 삼장의 노련한 구조 덕분이었다. 결국 그가 그날 밤의 생존에 대해 더 이상 걱정할 필요가 없게 된 것은 하나씩 더해진 다른 이들의 조력 덕분이었다.

"니는 잠깐 일루 와 보래이. 할 말이 있대이."

이대로 끝내는 게 이상하다 싶었는데 역시나 삼장은 차에서 내리는 현진을 따로 불러내었다. 그 어투가 사뭇 매서워 현진은 내심 긴장했다. 이번 일에 대한 호된 질책이 이어지리라 예상되는 순간이었다. 지은 죄가 있으니 그가 어떤 말을 하든 달게 들을 생각이었지만 괜스레 마음이 착잡해지는 것은 어쩔 수가 없었다. 현진은 걱정스러운 눈길로 자신을 바라보는 그녀에게 텐트로 먼저 돌아가라고 손짓하고는 끌려가는 죄수의 심정으로 삼장의 뒤를 따랐다.

자신의 텐트 입구에 우뚝 앉은 삼장은 담배 한 대를 꺼내 물고 불을 붙였다. 현진은 그의 정면에 마주 앉고는 시선을 바닥에 고정시킨 채 그가 먼저 말을 꺼내기만을 기다렸다. 한동안 정적이 흐르는 가운데 담뱃불만 타들어 가고 있었다.

"그래, 게르서 잤다고?"

담뱃대가 반도막 날 즈음 마침내 삼장이 입을 열었다. 눈을 들어 그와 시선을 마주친 현진이 묵묵히 고개를 끄덕였다. 잠시 그를 응시하던 삼장이 이내 담배 연기를 허공중에 길게 내뿜었다.

"형도 니가 몸고생 맘고생 많이 했을 거란 거 안대이. 글니께 따로 길게 말은 안 하마. 허나,"

다시 한 번 연기를 내뱉은 그가 재차 말을 이었다.

"요번 일은 니도 철저히 반성해야 한대이. 알겄나?"

"예. 정말 죄송합니다, 대장님."

"마! 형이 누누이 말했잖누. 니가 아는 사막은 극히 일부 중의 일부에 불과하다고. 니는 아직 사막의 사자도 지대로 모르는 기라. 니, 끽해야 사막에 한 달 있어본 게 다 아니겠누? 게다가 그동안 니가 뭘 했누? 물 걱정 안 해도 됐제, 밥 걱정 안 해도 됐제, 기냥 걷기만 하면 됐다 아이가?"

길게 안 한다던 것과는 달리 그의 말은 저도 모르게 길어지고 있었다. 그렇지 않아도 떨어져 내린 자존심이 아예 바닥을 기었지만 현진은 아무런 대꾸도 하지 못했다. 그의 말이 맞았다. 매일 개개인에게 제공되는 물의 양이 제한되어 있었다고는 하지만 자신은 상당한 양의 물이 차에 실려 있다는 사실을 이미 알고 있었다. 까닭에 식수를 따로 걱정할 필요 없이 그저 약간 무거운 배낭을 짊어지고 걷기만 하면 되었다. 다른 것들도 마찬가지였다. 필요하지만 지속적이고 세심한 주의를 기울여야 할 부분들은 전부 삼장이 처리해야 할 일이라고만 생각했다. 자신이 할 일이라고는 그의 진행이 원활할 수 있도록 지시에 잘 따르는 것뿐이었다. 그러나 그마저도 자신은 제대로 수행하지 못한 것이다.

현진은 가슴 깊이 자기혐오와 경멸의 감정이 치미는 것을 느꼈다. 하지만 그것은 자신의 실책으로 인해 주위 사람들을 걱정시켰다는 이유 때문이 아니었다. 오히려 지금처럼 다른 누가 자신을 책망할 빌미를 스스로 앞장서 제공한 것에 대한 분노였다.

'이런 병신 같은 자식! 그거 하나 제대로 못 해서 남한테 저딴 소리까지 들어야 해?'

315

입을 꽉 다물고 있었지만 으드득 갈린 잇소리가 입술을 비집고 새어 나왔다. 조금이라도 입을 열면 금방이라도 거친 욕이 튀어나올 것 같았다. 그런 속사정을 아는지 모르는지 삼장은 태연스레 말을 이어갔다.

"형이 지난겨울 여서 머물렀던 사진 보여 준 거 기억나제? 고때가 영하 30도였대이, 영하 30도. 말이야 쉽제 니는 절대루 상상도 못할 온도래이. 고땐 숨 한 번 쉬는 것도 증말루 힘든 기라."

당연히 기억했다. 파카 후드 아래로 눈썹, 코, 입, 수염 가릴 것 없이 허연 고드름이 주렁주렁 매달려 있던 삼장의 사진. 그런 그의 등 뒤로는 새하얀 대지가 그림처럼 놓여 있었다. 평소에도 추위를 심하게 타던 현진은 그 사진을 보는 것만으로도 몸서리를 쳤다.

"고런 형이 여 온 것도 벌써 칠 년이 지났대이. 잔차 타고도 돌아 댕기고, 걸어서도 돌아 댕기고, 차 타고도 돌아 댕겼제. 참 많이도 싸돌아다닌 기라. 근디 툭 까놓고 말해서, 형도 아직 여기를 잘 모르겄대이. 고래 싸돌아댕겼는데도 고비를 아직 잘 모르겠다, 요 말이라."

어느덧 담배는 제 몸의 끝자락을 태우고 있었다. 마지막 한 모금을 들이킨 삼장이 흙바닥에 담배를 비벼 끄고는 입구 옆에 놓아둔 검은색 비닐봉투에 꽁초를 던져 넣었다. 다시 현진을 바라본 그가 이내 피식 웃었다.

"마, 눈깔에 독기 쫌 빼 뿌라. 고래 독기를 품고 있으믄 여서는 금방 죽어 자빠진대두 그런대이. 고래 힘주고 다니믄 고비가 꿈쩍이라도 할까 봐서? 고렇지 않다는 거 이젠 니도 알 때가 되지 않았누?"

"…죄송합니다."

"내한테 죄송할 게 머 있누? 내는 시방 니를 탓하려는 게 아니래이. 마, 형도 다 고런 시절이 있었대이. 눈깔에선 독기 팍팍 뿜어대고 어깨엔 잔뜩 힘주고 돌아 댕기던 시절 말이여. 헌데 지금 돌아보믄 부끄러워서 고갤 들 수가 없는 기라."

감회를 느낀 것일까. 한순간 그의 눈이 아련함으로 일렁거렸다. 그는 알고 있었다. 자신이 이런 말을 한다고 해서 눈앞의 청년이 쉽게 변하지는 않으리라는 사실을. 자신 역시 오랜 세월 세상과 치열히 다투고 부딪치고 깨지지 않았던가. 그렇게 해서야 겨우 지금의 자신에 도달할 수 있었다. 그러나 자신과 청년은 비슷하지만 또 다르기도 했다. 그때의 자신에게는 누구 하나 먼저 손 내밀어 주지 않았다. 그러나 청년에게는….

삼장의 눈은 금세 예의 선명함을 되찾았다.

"요전에 니, 여기에 혼자 오겠다고 형한테 말했었제?"

"예…."

"고때 형이 말린 건 다 이유가 있었기 때문이래이. 니 혼자 여 와서 어제처럼 기분 좋다고 내키는 대로 가 뿌렸으면 우쨌겠나? 바로 답 안 나오고 기냥 죽는 기라. 여선 니 힘이고 나발이고 아무 짝에도 쓸모없대이. 고건 이제 잘 알겠제? 실수 한 번 하면 바로 골로 가 뿌리는 곳이 바로 요 고비사막이래이. 고럼 고게 자살 아니고 뭐겠누? 그리고 세상에 자살한다 카는 동생 두 눈 빤히 뜨고 나 몰라라 냅두는 형이 어딨겠누?"

돌연 가슴팍에서 뜨끈한 덩어리 같은 것이 치밀어 오르더니 일순간 현진의 눈앞이 흐려졌다. 감정이 먹먹하게 북받쳐 오르면서 콧잔등이 시큰해졌다. 참을 수 없이 치닫는 격정에 현진은 으스러질 듯 주먹을 꼭 움켜쥐었다.

책망하거나 모욕 주는 것이라 여겼던 그의 생각과 달리 삼장은 지금 그에게 가르침을 주려고 하고 있었다. 한참이나 먼저 사막을 걸었던 선배로서, 그리고 동생의 안위를 진심으로 걱정하는 형으로서. 이토록 자신을 생각해 주는 이에게 한소리 듣는 것이 싫다며 자존심을 지키려 했던 자신이 현진은 참으로 초라하게만 느껴졌다. 다들 이상하

리만치 그를 걱정하고 도와주었다. 그는 이기적으로 자기 생각만 잔뜩
하고 있는데 그런 그에게조차 여전히 많은 이들이 선뜻 도움의 손길을
베풀고 있었다. 현진은 그들 모두에게 정말로 고마웠고, 또 미안했다.
다시금 스스로에 대한 한탄이 일었지만 그것은 더 이상 자기혐오라는
어두운 빛깔을 띠고 있지 않았다. 조금 전까지만 해도 머릿속을 가득
메웠던 분노는 덧없이 스러져 있었다. 눈길을 떨구기라도 하면 무언가
한바탕 쏟아낼 것만 같아 그는 고개를 들고 삼장을 마주 보았다.

"마, 요럴 땐 울어도 된 대이. 거 사내넘이 울라믄 속 시원히 울어야
제 멀 고래 찔끔찔끔 거리누?"

눈치가 없는 것인지 일부러 그러는 것인지 속 모를 삼장의 말에 결국
현진의 눈가에서 일렁이던 무언가가 소리 없이 툭, 떨어져 내렸다. 짙은
회한과 고마움, 미안함의 감정들이 복잡하게 뒤섞인 몇 방울의 눈물이
부끄러워 그는 재빨리 손으로 얼굴을 훔쳤다.

"크흡."

"마, 괜찮대두. 울고 싶으믄 기냥 울어라. 울 땐 확실히 울어야 멋진
남자제."

그 말에도 불구하고 현진은 억지로 웃어 보이려 했으나 얼굴은 계속
해서 제멋대로 일그러졌다. 그의 입술 사이로 신음과도 같은 울음이
목에 걸린 듯 간헐적으로 터져 나왔다.

홀로 끅끅거리는 그를 삼장은 묵묵히 지켜보았다. 그런 그의 입에는
언제 새로이 꺼내 물었는지 모를 담배 한 개비가 하얀 몸뚱이를 태우
며 조용히 승천하고 있었다.

삼장과의 대면 후 텐트로 돌아온 현진을 다른 팀원들은 평소와 크
게 다르지 않은 태도로 맞아 주었다. 이미 그녀에게 대략적인 사정을
전해 들은 그들은 현진에게 무사히 돌아와 다행이다, 돌아오지 않아

무척 걱정했다는 식의 우려 섞인 몇 마디만 건넸을 뿐 자세한 사정은 물어보지 않았다. 그것은 그에게 무관심해서라기보다는 오히려 그가 편히 쉴 수 있도록 배려한 것이었다. 그런 그들의 마음 씀씀이를 모르지 않았기에 현진은 또 한 번 깊은 고마움을 느꼈다.

계획대로라면 그날 오전 일찍 철수하려 했던 야영지는 현진이 팀에서 이탈했다가 복귀한 일련의 사건 때문에 하루 더 머물기로 결정되었다. 결국 팀의 전체 일정이 그 때문에 조정된 셈이었다.

"야아, 우린 하루 더 쉬니 좋구마이! 안 그래도 함 눌러 앉으니 일어나기가 싫드만 참말로 잘됐네이."

정범이 큰 소리로 들으라는 듯 그 특유의 너스레를 떨었지만, 자신이 느낄 자책감을 덜어주기 위해 했을 그 말이 도리어 자신을 힐책하는 소리만 같아 현진은 씁쓰레하게 웃었다. 얼굴을 내밀 염치도 없어 그는 텐트 안에 멍하니 누운 채로 천장만 바라보았다. 이따금 열어 놓은 문을 통해 뜨거운 바람이 오갔다. 한동안 그러고 있자니 졸음이 쏟아지기 시작했다. 한숨 자고 일어나면 움직일 힘도, 일행들을 다시 마주할 용기도 조금쯤 생길 것 같았다. 그는 눈을 감았다. 그러자 잠시 주춤했던 피로가 일시에 쏟아져 내렸다.

피어나는 꽃

1

"꺄아! 더러워!"

멀리서 기겁하는 그녀의 외침이 들렸다. 하지만 얼핏 듣기에 급박한 어조는 아니었다.

'얼마나 누워 있었던 거지?'

얕은 잠에 빠져 있었던 현진은 천천히 잠에서 깨어났다. 선잠을 잔 탓에 피곤함은 크게 가시지 않고 도리어 몸이 물먹은 솜처럼 나른했다. 누군가에게 세게 얻어맞은 것처럼 머리가 어질하고 무거웠다. 사막에 온 후로 거의 겪어 본 적 없는 만족스럽지 못한 수면이었다. 맥없이 몸을 일으킨 그는 텐트 밖으로 고개를 내밀어 소리가 났음직한 방향을 쳐다보았다.

가장 먼저 눈에 들어온 것은 매트를 펼쳐 놓고 웃통을 벗은 채 누워 있는 학성의 모습이었다. 새까만 선글라스를 쓴 그는 여유롭게 다리까지 꼬고 있었다. 그리고 그 옆에서는 잔뜩 인상을 찌푸린 그녀가 카메라를 들고 그를 향해 연신 셔터를 누르고 있었다. 대충 어떤 상황인지 짐작이 갔다.

평소에 손수건이며 팔 토시며 하는 것들로 온몸을 꽁꽁 싸매고 다니던 학성의 피부는 허옇기만 했다. 그런 그에게 사막에 왔으면 좋은 공기나 햇볕도 쐬며 피부에 숨 좀 트여 주라고 종종 면박을 주곤 했었는데, 그동안은 들은 척도 하지 않다가 이렇게 막판에 와서 과감히 행동하고 있는 것이었다. 그 피부에서 햇빛이 부시게 흩어지는 걸 보니 선크림을 덕지덕지 많이도 바른 것 같았다.

"아니, 누나! 여행도 끝나 가는데 그전에 선탠 좀 하려고 그래요. 너무 호들갑 떨지 말고 누나도 와서 함께 하는 게 어때요?"

찍고 싶으면 찍으라는 듯 여유롭게 포즈까지 바꿔 가며 학성이 능글맞게 내뱉었다.

"됐다! 너나 가라 하와이."

단호히 대꾸한 그녀가 카메라를 목에 걸쳤다. 주위를 두리번거리던 그녀의 시선이 현진의 그것과 마주쳤다.

"그럼, 너 혼자 열심히 태우려무나."

"어? 더 안 찍어줘요, 누나?"

그의 말을 무시한 채 그녀는 곧장 현진에게로 걸어왔다. 금세 그의 텐트 앞까지 온 그녀가 활짝 웃으며 인사를 건네고는 그대로 바닥에 주저앉았다.

"왜, 너도 한 번 태우지 그래? 돌아가면 언제 태워 보겠어?"

구릿빛 피부가 되었을 그녀를 상상하니 꽤나 잘 어울릴 것 같아 무심코 던진 말에 그녀가 바로 뾰로통한 표정을 지어 보였다.

"으, 괜히 화나네? 그럼 넌 내가 다른 남자들 앞에서 옷을 훌훌 벗어 던져도 아무렇지 않다는 거야?"

그녀의 가시 돋친 물음에 현진은 곧 자신의 실수를 깨달았다.

"음, 내가 실언했네. 미안해."

그의 빠른 사과에 그녀가 금세 표정을 풀고 눈을 찡긋거렸다.

"왜, 상상해 보니 너도 화나? 혹시 질투?"

"아무래도 그런 거 같아."

역시나 빠른 수긍에 그녀가 김샌다는 표정을 지으며 입술을 삐죽이 내밀었다.

"사실 난 피부가 쉽게 건조해지는 체질이야. 그게 오래 지속되다 보면 나중엔 참기 힘들 정도로 가려워지다 아프기까지 하거든. 몇 번은 몸 전체에 두드러기가 일어서 병원에 간 적도 있었어. 아마 햇빛을 오래 쐬면 더 심해질 거야. 워낙 여기 날씨가 건조하잖아."

"아, 그랬구나. 난 그것도 몰랐네."

그제야 학성만큼은 아니어도 그녀 역시 반팔을 입었던 경우가 거의 없었음을 그는 기억해 냈다. 아, 그게 그런 이유 때문이었구나, 하며 스스로의 무신경함을 자책하는 현진을 보면서 그녀가 배시시 웃었다. 그런 그녀를 마주 보다 문득 뇌리를 스친 생각에 그가 다시 물었다.

"그런데 네 말대로 여기 날씨는 무척 건조하잖아. 그런데도 지금까지 별 탈이 없었던 거야?"

"응. 사실 나도 사막에 오기 전에 그걸 가장 많이 걱정했었는데 다행히 지금까진 아무렇지도 않았어. 수분 크림을 무겁게 잔뜩 챙겨 온 보람도 없게 말야. 게다가 지금 생각해도 정말 의외긴 한데… 비도 자주 왔었잖아? 어쩌면 날 너무 사랑한 나머지 사막이 도와준 게 아닐까?"

그러면서 웃는 그녀가 참으로 사랑스럽다고 현진은 생각했다. 그는 텐트 밖으로 나와 그녀의 곁에 나란히 앉았다.

멀리서는 자신도 선탠을 해야겠다며 정범이 텐트 밖으로 매트를 꺼내고 있었다. 그로부터 얼마 떨어지지 않은 곳에서 그 모습을 지켜보던 진욱은 잠시 망설이는 눈치였지만 결국 옷 밖으로 드러난 부분만을 태우기로 결심한 모양이었다. 그는 팔다리에만 적당히 선크림을 바른 채 모자로 얼굴을 덮고는 매트 위에 눕는 걸로 만족했다.

참으로 걱정 없고 느긋한 오후였다. 그의 안에 응어리진 죄책감과 무관하게 밖의 세계는 활기차고 평화로워 보였다. 멀리서 이는 일단의 소란들을 보고 있자니 그가 겪은 일들마저 먼 꿈속 일 같이 느껴졌다.

"참 우습지?"

"응? 뭐가?"

갑작스레 들려온 말에 현진이 그녀 쪽으로 고개를 돌렸다.

"한국에서는 그렇게나 할 게 많다고 생각했었는데… 정작 여기선 걷고 쉬고 밥 먹고 술 마시고 노래 부르면서 어울리고 그러다 잠이 들고… 그게 전부잖아. 저렇게 맨바닥에 누워있는 것만으로도 순수하게 즐거워할 수 있는데…. 어쩜 우리가 정말로 해야 할 일들이라는 것도 정작 그렇게 많지는 않을 거라는 생각이 들어."

"응, 그럴지도 모르겠다."

그녀의 목소리는 매일 매일을 정신없이 보내야 했던 지난날의 자신을 질책하면서도 연민하는 것처럼 들렸다. 그러나 아직 자책의 앙금을 완전히 떨쳐 내지 못한 현진은 그녀의 말을 깊이 생각해 보지도 않은 채 건성으로 맞장구쳤다. 그런 그의 속마음을 아는지 모르는지 그녀가 재차 말을 이어 갔다.

"우리, 비록 여행한다고는 했지만 그래도 꾸준히 걷고 움직였잖아. 그래서인지 오히려 몸은 한국에서보다 훨씬 힘들었던 거 같아. 사실 그동안 걸어온 길을 돌아보면 내 스스로도 너무 놀라울 정도라니까. 그런데도 이상하게 난 여기 와서 뭔가 제대로 쉬었다는 기분이 들어. 대체 왜 그런 기분이 드는 걸까?"

그녀의 물음에 비로소 현진도 진지하게 생각해 보았다.

'쉬었다라… 글쎄, 나는 정말 이 땅에서 쉬긴 한 걸까?'

그는 스스로 던진 질문에 어떻게 답해야 할지 몰랐다. 자신은 그런 것 같기도 그렇지 않은 것 같기도 했던 것이다. 그는 사막에서 끊임없이 뭔가를 겪고 생각하고 느껴 왔다. 이 텅 빈 땅에서 그는 아이러니하게도 계속해서 고민하고, 분투하고, 화내고, 경멸하고, 미안해하고, 짜증내고, 고마워하고, 외로워하고, 그리워하고, 즐거워하고, 슬퍼하며, 또 행복해했다. 한국에서는 하루에 서너 번도 겨우 느꼈던 감정의 마디들이 이곳에 와서는 하루에도 수차례, 심지어 수십 차례씩 엎치락뒤치락하며 뒤바뀌곤 했던 것이다. 그런 감정들의 기복을 타고 넘는 일이란 결코 쉽지 않았다. 그는 부닥쳐오는 사건 사고와 그보다 더 잦은 감정들의 변화에 때로는 피곤해하거나 지치기도 했다. 그렇게 본다면 사막은 그에게 쉼의 장소라기보다는 도리어 치열히 분투했던 투쟁의 장(場)이었다. 그러나 만약 그 휴식이라는 것이 타의에 매몰되어 버린 삶에서 벗어나 자기 자신을 오롯이 되찾아 가는 일을 말하는 것이라면….

"나도. 나도 사막에서 푹 쉴 수 있었어."

갑자기 그의 안에서 무언가 터지기 시작했다. 그동안 그가 끈질기게 고민하고 궁리해 온 생각의 묶음들이, 그러나 명료히 다듬어지기보다는 강력한 감정의 폭발을 동반한 불분명한 그 무엇으로서 일시에 터져 나오려 하고 있었다. 그는 스스로를 주체하기 어려웠다. 그럼에도 그는 천천히, 그리고 한 단어 한 단어를 신중히 선택해가며 제멋대로 분출하려는 그것을 또렷한 문장의 형태를 갖춘 말로서 뱉어내기 위해 노력했다.

"우리가 사막을 찾은 이유, 또 사막을 걸은 의미. 넌 그게 뭐라고 생각해? 누군가 당장 너에게 묻는다면 바로 대답할 수 있겠어?"

그녀는 대답하는 대신 가만히 그를 바라보았다. 스스로도 의식하지 못하는 사이, 그의 두 눈은 뜨거운 불길처럼 일렁일렁 타오르고 있었다. 문득 그녀는, 언젠가 그가 미처 들려주지 않았던 이야기가 있었음을 기억해 냈다.

"처음에 다 함께 모인 자리에서 난 어릴 적부터 몽골에 오고 싶어서 왔었노라고 말했었지. 하지만 글쎄…. 솔직히 지금의 난 모르겠어. 분명 어릴 적 꿈이 날 사막으로 이끈 중요한 계기로 작용하긴 했겠지만 그게 전부는 아니라는 생각이 들어. 물론 이 여정이 끝나고, 또 어느 훗날엔 내가 여기를 찾은 이유나 의미를 명확하게 말할 수 있을 때가 올지도 몰라. 그러나 지금의 난 몰라. 그리고 너도, 진욱 형도, 정범 형도, 학성이도 비슷할 거라 생각해. 우린 모두 충동적으로 원해서 이곳에 왔고, 왔으니 그냥 걸은 거야. 스스로조차 그 목적이나 이유, 의미 따위를 제대로 알지 못한 채로 말야. 그런데, 과연 우리가 삶의 모든 것에 대해 그 의미나 목적을 알아야만 하는 것일까? 어쩌면 그것들은 세월이 지나면 자연히 깨닫게 되는 것일지도, 또 평생 알 수 없는 것일지도 모르는데. 그런데도 우린 왜 그렇게 삶의 의미에 연연하고, 삶의 목표를 지금 당장 어떤 식으로든 결론지어야 만족하는 걸까? 마치 그렇게 하지 않으면 삶이라는 것이 금세 무너지기라도 할 것처럼. 하지만 그렇게 좁은 틀 안에 삶을 가두다 보면 잃게 되는 것도 분명히 많겠지.

애들 같은 충동으로 이곳에 온 것. 다른 누가 정한 목적이나 스스로 욱여넣은 의미조차 없이 그저 걷고 싶어서 걷고, 쉬고 싶어서 쉬고, 취하고 싶어서 취하고, 어울리고 싶어서 어울린 것. 그 모든 게 그 자체로… 그래, 그 자체로 너무 아름답다고 생각하지 않아? 좀 전에 네가 사막에서 푹 쉰 거 같다고 말했지? 나도 그래. 웃고 떠들고 어울린 것뿐 아니라 텐트 치느라 고생하고, 불 피우느라 눈물로 범벅되고, 길을 잃어서 무서워 죽을 뻔도 했지만 그 모든 게 내게는 한 편의 길고도 멋진 휴식처럼 느껴져. 앞으로 다시는 이런 기회가 없으리라고 생각될 만큼. 그 이유라면 잘 모르겠어. 하지만 굳이 말하자면 이런 게 아닐까? 내가 그 모든 순간을 머리보다는 가슴으로, 또 내 온몸으로 거쳐냈기 때문이라고. 마치 아이들이 무언가에 열중할 때처럼 복잡한 의미나 목적 따위를 따지지 않고, 그저 내가 원하는 한 걸음을 걷기 위해 온 정성을 쏟은 것. 그거야말로 내가 사막에서 쉴 수 있었던 이유고, 또 사막을 사랑하게 된 이유가 아닐까?"

현진은 말을 마치고 스스로도 놀라고 말았다. 그는 지금껏 한 번에 이렇게 많은 말을 해 본 적이 없었다. 그동안의 여러 경험으로부터 느꼈던 많은 것들이 그녀의 질문에 일시에 쏟아져 나온 것 같았다. 아니나 다를까, 그를 바라보는 그녀의 입 역시 어느새 살짝 벌어져 있었다.

"와아⋯. 너 혹시 미리 대답을 준비해 둔 거 아냐? 어쩜 그렇게 콕 찝어 논리정연하게 말을 해? 무슨 철학자 같잖아?"

"글쎄. 논리가 있었는지까지는 잘 모르겠지만 이래 봬도 내가 철학도래도."

그녀의 감탄에 현진이 머쓱하게 대꾸했다. 그의 눈은 어느새 뜨거웠던 불길을 갈무리한 채 수줍어하고 있었다.

"너도 알겠지만 난 서울에서 오래 살았잖아."

잠깐의 장난스런 분위기를 맺으며 그녀가 입을 열었다.

"대학생 때도 그랬지만 일을 하면서부터는 정말 많은 것들이 변했어. 흔히들 무한경쟁, 무한경쟁하잖아? 난 직장을 다닌 겨우 몇 년 사이 그걸 뼈저리게 경험했던 거 같아."

"그래? 난 기껏해야 알바 비슷한 일만 해 본 게 전부여서 그런 것까진 잘 모르겠어. 내가 한 일들이란 게 대부분 경쟁이랑은 거리가 멀었거든."

그러다 문득 그는 한 가지 사실에 생각이 미쳤다.

"그런데 예전에 네가 했던 말대로라면 꼭 그렇지도 않겠다. 어쩌면 난 나 자신도 알지 못하는 사이에 다른 사람들하고 경쟁하고 있었는지도⋯. 비록 알바 자리라도 내가 그걸 얻게 된 이상 다른 누군가는 그

일을 놓치게 된 셈이니까."

"응, 맞아. 지금은 조금이라도 인건비를 아끼려는 업주들과 어떻게든 일자리를 얻으려는 사람들로 가득 찬 사회니까. 어쨌든 내가 광고 회사 다녔던 건 너도 알지? 거기서는 다른 회사 광고를 따내기 위해 정말 치열하게 경쟁해야만 했어. 그 실적에 따라 월급은 물론 업계에서의 평판도 달라졌으니까. 그렇게 이름값이 높아질수록 그건 또 더 높은 소득으로 이어질 가능성이 컸거든. 그땐 나도 그렇게 사는 게 당연한 줄 알았어. 하루에도 수십 통씩 전화를 돌리고, 수시로 영업 피티 준비하고, 틈틈이 상대 회사 임원들과 술자리도 갖고, 또 그 사람들 비위도 맞춰주고… 넌 잘 모르겠지만 한국에서 일개 여자 사원이 그렇게 하기란 정말 쉬운 일이 아니야."

현진은 말없이 그녀의 슬픈 눈빛을 바라보았다. 언제부터 일이란 것, 직장이란 것이 떠올리면 가슴이 아플 정도로 고통스러운 것이 되어 버린 걸까.

"그렇게 늘 다람쥐 쳇바퀴 돌 듯 살았어. 똑같은 일, 똑같은 걱정거리, 조금씩 모양만 달랐던 비슷한 생각과 감정들을 품고. 그런 생활들이 날 조금씩 갉아먹었던 거 같아. 회사 동료들뿐 아니라 다른 회사와도 매일 비교 당하고 평가받고, 그러다 밤늦게야 간신히 집에 돌아오고."

그녀의 목소리에는 어느새 옅은 습기가 배어 있었다.

"그러던 어느 날이었어. 그날도 저녁 늦게 퇴근 지하철을 탔어. 늦은 시간이었는데도 사람들은 여전히 붐볐고 난 그 많은 사람들 틈에 끼어 있었어. 다행히 내 앞에 창문이 있어서 밖을 볼 수는 있었어. 그러다 마침 다리를 건너고 있을 때였어. 문득, 창밖으로 강이 보이는 거야. 어둠이 내린 한강이었지. 매일 보는 강이었지만 유독 그날은 강이 이렇게나 넓었구나, 라는 생각이 들었어. 그리고 그때의 한강은… 마치 도심의 불빛과 불빛 사이에 놓인 하나의 커다란 쉼표 같았어. 그 순간

327

나도 모르게 갑자기 눈물이 났어. 난 지금 대체 뭘 하고 있는 거지…. 그런 의문이 들었어. 열심히 산다고 살았지만 대체 뭘 위해 그러고 있는지 내 자신도 몰랐던 거야. 그게 너무 한심했고, 또 슬펐어. 하지만 어떡해야 그 악순환에서 벗어날 수 있는지 난 알지 못했고, 또 아무도 알려주지 않았어. 그 다음날도 난 똑같이 회사에 나가서 동료들이랑 열심히 경쟁해야 했어.

그런데 나만 그랬던 게 아닐 거야. 내 동기들도, 내 선배나 후배들도 비슷한 생각과 감정을 가지고 어쩔 수 없이 그렇게 하고 있었던 걸 거야. 영문도 모른 채 무언가에 쫓기듯이 그렇게. 우린 대체 왜 그래야 했을까? 좀 더 서로를 아끼고 배려하고 사랑할 수는 없었을까? 알아, 나도 내 생각이 치기 어린 생각이라는 거. 하지만 너도 그랬잖아. 아이와 같은 마음으로 이곳에 왔다고."

그녀의 시선은 그 목소리처럼 깊게 잠겨 있었다. 현진은 그녀의 가슴을 위로해 줄 어떠한 말도 꺼내지 못한 채 그저 묵묵히 그녀를 바라보고만 있었다.

"그런데 우리가 어쩌다 이런 얘기까지 하게 된 거야?"

그녀가 분위기를 바꾸기 위해 짐짓 유쾌히 웃어 보였다.

"글쎄 뭐였지? 아, 사막에서 몸은 고됐어도 맘은 푹 쉰 거 같다고 했던 네 말."

"맞아! 생각났다!"

그녀는 작게 손뼉을 쳤다.

"그래, 아까 네가 한 말을 듣고 갑자기 떠올랐어. 어쩌면 이번 사막 여행은 그때 내가 본 한강과 비슷한 게 아닐까 하고. 일과 경쟁에 지친 내가 또 다른 생활을 이어가기 위해 가진 내 자신을 위한 쉼표. 내 바쁘고 지친 일상과 일상 사이에 놓인 짧고도 긴 쉼표. 바로 그것이 이번 여행이라는 생각이 들었어. 그러고 보면 의미란 훗날 자연히 깨닫게 된다는 네 말이 맞는 거 같아. 처음 이번 여행을 결정할 때만 하더라도 의미 같은 건 생각도 못하고 그저 가슴만 졸였거든. 어렵사리 얻은 직장을 그만두고 이렇게 떠나도 되는 걸까, 이번 여행이 그만한 가치가 있을까, 여행이 끝나고는 또 무슨 일을 해야 하나, 내가 생각했던 것보다 사막이 별 게 없으면 어쩌지 등등. 이런 고민들로 머릿속이 너무 복잡했어. 그러다 너를, 선생님을, 또 사막 친구들을 만났어. 그때 바닷가에서 너희를 만나기 직전까지 난 사막에 가겠다고 확실히 결정을 내리지 못하고 있었어. 그런데 참 이상하지? 너희를 만나자마자 내가 했던 그 많은 고민들이 아무렇지도 않게 사라져 버린 거야.

처음엔 너희가 나랑은 완전히 다른 사람들이라고 생각했어. 아, 세상엔 저 나이 먹고도 저렇게 사는 사람들이 있구나, 저런 사람들이 사막을 찾고 사막에 가는 거구나, 라는 생각이 들었어. 저 사람들도 참 고민이 많고 답답한 일도 많을 텐데 어쩜 저렇게 애들같이 꿈이며, 행복이며 하는 이야기들을 아무렇지 않게 꺼내는 걸까 의문도 들었고. 그래서 너무 궁금해졌어. 어릴 적 꿈을 찾아 사막을 찾았다는 너, 행복을 찾아 사막에 간다던 정범 오빠, 지평선과 유목민을 보고 싶다던 진욱 오빠, 그리고 예수님처럼 사막을 걸어보고 싶다던 학성이까지. 과연 저 사람들이 그렇게 가고 싶어 하는 곳이 어떤 곳인지 나도 한 번가 보고 싶다는 마음이 들었어. 그리고 그 마음은 점점 더 간절해졌고… 덕분에 이렇게 사막에 올 수 있었어.”

빙그레 웃으며 그녀가 마지막 말을 맺었다. 그녀는 그때 바닷가에서 내린 자신의 결정이 한 달이 조금 넘는 시간 동안 얼마나 큰 변화를 불러왔는지 깨닫고는 새삼 놀라고 있었다.

“다 좋은데… 자칫하면 못 올 뻔했던 거 기억하지?”

“너무해! 이런 진지한 분위기에서 그때 기억을 떠올리게 하다니. 못 됐어, 정말!”

그녀의 비자 사건을 들먹이는 현진을 향해 그녀가 곱게 눈을 흘겼다. 현진은 그런 그녀를 향해 마주 웃어 주었다.

2

"나, 언젠가는 이곳에 혼자 올 거야."

그녀의 무릎을 베고 누운 채로 현진은 그녀를 올려다보며 말했다. 그의 머리카락을 쓰다듬던 그녀의 손이 멈칫했다. 그의 시선과 마주친 크고 맑은 두 눈이 이유를 묻고 있었다.

하긴 어제오늘 그 고생을 하고도 이런 생각을 하는 자신을 현진 자신도 이해할 수가 없었다. 하지만 오히려 그 사건이 그의 결심에 더 큰 발화점으로 작용한 것인지도 몰랐다. 그는 '혼자'라는 말에 유난히 집착하고 있었고, 그것은 그 말이 나타내는 의미만큼이나 결국 그 스스로 풀어야 할 숙제였다.

"원래 올해에는 혼자서 이곳에 오려고 했었어. 작년에 이미 한 번 형님을 따라와 봤으니 이젠 혼자서도 잘 다닐 수 있을 거라는 자신감이 나름 있었거든."

현진은 잠시 말을 멈췄다. 문득 자신을 내려다보는 그녀의 눈이 참으로 예쁘다는 생각이 들었다.

"그런데 형님이 말리시더라고. 난 아직 준비가 덜 됐고, 지금 가 봐야 제대로 사막을 만나지도 못할 거라고 하시더라. 그러면서 하신 말씀이 올해 1차, 2차 팀을 하는 동안 자기와 함께 다니면서 배워야 할 것들부터 제대로 배우라는 거야. 그 후엔 혼자 가든 말든 상관 안 하겠고 하시면서."

한여름 밤 흔치 않게 고요한 바닷가에 텐트를 치고 앉아 그와 막걸리 잔을 주고받던 기억이 현진의 머릿속에 떠올랐다. 그리고 며칠이 지나지 않아 그녀가 찾아 왔다.

'덕분에 너를 만날 수 있었으니 형님께 고마워해야겠구나.'

인연이라는 것이 참으로 묘하다는 생각이 들었다.

"그럼 난 한국에서 혼자 외로워해야겠네?"

자기를 두고 홀로 사막에 온다는 말 때문인지 그녀가 부루퉁해진 얼굴로 입술을 삐죽이 내밀었다. 그 모습이 꼭 오리를 빼닮아 현진은 저도 모르게 웃음을 터뜨렸다. 그는 얼른 손사래를 치며 대답했다.

"아니야. 그런 생각 마. 설마 나라고 외롭지 않겠어? 내가 그동안 널 얼마나 그리워했는지 너도 잘 알잖아. 하지만… 그래도 왠지 그렇게 해야만 한다는 생각이 들어. 아니, 언젠가는 꼭 해야 하는 일이야. 그러니 부디 이해해 줘."

그것은 생각이라기보다는 차라리 신념에 가까웠다. 현재의 그로서는 그 이유도 정체도 어렴풋이 짐작할 뿐이지만, 이미 가슴속 깊이 각인되어 그렇게 하지 않으면 못 견딜 것 같다는 사명감마저 드는 신념. 하지만 머리로는 이해할 수 없더라도 꼭 해야 할 일들이 세상에는 존재한다고 현진은 믿었다. 사막에 대해 아는 것이라고는 달랑 어릴 적 본 사진 한 장뿐이었지만 그런 자신이 사막에 오게 된 것도 그러한 믿음에 따른 것이었다. 어쩌면 삶의 몇몇 중요한 걸음들은 그런 단순하고도 맹목적인 염원으로부터 시작되는지도 몰랐.

결연한 그의 말에 그녀 역시 진지해진 표정으로 보일 듯 말 듯 고개를 끄덕였다. 현진은 그것을 지지하고 응원할 테니 그렇게 하라는 무언의 동의로 받아들였다. 그가 그녀를 생각하고 위하는 것 이상으로 그녀는 그를 믿고 이해해 주었다. 비록 함께 한 시간은 짧았지만 그 시간이 무색할 정도로 자신을 신뢰해주는 고마운 사람이었다.

"참, 나 소원이 하나 있는데 들어 줄래?"

"무슨 소원? 오히려 떠난다고 한 네가 내 소원을 들어줘야 하는 거 아니야?"

새초롬히 쏘아붙이는 그녀의 말에 현진이 머리를 긁적였다.

"아니, 별건 아니고. 언젠가 내가 떠났다가 돌아올 때 네가 공항에서 맞아 줬으면 해서. 그 영화 같은 데 자주 나오잖아."

"날 혼자 두고 떠난 남자의 뭐가 좋다고 거기까지 마중 나가라는 거야?"

현진은 그저 웃었다. 자신이 생각해도 염치가 없었다.

"뭐, 그건 앞으로 너 하는 거 봐서 결정할게. 대신! 선물은 꼭 사오겠다고 약속해."

"응! 약속할게!"

그녀가 말을 바꿀세라 현진은 황급히 대답했다. 문득 그의 머릿속에는 그녀가 잃어버린 주먹달이 떠올랐지만 그는 그 생각을 속으로만 삼켰다. 지금 그 말을 꺼내봐야 본전도 못 찾을 것 같았다.

'처음 만났을 때만 해도 참 상냥했었는데…. 언제부터 이렇게 꼴꼴해졌지?'

현진은 왠지 속은 것 같은 기분이 들었다. 그녀는 아직 그에게는 가깝고도 먼 사람이었다.

그때 무심코 옆으로 고개를 돌린 그의 눈에 보라색의 희끄무레한 무언가가 들어왔다. 땅바닥에 들러붙을 정도로 낮게 솟아 있는 그것은, 다름 아닌 꽃이었다. 작고 볼품없는 몇 송이 꽃이 바람에 휘청거리고 있었다. 그동안 먼 지평에만 넋을 놓고 있는 경우가 많아 바로 발아래에 핀 꽃을 발견하지 못한 모양이었다.

"어머! 이 사막에 웬 꽃이래?"

마침 그의 시선을 따라간 그녀가 작게 탄성을 질렀다. 현진 역시 그 점이 궁금했다. 수시로 불어대는 거친 바람과 작열하는 뙤약볕, 오죽

안 왔으면 축복이라고까지 불리는 극악의 강수량. 이런 열악한 환경 속에서 어떻게 꽃이 필 수 있었던 것일까? 황량한 땅 위에 버젓이 피어난 그 생명력에 현진은 경이로움마저 느꼈다. 몇 송이 덩그러니 결실을 맺은 그들의 노력이 감탄스럽기까지 했다.

"왜 이곳에 폈을까? 여기에 있어 봐야 좋을 게 뭐가 있다고."

혼잣말을 중얼거리던 그는 이내 자신의 질문이 어리석었음을 깨달았다. 틈만 나면 튀어나오는 '왜'라는 질문. 세계의 모든 것에 대해 어떤 식으로든 목적과 의미를 부여하고자 하는 그 고질적인 병이 다시 도진 것이다. 그래, 그건 병이었다. 드러나지 않은 수많은 사정을 무시한 채 어떤 현상을 몇 가지 이유만을 들어 명쾌하게 설명하려는 것은 단지 인간의 오만이라고밖에 여겨지지 않았다. 작고 가냘프게 핀 꽃들에게마저 그런 인간적인 잣대를 휘두르는 것은 폭력일 뿐이었다. 꽃은 그저 꽃으로서 보면 족했다.

"와, 근데 정말 작구나!"

"아마 저 이상 크지는 못하겠지. 그런데도 피어난 걸 보면 정말 대단하긴 하다."

"그러게. 아무것도 없을 거라고 생각한 사막이었는데…. 저 작은 몇 송이 꽃이 그만큼 아름답게 채워 주는 거 같아."

그녀의 말이 묘한 여운을 남기며 현진의 가슴에 박혀 들었다. 그는 말없이 꽃들을 바라보았다. 사막에서 이따금 마주치던 식물들은 대개 그 줄기가 억세고 빼빼하게 말라 있었다. 그에 비해 눈앞의 꽃들은 금세라도 바람의 무자비한 손길에 끊어질 것처럼 유약하게만 보였다. 꽃잎의 색은 부옇게 바랬고, 줄기는 금세라도 꺾일 듯 가늘고 초라했다. 그러나 그는 더 이상 그들이 볼품없다고 생각되지 않았다.

"사실…."

한동안 꽃에 시선을 못 박고 있던 그녀가 문득 입을 열었다.

"예전에는 나도 어디론가 훌쩍 떠나고 싶다는 꿈을 자주 꾸곤 했었어. 회사 업무로 밤늦게까지 홀로 작업할 때, 유난히 날 들볶는 상사의 얼굴을 매일 마주쳐야 할 때, 출퇴근 때마다 발 디딜 틈 없이 만원인 지하철을 타야 할 때, 회식 자리에서 마음에도 없는 억지웃음을 지어 보여야 할 때, 밤늦게 집에 돌아오면 텅 빈 방 하나만 나를 반길 때…."

'그리고 매일 밤 그 남자를 마주쳐야 했을 때.'

그녀의 머릿속에 좁다랗고 시커먼 한 남자의 얼굴과 마름모꼴로 째져 날카롭게 빛나던 두 눈이 떠올랐다. 그녀가 열 살이 채 안 되었던 시절부터 대학을 빌미로 집에서 벗어날 때까지 매일 밤을 끔찍한 악몽으로 물들였던 남자.

자신이 태어나기도 전에 교통사고로 세상을 떠났다던 아버지의 얼굴은 사진으로라도 기억나지 않았다. 그런데 그녀가 일곱 살이 될 무렵, 그녀의 어머니가 새 아빠라면서 낯선 남자를 집으로 데리고 왔다. 그것은 악몽의 시작이었다. 처음에는 곧잘 웃을 줄도 알고 그녀의 생일에 선물을 사 주기도 하던 남자는, 그러나 어느 날부턴가 조금씩 변해 갔다. 시작은 어머니를 향한 몇 마디 욕설이었다. 그러나 집에 들어와 술을 마시는 것이 일상처럼 되어 버린 뒤로는 매일같이 그녀의 어머니를 때리고 걷어차고 머리카락을 붙잡아 짐짝처럼 내팽개치는 일을 서슴지 않고 자행했다. 그럴 때면 그녀는 어린 동생을 부둥켜안고 오들오들 떨면서 그 모든 장면을 지켜봐야 했다. 그 모든 일이 끝나고 나면 어머니는 늘 괜찮다는 말을 주문처럼 되뇌며 그들 남매를 품에 안은 채 머리를 쓰다듬어 주고는 했다. 그러나 그녀는 그 손길에서 어떠한 위로도 받은 적이 없었다. 그녀의 머리를 매만지던 손길은 그만큼 여렸고, 또 겁에 질려 있었다. 어머니는 당신의 두려움조차 감당하지 못한 채 벌벌 떨고 있었다.

그러던 어느 날이었다. 다 같이 저녁 식사를 하던 자리에서 남자는 무언가 마음에 들지 않는 듯 언성을 높이더니 급기야 부엌칼을 꺼내 들고 그녀의 어머니를 향해 휘두르려고 했다. 그 순간 열다섯에 불과했던 그녀는 자신도 모르게 남자의 상 앞에 놓인 소주병을 움켜쥐고는 그의 뒤통수를 향해 온 힘을 다해 내리쳤다. 남자는 그대로 정신을 잃었고 곧 그녀가 부른 경찰에 체포되었다. 그러나 그는 다음날 아무렇지 않게 집으로 돌아왔다. 술에 취해 우발적으로 범한 가정사라는 이유로 기껏 훈방 조치만 받고 풀려난 것이었다. 다행히 남자는 한차례 그녀에게 욕설을 지껄였을 뿐 그녀의 몸에 손을 대지는 않았다. 그러나 경찰이 아무런 방패가 되어주지 못한다는 사실을 깨닫고 난 후부터 그녀는 그 지긋지긋하고도 끔찍한 삶에서 벗어날 날만을 손꼽아 기다렸다. 결국 스무 살이 되던 해, 그녀는 그곳으로부터 도망쳐 나왔다. 어머니와 동생을 그 지옥 속에 그대로 남겨 둔 채로. 그녀는 그러한 폭력을 매일같이 겪으면서도 홀로 묵묵히 감내하는 어머니를 도무지 이해할 수가 없었다. 오랜 시간이 흐른 뒤에야 그녀는 그것이 그들 남매를 위한 어머니만의 방식이었음을 깨달을 수 있었다.

"그때마다 나도 모든 걸 버려두고 떠나고 싶다는 생각을 했어. 하지만 난 그러지 못했어. 어쩌면 그 고통스러운 일상들이 오히려 점점 내 의지처가 되어 버렸던 건지도 몰라. 일상은 여전히 고되고 힘들었지만 그래도 내가 살아가는 건 모두 그것들 때문이라고 믿게 된 거야. 그것들마저 떠나버리면 내게 남는 건 정말 아무것도 없을 거라고. 내 삶을 지탱해 주는 건 오직 그것들뿐이라고 말야."

'어쩌면 엄마도 그랬던 게 아니었을까.'

"아까도 말했듯이 그런 내가 떠날 용기를 가질 수 있었던 건 모두 너희들 덕분이었어. 그래서 난 그 일상을 박차고 나올 수 있었어. 그리고 생각했어. 내가 가게 될 사막에는 더 이상 날 괴롭히는 것들이 없을 거라고. 거기에는 피곤한 업무들도, 보기 싫은 직장 상사나 동료들도, 혼잡한 지하철도, 웃긴 회식자리도 없을 거라고. 그래서 나도 잠시 동안은 행복해질 수 있을 거라고 믿었어. 그렇게 나는 내 멋대로 기대하고 환상을 입혀서 사막을 내 안에 담아 왔던 거야."

그녀의 눈은 천천히 꽃을, 과거를, 그리고 그녀 자신을 더듬고 있었다.

"물론 처음 본 사막은 예상대로 조용하고 평화로워 보였어. 그렇게 보고 싶었던 새파란 하늘도 마음껏 볼 수 있었고. 그런데… 그게 사막의 전부는 아니었던 거야. 나는 사막이 가지고 있는 많고 많은 모습들 중 딱 하나만을 품고 이곳에 왔을 뿐이었어. 그런 알량하고 얄팍한 마음가짐으로 어쩌면 사막을 만나지도 못할 뻔 했는데… 사막이 나를 정말 사랑하고 있었나 봐. 그녀는 거친 바람이나 비구름을 몰아내지 않았고, 그래서 난 환상과 기대를 벗어버린 진짜 그녀를 만날 수 있었어."

그녀는 사막을 '그녀'라고 불렀다. 이따금 그가 사막으로부터 받았던 느낌을 그녀도 똑같이 느꼈던 것일까.

그녀는 스스로의 상념에 빠져 있었지만 그녀의 말은 현진 자신을 향한 말이기도 했다. 과연 자신이 좋아한다는 사막의 모습은 어떤 것일까?

'나도 내 스스로 덮어씌운 환상을 사랑하고 있었던 건 아닐까? 사실 어제만 하더라도 추위에 벌벌 떨면서 빌어먹을 땅이라고 욕까지 해댔잖아?'

물론 사막은 한 번도 그를 속인 적이 없었다. 사막은 늘 그 모습 그대로였음에도 불구하고 그가 자기 멋대로 사막에 덧대어 씌운 환상이 한순간 거짓으로 들통 났을 뿐이었다.

'그렇다면 난 정말 사막을 좋아하긴 하는 걸까?'

이제는 섣불리 자신할 수 없었다. 자신 역시 지금껏 '맑고 새파랗게 펼쳐진 하늘과 그 아래 펼쳐진 광대한 땅'이라는 모습만을 보고 사막을 좋아했다는 생각이 들었다. 하지만 그것은 콘크리트를 쌓아 하늘을 가리고 땅을 가두며, 결국은 자기 자신마저 구속시킨 이들의 거창한 환상에 불과한 것은 아니었는지. 스스로를 가둔 후 아이러니하게도 해방을 꿈꾸는 그들이 온갖 미학적이고 철학적인 미사여구를 동원해 꾸며낸 그런 장소가 아니었는지.

"최근 며칠간 계속 비가 왔잖아. 그렇게 비를 맞으며 얼마나 걸었는지 몰라. 얼굴이 젖어 시야가 가려질까봐 발끝만 바라보며 걸으니 고개는 점점 아파 오고, 카메라가 젖을까, 텐트가 젖어 무거워질까, 다른 이들은 잘 걷고 있을까, 내가 왜 이런 고생을 사서 할까 등등. 마음을 비운다는 게 어쩌나 그리 어렵던지…. 결국 사막이 진짜 자기 모습을 보여주려고 했는데도 난 겨우 내 자신 말고는 아무것도 볼 수 없었어."

오늘따라 현진도 그녀도 오랫동안 깊은 속이야기를 서로에게 들려주고 있었다.

"그때 너뿐만 아니라 다들 힘들어했어. 그러니 스스로를 너무 탓하지는 마."

현진이 위로했지만 그녀는 고개를 저었다.

"내가 사막을 느끼기에는 너무도 시간이 짧았어. 그게 아쉬우면서도 화가 나는 거야. 나를 둘러싼 무언가에 시선을 주기에 나는 너무나 느리고 약했거든. 하늘을 바라보기도 전에 비는 그쳤고, 또 새로운 일이 일어나서 비구름을 잊어버렸어. 하지만… 나는 그 비구름을 결코 잊고 싶지 않아. 깨끗이 비워 낸 마음으로 제대로 사막의 비구름을 바라보고 싶어."

그녀는 꽃에 주고 있던 눈길을 거두고 그 너머로 펼쳐진 먼 지평을 응시했다. 회한에 흐릿하게 잠겨 있던 그녀의 눈은 어느새 예의 또렷함을 되찾아 있었다.

"그래서…"

문득 두 사람의 얼굴이 떠올랐다. 그동안 기억에서 지우기 위해 무던히도 애를 썼던 얼굴들. 그러나 자신이 그들을 여전히 사랑하고 있음을, 그녀는 이제 믿을 수 있었다.

'돌아가야겠어.'

"나도 언젠가 다시 올 거야. 이곳, 고비사막에."

그녀는 확고한 어조로 마지막 말을 맺었다.

그런 그녀를 가만히 바라보던 현진은 다시 고개를 돌려 땅 위로 시선을 던졌다. 땅에 붙을 정도로 낮게 핀 꽃들은 드센 바람에 잠시 떨어댈지언정 하늘을 향해 치켜든 고개를 떨구지 않은 채 꿋꿋이 서 있었다. 오히려 그들은 바람에 몸을 맡기고 나풀나풀 유연한 춤을 추는 것처럼 보였다. 문득 그는 꽃씨가 어떻게 여기까지 날아왔는지 궁금해졌다.

3

현진으로서는 지금까지의 나날 중 그녀와 단둘이 보내는 시간이 오늘만큼 길었던 적이 없었다. 그러나 삼장도 다른 이들도 각자의 시간에 몰두하는 듯 야영지는 한낮의 따사로운 태양 아래 오랫동안 고요함을 유지하고 있었다.

쏴아아아—

이따금 대지를 쓸어오는 바람에게서 옅은 파도 소리가 났다. 그리고 그 소리는 사막의 고요를 닮아 있었다.

"참, 어디 다치진 않았니?"

그녀가 갑자기 생각났다는 듯 손뼉을 치며 그에게 물어왔다.

"응, 다행히 아직까진 괜찮아."

"아니야! 그렇게 고생했다면서? 분명 너도 모르는 사이에 어딘가 다

쳤을 거야."

"정말 괜찮대도. 그러니 걱정 안 해도 돼."

현진의 거듭되는 부인에도 불구하고 그녀는 이상하리만치 고집을 피우고 있었다. 마치 그를 부상자로 만들려고 작정한 사람처럼.

'얘가 갑자기 왜 이러지?'

"그럼 손 한번 줘 봐."

"갑자기 손은 왜?"

"얼른!"

급변한 그녀의 기세에 눌려 현진이 얼떨결에 손을 내밀자 그녀가 그의 손을 꽉 붙들고는 한참을 들여다보았다. 그러던 그녀가 돌연 소스라치며 새된 비명을 질렀다.

"봐! 여기 다쳤잖아!"

"뭐?! 정말? 어디?"

그도 덩달아 놀라서 그녀를 따라 손을 살펴보았다. 하지만 아무리 꼼꼼히 뜯어보아도 상처는커녕 작은 점 하나 찍혀 있지 않았다.

"내가 치료해 줄게."

"대체 뭘…."

"나, 이래 봬도 간호장교잖아. 잠깐만 기다려 봐!"

부리나케 자신의 텐트로 뛰어간 그녀는 금방 돌아왔다. 그녀의 손에는 작은 손가방이 들려 있었는데, 가방의 겉피에는 흰 반창고 두 개가 열십(十)자 모양으로 겹쳐져 있었다.

"……"

초롱초롱 눈을 빛내고 있는 그녀를 보며 현진은 더 이상 입을 열기를 포기했다. 결국 병원놀이하는 꼬마 의사에게 붙들린 인형이 된 심정으로 그는 기꺼이 그녀의 정성스런 치료를 받기로 했다.

그녀를 떠나보내고 다시 텐트 안으로 들어가자 한낮의 열기란 열기는 다 모아 놓은 것 같은 후끈한 공기가 그를 반겼다. 금세 숨이 턱 막혔다. 잠시도 견디지 못하고 텐트 밖으로 뛰쳐나온 현진은 바닥에 그대로 주저앉았다. 차라리 밖에 있는 편이 나을 것 같았다. 한동안 정처 없이 주위를 두리번거리던 그의 눈길이 문득 신고 있던 신발에 가 닿았다. 앉은 채로 신발을 벗자 열흘 가까이 갈아 신지 않은 탓에 시커멓게 때가 탄 양말이 모습을 드러냈다. 땀에 젖어도 한차례 밖에 널어 놓으면 강한 햇볕과 바람 덕에 쉬 말랐기에 날이 갈수록 지독해지는 발 냄새에도 불구하고 그는 좀처럼 양말을 갈아 신지 않고 있었다. 하지만 그것도 오늘이 한계일 것 같았다. 땀에 젖었다 말리기를 이미 수십 번, 버석할 정도로 뻣뻣해진 양말 밑바닥은 검게 번들거리며 윤까지 나고 있었다.

'오늘 저녁엔 모닥불에 꼭 같이 태워야겠어.'

현진은 흙바닥에 두어 번 발을 헹구고는 텐트 밖으로 매트를 끄집어내 그 위에 엎어졌다. 기분 좋게 살랑거리는 바람이 따가운 열기를 쫓으며 나른히 몸을 다독여 주었다.

'한숨 자고 일어나야지.'

햇볕은 한참 후에야 엷어질 것 같았고 축 늘어진 시간도 그때쯤이면 다시 흐를 것 같았다.

4

날씨가 마지막까지 변덕을 부리고 있었다. 갑자기 저녁때가 되면서 비가 내리기 시작하더니 가랑비는 급기야 폭우로 변했다. 이번 팀은 정말 왜 이렇게 날씨가 변덕스러운지 모를 일이었다. 다행히 팀원들이 야영지를 꾸린 근처에는 예전에 마구간으로 썼을 법한 목재로 된 폐건물이 있었다. 건물은 한쪽 벽이 완전히 뚫린 채 그 안에 커다란 빈 공간을 갖추고 있어 그들은 비를 피해 그 안에서 저녁 식사를 준비하기로 했다.

그동안에는 대체로 한국과 몽골 팀원들이 서로 번갈아 가며 식사를 준비하곤 했지만 여정의 마지막 밤인 오늘 그들은 다 함께 저녁을 만들기로 했다. 메뉴로 정해진 것은 몽골의 전통 음식 중 하나인 호쇼르. 현진으로서는 이미 몇 차례 먹어 본 적이 있는 음식이었다. 그 이름 그대로 넓적한 군만두인 호쇼르는 안에 들어간 양고기가 기름과 어우러져 특유의 맛과 향이 일품인 요리였다.

"넌 양고기가 들어간 음식이라면 사족을 못 쓰는 거 같아."

잔뜩 들뜬 그를 보며 옆에서 밀가루 반죽을 치대고 있던 그녀가 던진 말이었다.

팀원들은 마구간 안에 둥그러니 자리를 잡고 앉아 저마다 맡은 일에 열심을 다하고 있었다. 밀가루를 반죽하고, 반죽을 다시 덩이덩이 나누어 밀대로 밀고, 그렇게 넓적해진 만두피 안에 양고기를 채워 넣은 후 반달 모양으로 봉합하고, 마지막으로 그것을 끓는 기름에 넣어 튀기기까지 모두가 하나같이 열심이었다. 그러면서도 그들의 입은 쉬지 않았다. 온 사위가 깜깜한 가운데 오직 랜턴을 걸어둔 마구간 안만이 환히 빛나고 있었고, 쏟아지는 빗소리를 들으며 그들은 왁자지껄 만두를 빚어갔다. 다들 말이 많아져 있었다. 첫날 그들 사이에 흘렀던 어색한 분위기가 떠올라 현진은 웃음이 났다. 그로부터 어느덧 2주의 시간이 흘러 있었다.

현진은 밀대로 납작하게 민 반죽에 양고기를 채우고 그것을 오밀조밀 봉하는 일을 맡았다. 그의 옆에서 선미가 일을 거들어 주었다. 아니, 정확히 말하면 그가 선미의 일을 거드는 셈이었다. 처음에는 고기

341

의 양 조절에 실패해 만두가 곧잘 터지곤 했는데 금세 익숙해져 작업에 속도가 붙었다. 그러나 아무리 해도 선미의 속도를 따라갈 수는 없었다. 그녀의 솜씨가 어찌나 능숙한지 정범이 한국에서 함께 만둣집을 차릴 생각이 없느냐고 반쯤 진심을 담은 농을 던지기도 했다.

"그러고 보면 형은 세무사보다는 음식점 차리는 일에 더 관심이 많은 거 같아. 이러다 정말 식당 주인 되는 거 아냐?"

"고건 아무도 모르는 일이제. 니 말대로 세무사 몇 년 하다 그만두고 버젓한 음식점 하나 차릴 수도 있지 않겠나? 그라믄 그땐 진욱 형이랑 몽골 야들 불러서 한몽 퓨전 요리나 시도해 봐야그따."

정범의 말에 좌중에 와르르 웃음이 쏟아져 내렸다.

허기에 지친 나머지 다들 만두를 빚으면서 한두 개씩 집어 먹었음에도 불구하고 준비했던 그릇들에는 금세 수십 개의 호쇼르가 쌓여 갔다. 기름에서 갓 건져낸 만두의 표피가 자글거리며 윤기를 뽐내는 모양이 무척이나 먹음직스러워 모두의 입가에 군침이 돌았다. 다 같이 열심히 준비한 덕분에 그들은 오랜 시간의 소요 없이 준비한 모든 그릇에 가득가득 호쇼르를 채울 수 있었다. 그리고 여태껏 마지막 날을 위해 쟁여 두었던 맥주도 충분했다. 하루가 멀다 하고 많게는 서너 캔씩 삼장이 독작했음에도 불구하고 아직 상당한 양의 맥주가 남아 있었다. 그들이 사용한 요리 도구를 한쪽으로 밀어 빈 공간을 만드는 동안 막내 학성이 삼장을 부르러 빗속을 뚫고 달려갔다.

이내 삼장까지 도착하자 2차 팀의 모든 인원이 한자리에 모였다. 삼장, 라캉, 경미, 주희, 애경, 선미, 진욱, 정범, 학성, 그녀, 마지막으로 현진까지 총 열한 명이었다. 마구간 지붕의 뚫린 틈 사이로 빗방울이 떨어져 내렸지만 신경 쓰는 사람은 아무도 없었다. 그들은 둥그렇게 둘러앉았고 그 한가운데에는 모락모락 김을 내뿜는 호쇼르와 맥주, 그리고 보드카가 풍성히 차려져 있었다. 여전히 차가운 밖의 날씨에도 불구하고 마구간 안의 공기만큼은 서로에게서 뿜어져 나오는 온기로 아늑히 채워지고 있었다.

삼장이 마지막 남은 보드카의 뚜껑을 열고, 첫날 새벽 그랬던 것처럼 모두에게 차례로 따라 주었다. 이번에는 학성도 군말 없이 잔을 받았다. 그렇게 팀원들 모두에게 잔을 돌린 삼장이 마지막으로 진욱으로부터 잔을 받았다. 뭇 좌중의 시선이 그에게로 쏠렸다.

"그간 자네덜 모두 증말루 고생 많았다. 힘든 일도 참말로 많았을 긴데 다들 별 말 없이, 또 아무 탈 없이 무사히 지내줘서 내는 참말로 고맙다."

마지막 연설이어서 그랬을까. 억지로 서울말을 쓰는 그의 어투가 자못 어색해 좌중 사이에서는 뜨문뜨문 웃음이 새어 나왔다. 그의 매력적인 사투리를 그들은 결코 잊지 못하리라.

잠시 말을 끊은 삼장은 좌중을 빙 둘러본 후 마지막으로 현진에게 눈길을 던졌다. 이번 여정에서 유독 일도 많고 탈도 많았던 그였기에 괜스레 마음이 찔려 왔다.

"자네덜이 여서 느끼고 가는 것들, 고것이 무엇이 되었건 간에 본래 자리로 돌아가서도 잊지 말고 간직하길 바란다. 그리고 고것들을 자양분 삼아 자네덜 삶의 방향도 잘 잡아 가길 바란다. 자네덜도 이젠 알 겠지만 사막을 걸을 때 가장 중요한 건 뭣보다 나아갈 방향을 잘 잡는 일이래이, 아니, 일이다…. 에이, 몰라! 내 기냥 사투리 쓸란대이!"

이번에는 억누르지 않은 왁자한 웃음이 좌중을 쓸고 지나갔다.

"크흠, 우쨌거나 자네덜 인생길에서도 방향을 잘 잡는 것에 집중토록 하래이. 방향을 잘 잡아야 길이 보이고, 길이 보여야 잘 살 수도 있는 기다. 허나, 내 부탁컨대 쉽사리 길을 찾으려 욕심내기보다는 먼저 치열허게 방황해 보그라. 방황하는 걸 절대 두려워 마래이. 고런 방황 속에서 비로소 저만의 길이 보이는 법이니께."

삼장은 평소와 달리 말을 아꼈다. 그가 말을 마치자 그것을 아직 한국어가 서투른 이들을 위해 경미가 몽골어로 통역해 주었다. 그녀의 말이 끝나고 나자 작은 환호와 더불어 시끄럽지 않은 박수가 쏟아졌다. 그들은 일제히 서로의 잔에 자신의 잔을 부딪쳐 갔다. 본래 그 모양도 용도도 제각각이었을 그릇들이 둔탁하게 맞닿는 소리가 마구간 안에 엷게 울려 퍼졌다.

이제 이 밤이 지나면 그들의 여행도 곧 끝이 나리라는 사실이 모두에게 조금씩 실감나기 시작했다. 다들 이 순간이 다시는 오지 않을 순간임을 느끼고 있었다. 그렇기 때문에 그들은 마지막까지 뜨겁게 어울리고 즐기리라 마음먹었다.

사막 위의 한바탕 어울림! 그것은 평생 잊지 못할 소중한 추억이 되리라. 함께 어울리며 즐기지 못했음을 나중에 후회하더라도 이미 때는 늦으리니…. 자, 잔마다 맥주를 가득히 채우고 모두의 정성으로 빚어낸 호쇼르를 마음껏 먹자! 기타를 켜고 목청을 높여 노래를 부르며 이 땅에 서로의 마음을 미련 없이 쏟아내도록 하자! 온 마음과 온 힘을 다해 오늘 밤을 열렬히 불태워 보자!

그렇게 그들은 마치 내일이 오지 않을 것처럼 신나게 어우러졌다. 때로는 흥겹게, 또 때로는 헤어진다는 아쉬움으로 이야기는 밤늦도록 이어졌고 비가 내리는 어두컴컴한 사막 한가운데서 환한 추억의 꽃봉오리들을 한 잎 한 잎 피워냈다.

물론 노래도 빠지지 않았다. 흥겨운 노래건 구슬픈 노래건 모두의 박수갈채를 받았다. 개 중 진욱의 노래는 딱히 흥겹지도 구슬프지도 않았으며 여전히 밝고 순수할 따름이었다. 끝까지 동심을 지킨 그의 꿋꿋함에 모두가 열렬한 환호를 보냈다.

"언니 오빠들. 우리 '친구'란 노래 부르자."

분위기가 한창 무르익었을 때 경미가 꺼낸 말이었다.

"어? 그거 우리나라 가수가 부른 노래 아니야?"

"응, 맞아. 그 노래 우리도 잘 불러요."

삼장은 몇 년 전부터 자신이 교수로 재직 중인 몽골 학교와 한국 대학 간에 교류 방문을 주최해 왔는데, 경미를 비롯한 몽골 팀원들은 그때 만난 한국 학생들로부터 몇몇 노래를 배웠다고 했다. '친구'도 그렇게 알게 된 곡이었다.

곧 누군가의 흥얼거림이 공기 중을 맴돌았고, 그렇게 노래는 누가 먼저랄 것도 없이 시작되었다. 금세 곡 특유의 잔잔하고 애틋한 가락이 모두의 입으로부터 나와 작은 마구간 안을 채우기 시작했다. 차마 풀어내지 못한 이별의 아쉬움은 내리는 비가 되어 사막을, 또 그들의 마음을 촉촉이 적셔 갔다. 서로를 마주 보는 눈빛에 작게 일렁이는 웃음과 울음을 담은 채 그들은 그렇게 한마음으로 노래를 불러 갔다.

괜스레 힘든 날 턱없이 전화해
말없이 울어도 오래 들어주던 너
늘 곁에 있으니 모르고 지냈어
고맙고 미안한 마음들

사랑이 날 떠날 땐 내 어깰 두드리며
보낼 줄 알아야 시작도 안다고
얘기하지 않아도 가끔 서운케 해도
못 믿을 이 세상 너와 난 믿잖니

겁 없이 달래도 철없이 좋았던
그 시절 그래도 함께여서 좋았어

시간은 흐르고 모든 게 변해도
그대로 있어준 친구여

세상에 꺾일 때면 술 한 잔 기울이며
이제 곧 우리의 날들이 온다고
너와 마주 앉아서 두 손을 맞잡으면
두려운 세상도 내 발아래 있잖니

눈빛만 보아도 널 알아
어느 곳에 있어도 다른 삶을 살아도
언제나 나에게 위로가 돼 준 너

늘 푸른 나무처럼 항상 변하지 않을
널 얻은 이 세상 그걸로 충분해

내 삶이 하나 듯 친구도 하나야

끊어질 듯 구슬피 이어지던 선율이 한껏 고양되어 최고조에 이르자 누구는 악을 질렀고, 누구는 울었으며, 누구는 웃음을 터뜨렸다. 이별의 아쉬움도, 애틋함과 서글픔도 모두 쏟아 내며 그들은 그 순간 서로를 열렬히 사랑했다. 그것이 우정이라는 이름으로 불리는지 혹은 애정의 모양을 띠는지는 중요하지 않았다. 다만 다시는 오지 않을 그 순간 그들은 온 힘을 다해 서로를 불렀고, 그 부름에 뜨거운 부름으로 마주 응답했다. 그들이 뿜어낸 열띤 감정들이 산발하는 가운데 조금은 슬픈, 그러나 그 이상 찬란할 수 없을 것 같은 마지막 밤이 지나고 있었다.

그 후로 더 이상의 노래는 이어지지 않았다. 다들 후련히 쏟아 부은 듯 분위기는 한결 가볍고 잔잔한 분위기에서 이어졌다. 삼장과 라캉은 내일의 복귀 일정을 검토하기 위해 일찌감치 돌아갔다.

"참, 형이 찾겠다던 보물은 좀 찾았어?"

"넘칠 정도로 찾았지. 이미 꼭꼭 가득히 챙겨 놓았다."

문득 떠오른 생각에 현진이 모닥불을 사이에 두고 맞은편에 앉아 있던 진욱을 향해 장난스레 묻자 그가 능숙히 받아쳤다.

"그럼 그 보물 중 하나만 꺼내서 보여줘 봐요, 오빠."

그녀의 부탁에 그는 잠시 고민하는 눈치였다.

"유목민. 잠시나마 유목민의 삶을 볼 수 있었던 것이 내게는 가장 큰 보물이었어. 사막에 오기 전까지만 해도 난 유목민이라고 하면 놀 시간도 많고, 우리보다 훨씬 자유로운 사람들일 거라고 생각했거든. 그런데 하는 일만 다를 뿐이지 그 사람들도 모두 열심히 일하는 걸 보니 사람 사는 곳은 어디나 별반 차이가 없구나 싶더라고. 그러다가도 한국에서의 나와는 달리 여유를 잃지 않는 사람들의 모습이 뭔가 달라 보이면서도 무척 부럽기도 했고."

"맞아요. 기억나요? 엄청 꼬마 앤 데도 말 타고 양떼 몰고 가던 거요!"

학성이 호들갑을 떨며 맞장구쳤다.

그 자신의 말처럼 진욱은 사막에 오고 나서야 유목민에 대한 환상이 많이 깨졌다. 그의 예상과 달리 유목민들은 척박한 환경에서 살아남고자 온 가족이 정말로 열심히 일하고 있었다. 우물물을 긷고, 양과 염소를 치고, 가축의 젖을 짜고, 그 젖을 다시 말리거나 발효시켜 치즈와 요구르트를 만들고. 그는 심지어 이른 새벽이나 늦은 밤중에 어디론가 양떼를 몰고 가는 유목민을 목격한 적도 있었다. 그때마다 진욱은 자신이 한낱 여행자에 불과하다는 사실에 묘한 안도감을 느끼곤 했다. 사막을 생업의 터전으로 삼은 유목민들에게 이 땅은 그가 느끼는 것과는 크게 다른 의미를 지닐 터였다. 물론 도시인들과 달리 유목민들은 사막을 닮은 성품과 그들만의 멋스러운 생활을 갖추고 있었지만, 어찌됐건 그들에게 사막은 평생을 이어가야 할 삶의 터전이었다. 그러한 구속 없이 몇 걸음 떨어져 지나는 여행자에게나 사막이 주는 자유니, 해방감이니 하는 것들이 유의미할 뿐이었다. 그것은 도시에서는 벗어났지만 그렇다고 사막에 완전히 속하지도 않은 자신들에게만 허락된 특권인 셈이었다.

"똥. 딱 요만한 크기의 마른 아르갈이 진짜 보물이제. 사막에서 불 피우는 데는 고만한 것이 없지 않누?"

구체적인 손 모양을 하며 입을 연 정범의 말에 이번에는 왁자한 웃음과 함께 야유가 쏟아졌다.

"그리고 앞으로 또 언제 느껴볼 수 있겠누? 똥 싸는 일조차 고래 행복할 수 있다는 걸."

그 한마디에 그의 모든 심정이 담겨 있었다. 사막에 푹 빠져 버린 듯한 그의 말에 다들 들고 있던 맥주잔을 부딪치고 시원하게 들이켰다. 알싸한 취기 속에서 분위기는 더욱 무르익어 갔다.

"그러고 보니 오빠 몸은 좀 괜찮아요? 사실 오빠가 제일 고생했잖아요."

"통신장교의 비애였지."

정범을 향한 그녀의 말에 현진이 덧붙였다.

"아서라, 괜찮대이. 밥 잘 묵고 똥 잘 쌌으니 고 정도 뜀박질 한 거야 아무렇지 않대이."

짐짓 호기롭게 외치는 그였지만 팀원들 모두가 그의 고생을 속속들이 알고 있었다. 현진은 술을 들어 그의 빈 잔에 가득 채워 주었다.

"고건 고렇고…. 다덜 이제 한국 돌아가믄 뭘 할 생각이고?"

정범은 한입에 잔을 비우고는 조금 불콰해진 얼굴로 좌중을 훑었다. 그의 물음에 서로 주고받던 시선들이 차츰 한 사람에게로 모여들었다. 그러자 넘실대는 불길을 바라보며 상념에 빠져 있던 진욱이 퍼뜩 놀라 고개를 들었다.

"나? 나야… 아직 학생 신분이니까 졸업부터 해야겠지?"

"아, 맞네. 형도 아직 학생이었지?"

"여기서 누나랑 정범 형 빼고는 다 학생이에요."

새삼 깨달았다는 듯 무릎을 치는 현진의 말에 학성이 모두가 알고 있는 사실을 다시금 확인시켜 주었다.

"그럼 오빠. 졸업하고 뭘 할지는 생각해 봤어요? 예전에 말했던 그 기계 정비였나요? 그거 준비할 생각이에요?"

"음… 그게, 생각이 조금 바뀌었어. 나도 곧 서른이니 얼른 취직을 하긴 해야겠지만… 사실 그동안 사막을 걸으면서 많이 고민해 봤거든. 한국에 돌아가자마자 취직 준비를 하고 일자리를 구하고, 과연 그렇게 하면 평생 후회하지 않고 살 수 있을까 하고. 그런데 그렇지 않을 거 같더라고. 사람인 이상 어느 길을 가든 어느 정도씩은 후회를 하겠지만 지금 나는 한 살이라도 젊을 때 내가 정말 하고 싶은 것들을 해 보고 싶어. 그래서 한국에 돌아가면 우선 워킹홀리데이부터 준비할 생각이야. 예전부터 꼭 한 번은 외국에서 살면서 일해 보고 싶었거든. 아직 한 학기가 남았으니까 남은 시간 동안 영어 공부도 하고 이것저것 많이 알아봐야겠지. 그 후에는 또 어떻게 될지 모르겠어. 하지만 난 최대한 많은 곳을 가 보고, 그곳에 살고 있는 여러 사람을 만나보고, 또 그 사람들이 살아가는 세계를 내 눈으로 직접 마주하고 싶어."

진욱은 평소의 수줍음 타던 모습과는 달리 확신에 차 있었다. 그는 알 수 있었다. 자신이 고민만 하며 계속 한 자리에만 머물러 있었다면 자기 역시 또래의 다른 이들이 가는 길을 무심코 따라갔으리라는 사실을. 가뜩이나 늦은 나이에 아직 졸업도 못한 그로서는 실로 내리기 힘든 결정이었지만, 이제 그는 스스로의 선택을 믿었다.

"부럽네요, 형. 이미 확실하게 고런 결정을 내렸다 카니."

정범의 말에 진욱이 의아한 눈빛으로 그를 쳐다보았다.

"왜? 정범이 넌 아직도 고민 중이야? 이미 세무사 시험도 합격했겠다, 여유를 갖고 차근차근 생각해 봐도 될 거 같은데. 그렇게 너무 고민할 필요는 없지 않아?"

"그래요, 오빠. 남들은 어떻게든 합격하려고 하는 시험을 오빠는 이미 통과했잖아요. 어차피 일 년 정도는 일 배운다 생각하고 작은 곳부터 들어가서 시작하는 것도 좋지 않겠어요?"

하지만 그들의 응원이 성에 안 찬다는 듯 정범이 설레설레 고개를 저었다.

"내도 고런 생각을 안 해 본 건 아닌다…."

정범은 이 말을 꺼내도 되나 잠시 망설였다. 여전히 갈팡질팡하고 있는 자신의 마음을 남들 앞에 꺼내 놓기가 부끄럽기도 했거니와, 자신의 고민이 짐짓 배부른 소리로 여겨질지도 모른다는 우려가 있었던 것이다.

"사실 세무사는 이제 그닥 큰 문제가 아니래이. 작은 회사를 가든 큰 회사를 가든 우선은 니 말대로 일부터 배워야 하니께 느긋이 여유를 갖고 생각해도 되겠제. 근디 정작 문제는 뭐시냐 하믄… 내도 그만 여행이 가고 싶어졌다는 것이래이. 여 사막을 걸으믄서 허파에 뭔 늠의 바람이라도 들었나, 일 년쯤 일하는 걸 미룬 다음 어디로든 떠나 뿌꼬 싶은 기라."

그의 갑작스런 선언에 모두가 놀라워했다. 하지만 그들은 곧 그의 심정을 십분 이해할 수 있었다. 그의 말마따나 자신들의 가슴에도 어떤 종류의 바람이 든 것이 분명했기에.

"막판엔 내가 왜 세무사 시험을 봤나 고런 생각까지 드는 기라. 고길은 내랑 참 안 맞는 길인디 말이제. 차라리 시험을 떨어져 뿌렸으면 요런 고민 안 하고 바로 떠났을 긴디…. 그래서 우짤까 고민이래이. 여행을 가긴 가야긌는디 언제 얼마나 가따 와야 허나 요래 가꼬."

"남들이 들으면 욕하겠다, 형. 그런 행복한 고민이라니."

"아니래이. 내는 시험 합격해 가꼬 증말 고민만 늘었대이. 니도 알잖나? 내 성깔이 어디 한 군데 징허게 붙어 있을 성깔이가? 내 스스로도 시험 합격한 것이 참말로 용하다니께."

현진의 장난스런 타박에 정범이 도리어 정색하며 대꾸했다.

"언제 떠날지는 고민이라 쳐도 그럼 어떤 여행을 하고 싶다, 이런 건 생각해 봤어요?"

"고것이… 내는 자전거 타고 우리나랄 함 돌고 싶대이. 멀리 해외로 돌아다닐 생각까진 없고. 본격적으로 일하기 전에 생각도 정리할 겸, 맘도 비울 겸, 또 그간 못 만난 친구님들도 만날 겸 그런 설렁설렁한 여행을 하고픈 기라. 나중에 내가 일에 파묻히게 되넌 날이 오더라도 고래 실컷 돌아다니믄 쫌이나마 미련이 가시질 않겄나? 겸사겸사 우물 안 개구리 신세도 벗어날지 모르고."

"와, 멋진데요? 형 말을 들으니 저도 갑자기 자전거 여행이 끌리네요. 언제 가게 되면 함께 가요!"

평소에도 유독 자신을 따르는 학성의 말에 정범이 씩 웃었다.

"학성아, 그러는 넌 아직 졸업까지 한참 남았지? 한창 학업에 열중해야 할 때겠구나."

"네. 전 이번 여행이 끝나면 한동안 다른 여행은 안 가려고요. 이 여행으로도 제 여행 욕구가 완전히 충족되었거든요."

"그럼 그 사하라사막 간다는 건?"

"그건 포기한 지 오래에요. 사막을 걷는다는 게 정말 쉬운 일이 아니더라구요. 고비사막이 이 정돈데 하물며 사하라는…. 어휴, 상상만 했는데 벌써부터 힘들어지네요."

현진의 짓궂은 질문에 그는 일말의 망설임도 없이 대꾸했다. 그 표정이 너무나 당당했던 나머지 오히려 질문한 현진이 민망스러워졌다.

"느그 둘은 앞으로 우짤 생각이누? 아, 연애 사업은 번창하고 있는 거 잘 알고 있으니께 굳이 말하지 않아도 된 대이."

느닷없는 정범의 말에 현진도 그녀도 모두 당황했다. 둘은 금세 얼굴이 새빨갛게 변한 채 어쩔 줄 몰라 했다. 그런 그들을 보며 모두가 키득키득 웃어댔다. 그들 둘만 몰랐을 뿐, 둘의 관계가 점점 깊어져 왔다는 사실을 모두가 오래전부터 눈치채고 있었다.

"우린 결혼할 거예요."

"뭣?!"

그녀의 폭탄 발언에 현진이 저도 모르게 소리를 지르고 말았다. 좌중에 다시 한바탕 웃음이 쓸고 지나갔다. 그는 저 홀로 바보가 된 것 같은 기분에 슬그머니 눈길을 돌려 불 위에 고정시켰다.

그러고 보니 다른 이들과 달리 자신은 앞날에 대해 아직 명확한 결정을 내리지 못하고 있었다. 그건 아직 학업이 남은 학생인 탓도 있었지만, 사실 그보다 더 큰 이유가 있었다.

"난 정말 모르겠어. 난 아직까지 내가 뭘 하며 살아갈지 명확하게 생각해 본 적이 없어. 아니, 사실 생각이야 수백 수천 번 셀 수도 없을 만큼 많이 해 봤지만, 그때마다 내 스스로 어떤 정해진 답을 내리기 싫었다는 게 더 맞는 말 같아. 난 즉흥적인 마음으로 작년에 처음 몽골에 왔고, 올해에도 그와 비슷한 마음으로 몽골에 왔어. 난 몽골이 좋아. 아니, 이 고비사막이 좋아. 지평선이 끝없이 펼쳐진 이곳이 좋고, 하늘과 바람으로 가득 찬 이곳이 좋아. 그래서 이곳을 찾은 거야. 나도 형들처럼 여행을 계속하고 싶어. 언젠가는 몽골뿐 아니라 세계 곳곳을 여행해 보고 싶기도 해. 하지만 어딜 가고 싶다는 명확한 생각보다는… 글쎄, 뭐랄까. 그래, 정처 없이 떠돌고 싶다는 마음이 더 강해.

방황이라면 방황이겠지만 그런 내 방황이 싫지는 않아. 그런 방황 속에서 나는 고비사막을 만났고, 또 이렇게 좋은 친구들을 만난 거니까. 물론 한국에 돌아가면 당장 일부터 하면서 돈을 모아야겠지만 거기에 매이지 않도록 노력할 거야. 그러다 문득 이때다 싶을 때 미련 없이 떠날 생각이야. 이게 한때의 마음일 뿐인지 아니면 평생 달고 살아야 할 마음인지는 모르겠지만 지금만큼은 원 없이 세상을 떠돌고 싶다는 마음이 다른 무엇보다도 커. 난 걷는 게 좋고, 그렇게 스쳐 가는 세상의 모습이 좋아. 비록 늘 불안한 자유를 달고 살아야겠지만… 그래도 그게 내가 가장 원하는 삶이니까 할 수 있는 데까지 해 볼 거야.”

현진은 사람이 말을 하면 할수록 자신도 몰랐던 속내까지 속속들이 알게 된다는 사실을 절실히 체감하고 있었다. 그동안 막연히 품고 있었을 뿐인 생각들이 스스로도 놀랄 만큼 명료하게 그 형상을 갖추기 시작했던 것이다.

“네 말대로라면 방향 없는 삶, 그러니까 방황하는 삶이 네가 선택한 너만의 방향일 수도 있겠다. 그치?”

“응? 말이 그렇게 되려나?”

“내 보기에 니는 딱 방랑자의 삶을 살고픈 거 같구마이! 방황조차 하나의 길로 삼는다라. 참말루 니 답대이.”

‘방랑자라.’

현진은 그 단어를 속으로 몇 차례 되뇌어 보았다. 딱히 싫은 건 아니었지만 거기에는 어떤 위화감 같은 것이 느껴졌다.

“아니, 내 생각에는 그냥 방황이라는 단어가 더 좋은 거 같아. 방랑이란 말에는 뭔가 전문적이고 거창한 냄새가 나거든. 하지만 난 그런 격조 높은 사람이 아니야. 그러니 내겐 방황자가 더 맞아. 열심히 땅 위를 기어 다니는 저 벌레들처럼 아등바등 세상을 탐하며 기어 다니는 그런 방황자.”

현진이 마침 모닥불 주위로 보이는 작고 검은 벌레들을 가리키며 말했다. 그것들은 흡사 딱정벌레 같았는데 비를 피해 온 것인지, 모닥불의 열기를 찾아온 것인지 알 수가 없었다. 하지만 열심히 꿈지럭거리는 그 모습이 자신과 무척 닮았다는 생각이 들었다.

"전 새로운 일자리를 알아볼 거예요. 그런데 한국에서보다는 해외에서 할 수 있는 일을 알아볼 생각이에요. 그러고 보니 이건 진욱 오빠랑 비슷하네요? 그치만 전 워홀을 갈 생각은 아니에요."

잠깐의 공백을 두고 그녀가 말문을 열었다. 그러자 뜨문뜨문 다른 팀원들과 대화를 주고받던 선미가 눈을 반짝이며 그녀를 쳐다보았다. 그녀는 선미와 눈이 마주치자 작게 웃어 보였다. 선미는 이번 여정 동안 몽골 팀원 중에서도 유독 그녀와 친하게 지냈는데, 그녀가 밝아진 데에는 그런 선미의 역할이 무척이나 컸다.

"이번 여행에서 선미가 절 참 많이 도와주었어요. 선미 덕분에 새로 알게 된 사실도 더러 있고요. 그중 하나가 한국어 교사라는 직업이었어요. 선미가 그러더라고요. 몽골에도 많지는 않지만 가끔 한국어를 가르치러 오는 사람들이 있고, 이 년 정도 머문다고요. 그 말을 들으니 어쩌면 그 일이 나랑 어울리지 않을까, 그런 생각이 들었어요."

그녀의 말에 몽골 팀원들이 저마다 고개를 끄덕였다. 그녀들 역시 그렇게 온 이들로부터 한국어를 배웠던 것이다.

"사실 지금 맘 같아서는 당장 몽골로 오고 싶지만 꼭 몽골이 아니더라도 괜찮아요. 다만 다른 나라 사람들에게 한국어도 가르치면서 그 나라 곳곳을 둘러보고 싶어요. 저도 사막을 걷다 보니 알겠더라구요. 지금껏 제가 얼마나 좁은 세상에 갇혀 살아왔는지를."

현진으로서도 처음 듣는 그녀의 말은 자못 놀라웠다. 해외로 나가 일하고 싶다는 것이 결코 작은 결정이 아니었음에도 불구하고 그녀는 선뜻 말하고 있었다.

"어, 근디 고거 할라믄 준비할 것도 많지 않겄나? 뭐, 자격증 같은 거는 당연히 따야겄고 경력도 미리미리 쌓아놔야 하는 거 아이가? 해외 나가 살라믄 돈도 꽤 모아야 할 긴데."

정범이 놀라움과 함께 우려의 마음을 내비쳤다.

"응, 그럴 거예요. 한국에 돌아가서 여러 가지를 알아봐야겠지만 오빠 말대로 새로 공부도 해야겠고, 자격증도 따야겠고, 또 그것만으론 안 될 테니까 경력도 쌓아야겠죠. 물론 해외 나가 살 돈도 미리미리 준비해야겠고요. 사실 몇 년이 걸릴지 몰라요. 내가 과연 잘할 수 있을지도 모르겠고."

그녀는 지난 2주간의 도보여행을 떠올렸다. 그리고 그 고된 여정을 곁에서 함께 해 준 이들, 지금 눈앞에서 자신을 바라보고 있는 벗들 하나하나와 시선을 마주쳐 갔다. 그녀의 눈길이 마지막으로 현진에게 가 닿았다.

"그런데 우리, 사막을 그렇게 걸어왔잖아요. 분명한 목표점이 정해진 것도 아니었지만 아침에 방향을 잡고 그 방향으로 걷다 보면 결국 저녁 무렵엔 어딘가 도착해 텐트를 치고 야영지를 만들고 그곳에서 함께 어울리고 쉬었잖아요. 앞으로 제가 걸어갈 길도 그럴 거라는 생각이 들어요. 한국어 교사라는 일은 그저 지금의 제가 하고 싶어서 정한 하나의 방향일 뿐이에요. 반드시 그 일을 하리라는 보장도 없고 또 어느 날 생각지도 못한 일이 일어나 전혀 다른 일을 할 수도 있겠지만… 전 그 방향을 바라보고 한 걸음씩 정성껏 걸어가면 충분하다고 생각해요. 그러다 어느 날 제가 머문 자리에서 함께 길을 걷는 사람들을 만나 한차례 어울리고 쉴 수 있다면, 그것만으로도 참 행복할 거예요. 이미 저에겐 여러분처럼 소중한 친구들이 있잖아요. 어떤 길을 가더라도 각자의 길을 응원하고 격려해 줄 수 있는 친구들. 사막을 걷는 내내 저는 이곳에 오기를 정말 잘했다고 수십 번 수백 번 얼마나 되풀이했는지 몰라요. 제가 기대했던 것 이상으로 사막은 많은 것을 보여 주었고, 또 좋은 사람들을 만나게 해 주었어요. 조금 낯 뜨거운 말이지만… 저는 제 자신을 믿고, 또 제 친구인 여러분을 믿어요. 그리고 너무 고마워요. 이런 용기를, 또 이런 친구들을 선물해 준 고비사막에게."

문득 그들 사이로 따스한 감정이 파문처럼 번졌다. 모두는 뜨거워진 가슴으로 잔을 들어 올려 다시 한 번 서로의 잔에 맞부딪쳐 갔다.

그때였다. 정범이 한가득 웃음을 지으며 큰소리로 외쳤다.

"이런 사막의 별 같은 사람들!"

그의 외침에 너도나도 함박웃음을 터뜨렸다.

서로 너무나 다른 이들이 각자의 자리에서 벗어나 한곳에 모였다. 텅 비어 있기에 오히려 평소에 볼 수 없던 것들을 어실히 드러내 보이는 땅, 바로 이곳 고비사막에. 그들은 함께 걸었고, 함께 쉬었으며, 함께 어울렸다. 이제 곧 그 짧고도 길었던 여행을 마치고 그들은 다시 저마다의 자리로 돌아갈 것이다.

모닥불의 매운 연기 탓이었을까. 슬쩍 둘러본 일행들의 눈시울이 불그스름히 변해 있었다. 아까부터 가슴을 간질여 오던 미묘한 울렁임도 갈수록 심해져 갔다. 현진은 이내 훌훌 떨쳐내자는 심정으로 들고 있던 맥주잔을 끝까지 들이켰다.

5

현진은 오른팔에서 느껴지는 묵직한 감촉에 눈을 떴다. 날은 이미 환해져 있었고 소리로 미루어 짐작건대 비는 그친 것 같았다. 조금은 쌀쌀한 공기가 텐트 안을 맴돌고 있었다.

"……!"

왠지 모를 이질감에 옆으로 눈을 돌린 그는 그만 깜짝 놀라고 말았다. 낯익은 얼굴이 시야를 한가득 메우고 있었던 것이다. 팔에서 느껴지는 묵직함의 정체란 바로 그의 옆에 찰싹 달라붙어 그를 꼭 껴안은 채로 잠들어 있는 그녀였다. 그토록 달을 좋아한다던 그녀의 얼굴은 그 바람대로 통통 부어 둥그런 만월이 되어 있었다. 현진은 시야를 가득 차지한 그 큰 얼굴에 가장 먼저 놀랐고, 그녀가 코앞에 잠들어 있는 지금의 상황에 거듭 놀랐다. 벌렁거리는 가슴을 가라앉히고자 한참을 텐트 천장만 올려다보았지만, 쌔근거리는 그녀의 숨소리가 달콤하게 귓가를 간질일 때마다 심장이 격하게 뛰어대는 통에 좀처럼 진정할 수가 없었다. 결국 현진은 다시 고개를 돌려 천천히 그녀의 얼굴을 살폈다.

크게 포개어 감긴 눈, 옆으로 살짝 치켜 올라간 눈꼬리, 시원스레 뻗은 코와 입술. 이미 각인되다시피 한 그녀의 뚜렷한 이목구비는 서로 보기 좋게 어우러져 약간은 날카로워 보이는 매력을 발산하고 있었다. 그러나 현진은 그 너머에 있는 그녀의 성품이 착하다 못해 유약하기까지 하다는 사실을 잘 알고 있었다. 그녀는 잘 울었고, 눈물이 많았으며, 남에게 모진 말도 못하는 전형적인 외강내유의 여자였다.

'그런데 대체 어쩌다 내 옆에서 자고 있는 거지?'

현진은 차근차근 기억을 더듬어 보았다. 다행히 어제 밤늦도록 술을 마셨음에도 불구하고 다소의 얼떨떨함만 있을 뿐 숙취가 크게 남아 있지는 않았다.

어젯밤 마구간에서 늦도록 어울렸던 그들은 1차로는 아쉬움을 달래기 어렵다는 이유로 남은 음식과 술을 싸들고 현진의 텐트에 모여 자리를 이어가기로 했다. 그 와중에 원래부터 술이 약했던 진욱과 학성은 더 이상 버티지 못하고 자신들의 텐트로 돌아가 뻗어 버렸다. 그리고 마침내 상록은 거금을 주고 장만한 값을 톡톡히 해냈다. 현진과 그녀, 정범, 경미, 주희, 애경, 선미까지 무려 일곱 명이 눌러앉았는데도 다리를 쭉 뻗지 못한다는 약간의 불편함만을 감수한다면 자리를 이어가기에 큰 부족함이 없었던 것이다. 현진으로서는 모처럼 가슴이 뿌듯해지는 순간이었다.

근처에서 자는 사람들도 있고 해서 자리는 비교적 조용하고 편안한 분위기 속에서 이어졌다. 여정 중의 우스운 사건들이 종종 화젯거리로 나오곤 했지만, 대체로 팀원들 간에 그동안 전하지 못한 고마운 마음들을 서로 주고받았다.

아무도 없을 거라 예상했던 사막에서 그들은 사람을 만났고, 또 서로 친구가 되었다. 사막을 함께 걸었던 동료, 밤새도록 어울렸던 벗. 그렇게 서로 삶을 나누고 공유한 사람들. 이러한 관계가 한국에서, 혹은 자신의 남은 인생에서 얼마나 있을지 알 수 없었기에 현진으로서는 더욱 귀하고 소중하게 느껴지는 인연들이었다.

'이제 헤어지고 나면 우리가 다시 만날 수 있을까?'

그것은 아무도 알 수 없었다. 기약할 수 없는 이별이었기에 마음도 더 애잔해질 수밖에 없었다. 그러나 그들은 마냥 아쉬워하지만은 않았다. 지난 2주의 시간을 돌아보면 참으로 많은 일이 있었고, 이야깃거리는 그들 각자의 추억만큼이나 많이 쌓여 있었다. 밤은 길었고 술은 충분했다. 조용히 오가는 대화 중간중간 숨을 죽인 웃음들이 꽃처럼 피어났다. 자리는 그로부터 한 시간가량을 더 이어졌다. 좀 더 시간이 흐르자 쏟아지는 잠을 견디지 못한 주희와 애경, 선미가 자신들의 텐트로 돌아갔다.

결국 몽골 팀원 중에서는 맏언니인 경미만이 남았다. 현진 역시 취기가 오를 대로 오른 상태였다. 그런데 어느 순간 경미가 그의 앞에 놓인 빈 맥주 캔을 흔들어 보고는 '이거 안 되겠는데?'라는 표정으로 고개

를 두어 번 젓는가 싶더니 새로운 맥주 캔을 하나 따서 그에게 권하는
게 아닌가? 현진이 괜찮다고 사양해도 그녀는 막무가내였다. 평소의
예의 바른 모습과는 전혀 다르게 돌변한 그녀의 모습에 그가 당황하
는 사이 경미는 정범에게도 똑같이 캔 하나를 건넸다. 그제야 현진은
자신이 경미를 알게 된 이후 처음으로 그녀의 주사가 행해지는 역사적
현장을 목격하고 있음을 깨달았다. 함께했던 지난 모든 여정 동안 들
이킨 그 무수한 잔에도 불구하고 조금의 흔들림조차 없었던 그녀가 끝
내 취하고 만 것이다. 어쩌면 올해 2차 팀에 유독 그녀 또래의 사람들
이 많았던 탓에 이별 앞에서 더 감성적으로 변한 것인지도 몰랐다.

어쨌거나 현진과 정범은 그런 경미의 기세에 눌려 맥주 두 캔을 연
달아 들이켜야 했고, 그제야 그녀는 만족스러운 표정으로 작별을 고했
다. 조심해서 가라는 그들의 말에 그녀는 괜찮다는 손짓을 한 번 하고
는 천천히 빗속으로 사라졌다. 그 뒷모습이 한 치의 흐트러짐도 없어
그들은 혀를 내둘렀다.

"진짜 여장부다, 여장부."

경미가 떠난 뒤 얼마 지나지 않아 이미 만취한 지 오래였던 정범 역
시 쓰러질 듯 휘청거리는 몸을 일으켜 세웠다. 그는 더 함께 있지 못해
아쉽다는 말을 중얼거리며 텐트를 나섰다.

그렇게 그마저 떠나고 나자 휑해진 상록에는 현진과 그녀, 둘만이 남
아 있었다. 이미 둘 다 얼큰히 취한 상태였으므로 현진은 그녀도 곧 일
어나 돌아가리라 생각했는데 웬일인지 시간이 지나도 그녀는 일어설
기미를 보이지 않았다. 그녀는 자기만의 사색에 잠겨 있는 것 같았다.
어쩌면 오늘 밤의 여운을 좀 더 머금고 싶은 것인지도 몰랐다. 문제는
갑자기 휑해진 공간만큼이나 텐트 안의 공기가 차갑게 식어간다는 사
실이었다.

"많이 춥지? 이리로 와. 침낭 같이 덮자."

바람막이 하나만을 걸친 그녀를 보다 못해 현진이 침낭을 꺼내 들자 그녀가 그의 곁으로 다가와 앉았다. 그 후부터는 일이 일사천리로 진행되었다. 밀려오는 어질함을 견디지 못한 그들은 이내 나란히 드러누웠고 그 와중에도 그는 그녀에게 팔베개를 해주었다. 그러자 그녀는 현진의 오른 어깨에 자신의 머리를 기대며 안겨들었다. 텐트를 두드리는 빗소리가 수선스레 퍼지는 가운데 그들이 빚어낸 온기가 침낭 안을 보드랍게 채워 갔다. 넘치는 행복감에 겨워하며 현진의 기억은 거기서 끝이 났다.

　거기까지 떠올리고 나자 현진은 자신도 모르게 실소가 터지고 말았다. 비록 정신을 제대로 가누지 못해 서로 대화는커녕 열심히 잠만 잤지만 결국 사막에서의 마지막 밤을 그녀와 함께 보냈다는 사실이 묘한 유쾌함을 주었다. 이 멋진 여정의 끝에 제대로 마침표를 찍은 느낌이랄까.
　생각하면 할수록 자신이 그녀를 만난 것은 신기하고도 묘한 인연이었다. 생전 이성에게는 숙맥과도 같았던 그가 어쩌다 눈앞의 여자를 만나 사랑에 빠졌고, 심지어 지금은 한 침낭 아래서 잠까지 같이 잔 사이가 되고 말았는지.
　'그것도 사막 한가운데서 말이지.'
　그에게는 더없이 소중한 고비사막이 맺어 준 인연이었기에 그녀에 대한 마음도 그만큼 애틋하고 절절할 수밖에 없었다.
　현진은 다시 한 번 자신의 마음을 송두리째 빼앗아간 여인을 바라보았다. 그녀의 자는 모습은 한 송이 꽃처럼 참으로 고왔다. 문득, 그는 스스로도 어찌할 수 없는 본능과 같은 충동에 이끌리기 시작했다. 자신도 모르는 사이에 그의 몸이 천천히 그녀에게로 가까워지고 있었다. 그에 따라 조금씩 빨라지는 심장 박동이 짜릿하게 온몸으로 퍼지면서 그의 체온을 후끈 달아오르게 만들었다. 익숙지 않은 불편한 자세에도 불구하고 그녀의 얼굴 바로 앞까지 다가간 현진은 잠시 그녀의 감긴 두 눈을 쳐다보았다. 그 퉁퉁하게 부은 눈두덩마저 하늘 속으로 반쯤 모습을 숨기운 수줍은 반월을 닮아 사랑스럽기만 했다. 스스로 씌운 콩깍지가 우스워 또 한 번 작게 웃음이 났다.

이제 현진은 그녀의 코앞까지 다가가 있었다. 그녀의 얼굴이 그의 시야를 가득 채웠다. 그는 살짝 얼굴을 트는 것을 잊지 않았다. 눈이 자연스레 감겼다. 곧이어 사막 바람에 거칠어진, 그러나 본연의 부드러움을 여전히 간직하고 있는 그녀의 입술이 그의 입술에 맞닿았다. 순간 모든 것이 정지해 버렸다. 시간도 생각도 소리도 모든 것이 그대로 멈추어 버렸다. 마치 오랜 연주 끝에 피아니스트가 누른 마지막 한 음의 여운처럼. 관중들이 일어나 박수를 치기 직전 홀을 아우르는 그 기나긴 공백처럼.

그때, 잠들어 있던 그녀가 움찔하며 얼굴을 찡그렸다. 시간은 본래의 흐름을 되찾아 다시 빠르게 흐르기 시작했다. 화들짝 놀란 현진은 입술의 감촉을 더 느낄 새도 없이 황급히 얼굴을 떼었다. 그리고 너무나 짧고도 강렬했던 그 일대사건의 여운이 미처 아쉬움으로 변하기도 전에 자신을 응시하는 두 개의 크고도 맑은 눈을 마주해야 했다.

"……"

"……"

"…잘 잤어?"

어색한 침묵을 깨뜨리며 꺼낸 그의 말에 그녀가 멍한 표정으로 눈을 두어 번 깜박였다.

'혹시 조금 전 일을 모르는 게 아닐까?'

"이제 일어나야지. 나, 팔이 조금 저려서."

현진은 말을 꺼내놓고 바로 후회했다. 아무리 당황했기로서니 이런 말이나 지껄이는 자신이 무척이나 한심하게 여겨졌다.

그녀는 아무 대답 없이 여전히 눈만 깜박이고 있었다. 아직 잠에서 덜 깬 듯 데굴데굴 눈을 굴리는 그녀의 모습을 현진은 숨을 죽인 채 조마조마한 심정으로 지켜보았다. 그 와중에 미처 감추지 못한 심장의 격렬한 맥동만이 그녀가 벤 팔꿈치 부근에서 펄떡대며 울리고 있었다.

"…모닝 키스. 너무 달콤했어."

"……."

얼마의 시간이 흘렀을까. 오랜 기다림 끝에 꺼낸 그녀의 첫마디에 현진은 그대로 꿀 먹은 벙어리가 되고 말았다. 그리고 전보다 더 깊어진 침묵.

한동안 서로를 마주 보던 두 사람은 누가 먼저랄 것도 없이 동시에 웃음을 터뜨렸다. 한쪽은 밀려오는 민망함과 쑥스러움에 어쩔 줄 몰라 짓는 웃음이었고, 다른 한쪽은 그런 상대의 모습을 재미있어하는 장난기 다분한 웃음이었다.

"쉿!"

하지만 현진은 곧바로 그녀에게 소리를 낮추라는 신호를 보냈다. 자신의 민망함을 감추고 싶은 마음도 있었지만, 그들이 한 텐트에서 잤다는 사실을 다른 누군가에게 들켜서는 곤란하다는 데에까지 생각이 미쳤던 것이다. 하지만 그녀는 오히려 그런 상황이 재미있기만 한지 한참을 더 키득거렸다. 현진은 자기 혼자만 애간장을 졸이고 있다는 생각에 괜히 바보가 된 기분이었다.

그녀의 웃음이 잠잠해지기를 기다려 그는 그녀의 퉁퉁 부은 눈가에 붙어 있던 눈곱들을 조심스레 떼어 주었다.

"만난 지 얼마나 됐다고…. 벌써부터 이런 모습을 보여도 되는 거야?"

소심한 복수를 곁들인 그의 말에 그녀가 눈을 치켜떴다.

"왜, 어때서? 그렇게 못 봐줄 정도인가 봐?"

"아니. 그 정도는 아닌데…. 예전에 우리 집에서 잘 때와는 영 딴판이라서 그렇지. 그땐 참 예뻤었는데."

"뭐?! 그게 지금 여자 친구에게 할 소리야?"

그녀가 눈을 더욱 치켜뜨며 버럭 소리를 질렀다. 현진이 다 들린다는 눈짓을 해도 그녀의 눈은 좀처럼 내려오지를 않았다. 그러던 그녀가 문득 어떤 생각에서인지 피식, 웃었다.

"아하, 너 그거 몰랐구나?"

"응? 뭘 몰라?"

그녀의 웃음이 꽤나 음흉하다고 생각하면서 현진이 되물었다.

"네가 화장실 가거나 아침 준비한다고 일어날 때마다 내가 그 틈에 몰래몰래 화장했던 거. 그리고 네가 오기 전에 다시 자는 척했던 거야."

'이건 몰랐지? 한번 당해봐라!'라는 표정으로 그녀가 의기양양하게 진실을 밝혔다. 정말 그랬을 줄은 몰랐던 터라 현진은 크나큰 배신감으로 어이없어하면서도 가까스로 한 마디를 뱉어냈다.

"아, 근데 지금은 화장을 안 해서 이런 거구나…."

이제야 이해가 된다는 투로 고개를 주억거리는 현진을 향해 그녀가 매섭게 눈을 흘긴 후 그의 가슴을 살짝 꼬집었다. 그녀로서는 정말이지 오랜만에 맞이하는 행복한 아침이었다. 이내 자신의 가슴에 얼굴을 숨기듯 파묻고 이리저리 비비는 그녀의 머리를 현진은 살며시 안아 주었다. 가슴께서 느껴지는 그녀의 무게가 이른 아침을 포근히 채워주고 있었다.

"이거 네가 직접 쓴 거니? 너무 좋은 글이다! 마치 한 편의 시를 읽는 거 같아."

돌아갈 생각은 하지 않고 텐트 곳곳에 널브러진 비품들을 뒤적거리던 그녀가 현진의 노트를 들여다보는가 싶더니 이내 감탄을 내질렀다. 지난 1차 팀 때부터 이런저런 생각들을 틈나는 대로 일기처럼 적어 놓은 노트였는데 그중에는 지극히 개인적인 감정, 가령 그녀에 대한 그의 속마음 같은 것도 적혀 있었다. 뒤늦게야 미친 생각에 현진이 그녀로부터 낚아채듯 수첩을 빼앗고 훑어보니 다행히도 어제 자신의 실종 사건을 되돌아보며 쓴 글이었다.

사막의 길은 나그네의 선택으로 시작해 그의 굳건한 두 다리로 완성되는 것처럼 보인다. 하지만 그 모든 걸음에는 헤아릴 수 없이 많은 도움이 깃들어 있다. 굳건한 대지와 적절한 바람, 국가적 시책에 따른 것일 테지만 어느 고마운 이가 파 놓은 우물, 낯선 이방인을 환대하는 유목민들의 손길. 이 모든 것이 없다면 나그네는 어느 날 사막 곳곳에 널브러진 낙타의 뼈처럼 백골이 되어 발견되리라. 그러니 나그네여. 지나치게 들뜨지도 말고, 무엇을 탓하거나 원망치도 말며, 그저 그 모든 것을 감사히 받아들이는 마음으로 겸허히 걸어가라.

… 중략 …

처음에는 자신의 두 다리만 믿고 무턱대고 걷기 시작한 나그네는 점차 땅의 형세와 풀의 흔적을 눈으로 쫓고, 저 멀리 지평에서부터 밀려오는 구름의 양과 하늘의 빛깔을 살피며, 바람의 세기와 방향을 파악하고, 초목과 가축의 배설물을 통해 게르의 위치를 가늠하는 법을 익힌다. 치열했던 전투의 승전보처럼 뿌듯해 하던 하루의 이동 거리는 더 이상 지도에서 현 위치를 파악하는 것 이상의 의미를 갖지는 못하리라. 그렇게 초보 여행자는 지혜롭고 노련해지며, 점차 길이 되고 사막이 되어 간다.

"너무 과분한 칭찬이다. 그냥 생각난 대로 휘갈겨 쓴 글인걸."

내심 안도의 숨을 내쉬며 현진이 멋쩍게 웃었다. 말은 그렇게 했어도 자신이 쓴 글이 누군가에게 칭찬받는다는 것은 무척이나 기분 좋은 일이었다. 특히 그녀의 인정을 받는 것이라면 더더욱.

"아니야. 네 글 정말 맘에 들어. 무슨 철학책을 읽는 거 같기도 하고. 너 나중에라도 꼭 한 번 책 쓰는 걸 진지하게 생각해 봐."

"책? 에이, 그건 좀 오버다. 책은 아무나 쓰나?"

"아냐, 진심이야. 특히 이런 여행 경험을 토대로 자전 소설을 써 보는 것도 괜찮을 거 같아. 사실 지금 네가 경험하고 느끼는 것들을 누구나 쉽게 얻을 수 있는 건 아니잖아."

그녀의 말에 결국 수긍하는 시늉을 하긴 했지만 현진은 내심 고개를 저었다. 처음에는 책을 쓰라더니 이제는 소설을 쓰라고? 삶에 대한 확연한 깨달음을 갖추기에 그는 아직 스스로 많이 부족하다고 느끼고 있었고, 새로이 배우거나 경험하고 싶은 것들도 많았다. 아직 모르는 것 투성인데 하물며 오랜 노력과 시간을 요하는 책을 쓴다는 것은 감히 엄두도 못 낼 일이었다. 그럼에도 불구하고 그녀의 칭찬에 기분이 한껏 고양되어 입술 사이로 웃음이 흘러나오는 것까지 막을 수는 없었다.

"왜 그렇게 웃는 거야? 바보같이."

"아니, 뭐…. 그냥 행복해서."

참으로 유쾌하고 평온한 아침이었다. 텐트 밖에서도 조금은 부산스럽게 사막에서의 마지막 아침이 깨어나고 있었다.

6

현진으로서는 정말이지 이번 여정의 마지막까지 날씨를 예측할 수가 없었다. 언제 비가 왔냐는 듯 창창히 드높은 하늘에는 몇 덩이 구름만 떠 있을 뿐이었다. 다만 아직 축축함을 머금은 대지와 텐트 군데군데 맺힌 빗방울만이 어젯밤 비가 내렸다는 사실을 입증하고 있었다. 조금 더 땅의 습기가 마르기를 기다려 팀원들은 텐트를 해체하고 플라이와 이너텐트를 각각 땅에 넓게 펼쳐 놓았다. 강렬한 햇볕 덕분에 텐트는 금세 마를 것 같았다.

학성은 또 한 번 제 살을 태우겠다며 약간은 쌀쌀하다고 느껴지는 아침 공기에도 불구하고 웃통을 벗고 누워 있었다. 정작 그 많은 여정의 나날에는 온몸을 꽁꽁 싸매고 다니더니 막상 떠날 때가 다가오자 사막을 다녀온 티라도 내고 싶은 모양이었다. 진욱은 일찌감치 일어났으나 정범은 플라이만을 땅에 펼쳐 놓고 다시 이너텐트로 돌아가 뻗어 버렸다. 어젯밤 술을 과하게 마셨던 그는 여태껏 정신을 차리지 못하고 있었다.

그녀는 선미와 나란히 앉아 기타를 치고 있었다. 정확히 말하면 그녀가 기타를 치고 옆에서 선미가 콧노래를 흥얼거리고 있었다. 척박한 땅에서 필요한 물품이란 오직 의식주와 관계된 것뿐이라는 모두의 틀에 박힌 생각을 뒤엎고 가져온 그녀의 기타. 여정 내내 연주조차 못 했으면 서러워 땔감으로나 쓰려 했다던 그 기타는 이제 이 여행의 숨겨진 일등 공신이었다. 용감한 그녀와 사막 한가운데로의 먼 여정을 거쳐 낸 그녀의 기타 덕분에 그들의 여행은 더욱 즐겁고 풍요로워졌으며, 힘들던 나날의 기억조차 밤하늘에 달무리가 지듯 포근히 채색될 수 있었다.

'사람이 먹는 것만으로 사는 것이 아니요, 삶에 낭만이 있고 운치가 있어야 하나니!'

그녀는 진정 여행과 노래와 삶을 사랑한 그들 모두의 음유시인이었다.

그녀의 뒤쪽에서는 경미가 어젯밤 먹다 남은 호쇼르를 한군데 모아 담은 후 차를 바람막이 삼아 수태차를 끓이는 중이었다. 이미 솥 위로는 김이 무럭무럭 솟고 있었다. 주희와 애경의 모습은 보이지 않았다. 차량 수용 인원의 한계 때문에 올 때도 따로 왔었던 그녀들은 울란바토르에서 다시 만나자는 어젯밤의 인사를 마지막으로 오늘 아침 만달고비로 먼저 출발했다. 이른 시간부터 그녀들을 데려다주고 오느라 바삐 움직여야 했던 라캉은 차 안에서 밀린 잠을 곤히 자고 있었다.

참으로 조용하고 평화로운 풍경이었다. 저마다 자신의 일을 자유롭고도 소탈하게, 그러면서도 다른 이들을 방해하거나 간섭하지 않으며 해 나가고 있었다. 현진의 눈에는 그들 모두가 자기 안에 있는 행복의 씨앗을 차근히 피워 내는 것처럼 보였다. 사막에 피어난 작은 몇 송이 꽃처럼, 그들 역시 자신을 소박히 피워 냄으로써 스스로의 삶과 세상을 더 아름답게 채우고 있었다.

이번 여행은 그에게 결코 잊을 수 없는 특별한 여행이었다. 여정의 나날은 따끈한 수태차와 함께 시작되어 낮에는 바람과 모래로, 밤에는 별과 은하수로 풍성해졌으며 모닥불 주위에서 피어난 이야기와 노래, 때로는 침묵과 사색으로 마무리되었다. 그에게는 그날 하루의 여정이 전부였고 하루는 그 자체로 완벽했다. 유난히 자주 내린 비는 몸을 고되게 만들었고 절정에 달한 천둥 번개는 그를 겁에 질리게도 했지만, 그 모든 것이 결국엔 여행의 일부였으며 한 걸음씩 그가 꾸준히 걸어온 길이었다.

처음에 현진은 푸른 하늘을 꿈꾸며 태양과 별의 아름다움만을 바라보고자 했다. 그래서 넓고 새파란 하늘이나 석양빛으로 곱게 물든 노을을 마주할 때면 무작정 카메라부터 들이대고 연신 셔터를 누르기에 바빴다. 그러나 구름이 하늘을 가리고 깜깜한 어둠에 노을마저 파묻힐 때면 그의 가슴은 침묵했고, 세계는 자신의 문을 완전히 닫아걸었다. 그럴 때면 이미 찍었던 사진들조차 중대한 무언가, 가령 생명체에 있어 생명 그 자체에 해당하는 것을 잃어버린 것만 같아 도통 마음에 들지 않는 것이었다.

현진은 자신이 찍은 장면들이 사막의 전부가 아니라는 사실을 차츰 깨우쳐 갔다. 그것들은 단지 보고 싶은 것만 보려 했던 자신의 욕망을 투사한 것에 지나지 않았다. 그는 여행 막바지에 이르러서야 비로소 하늘로부터 시선을 거두고 조금쯤은 발밑을 살필 줄도 알게 되었다. 그리고 가끔은 미약한 바람에도 눈을 감고 그 감촉을 느껴 보았으며, 검은 비구름도 무척이나 아름다울 수 있다는 사실과, 이 메마른 땅에도 작은 꽃송이가 생명을 피우고 있음을 깨닫게 되었다. 그는 카메라를 들기 전 먼저 눈과 귀, 피부로 사물을 감상하는 법을 익혔고 그런 후에야 그것들을 다시 가슴에 품을 수 있게 되었다. 그러면서 그는 점차 오만한 관람자의 태도에서 벗어나 초보적이나마 겸허한 여행자의 마음을 갖추어 갔다.

곧 있으면 이 여행은 끝이 나고 팀원들 모두는 원래 있던 자신의 자리로 돌아가게 될 것이다. 하지만 이전과는 다른 새로운 마음과 결단으로, 새로운 꿈을 꾸며 새로운 힘을 얻어 갈 것이다. 현진은 그들의 가슴에 새겨진 고비사막이 하나의 든든한 받침돌로서 앞으로 이어질 모든 길에서 그들의 삶을 굳건히 지탱해 주리라고 믿었다. 그리고 사막에서 만난 소중한 이들 모두가 부디 행복한 삶을 꾸려 나갈 수 있기를 진심으로 바랐다.

"모두 잠깐 이리로 모여 봐요!"

한창 연주하던 기타를 내려놓고 그녀가 목청을 돋우어 일행들을 불러 모았다. 그러자 전부 하던 일을 멈추고 그녀에게로 다가갔다. 마지막으로 정범이 비치적거리며 도착하자 무언가 잔뜩 기대에 들뜬 표정으로 그녀가 입을 열었다.

"우리 어워 쌓자!"

"어워?"

현진의 반문에 그녀가 고개를 끄덕이며 대답했다.

"응! 산 같은데 가면 돌 쌓아 놓은 거 있잖아? 몽골에서는 그걸 어워라고 부른대."

"서낭당을 말하는 건가?"

고비사막에서는 셀 수 없이 널린 것이 돌이었다.

"그런데 그게 무슨 특별한 의미가 있어요?"

"음, 일종의 기원이랄까? 아니면 기도? 자신의 소원을 사막의 하늘과 바람에 비는 거라고 그러던데?"

그러자 신실한 크리스천이었던 학성이 주춤했다. 그는 지금껏 의례적인 경우 말고는 딱 한 번을 제외하고 금주를 성공했을 정도로 고집이 셌다. 물론 그녀 또한 크리스천이었지만, 사막에서 음료의 소중함을 일찌감치 깨달은 그녀는 마실 거라면 가리지 않고 잘 마셨고, 그건 술도 예외가 아니었다. 그런데 잠시 갈등하던 학성이 이번에는 웬일인지 순순히 고개를 끄덕였다.

'어워라…'

현진은 어워가 서낭당과 마찬가지로 복을 비는 종교적 의미도 있지만, 눈에 띄는 지형지물이 적은 사막에서는 일종의 이정표로서도 역할한다는 말을 언젠가 삼장으로부터 들은 적이 있었다. 사막을 걷는 도중 이따금씩 높은 구릉의 정상에 세워져 있는 어워를 볼 수 있었는데, 쌓아 올린 돌들 사이사이로는 색색의 천이 함께 끼워져 있어 바람이 불 때마다 이리저리 나부껴대곤 하는 것이었다. 삼장은 몽골인들이 돌과 함께 쌓아 올린 소원이 바람을 타고 장차 하늘에 닿으리라는 믿음을 갖고 있다고도 설명해 주었다. 그때 현진은 어워에 비는 그들의 소원이 저 사막의 하늘만큼이나 투명할 것 같다는 생각을 했다. 자유로운 바람과 허허로운 하늘을 닮은 소원들은 분명 큰 욕심 없이 소탈할 것만 같았다. 긴 여행길에서의 안전, 가족들의 건강, 하루하루의 행복.

과연 그밖에 또 무엇이 있을까.

진심을 담은 소원이 바람에 실려 하늘에 닿으리라는 믿음. 길 없는 사막에서 방향을 잡아주는 이정표로서의 역할. 현진은 그 두 가지 의미 모두 지금의 자신들과 잘 어울린다고 생각했다.

"좋아, 해보자!"

곧 그들은 제각기 흩어져 돌들을 모으기 시작했다. 대부분이 작은 자갈들이었지만 종종 큰 돌들도 눈에 띄었다. 그들은 밑에서부터 차례로 큰 돌을 쌓아 올렸고 그 사이사이에 작은 자갈들을 넣어 빈틈을 단단히 메워 주었다. 생각보다 오랜 시간이 걸렸다. 산에서 흔하게 마주쳤던 서낭당들이 얼마나 많은 사람의 염원을 품고 얼마나 오랜 세월에 걸쳐 쌓아 올려진 것인지 현진은 새삼 실감할 수 있었다.

애초에 크게 쌓으려고 한 것이 아니었던지라 완성된 어워는 그의 무릎에 약간 못 미치는 높이였다. 그렇게 아담하면서도 단단한 돌탑이 완성되었다. 어워 중간쯤에는 그녀의 옛 몽골 친구가 주었다던 푸른색 천이 둘러졌다.

"한국에서 유학하던 친구였는데 몽골을 몹시 그리워했어. 유목민 출신인지까지는 모르겠지만 그래도 무척이나 몽골에 돌아오고 싶어 했으니까…. 그 소원을 대신이라도 이뤄 주고 싶어."

그때 경미가 차로 다가가 주섬주섬 뭔가를 찾기 시작했다. 이내 그녀의 손에 들려져 나온 것은 가느다란 향 몇 개였다. 그녀에게서 향을 건네받은 현진이 성냥을 꺼내 불을 붙였다. 세찬 바람에 번번이 불이 꺼졌지만 다행히 서너 차례의 시도 끝에 불이 향에 옮겨붙었다. 타오르는 향을 돌 사이에 끼워 넣자 부드러운 향연이 춤을 추듯 주위를 맴도는가 싶더니 곧이어 긴 자취를 남기며 멀리멀리 떠나갔다. 어워 주위에 둥글게 둘러앉은 그들은 새하얀 향연을 옷처럼 두른 바람이 먼 하늘로 비상해 가는 모습을 조용히 지켜보았다. 왠지 모를 숙연함마저 드는 순간이었다.

바람. 현진이 사막에 온 이유 중 하나이자 사막을 떠올리면 가장 먼저 생각나는 것이 바로 바람이었다. 사막의 바람은 어디서 와서 어디로 가는지 짐작조차 할 수 없었고, 그 가는 길을 막을 만한 것이라고는 아무것도 없어 도시의 바람보다 훨씬 자유로운 것 같았다. 심지어 그것은 자유, 그 자체처럼 느껴졌다.

그래서 현진은 사막에서 바람 맞는 것을 무척이나 좋아했다. 바람은 때로는 그가 앞으로 나아가지 못하게 막는 것 같다가도 금세 변심한 애인처럼 어서 가라고 등 뒤에서 떠밀어 주기도 했다. 광폭하게 살갗을 때릴 때가 있는가 하면 달궈진 몸을 부드럽게 식혀 주는 때도 있었다. 시작도 끝도, 심지어 아무런 의미도 없을 것 같은 바람은 현진 자신이 차마 버리지 못해 아등바등 지고 있던 짐들을 훌훌 벗겨 주었다. 그런 바람을 닮아가며 그는 조금씩 더 가벼워졌다. 드넓게 트인 이 땅 어느 곳으로든, 또 그 높이를 가늠할 수 없는 새파란 하늘 어디로라도 그는 아무런 구애 없이 바람처럼 날아가고 싶었다.

하루가 멀다 하고 떠오르던 수많은 고민과 관념들은 사막에서만큼은 자라날 토대를 잃은 것 같았다. 혹여나 불현듯 떠오르더라도 그것들은 불어온 바람에 실려 순식간에 먼 곳으로 떠나가고는 했다. 고민은 덧없게 느껴졌고 관념은 일말의 무게조차 갖지 못하는 것 같았다. 그렇게 바람을 불어 고민을 날려 버린 사막은 대신 새로운 많은 것들을 그에게 보여주고 들려주고 꿈꾸게 하였다. 그중에는 몸을 직접 움직여야 깨달을 수 있는 것도 있었고, 눈과 귀로는 알 수 없는 종류의 것도 있었다.

설사 그중 많은 것이 여전히 자신의 허영심에서 비롯된 추상과 허위에 불과할지라도 현진은 크게 걱정하지 않았다. 그것은 그 자신이 그리 강한 인간은 못 된다는 사실을 익히 알게 되었을뿐더러 오늘이 아니라면 내일, 혹은 내달, 설사 내년이라도 다시 일어나 걸을 것을 믿기 때문이었다. 쉬엄쉬엄 걷더라도, 또 그저 몇 걸음 내딛더라도 다만 다리에 힘을 주어 제 길을 가면 그만이었다. 스스로 걸음을 멈추지 않는다면 결국 많은 허위적인 것이 길 위에서 스러질 것이라고 그는 믿었다. 그리고 비록 그 걸음이 정처 없는 방황일지라도, 그것 역시 하나의 길이 될 수 있음을 그는 사막 위에서 배웠다.

향이 다 타들어 갈 때까지 모두가 침묵을 지켰다. 허공중에 떠도는 향연을 따라 그들의 마음 역시 사막에 흐르는 바람처럼 아득한 어딘가를 표표히 헤매고 있었다. 모두가 성스러운 자기만의 의식을 치루고 있는 것 같았다. 이윽고 향이 꺼졌다. 재들이 바람에 날려 스러졌다. 그때까지도 그들은 묵묵히 앉아 있었다. 오늘 쌓은 이 돌탑이 그들의 가슴과 기억에 새겨지기를, 그래서 삶의 소중한 지표가 되고 힘이 되어 주기를, 현진은 정성껏 기도했다.
하나의 여행이 그렇게 마감되고 있었다.

일행들은 얼마 후 간단히 아침을 먹었다. 어제 남았던 호쇼르는 식었음에도 불구하고 맛있었고, 새로 끓인 수태차는 늘 그랬듯 따뜻하게 몸속을 데워 주었다. 현진은 남아 있던 호쇼르의 대부분을 먹어치웠다. 돌아보면 사막에서 그가 먹은 양은 실로 엄청났다. 만약 그렇게 열심히 걷지 않았더라면 아마도 자신의 몸은 무척이나 비대해졌을 거라고 그는 생각했다.
미리 펼쳐 놓았던 텐트는 아침 식사가 끝날 즈음 모두 말랐다. 모두 각자의 배낭을 싸고 신속하게 야영지를 정리했다. 떠날 시간이 다가오고 있었다. 배낭과 텐트, 솥을 포함한 식기 등을 트렁크에 차곡차곡 쌓은 후 그들은 마지막으로 휴지나 쓰레기 등의 잡동사니를 샅샅이 주워담았다. 어느새 다들 사막의 바람을 닮아 있었다. 예고 없이 찾아오고, 오랜 시간 머물지 않으며, 흔적 없이 떠나는 사막의 바람을.

"선생님, 우리 사진 찍어요!"

모든 정리가 끝나고 일행들이 차례로 차에 오르려던 순간 그녀가 삼장을 향해 말했다.

"뭔 눔의 사진이고? 고래 찍어댔으믄서 또 찍을라 카나?"

"에이, 우리가 언제 그렇게 사진을 찍었다고 그러세요? 다 같이 찍어요. 마지막이잖아요, 네에?"

그녀의 거듭되는 보챔에 삼장도 딱히 싫지는 않은지 더 이상 토를 달지 않았다. 일행들은 차량 옆으로 길게 늘어섰다. 그러고 보니 누군가는 사진을 찍어야 했다.

'당연히 정훈장교인 내가….'

"거 젊은 눔이 머리가 고래 안 돌아가누? 형이 평소 니한테 뭐가 부족카다 그랬제?"

"…융통성이요."

"그래, 잘 아네! 거 핸드폰 주고 퍼뜩 절루 가 서 있으래이!"

자원해서 사진을 찍으려던 현진은 삼장의 타박에 주눅이 들었다. 그는 머쓱한 걸음으로 일행들의 끝에 가 섰다.

'아니, 내 한 몸 희생해서 사진을 찍겠다는데도 욕을 먹네.'

삼장은 현진에게서 빼앗듯이 건네받은 핸드폰을 손에 든 채로 조금씩 뒷걸음치며 거리를 재어 갔다. 일행들로부터 열 발자국 정도 떨어진 위치에서 그가 핸드폰을 땅에 내려놓고는 중간 크기의 돌로 받쳐 놓았다. 그리고 핸드폰 액정을 보면서 구도를 잡기 시작했다.

'아하, 저런 간단한 방법이!'

"야성을 키우라 켔지, 머리까지 둔해지란 말은 안 했대이!"

핸드폰의 타이머 버튼을 눌렀는지 삼장이 부리나케 뛰어와 일행들 가운데에 섰다. 시커먼 곰 같은 덩치에 잰걸음으로 달려오는 그의 모습에 모두가 웃음을 터뜨렸다.

찰칵—

핸드폰에서 카메라 셔터 소리가 났다. 사진 속 모두가 함박웃음을 지은 채 행복해하고 있었다.

마침내 일행들은 순서대로 차에 탑승했고 다른 이들의 자발적인 양보 덕분에 그녀는 이번에도 현진의 옆자리에 앉게 되었다. 마지막으로 학성이 차에 몸을 싣자 경쾌한 액셀 소리와 함께 차가 출발했다. 뒤로 쏠리듯 당겨진 몸이 아직 떠나고 싶지 않다고 마지막 아우성을 치는 것 같았다. 이제 끝이라는 아쉬움, 집으로 돌아간다는 기대감, 함께 울고 웃으며 나누었던 그동안의 추억들이 뒤엉켜 현진은 괜스레 마음이 복잡해졌다.

그는 마지막으로 뒤를 돌아보고 싶었지만 그러지 않았다. 여느 사막의 모습과 다를 것 없이 텅 비었을 뿐이라고, 딱히 뒤를 쳐다볼 필요는 없다고 내심 되뇌었다.

'나는 사막 여행자니까 바람처럼 흔적도 없이 미련도 없이 멋지게 떠나야…'

"봐! 우리 어워야!"

그녀가 모두에게 큰소리로 외쳤다.

'어워! 우리가 쌓아 올린 어워!'

멀어지는 땅 한가운데에 그것이 있었다. 아무것도 없을 거라 여겼던 그곳에 작고 아담한 돌탑이 서 있었다. 모두의 소박한 소원들로 쌓아 올린, 모두의 가슴에 두고두고 남을 소중한 조형물. 마침 불어오는 바람에 어워에 걸린 푸른색 천이 너울너울 휘날렸다. 마치 잘 가라고 작별 인사를 하는 것 같았다.

"오래도록 남아 있었으면 좋겠다. 언젠가 내가 다시 이곳을 지난다면 수십 년이 흐르더라도 분명 한눈에 알아볼 수 있을 거야."

사막에 핀 꽃이 그러하듯 그들이 쌓아 올린 어워 역시 광활한 사막의 한 부분을 아름답게 채우게 되리라. 그것은 드넓은 사막 어딘가에 쌓인 조그마한 돌무더기에 불과했지만, 거대한 화선지에 붓끝으로 찍어 놓은 점이 눈에 선명히 들어오듯 그들의 삶에 또렷이 새겨질 하나의 지표였다. 방향을 가늠할 수 없는 사막 한가운데서조차 추억할 지표가 있다는 것. 설사 다시는 마주치지 못하더라도 가슴 깊이 새겨져 언제라도 삶의 이야기를 풍요롭게 만들어 줄 무언가가 있다는 것. 현진은 그것이야말로 삶이 자신에게 주는, 또 자신이 삶에 선사하는 최고의 선물이라고 믿었다.

그는 더 이상 어워를 돌아보지 않았다. 그가 그토록 기억에 담고자 애쓰던 것은 이미 그의 안에 있었다. 그는 의자에 몸을 파묻고는 눈을 감았다. 덜컹거리는 차의 진동에 따라 몸이 기분 좋게 들썩였다. 절로 웃음이 났다.

끝, 새로운 시작 ﾟ･

　벽 한쪽 면의 절반을 차지한 큼직한 창문이 무색하게도 좁다란 방 안에는 햇살이 제대로 들어오지 않았다. 오랫동안 거주하는 이가 없었는지 빛바랜 벽 모퉁이 이곳저곳에는 듬성듬성 거미줄이 널어져 있었고, 작게 열린 창문 틈으로는 무성한 매미 울음소리가 새어 들어왔다. 아직 7월 말, 한여름의 무더운 날씨였다.

　그때였다. 군데군데 녹이 슨 현관문 밖으로 쿵쿵거리는 발자국 소리가 들리더니 점점 커지던 소리가 현관문 바로 앞에서 멈추어 섰다. 무언가 뒤적이는 기척에 이어 누군가 열쇠를 끼워 맞추는지 둥그런 문손잡이가 한동안 들썩거렸다. 이윽고 낡은 철문이 요란한 마찰음을 내며 그 둔중한 몸을 천천히 바깥으로 움직여 갔다.

　"웃차!"

　문을 열고 방 안으로 들어온 이는 비록 얼굴이 수염으로 덥수룩이 덮이긴 했어도 예의 그 청년임이 분명했다. 청년은 자기 몸뚱이만 한 검정색 배낭을 어깨에서 풀러 바닥에 내려놓았다. 둔탁하고 묵중한 소리가 좁은 방 안에 쿵 울려 퍼졌다.

"후아! 여긴 왜 이리 후덥지근하다냐."

청년은 텁텁하게 쏘아오는 방 공기에 눈살을 찌푸리며 창문을 활짝 열어젖혔다. 창밖으로는 일 년이 지나도록 집주인이 뗄 생각을 하지 않는지, '최신 리모델링'이라고 쓰인 때진 현수막이 박제되어 있었다. 그러나 무엇이 최신이란 말인가? 오늘도 그 깨끗한 벽지로 도배된 방 안에서는 한창 줄기를 뻗고 자라야 할 청년들이 고루하고 비정한 강요들에 억눌려 신음하고 있지는 않은가. 그렇게 야망 없는 무력함에 조금씩 시들어가고 있지는 않은가.

창문을 열었어도 방 안 공기는 조금도 시원해지질 않았다. 청년은 구석의 선풍기를 틀고는 땀에 전 옷 그대로 바닥에 드러누웠다. 그러자 창문 너머 건물들 사이로 작은 잿빛 하늘 조각이 눈에 들어왔다.

'돌아왔구나, 집으로.'

비로소 체감된 현실이 썩 기분 좋지만은 않아 그는 불과 며칠 전만 하더라도 원 없이 마주 볼 수 있었던 그 시퍼렇고 드넓은 하늘이 벌써부터 그리워졌다. 하지만 이제 그는 더 이상 사막에 있지 않았다. 그는 이곳에서의 삶에 새로이 적응해야 했다. 유쾌하지만은 않은 보금자리였지만 이 협소한 방이야말로 앞으로 그의 삶의 터전이 될 장소였다.

이제 그는 열심히 일상을 일구어 갈 생각이었다. 그것이 더 이상 삶을 무감하게 보내지 않겠다는 자기 자신과의 약속이었다. 힘써 무언가를 피워 내고자 노력하는 삶. 그는 공항에서부터 집으로 오는 내내 오랜 여독으로 인한 피곤조차 잊고 그것에 골몰했었다. 다른 벗들이 저마다의 방향을 잡고 일상으로 복귀했듯이 자신 역시 어떤 큰 방향이라도 잡고 싶었다. 그러다 문득 그는 한 가지에 생각이 미쳤다. 그것은 자신으로부터 시작된 것이 아니었고, 언젠가 그의 연인이 그에게 스치듯 건넨 한마디로부터 시작됐다. 그녀의 말은 씨앗처럼 그의 가슴에 박혀 들어 이제 그 싹을 조금씩 틔우려 하고 있었다.

하루가 지나고, 한 주가 지나고, 그렇게 세 달이라는 시간이 훌쩍 지났다. 그사이 청년은 세 곳에서 아르바이트를 시작했으며 새로이 일을 배운다고 정신이 없었다. 무거운 배낭을 메고 사막을 걷던 것과는 다른 종류의 어려움이 그에게 닥쳐왔다. 그러나 청년이 고된 일상에 힘겨워할 때마다 사막의 추억들은 바람처럼 찾아와 그의 기운을 북돋아 주었고, 그곳에서 사귄 벗들과의 이어지는 만남 역시 그에게 큰 힘을 주었다.

일상과 여행. 그 어느 것이든 그것을 충실히 보내고자 하는 이에게는 매우 밀도 높은 삶을 제공한다는 사실을 청년은 조금씩 배워 나갔다. 그리고 그 둘은 서로가 서로를 피워 내기 위한 단단한 뿌리가 될 수 있다는 사실도. 힘들게 일을 하는 와중에도 청년은 끊임없이 고민하고 갈등하며 자신이 나아가기로 한 방향에 대한 관심을 굳게 붙들고 있었다. 그는 틈틈이 도서관에 가서 관심 있는 책들도 살펴보았다. 그리고 그렇게 다시 삼 개월이라는 시간이 흘렀다.

해가 바뀌고 차디찬 공기가 방 안을 가득 메운 어느 겨울의 아침, 청년은 이른 시간부터 책상 앞에 자리를 잡고 앉았다. 이제 마음의 준비는 물론 모든 준비 작업도 끝났다. 그의 맞은편 벽에는 족히 수십 장은 됨직한 포스트잇들이 오와 열을 맞추어 붙어 있었다. 그것은 청년이 그동안 빌려 읽은 책들과 인터넷으로부터 발췌한 수많은 메모의 집합이었다. 그중에는 그가 벗들과의 대화를 통해 기억한 내용과 그 스스로 새롭게 구상한 내용도 있었다.

청년은 천천히 책상 위에 놓인 노트북을 펼쳤다. 가슴이 떨려 왔다. 그는 지금 막 자신의 꽃을 피우기 위한 새로운 걸음을 내딛으려 하고 있었다. 문득 그녀의 얼굴이 떠올랐다. 얼마 전 남양주로 이사를 갔던 그녀는 새롭게 시작한 공부에 여념이 없을 텐데도 어젯밤 늦게까지 그의 불안과 고민에 귀 기울여 주었으며 응원과 격려를 아끼지 않았다.

마침내 청년은 키보드에 손을 올려놓았다.

'뭐부터 시작할까…'

잠시 고민한 그는 우선 예전 자신의 이야기부터 시작하기로 했다. 그러나 그에 앞서 그는 이미 오래전부터 생각해 둔 글의 제목을 떠올렸다. 그 순간, 희미해졌다고만 여긴 사막의 냄새가 물씬 풍겨왔다. 어찌나 강하던지 흡사 콧구멍 안이 모래 먼지로 흠뻑 적셔진 기분이었다. 그 기분이 너무나 반가워 청년은 가슴이 뛰었다. 그가 애써 기억하려 하지 않아도 그곳에서의 많은 이야기가 그에게 먼저 다가오고 있었다. 그는 절로 힘이 났다.

먼 앞길에 자신이 어디에 서 있을지 청년은 알지 못했다. 그러나 그는 온 정성을 다해 지금 자기 앞의 꽃을 피우기로 다짐했다. 떨리는 가슴으로 그는 천천히 글의 제목을 쳐 나갔다.

사막에 피는 꽃

초판 1쇄   2017년 05월 12일

지은이   여지훈
발행인   김재홍
편집장   김옥경
디자인   이유정, 이슬기
교정·교열   김진섭
마케팅   이연실

발행처   도서출판 지식공감
브랜드   문학공감
등록번호   제396-2012-000018호
주소   경기도 고양시 일산동구 견달산로225번길 112
전화   02-3141-2700
팩스   02-322-3089
홈페이지   www.bookdaum.com

가격   15,000원
ISBN   979-11-5622-283-5 03810

CIP제어번호   CIP2017010104
이 도서의 국립중앙도서관 출판예정도서목록(CIP)은 서지정보유통지원시스템 홈페이지(http://seoji.nl.go.kr)와 국가자료공동목록시스템(http://www.nl.go.kr/kolisnet)에서 이용하실 수 있습니다.

문학공감은 도서출판 지식공감의 인문교양 단행본 브랜드입니다.